KB001996

유르스나르의 문학신화학

전복과 회귀 사이

THE 《LITERARY MYTHOLOGY》 OF YOURCENAR

between subversion and reversion

박선아 지음

한울
아카데미

이 저서는 2013년 정부(교육부)의 재원으로 한국연구재단의 지원을 받아 수행된 연구임(NRF-2013S1A6A4015331)
This work was supported by the National Research Foundation of Korea Grant funded by the korean Government(NRF-2013S1A6A4015331)

이 도서의 국립중앙도서관 출판예정도서목록(CIP)은 서지정보유통지원시스템 홈페이지(http://seoji.nl.go.kr)와 국가자료종합목록 구축시스템(http://kolis-net.nl.go.kr)에서 이용하실 수 있습니다. CIP제어번호 : CIP2019028596(양장) CIP2019028595(무선)

차례

마르그리트 유르스나르Marguerite Yourcenar(1903~1987)는 프랑스의 유구한 문학 전통을 잇는 20세기 주요 작가라고 할 수 있으며, 그 작품 세계는 크게 역사, 신화, 기억이라는 핵심 요소로 구성된다.

대표적 역사소설인 『하드리아누스의 회상록Mémoires d'Hadrien』과 『흑의 단계L'Œuvre au Noir』, 나아가 역사자서전histobiographie으로 불릴 만한 유르스나르의 대大가족사 『세상의 미로Le Labyrinthe du monde』는 역사 변화의 동인이 될 만한 개개인의 작지만 의미 있는 삶에 천착하여, 사건 사실보다는 인간 내면과 기억에 닿아 있는 내적 사실을 추론하여 기존 역사소설과 차별화된 미시적 역사를 그려낸다.

한편 유르스나르에게 신화는 자유자재로 구사 가능한 일종의 모국어이다. 희곡, 에세이, 산문시와 같은 다양한 장르의 작품에서 신화의 차용과 전복, 재생산이 두드러진다. 이때 신화는 단지 표층구조에만 머물지 않으며, 작가 개인의 감정을 우회적으로 토로하거나 현실 사회를 비판하고, 작중 인물들의 깊고 복잡한 심리 갈등을 구조화하거나 다른 시공간의 텍스트를 원초적 공간으로 옮겨와 중첩시키는 팔랭프세스트palimpseste의 세계를 이룬다. 유르스나르가 다루는 신화에는 고대 그리스 신화와 성서 신화가 주류를 이루지만, 그 밖에도 중세에서 현대를 아우르는 민담도 포함된다. 또한 서양문학에서는 거의 다루지 않던 오리엔트 신화가 별도의 신화집神話集으로 나올 정도로 신화의 범위가 확장된다.

사실 유르스나르에게 신화는 인류 기억의 샘이다. 작가가 신화와 그 의미에 대한 깊은 학식과 통찰을 작품에 반영하는 이유는 구체적 인간들의 역사와 기억을 두드리기 위함이다. 그런 연유로 비교적 사실성이 요구되는 작가의 역사소설과 자서전에도 신화적 요소가 자주 환기된다. 나아가 신화는 유르스나르 개인의 의식과 무의식을 이끌어내는 기억의 실마리이자 수단이기도 하다. 열정의 기억과 고통을 신화에 기대어 은밀히 고백하고, 꿈의 전사傳寫를 통해 몽상과 운명의 관계를 신화적으로 드러낸다.

이와 같이 유르스나르의 문학관은 역사, 신화, 기억이라는 세 가지 핵심 키워드가 순환하는 창조적 세계이다. 신화를 매개로, 다양한 시공간의 복수적複數的 의미의 역사가 인간의 원초적 기억을 환기시킨다. 이 세계는 궁극적으로 인류의 근원성에 닿아 있으며, 유르스나르가 평소 강조하는 '모든 것은 하나Tout est Un'라는 전일全一의 개념이 녹아 있다.

이 책을 구상하게 된 이유는 유르스나르의 문학 전반에 나타나는 다양한 신화의 존재 양상과 그 의미가 신화를 변용하는 여느 작가들의 작품과는 차별화된다고 생각했기 때문이다. 무엇보다 작가 한 사람이 이처럼 다채로운 신화 문학을 제시한 경우가 거의 없고, 신화의 단순한 차용이 아닌 문학적 전복과 변용, 로마네스크적 인물과 소설 공간의 신화화를 통해 반전과 창의성을 갖춘 유르스나르의 신화체계가 독창적이라고 생각했다.

특히 유르스나르의 전全 작품에서 드러나는 신화적 양상이 총망라된 이 신화체계를 재시하겠다는 의도에서 '문학신화학mythologie littéraire'이라는 책 제목을 붙였다. 무수한 신화 이야기가 글쓰기 안에서 연속적으로 결합되고 조직화된 체계가 신화학mythologie의 정의라면, 유르스나르 역시 자신의 문학 세계 안에서 무수한 신화 이야기를 퍼뜨리고 결합시켜서 조직적이고 다층적인 의미

체계를 새로이 구성해 냈기 때문이다.

그런데 이 '문학신화학'은 얼핏 보면 이질적이고 파편적인 신화들의 구성처럼 보이지만, '모든 것이 하나'라는 유르스나르 고유의 문학 메시지로 환원된다. 이는 작가의 집필 의도가 특수한 개인이 아닌 보편성을 지닌 인문주의적 인간에 대한 이해에 닿기 위한 '회귀'의 신화학을 지향하기 때문이다. 유르스나르에게 신화의 의미 전복이란 인간 본질에 대한 궁극적 이해, 그리고 그와 더불어 신화시대에 자리하던 인간의 원초성과 영원성에 대한 기억의 소환이다. 이 소환은 우리 현재의 삶이 인간의 본성과 감성, 몽상, 공동체 문화로부터 얼마나 유리되어 있는지, 이와 동시에 우리가 신화의 이해 방식과 어떻게 유기적으로 이어져 있는지 깨닫게 해준다. 결국 유르스나르는 인간의 정신과 행동에 잠재된 신화의 유기적 연결망을 은밀히 장치하여 인류 본연의 기억을 불러일으키며 현대의 인문주의로 나아가도록 이끄는 '회귀'의 신화학을 지향하는 것이다. 궁극적으로 우리 시대에 필요한 인문주의로의 회귀를 지향하기에 유르스나르의 문학신화학은 다면성을 지닌 인간의 본질을 파악하게 해주고, 보다 깊은 지성과 원초적 감성으로 우리 자신뿐만 아니라 우리와 다른 타인과 공동체를 이해하도록 이끌어줄 수 있다.

아마도 일반 독자라면 프랑스 작가 유르스나르에 관해 관심이 적을 수 있지만, 그리스·로마 신화에 대한 지식이 확장된 교양 독자들이 늘어난 현 상황에서 신화를 주제어로 한 작가의 문학 궤적을 일목요연하게 살펴본 이 글에는 흥미를 가질 수 있지 않을까 한다. 에피소드 중심으로 신화를 접해온 독자라면, 신화의 문학적 변용과 그 문학적 가치를 유르스나르의 진지한 글쓰기 안에서 살펴보길 바란다. 그리하여 우리에게 익숙한 신화 줄거리가 어떻게 문학으로 재탄생하고, 그것이 어떻게 미학적 차원의 신화체계를 이루어 '문학신화학'이라는 방대한 신화 문학 스펙트럼을 구축하는지 이해하는 계기가 되길 바란다.

끝으로 이 책이 나오기까지, 오랜 시간 연구자의 길을 격려해 주신 유석호 교수님과 그리스 신화 관련 저서와 세미나를 통해 영감을 주신 이진성 교수님을 비롯하여 연세대학교 불어불문학과에서 학은을 주신 여러 교수님들께 감사드린다. 이 책을 마무리 지을 수 있도록 배려해 주신 경상대학교 불어불문학과 교수님들께도 감사드린다.

또한 언제나 자식들의 학문 연구를 지지해 주시는 부모님께 진심으로 사랑과 감사의 말씀을 올린다. 아울러 이 책이 나오기 전까지 관련 논문을 읽어주며 아낌없는 비판과 조언을 해준 나의 사랑하는 동생 박지현 박사에게 특별히 고마움을 표하고 싶다. 신화의 회화적 표현에 관심이 있어 여러 장의 삽화를 보내준 일러스트 박상일 군에게도 감사를 전한다.

마지막으로 이 책의 출간을 위해 애써주신 한울엠플러스 그리고 꼼꼼하게 교정을 해주신 편집부 분들께 감사의 마음을 전한다.

2019년 6월

박 선 아

마르그리트 유르스나르Marguerite Yourcenar(1903~1987)는 20세기 프랑스 문단에서 자신만의 전통적 문학 작업을 이어간 프랑스 여류 작가이다. 그녀의 삶은 크게 두 시기, 프랑스와 유럽에서 지낸 시기(1903~1939)와 2차대전의 발발로 예기치 않게 미국에 정착하게 된 시기(1939~1987)로 나뉜다. 하지만 작가는 어디에서든 평생 자신이 좋아하는 프랑스어로 다양한 문학 작업을 시도했으며, 여성으로서는 처음으로 프랑스 아카데미 프랑세즈L'Académie française에 들어갔다.

유르스나르가 구축한 문학세계의 한 축은 '역사'이다. 고대 로마황제 하드리아누스의 일대기를 그린 『하드리아누스의 회상록Mémoires d'Hadrien』과 16세기 연금술사의 인생을 다룬 『흑의 단계L'Œuvre au Noir』로 큰 명성을 얻은 현대 프랑스의 대표적 역사 소설가이기 때문이다. 말년에는 자전적 요소가 함축된 일종의 대大가족사인 3부작 『세상의 미로Le Labyrinthe du monde』를 통해 역사적 자서전이라는 창의적인 시도를 보여주었다.

유르스나르 문학세계를 이루는 또 다른 축은 바로 '신화'에 관한 것이다. 소설뿐 아니라 희곡, 산문시, 에세이와 같은 상이한 장르의 작품들에서 신화의 차용과 변용이 두드러진다. 유르스나르의 작품이 신화로 넘쳐나는 이유는, 유년시절부터 아버지와 함께 고전문학 작품들을 낭송하거나 유럽 각지와 지중해를 여행하고 유명 박물관의 고대 예술품들을 감상하며 얻어진 문화 체험과 축적된 지식에 연유한다. 작가가 되어서도 그리스·로마, 발칸, 북유럽, 인도, 중국, 아프리카 등 세계 신화 문명 발상지를 여행하였으며, 그 경험은 고스란히 작품 속에 녹아 있다.

이처럼 역사와 신화를 두 축으로 하는 유르스나르의 작품세계는 개인의 특수한 기억과 인류의 원초적 기억을 부단히 소환하기에 '기억'이라는 또 하나의 축을 시계추처럼 왕복한다고 볼 수 있다. '기억'은 역사의 구체성과 신화의 보편성을 이어주는 가교의 역할을 하는 중심축이다.

한편 유르스나르는 당시 주류를 이루던 아방가르드 문학이나 새로운 문학 실험과는 거리가 있어, 현대의 고전주의 작가라는 평가를 받기도 한다. 당시의 이념이나 미학적 논쟁에 관심을 보이기보다는, 역사와 신화가 지닌 고갈되지 않는 무한한 해석의 풍요로움을 이해하고서 이를 작품에 반영한 작가이기 때문이다. 특히 2차대전을 계기로 우연히 정착하게 된 미국은 작가 유르스나르가 파리 문단과 멀어져 힘든 시기를 보내던 시기였지만, 신화 작품들을 구상하고 집필하던 시기이기도 했다.

작가 자신도 신화의 시대라고 부를 만큼 1932년부터 1938년까지는 신화문학, 예를 들어 『불꽃Feux』, 『동양이야기들Nouvelles Orientales』, 『몽상과 운명Les songes et les sorts』의 구상에 빠져 있었다.[1] 특히 유르스나르의 작품세계에서 그리스 신화가 차지하는 비중은 매우 크다.[2] 작가는 1943년 「그리스 신화와 그리스의 신화」라는 글[3]에서, 그리스 신화가 유럽의 시인들과 예술가들에게는

---

1 Colette Gaudin, *Marguerite Yourcenar à la surface du temps*(Rodopi, 1994), p.68.

2 이는 어린 시절부터 읽은 고전문학과 그리스, 이탈리아 여행(1922~1938년), 고전예술품 감상과 무관하지 않다.

3 Marguerite Yourcenar, "Mythologie grecque et mythologie de la Grèce"(in *En pèlerin et en étranger*), *Essais et Mémoires*(Paris: Gallimard, coll. La Pléiade, 1991), pp.440~445.

보편 언어의 시도였으며, 개인의 내적 고백을 가장 완전하게 표현할 수 있을 정도로 다채롭고 즉시 이해될 수 있을 정도라며 신화의 문학적 틀을 예찬했다. 그녀는 자신과 작중인물들의 행동과 정신세계를 구현하기 위한 문학적 도구, 그들의 행위, 몽상과 무의식을 이해하려는 문학 작업의 근원으로서 신화에 밀착되어 있다. 따라서 유르스나르의 문학 사상을 종합적으로 이해하기 위해서는 신화 작품들의 연구가 무엇보다 중요하다.

작가 유르스나르에게 신화란 현대인들이 자각하지 못하는 내면과 영혼의 영웅적 원형을 설명하거나 인간의 억압된 욕망을 그려내기 위한 무의식의 표현이기도 하고, 사회집단의 의식 구조를 이해하도록 이끄는 논리적 도구이기도 하다. 또한 유르스나르의 신화 다시 쓰기는 단순한 모방이 아닌 창의적인 전복이 내포된, 동질성과 이질성, 망각과 기억 사이의 긴장들을 결정화하는 중층적이고 상호 텍스트적인 글쓰기로서 현대 문학의 특징적인 표현 양식이기도 하다.

궁극적으로 이 책은 유르스나르의 문학 전반에 나타나는 다양한 신화의 존재 양상들과 그 의미를 작가 고유의 '문학신화학mythologie littéraire'이라는 큰 틀 안에서 제시하고자 한다. 작가 1인을 통해 '문학신화학'이라는 하나의 총체적 신화 스펙트럼을 제시하려는 것이다. 본래 신화학mythologie이란 플라톤이 처음 사용한 개념으로 '신화의 통시적인 연륜과 변화 과정을 총칭하는 유동적 개념'이다. 글쓰기의 유동성 안에서 신화 이야기들을 '연속적으로 결합하고 조직해 낸 체계'이다. 우리는 이 신화학이라는 개념을, 문학 작품 전반에서 무수한 신화 이야기들을 흩뿌리고 결합해서 조직적인 체계로 재구성해 낸 유르스나르의 문학관을 정의하는 데 적용하고자 한다.

그렇다면 일반 신화학과 변별되는 신조어로서 '문학신화학'은 어떤 개념적 토대를 세울 수 있을까?

우선 유르스나르 문학세계는 어느 특정 신화의 통시적 변모 과정에 기댄 신화학의 구축과 다르다는 점이다. 신화 이야기들을 문학적으로 전복하거나 탈신화화하기도 하고, 로마네스크적 인물을 신화화하거나 소설 공간을 신화화하기도 하고, 반대로 신화적 인물들을 육화하여 현실의 세계로 끌어냄으로써, 유르스나르의 전全 작품들 안에서 여러 신화를 공시적으로 잇고 결합시켜 하나의 거대한 신화망網을 구축한다. 창의적 반전이 들어 있는 신화 변용과 개별 작품마다 산재해 있던 신화적 요소들이 우연히 이어지는 연결성으로 인해, 총체적으로 유르스나르의 작품들은 신화를 통해 문학적 가치를 드높이는 상위 범주의 '미학적 신화학'을 형성하고 있다.

두 번째, 일반적으로 신화학은 신화의 뿌리에서부터 오늘날까지의 변모 과정을 찾아나가는 일련의 고찰이지만, 유르스나르에게 신화는 자기 정체성의 뿌리나 정서affectivité적 근원을 찾아나가는 '개인 신화학'의 성격을 띤다. 신화적 인물들에 기대어 자신이 겪은 사랑과 실연의 아픔을 은밀히 녹여낸 산문시집에서부터 자신이 직접 꾼 꿈들 속에서 고대 신화의 신탁처럼 자기 무의식과 운명의 전조를 읽으려는 꿈의 전사傳寫에 이르기까지, 유르스나르는 개인의 경험 속으로 다수의 신화들을 끌어들인다. 이는 개인 존재의 보편적 미학성을 획득하기 위해 신화에 기대는 '개인 신화학'의 성격을 띤다.

세 번째, 신화학의 또 다른 성격으로는 사회문화적 맥락 안에 신화가 내포할지도 모르는 진실을 이성을 통해 추출하려는 과학적 차원의 신화학이 존재한다. 신화는 한 사회의 이념을 극적으로 표현하거나 현실의 모순을 해결하는 정당화의 기능을 내포하기 때문이다. 그러나 이러한 신화학과 달리, 유르스나르는 다양한 사회·문화·사상적 의미와 인문학적 개념들이 도출되는 논리적 장치가 마련되도록 작품마다 신화적 요소들을 심어놓는다. 이는 신화 자체가 내포하는 진실이나 신화의 정당화 기능을 부각시키기보다는, 작가 유르스나르와 동시대가 처한 사회적 환경이나 가치관, 인간 집단의 여러 문제를 보편적 차원에서 이해하고 공론화하기 위한 신화의 활용에 가깝다. 따라서 신화 자체의 내적 기능에 천착하기보다는 현대 사회의 구조적 모순과 가치관의 위기를 드러내기 위한 '사회신화학'의 성격을 띤다.

네 번째, 어떤 신화이야기들이 연속적으로 결합되고 조직된 체계가 신화학이라면, 그것은 또 다른 글쓰기에 의해 계속해서 움직이는 유동의 신화학이다.

따라서 신화학은 고대 그리스부터 현대에 이르기까지 쓰인 신화 이설들의 다양한 변모 과정과 방대한 흐름을 함께 검토해야 하는 광역 작업이기도 하다. 사실상 문학에서는 특정 신화를 선택하여 새로운 글쓰기를 시도하더라도, 그 신화가 신화학이라는 전체성 안에서 어떤 좌표를 갖는지에 대한 관심과 해석은 간과되기 십상이다. 그러나 일반 작가들과 달리 유르스나르는 고대 신화로부터 고전 신화 그리고 현대 신화에 이르기까지 원형신화와 차별화되는 신화 이설들의 변용과 그 개별 가치를 익히 알고 밝힐 줄 아는 작가이다. 서문이나 대담집에서 밝히는 그녀의 신화 논평은 자신의 신화문학이 고유의 기원을 지니면서도 동시에 다른 텍스트들과 영향을 주고받거나 앞으로도 계속 주고받게 될 '상호 텍스트성의 신화학'에 속하는 잠재적 담론임을 보여준다.

다섯 번째, 신화학은 구전으로 전승되다가 문자가 생긴 후에는 서사시, 비극, 철학의 장르 형태를 띠게 되고 점차 소설, 희곡 등의 문학 장르와 회화, 조각, 음악 등의 예술 장르를 빌려 다양한 이설들이 계속 첨가되어 형성된 다多장르의 구조이다. 일반적으로 문학에서는 작가의 장르 선호도에 따라 한두 개의 장르에 국한하여 신화를 차용하는 경우가 많으며, 특히 희곡 장르에서 두드러진다. 그러나 유르스나르의 경우는 문학 장르 간의 벽을 허물고 전全 장르를 통해 신화의 침윤성을 드러낸다. 소설, 시, 희곡, 에세이에 걸쳐 유사한 신화들이 상호 간의 연결고리를 갖고서 여러 장르를 순환하는 '원심적 신화학'을 보여주는 것이다.

여섯 번째, 일반적으로 신화학은 그리스를 상위 범주로 삼는 유럽인 중심의 그리스 신화학을 의미하며, 넓게는 그리스 신화뿐 아니라 그리스 사회, 문화, 사상의 이해를 요구한다. 유르스나르 역시 '그리스시대'라고 불리는 시대적 별칭을 가질 정도로 한때 그리스 신화와 사상에 경도되었던 작가이다. 그러나 유르스나르의 작품세계는 유럽문화의 뿌리가 되는 서구의 그리스·로마 신화, 성서 신화에만 머물지 않고 발칸 - 그리스 신화, 인도 신화, 일본 신화, 중국 신화까지 폭넓게 아우르고 있다. 작가는 두 문화 간의 접촉, 두 세계의 상호 침투, 경계선상에 위치한 변경의 땅이 갖는 이종혼종성에 의해 매료된다. 따라서 유르스나르는 에게해 그리스 문명 중심의 신화학에서 벗어나 오리엔트 신화와 그리스 신화의 균형을 모색하는 '동·서 통합의 신화학'을 제시하고 있다.

마지막으로, 신과 영웅의 이야기에 대한 학문적 연구 영역인 신화학은 과학적·객관적 관찰이 중요하며, 그 검토과정에 따라 부단히 유동적인 신화학이기에 결정적 판단은 유보되는 것이 특징이다. 그러나 유르스나르가 신화를 다루는 특징적 태도는 선험적으로 '판단하는' 것이다. 유르스나르가 취사선택한 신화적 인물들의 이야기는 인간 본연의 성스러움과 미덕을 회복하기 위한 가치판단에서 비롯된다. 인간들의 삶이 신화의 이해방식과 어떻게 유기적으로 연관되는지, 그리고 개인, 사회, 역사, 감성, 무의식, 이데올로기, 문화에 대한 사유와 인식이 신화와 문학의 융합을 통해 어떻게 전달되는지를 보여주기 때문이다. 이는 신화를 대하는 작가의 태도가 여느 신화학자와 달리 '판단'의 가치를 띠고 있음을 의미한다. 궁극적으로 유르스나르가 시도하는 신화의 문학적 변용은 시공간을 초월하여 인간 본질에 대한 보편적 이해와 인문주의의 현대적 복원을 지향하기에, '인본 회귀의 신화학'이라고 볼 수 있다.

이처럼 일반 신화학과 차별되는 유르스나르의 '문학신화학'은 기존 신화집의 재생산이나 한두 작품에서 신화를 다루는 작가들의 경우와도 다르다. 그녀의 장편소설을 비롯하여 단편소설, 에세이, 시, 희곡 등 문학 전반에 나타나는 다양한 신화의 존재 양상과 그 의미를 '문학신화학'이라는 큰 틀 안에 묶을 수 있기 때문이다. 에피소드 중심의 신화집이 주를 이루는 도서 현황 속에서, 신화의 문학적 변용 사례들과 그 문학적 가치를 고전적 성향의 진지한 글쓰기 안에서 살펴봄으로써, 작가 1인의 '문학신화학'이 얼마나 깊고 넓게 인간과 우주의 본질을 통찰할 수 있는지, 그리고 한층 미학적인 차원의 신화 문학으로 어떻게 재생산될 수 있는지 새롭게 평가해 볼 수 있는 기회가 될 것이다.

제1장

신화적 인물들의 차용과 탈신화화

『불꽃』, 『연극 2』를 중심으로

파이드라 - 테세우스 - 히폴리토스

제1장에서는 신화의 차용이 직접적으로 드러난 작품들을 살펴보려고 한다. 전승된 신화 이야기가 유르스나르의 다시 쓰기 안에서 어떤 방식으로 작가 자신을 포함한 현대인의 자화상이나 현대사회의 구조와 문제점을 보다 극명하게 인식시키는지, 그 전복과 탈신화화를 통한 신화적 육화personnification mythique에 관한 것이다.

이 장에서 다룰 작품은 『불꽃Feux』,[1] 『연극 2Théâtre II』[2]에 관한 것이다. 우선 1935년에 콘스탄티노플에서 쓰고 1936년 발간된 『불꽃』은 열정의 위기가 낳은 서정적 산문시집이다. 서문에서 유르스나르가 밝힌 바에 의하면, "『불꽃』에서는 사랑의 감정들이 직접적으로, 이따금 사유의 편린片鱗들로 비밀스럽게 표현되기도 하고, 때론 그와 반대로 간접적으로 신화나 역사에서 차용된 서술로 표현되기도 한다".[3]

---

1 Marguerite Yourcenar, *Feux*(Paris: Grasset, 1936; réedit Paris: Plon, 1957; Paris: Gallimard, 1974); in *Œuvres romanesques*(Paris: Gallimard, La Pléiade, 1982, 1991), pp.1073~1167. 앞으로 이 작품의 인용 페이지는 1991년 플레이아드La Pléiade 판본을 기준으로 삼겠다.

2 Marguerite Yourcenar, *Théâtre II: Électre ou la Chute des masques, Le Mystère d'Alceste, Qui n'a pas son Minotaure?*(Paris: Gallimard, 1971), p.231.

3 Marguerite Yourcenar, *Feux*(La Pléiade, 1991), p.1075.

대부분 고대 그리스 신화와 인물들을 통해 열정에 대해 말하는 이 작품은, 각 에피소드 사이마다 작가의 내면 일기에 해당하는 단상들을 담아내고 있어 신화에 기댄 자서전 작품으로 알려져 있다. 총 9개의 열정을 노래하는 신화 소재의 서정 산문시가 등장하고,[4] 그 틈을 경구aphorisme와 내면 일기에 해당하는 짧은 글들이 채우고 있다.

우선 고대 그리스 신화에 등장하는 가장 비극적이고 널리 알려진 사랑을 대표하는 인물은 파이드라와 클리타임네스트라이다. 더 나아가 안티고네와 레나와 같이 충실하고 고귀하며 정의를 사랑하는 인물도 있다. 나아가 성적 역할의 위반과 그 정체성의 점진적 이행을 보여주는 아킬레우스의 사랑 이야기는 유르스나르가 실제 겪은 열정의 대상과 자신이 느낀 영혼의 당혹감[5]을 표현하는 수단이 되기도 한다.

『불꽃』에 나타나는 열정의 특징을 크게 세 가지로 나누면, 우선 열정이 절망 혹은 광기로 변화하여 인간의 저항이 한계점에 다다르는 극단적 분위기가 펼쳐진다는 점이다. 정념이 강한 신화적 인물들은 절대에 닿을 정도의 강렬한 열정을 마음껏 표출하지 못하고 이내 길이 막혀버린다. 그래서 그 강렬함이 구체적이라기보다는 추상적이고 관능적이며 마치 환영을 쫓아다니듯 죽음과 맞물려 있다. 남편 아가멤논을 죽인 클리타임네스트라가 바로 그 경우이다. 그녀가 재판관들 앞에서 고백하는 내용을 읽으면, 그녀의 질투는 결국 남편을 향한

---

4 9개의 열정 이야기는 다음과 같은 순서로 구성되어 있다: 「파이드라 혹은 절망Phèdre ou Le désespoir」, 「아킬레우스 혹은 거짓말Achille ou Le mensonge」, 「파트로클로스 혹은 운명Patrocle ou Le destin」, 「안티고네 혹은 선택Antigone ou Le choix」, 「레나 혹은 비밀Léna ou Le secret」, 「마리아 막달레나 혹은 구원Marie-Madeleine ou Le salut」, 「페돈 혹은 현기증Phédon ou Le vertige」, 「클리타임네스트라 혹은 죄악Clytemnestre ou Le crime」, 「사포 혹은 자살Sappho ou Le suicide」.

5 남성을 사랑하는 한 남자를 열렬히 사랑한 여인, 영원히 그 남성의 사랑을 받을 수 없는 여인으로서 유르스나르가 겪은 열정의 위기에 관한 것이다. 작가가 열렬히 사랑한 그 남성의 존재는 산문시집 『불꽃』의 제목 바로 밑에 「헤르메스에게A Hermès」라는 짧은 헌정사로 암시되어 있다. Marguerite Yourcenar, *Feux*(La Pléiade, 1991), p.1073.

영원한 사랑에서 비롯되며 결코 이룰 수 없는 그와의 한 몸을 향한 열정을 내포한 자웅동체 또는 양성 신화mythe de l'androgyne로 귀착된다.

두 번째 열정은 불가능해서 고백조차 할 수 없는 금기의 사랑이다. 파이드라의 의붓아들 히폴리토스에 대한 근친상간inceste처럼, 죽은 오빠 폴리네이케스를 향한 안티고네의 절대적 사랑도 금기의 사랑으로 묶을 수 있다. 하지만 후자의 경우는 관능적 열정이라기보다는 추상적인 열정에 해당되는데, 신성한 법의 희생자이자 빛 그 자체로서 안티고네가 선택한 것은 정의의 열정이기 때문이다. 정의 혹은 절대와 앎에 대한 갈증도 유르스나르가 다루는 열정의 범주에 속한다.

세 번째 열정은 모호한 세계에 존재하는 인물들의 사랑에 관한 것이다. 트로이 전쟁에 나가는 것을 피하기 위해 여자로 가장하고 섬에 숨어 있다가 문득 성적 정체성의 혼란을 느끼게 된 「아킬레우스 혹은 거짓말」, 가면을 쓴 펜테실레이아를 죽이며 파트로클로스에 대한 사랑을 동시에 깨닫게 되는 「파트로클로스 혹은 운명」을 통해, 아킬레우스의 성적 정체성의 공존과 이행을 숭고한 표현으로 다루고 있다. 유일하게도 유대 - 시리아 지방의 성서 신화 마리아 막달레나 신화를 제외하고는 모두 고대 그리스 신화에서 차용한 『불꽃』은, 마치 유르스나르가 친숙한 신화를 통해 자신의 열정을 정화하려는 것처럼 보인다. 사랑하는 이와 함께 나누지 못한 열정의 아픔을 강렬한 신화적 이미지로 녹여내는 것이다. "때로 충격적이지만 일종의 신비한 미덕에 젖어 있는 이 미친 사랑의 개념이 초월적 존재를 믿는 어떤 형태와 연결되지 않고서는 존속할 수 없기 때문이다."[6]

이어서 『연극 2』는 엘렉트라, 알케스티스, 아리아드네라는 그리스 신화 속 여성들이 주인공으로 등장하는 세 편의 신화 이야기가 한 권으로 묶어 출간된 극작품이다. 하지만 그 집필 시기는 각기 다르다. 「엘렉트라 혹은 가면들의 전락Electre ou la chute des masques」은 1943년에 쓰였고 보완 수정 후 1954년에 발

6 Ibid., p.1081.

표되었다. 『알케스티스의 비밀Le Mystère d'Alceste』은 1942년에 쓰였고 거의 초고 내용 그대로 20년 후인 1963년에 출간되었다. 마지막으로 「누군들 자신의 미노타우로스가 없겠는가?Qui n'a pas son Minotaure?」는 1933년에 쓰여 1939년 잡지 《카이에 뒤 쉬드Cahier du Sud》에 「아리아드네와 모험가Ariane et l'Aventurier」라는 제목으로 발표되었다가, 이후 1944년 상당 부분 수정되어 결국 1963년에 출간된다.

신화종교학자 조지프 캠벨에 따르면, 신화 속 영웅은 분리, 입문, 회귀라는 통과 의례적 모험을 치르며, 그의 모험을 원형신화 또는 원질신화monomythe라고 부른다. "영웅은 삶의 세계에서 초자연적인 경이의 세계로 떠나고 여기서 엄청난 세력과 만나 결정적인 승리를 거두며, 이 신비로운 모험에서 동료들에게 이익을 줄 수 있는 힘을 얻어 마침내 현실세계로 돌아온다."[7] 본래 영웅은, 신과 인간이 공존하는 세계에서 살지만 비범하게 탄생하여 인간 이상의 신적 능력을 발휘하고, 인간적 속성과 신적 속성을 동시에 갖고 있기에 시간을 초월하고 일정 구조 안에서 움직인다. 하지만 유르스나르는 이 영웅 신화의 전형성을 새롭게 해석하고 있다. 유르스나르의 세 주인공은 사실 그리스 신화에서 부차적 역할을 하던 여성인물로, 이제껏 영웅적 능력이 크게 부각되지 못하였거나 신적 성향도 거세되어 있다. 현대로 올수록 영웅이 세속화되거나 시대적 요소들이 복합되어 신화의 변용이 자연스러운 추이일 수 있지만, 영웅 신화를 직접 소재로 차용한 유르스나르의 극에서 오레스테스, 아드메토스, 테세우스와 같은 남성영웅이 덜 모험적이고 희화되고 세속화되어 있다는 점은 새롭다. 작가는 영웅 대열에 전혀 끼지 못했던 신화 속 여성인물들의 고된 삶과 어두운 심리를 파헤쳐 현대사회에서 영웅이 되는 길을 제시하고 있다.

이제 우리는 위에서 언급한 작품들을 중심으로, '불가능의 열정과 상처', '불

---

7 Joseph Campbell, *The hero with a thousand faces*(Pantheon Books, 1949; réedit 1968, 2008); 『천의 얼굴을 가진 영웅』, 이윤기 옮김(민음사, 1999), 44~45쪽.

의의 복수와 정화', '죽음의 극복과 자기실현'이라는 세 가지 주제로 나누어, 신화 속 영웅들의 차용과 전복 그리고 화신化身, incarnation이라는 작가의 현대적 의도까지 해석해 보고자 한다. 우선 '불가능의 열정과 상처'에서는 파이드라와 클리타임네스트라의 죄와 사랑의 절망, 아킬레우스의 비극적 자기애와 정체성의 문제를 다루고, 이어서 '불의의 복수와 정화'에서는 엘렉트라의 영원한 복수의 가면과 마리아 막달레나의 회개가 드러내는 대립적 성격을 살펴보고, 마지막으로 '죽음의 극복과 자기실현'에서는 알케스티스의 자기구원과 아리아드네의 자기실현이 이끄는 영혼의 고양이라는 상위 개념에 대해 이해해 보고자 한다. 그리고 무엇보다도 이 신화 주제들이 작가의 열정적 체험과 내밀한 사유가 은밀히 스치고 있는 개인의 자전적 신화와 무관하지 않음을 구체적인 작품 분석을 통해 발견할 수 있을 것이다. 작가의 깊은 사유와 내밀함을 엿보게 하는 개인의 열정 신화가 신화의 변용, 특히 그 문학적 구성과 문체의 특징들을 통해서 어떻게 독창적으로 만들어지는지 밝혀보려 한다.

1. 불가능의 열정과 상처

1) 파이드라의 열정과 절망

『불꽃』에서 첫 번째로 나오는 가장 짧은 이야기가 「파이드라 혹은 절망」이다. 그런데 이야기가 시작되기 전에 에피그라프épigraphe(제사題詞)처럼 다음과 같은 경구들이 이어진다. 그 속에서 발화되는 1인칭 화자와 그가 토로하는 사랑의 고통이 독자에게 신화의 영역을 벗어나 사실적 인물들을 만나러 가는 감정의 다리를 놓아준다.

나는 이 책이 결코 읽히지 않길 바란다.

우리 사이에 사랑보다 더 나은 것이 있는데, 바로 말 없는 약속이다.

부재하는 너의 모습이 세상을 채울 정도로 커진다. 너는 유령들의 세상인 유동의 상태로 이동한다. 현재 너의 형상은 응축되어 있다. 너는 가장 무거운 금속들, 이리듐iridium, 수은이 농축된 상태에 닿아 있다. 그것이 내 심장에 떨어질 때 나는 이 무게로 죽을 것이다.

고독… 나는 사람들이 믿는 것처럼 믿지 않고, 그들이 사는 대로 살지 않으며, 그들이 사랑하는 것처럼 사랑하지 않는다… 하지만 그들이 죽는 것처럼 죽을 것이다.

알코올은 환상에서 깨어나게 한다. 몇 모금의 코냑을 마신 후에 난 너를 더는 생각하지 않는다.[8]

극심한 사랑의 아픔과 고독이란 주제가 환기되어 있는 간결한 문장들 속의 1인칭 화자가 바로 유르스나르라는 사실은 앞선 서문을 읽어보면 알 수 있다. 『불꽃』이 결코 읽히지 않길 바란다고 했지만, 이 산문시집 서문에 쓰인 작가의 논평에는 섬세할 정도의 정성이 들어가 있다. "사랑에 대한 시집에 논평이 필요하지 않다고 말해봐야 소용없다. 내가 이토록 오랫동안 문체와 주제의 특징들을 다루고, 이 책에 영감을 준 열정적 경험을 은밀히 스치면서, 장애물을 피하려는 것처럼 보이는 것을 안다."[9] 유르스나르는 비록 인간 속에 자리한 사랑이라도 직접적이고 구체적으로 전하는 것보다는, 초월적 존재와 그의 신비한 이야기로 연결되어야 한다고 생각한다. 그렇지 않고는 이 미친 사랑은 헛된 거울놀이나 슬픈 편집증밖에는 되지 않는다. 강렬한 열정은 감정적이고 육체적인 집착보다 훨씬 더 우세한 추상적 개념이기 때문이다.[10]

---

8 M. Yourcenar, *Feux*(La Pléiade, 1991), p.1083.

9 Ibid., p.1080.

10 Ibid., p.1081.

① 파이드라의 열병과 고독

유르스나르의 지독한 사랑에 근접할 신화 속 인물은 바로 파이드라이다. 미노스와 파시파에의 딸이자 훗날 테세우스의 아내가 된 파이드라는 남편의 아들 히폴리토스에게 정념을 품게 된다. 하지만 날이 갈수록 채워지지 않는 욕구 때문에 결국은 의붓자식을 죽음으로 몰아낸다. 그런데 유르스나르는 파이드라에 관한 이설들 중 영원히 바꿀 수 없는 숙명의 희생자라는 주제에 초점을 맞춘다. 그리고 그녀의 삶을 다음과 같이 압축한다.

> 파이드라는 모든 것을 완수한다. 그녀는 자기 어머니를 황소에게 내맡기고 친언니에게는 고독을 넘겨준다. 사람들이 자기 꿈을 포기하듯 고향을 떠나고 추억을 고물로 팔아버리듯이, 그녀는 자기 가족을 버린다. 순진함이 죄인 이 환경 속에서 그녀는 자신이 결국 겪게 될 일을 혐오의 감정으로 목격한다. 바깥에서 본 그녀의 운명은 그녀를 두렵게 하는데, 미로의 벽 위에 기록된 형태를 통해서만 자기 운명을 알아볼 뿐이다. 그녀는 도망쳐서 자신의 끔찍한 미래를 빠져나온다. 이집트 여자 성 마리아가 육체로 뱃삯을 지불했듯이, 그녀는 무심히 테세우스와 결혼한다.[11]

'파이드라는 모든 것을 완수한다'로 시작하는 첫 문장은 파이드라 신화의 모든 행위가 이미 이루어진 상태에서 다시 회상으로 나아가는 순환적 성격의 출발임을 알린다. 그녀는 가족을 버리고 고향 크레타를 떠난다. 크레타에는 황소와 바람이 난 욕망과 퇴폐의 상징인 어머니 파시파에가 낳은 괴물 미노타우로스의 미로가 있다. 이 미로의 벽에 파이드라의 끔찍한 미래가 새겨져 있다. 그녀는 자신의 두려운 운명을 피해서 사랑 없이 테세우스를 따라 도망친다.

---

11 Ibid., p.1085.

그녀는 서방의 몽롱한 신화 속에 크레타의 아메리카l'Amérique crétoise라는 둘도 없는 거대한 도축장을 처박아 넣는다. 농가 냄새와 아이티의 독을 머금은 그녀는 배에서 내린다. 뜨거운 열대의 심장 아래, 자신을 일그러뜨리고 갉아먹는 병이 있는 건 아닌지 생각해 보지도 않은 채 말이다.[12]

그런데 안전한 미래로 도망친 파이드라의 시간은 우리가 익히 아는 보편적 신화의 시간이 아니다. 유르스나르는 '크레타의 아메리카라는 둘도 없는 거대한 도축장', '농가 냄새', '아이티Haïti의 독'이라는 은유 이미지로 현대의 역사적 시간을 끼워 넣는다. 이 단어들은 현대세계에서 일어나는 비극과 절망의 무게를 연상시키는 이미지들이다. 또한 크레타는 이성적인 미노스 왕이 세운 지상의 섬나라가 아니라, 부정적인 의미로 괴물이 사는 서구화된 지하 미로를 환기시킨다. 그 지하 궁전은 냄새나고 독을 머금고 있으며 너무 뜨거워서 몸을 갉아먹는 어둠의 공간이다. 이제 파이드라가 테세우스의 고향에 들어서면서, 크레타에 각인되어 있던 절망적이고 끔찍한 운명이 그녀와 함께 들어온다. 그녀가 들어오자 테세우스의 고향 아테네는 우리가 익히 아는 신화적 장소가 더는 아니다. 유르스나르가 그려내는 파이드라의 공간은 신화보다 낯설고 모호하며 신화라는 영원한 시간 속에 구체적이고 역사적인 시간이 끼어들어 시간의 경계가 부정확하다. 이미 새로운 차원의 신화를 예고하고 있는 것이다.

히폴리토스를 보고 깜짝 놀라는 그녀의 모습은 가던 길을 모르고 되돌아온 여행자의 당황함인 것이다. 즉 이 아이의 옆모습은 크노소스를 떠올리게 하고 양날도끼를 환기시킨다. 그녀는 그 아이를 증오하며 키우는데, 그가 자라서 그녀에게 맞선다. 그녀의 증오로 냉대받았고, 여성들을 극도로 경계하는 데 늘 익숙해지고, 계모의 적의가 그의 주변에서 일으킨 장애물들을 중학교, 새해 방학 첫날부터 넘어서야 했기 때문이다. 그녀는 그의 화살을 시샘한다. 말하자면 그의 희생

---

12 Ibid., p.1085.

자들, 그의 친구들, 다시 말하면 그의 고독을 시샘하는 것이다. 히폴리토스의 장소인 이 처녀림에서 그녀는 본의 아니게 미노스 궁전의 푯말을 심는다. 즉 이 가시덤불을 지나 숙명이라는 일방향의 길을 낸다. 매순간 그녀는 히폴리토스를 만들어낸다. 그녀의 사랑은 진정 하나의 근친상간이다. (…) 그녀는 존재하지 않는 아리시아를 처음부터 끝까지 완전히 지어낸다. 그녀는 언제나 온갖 불행한 혼합물의 기초로 쓰이는 유일한 알코올인, '불가능한 것'에 관한 취향에 도취되어 있다.[13]

파이드라는 의붓아들 히폴리토스를 처음 보자마자 당황한다. 그의 옆모습에서 크레타의 궁전 이름인 '크노소스'와 황소의 상징이자 크레타의 상징인 '양날 도끼'를 떠올렸기 때문이다. 달리 말하면 황소와 바람이 난 어머니로부터 물려받은 욕망이 꿈틀거렸기 때문이다. 하지만 법치와 이성을 지닌 미노스 왕의 딸이기도 한 파이드라는 근친상간의 죄악을 피하기 위해, 적대감을 드러내며 히폴리토스를 냉정하게 대한다. 유르스나르는 반명제antithèses, 모순어법oxymores과 같은 이분법적 문체를 통해 미노스와 파시파에의 딸인 파이드라의 내면에 감춰진 고동치는 감정을 표현해 내고 있다.[14]

결국 파이드라는 고독한 청년 히폴리토스를 마음에 담으며 크레타 미로의 벽에 쓰여 있던 숙명을 따라 자신도 모르게 그 속으로 들어간다. 그리고 자신의 내적 미로로 들어가 순수성에 대한 환상을 지어낸다. 고대 그리스의 파이드라 신화에는 등장하지 않지만, 이 작품에서는 라신Racine의 『페드르Phèdre』에 등장하는 히폴리토스가 유일하게 사랑한 적국의 공주 아리시아Aricia(또는 프랑스어로 Aricie)가 인용되어 있다. 유르스나르의 파이드라는 아리시아의 순수성

13 Ibid., pp.1085~1086.

14 Monica Romagnolo, "Marguerite Yourcenar et le poème en prose: Mythe et écriture dans *Feux*", in *Marguerite Yourcenar et l'Univers Poétique,* Actes du colloque de Tokyo(9-12 septembre 2004), textes réunis par Osamu HAYASHI, Naoko HIRAMATSU et Rémy POIGNAULT, Clermont-Ferrand(SIEY, 2008), p.69.

을 가장하려 하지만, 그것은 불가능하며 불안감만 더 커진다. '불가능한 것에 취해 있는' 파이드라의 모습은 열정으로 황폐화되어 가는 그녀의 내면을 은유한다. 결국 그녀는 왕비의 신분에서 "자신의 불행을 빨아들이다가 마침내 스스로 불쌍한 하녀가 되고 만다".[15]

> 테세우스의 침상에서, 그녀는 자신이 사랑하는 사람을 사실상 속이고 있다는, 그리고 그녀가 사랑하지 않는 사람을 상상으로 속이고 있다는 씁쓸한 쾌감을 느낀다. (…) 그녀는 유령으로 변해간다. 그녀는 자기 자신의 지옥인 양 육체에 산다. 자기 자신만 알 수 있는 미로를 자기 안에 다시 세운다. 아리아드네의 실은 이제 그녀가 탈출하도록 허락하지 않는다. 왜냐하면 그녀가 그 실을 마음속에 감고 있기 때문이다.[16]

테세우스의 간통한 아내라기보다 히폴리토스의 간통한 연인이고 싶은 파이드라의 절망스러운 사랑이 드러나 있다. 그녀는 이렇게 출구 없는 사랑의 미로를 만들어내고 있다. 예전에 테세우스는 파이드라의 친언니인 아리아드네의 실 덕분에 미노타우로스의 미로를 빠져나올 수 있었다. 그러나 의붓아들 히폴리토스를 향한 불가능한 사랑이 자라고 있는 파이드라의 미로는 헤어날 수 없는 정념의 지옥으로 변해 있다. 파이드라에게 이제 아리아드네의 실은 의미가 없다. 스스로 그 실을 심장에 감으며 하염없이 미로를 짓고 있기 때문이다. 작가는 괴물의 미로 신화와 아리아드네의 신화를 뒤섞어 파이드라의 점차 고조되는 불안한 운명과 출구 없는 미로를 표현한다.

> 그녀는 과부가 된다. (…) 테세우스에게서 벗어난 그녀는 유복자를 임신한 부끄러운 산모처럼 희망을 품는다. 그런 자기 자신을 잊으려고 그녀는 정치에 관여한

---

15 M. Yourcenar, *Feux*(La Pléiade, 1991), p.1086.

16 Ibid., p.1086.

다. 솔을 짜기 시작하듯이 섭정을 받아들인 것이다. (그런데) 테세우스의 귀환이 너무 늦게 일어나서 이 정치가가 정해놓은 의례적인 문구의 세상들 속으로 그녀를 다시 돌려보낼 수 없다. 책략의 틈새를 통하지 않고는 그 세상으로 돌아갈 수 없다. 그녀는 기뻐하며 강간을 생각해 내고 그것으로 히폴리토스를 고발한다. 그 거짓말은 그녀에게 하나의 포만감이다. 그녀는 진실을 말하는 것이다. 가장 끔찍한 모욕을 당했노라고. 그녀의 거짓은 하나의 해석인 것이다.[17]

파이드라는 테세우스가 죽었다는 소식에 남몰래 희망을 품지만, 부정한 생각을 품지 않으려 그 나름대로 애를 쓴다. 그러나 뒤늦게 남편이 살아 돌아오게 되자, 즉 히폴리토스를 향해 품었던 일말의 희망이 모두 사라질 위험에 처하자, 그녀는 오히려 그의 아들이 자신을 겁탈했다고 거짓말한다. 유르스나르는 스스로를 능욕의 대상으로 만든 파이드라의 감정을 일종의 '포만감'으로 본다. 그것이 그녀가 절실히 원하던 마음이기에 그 무엇보다 '진실'이라는 것이다. 유르스나르의 이러한 해석은 파이드라의 뒤에 숨어 감정을 토로하고 있는 작가 자신의 내적 고백으로 보인다. 열정의 다양한 양상들을 탐색하는 이 작품에서, 유르스나르의 내적 감정이 신화적 배경을 통해 중복되거나, 다시 나타났다가 보이지 않는 긴장과 은폐의 전략 안에 용해되어 있다.

② 파이드라의 고백과 해방

파이드라는 독을 마시고 자살을 선택한다. 가슴에서 느끼는 열정의 고통이 너무나 심해서 그녀가 마시는 독물은 오히려 고통을 덜어주는 해방제가 된다. 그뿐 아니라 그녀가 자신의 죄를 밝히는 것은 히폴리토스를 사랑한다고 고백할 수 있는 유일한 기회가 되기에 오히려 행복감을 느낀다.

---

17 Ibid., p.1086.

그녀가 죽기 전 고백하면서 마지막으로 자신의 죄에 대해 말할 기쁨을 얻는다. 장소를 바꾸지 않은 채, 그녀는 과오가 하나의 순진무구인 곳, 가족들의 궁전을 다시 만난다. 복잡하게 뒤얽힌 자기 조상들에게 떠밀려 그녀는 동물 냄새로 가득한 이 지하철 통로를 따라 미끄러지듯 움직인다. 그곳에서 노를 저어 스틱스강江의 미끄러운 물을 헤쳐 나간다. 반짝이는 철도 레일은 자살이나 출발을 제안할 뿐이다. 지하 크레타에 있는 좁고 긴 어두운 방들 속에서, 그녀는 짐승에게 물린 상처로 얼굴이 일그러진 청년을 마침내 다시 만나게 될 것이다.[18]

고백의 기쁨도 잠시뿐, 죽어서 다시 고향 크레타의 미로 속으로 들어간다. 미로의 소용돌이는 점점 속도를 낸다. 더불어 서술도 함께 속도를 낸다. 그 미로에는 조상들의 공간도 있고, 동물 냄새가 나는 지하도가 있으며, 스틱스강을 노 저어 가는 배도 있고, 반짝거리는 지하철 레일도 있다. 고대세계와 현대세계를 교차하여 일어나는 유르스나르의 파이드라 신화는 고대 신화의 절망을 현대세계의 절망과 연결시켜 그 무게를 한층 더 복잡하고 무겁게 한다. 유르스나르는 서문에서, "이 작품 속의 고대는 거의 보이지 않는 표층일 뿐이다. (…) 20세기의 색채가 여기저기 뒤섞인 이야기들은 세월이 없는 몽상의 세계로 나아간다"[19]라고 밝힌 바 있다. 따라서 작가는 시간과 공간의 경계를 무너뜨리면서 여기에 시대착오를 스며들게 하여 영원한 현재로 나아가도록 이끈다. "이 보편적 현재는 인간의 역사적 시간성을 지니고 있는 추상적이고 낯선 신화의 시간이다. 특정시간의 개념을 우주적으로 만드는 보편성의 현재에 관한 것이다."[20] 마침내 신화의 시간보다 더 영원한 보편적 현재 안에서 파이드라는 사모하던 옛 연인을 다시 만나게 된다. 죽어서도 "그를 다시 만나기 위한 영원의 온갖 우회로를 잘 알고 있기 때문이다".[21]

---

18 Ibid., pp.1086~1087.

19 Ibid., p.1076.

20 Monica Romagnolo, "Marguerite Yourcenar et le poème en prose: Mythe et écriture dans *Feux*", pp.67~68.

그녀는 3막의 주요 장면에서부터 그를 보지 못했다. 그것은 바로 그 청년 때문에 그녀가 죽었기 때문이다. 바로 그녀 때문에 그가 살지 못했기 때문이다. 그는 그녀의 죽음에 대해서 책임이 있다. 그녀의 가라앉힐 수 없는 고뇌의 폭발은 그의 책임이다. 그녀는 자신의 범죄에 대해 그가 책임을 지도록 만들 권리가 있다. 또한 근친상간의 열망을 표현하려고 그녀를 이용하게 될 시인들의 입에 자주 오르내리는 영원히 사라지지 않을 의심스러운 명성에 대해서도 그가 책임지도록 만들 권리가 있다. 마치 도로 위에 머리가 깨진 채 쓰러져 있는 운전사가 자신이 부딪쳤던 나무를 비난할 수 있는 것처럼 말이다. 모든 희생자처럼, 그는 그녀의 사형집행인이다. 마침내 희망으로 더는 흔들리지 않는 그녀의 입술에서 최후의 말들이 곧 나올 것이다. 그녀가 뭐라고 말할까? 아마도 고맙다고 할 것이다.[22]

5막으로 이루어진 라신의 『페드르』 중 2막에서는 파이드라가 자신의 감정을 주체하지 못하고 히폴리토스에게 자신의 열병을 고백하는 내용이 들어 있다. 이 사실을 들은 히폴리토스는 자신의 계모를 혐오스럽게 바라보고 거부하는데, 이로 인해 상처 받은 여인은 3막부터 산송장처럼 고통 속에 지내게 된다.

유르스나르는 파이드라의 죄악보다 그 원인을 히폴리토스의 탓으로 돌리며, 신화의 본래 의미를 전복시켜 버린다. 또한 파이드라가 지닌 정념의 과도함을 오랜 시간 읊어온 시인들의 위선적이고 절제된 해석에 대해 거부하려는 의도[23] 역시 엿보인다. 즉 한 남자를 향한 갈급하고 강렬한 사랑, 사랑의 불가

---

21 M. Yourcenar, *Feux*(La Pléiade, 1991), p.1087.

22 Ibid., p.1087.

23 에우리피데스와 세네카는 파이드라에 관해 대표적인 작품을 남겼다. 이들의 파이드라는 후대의 문학적 원형이 되어왔는데, 제어가 불가능한 정념의 문제와 아들에 대한 어머니의 금지된 사랑과 집착을 다루고 있다. Ariane Eissen, *Les mythes grecs*(Belin, 1993); 『신화와 예술』, 류재화 옮김(청년사, 2002), 295~302쪽.
이성을 잣대로 파이드라의 열정을 과도함과 부도덕함의 측면에서 재단해 온 점과 남성 중심적 사고로 인해 여성의 관능성이 치명적 결함 내지 병적인 결함(파이드라 콤플렉스)으로 해석되어 온 기존의 신화적 오류와 편견을 유르스나르가 전복시키고 있다.

능성, 영원한 상실감, 이것이 그녀의 드러난 죄보다 더 큰 원초적 고통이라는 점을 환기시키려는 것이다. 이처럼 사랑하는 사람에 대한 맹목적 숭배가 추상적이고 과도하게 비칠 것을 우려한 작가는 다음과 같이 밝힌다. "이 작품의 장단점에 대한 편견 없이, 시詩에 들어 있는 거의 과장된 표현주의가 나에겐 자연스럽고 꼭 필요한 고백의 형태로 끊임없이 나타났다고 말하고 싶다. 복잡한 감정과 그 감정의 열기를 절대로 잃지 않기 위해 해야 했던 정당한 노력처럼 여겨졌다고 말하고 싶다."[24]

결국 파이드라의 이야기를 떠나, 고통스러운 사랑이 무엇인지 열정의 경험을 갖고 있는 이들은 모두 '희생자'이고, 그 연정의 대상은 모두 '사형집행인'이다. 유르스나르는 이렇게 파이드라의 사랑이 창작 시기의 그녀 자신, 현재 우리 자신의 상태로 귀착하도록 이끈다. 그리고 희생자로서만이 아니라 자신의 존재 이유가 되어준 열정의 경험에 대해 감사하며, 신화를 빌려 신랄하지만 솔직하게 사랑의 고통이 지닌 고귀함을 표현하고 있다.

2) 클리타임네스트라의 죄 또는 사랑의 예속

『불꽃』의 끝에서 두 번째 이야기는 「클리타임네스트라 혹은 죄악」이다. 클리타임네스트라가 등장하는 대표적 고대 비극으로는 『아가멤논Agamemnon』, 『코에 포로이Choephoroi』, 『에우메니데스Eumenides』 3부작이 있는데, 그중에서도 『아가멤논』은 트로이 전쟁에서 포로이자 애인인 카산드라를 데리고 귀환한 아가멤논이 아내 클리타임네스트라와 정적 아이기스토스에 의해 살해당하는 이야기이다. 클리타임네스트라는 큰딸 이피게네이아가 희생된 후 남편을 증오하고 있었고, 아이기스토스 역시 친부 티에스테스의 원수를 갚으려고 때를 기다리고 있었던 것이다. 하지만 유르스나르는 이 『아가멤논』을 클리타

---

24 M. Yourcenar, *Feux*(La Pléiade, 1991), p.1079.

임네스트라의 관점으로 다시 쓰기를 한다.

권력을 누리는 강한 남자의 오만함에 맞서 연민 없는 아내이자 통탄할 만한 어미를 그린 그리스 비극에서 벗어나, 작가는 그녀의 산문시 안에서 세상에서 가장 사랑하는 남자를 지독하게 그리워하며 다른 남자와 간통하고, 결국 애증으로 남편을 살해하여 집착에서 벗어나고자 하는 한 여인의 치명적인 사랑에 초점을 맞추고 있다.

본 이야기로 들어가기 전에 유르스나르는 사랑의 체험 고백을 다음과 같은 일련의 경구 안에 담아, 이어질 클리타임네스트라의 불행한 사랑과 절망의 주제를 환기하는 일종의 대위법을 유도하고 있다.

> 사랑은 벌이다. 우리는 홀로 남을 수 없었으므로 벌을 받는다.[25]

> 사람으로 고통 받을 위험을 무릅쓰고서라도 인간을 사랑해야 한다. 너를 용서할 수 있기 위해 널 많이 사랑해야 한다.[26]

> 내 사랑 안에서 세련된 형태의 방탕을 보지 않을 수 없다. 그것은 시간을 보내기 위한, 크로노스라는 시간의 신 없이 지내기 위한 계략이다. 쾌락은 심장의 최후의 경련으로 미친 모터 소리를 내며 공중에서 어쩔 수 없이 착륙을 한다. 기도가 활공비행하여 거기로 오른다. 사랑이 승천하면서 영혼이 육체를 거기로 이끄는 것이다. 승천이 가능하려면, 신이 필요하다. 전능한 자로 표현하기에 그대는 충분히 아름답고 무모하고 까다롭다. 난 부득이하게도 너를 내 세계의 머릿돌로 삼았다.[27]

> 너의 머리칼, 양손과 미소는 오래전 내가 열렬히 사랑한 누군가를 떠올리게 한

---

25 Ibid., p.1145.

26 Ibid., p.1145.

27 Ibid., p.1145.

다. 대체 누구인가? 바로 너 자신이다.[28]

말장난해 볼까? 고통 속에 있는 것은? 눈물 속에는 바로 소금이 있다.[29]

두려운 게 아무것도 없어? 난 네가 두려워.[30]

열정에서 파생한 '벌, 고통, 용서, 신, 시간, 두려움, 눈물, 소금' 등의 단어는 부정적이고 추상적 개념이지만, 역설적으로 보면 규범에서 일탈된 열정의 자유를 전사하는 구체적이고 현실적인 개념이기도 하다. 유르스나르는 서문에서 "아주 구체적인 사랑을 예찬하거나 내쫓아야 한다고 생각했던 『불꽃』에서, 사랑하는 사람을 맹목적으로 숭배하는 것이 추상적이지만 그만큼 강렬한 열정들과 연결되어 있는 것이 매우 명백해 보인다"[31]라고 속마음을 밝힌 바 있다.

① 클리타임네스트라의 집착과 상실

유르스나르의 맹목적 열정은 클리타임네스트라에게 감정이입 된다. 드디어 그녀의 재판이 시작된다. 파이드라의 삶이 '모든 것을 완수한' 상태에서 3인칭 전지적 작가 시점으로 서술되기 시작한 것과 달리, 클리타임네스트라 이야기의 첫 장면은 피고인의 자격으로 법정에 서서 1인칭 주인공 시점으로 행위의 결과들을 재판관에게 고백하는 것으로 시작된다.

재판관님들, 제가 여러분께 설명을 드리겠습니다. 제 앞에는, 수많은 눈구멍들, 무릎 위에 놓인 둥근 손금들, 돌 위에 얹은 벗은 발들, 시선이 흐르는 고정된 동공

28 Ibid., p.1145.
29 Ibid., p.1145.
30 Ibid., p.1145.
31 Ibid., p.1081.

들, 침묵으로 어떤 판단을 궁리하는 다문 입들이 보입니다. 층층이 쌓인 돌도 제 앞에 있군요. 저는 욕조에 있던 이 남자를 칼로 찔러 죽였습니다. 그의 두 발을 붙들지조차 못하는 불쌍한 제 정부의 도움을 받아서 말입니다. 재판관님들도 제 이야기를 아시지요. 여러분 중 어느 누구도, 긴 식사가 끝날 때까지 제 이야기를 수없이 반복해서 하인들을 하품할 정도로 만드실 분은 없을 겁니다. 저는 이 사람이 하나의 이름, 하나의 얼굴을 갖기 전부터 그를 기다렸습니다. 그때 그는 여전히 저의 머나먼 불행일 뿐이었지요.[32]

클리타임네스트라는 살해 행위를 고백하기 전에, 자신에 대한 굳은 편견을 깨는 것이 얼마나 힘든 것인지 알고 있는 듯 재판관과 배심원들을 여러 겹의 석적층石積層에 비유하고 있다. 또한 '하인들이 하품할 정도로' 자신의 이야기가 수없이 반복되어 온 영원한 신화임을 일깨우며, 지루함을 구실로 줄거리의 긴 설명을 생략한다. 하지만 자신의 숙명, '머나먼 불행'을 알면서도, 남편이 태어나기 전부터 기다리고 있었다는 주인공의 예고는 이 신화가 끊임없이 현재화되고, 과거와 현재 사이에서 만들어지는 매개 신화들 간에 영감을 주고받으며 자라고 재탄생되는 영원한 생명의 유기체임을 암시한다.

저는 그 사람의 야망을 위해 제 자식들의 장래를 희생시켰습니다. 심지어 제 딸이 죽음에 이르렀을 때도 저는 울지 않았습니다. 그에게 감미로운 즐거움만을 선사하기 위해서, 입안의 과일처럼 저는 그이의 운명에 결합되기로 마음먹었지요. 그는 새로운 것을 정복하기 위해 집을 나갔고, 무의미한 벽시계 소리로 가득한 텅 빈 큰 집처럼 저를 버려두었지요. (…) 낮이면 불안감과 싸우고 밤이면 욕정과 싸웠습니다. 불행의 느슨한 형태인 허무에 맞서 끊임없이 싸웠답니다. (…) 그리워하며 망령처럼 늘 따라다니는 그 사람으로 저는 변해갔습니다. 결국은 그 사람과 같은 시선으로 하녀들의 하얀 목을 바라보게 되었지요.[33]

---

32 Ibid., p.1147.

클리타임네스트라가 남편을 살해한 주요 원인으로 회자되는 큰딸 이피게네이아의 문제는 유르스나르의 변용에서는 아무런 의미도 띠지 않는다. 클리타임네스트라는 육체와 정신을 만족시켜 줄 아가멤논을 향한 사랑의 욕구에 목말라 있을 뿐이다. 그러나 남편의 오랜 부재로 인해 불행과 허무감을 느낀다. 게다가 전쟁터에서 들려오는 아가멤논의 부정에 대한 소문이 그녀를 동요시키고, 어느 날 남편과 같은 시선으로 하녀의 하얀 목을 욕망한다. 아가멤논을 자신과 동일시할 정도로 관능의 열정이 극대화되고, 결국 그녀의 여성성이 마비되어 가는 것이다.

홀로 지내던 과부의 시절은 아이기스토스의 청년시절과 맞아 떨어졌습니다. (…) 그는 방학 때 숲속에서 사촌들과 입맞춤을 나누던 시절로 저를 데려갔습니다. 연인이라기보다는 제 곁에서 사라져버릴 자식처럼 그를 바라보곤 했습니다. 그를 위해 말의 마구와 대궁도 지불해 주었습니다. 불충한 저는 여전히 남편을 흉내 내고 있었습니다. 제게 아이기스토스는 아시아 여인들이나 그 천한 아르진과 대등했던 겁니다. 재판관님들! 세상에는 남자만이 있을 뿐입니다. 모든 여자들에게 그 나머지 세상은 오류일 뿐이고 슬픈 대역일 뿐입니다. 그리고 간통이란 것은 대체로 변함없는 사랑의 절망스러운 형태일 뿐입니다. 만일 제가 누군가를 속였다면, 그건 분명 이 가엾은 아이기스토스입니다. 제가 사랑하는 사람이 어느 정도까지 대체 불가능한 것인지 알기 위해서, 제겐 아이기스토스가 필요했습니다. 그를 애무하다 지치면 저는 탑 위로 올라가 감시병들과 함께 불면의 밤을 나눴습니다.[34]

클리타임네스트라의 정부 아이기스토스는 아가멤논이 욕망한 하녀의 등가물이다. 또한 전리품으로 남편의 품에 안긴 적국의 이방인 여인들과 다를 바

---

33 Ibid., p.1148.

34 Ibid., p.1149.

없는 사랑의 대체물이었던 것이다. 클리타임네스트라는 아내의 간통이란 죄악이라기보다 사랑받지 못하는 여인의 정절이 절망스러운 형태로 표출된 것이며, 결코 사랑하는 이를 대체할 수 없다는 것을 절실히 일깨워 주는 잣대였다고 고백한다. 아가멤논을 온전히 소유하고자 한 과도한 욕망이 클리타임네스트라를 여성이 아닌 남성의 영역으로 밀어낸다. 욕망의 불가능성으로 여성성이 마비될 정도로 짓눌린 여주인공의 성 정체성은 유르스나르가 겪은 사랑의 상처와 상실감 그리고 성 정체성의 번민이라는 내적체험을 짐작할 수 있게 해준다. 이처럼 여주인공의 남성화는 작가의 체험과 관능이 얽힌 내면의 미로 속으로 우리를 안내해 주고 있다.

> 거울 앞을 지나다가 멈추어 서서 미소를 지었습니다. 갑자기 얼핏 보았는데, 흰 머리가 눈에 띈 것입니다. 재판관님들! 10년이란 상당히 긴 세월입니다. (…) 왕은 문턱에서 예전의 젊은 아내가 아닌 살찐 부엌 일꾼을 발견하게 될 겁니다. (…) 그리고 저는 몇 번의 차가운 입맞춤 외에는 기다릴 수 없는 것이지요. 양심이 있었다면 그가 집에 돌아오기 전에 자살했어야 했을 겁니다. 시들어버린 나의 모습을 보고 실망할 그 남자의 얼굴 표정을 읽어내지 않으려면 말입니다. 하지만 죽기 전에 적어도 한 번만이라도 그를 보고 싶었습니다. (…) 마음속으로는 아가멤논이 모든 것을 알고 있길 바라면서, 그에게 분노와 복수에의 욕구가 마음 한구석에 생겨났습니다. 일을 보다 확실하게 하려고 제 자신의 부정을 과장해서 써놓은 익명의 편지를 그에게 전달될 우편물에 동봉하게 했습니다. 나의 심장을 열게 될 칼을 갈았습니다. 나를 수없이 안았던 그분의 두 팔로 나의 목을 조르는 데 그 칼이 사용될 것이라고 생각했습니다. 적어도 그런 포옹의 상태에서 죽으려고 했습니다. (…)[35]

그녀의 간통은 사랑으로 인한 일종의 희생 행위로 고양되며, 결국 남편을 향

---

35 Ibid., pp.1150~1151.

한 순종의 미덕으로 귀결된다. 과도한 열정에 의해 만신창이가 된 그녀는 정해진 숙명처럼 머지않아 남편을 살해하게 되지만, 사실은 그의 손으로 죽는 것이 더 행복하다고 생각해 온 여인이다. '죽기 전에 적어도 한 번만이라도, 적어도 그런 포옹의 상태에서' 죽으려고 했다는 말은 열정 안에 담긴 자기희생적 성격을 드러낸다. 질투에 사로잡힌 남편에게 죽임을 당하더라도 사랑받고 있다는 만족감을 느끼며 죽는 것이 오히려 행복하리라는 확신에서 오는 헌신이다. 가학적이지만 한편으로는 열정 안에 감춰진 고귀한 희생적 성격을 드러내 준다.

② 클리타임네스트라의 열정, 그 영원한 징벌

클리타임네스트라의 마지막 기대마저도 아가멤논의 예상치 않은 등장으로 무너져 내린다. 나폴리 항구에 도착한 남편 옆에는 전리품으로 얻은 터키의 여자 마법사, 즉 카산드라가 서 있는 것이다. 오랜만의 해후이지만 클리타임네스트라는 질투조차 기대하기 힘든 무심한 남편과 대면하게 된다.

> 재판관님들! 저 역시 미래를 알고 있었습니다. 여자라면 누구나 알고 있답니다. 여자들은 언제나 모든 것이 불행하게 끝나리라는 것을 예감하고 있지요. 그는 잠들기 전에 목욕하는 습관이 있었습니다. 저는 올라가서 모든 걸 준비했습니다. 흐르는 물소리에 저는 목 놓아 울 수 있었습니다. 욕조는 땔감에 따끈하게 데워져 있었습니다. 장작을 패는 데 쓰이는 도끼가 바닥에 널브러져 있었고, 뭐라 말할 순 없지만 그것을 수건걸이 뒤에 감춰두었습니다. (…) 저는 남편이 죽어가면서 제 얼굴을 보아주길 바랐습니다. 그 생각에 남편을 죽이려 한 것입니다. 제가 싫증이 나면 아무에게나 주어버리는 하찮은 물건과 같은 존재가 아니라는 것을 남편에게 똑똑히 인식시키고 싶었습니다. (…) 남편은 욕조에서 미끄러져 나오며 바닥 위에서 균형을 잃고 바윗덩어리처럼 쓰러졌습니다. 얼굴을 물속에 처박고 빈사자의 거친 숨결을 닮은 꾸르륵 소리를 내뿜었습니다. 그때 제가 두 번째로 칼을 꽂았고, 이마가 갈라졌습니다. 남편은 그때 이미 죽었다고 생각됩니다.

완전히 기진맥진해 있었으니까요. 사람들은 피바다였다고 말하지만, 사실 그는 거의 피를 흘리지 않았습니다. 오히려 제가 그의 아들을 낳으면서 더 많은 피를 쏟았답니다.[36]

마음이 산산이 부서진 그녀는 결국 남편을 죽이지만, 그것은 마지막까지 자신을 존중해 주고 사랑해 주길 바라는 절박한 사랑에의 갈구에서 비롯된다. 또한 황소처럼 변한 아가멤논[37]을 도끼로 쳐서 죽이는 대목은 이중인화surimpression의 전략을 띤다. 즉 '황소'와 '도끼'는 앞서 살펴본 파이드라의 고향 크레타의 상징을 환기시키며, 파이드라가 겪은 정념의 소용돌이를 클리타임네스트라의 황폐한 내면에 묘하게 중첩시켜 후자의 열병을 배가시킨다.

아울러 유르스나르는 마치 일인극처럼 클리타임네스트라 단 한 명만 등장시킴으로써, 왕중왕 아가멤논의 신화를 여성 중심의 신화로 변용시켰다. 널리 알려진 신화 내용과 달리, 죽은 아가멤논이 흘린 피보다 살인자인 자신이 그의 아들을 낳을 때 흘린 피가 더 많았다는 클리타임네스트라의 주장이 바로 작가의 여성주의 관점을 드러낸다. 유르스나르는 남성 중심의 신화에서 간과될 수 있는 여성의 감정이나 사유에 천착하여 신화의 변용을 시도했는데, 여기에는 사랑의 불가능성, 열정적 위기를 체험한 작가 본연의 실체가 녹아 있기 때문이기도 하다. 작품 서문에서 유르스나르는 특별한 남자에 대한 총체적 사랑, 사랑의 체험, 열정적 위기의 산물로서 자신의 작품을 소개한다고 밝힌 바 있다.

저는 다시 남편을 기다리기 시작했습니다. 남편은 돌아왔어요. 진저리치지는 마십시오. 분명히 남편이 다시 왔다고 말씀드립니다. 남편은 트로이에서 10년 동안 단 일주일의 휴가도 얻어 돌아오려 하지 않았습니다. 결국엔 죽음으로써 되돌아

---

36 Ibid., p.1152.

37 "그분 역시 변해 있었습니다. 숨을 헐떡거리며 걸었고, 셔츠 깃에서 크고 붉은 목이 툭 삐져나와 있었습니다. 여전히 잘생긴 용모였지만 신과 같은 아름다움이라기보다 황소의 그것이었습니다." Ibid., p.1151.

온 것입니다. 무덤에서 남편이 나오지 못하게 하려고 두 다리를 잘라도 소용이 없었습니다. 밤마다 제가 있는 곳에 나타났습니다. 마치 강도가 소리를 내지 않으려고 신발을 들고 다니는 것처럼 한 팔에 두 다리를 들고서 밤마다 나타났습니다. 그리고 자신의 그림자로 저를 덮어 씌웠습니다. 남편은 아이기스토스가 거기 있다는 사실조차 알아채지 못하는 듯했습니다.
이내 아들이 저를 경찰서에 고발했습니다. 아들은 남편의 환영이고, 남편이 육신으로 화한 유령이었습니다. 저는 감방이 적어도 편할 것이라고 생각했지만, 남편은 그래도 나타났습니다. 자기 무덤보다 제 지하 독방을 더 좋아하는 것 같다고나 할까요. 마침내 마을 광장에서 저의 목이 떨어져 나갈 거라는 것을, 아이기스토스의 목도 같은 칼날 아래를 통과하리라는 것도 압니다. 재판관님들, 이상하지만, 여러분이 이미 예전에 저를 자주 판결했던 것처럼 느껴지는군요. 그러나 저는 시신이 편안히 잠들지 못한다는 것을 알았을 정도로 대가를 치렀습니다. 저도 무덤 안에서 다시 깨어나, 아이기스토스를 가련한 사냥개처럼 제 발꿈치 아래 끌고 다니게 될 것입니다. 그리고 밤마다 신의 정의를 찾아서 길을 따라 나설 겁니다. 제 지옥의 한 구석에서 그분을 다시 찾아낼 것입니다. 다시 그이의 첫 키스에 기뻐하며 소리를 지르겠지요. 그러고 나서 그분은 저를 버릴 겁니다. 그는 죽음의 나라를 정복하러 떠나겠지요. 시간, 그것이 살아 있는 사람들의 피이므로, 영원은 망령들의 피에 속해 있어야 합니다. 저의 영원은 그이가 돌아오길 기다리는 데 바쳐질 것이고, 그 결과 이내 저는 망령들 중에서 가장 창백한 존재가 될 겁니다. 그때 그가 돌아와서 저를 경멸하게 될 것입니다. 무덤의 뼈를 갖고 노는 데 익숙한 터키 마법사 여자를 제 앞에서 애무하겠지요. 그러나 어떻게 하란 말입니까? 그렇다고 죽은 자를 다시 죽일 수는 없는 일입니다.[38]

클리타임네스트라는 고통스러운 집착에서 벗어나기 위해 남편을 죽였지만, 처형을 기다리던 그녀의 좁은 감방으로 죽음의 그림자가 밤마다 나타난다. 죽

---

38 Ibid., p.1153.

은 남편의 환영은 그녀를 두렵게 하는 영원한 징벌로 해석할 수 있지만, 사실 그녀는 죽은 남편의 귀환에 또다시 매혹되어 있다. 멈출 수 없는 열정으로 죽은 사람조차 그리워하는 것이다. 나아가 자신이 죽어서도, 그 사후세계에서도 이 미친 사랑의 충동, 관능, 기다림, 절망, 분노의 반응은 계속되리라는 클리타임네스트라의 예견은 신화가 지닌 '영원한 회귀성'과 연결된다. 이 개념은 다음과 같이 앞서 인용된 경구와 대위법으로 쓰였는데, 유르스나르의 내적 체험을 환기시키고 있다. "시간의 신이 청소부로 가장할 시간이고, 신이 넝마주이로 변장할 때이다. 그는 선술집 문 앞 굴껍데기 더미 속에서 진주 한 알을 잃는 것도 허용하지 않는 고집쟁이 탐욕스러운 신이다."[39] 이것이 의미하는 바는, 신화의 시간 속에 인간의 시간이 끼어들고, 과거 신의 이야기가 끊임없이 현재화되며, 그 사이사이에 들어 있는 무수한 신화들의 시간이 실타래처럼 엉켜 상이한 형상을 띠지만, 이것은 마치 초월적 신의 영역처럼 한 치의 실수도 없이 영원히 반복되는 회귀의 성격을 지닌다는 뜻이다. 그러니 죽은 남편을 다시 죽이는 일은 아무 의미가 없는 것이다. 영원한 시간 속에서 그녀의 이야기는 반복, 회귀될 것이기 때문이다. 달리 말하면 처절한 열정과 집착, 불가능한 사랑에서 오는 상실감에서 아무리 벗어나려고 노력해도 사랑은 결코 소멸시킬 수 없는 것이며, 그것의 원초적 고통은 영원히 남게 된다는 의미이다. 궁극적으로 이 여인의 치명적 사랑은 자신을 태우는 '불꽃'이자, 앞서 유르스나르가 경구로 제시한 '영원한 징벌'[40]인 것이다.

3) 아킬레우스의 가장假裝과 진실

『불꽃』에서 세 번째 이야기는 유명한 아킬레우스 신화에 관한 것이다. 바다

---

39 Ibid., p.1146.

40 "사랑은 벌이다. 우리는 홀로 남을 수 없었으므로 벌을 받는다." Ibid., p.1146.

의 여신 테티스와 인간 남자 펠레우스 사이에서 태어난 아킬레우스는 온전한 신도 아니고 완전한 인간도 아니다. 바다의 여신은 신탁을 통해, 반인반신의 아킬레우스가 트로이 전쟁에서 무훈을 세워 영웅은 되겠지만 이내 죽음을 맞이해야 한다는 것을 듣게 된다. 그녀는 아들을 전장으로 내보내지 않으려고 스키로스섬의 리코메데스 왕의 궁정으로 몰래 여장을 시켜 보낸다. 아울러 그리스군이 트로이 전쟁에서 승리하려면 아킬레우스의 참전이 반드시 필요하기에, 외딴 스키로스섬까지 오디세우스를 위시한 그리스 장수들이 들어와 그를 수색한다. 널리 알려진 신화에서는 오디세우스의 지략으로, 적의 침공을 알리는 나팔소리에 여장을 하고 있던 아킬레우스가 장신구들 속에 있던 무기를 꺼내 들어 스스로 정체를 드러내었고 결국 참전하게 되었다고 전한다.

그리스 신화에서는 아킬레우스가 리코메데스 왕의 딸들 중 데이다메이아와 사랑에 빠지고 아들을 낳는 것으로 나온다. 하지만 유르스나르는 「아킬레우스 혹은 거짓말」에서 데이다메이아를 향한 아킬레우스의 사랑과 증오의 감정 변화를 통해 그의 성 정체성 문제에 접근한다. 또한 오디세우스를 따라온 파트로클로스를 새롭게 설정하고 그를 통해 아킬레우스의 모호하던 정체성을 일깨우는 수단으로 삼고 있다.

도입부에서, 테티스 여신은 아들이 죽게 될 운명을 피하도록 그에게 여장을 시켜 여인들의 은신처인 '단단한 바위 같은 섬'으로 피신시키는데, 그곳에서 아킬레우스가 백색 드레스를 입은 여성의 모습으로 처음 등장한다.

> 아킬레우스의 양손 아래에 쓸모없는 자수가 매달려 있었다. 미장드르의 검은 드레스가 데이다메이아의 붉은 드레스보다 더 눈에 띄었다. 아킬레우스의 하얀 드레스는 달빛 아래서 초록색이었다. 아킬레우스의 흰옷이 달빛에서 초록색이 되었다(1091).

위 인물들의 옷 색상은 이야기 줄거리를 놓고 볼 때 상징적 의미가 있다. 우선 훗날 아킬레우스에게 죽임을 당하게 될 데이다메이아의 드레스는 붉은색이고, 사촌자매로서 상복을 입게 될 미장드르의 드레스는 검은색이다. 그런데 아킬레우스의 흰색 옷은 달빛을 받아 초록색으로 바뀐다. 주변 여건에 따라 색깔이 바뀌며 변화하는 것처럼, 아킬레우스의 정체성도 모호해지고 대상에 따라 달리 드러나는 것을 의미한다.

소년들만 다니는 켄타우로스 학교를 마치고 섬에 처음 왔을 때는 여성에 대한 호기심과 실체를 알 수 없는 사랑을 느꼈다. "열정은 미풍에 흔들리는 스카프처럼 그 성탑 안에서 동요하고 있었던 것이다." 아킬레우스 곁에 가까이 있는 여성들은 리코메데스 왕의 딸인 데이다메이아와 그녀의 사촌 미장드르이다. 데이다메이아가 신화적 인물이라면, 미장드르는 유르스나르가 끼워 넣은 창안된 인물이다. 신화에서 널리 알려진 대로, 아킬레우스의 마음은 데이다메이아를 향해 있다. 하지만 아킬레우스의 속내는 드러난 것처럼 그리 단순하지 않다.

> 아킬레우스와 데이다메이아는 서로 사랑하는 이들처럼 서로를 증오하고 있었고, 미장드르와 아킬레우스는 서로 증오하는 이들처럼 서로를 사랑하고 있었다. 이 근육질의 적수(데이다메이아)는 아킬레우스에게는 형제와 동등해지고, 이 감미로운 경쟁자(아킬레우스)는 미장드르를 마치 일종의 누이처럼 측은하게 여겼다 (1092).

아킬레우스가 맺고 있는 여성 인물들의 경우, 그녀들에게 겉으로 드러내는 감정과 속내의 진실이 크게 다르다. 그가 자신의 운명을 벗어나지 못하는 동안, 성과 감정들이 뒤섞여 표현되는 이 모호성에서 벗어나지 못하기 때문이다.[41]

어느 날 그리스의 오디세우스, 파트로클로스, 데르시테스Thersite가 익명의 편지를 받고서, 이 섬의 공주들을 방문하겠다고 알린다. 불시에 들이닥치니,

---

41 Monica Romagnolo, "Marguerite Yourcenar et le poème en prose: Mythe et écriture dans *Feux*", p.70.

삼미신 조각상처럼 벽에 등을 대고 있는 세 명의 공주가 보였다. 이들 앞에서, 그리스군은 상자들의 못을 뽑아 거울, 보석, 에나멜 칠한 일용품과 무기를 끄집어냈다. 그런데 이 여성들의 궁정에서는 그리스 군사와 그들이 소지한 무기가 마법처럼 변화한다. 여인들과 접촉하자 용맹하던 남자들이 여장을 하고, 그들의 투구는 미용사가 매만지는 두발이 되어 있다. 무기와 물통이 매달린 요대는 장식용 허리띠로 변한다. 데이다메이아를 품에 안자 '그녀의 둥근 귀걸이가 요람처럼 보일'(1093) 정도로 편안하고 나른해진다. 남성들뿐만 아니라 사물들조차 본래의 의미를 잃어버리고 여성화되는 것이다.[42]

> 마치 그 변장이 아무도 섬에서 벗어나지 못할 나쁜 운명인 것처럼, 황금은 진홍빛이 되고, 선원들은 여장 남자가 되었으며, 두 왕은 행상인들이 되었다. 단 파트로클로스만이 유혹에 저항하였으며, 칼집에서 뺀 검처럼 그 유혹을 잘라냈다. 데이다메이아가 감탄하는 외침으로 인해, 그는 아킬레우스의 주의를 끌었다. 아킬레우스는 그 생생한 검을 향해 튀어나와, 양손 사이로, 마치 검의 둥근 끝부분처럼 조각된 단단한 머리를 잡았다. 그의 면사포, 팔찌, 반지가 그 남자(파트로클로스)의 행동을 사랑하는 여인의 격정으로 보이게 만든다는 것을 알아차리지 못한 채 말이다(1093).

이처럼 성적 정체성이 흔들리는 섬 안에서, 파트로클로스만이 유일하게 남성의 정체성을 지키고 있다. 꿋꿋한 그에게 탄복한 데이다메이아를 보고서, 여장을 한 아킬레우스가 흥분하여 그를 공격한다. 그러나 주변의 시선으로 볼 때, 이 공격은 한 여인의 격정으로 비추어진다. 아킬레우스를 밀쳐내는 것을 보고, 데이다메이아는 파트로클로스에게 연정을 느낀다.

> 눈짓들, 사랑의 서신처럼 중간에서 가로챈 웃음들, 레이스의 물결 아래 반쯤 침

---

42 Ibid., p.70.

몰된 젊은 해군 중위의 이 연애감정은 아킬레우스의 혼란스러움을 분노의 질투로 바꾸어놓았다. 청동색 제복을 입은 이 청년은 데이다메이아가 아킬레우스에게 느끼는 밤의 이미지들을 사라지게 했는데, 여성의 시선으로는 그만큼 제복이 나체의 창백한 빛을 능가하고 있었던 것이다. 아킬레우스는 검을 잡았다가 이내 내려놓더니, 여자 친구의 성공을 시샘하는 여인의 손으로 데이다메이아의 목을 잡았다. 숨이 막힌 그 여자의 두 눈이 길게 흐르는 눈물처럼 튀어나왔다. 하인들이 끼어들었다. 수많은 탄식소리와 더불어 다시 닫힌 문들은 데이다메이아의 마지막 헐떡거리는 소리를 약하게 했다. 당황한 왕들은 문지방 건너편에 있었다. 여성들의 침실은 숨 막히는 내부의 어두움으로 가득 찼다. 그것은 밤과는 아무 상관이 없었다. 무릎을 꿇고서 아킬레우스는 데이다메이아의 생이, 마치 화병의 너무 좁은 주둥이에서 물이 나오듯이, 그녀의 목구멍에서 빠져나가는 것을 듣고 있었다(1094).

파트로클로스가 섬에 오기 전, 아킬레우스가 침대에서 데이다메이아에게 느낀 열정적 황홀함은 '죽음의 신이라는 미지의 끔찍한 기쁨'으로 대체된다. 단순히 한 남자의 질투일까? 아킬레우스가 살인을 할 정도로 순간적 혼란스러움을 느낀 까닭은 정작 데이다메이아를 질투했기 때문이 아니라, 파트로클로스가 자신이 아닌 데이다메이아를 연모했기 때문이다. 즉 파트로클로스의 존재로 인해, 아킬레우스가 데이다메이아와 동일한 여성의 정체성을 드러내는 장면이고, 파트로클로스를 은연중 연모하게 되었음을 입증하는 대목이다. "환상이 지배하는 이 세계 안에서 아킬레우스는 진실임이 확인되는 유일한 존재인 파트로클로스에게 시선을 멈춘다. 파트로클로스의 가장 확실한 역할은 아킬레우스에게 그의 분신double을 보여주는 데 있다."[43]

그는 자신이 소유하려고 했을 뿐만 아니라 존재이고자 했던 이 여인에게서 그 어

---

43 Ibid., p.70.

느 때보다 더 헤어져 있다고 느꼈다. (아킬레우스가) 한 여인이 되어가는 신비에는 그가 더 세게 안아 조이면 조일수록 점점 더 멀어져 여인이 죽는 불가사의가 덧붙여졌다. 그가 두려워하며 그녀의 가슴, 허리, 맨 머리를 만져보았다. 어떤 출구도 열려 있지 않은 벽을 더듬으며, 자신의 비정함이 지닌 속죄의 비밀들을 왕들이 알아보지 못하는 것에 수치스러워하며, 신이 되는 유일한 기회를 놓쳤다는 것을 확신하면서, 그는 일어섰다(1094).

아킬레우스는 남성의 무기인 검을 버리고, 여인의 손으로 데이다메이아의 목을 조르기 시작한다. 데이다메이아도 파트로클로스처럼 아킬레우스의 성적 정체성을 입증해 주는 수단이 된다. 아킬레우스가 한때 남성으로서 소유하고자 했던 데이다메이아이지만, 눈앞에 있는 파트로클로스에게 사랑받는 여성 존재이고 싶은 그에게는 시샘의 대상이 되기도 한다. 그러다 다시 그는 자신의 여성성에서 빠져나오려고 애쓰기도 한다. 즉 데이다메이아의 목을 끝까지 조이고 죽임으로써, 마침내 깨달은 여성의 정체성으로부터 아무도 모르게 해방되어 원래의 자기로 되돌아오려는 비밀스러운 속죄 과정을 거치는 것이다. 아킬레우스는 자신의 여성성을 영웅으로서의 운명을 방해하는 것으로 보고 이를 비워내고자 하는 것이다.

딸 데이다메이아의 죽음에 분노한 왕과 사촌자매 미장드르는 아킬레우스를 섬의 궁정 안에 가두기로 결정한다. 하지만 미장드르는 그를 섬에서 탈출시키려고 한다. 문을 나서기 전, 그녀는 여성으로 가장한 아킬레우스에게 거울을 건네주어 자신의 진짜 얼굴과 대면하게 해준다.

드디어 문 하나가 절벽, 둑, 등대의 계단들을 향해 열렸다. 피와 눈물처럼 소금기 머금은 공기가 이 시원한 바다 물결에 망연자실해 있는 이 이상한 한 쌍의 남녀 앞에 돌연 나타났다. 치마를 들어 올려 벌써 뛰어내릴 채비를 하는 그 아름다운 자를 가로막으며, 미장드르는 차가운 웃음을 지으며 그에게 거울을 건네었다. 새벽은 거울 속에서 그의 얼굴을 보게 해주었는데, 마치 허무보다 더 끔찍한 거울의 반영 속에서 그가 신이 아닌 존재라는 하얗게 분칠한 증거를 벌로 내리기 위해서, 한가로운 날 그를 데려가기로 마음먹은 것 같았다. 그러나 그의 대리석 같은 창백함, 투구의 장식 털처럼 물결치는 머리카락, 부상자의 피처럼 두 뺨에 붙어 있는 눈물로 뒤범벅이 된 그의 볼연지 화장은 반대로 아킬레우스에게 다가올 미래의 모습을 이 좁은 얼굴 틀 안에 모두 모아놓고 있었다.

미장드르와 아킬레우스는 서로 증오하는 것처럼 보였지만 속내는 그렇지 않다. 그런데 더 모호한 것은, "미장드르는 남자의 마음을 지닌 여자로서 아킬레우스에게 알 수 없는 남성성을 증명하고"[44] 있다는 점이다. 미장드르는 단순히 아킬레우스가 섬을 빠져나가도록 도와주는 안내자의 역할뿐만 아니라, 거울을 통해 그의 변모를 일깨워 주는 역할을 한다. 따라서 위의 장면은 거울놀이를 통한 "이미지들의 유희로서 여성과 남성 사이를 오가는 한 인물의 변장, 가면무도회, 변모를 해석하는 다의성, 힘겨운 정체성의 탐색을 표현하는 다의성多意性과 일치하는"[45] 것이다.

미장드르는 마땅히 삐걱 소리를 내는 두 문을 활짝 열고, 그녀가 있지 않을 어느 곳이든 가라고 아킬레우스를 팔꿈치로 밀어냈다. 살아 있는 매몰자를 향해 문이 다시 닫혔다. 독수리처럼 자유로워진 아킬레우스는 비탈길을 따라 달렸다. 계단에서 굴러떨어지고, 성벽을 급히 내려갔으며, 벼랑에서 튀어 올라, 석류처럼 구르고, 화살처럼 달리며, 승리의 여신처럼 날았다. 바위의 뾰족한 끝이 그의 옷을 찢었으나 불사신의 육체를 파고들지는 않았다. 그 민첩한 자는 멈추더니 자기 신발의 매듭을 풀었고, 벗은 발바닥에 부상당할 기회를 주었다. 함대는 닻을 올렸다. 세이레네스가 부르는 노랫소리가 바다 위에서 교차되었다. 바람이 흔드는 모래가 가까스로 아킬레우스의 약한 발을 기억해 두고 있었다. 되밀려 오는 파도가

---

44 Ibid., p.71.
45 Ibid., p.71.

당긴 사슬이 이미 기계 소리를 내며 출발하려는 선박을 방파제에 정박시켰다. 아킬레우스는 운명의 여신(파르카)의 밧줄에 묶여 있었다. 팔을 활짝 벌리고, 펄럭거리는 스카프를 날개로 지탱하면서, 흰 구름처럼 바다여신 어머니의 갈매기들에 의해 보호받고 있었다. 무언가가 튀어 올라, 신으로 태어나고 있는 머리가 헝클어진 이 소녀를 배의 후미로 끌어올렸다. 선원들은 무릎을 꿇고 환호하며 탄성이 나올 만한 욕설로 승리의 여신의 도착을 맞이했다. 파트로클로스가 팔을 뻗었다. 그는 데이다메이아를 보았다고 생각했다. 오디세우스가 머리를 흔들었다. 데르시테스는 웃음을 터뜨렸다. 아무도 이 여신이 여자가 아닐까 하는 생각은 해보지 않았다.

자유로워진 아킬레우스는 마침내 자신의 운명을 향하여 나아간다. 스키로스섬이 어두운 밤이었다면 바다는 밝은 대낮이다. 섬은 정체성이 불명료한 인물들이 혼재하고 있는 닫힌 공간이라면, 바다는 그러한 '절망에 갇히지 않고 거짓을 넘어서는'[46] 자유의 열린 공간이다. 바다 속에서 아킬레우스는 승리의 여신이 되어간다. 그것은 자신의 운명과 다시 만났기 때문이다. 머리가 헝클어진 소녀, 여자의 느낌을 준다. 그러나 승리의 여신인 줄 알고 기대감 속에 끌어올린 그리스 함대에서는 아킬레우스를 향한 조롱이 이어진다. 여장을 한 아킬레우스를 알아본 것이다. 하지만 단 한 사람, 파트로클로스는 그에게서 데이다메이아를 알아본다. 앞선 파트로클로스의 등장은 아킬레우스가 정체성의 혼란으로 살인을 일으키는 동인이 되었다면, 마지막에서 재등장하는 파트로클로스는 이제 거짓의 삶을 더는 살지 않는 정체성이 변화된 아킬레우스의 존재를 입증한다. 결국 파트로클로스는 아킬레우스가 진정한 정체성을 찾게 된 후에 자신의 숙명과 만나도록 해주는, 상황의 반전과 의미의 반전을 수행하는 거울[47]인 셈이다. 유르스나르는 겉모습의 흐름에 순응하는 세상의 한가운데에, 또 다

46 Armelle Lelong, *Le parcours mythique de Marguerite Yourcenar: de* Feux *à* Nouvelles orientales(L'Harmattan, 2001), p.141.

47 Ibid. p.140.

른 아킬레우스가 존재함[48]을 은연중 토로하고 있다.

다른 에피소드들과 마찬가지로 「아킬레우스 혹은 거짓말」 앞에는, 경구 aphorisme를 이루는 유르스나르의 시적 단상들이 배열되어 있다. 아킬레우스의 성적 모호성과 겉모습과 다른 기만적인 욕망이 불러오는 파장, 행복과 불행의 구분을 떠나 죽음과 동일시되는 차갑고 경멸스러운 열정이라는 중심 주제가 작가의 체험 고백에 해당하는 이 단상들 속에 환기되어 있다.

> 네 곁에서 비행기를 타고 가는 나는 이제 위험이 더는 두렵지 않다. 사람은 오직 홀로 죽는다(1089).

> 나는 결코 패배하지 않으리라. 오직 승리에 의해서만 그렇게 될 것이다. 마침내 나의 무덤이 될 사랑 안에 틀어박혀 있으려는 계략이 빛나갈 적마다, 나는 승리의 독방에서 인생을 마치게 될 것이다. 패배만이 유일하게 열쇠를 발견하고 문을 열 수 있다. 죽음은 탈주자를 붙잡기 위해 활동을 시작해야 하고, 그 부동성을 잃어버려야 한다. 이 부동성이란 삶과 반대되는 견고한 것을 죽음 안에서 식별하게 해준다. 죽음은 창공을 날다가 맞아 죽은 백조의 종말을, 알 수 없는 어느 어두운 판단력으로 기회를 잡은 아킬레우스의 종말을 우리에게 전해준다. 폼페이의 집 안 현관에서 질식사한 여성을 위한 것처럼, 죽음은 저 세상 속으로 도피할 복도를 연장시켜 줄 뿐이다. 나의 죽음은 돌처럼 차가울 것이다. 육교, 나선형 다리, 덫, 숙명적인 모든 참호를 알고 있다. 나는 거기서 소멸될 수 없다. 나를 죽이려면 죽음은 나의 공모가 필요할 것이다(1089).

> 총살당한 사람들이 쓰러져 무릎을 꿇고 넘어져 있는 것을 그대는 본 적이 있는가? 교수대의 밧줄에도 불구하고 몸이 풀린 그들은 마치 총을 맞고 기절한 것처

48 Monica Romagnolo, "Marguerite Yourcenar et le poème en prose: Mythe et écriture dans *Feux*", p.71.

럼 몸이 휘어진다. 그들은 나처럼 행동한다. 그들은 자신의 죽음을 열렬히 사랑하는 것이다(1089).

불행한 사랑은 없다. 사람들은 소유하지 못하는 것을 소유할 뿐이다. 행복한 사랑은 없다. 소유하고 있는 것을 더는 소유하지 않기 때문이다(1090).

걱정할 게 아무것도 없다. 나는 바닥에 닿았다. 너의 심장보다 (나는) 더 아래로 떨어질 수 없다(1090).

위의 단상들은 결코 소유될 수 없는 사랑, 따라서 죽음과 동일시되는 절망한 사랑에 관한 암시로 채워져 독자들의 상상력을 자극한다. 앞서 언급했지만, 유르스나르는 비밀스러운 연인 앙드레 프레뇨André Fraigneau[49]와의 사랑과 그와의 결별로 지옥 같은 아픔을 겪은 후에 이 작품을 썼다. 따라서 유르스나르가 아킬레우스 신화를 변용한 이유는 이 신화적 인물과 유사한 성적 정체성을 지닌 연인을 보다 깊이 이해하고, 궁극적으로 자신이 겪은 특별한 열정과 그 절망을 구체화하여 기억하기 위함일 것이다.

4) 파트로클로스, 아킬레우스의 숙명을 비추는 거울

이어지는 네 번째 이야기의 제목은 「파트로클로스 혹은 운명」으로, 연속해서 아킬레우스 신화를 다룬다. 앞서 나온 이야기의 배경은 스키로스라는 여성들의 섬으로 몽환적이며 세상과 분리된 공간이었다면, 본 이야기의 공간은 냄새나는 늪지대처럼 붉은 피를 보는 데 익숙해져 있는, 자연과 사물, 낮과 밤이

49 앙드레 프레뇨는 그라세Grasset 출판사의 작가이자 심사위원이었고, 유르스나르가 사랑한 남자이자 여행 동반자였다. 그러나 여성을 혐오하는 동성애자여서 연인 유르스나르와의 관계가 평탄치 않았다고 한다.

분간되지 않는 음울한 평원이다.

> 어느 밤, 아니 차라리 모호한 어느 하루가 평원에 내리고 있었다. 석양이 어느 방향으로 저물고 있는지 말할 수 없을 것이다. 종탑은 바위와 흡사했고, 산 주변은 망루와 흡사했다. 카산드라가 미래를 낳는 고통스러운 작업에 사로잡혀 성벽 위에서 소리를 지르고 있었다. 마치 화장분에서 나온 것처럼 알아볼 수 없는 시신들의 볼에서 피가 흘렀다. 헬레나는 흡혈귀처럼 생긴 입을 연지로 정성들여 칠하고 있었는데 피를 생각나게 했다. 마치 냄새나는 늪 지방에 땅과 물이 뒤섞이듯, 여러 해 전부터 평화가 전쟁과 혼융되는 일종의 붉은 타성 안에 빠져 있었다(1101).

이러한 암울한 배경 속에서 아킬레우스는 슬픔에 빠져 지낸다. 그것은 그가 그리스군과 합류하여 트로이 전쟁에 참전한 지 몇 년 후, 사랑하던 파트로클로스가 헥토르에 의해 전사했기 때문이다. 아킬레우스는 전투 의욕을 모두 상실하고 적군을 한 명도 죽이지 않는다. 이렇듯 아킬레우스는 살아 있으나 죽음의 세상을 살아간다. 그는 파트로클로스의 죽은 영혼에 더욱더 열정적으로 사로잡혀 있는 것이다. 유르스나르는 「아킬레우스 혹은 거짓말」의 연장선상에서 아킬레우스의 성 정체성 문제를 다시 꺼내든다.

> 세상을 채워줌과 동시에 그 세상을 대체했던 이 친구의 죽음 이후로, 아킬레우스는 유령들로 뒤덮인 자신의 천막을 더는 떠나지 않고 있었다. 마치 이 시신을 흉내 내려고 애쓰는 것처럼 옷을 벗고 땅바닥에 누워, 벌레가 자신의 추억을 갉아먹도록 내버려두고 있었다. 그에게 점점 죽음은 가장 순수한 자들만이 자격이 있는 제전처럼 여겨졌다. 많은 인간들이 다치지만, 죽는 이는 거의 없기 때문이다. 그가 파트로클로스를 떠올리며 기억하는 특징들은 모두 이렇다. 창백한 얼굴, 약간 올라간 빳빳한 어깨, 늘 조금 차갑던 양손, 잠이 오면 돌덩이처럼 쓰러지는 몸의 무게. 이런 것이 사후의 특징적 의미들을 가져다주었는데, 마치 파트로클로스가 시체의 밑그림 정도로밖에는 생존한 적이 없는 것 같았다. 그 사랑 속에서 잠

자고 있는 고백하지 않은 증오 때문에 아킬레우스는 조각가의 작업을 하게 되었다. 사실 그는 헥토르가 이 걸작을 완성한 것을 질투하고 있었다. 그들(아킬레우스와 파트로클로스) 사이에 끼어 있는 사고, 행동, 살아 있는 사실 자체의 마지막 베일들은 그만이 벗겨야 했을 것이다. 고귀한 죽음을 맞이한 알몸 상태의 파트로클로스를 바라보기 위해서 말이다(1102).

비록 죽은 자이지만 파트로클로스의 나신裸身을 헥토르가 보았다는 것도 질투하는 아킬레우스이다. 앞의 이야기에서는 열정과 두려움 사이에서 동요하는 아킬레우스의 성 정체성이 인물들의 복잡한 그물망 안에서 표현되었다면, 여기서는 죽은 전우를 향한 남다른 집착을 통해 우정 속에 숨어 있는 열정이 드러나는 것을 막을 수 없다. 다만 다른 연인들과 달리, 그의 경우는 결코 소유될 수 없는 열정이며 고독한 운명에 관한 것이다.

아마조네스들이 나타났다. 젖가슴의 범람이 강의 언덕들을 덮고 있었다. 군대는 옷을 걸치지 않은 이 덥수룩한 머리털의 향기에 전율하고 있었다. 전 생애 동안 아킬레우스에게 여성들은 불행의 원초적 부분을 상징했었다. 그는 그것의 형태를 선택하지 않았으며, 감내해야 했지만 받아들일 수는 없었다. 그는 어머니가 자신을 신과 인간 사이의 중간인 혼혈로 만든 것을 원망하고 있었다. 그렇게 해서 인간이 스스로 신이 될 공덕의 반을 그에게서 박탈했기 때문이다. 그는 아주 어릴 적 어머니가 스틱스강에 자신을 데려갔던 것에 대해 앙심을 품고 있었다. 마치 영웅주의가 상처에 취약하지 않다는 점에 있는 것처럼 그 두려움에 맞서 그를 면역시키려 했기 때문이다. 또한 그는 리코모데스의 딸들이 자신의 여장에서 그 가장假裝의 반대되는 것을 알아보지 못한 점을 원망했다. 그는 브레세이스를 사랑했었다는 수치심에 그녀를 용서하지 않았다. 그의 양날 검이 이 분홍빛 젤리 속으로 박혀서 내장이라는 복잡한 매듭들을 잘랐다. 여자들이 소리를 지르고 상처 틈 사이로 죽음을 상상하면서, 마치 내장이 뒤틀린 투우하는 말들처럼 어쩔 줄 모르고 있었다(1103).

수많은 적이 나타나자 아킬레우스는 전투를 다시 시작한다. 그런데 그들은 공교롭게도 아마조네스라는 여성 전사이다. 사실 아킬레우스에게 여성은 언제나 인생의 걸림돌이었다. 어머니 테티스를 비롯하여 데이다메이아도, 브리세이스도 그를 수치스럽게 만든 장본인이다. 이들은 아킬레우스를 보호하기 위해, 그녀들 곁에 두기 위해, 그를 사랑하기 때문에 그런다고 했지만, 그의 입장에서는 영웅의 운명이 완성되는 것을 방해하는 불필요한 존재이다. 이를 벗어나기 위해 그는 여성들을 제거해야 한다.[50] 따라서 전장에 나타난 아마조네스는 아킬레우스를 구속하는 불행한 숙명을 떠올리게 하는 여성의 무리인 것이다.

갑옷을 입고 투구를 쓰고 금가면을 쓴 광물성을 지닌 이 분노의 여신은 인간적인 면으로는 머리카락과 목소리만을 간직하고 있었다. 하지만 그녀의 머리카락은 황금으로 되어 있었고, 그 순수한 목소리에서 황금 소리가 났다. (…) (상대방의 반응을 이용하려는) 매번의 속임수를 무용스텝으로 만드는 이 슬라브 여인과 함께 하는 신체적 접촉은 시합이 되었다가 러시아 발레가 되었다. 아킬레우스는 희생제물이 들어 있는 이 금속 갑옷에 꼼짝없이 붙어서, 즉 애증 속에서 발견된 사랑에 잠식되어서 앞으로 나아갔다가 물러서곤 했다. 있는 힘을 다해서 마치 매혹을 끊어버리기 위한 것처럼, 그는 검을 던졌다(1103~1104).

그런데 아마조네스들 중 가장 싸움을 잘하는 것으로 알려진 우두머리 펜테실레이아와의 결투는 팽팽하다. 아킬레우스는 남자들을 사랑하는 남자로서, 펜테실레이아는 여자들을 사랑하는 여자로서 과감히 맞선다. 펜테실레이아와 맞서면서, 아킬레우스는 자신의 (남성적) 존재를 입증하게 되는 것이다.[51] 그런데 펜테실레이아는 갑옷, 투구, 금가면, 황금 머리카락, 황금 목소리를 지닌 광

---

50 Armelle Lelong, *Le parcours mythique de Marguerite Yourcenar,* p.144.

51 Ibid., p.145.

물의 특성을 지니고 있다. 이는 겉모습으로 남성, 여성을 판단할 수 없게 한다. 어느새 시합은 춤으로 변한다. 아킬레우스는 여성인지 남성인지 알 수 없는 그녀에게 끌린다.[52] '애증 속에서 발견된 사랑에 잠식되어서', 자신도 모르게 그녀와 춤을 추고 있다. 그러다가 냉정함을 되찾고 그녀에게 검을 던진다. 펜테실레이아의 유혹을, 여성의 마력을 뿌리친 것이다.

> 그는 이 여인과 어떤 순수한 병사인지 알지 못하는 그 남자 사이에cette femme et lui 놓인 얇은 갑옷을 찢었다. 철의 침공에 저항할 수 없어진 펜테실레이아는 마치 양보하듯 쓰러졌다. 간호사들이 급히 달려왔다. 기관총 사격으로 딱딱 소리가 나는 것이 들렸다. 성급한 손들이 이 황금 시체의 옷을 벗겼다. 투구의 면갑을 들어 올리니 얼굴 대신에, 더는 입맞춤이 닿을 수 없는 눈을 가린 마스크가 발견되었다. 아킬레우스는 흐느껴 울면서, 한 (남자)친구가 되었을 만한 이 희생자의 머리를 붙들고 있었다. 바로 파트로클로스와 닮은 이 세상 유일한 존재였던 것이다(1104).

죽은 펜테실레이아의 갑옷을 찢고 투구를 벗기지만 철저하게 전체 얼굴을 가린 마스크를 착용하고 있다. 그녀는 남성들과 동일하면서도 남성들을 죽이는 여성 전사이다. 그녀는 여성들과 동일하면서도 여성들을 죽이는 남자 전사 아킬레우스와 닮았다. 그가 제대로 알아보았다면, 죽은 파트로클로스를 대신하여 펜테실레이아를 친구로 삼았을 것이다. 그녀는 아킬레우스의 분신double이자 파트로클로스의 대체물이다.

흔히 신화에서 아마조네스와의 전투는 아킬레우스의 영웅적 무훈을 드러내주지만, 이 작품의 경우에는 아킬레우스가 자신과 닮은 아마조네스 수장 펜테실레이아와의 대결을 통해 자기 정체성의 운명을 인정하게 되고, 결국 파트로

---

52 "그녀가 아킬레우스를 유혹하는 중일까? 언어 이전의 야생의 상태 — 여자와 남자가 성적 우선권 없이 자유롭게 춤추던 —를 회복하려고 노력하는 것일까? 그것은 결투도, 춤도 아닌 신의 조화이다. 그러나 그 혼합은 이 세상에서는 불가능하다." Ibid., p.145.

클로스가 자신의 운명적 사랑임을 뒤늦게 깨닫게 되는 것이다. 파트로클로스의 갑작스러운 죽음으로 질투와 증오라는 혼란스러운 감정에 빠져 있던 아킬레우스에게 펜테실레이아의 죽음은 파트로클로스에 대한 열정을 더욱 깊이 각인시키고, 결국 자기 안의 성 정체성을 확고히 받아들이게 되는 계기가 된다. 부제가 달린 이 이야기의 제목이 「파트로클로스 혹은 운명」인 것은, 비록 생사가 엇갈리긴 했지만 파트로클로스(혹은 그의 대체물)가 바로 아킬레우스의 숙명을 비추어주는 운명 그 자체였기 때문이다. 파트로클로스가 운명임을 깨달은 아킬레우스는 이제 숙명이 자신에게 부과한 영웅의 길을 걷게 될 것이다. 널리 알려진 신탁에 따라, 영웅 아킬레우스의 생애는 매우 짧을 것이다. 하지만 그의 단명短命이 파트로클로스의 영혼을 만나러 가기 위한 홀로 남은 연인의 의도적 선택이 아닐까 하는 해석도 변용된 이 신화 작품 안에서는 가능해진다.

유르스나르가 자신의 내적 체험을 이 이야기 속에 녹아내었다면, 아마도 아킬레우스는 "헤르메스에게A Hermès"라며 작품 『불꽃』을 헌사한 대상일 것이다. 아킬레우스 - 헤르메스가 앞서 언급한 바 있는 실존인물 앙드레 프레뇨를 암시한다면, 그는 펜테실레이아를 떠올리게 하는 유르스나르의 존재를 통해 자신의 운명인 파트로클로스를 알아보았을까? 작가의 사랑의 감정과 사유가 은밀하고 간접적으로 표현되고 있는 이 작품에서 단순한 전기적 인물 대입이 문학적 가치를 떨어뜨리는 우를 범할까 신중해야 할 것 같다. 따라서 「파트로클로스 혹은 운명」에 들어 있는 시적 단상들을 살펴보면서, 무엇보다 은유의 유희들을 통해 작가가 개인의 체험을 어떻게 고백하고 있는지 느껴보자.

> 마음은 어쩌면 불결한 것이다. 그것은 해부용 책상 위의 정연한 배치, 정육점의 진열대이다. 나는 그대의 육체를 더 좋아한다(1097).

> (…) 그대와 나 중에서 누가 가장 깊은 동굴을 가지고 있을까?(1097)

누가 나를 구원할까? 너는 세상을 가득 채운다. 오로지 네 안에서만 나는 너를 피할 수 있을 따름이다(1097).

운명은 유쾌하다. 무엇인지 알 수 없는 아름다운 비극 가면을 숙명에게 빌려주고 있는 자는 거기서 연극의 눈속임만을 알아볼 뿐이다. (…) 비극의 인물들은 천둥처럼 큰 웃음에 갑자기 흐트러져 소스라치게 놀란다. 오이디푸스는 맹인이 되기 전에, 평생 동안 운명의 신과 술래잡기 놀이만을 했다(1097~1098).

내가 변해도 소용없다. 나의 운명은 변하지 않으니까. 모든 형상은 하나의 동그라미 안에 새겨질 수 있다(1098).

사람들은 꿈은 기억하지만 잠은 기억하지 않는다. 오직 두 번, 나는 우리의 꿈이 물에 잠긴 현실들의 표류물에 지나지 않는 물살이 지나간 이 깊은 속으로 스며들어 간 적이 있다. (…) 밀물과 썰물 같은 잠이 나도 모르는 사이 흰 삼베 같은 바다 위로 나를 되돌아오게 한다. 매 순간, 나의 두 무릎은 그대의 추억에 부딪친다. 차가운 기운이 나를 깨운다. 마치 주검 옆에 누워 있었던 것처럼(1098).

나는 그대의 결점을 참는다. 사람들은 신의 결점을 체념하고 감수한다. 나는 그대의 그 결점을 참는다. 사람들은 신의 그 결점을 체념하고 받아들인다(1098~1099).

아이는 하나의 인질이다. 인생은 우리를 소유하고 있다(1099).

개, 표범, 매미의 경우도 마찬가지이다. 레다는 다음과 같이 말했다: "내가 한 마리 백조를 사들인 이후로 자살하는 것이 더는 자유롭지 않다"(1099).

사랑의 불꽃에 타버린 '나'는 나 자신의 동굴 속으로 들어가 버린다. 그 안에서 육체보다 더 불결한, 즉 복잡하고 어지러운 마음에서 벗어나고 싶은 것이다. 그러나 아무리 피하려고 해도 열정의 대상이었던 '너(그)' 안에서만 해방되고 구원될 수 있을 뿐이다. 꿈속에서도 연인의 추억은 '나'를 따라다닌다. 뜨거운 불꽃은 어느덧 죽은 자 곁에 있는 것처럼 차가운 열정으로 변해 있다. 이토록 지독한 사랑은 피할 수 없는 운명이다. 그것은 동그라미의 형상을 띠기에, '나'는 운명의 신과 술래잡기하듯, 마음대로 이탈하지 못하고 평생 그 주변을 맴돌아야 한다. '나'는 운명의 인질이기에, 결점투성이인 인생의 구속을 감내할 뿐이다. 이러한 단상들은 아킬레우스의 사랑과 운명에 이입된 유르스나르의 열정과 그 정신적 위기를 짐작하게 한다.

2. 불의의 복수와 정화

1) 엘렉트라의 복수 가면

「엘렉트라 혹은 가면들의 전락Electre ou la chute des masques」[53]은 『연극 2』에 들어 있는 첫 번째 이야기로 엘렉트라 신화에 관한 것이다.

「엘렉트라 혹은 가면들의 전락」에 들어가기 전, 유르스나르는 서문에서 무수히 되풀이된 엘렉트라의 주제들을 열거하고 있다. '정의'를 위해 권력에 저항하는 엘렉트라, 복수심에 불타오르는 '광기'의 엘렉트라, 가문을 바로잡기 위한 '책임' 앞에서 망설이는 햄릿으로 분한 오레스테스와 그 앞에서 존재가 미미해진 엘렉트라, 가족들 간의 경쟁과 증오 속에 자리한 엘렉트라, 아가멤논의 죽

---

53 Marguerite Yourcenar, *Electre ou la chute des masques*(Plon, 1954); in *Théâtre II* (Gallimard, 1971), pp.7~79. 이 극작품은 처음에 잡지에 실렸다가 여러 차례 수정을 거치며 단행본으로 출간되었다. 앞으로 『연극 2Théâtre II』 안에 들어 있는 작품을 인용할 때는 페이지만 표시하겠다.

음 이후 악몽 속에서 살아가는 엘렉트라와 주변 여인들, 부모에 대한 집착과 정체성의 분열을 겪는 엘렉트라, 어머니 클리타임네스트라와 연인 아이기스토스의 내연관계를 캐어 진실을 찾아가는 엘렉트라, 어머니의 복수 이후 자유의지를 포기한 엘렉트라와 이에 대립하여 자유와 책임의 문제를 제기하는 오레스테스 등 주제별로 살펴본 엘렉트라의 형상은 매우 다양하다.

이처럼 유르스나르가 작품의 기원을 탐색하는 과정에서 밝힌 권위 있는 작가들과 작품들은 의식적이든 무의식적이든, 직접적이든 간접적이든 그녀에게 영감을 가져다 준 모방imitation 모델이다. 그렇다면 유르스나르는 이들의 작품이나 주제를 차용하면서 어떤 차이를 드러내려고 하였을까?

엘렉트라와 그 해체라는 유사 주제들을 다룬 오닐O'Neill, 지로두Giraudoux 혹은 사르트르Sartre와 나와의 차이점이 점점 명확히 드러나는 것을 느낀다. 이 최종적 처분 안에서 부조리의 승리, 영웅 신화의 결정적인 퇴보, 요컨대 인간의 실패를 목격하는 대신에, 오히려 나는 허무에 의한 일종의 소탕을 주시하고 있었다. (…) 그 실패는 엘렉트라가 엘렉트라로 여전히 남게 되는 것을 막지 못할 것이고, 아이기스토스가 밝힌 어떠한 폭로도 오레스테스의 분노와 칼의 궤도를 우회시킬 수 없을 것이다. 이제부터 모든 외적 우연은 후자가 친부살해범이 되는 것을 피하게 해주는 것이 아니라 그것이 실현되는 데 쓰인다. (…) 「엘렉트라 혹은 가면들의 전락」은 1944년에 쓰였다. 그 출발점은, 말하자면 농부와 결혼하여 어느 비참한 오두막집에서 살아가는 여주인공의 상황으로 그녀는 자기 엄마를 그곳으로 유인하여 살해하는데, 이는 에우리피데스에게서 취한 것이다. 그 상황은 주요 인물들의 이름과 무대 배경의 암시와 더불어 유일하게 고대극에서 차용한 것이다. 내가 엘렉트라에 관한 예전의 모든 상연 중에서 가장 암울한 사실주의적 전개로 나아간 것은 그것이 우리 시대의 취향과 조건들에 부합했기 때문이다. (…)(19~20)

위에 언급된 바와 같이, 유르스나르의 「엘렉트라 혹은 가면들의 전락」은 에우리피데스의 『엘렉트라』와 구조상 유사하다. 에우리피데스는 엘렉트라의 원한과 치밀하게 계산된 복수를 상상했는데 그러한 복수 심리극적 요소가 유르스나르의 작품에 일부 반영되어 있다. 유르스나르의 작품에서 엘렉트라는 멀리 아르고스의 친구 필라데스에게 어린 오레스테스를 맡기고, 필라데스를 매개로 오레스테스의 마음에 어머니와 아이기스토스에 대한 복수심을 꾸준히 불어넣는다. 필라데스는 엘렉트라의 복수를 차가운 순수성에 대한 집착이라고 지적하고, 그녀가 자기의 증오를 어리고 세상물정 모르는 남동생 오레스테스에게 전가시키고 있다고 비난할 정도이다.[54] 마침내 성인이 되어 돌아온 오레스테스는 순수와 정의를 외치는 엘렉트라의 강력한 요청에 따라 모친 살해 계획에 동참한다. 하지만 왠지 결심이 굳게 서지 않는다. 그만큼 오레스테스는 유약한 청년이며 어머니 살해에 대한 동기부여가 덜 되어 있는 인물이다.

이에 반해 엘렉트라는 복수의 의지가 강하다. 아버지 아가멤논을 죽이고 자신을 옹색한 환경에서 하녀처럼 살게 만든 어머니 클리타임네스트라에게 자신의 거짓 임신을 알리고 누추한 시골집으로 끌어들여 직접 살해한다. 그리고 얼마 후 오레스테스에게 어머니의 정부이자 아버지 아가멤논의 살인자인 아이기스토스를 살해하라고 지시한다. 그 순간 오레스테스는 상대가 바로 자신의 숨겨진 친아버지임을 알게 된다. 유르스나르의 극에서 오레스테스는 엘렉트라의 친동생이 아니라, 클리타임네스트라와 아이기스토스 사이에서 태어난 숨겨진 자식으로 설정되어 있다. 언젠가 적법한 왕자로 오레스테스에게 왕위를 넘겨줄 때를 아이기스토스는 은밀히 기다리고 있었던 것이다. 오랜 시간 복수만을 꿈꾸던 상황이 하루아침에 변해버린다면 그동안 쌓인 분노와 증오는 어떻게 될까? 한순간에 사라질까, 아니면 갈등으로 흔들릴까? 유르스나르는 이렇듯 신화의 변용을 통해 선택의 결말을 궁금하게 만듦으로써 주제의 차별화를 시도한 것이다. 특히 앞선 인용문에서 밝힌 것처럼, 그녀는 '허무에 의한 일종의 소탕을 주시'하였다. 처음부터 진정한 살해동기를 찾지 못하던 오레스테스는 아이기스토스가 자신의 친아버지라는 사실에 잠시 혼란스러워했지만, 아이

54 Ibid.(Gallimard, 1971), p.40.

기스토스의 추방 명령으로 누이 엘렉트라가 자신을 두고 멀리 떠나게 되자, 주저 없이 칼을 빼어들어 아이기스토스를 찌른다.

유르스나르는 자신과 동시대인의 입장에서 오레스테스의 심리적 상황을 고려했다. 출생의 비밀로 인한 충격에서 바로 벗어나 감정을 수습하고 아버지 아이기스토스에게 안기기는 어려운 일이다. 무엇보다 오랜 시간 오레스테스의 인생에서 강력한 영향을 미친 사람은 엘렉트라였으며, 그녀가 세뇌한 복수의 의지는 그에게 절대적이며 무의식적인 힘을 행사한다. 밀려드는 허무함과 치솟는 분노의 감정이 오레스테스를 더욱 격하게 만들어 복잡한 심리현상을 초래하게 되는 것이다. "엘렉트라, 누나의 팔… 내게 익숙해진 누나의 팔… 나 없이 떠나지 마. 나 없이 이 배에 오르지 마. 자, 이제 우리뿐이야…."[55] 끈끈한 심리적 동질감으로 엘렉트라와 오레스테스가 서로에게 더없이 의존하며 살아가게 될 것임을 예고한다. 결국 반전을 초래할 만한 신화의 변용 장치가 있음에도, 유르스나르의 인물들은 고전적 결말을 여지없이 완성하고 만다. 이처럼 '가장 암울한 사실주의적 전개'를 선택한 것은 인물들의 보다 복합적인 심층구조를 반영하여 현대인의 숨겨진 차가운 이면을 드러내기 위함이 아닐까 한다.

그렇다면 이제 엘렉트라의 복수는 막을 내린 것일까? 그런데 이상하게도 모든 것이 끝났는데 어딘가 불편하다. 왜일까? 죽음의 궁지에 몰린 아이기스토스가 죽기 전 엘렉트라를 힐난했던 말 때문이다.

> 엘렉트라, 그토록 쉬운 비밀을 알아차리지 못했다고 말하지 마라. 집안의 염탐꾼이던 너, 네 어미가 막내에 대해 품었던 사랑의 연유가 무엇이었는지 몰랐다고 말하지 마라. 사실 클리타임네스트라가 엘렉트라의 밀고를 두려워하지 않았다면 그토록 서둘지는 않았을 터인데….[56]

---

55 Ibid., p.75.

56 Ibid., p.73.

아가멤논보다 오레스테스를 유독 사랑해 주던 아이기스토스, 어린 시절 그를 따스하게 품어주던 어머니 클리타임네스트라. 어머니는 막내아들에게 맹목적 사랑을 보이면서도 딸은 자신의 정부나 빼앗으려는 파렴치한 자식으로 몰아세운다. 또한 어머니와 그의 연인은 엘렉트라가 자신들의 뒤를 쫓아다니며 비밀을 엿듣는 염탐꾼이었다고 힐난한다. 이러한 정황을 모두 모아보면 어린 소녀 엘렉트라의 깊은 상처가 보인다. 유르스나르는 엘렉트라가 일찌감치 오레스테스의 출생의 비밀을 눈치 채고 있었을 가능성을 내비치면서, 영원히 클리타임네스트라와 아이기스토스의 자식일 수 없는 자신의 처지에 어린 시절부터 남동생에게 질투를 느끼고, 그들의 사랑을 가득 받는 오레스테스를 자기편으로 끌어들여 그들에게 복수하고 싶었던 어두운 마음을 짐작케 한다. 정의를 위한 복수를 내세우지만, 사실상 내면의 질투를 감추고 있던 유르스나르의 엘렉트라는 과거에 집착하는 인물로 과거의 상처, 즉 자신의 트라우마로부터 자유롭지 못한 인간이다. 작가는 이를 헤어날 수 없는 한 개인의 어두운 복수 심리극으로 가져간 것이다.

이 작품의 부제에 언급된 복수형으로 쓰인 '가면들'이란 엘렉트라를 비롯한 주요 인물들이 가면을 쓴 채 진실을 은닉하고 있었다는 점을 상징한다. 엘렉트라의 가면뿐 아니라, 클리타임네스트라와 아이기스토스가 쓰고 있던 가면, 이중첩자였던 필라데스의 가면, 자신의 정체성을 잃어버린 오레스테스의 가면도 모두 내포하고 있다. 엘렉트라가 살인하게 되는 심리적 동기에 의문을 갖고 이에 천착하다 보니, 주변 인물들의 숨겨진 비밀이 드러나고 그들의 가면이 떨어져 나간다. 가면을 벗는다거나 떨어뜨린다는 것은 달리 보면 자신의 사회적 페르소나를 자각하고 인간 본질의 회복을 의미할 수 있다. 하지만 특히 엘렉트라는 자신의 자유의지로 가면을 벗은 것이 아니라, 살해계획을 끝까지 밀고 나가다가 종국엔 가면이 그의 얼굴을 먹어치워dévoré 자기 모습이 되어버린 경우에 해당한다. 엘렉트라가 실행한 복수는 극복하지 못한 '내면의 상처'에서 비롯된 것이고, 오레스테스는 그녀의 가면을 결코 보지 못한다. 그래서 유르스나르의 극은 마지막 장에서도 해결이 나지 않는다. 엘렉트라는 자신이 가면을 쓰고 있는지 아닌지조차 모른 채, 오레스테스는 엘렉트라에게 기만을 당해왔다는 진실을 모른 채, 두 사람은 평생 의지하며 살아가게 될 것이다. 엘렉트라의 복수는 영혼의 찌꺼기처럼 남아, 영혼을 갉아먹는 '허무에 의한 일소一消'이자 멈추지 않는 끔찍한 기계처럼 작동할 '영원한 죽음'이다.

결국 주제의 차별화를 시도한 유르스나르의 창의력은 인물들의 구체적 행위보다는 무의식의 충동에 사로잡혀 광기 어린 심리극으로 나아갈 수밖에 없는 복잡한 심리적 장치를 만들어낸 점에 있다. 이미 오랜 반복과 재생산을 거친 엘렉트라 신화의 다시 쓰기가 의미 있는 이유는 수많은 모방 모델과 일정 거리를 두고, 궁극적으로 자기 작품의 고유한 본질을 밝히기 위해 현대인들의 심리적 중층구조를 첨가했다는 데 있다.

2) 마리아 막달레나의 회개

『불꽃』의 대부분 이야기들은 그리스 신화를 차용하고 있지만, 「마리아 막달레나 혹은 구원」에서는 유일하게도 신약 성서에 등장하는 마리아 막달레나[57]의 이야기가 나온다. 하지만 우리가 익히 알고 있는 기독교 전통에 뿌리를 둔 역사적 인물 마리아 막달레나가 아니라, 중세 전설을 모티브로 삼은 신화적 인물에 관한 것이다. 작가는 서문에서 다음과 같이 밝히고 있다.

---

57 마리아 막달레나Marie-Madeleine는 기독교 전통에 뿌리를 둔 역사적 인물로서 널리 회자되어 왔으며, 문학과 예술의 표현을 통해 다양한 이미지로 변용, 확산되어 왔다. 그녀의 형상은 크게 세 가지로 나뉘는데, 첫째는 익명의 죄인으로서 향료병을 들고 바리사이인 시몬의 연회장에 돌연히 들어와 자신의 무한한 애정을 예수에게 보이고 그의 용서를 받는 모습이다. 둘째, 일곱 마귀에서 해방된 막달라 마을의 마리아로서 갈릴래아 지방부터 유다 지방까지 예수와 동행했고, 골고타에서 그의 십자가형을 지켜보았으며 사흗날에 무덤으로 달려가 부활한 예수를 처음으로 목격하게 되는 인물이다. 셋째, 마르타와 라자로와 형제간인 베타니아 마을의 마리아는 무덤에 묻힌 오빠 라자로의 부활을 보았으며, 예수가 체포되기 직전 그에게 향유를 부어준 여인이다.

마리아 막달레나의 이야기는 『황금전설Légende Dorée』이 언급한 어느 전통에 의지하는데, 그것은 성 요한이 예수를 따르기 위해 버려두고 간 약혼녀가 성녀가 되었다는 신화이다. 성서 외전의 바깥 이야기에 환기된 근동Proche-Orient은 지난날의 근동이자 영원한 근동이다(1076).

유르스나르는 제노바 대주교였던 보라기네의 야코부스Jacobus de Voragine(프랑스어로 자크 드 보라진Jacques de Voragine)의 『황금전설』을 언급하고 있는데, 그것은 중세 종교문학에서 나온 150명의 성인들에 관한 이야기와 전설들에 관한 책으로 이 안에 마리아 막달레나의 전설[58]이 들어 있다. 유르스나르는 약혼자에게 버림받은 한 여인이 어떻게 성녀가 되어가는지, 이 전설의 틈새를 자신의 학문적 지식과 상상력으로 재구성한다.[59] 그러나 단순히 여기에만 의존하는 것은 아니다. 『불꽃』에는 유르스나르가 겪은 강렬한 열정을 감추고 절제하면서도 은연중 드러내는 자전적 요소들이 들어 있다. 「마리아 막달레나 혹은 구원」의 경우에도 작가의 고통스럽고 내밀한 감정을 느낄 수 있으며, 본 이야기로 들어가면 마리아 막달레나의 감정과 자연스럽게 교차하며 때로 자신의 개인적 체험을 슬며시 집어넣기도 한다. 더구나 1인칭 여성 화자 - 인물로 시작하는 도입 문장incipit이 자서전 형식을 취한다는 점에서, 유르스나르 개인의 전기적 치환을 용이하게 해준다.

이러한 점에서 마리아 막달레나 신화가 어떻게 문학적으로 변용되었는지

---

58 제노바의 대주교이자 연대기 작가인 보라기네의 야코부스(1228~1298년경)의 『황금전설』에 따르면, 마리아 막달레나는 오빠 라자로와 언니 마르타와 함께 예루살렘 근처 막달라Magdala라는 지방에서 성장한다. 마리아 막달레나는 한동안 감각의 기쁨에 빠져 지내다가 예수를 만나 자신의 죄를 뉘우치게 되고 주님의 수난과 부활을 목격하게 된다. 천상의 것을 바랐던 그녀는 산속 동굴로 들어가 30년 동안 은수자의 삶을 살다가 성체를 받은 후 제단에서 평화로이 죽는다.

59 그녀는 이 책뿐만 아니라 마리아 막달레나에 관한 여러 선험적 파라텍스트를 활용했기에, 「마리아 막달레나 혹은 구원」은 유대 - 시리아 지방, 고대 로마 지방, 그리스 지방, 중세 프로방스의 문화가 복합적으로 들어 있는 것이 특징이다.

살펴보면서, 그 의도와 방식을 유르스나르의 자기 글쓰기 차원에서 이해해 볼 수 있다. 「마리아 막달레나 혹은 구원」이 한 여인의 일생一生의 사랑에 초점을 맞추고 있음을 고려하여 세 가지 개념, 열정의 상실로 인한 '불평', 사랑의 본질을 발견하는 '회개', 깨달음에 이르는 '구원'을 중심으로 마리아 막달레나와 보이지 않는 화자 마르그리트Marguerite의 열정에서 사랑으로 이행하는 변화의 흐름을 따라가 보고자 한다.

① 마리아 막달레나 혹은 마르그리트의 불평[60]

「마리아 막달레나 혹은 구원」의 도입부는 화자 - 주인공이 1인칭으로 자신의 이름을 소개하는 것으로부터 시작된다.

> 내 이름은 마리아다. 사람들은 나를 막달레나라고 부른다, 막달레나는 우리 마을의 이름이다. 이곳은 내 어머니가 밭을 가지고 있고 내 아버지가 포도밭을 갖고 있는 작은 지방이다. 나는 막달라Magdala 출신이다. 점심에 내 언니 마르타는 농가의 일꾼들에게 맥주 단지들을 가져가고, 나는 그들에게 빈손으로 가곤 했다. 그들은 나의 미소를 핥아먹었으며, 농익은 과일의 맛이 얼마간의 햇살에 달려 있는 것처럼, 그들의 눈빛으로 나를 어루만지곤 했다(1123).

마리아 막달레나가 마리아와 막달레나가 합쳐진 이름이라는 것은 그녀의 이중적 성격 혹은 이중의 삶을 예측하게 한다. 특히 언니 마르타와 대조적으로, 순수하지만 자유분방한 성향과 타인의 욕망의 대상이 된다는 점에서 더욱 그렇다. 두 개의 본성을 지녔기에 앞으로 닥쳐올 생의 혼란을 예고하기도 한다.

---

60 「마리아 막달레나 혹은 구원」은 1936년 그라세Grasset 출판사에서 나오기 전에 《카이에 뒤 쉬드Cahiers du Sud》 잡지에 처음 실리는데, 첫 판본 제목이 바로 「마리아 막달레나의 불평Complainte de Marie-Madeleine」이었다.

요한과 나는 결혼식 날 샘터의 무화과나무 아래 앉아, 이미 70년의 행복이라는 견딜 수 없는 무게를 느끼고 있었다. 같은 춤곡들이 우리 딸들의 결혼식에 나올 것이다. 나는 그녀들이 낳을 아이들의 무게도 이미 느끼고 있었다. 요한은 아주 어린 시절에 내게로 왔다. 그는 자신의 유일한 친구들인 천사들에게 웃어주곤 했다(1123).

막달라 마을의 '마리아'는 넉넉한 농가에서 자라난 아름답고 순수한 처녀로, 한 동네 청년 요한과 결혼을 앞두고 행복한 미래의 꿈에 젖어 있었다. 천사들을 친구로 둘 만큼 선한 요한을 배우자로 삼기 위해, 권력을 지닌 로마 백인대장의 청혼도 거절했을 정도이다. 그녀는 혼인 연회를 준비하면서, 규방에 모인 중년부인들의 은밀한 비결들을 들으며 강렬한 행복감에 도취된다.

그런데 행복한 신부의 주변에서 암울하고 어수선한 분위기가 일어난다. 혼인축제를 위한 양들이 헤로데에게 희생된 아기들의 울음소리로 들리고, 잿빛 하늘과 잔치 준비를 위해 피운 저녁연기가 한 치 앞을 내다보지 못하게 한다. 이 어두운 분위기 속에서 마리아는 뜻밖의 경쟁자가 나타난 것을 알게 된다.

아득히 들리는 유괴자 어린 양의 떨리는 소리를 나는 듣지 못했다. 저녁의 연기가 꼭대기 방 안을 완전히 뿌옇게 했다. 흐린 하루가 사물들 형태와 색상의 의미를 소멸시켰다. 사람들이 모인 식탁 아래 자리에 가난한 부모들 속에 앉아 있는 흰옷 입은 방랑자를 나는 보지 못했다. 그는 청년들을 쓰다듬고 입맞춤하며 그들이 모든 것에서 갈라져 나가도록 만드는 일종의 끔찍한 전염병을 퍼뜨리고 있었다. 원죄만큼 감미로운 포기를 하게 만드는 그 유혹자의 존재를 난 알아채지 못하고 있었다(1124).

그녀의 경쟁자는 다름 아닌 신Dieu이다. 그녀는 신을 '유괴자', '전염병을 퍼뜨리는 방랑자', '유혹자'라는 경멸적 언어로 지칭한다. 이 신성모독적인 말은 예수를 예언자 예수이자 동시에 유대 - 기독교 세계에서 거부된 거짓 예언자로 보았던 당시의 시대적 맥락[61]에서 이해할 수 있다. 하지만 오히려 신을 모르는 여인이 사랑하는 약혼자를 빼앗길 상황에서 나올 수 있는 단순하고 본능적인 경계와 거부에 가깝다고 볼 수 있다.

> 긴 머리카락을 지닌 이 영혼(요한)은 어느 신랑un Epoux을 향해 달려가고 있었다. 그는 숨결로 김이 서려 점점 흐릿해지는 창유리에 이마를 기대고 있었다. 별들에 싫증난 그의 두 눈은 이제 우리를 더는 염탐하지도 않았다. 문지방 건너편에서 망을 보던 어느 하녀가 아마도 내 오열을 사랑의 신음으로 생각한 것 같다. 마치 누군가가 곧 임종하게 될 집 앞에서 일어나듯이, 밤새 어떤 목소리가 요한을 세 번 부르며 울려 퍼졌다. 요한이 창문을 열어 어둠의 깊이를 판단하려고 몸을 기울였고, 신Dieu을 보았다. 나는 어둠만을, 그분의 외투만을 보았다. 요한은 침대 시트들을 벗겨서 그것을 꼬아 밧줄을 만들었다. 땅바닥에 반딧불이 별들처럼 반짝이고 있었기에, 그가 하늘 속으로 들어가는 것 같았다. 신의 품보다 한 여인을 더 좋아할 수 없는 이 탈주자를 시야에서 놓쳤다(1125).

혼인 첫날 밤 요한은 신부를 침대에 홀로 남겨두고, 신Dieu의 목소리를 따라 집을 떠난다. 대문자 신랑Epoux으로 지칭되는 신이 요한을 세 번 부르고 요한이 신[62]의 세 번째 부름에 응답하는 행동은 두려움 때문에 예수를 부인하다가 각성한 적이 있는 베드로와 비교, 연상된다. 마리아의 입장에서 보면, 요한은 신부를 배신하고 범상치 않은 신랑을 따라 도망간 무책임한 사람이다. 다만 증오할 정도로 그가 밉지는 않다. 혼인이 아무리 합법적이고 자연스러운 관례라 해도, 한 여인과 육체적 죄를 저지르고 나면 신에게 다가갈 수 없을까 봐 고통과 수치를 느끼는 요한의 영혼은 슬프지만 그녀가 보기에 너무 맑고 순수하다. 그럼에도 요한이 그의 신랑과 함께 자신의 사랑과 혼인을 조롱하고 수치를 주었다

---

61 Bernadette Cailler, "St Marie-Madeleine se racontait: Analyse d'une figure de *Feux*," *Roman, Histoire et le Mythe dans l'Œuvre de Marguerite Yourcenar*, Société Internationale d'Etudes Yourcenariennes(1995), p.99.

62 유르스나르는 이 이야기 속에서 예수Jésus 대신에 대문자 신Dieu을 쓴다.

는 생각이 들 때면 너무나 고통스럽고, 그녀를 점차 불평과 타락의 길로 이끈다.

빈 신혼 방에서 망연자실해 있던 그녀가 무작정 집을 뛰쳐나온다. 매음굴 골목, 시장길, 여인숙의 회랑을 정신없이 지나서 자신에게 끈질기게 구애한 적이 있는 로마 백인대장의 침실로 달려간다.

> 그는 아마도 나를 잠자리에 익숙한 창녀들 중 하나로 여겼을 것이다. 나는 얼굴 위에 검은색 양모 두건을 계속 쓰고 있었다. 나의 육체에 관한 일일 때는 보다 수월했다. 그가 나를 알아보았을 때 이미 난 마리아 막달레나였다.

마리아는 이제 마리아 막달레나가 되었다. 마리아와 막달레나가 합쳐진 이름인 마리아 막달레나는 결국 그녀의 이중적 성격 혹은 이중의 삶을 상징한다. 순백의 신부 마리아가 자유분방한 성향을 드러내고 타인의 욕망의 대상이 되면서 막달레나라는 또 다른 본성과 결합한다.

마리아 막달레나는 요한이 자신을 버렸다는 것을 감추고 그가 신과 함께 도망간 비밀도 함구했다. 가족과 이웃사람들은 마리아 막달레나의 나쁜 행실을 알고서, 요한이 그 충격으로 자살했거나 사라졌을 거라고 믿는다. 그러나 그녀는 부인하지 않는다. 사라진 요한이 자신을 미치도록 사랑했다고 믿게 하는 것이 그녀에게는 덜 수치스럽기 때문이다. 요한을 향한 사랑이 전부였기에, 채울 수 없는 갈망과 비탄이 그녀를 무수한 남자를 유혹하는 죄의 여인으로 만든다. 그러나 사실 이 방탕은 요한을 빼앗긴 것에 대한 일종의 복수로, 그녀가 "이 끔찍한 친구ce terrible Ami"(1127)라고 부르는 신에게 가능한 한 순수하지 않은 연적을 보내주기 위해 시작된 것이다.

마리아 막달레나는 로마 백인대장을 따라 가자Gaza 지역으로 떠났으며, 돈이 떨어져 묶게 된 어느 여인숙 주인에게 욕망의 기술을 배우고, 낙타를 부리는 사막지방의 베두인 사람과 하룻밤을 보낸 덕에 자파Jaffa로 이동한다. 마르세유 출신의 선장을 만나 바다의 뜨거운 흔들림에 도취도 느껴보고, 피레아스la Pirée의 어느 술집에서 만난 그리스 철학자에게 방탕의 기술인 예지를 배운다. 또한 스미르나Smyrne에서 만난 은행가의 후한 선물들을 받으며 화류계의 여자가 되고, 예루살렘에서 만난 바리사이파 사람 덕분에 위선을 배우게 된다. 그러던 어느 날 마리아 막달레나는 치유받은 어느 마비환자로부터 그 신에 대해 듣게 된다. 그가 "사제들을 망신시키고, 부자들을 모욕하고, 가정 안에 불화를 일으키고, 간음한 여자를 용서해 주고, 메시아라는 터무니없는 직무를 행하면서 이 마을 저 마을로 떠돌아다니고 있다"(1126)는 것이다. 그 순간 그녀는 신을 유혹하기로 마음먹는다.

> 신을 유혹하는 것은 요한에게 자신의 영원한 지지대를 없애는 것이었다. 그가 육체의 온 무게로 내게 다시 돌아오지 않을 수 없게 하는 것이었다. 신이 없기에 우리는 죄를 짓는다. 즉 우리가 피조물들을 취하는 것은 우리 눈앞에 완벽한 것이 아무것도 나타나지 않기 때문이다. 신이 한낱 한 남자에 지나지 않는다는 것을 요한이 알게 되자마자, 신보다 내 젖가슴을 더 좋아하지 않을 이유가 더는 없을 것이다. 나는 무도회를 위한 것처럼 치장을 했다. 잠자리를 위한 것처럼 향수를 뿌렸다(1127).

유르스나르는 마리아 막달레나가 신랑 요한을 유혹한 신을 질투하고 미워했을 것이라고 상상한다. 그래서 '마리아 막달레나 - 요한 - 신'의 관계를 평범한 인간들의 애정문제로 통속화시킨 삼각관계를 설정한다. 요한을 다시 제자리로 돌려놓기 위해 신을 유혹하겠다는 마리아 막달레나의 계획은 무모한 도전이지만, 신에 대한 불평이 최고조에 이르렀다는 신호이자 그만큼 요한을 포기할 수 없다는 욕망의 절정을 반증한다. 천사와 싸워 이긴 야곱처럼 그녀는 보이지 않는 신과 싸우고 있는 것이다.[63]

그런데 '마리아 막달레나 - 요한 - 신'의 삼각구도는 유르스나르 개인의 체험

---

63 "우리 아버지 야곱이 천사에 맞서 싸웠듯 내가 보이지 않는 경쟁자와 싸우고 있다는 것을 알지 못했다.(…)"(1124)

과 연관되어 있다. 그녀는 『불꽃』을 출간한 그라세Grasset 출판사 발행인 앙드레 프레뇨André Fraigneau에게 연정을 품고 있었지만 냉정하게 거부당한다. 프레뇨는 유르스나르의 작품을 좋아하긴 했지만 그녀를 사랑한 것은 아니다. 그 이유는 그가 남자를 사랑하는 동성애자였기 때문이다. 혼인 첫날 밤 마리아의 육체를 거부하고 신을 따라나선 요한처럼, 남자들을 사랑하는 프레뇨 역시 젊은 날의 마르그리트를 거부하고 경시한 적이 있다. 마리아 막달레나의 연적이 신이듯, 마르그리트의 연적은 프레뇨의 특별한 남자들이다.

> 신은 장애물이다. 신은 프레뇨가 선택한 사람들, 남성 경쟁자를 표상한다. 남자인 이 신, 마리아와 요한 사이의 사랑의 장애물인 이 남자는 비방 섞인 호칭으로 우스꽝스럽게 꾸며진다. (…) 글쓰기의 출발점에는 이 삼각관계의 사랑의 치환transposition이 들어 있다.[64]

이러한 사랑의 치환은 『불꽃』의 초판(1936년) 견본 첫 장 안에 유르스나르가 직접 그려 넣은 그림 이미지를 통해 가시화된다.[65] 작가는 "헤르메스에게A Hermès"라는 헌사가 들어 있는 첫 장 안에, 한 그리스의 정예보병evzone이 신의 얼굴이 새겨진 원형 기둥을 손으로 잡고 있는 모습과 그 아래 바닥에 머리를 풀어헤친 채 쓰러져 있는 어느 젊은 여인의 모습을 그려 넣는다. 그리고 신의 얼굴 위에서는 붉은 불꽃이 피어오르고 있다. 정식 출간에서는 그림이 사라졌지만, 유르스나르 사후에 미간행 소묘 리스트Liste des dessins de Marguerite Yourcenar 일부와 그에 관한 해설이 출간되면서,[66] 이 그림에 관한 해석과 작가

---

64 Marie-Claire Grassi, "«Marie-Madeleine ou le salut» dans *Feux* de Marguerite Yourcenar," pp.397~408, in *Marie-Madeleine figure mythique dans la littérature et les arts,* Centre de Recherches sur les Littératures Modernes et Contemporaines(Presses Universitaires Blaise Pascal, Clermont-Ferrand, 1999), pp.398~400.

65 Sue Lonoff de Cuevas, *Marguerite Yourcenar Croquis et griffonnis*, traduit par Florence Gumpel(Le Promeneur, 2008), p.14(figure 1, Dédicace de *Feux* avec un evzone, 1936).

의 전기적 요소들을 발견하게 된다.

> 여기서 그녀의 보병은 구원자가 아니다. 그는 기둥 받침 아래 죽어가는 헝클어진 머리를 한 여인에게 아무 관심도 없이 우월한 자세로 서 있다. 두 인물 사이에 험herm(헤르메스의 흉상을 지닌 기둥)이라고 불리는 신의 머리를 한 기둥이 있는데, 다문 두 입술에 번지는 미소가 (보병과) 마찬가지로 여인의 번민은 잊어버리고 있는 것이다. 수염으로 장식한 이 머리 위에 보병이 손을 내밀어 일고 있는 불꽃을 솟아오르게 한다. 희생제의를 준비하는 중일까? 아니면 책 제목이 주는 불기운을 돋우는 것일까? (…) 그(앙드레 프레뇨)가 이 무관심하고 신격화된 형상의 원천이라면, 바닥에 엎드린 여인은 작가 자신이다. 그리고 이 소묘는 "헤르메스에게"뿐만 아니라, 그가 누구인지 알리지 않은 채 책이 환기시키는 "너toi"에게 주는 메시지가 된다.[67]

위 해석에 따르면, 고뇌에 빠진 젊은 여인은 마르그리트와 동일시되고, 헤르메스 신은 프레뇨를 상징하며, 이 신을 섬기고 명령에 따르는 보병은 프레뇨의 특별한 남자가 될 것이다. 따라서 비록 미간행된 그림이지만 '고뇌에 빠진 여인 - 헤르메스 신 - 그리스 보병'이라는 그리스 신화의 삼각구도는 '마리아 막달레나 - 요한 - 신'이라는 성서 신화의 삼각관계를 뒷받침해 주며, 유르스나르의 내적 체험이 신화라는 보편적 이야기 속으로 녹아들도록 해주는 문학적 구조장치임을 알 수 있다. 또한 「마리아 막달레나 혹은 구원」 앞에 배치된 아포리즘들 중 "내가 모든 것을 잃을 때, 신은 내게 남아 있다. 내가 신을 잃어버릴 때 난 너를 되찾을 것이다. 거대한 밤과 태양을 동시에 가질 순 없다"(1121)라는 구절은 자기 열정의 대상이 신과 대등하다는 등식을 넘어 '너toi'의 절대적 우위성까지 드러낸다. 이는 마르그리트의 열정의 강도를 짐작하게 할 뿐만 아니라

---

66 Ibid., p.183.

67 Ibid., p.16.

당시 욕망의 좌절로 인한 불만의 상태가 최고조에 다다랐음을 느끼게 해준다.

② 마리아 막달레나 혹은 마르그리트의 회개

마리아 막달레나는 신랑을 되찾기 위해 노련한 사랑의 기술로 신을 유혹하기로 결심한다. 간통으로 돌을 맞아도, 하혈하는 더러운 여자로 낙인이 찍혀도, 요한을 향한 그녀의 열정은 식지 않았다. 어느 날 예수의 사도들이 가득 모여 있는 연회장 안으로 들어선다. 자신이 얻지 못한 사랑을 독차지한 신이기에, 그 누구보다 행복하고 기세등등한 권세가의 모습일 거라고 상상해 왔다. 그러나 정작 마리아 막달레나가 대면한 것은 자신보다 더 고통스럽고 비탄에 빠진 추하고 더러운 모습의 신이다.

> 내가 연회장에 들어서자 말들을 멈추었다. 사도들은 내 치마가 스치면서 오염될까 두려워 소란을 피우며 일어섰다. 이 선한 사람들이 보기에 나는 마치 계속 하혈하는 불순한 사람이었던 것이다. 신만이 가죽으로 된 긴 의자에 누워 있었다. 우리 지옥의 모든 길을 걷다가 나머지 뼈까지 닳아버린 두 발, 해충으로 가득한 머리카락, 하늘에서 그에게 남겨준 유일한 조각인 양 순수하고 커다란 두 눈을 나는 직감으로 알아보았다. 그는 고통처럼 추했다. 원죄처럼 더러웠다. 나는 이 신의 끔찍한 비탄의 무게에 조소를 보탤 수 없어서, 침을 도로 삼키고 무릎을 꿇었다. 나를 피하지 않는 그를 유혹할 수 없으리라는 것을 이내 알아차렸다(1127).

그런데 이 신은 앞서 나온 유르스나르가 그린 소묘처럼 여인을 경시하거나 조소하는 표정의 헤르메스 신이 아니다. 그는 "모든 사람들에게 귀속되는 잔혹한 운명에 동의한" 신이다. 마리아 막달레나가 지나온 나날과 어딘가 닮아 있다. 하지만 그녀의 삶이 사랑하는 한 인간을 되찾기 위한 고난의 여정이라면, 신은 모든 인간을 위해 박해를 참으며 기꺼이 내어주는 영원한 사랑의 고행을 의미한다. 마리아 막달레나는 신을 유혹할 수 없다는 것을 깨닫고 그 앞에 무릎을 꿇는다.

> 적나라하게 드러난 내 과오를 보다 잘 감추기 위해, 나는 머리를 풀었다. 그의 앞에서 내 기억의 유리병을 비웠다. (…) 그는 이미 피가 빠져나간 것처럼 보이는 시체 같은 큰 손을 내 머리 위에 올려놓았다. 우리가 하는 모든 것은 노예상태를 바꾸는 것뿐이다. 악마들이 내게서 떠나는 바로 그 순간, 나는 신의 소유가 되었다. 나에게 그 복음사가는 단지 예언자였을 뿐이라는 듯이 요한은 내 삶에서 지워졌다. 예수의 수난 앞에서 나는 사랑을 잊었다. 더 나쁜 타락인 것처럼 그 순수성을 받아들였다(1127~1128).

성서에 등장하는 마리아 막달레나의 다양한 형상들이 작품 전체 속으로 들어온다. 간통하는 여자, 일곱 개의 귀신들린 여자, 하혈하는 여자로 경멸받던 마리아 막달레나가 신을 만나자 회개의 상징으로 머리를 풀어헤친다. 성서에서는 예수의 발에 향유를 발라주는 내용이 이어지지만, 이 작품에서는 기억의 유리병을 비우는 행위로 은유된다. 지난날의 과오를 비우고 새로운 운명을 받아들일 준비를 하는 것을 상징하는 것이다. 신의 손이 그녀의 머리 위에 닿자 악마들이 떠나고, 한동안 마리아의 본성을 잊고 살던 그녀가 새로운 마리아 막달레나로 다시 태어난다. 요한에 대한 사랑에 더는 집착하지 않는다. 요한은 신과 같은 위격이 아니라, 그녀와 닮은 분신이자 형제이다. 어쩌면 자신을 신에게 인도해 준 보이지 않는 은인일지도 모른다.

불평을 거두고 죄를 회개하자 그녀의 인생이 달라졌다. 그녀는 신이 경이로운 치유를 하는 것을 도왔고 맹인의 눈에 진흙을 발라주었다. 신에게 눈물의 기도를 청하자, 오빠 라자로가 부활하는 기적도 일어났다. 이제 그녀는 신을 믿는 차원을 넘어서 신을 순수하게 사랑한다. "그를 너무나 사랑하기에 불평을 멈추었다."

유르스나르는 소위 열정이라는 개념이 초월적 존재를 믿는 어떤 형태와 연관되어 있다고 믿는다.[68] 한 인간을 향해 불태운 여인의 열정이 신의 헌신적 사랑과 연결되어 있으며, 이 깨달음을 통해 사랑의 본질이 드러날 가능성을 의미한다. 같은 맥락에서 유르스나르가 겪은 미친 사랑의 경험도 신의 헌신적 사랑 안에서 차츰 고귀하고 정제된 사랑으로 변화해 가는 것이다. 따라서 앞선 '마리아 막달레나 - 요한 - 신'의 삼각관계는 이제 '마리아 막달레나 - 신'이라는 한 쌍의 애정구조로 압축된다. 이때 신은 젊은 시절 마르그리트의 구체적 욕망의 대상인 '프레뇨'라기보다는 그녀가 점진적인 깨달음을 통해 새롭게 바라보게 되는 사랑의 대상이자 본질 그 자체이다.

마리아 막달레나는 이제 한 여인으로서의 사랑을 뛰어넘는다. 신의 구속 사업을 위해 최후의 만찬을 준비하고, 다가올 그의 십자가 죽음에 동의할 정도로 절대적 가치를 지향하는 열정으로 나아간다. 그녀는 "구원자라는 그의 소명을 해치지 않기 위해, 한 정부가 자신이 사랑하는 남자의 멋진 결혼에 동의하는 것처럼 그가 죽는 걸 보기로 마음먹었다"(1128).

> 이 처형의 유일한 결과는 신을 쫓아낼 수 있다는 것을 인간들에게 알려준 것이리라. 유죄선고를 받은 신성은 무용한 피만을 세상에 뿌렸던 것이다. (…) 신은 이미 무덤의 땅 속에서 썩을 준비가 된, 마치 잘 익은 과일처럼 떨어져 나갔다. 처음으로, 움직이지 않는 그의 머리가 내 어깨를 받아들였다. 그의 심장에서 나오는 즙이 마치 포도 수확 시기처럼 우리의 붉은 손을 끈적거리게 했다. 아리마태아의 요셉Joseph d'Arimathie이 등을 들고서 우리보다 앞서갔다. 요한과 나, 우리는 그 남자보다 더 무거운 이 육신 아래로 몸을 굽혔다. 군인들이 우리를 도와 무덤의 입구에 맷돌을 놓았다. 우리는 석양의 찬 기운을 느끼고서야 마을로 돌아갔는데, 사람들이 상점들이나 극장 안으로 다시 들어가고 술집 종업원들이 무례하게 구는 것을 보거나 신의 수난을 3면기삿거리로 이용한 석간신문들을 보고서 아연실색했다(1128~1129).

---

68 Marguerite Yourcenar, *Feux*(La Pléiade, 1991), p.1081.

신의 수난Passion은 허무하게도 죽음으로 끝난다. 그의 소명을 존중하지만, 모든 이들 앞에서 부활하는 기적을 보여주길 그녀도 내심 바랐을 것이다. 그러나 신의 수난과 죽음은 현대 세상에도 널리 알려진 일로, 시공을 초월하여 이미 기정사실화된 보편적 사건이다. '상점들, 극장들, 무례한 술집 종업원들, 3면기사에 실린 석간신문들'에 대한 언급은 고대의 역사적 사건이 영원한 신화가 되도록 시대착오를 일으키는 문학 장치로서의 레퍼런스라고 할 수 있다. 작가는 갑자기 모든 시공간을 뒤섞으며, 이야기들 안에 다양한 중계지점relais들이 역사적 연속성을 보장하고 지속적인 사건들이 보편적인 큰 벽화를 만들도록 역사를 신화화한다.[69] 따라서 신의 죽음은 이제 돌이킬 수 없는 영원한 신화가 되어 있다.

회개했던 마리아 막달레나가 냉소적이고 빈정거리는 푸념을 늘어놓는다. 신의 죽음으로 인간에게 희망보다는 불행한 미래를 안겨주게 되었으며, 자기희생으로 세상을 정화하기는커녕 무용한 피만 흘린 것이 되었고, 인간이 신을 몰아낼 수 있다는 나쁜 선례를 남겼으며, 인간들의 하찮은 욕심조차 충분히 채울 수 없는 보잘 것 없는 옷가지만 남기고 떠났다는 것이다. 더구나 외로이 남겨진 착한 어머니와 회개하고 따랐던 자신에게조차 신의 위로가 닿지 않는다고 불평한다. 이와 같은 마리아 막달레나의 회개와 동떨어진 논리적 모순은 그녀의 내면에서 들끓는 복잡한 속내를 드러낸다. 인간적 욕망을 내려놓았다고는 하지만 아직도 내적 환상을 갖고 있는 상태에서 습관처럼 남아 있는 집착과 영혼의 동요일지도 모른다. 그러나 이 모순어법oxymores은 작가가 사랑의 역설적 의미를 강조하기 위한 문학적 전략으로도 보인다. 신에 대한 배신이나 신성모독이라기보다, 그의 희생적 사랑에 대한 안쓰러움과 속상함 그리고 무한한 신뢰가 깔려 있기에 나올 수 있는 열정적 여인의 솔직하고 거리낌 없는 반응이기도 하다. 이러한 해석은 그녀가 집으로 돌아가자마자 자신이 가진 고급

69 Marie-Claire Grassi, "«Marie-Madeleine ou le salut» dans *Feux* de Marguerite Yourcenar," p.403.

시트들 중에서 신을 위해 가장 아름다운 것을 밤새워 골랐다는 점과 마르타의 도움을 받아 마을의 온갖 향수[70]를 구하여 무덤에 가려고 했다는 점(1129)에서 알 수 있다.

다음 날 아침 그녀의 새로운 뉘우침을 상징하듯, "베드로의 회개를 되살리듯 닭들이 울었다"(1129). 그리고 돌무덤으로 가기 위해 그녀는 외곽 도로를 따라 걷는다. 그 도로의 양편에는 "원죄를 상기시키는 사과나무와 구원을 상기시키는 포도나무가 있다"(1129). 이 길은 그녀가 이미 지나온, 그리고 앞으로 가야 할 상반된 두 갈래의 삶을 은유한다.

③ 마리아 막달레나 혹은 마르그리트의 구원

마리아 막달레나는 신의 시신이 매장된 동굴 속으로 들어간다. 부활의 희망이 사라진 동굴은 신의 죽음을 상징하는 공간이다. 또한 그곳은 그녀가 무의식의 심연에 갇혀 상징적 죽음을 경험하는 장소이기도 하다. "나 자신의 무덤인 것처럼 이 육신에 다가갔다. 나는 부활절의 모든 희망도, 부활의 모든 약속도 단념했었다"(1129). 죽음을 떠올릴 정도로 비탄에 잠겨 있는 마리아 막달레나는 신을 사랑하는 자신이 사랑에 의해 희생된 신과 같다고 여겨진다.

> 어떤 신성한 부패에 의한 발효의 결과로 압착시켜 놓은 돌이 길게 쭉 절단되어 있었다는 것을 알아채지 못했다. 신은 마치 불면의 단계에서 나온 것처럼 죽음에서 일어났다. 정원사에게 동냥받은 그의 시트들이 흐트러진 무덤에 걸려 있었다. 내 인생에서 두 번째로, 오로지 부재자만이 자고 있는 빈 침대 앞에 있었던 것이다. 향 알맹이들이 무덤 바닥에 뒹굴고 있었고, 깊은 밤 속으로 떨어졌다. 진정되지 않아서 목청껏 외치는 내 소리를 벽들이 되돌려 보내고 있었다(1129~1130).

---

70 여기서 향수는 신을 향한 경의hommage를 상징한다.

그녀가 세상에서 유일하게 사랑하는 신이 동굴에서 사라졌다. 아연실색한 그녀의 외침은 절규에 가깝다. 요한이 사라졌던 빈 침상에 이어 그녀 인생에서 두 번째로 '빈 침대'를 목격한다. 텅 빈 무덤 자리는 비어 있는 혼례 침상과 연결되어 있는 허무vide의 개념이다.[71] 이 빈자리place vide는 마리아 막달레나뿐 아니라 젊은 날의 마르그리트가 사랑하는 이와 이별하며 느낀 허무감을 은유하고 있다.

마리아 막달레나는 동굴 밖으로 정신없이 나가다가 돌에 이마를 부딪친다. 이는 번민과 허무에서 벗어나 갑자기 정신이 드는 각성을 의미한다. 내면의 미로인 자신만의 동굴을 나서는 것이며, 아무 치장도 하지 않은 순진무구한 상태로 나아가는 것이다. 동굴 밖은 "나르시스 꽃들 위에 핀 눈이 아무 인간의 흔적도 닿지 않은 순결한 상태였다".

이때 그녀는 화단에서 잡초를 뽑고 있는 정원사를 발견한다. 여름 햇살의 후광이 비추는 커다란 밀짚모자 아래로 그가 고개를 든다. 사랑에 빠진 여자들의 감미로운 전율에 휩싸여 그녀는 무릎을 꿇는다. 그의 어깨 위에는 파르카 여신들이 맡긴 인간의 죄를 없애주는 갈퀴가, 손에는 운명을 만드는 실타래와 죽음을 상징하는 운명의 가위가 들려 있다(1130). 이 묘사 장면은 렘브란트의 〈마리아 막달레나에게 나타난 그리스도〉[72]를 연상시킨다. 이 그림은 동굴 앞에서 만난 정원사의 눈빛에서 부활한 예수를 알아본 마리아 막달레나가 너무 놀라서 주저앉아 그를 올려다보는 장면이 묘사되어 있다. 갈퀴를 들고 있는 긴 머리의 예수와 그의 밀짚모자 뒤로 밝은 빛이 비추는 후광이 인상적인 그림이다. 이 밝은 빛처럼 재회의 기쁨이 컸지만 그녀에게 정체를 감추고 있는 신의 거리두기에 왠지 서운하다. 자신이 지은 예전의 죄가 떠올랐다. 그의 아름다운 세

---

71 Marie-Claire Grassi, "«Marie-Madeleine ou le salut» dans *Feux* de Marguerite Yourcenar," p.403.

72 Rembrant, 〈Le Christ apparaissant à Marie Madeleine〉, 1638, Londres, Buckingham Palace, *in* Jacqueline Kelen, *Marie Madeleine ou la beauté de Dieu*(La Renaissance du Livre, 2003), p.110.

상에 어울리지 못하는 '민달팽이처럼' 스스로 보잘 것 없게 느껴진다. 이내 신은 이른 아침 유리창의 반영처럼 사라져버린다. 이렇게 신과의 짧은 재회가 끝나는 순간, 딱 하고 깨지는 소리가 난다.

> 아마도 나 자신의 깊은 속에서, 딱 하고 깨지는 소리가 들렸다. 내 심장의 무게에 이끌려 십자로 팔을 벌리고 쓰러졌다. 내가 막 깨뜨린 유리 뒤에는 아무것도 없었다. 나는 다시 과부보다 더 텅 비었고 이별한 여자보다 더 외로웠다(1130).

유리가 깨지는 소리는 마리아 막달레나의 내면에 자리한 어두움과 죄책감이 사라지는 것을 의미한다. 신의 부활로 세상에 새로 태어남을 상징하는 것이다. 그녀는 신에 의해 성스럽게 변모되었다. 신의 신비한 미덕을 조금은 구현한 것이다.[73] 그러나 이 새로운 출발이 그녀에게 세상의 기쁨을 되돌려 주지는 않는다. 부활한 신이 떠나고 없는 자리는 또다시 빈 침상 앞에 서 있는 과부의 마음처럼 텅 비어 있다. "vide(허무)와 vídua(과부, 라틴어)에 대한 언어유희"[74]를 통해 고독의 감정이 운율적으로 표현된다.

> 마침내 나는 신의 모든 잔혹함을 경험했다. 인간들이 둘도 없이 소중하다고 생각하는 시기에, 신은 내게서 한 인간의 사랑만을 훔쳐간 것이 아니었다. 신은 오래전에 내가 했을 입덧, 산모의 졸음, 마을 광장에서 나이든 여자의 낮잠, 내 자식들이 눕혀주었을 울타리 속의 무덤을 빼앗아갔다. (…) 그가 시신이 된 후에는 내게서 자신의 환영을 앗아갔다. 내가 꿈에 취해 있는 것조차 원치 않았던 것이다. 그는 질투하는 최악의 남자처럼, 내가 욕망의 침대 위에 다시 몸을 맡기려는 이 아름다움을 파괴했다. (…) 모든 것을 빼앗아간 이 신이 내게 모두 다 준 것은 아니었다. 나는 무한한 사랑의 부스러기만을 받았다. 아무나처럼, 나는 그의 마음을

---

73 Armelle *Le parcours mythique de Marguerite Yourcenar*, p.160.

74 Marie-Claire Grassi, "«Marie-Madeleine ou le salut» dans *Feux* de Marguerite Yourcenar," p.405.

사람들과 나눠 가졌다. 예전의 애인들은 내 영혼에는 개의치 않고, 내 육체 위에 누웠다. 정이 많은 내 천상의 친구는 이 영원한 영혼만을 북돋아 주려고 마음을 써주었다. 그래서 나의 절반은 고통을 멈추지 못했다(1130~1131).

신의 희생적 사랑과 부활로 새 출발을 암시하던 앞의 내용이 무색할 정도로, 마리아 막달레나는 신의 잔혹함에 대해 일일이 나열하기 시작한다. 신이 '훔쳐갔다', '빼앗아 갔다', '자신의 환영까지 앗아갔다', '최악의 질투하는 남자처럼 (…) 아름다움을 파괴했다', '미친 병자처럼 (…) 내 눈물만을 사랑했다'라며 자신이 했던 회개의 말을 번복하기 일쑤이다. 게다가 신은 빼앗아 가기만 할 뿐 사랑을 공평하게 되돌려주지 않는 인색한 자라고 푸념한다. 신을 향한 맹목적 신뢰를 보여주던 마리아 막달레나가 이전 행동과 상반되는 모순적 표현들을 쏟아낸다. 유르스나르는 왜 혼란을 불러일으키는 이중의 모순어법들oxymores을 마리아 막달레나에게 투영하고 있을까?

작가는 이중 의미의 언어를 사용하여 문체적 유희에 열중한다. 신의 손으로 만들어진 것을 후회하지 않는다고 했다가 자신이 속았다고 다시 수정한다. (…) '가면무도회'의 문체는 과도한 감정과 위험을 다루는 주제 앞에서 취해야 할 필수적 거리이다. 이것은 격렬한 감정을 정제하는 표현을 능란하게 다루려는 고행에 속한다.[75]

위 해석의 의미는 마리아 막달레나의 신을 향한 열정이 언제나 강렬하고 흔들림 없는 상태가 아니라, 지상과 천상 사이에서, 인간의 법칙과 신의 법칙 사이에서, 인간과 신성 사이에서 끊임없이 동요하는 인간적 감정임을 보다 세련되고 절제된 문학적 기법으로 표현하고자 한 것이라는 점이다. 또한 유르스나르가 욕망과 억압의 감정, 그 기복과 정화의 과정을 문학적 유희를 통해 시적으로 승화시키며 간접적으로 자신의 경험을 드러내는 방식이다. 사실 솔직한

75 Ibid., p.405.

고백을 경계하는 유르스나르에게 사랑의 체험을 글로 쓰는 것은 여간 거북한 작업이 아니다. 따라서 그것은 진술과 은폐의 전략을 오가며 일정한 긴장과 거리를 유지하고서 이루어진다. 모순어법과 은유는 이러한 거리 두기 전략의 일부이기도 하다.

한때 사랑의 소유욕이 강했던 마리아 막달레나는 사랑의 부스러기를 다른 이들과 나누어 받는 신과의 불평등한 관계를 기꺼이 받아들일 정도로 변화했다. 그 이유는 사랑하는 신이 그녀에게 불어넣는 영혼의 힘이 한낱 인간과의 대등한 교환대상도 교환가치로도 비교될 수 없기 때문이다.[76] 그가 주는 사랑의 조각이 아무리 작아도, 흔히 인간이 생각하는 세상의 차원을 초월하는 절대적 사랑을 구현하기 때문이다. 그런데 이러한 깨달음을 얻었음에도, 그녀의 절반은 여전히 고통을 멈추지 못한다. 마리아 막달레나는 세상 속에서 인간적인 생각에 빠져 극도의 박탈감과 고독감을 느끼곤 하는 것이다. "나는 신Dieu의 늙은 정부情婦인 죽음의 신la Mort과 닮아 있다"(1131). 늙고 비쩍 마른 여인 타나토스Thanatos[77]를 연상시키는 마리아 막달레나의 고통이 멈추지 못하는 이유는 인간이 받고자 하는 행복과 신이 주고자 하는 행복이 다르기 때문이다.

> 그러나 그는 나를 구원했다. 그의 덕분에, 나는 기쁨 중의 불행한 부분만을 얻었다. 고갈되지 않은 유일한 것이었다. 가사일과 잠자리의 인습으로부터, 죽음과 같은 돈의 무게로부터, 성공의 난관으로부터, 명예의 기쁨으로부터, 비열한 짓거리의 마력으로부터 벗어난다. (…) 나는 위대한 신성의 물결이 내 주위를 감싸도록 내버려 두었다. 내가 주主의 손으로 다시 빚어진 것을 후회하지 않는다. 그는 나를 죽음에서도 악에서도 죄에서도 구원하지 않았다. 왜냐하면 그것들로 인해 구원받기 때문이다. 그는 나를 행복으로부터 구원했던 것이다(1131).

---

76 Ibid., p.405.

77 리피가 그린 마리아 막달레나에게는 헐벗고 메마른 타나토스Thanatos의 이미지가 연상된다. Filippino Lippi, '*Marie Madeleine*', 1500, Florence, Galleria Dell'Accademia *in* Jacqueline Kelen, *Marie Madeleine ou la beauté de Dieu*, p.163.

마리아 막달레나가 신을 사랑한 대가로 얻은 것은 그녀가 지상에서 느꼈을 기쁨 중에서 불행한 부분을 구원받았다는 점이다. 그것은 일상의 쾌락, 돈, 성공, 명예와 같은 세상의 외적인 기쁨으로, 대부분의 인간에게는 인생의 낙이지만 신이 보기에는 불행한 기쁨이다. 한편 죽음, 악, 죄와 같이 명백한 불행에서도 구원받지 못하는데, 그것은 이 불행들로 인해 그녀가 구원받을 수 있기 때문이다.

결과적으로 우리가 보기에 신은 마리아 막달레나에게 불행만을 남긴 것인데, 왜 이것을 행복으로부터의 구원이라고 말할까? 여기서는 천상의 행복을 위해 세속의 행복에서 벗어나도록 해준 것이 바로 '구원'의 의미라고 해석할 수 있겠다. 이는 세상 가치의 전복이자 다른 차원으로의 이동을 의미한다. 신은 소위 '세상의 행복'으로부터 그녀를 구원하여, 그녀가 자기 자신을 되찾고 진정한 성인의 삶을 향해 나아갈 수 있는 또 다른 차원의 행복을, 진정한 기쁨의 전체적 조망을 보여준 셈이다. 신은 그녀를 바보로 만드는 모든 것으로부터 구원했다.[78] 이제 남아 있는 절반의 고통은 그녀가 신의 길을 따라 부활하기 위해, 지상에서 변화하고 채워가야 할 수난의 여정을 의미한다. 이 여정은 신의 손으로 빚어진 그녀의 의지, 영혼, 정신 상태un état d'esprit, 통찰력lucidité의 부단한 소생을 통해 극복해 나가야 할 일이다.[79]

이를 작가의 전기적 치환을 통해 이해해 보면, 세상의 행복은 인간 프레뇨에 대한 마르그리트의 열정이 될 것이다. 그리고 신이 행복으로부터 구원했기에, 이 사랑은 불가능함을 의미한다. 그러나 보다 넓은 맥락에서 보면, 이것은 인습적인 사랑이나 육체적 사랑에서 벗어나 진정한 사랑의 본질을 깨달음으로써 또 다른 차원의 사랑으로 나아가는 '구원'을 암시한다.

『크게 뜬 눈』[80]에서 유르스나르는 사랑의 개념을 설명한다. 유일한 사람을 위한

---

78 Ibid., p.163.

79 Ibid., p.161.

80 Marguerite Yourcenar, *Les Yeux Ouverts — Entretiens avec Matthieu Galey*(Le

숭배적 사랑의 포기, 보편적 공감과 선의로 문을 개방하는 것이다. 육체적이든 아니든, 암만해도 언제나 관능적 관계에 관한 것이지만, 공감이 열정보다 우위에 있는 그런 관계이다.[81]

유르스나르가 구분한 사랑의 개념을 보면, 열정은 지배욕구이고 사랑은 공감과 헌신이다. 그녀는 자기 열정의 체험을 마리아 막달레나의 인생 속에 투영하면서, 궁극적으로 희생적 사랑과 열정적 사랑 간의 차이를 변별하고자 한다. 마리아 막달레나가 '불평 - 회개 - 구원'의 단계로 나아가는 동안 사랑의 성격이 변화하는데, 이는 마르그리트의 사랑관도 달라지는 것을 반영한다. 불꽃처럼 뜨겁던 두 여인들의 열정은 점차 절제되고 정화되며, 공감과 선의가 담긴 보편적 사랑으로 나아가는 것이다. 젊은 날 그토록 행복이라고 여기고 집착했던 것으로부터 벗어나는 것이다.

이 사랑의 산문시는 두 개의 축으로 이루어져 있다. 첫 번째 축은, 사랑의 감정들이 아포리즘이라는 '동떨어진 사유들로 비밀스럽게 표현'(1075)된다는 점이다. 「마리아 막달레나 혹은 구원」 앞에 자리한 6개의 아포리즘은 간결한 언어, 휴지休止와 여백의 효과를 줄 뿐만 아니라 시적 운율과 이미지를 독자들에게 제공한다. 마리아 막달레나의 이야기를 읽고 다시 앞으로 돌아와 읽으면 작가의 의도가 보다 명확해진다.

더 뜨거운 불꽃으로 타버린… 지쳐버린 짐승, 화염의 채찍이 내 허리를 때린다. 나는 시인의 은유들이 지닌 진정한 의미를 재발견했다. 매일 밤 나 자신의 피가 뜨겁게 타오르는 속에서 난 깨어난다(1121).

Centurion, 1980).

81 Marie-Claire Grassi, "«Marie-Madeleine ou le salut» dans *Feux* de Marguerite Yourcenar," p.407.

나는 열렬한 사랑 혹은 방탕한 사랑 밖에는 결코 알지 못했다. … 무엇을 의미할 까? 지독한 사랑 혹은 연민 밖에는 결코 알지 못했다는 것이다(1121).

사랑하는 사람과의 원치 않는 이별로 재처럼 타버린 열정의 기억이, 요한을 잃고서 세상의 어두운 거리를 헤매며 육체를 탐닉하던 시절의 마리아 막달레나와 중첩된다.

인간들의 비참함, 타락, 불행을 사랑하지 않는다면, 그들을 충분히 사랑하지 않는 것이다(1121).

거대한 밤과 태양을 동시에 가질 순 없다(1121).

진정한 사랑은 타인의 비탄과 타락까지도 이해하고 감싸주는 고귀한 행위이다. 그 순간 신이 우리 곁에 존재하는 것이다. 하지만 신과 사랑하는 연인은 동시에 함께 섬길 수 없다. 마리아 막달레나가 신을 유혹하여 요한을 되찾으려고 계획했지만 불가능했던 것을, 불가능한 사랑을 환기시킨다.

야곱은 갤러헤드의 지방에서 천사와 싸우고 있었다. 이 천사는 신이다. (…) 신은 우리를 초월하는 모든 것이고, 우리가 이겨본 적이 없는 그 모든 것이다. 죽음은 신이다. (…) 너는 신이다. 너는 나를 산산조각 낼 수 있을 것이다(1122).

신은 인간을 이기고 죽음을 이겼다. 뜨겁게 사랑하다가 실연의 고통에 빠진 이는 나약한 인간에 비유되고, 이를 쓰러뜨린 상대방은 신에 비유된다. 한 연인이 사랑의 상처로 가슴이 찢겨지고 벌거벗은 상태가 되었을 때, 파멸로 나아간다. 누구보다 열정적으로 사랑한 사람이 약자이기에, 그 열정의 위기에서 주체의 파괴가 일어나는 것이다. 전지전능한 지배자의 우상과 사랑 때문에 고통 받는 희생자의 이미지 사이에서 방황하는 마리아 막달레나 혹은 마르그리트의 모습이 보인다.

나는 쓰러지지 않을 것이다. 나는 중심에 닿았다. 피와 전율과 숨으로 가득 찬 생의 얇은 육체 칸막이를 통해, 무언지 모를 신성한 벽시계의 똑딱거리는 소리를 듣고 있다. 때로 어두운 밤에 심장 가까이 있듯이, 나는 사물의 신비한 핵심에 가까이 있다(1122).

열정적으로 사랑하는 것은, 사랑 때문에 자신을 희생한 구원자의 실체에 한층 더 다가서는 것이다. 신은 사랑을 지배하는 자의 모습이 아니라 사랑에 헌신하는 자의 모습을 보여준다. 이 신비를 통해 우리가 어떻게 사랑해야 하는지 제시하는 것이다. 구원자의 사랑과 희생에 대입시킨 사랑의 아포리즘은 유르스나르의 체험 고백과 감정선의 변화를 간접적으로 엿보게 해준다.

두 번째 축은, 사랑의 감정들이 신화의 공간 안에서 표현된다는 점이다. 유르스나르가 마리아 막달레나 신화를 다시 쓰는 이유는 개인의 경험을 신화라는 영원한 보편적 공간 안에 감추기 위한 숨은 고백의 전략이다. 특히 이 전략은 「마리아 막달레나 혹은 구원」에서 은유와 모순어법이라는 이중의 문체를 통해 차별화된다. 또한 문단 나누기를 전혀 하지 않아 빈틈없이 달려 나가는 이 작품은, 마치 마리아 막달레나의 벅차오르는 열정과 고통, 숨 가쁘게 달려온 인생의 고행 길을 표현해 준다. 아울러 '시대착오적 모더니즘'(1076)의 요소들이 개입하여, 개인의 역사가 초시간적 신화의 보편성과 편재성 안에 자연스럽게 자리 잡게 해준다.

이러한 두 개의 구조 안에서 고대의 마리아 막달레나와 현대의 마르그리트 유르스나르는 자신을 짓눌렀던 뜨거운 열정에서 해방의 길로 나아간다. 이들은 한때 불꽃처럼 자신을 태우고 허무하게 소진했지만, 사랑에 내재한 헌신과 공감의 중요성을 이해함으로써 자기들의 어둠을 깨고 나온다. 아마도 이를 깨닫기 위해, 열정을 불태우고 고뇌하고 쓰러지는 주체의 파멸 과정과 긴 허무의 시간이 필요했는지도 모른다. 사랑의 신비한 핵심을 이해하게 된 그녀들은 비로소 세상의 덧없는 행복에서 자유로워진 것이다.

3. 죽음의 극복과 자기실현

1) 알케스티스의 구원

「알케스티스의 비밀」[82]은 『연극 2』에 들어 있는 두 번째 이야기로 헤라클레스 신화에서 파생된 알케스티스 신화를 소재로 한 것이다. 알케스티스 이야기는 복잡한 운명의 법칙에 의해 사랑하는 연인이나 부부를 죽음으로 갈라놓는 오래된 가문의 저주로부터 시작된다. 이 가문에 속한 아드메토스 역시 곧 죽을 운명이지만, 그의 부인 알케스티스가 남편을 위해 기꺼이 자신을 바치겠다고 나선다. 여기서 알케스티스는 남편을 진심으로 사랑하는 현모양처로 등장한다. 사랑을 위해 맹목적인 희생을 자청한 알케스티스이지만, 정작 죽음의 그림자가 다가오면서 그녀의 마음속에서는 남편에 대한 사랑을 넘어 원망, 공포, 불신, 미움, 분노, 짜증, 절망감이 교차한다.[83] 이러한 혼란스러움을 겪다가 알케스티스는 불현듯 죽음을 맞이한다.

마침 아내의 죽음으로 비탄에 빠진 아드메토스의 집에서 신세를 지게 된 나그네 영웅 헤라클레스는 이 사실을 알고 그녀를 구출하러 하계로 내려간다. 그는 죽음의 신 타나토스Thanatos와 격렬한 몸싸움 끝에 승리를 거두고 알케스티스를 지상으로 끌어올리고자 한다. 하지만 헤라클레스가 타나토스를 제압했음에도, 알케스티스는 하계에서 올라오지 못하고 여전히 수면상태에 있다. 왜 그럴까? 여기에 유르스나르가 상상한 알케스티스의 진짜 비밀이 숨어 있다.

죽음의 신: 내가 그녀를 붙잡고 있다고? 내가 그녀의 배 위에 앉아 있나? 그녀의

---

82 Marguerite Yourcenar, *Le Mystère d'Alceste*(Plon, 1963); in *Théâtre II*(Gallimard, 1971), pp.81~161. 이 극작품 역시 처음에는 잡지에 실렸다가 여러 차례 수정을 거치며 단행본으로 출간되었다.

83 Ibid.(Gallimard, 1971), p.117.

머리카락이나 두 발을 잡아당기고 있는가? 어리석은 놈! 그 비밀을 알게 될 거야. 알케스티스의 구원은 알케스티스에게 달려 있다는 걸 말이지…(148~149).

죽음의 신이 무심히 내뱉은 '알케스티스의 구원은 알케스티스에게 달려 있다'라는 조롱 섞인 말은 알케스티스가 삶의 의욕을 스스로 상실했음을 암시한다. 이는 헤라클레스와 알케스티스가 나누는 다음 대화에서 보다 명백해진다.

알케스티스: 아드메토스를 기억해요…. 그는 날 고통스럽게 했지요.
헤라클레스: 넌 그를 위해 희생했지…. 너는 모든 여인들에게 본보기가 되어주었어…(…).
알케스티스: 나는 희생하지 않았어요…. 죽고 싶었어요…(151).

알케스티스는 지상으로 올라가 남편과의 해후를 바라지 않는다. 그녀는 남편을 사랑해서 희생을 결심했지만, 이내 자신의 희생을 후회한 평범한 여자였을 뿐이다.[84] 신화는 '희생'이라는 거창한 짐을 지워 알케스티스를 미화했지만, 유르스나르가 상상한 그녀는 그 무게의 부당함을 자각하는 현대적 가치관을 지닌 여성이다. 그러니 알케스티스에게 아드메토스는 영원한 사랑의 대상이 아니라 사형집행자, 즉 사자la Mort가 된다. 그녀는 자신의 죽음 앞에 무기력했던 남편의 존재에 실망했고 고통의 기억을 간직하고 있다. 아드메토스는 죽음을 초초히 기다리던 아내에게 그녀의 희생이 자의에 의한 것임을 은연중 확인시켰으며, 어떤 남편을 만났더라도 그러한 희생의 길을 선택했을 여인이기에 자신이야말로 알케스티스의 운명에 내던져진 여러 주사위들 중 하나일 뿐이라고 궁색한 변명을 늘어놓은 바 있다.[85] 또한 두려움을 견디지 못한 알케스티스가 아드메토스를 몰아세우자, 그는 그녀가 아이들에게만 신경을 쓰고 자신의

84 Ibid., p.120.
85 Ibid., p.117.

명상을 방해하거나 친구들과 수호신인 아폴론을 소홀히 대했다며 힐책하였다. 그는 알케스티스의 독설에 숨겨진 두려움을 읽어내지 못한 채 위로의 말 대신 그녀의 감정을 자극했던 것이다. 결국 사후의 알케스티스가 회상하는 아드메토스는 이기적이고 유약하고 비겁한 남편이다.[86]

이러한 아드메토스 곁에서 완벽한 현모양처의 역할을 다시 해야 하느니 차라리 죽음에 머무르겠다고 고집하는 알케스티스는 잠시나마 용감하고 정직한 헤라클레스에게 마음이 끌린다.

> 헤라클레스: 그래, 알케스티스, 너는 좋은 아내가 되려고 노력했어. 나는 선량한 사람이 되려고 애썼지. 나는 단단한 사람이야… 그리고 너무 예민하게 집착하긴 해도 너 역시 굳건해. 그래서 신이 네게 약한 남자를 주신 거야. 네가 그의 힘이 되어주라고…(153).

결국 알케스티스는 마음을 돌린다. 그러나 이번에는 맹목적인 희생이 아닌 주체적인 의식과 의지를 통해 지상으로 올라오는 것이다. 알케스티스는 이제 내면으로부터 솟아오르는 자기 구원의 힘을 깨닫게 되고, 이 힘이 누군가에게 도움이 되어줄 수 있다는 인식에서 재생의 활력을 얻는다. 앞선 희생은 내면의 무의식이 전제되지 않은 의식만으로 선택한 결정이었고, 자기 자신부터 사랑하는 법을 몰랐기 때문에 그녀는 희생을 자의적 죽음으로 바꾸어 받아들인 것이다. 그리고 죽음의 신도 이겨낸 영웅 헤라클레스가 알케스티스를 곧바로 지상으로 끌어올리지 못하고 지체한 것은, 그녀를 구원하는 것은 바로 그녀 자신

86 물론 아드메토스는 알케스티스가 행한 희생의 의미를 전혀 모르는 철면피가 아니다. 자식을 대신해 떠나간 며느리의 죽음을 두고, 희생이란 어리석은 일이라고 말하는 아주 이기적인 노부모 앞에서 아드메토스는 아내의 희생이 무엇보다 크고 깊은 사랑이자 배려였음을 토로한다(127). 또한 항간에 떠도는 소문의 진상을 파악하러 온 시장에게 자신이 알케스티스를 죽였다고 자책하는 말을 하기도 한다(129). 하지만 이미 알케스티스가 하계로 사라진 이후의 일이다.

일 수밖에 없다는 진리 때문이다. 알케스티스의 희생은 영적인 자아투쟁의 과정으로, 부활이 전제된 죽음을 상징한다고 해석할 수 있다.[87] 아울러 깊은 사랑의 상처에서 벗어나기 위해 죽음과도 같은 자기 극복의 과정을 거쳐야 한다는 유르스나르의 자전적 경험으로도 읽힌다.

『알케스티스의 비밀』은 에우리피데스의 『알케스티스』에서 큰 영감을 받은 작품이다. 유르스나르는 서문에서 자신에게 영감을 준 이 고대 작가의 본질을 존중하긴 하지만, 한편으론 신랄하게 비평한다. 그녀는 에우리피데스의 작품에 남아 있던 고대 우화의 쓸데없는 줄거리들, 작품을 복잡하게 하는 에피소드나 장광설, 무미건조한 문체 등 작품의 한계점에 대해 반박하고 자기 작품과의 차이를 짚어내며 논평을 시도한다.

> 이제 에우리피데스 극을 다시 읽어보자. 요컨대 이는 우리에게 유일하게 남아 있는 알케스티스 극이다. 기원전 438년에 상연된 이 극은 뒤늦게 등단한 시인의 초기 작품들에 속하며 꽤 보잘 것 없는 반응을 받았던 것 같다. (…) 아폴론이 극의 도입부를 맡고 있는 프롤로그의 시작부터 — 이것은 에우리피데스가 꽤 자주 의존하는 진행 방법인데 — 우리는 훌륭한 드라마 작가가 기름칠을 잘한 톱니바퀴를 꽤 기계적으로 돌리는 것을 보는 듯한 인상을 받는다. 즉 아폴론과 죽음과의 짧은 대화는 위대한 성聖시의 영역이라기보다는 오히려 탁월한 연극에 속하기도 한다. 테살리아 여인들의 우정 어린 합창은 그들의 질의응답으로 병마와 초상의 무질서에 내맡긴 궁정의 이미지를 생동감 있게 창조한다. 하지만 대부분 23세기 전에 이미 상투적이던 수많은 암시와 은유로 짜인 가벼운 천이나 퇴색되고 알록달록한 풍자 노래라고 아리스토파네스가 당시 에우리피데스 극들에서 조소했던, 그러한 수사학적 합창가로 이내 희석되고 만다. 가정의 신들에게 전구하고 부부

---

87 칼 구스타프 융Carl G. Jung 외, 『인간과 상징』(1964), 이윤기 옮김(열린책들, 1996), 120쪽. 이 책의 제2부 「고대 신화와 현대인」(조지프 헨더슨)에서는 자아를 위한 투쟁은 싸움으로 상징될 수도 있지만 희생, 즉 재생이 전제되는 죽음으로 상징될 수 있다고 주장한다. 그 유사한 예로 '요나와 고래 이야기'를 들고 있다.

침대 위에서 열정적으로 작별 인사를 나누며 죽어가는 알케스티스를 묘사한 하녀의 장광설은 분명 비장한 아름다움에 속하지만, 그녀가 수행하려고 하는 영웅적인 행위에 대한 젊은 왕비의 자기 자랑 내지 다른 나머지 여인들에 대해 느끼는 우월감에 젖은 오만한 단언은 점차 생겨나는 우리의 감정을 곧바로 퇴색시키고 만다. 알케스티스의 감정적인 불평으로 시작된 마지막 부부 싸움은 긴 논쟁으로 급박하게 돌아선다. 그 논쟁 과정에서 젊은 왕비는 두 아이를 남편에게 맡기기 전에, 언젠가 계모가 어린 딸의 장래 혼삿길을 해칠까 두려워 그가 재혼하지 않겠다는 약조를 받아내려고 애쓴다. 그토록 많은 조심과 좀 전에 살펴본 그리도 대단한 자존심이 결국 (부부 관계를) 얼어붙게 만든다(88~89).

이러한 구체적인 해석 비평의 이면에는, 자기 시대에 필요한 현대적 각색 작업의 실마리와 준거를 발견하려는 유르스나르의 창작 의도가 엿보인다. 유르스나르의 극은 에우리피데스의 『알케스티스』와 비교할 때, 죽음이라는 그림자가 드리워지는 순간 이 부부 사이에 부정적 감정들이 한꺼번에 터져버리는 극적 고조를 낳는다. 이 작품은 알케스티스를 통해 여성의 사랑은 의무적이거나 맹목적인 희생이어서는 안 되며, 자기 자신에 대한 사랑과 존귀함을 잃지 않으면서 타인을 위하는 희생이야말로 가치가 있음을 보여준다. 이타적 사랑은 무엇보다 자기 자신에 대한 주체적 인식과 사랑에서 비롯되어야 함을 강조하려는 것이다. 그것이 바로 책의 제목처럼 알케스티스가 찾은 '신비le mystère'이다. 마침내 이 작품은 알케스티스 신화가 보편적으로 담고 있는 타자를 위한 희생, 죽음, 부활, 불멸의 주제보다는, 희생은 타인을 향한 맹목적인 사랑이 아니라 진정한 자기 사랑과 자기 구원에서 비롯되는 희생이어야 한다는 인간 내면의 비밀을 밝히면서 우리에게 차별화된 주제를 선사한다. 이 작품에서 유르스나르가 에우리피데스에 대한 충실한 찬양이 아닌 정당한 비판을 통해, 현대적 주제에 합당한 형식과 새로운 알케스티스를 만들어내려고 고심한 흔적을 찾아볼 수 있다.

2) 아리아드네의 괴물 퇴치와 자기실현

유르스나르는 1932년경, 남성 동료 두 명과 함께 테세우스, 아리아드네, 미노타우로스에 관해 서로 역할을 나누어 글을 써보는 문학 놀이를 한 적이 있다. 이때 그녀가 스케치 또는 동화 형식으로 쓴 「아리아드네Ariane」[88]는 수년간의 작업을 통해 「누군들 자신의 미노타우로스가 없겠는가?Qui n'a pas son Minotaure?」[89]라는 극작품으로 장르가 전환된다. 그런데 그리스 신화에서 테세우스는 영웅으로 알려져 있지만, 유르스나르의 작품에서는 매우 무기력하게 풍자되어 있다. 예를 들어, 제6장에서 유르스나르의 테세우스가 어두운 동굴 속을 걷고 있다. 그는 자신의 내장과 같은 미로 속에서 내적 심연으로 들어간 느낌을 받는다. 그런데 테세우스가 동굴 속에서 만나게 되는 것은 그가 상상하던 미노타우로스가 아니라, 자신의 어조와 닮은 목소리들이다. 그 목소리 속에는 미래의 아내 파이드라, 유일한 아들 히폴리토스, 늙은 테세우스의 목소리도 섞여 있다. 유르스나르가 설정한 미노타우로스는 바로 테세우스의 분신들이다. 인물이 아닌 목소리만 등장시켜 테세우스가 바로 자신 안의 괴물들과 맞서고 있는 효과를 나타낸다. 그러나 테세우스는 이 모든 사실을 부인한다. 마침내 괴롭히던 분신들의 목소리는 사라지고 미로가 무너지면서 그는 기절했다. 깨어난 테세우스는 아리아드네와 파이드라, 오토리코스 앞에서 비굴하게도 미노타우로스와 벌인 결투를 거짓으로 둘러댄다.[90] 그러나 테세우스의 거짓은

---

88 "1933년에 쓰인 이 작품은 1939년 《카이에 뒤 쉬드Cahier du Sud》 잡지에 「아리아드네와 모험가Ariane et l'Aventurier」라는 제목으로 발표되었고, 1944년에 상당 부분 보완, 수정되었다가 곧 서랍 속에 묻혀버린다. 그 후 1963년이 되어서야 최종 제목인 「누군들 자신의 미노타우로스가 없겠는가?」로 출간된다." 박선아, 「지드와 유르스나르의 현대적 영웅관 — 테세우스 신화를 중심으로」, 《프랑스학연구》, 42집(프랑스학회, 2007 겨울호), 107쪽.

89 Marguerite Yourcenar, *Qui n'a pas son Minotaure?*(Plon, 1963); in *Théâtre II*, (Gallimard, 1971), pp.163~231.

90 Ibid.(Gallimard, 1971), p.216.

그의 일행이 아테네로 떠나기 전, 바닷가에 나간 파이드라가 어린아이들이 갖고 노는 녹슨 장난감 칼을 발견하는 것으로 상징 처리된다. 신비로운 무의식의 세계로 들어가는 입문의례를 상징하는 미로는 텅 비어 있고, 미노타우로스는 테세우스의 그림자와의 영적 투쟁을 상징했으나, 결코 테세우스는 미노타우로스와 싸워 이겨본 적이 없는 것이다. 이처럼 테세우스는 거짓말에 기대어 사태를 모면하려는 무기력한 남자로 풍자된다. "미로가 모두 일그러져 보이게 만드는 거울의 회랑처럼 생긴 이유도 그 때문이다. 거짓말로 일관하는 자기 자신과의 대화를 단절시킬 수 있느냐 없느냐에 따라 영웅인지 혹은 영웅이 아닌지가 결정되는 것이다."[91] 유르스나르의 테세우스는 바로 미노타우로스라는 자기 그림자와 갈등하고 있으며 여기서 해방하여 영웅이 되려면, 그는 거짓말과 속임수라는 미노타우로스를 물리쳐야 한다.

따라서 「누군들 자신의 미노타우로스가 없겠는가?」라고 제목을 수정한 유르스나르의 의도는 영웅으로 존재하게 만드는 것이 무엇인지 영웅의 정체성에 대해 진지하게 묻고자 한 것이다. 그런데 이 극에서는 미노타우로스의 정체를 유일하게 알고 있고, 영웅이 되는 길을 안내하는 인물이 있다.

> 이 실을 잡으세요. 무슨 일이 일어나든지, 당신은 엄마와 아기처럼 이렇게 나와 함께 묶여 있어요(205).

미노스의 왕의 큰딸 아리아드네는 무기력한 테세우스가 미노타우로스를 극복하고 영웅의 반열에 오를 수 있도록 끊임없이 용기와 신뢰를 주는 정신적 지지자이다. 죽음보다 더한 미로의 복잡함에 길을 잃을까 두려워하는 소심한 테세우스에게, 아리아드네는 용기를 준다. 매우 외롭게 살아온 테세우스는 여자들을 함정으로 여겼고, 적들에 둘러싸여, 아버지, 아들에게서도 정을 느끼지

---

91 Ariane Eissen, *Les mythes grecs*(Belin, 1993); 『신화와 예술』, 류재화 옮김(청년사, 2002), 322쪽.

못했다. 하지만 아리아드네는 이런 테세우스를 도와주고, 허풍인 줄 알면서도 영웅으로 믿어준다. 엄마에게 속해 있는 갓난아기처럼 테세우스와 아리아드네는 무의식 안에 잠재하는 내적 생명력으로 이어져 있다. 분석심리학자 융의 영웅 신화 해석을 고려하면, 아리아드네는 영웅의 마음속에 있는 영원한 여성, 즉 아니마이다. 영웅은 그림자에 대한 공포를 극복하고 그 힘으로부터 젊은 여성상(아니마)을 해방시키는 것이다.

나를 다시 만남으로써 그는 자신을 되찾게 되리라(212).

'자기를 다시 만나야 그가 스스로를 발견하게 되리라'는 아리아드네가 남긴 수수께끼 같은 이 말은 의식(남성성)과 무의식(여성성)이 하나 되는 것, 즉 자신의 그림자를 의식하여 일치된 마음으로 세계를 바라볼 수 있는 상태를 의미한다. 그러려면 자기 마음의 반쪽인 그림자가 어떤 것인지를 알고, 자기 자신으로 되돌리려고 하는 개개인의 의식화 작업이 필요하다. 따라서 영웅이 진정한 내적 생명력의 원천을 만나기 위해서는 우선 괴물과의 싸움에서 이겨 이 아니마를 해방시켜야 한다. 이러한 정신적 성장과정을 겪지 않은 영웅은 허상이다.

우리는 미로를 떠나지 않았어요(222).

미노타우로스를 퇴치한 적 없는 테세우스는 여전히 미로 속에 있다. 만일 테세우스가 영웅이 되려면 거짓을 일삼는 자기 자신과의 대화를 단절시키고, 아리아드네를 되찾아야 마땅하다. 하지만 테세우스는 정념에 빠져 몰래 파이드라를 만나고 다니면서 거짓과 위선적인 모습을 보인다. 아리아드네는 테세우스가 거만하게 무훈을 늘어놓는 심정을 이해하고 그의 허풍과 거짓말을 받아주었으며,[92] 믿음과 사랑 안에서 그가 자기 안의 괴물을 의식하고 온전한 자기

92 Ibid., p.216.

실현을 할 수 있도록 도와주려 했지만, 그의 거짓 미소와 거짓 키스에 지쳐버린다. 아리아드네는 자신은 낙소스섬에 남겠으니 파이드라와 함께 떠나라고 말한다.

각자 자신만의 미노타우로스가 있지요(223).

미노타우로스는 정신분석학적 차원에서 볼 때 인간의 어두운 무의식을 상징한다. 인간이 영웅적인 인간의식을 발전시키는 과정에서 이 괴물은 반드시 극복해야 하는 무의식 요소라고 볼 수 있다. 괴물과의 투쟁은 영웅이 자기 내면의 어둠으로부터 벗어나려는 몸부림이다. 이는 융이 말하는 '그림자' 개념과 관계가 있다. '그림자'란 의식 속의 어두운 측면으로, 개인의 의식적인 마음이 던지는 이 그림자를 개인이 받아들일 수 없어서 은닉하고 억압했던 불유쾌한 부분이다.[93] 자아와 그림자는 복잡하게 얽혀 있으며, 서로 갈등한다. 융은 이를 '해방을 위한 투쟁'이라고 부른다. 아리아드네는 이 '해방'을 위한 구원자였지만, 테세우스는 이를 깨닫지 못한 채 자신의 미노타우로스와 함께 여전히 미로 속을 헤매고 있다.

따라서 유르스나르가 신화 속의 부차적 인물들인 미노타우로스와 아리아드네에 초점을 맞추어 테세우스를 허약한 인물로 재해석한 것은 다분히 의도적이다. 거짓말과 계략 대신 솔직함과 순수성으로 자신의 그림자를 대면하고 극복함으로써 자기 안의 어두움을 버려야 함을 역설적으로 보여주기 위함이다. 유르스나르의 신화적 변용에는 자기실현에 다다른 자만이 창조적이고 진화적인 삶을 살 수 있다는 내적 성찰의 메시지가 담겨 있다.

---

93 칼 구스타프 융 외, 『인간과 상징』, 118쪽.

4. 신화의 모방에서 창조로

지금까지 1장에서는 비교적 잘 알려진 고대 신화를 차용한 『불꽃』과 『연극 2』를 살펴보았다. 여기서 차용은 일종의 모방이어도 복제는 아니다. '모방'이란 전통의 차용이기도 하지만, 적절한 거리를 두고 자유로이 비판과 판단의 대상으로 삼을 수 있는 해방의 성격도 지닌다. 따라서 여기서 "모방은 단순한 재생산이 아니라 주체와 글쓰기, 기억, 전통과의 관계를 작동시키는 것이다 모방의 거부와 그 필요성의 인식 사이에서, 전통의 존중과 구속과 반복이라는 동일한 유산의 거부 사이에서, 모방은 양가성ambivalence을 띤다".[94] 바로 이 모방의 양가성 덕분에, 유르스나르가 변용하고 창출한 신화 주제는 다른 전통과의 차이를 낳으며 작가 고유의 독창성을 띠게 되는 것이다. 권위 있는 작가들과 작품들의 인용과 레퍼런스가 이루는 오래된 글쓰기 더미 안에서, 유르스나르는 개인 기억과 집단 기억 안에 잠재해 있는 전통의 기억, 독서의 기억, 글쓰기 주체의 이상과 창조적 상상력을 서서히 작동시키고 결합시켜 나간다. 그러한 상호 텍스트적 결합을 통해 전통과 집단 기억 안에 단단히 닻을 내려 자신의 새로운 주제를 부각시키고, 신화의 무수한 유산 속에서 자신의 삶과 사고가 지닌 독창성을 환기하는 것이다.

앞서 살펴본 『불꽃』은 제목에서도 풍기듯이, 욕망으로 불타오르는 정념과 육체를 은유한다. 하지만 1930년대 그리고 30대에 자신을 뒤흔들었던 유르스나르의 단순한 고백이나 선언은 아니다. 여기에는 열정적 환상과 위기를 드러내면서 동시에 감추려는 의식적인 전략이 숨어 있다. 우선 그것은 "신화의 전통과 고귀함 아래서 이루어진다. 부재와 부정에 의해 찢겨지고 무기력해진 영혼의 동요, 집착, 자신의 내적 환상을 신화를 통해 감추고 드러내는 것이다".[95]

---

94 Nathalie Piégay-Gros, *Introduction à l'intertextualité* (Dunod, 1996), p.125.

95 Monica Romagnolo, "Marguerite Yourcenar et le poème en prose: Mythe et écriture dans *Feux*", pp.61~74.

유르스나르는 시공간의 경계가 없는 신화라는 원초적 공간을 넘나들며 자신만의 시적 세계를 짜나간다. 그 세계는 몇 가지 특성을 드러낸다.

우선 장르를 통한 서정성의 탐색에 관한 것이다. 유르스나르는 다양한 장르의 문학을 시도하는 작가이지만, 하나의 특정 장르로 명확히 정의하기 어려운 작품들을 생산하는 경향이 있다. 『불꽃』 역시 시와 산문이 결합된 산문시로서, 이는 이야기 안에 담긴 허구를 깊이 있게 드러내주고, 이미지들의 특징, 소리의 유희, 리듬 효과가 텍스트를 서정적으로 나타내 주는[96] 역할을 한다.

하지만 일반적인 산문시와 다른 점이 있다. 총 9개의 신화 이야기 사이에 59개의 경구가 들어 있다는 점이다. 격언이나 단상, 일기 같은 짧은 문장들이 각 에피소드 사이에 배치되어 형태상 산문시의 흐름을 끊는 인상을 준다. 그러나 읽다 보면 이것의 효과는 "어떤 특정 구조의 법칙에 순응하지 않고, 독자에게 상상력을 일으키는 간결한 형식의 언어로 표현되어 명백한 시성을 드러낸다는"[97] 점에 있다. 오히려 열정의 상처, 고독에 관한 신화 주제를 환기시키거나 강화시키는 기능을 하는 것이다.

또한 부제가 있는 제목이 특징적이다. 제목은 신화 속 영웅의 이름이지만, 접속사 '혹은ou'으로 이어지는 부제는 그 인물의 영웅적 행위보다 그의 내적 가치에 치중하는 설명적 언술이다. 영웅의 이름만으로 독자는 신에 필적할 만한 그의 모험담을 떠올릴 수 있고 이를 서사화할 수 있다. 하지만 절망, 거짓말, 죄악, 구원 등 이어지는 부제목 덕분에, 영웅의 위기, 단절, 일탈, 전복, 해방 등 내적 가치가 부각될 것이라는 예측을 하게 되며. 작가가 이를 위해 어떤 시적 변용을 펼치게 될 것인지도 궁금하게 만든다.

사실 이 산문시집 안의 영웅들은 욕망, 억압, 상처, 혼돈, 고독으로부터 벗어날 수 없는 통제 불능한 정념의 주인공들이다. 하지만 유르스나르는 이들의 원

---

96 Georges FRÉRIS, "La poéticité mythique dans *Feux* de Marguerite Yourcenar," *Marguerite Yourcenar et l'univers poétique*, Actes du colloque de Tokyo(2004년 9월 9~12일)(SIEY, 2008), p.54.

97 Ibid., p.56.

초적 욕망을 단순히 전사하는 데 그치지 않고, 신화의 시적 성향을 강화하기 위해 은유를 사용한다. 이를 통해, 유르스나르는 영웅의 삶에서 일탈하여 평범한 인간처럼 사랑과 본능에 충실한 자연스러운 행동뿐 아니라 영혼 상태의 울림까지도 표현해 내는 것이다. 따라서 "그녀의 신화는 추상적 논리가 아니라 상징적 사유에 속한다. 그 사유는 세계와 개인을 잇는 기호와 유추의 망처럼 세상을 해석하고 읽어낸다".[98] 따라서 산문시라는 혼성장르의 선택, 이야기와 간결한 경구의 배열 의도, 부제목에 나타난 구체적 테마, 은유의 사용은 신화 변용 그 자체의 목적보다는 우주와 인간의 관계들을 시적으로 구축하여 작가의 고백을 신화 속에 비밀스럽게 녹여내려는 차별화된 문학 전략으로 볼 수 있다.

한편 『연극 2』에서는 남성 중심의 고대 신화가 여성 중심으로 좌표가 이동한다. 유르스나르는 엘렉트라, 알케스티스, 아리아드네라는 여성 인물들을 극장르로 옮겨와 본래의 조력자 역할에서 엄연한 주인공으로 변용시키고 있다. 사실 이 작품들이 쓰인 1940~1950년은, 유르스나르가 전쟁으로 프랑스를 떠나 미국에서 새로운 생활을 시작하던 시기이다. 낯선 삶에 적응하던 이 시기는 유르스나르의 창작 단계로 볼 때에는 침묵과 부재의 시기이지만, 당대의 사회적 변화와 욕구에 긍정적 또는 부정적으로 반응하는 영웅의 현대적 상像과 미래에 필요한 진정한 영웅의 덕목이 무엇인지를 부단히 성찰할 수 있던 강렬한 깨달음의 시기이기도 하다.

따라서 이야기의 반전을 꾀한 유르스나르의 현대적 신화는 '영웅이란 무엇인가?'에 대한 시대적 물음에서 시작되었을 것이다. 『연극 2』 안에 유르스나르의 내적 경험과 성찰이 풍부하게 담겨 있음은 말할 것도 없다. 사실 이 작품은 맹목적 욕망을 통해 만들어지고 신화적 신비감으로 포장된 전체주의적 영웅을 경계할 이유를, 그 시대를 직접 지나온 작가가 영웅 신화를 통해 보여주고 있기 때문이다. 아울러 유르스나르는 영원한 비극적 상황에 놓여 있는 여성 영웅을 매개로 신화의 시간을 인간의 시간으로 옮겨 와 작가 자신의 분노와 절망의

98 Ibid., p.56.

감정을 표현하거나 스스로를 대변할 기회를 마련한다. 또한 자기 자신을 묶고 있는 인간 조건에 저항하거나 이를 극복할 자기실현의 의지도 드러낸다. 바로 이러한 점에서 탈신화화를 통한 유르스나르 개인의 육화된 신화관을 엿볼 수 있다.

제2장

로마네스크 인물들의 신화화와 영원성

『하드리아누스의 회상록』, 『흑의 단계』, 『은자』, 『안나, 소로르…』

하드리아누스 황제

제2장에서는 소설 속 작중인물들의 신화화와 그 의미를 모색하고자 한다. 소설에 나타난 주요 인물들이 어떤 본질적 신화소mythème를 갖고서 작품의 주제를 비추거나 행위의 실마리를 제공하는지 살펴볼 것이다. 이때 신화는 잠재적 양상을 띠며 그 차용이 앞선 제1장처럼 두드러지지 않는 것이 특징이다. 여기서 우리는 인물의 심리나 행위를 상징적으로 은밀하게 드러내는 잠재된 신화의 원형과 구조에 주목할 것이다.

대표적 역사소설의 주인공인 그리스 문화를 계승하고 수용한 팍스 로마나Pax Romana 시대의 황제 하드리아누스(『하드리아누스의 회상록』)와 중세 암흑기에 신을 회의하고 물질적 해석의 새로운 방법인 연금술을 탐구하며 사물의 본질을 찾아 나선 선구적 인문주의자 제농(『흑의 단계』)은 점점 신화화되어 신화적 인물들의 전형을 띠는데, 역사와 신화의 경계가 유동적인 특성을 반영하듯 인간의 정신과 행동에 스며드는 신화의 유기적 침윤성을 유르스나르가 소설 안에 은밀히 장치하고 있음을 주시할 필요가 있겠다.

이 장에서는 유르스나르의 로마네스크 인물들이 어떤 점에서 신화적 원형과 사고에 닿아 있는지, 주요 소설들인 『하드리아누스의 회상록Mémoires d'Hadrien』, 『흑의 단계L'Œuvre au Noir』, 『은자Un homme obscur』, 『안나, 소로르…Anna, Soror…』를 통해 살펴보고자 한다.

1. 연금술 신화로 본 하드리아누스 - 제농 - 나타나엘

이제 유르스나르가 인물들의 삶의 단계들을 연금술 작업에 빗대어 그 신화적 성격을 드러낸 작품들을 다루어보고자 한다. 사실 연금술은 싼 금속을 비싼 금으로 바꾸는 고대부터 내려온 초보적 과학이나 화학적 방법으로 보는 경우가 있어 표층적으로는 신화와 거리가 있어 보인다. 하지만 엘리아데는 연금술에서 제1질료(원물질)로의 환원이 출생 이전의 상태로의 복귀, 자궁으로의 복귀에 해당하는 것으로, 근원적 상황의 회복에 해당되는 영적인 경험을 상징적으로 드러내는 초월적인 우주론, 입문의례, 구원론과 연관된 것으로 해석한다.[1] 물질과 생명을 변형할 때 물질들의 수난, 죽음, 결합에 주목하고 현자의 돌이라는 목표에 초점을 맞추기 때문이다.[2] 수난, 죽음, 결합의 변환은 연금술의 과정을 잘 나타내는 상징적 개념이며, 한편으론 신화가 지닌 원초적 속성이기도 하다. 움베르토 에코는 이 세 단계가 "천문학적 리듬(밤, 새벽, 낮)과 일치하는 듯하며, 다른 한편으로는 생리적 리듬(곡식의 죽음, 부패, 재생 혹은 식물이나 꽃의 탄생, 만개, 죽음)과도 일치하는 듯하다"[3]라고 말했다. 또한 "연금술 작업의 두 가지 원초적 질료인 황(뜨겁고 건조하고 남성적인)과 수은(차갑고 습하고 여성적인)이 화학적으로 만나면(죽음), 남녀 한 쌍인 아이un enfant androgyne와 철학적 소금le Sel philosophal이 탄생하고, 거기로부터 신비스럽고 가장 모호한 절대영감과 희열의 순간(깨달음의 돌Pierre Philosophale)으로 나아간다"[4]라며 그 연관 관계를 설명한 바 있다.

유르스나르는 이 연금술 신화를 정신적 차원의 연금술로 이해하고, 소설 속 인물들의 삶의 여정에 적용시키고 있다. 이들의 기나긴 생애는 연금술에서 말

---

1 더글라스 알렌, 『엘리아데의 신화와 종교』, 유요한 역(이학사, 2008), 210쪽.

2 같은 책, 209쪽.

3 Umberto Eco, *Les limites de l'intertprétation*(Grasset, 1992), p.94.

4 Ibid., p.94.

하는 '깨달음의 돌pierre philosophale'을 얻기 위한 일련의 과정과 흡사하다. 특히 『흑의 단계』는 연금술사 제농의 궤적을 따라가는 이야기로서 연금술 주제를 본격적으로 다룬 역사소설이며, 앞서 언급한 연금술의 '변환'이 대입 가능하다. 즉 인간이 온갖 시련을 겪다가 인습과 편견에서 벗어나려고 노력하는 단계가 '흑의 단계', 인간 욕구에서 벗어나 사랑, 선행, 박애의 삶을 살아가는 단계가 '백의 단계', 자유의 완성에 이르는 단계인 '홍의 단계'를 거치는 것이다. 이 밖에도 유르스나르의 소설 속 일부 주인공들은 궁극적 단계에 다다르려는 갈망이 크기에 연금술 신화와 관련이 깊다. 이제 우리는 유르스나르의 주인공들인 하드리아누스Hadrien, 제농Zénon, 나타나엘Nathanaël의 삶의 과정을, 연금술 신화의 상징적 단계들을 고려하여 살펴보고자 한다. 『하드리아누스의 회상록』, 『흑의 단계』, 『은자』를 중심으로, 이들의 삶을 세 가지 단계, 즉 '고통과 모순의 단계', '자아 탐색의 단계', '전일全一의 단계'로 나누어 그들 생애의 연금술을 밝혀보고자 한다.

우선 들어가기 전에, 하드리아누스, 제농, 나타나엘에게 책과 여행의 의미가 연금술사에게처럼 얼마나 의미 있는 것인지 이야기하고자 한다. 이들은 서적과 여행을 통해 자유의 중요성을 느끼는데, 이는 연금술의 첫 단계인 흑의 단계에 들어서기 전의 준비단계라고 할 수 있다. 향후 세상의 모순을 인식하고 적극적으로 저항하려는 내적 욕구는 바로 이 준비 과정을 통해 얻은 자유의 힘에서 나오기 때문이다. 이 준비 과정은 주로 주인공들의 청(소)년 시절에 이루어지는 이른바 '열정과 자유의 단계'이며, 세상의 편견과 모순이라는 불순물을 걸러내는 '흑의 단계'에 진입하기 전에 이들에게 준비된 정화의 도구이자 다가올 시련 극복의 원천이라고 볼 수 있다.

유르스나르의 주인공들은 각기 다른 환경에서 태어나지만, 어려서부터 모두 '앎connaissance'에 대한 호기심과 열정을 가지고 있는 것이 특징적이다. 일례로 고대 로마 황제 하드리아누스가 자신의 후계자 마르쿠스 아우렐리우스에게 보내는 장문의 유언장이자 회고록인 『하드리아누스의 회상록』에서 주인공 화자 하드리아누스는 책을 최초의 조국으로 삼고 있다.[5] 16세기 플랑드르를 배경으로 의사, 철학자, 연금술사인 제농의 지적 여정을 그린 『흑의 단계』[6]의 주인공 제농은 사생아로 태어나 어린 시절을 불행하게 보낼 수 있었지만, 이를 잊게 해준 것이 바로 책이었다. 하지만 그는 책을 통한 지식에 만족하지 않고, 직접 체험을 통해 얻어지는 지식을 찾아다닌다. 『은자』[7]는 17세기 네덜란드를 배경으로, 맑고 순수한 한 영혼이 우연에 밀려 혼탁한 세상을 살아가는 이야기로서, 허약하고 다리를 저는 주인공 나타나엘이 환경이 궁색함에도 인근 초등학교 교사로부터 문학과 라틴어와 영어 교육을 받는 내용이 나온다.

이처럼 자유의지에 따라 작중인물들이 열심히 쌓아가는 지식은 각 인물의 특징적인 사고와 유형을 형성한다. 이들의 지식은 자유인이 되는 데에 유용한 것이지만, 때로 당시 시대상황에 부적합하거나 위험한 것이어서 작품 속에서 갈등을 낳는 원인이 되기도 한다. 예를 들어, 제농이 탐색하던 연금술, 신비주의는 당시 종교재판이 성행하던 시대에 이단으로 몰릴 위험이 있는 지식이었다. 나타나엘은 태생에 어울리지 않은 지식을 얻음으로써 타인에 대한 깊은 이해도를 갖게 되지만 비판적 사고의 단련으로 아는 만큼 마음의 상처를 입기도 한다.

한편, 배움에 대한 열망이 강한 인물들은 한곳에 머무르지 않는다. 유르스나르의 인물들은 '알기 위해' 자의건 우연이건 여행을 한다. 여행을 통해 세상을 관찰하고 마음의 성장을 이루는 기회로 삼는 것이다. 자유와 열정을 지닌 인물

---

5 Marguerite Yourcenar, *Mémoires d'Hadrien*(1951), in *Œuvres romanesques*(Paris: Gallimard, La Pléiade, 1982, réédit 1991), p.310; 『하드리아누스 황제의 회상록』(I, II), 곽광수 옮김(민음사, 2008). 인용 페이지는 1991년 플레이아드 판본을 기준으로 하며, 한국어 번역본의 페이지도 함께 표시하겠다. 이 책의 약자는 MH로 쓰겠다.

6 Marguerite Yourcenar, *L'Œuvre au Noir,* in *Œuvres romanesques*(Paris: Gallimard, La Pléiade, 1982, réédit 1991); 『어둠 속의 작업 / 흔들리는 아이들』, 신현숙 옮김(한길사, 1981). 이 작품의 인용은 1991년 플레이아드 판본을 기준으로 하며 약자 ON과 페이지만 표기한다. 국내 번역본이 오래전에 절판되어 참조할 뿐 페이지는 표기하지 않겠다.

7 Marguerite Yourcenar, *Un homme obscur,* in *Œuvres romanesques*(Paris: Gallimard, La Pléiade, 1982, réédit 1991). 인용 페이지는 1991년 플레이아드 판본을 기준으로 하며, 이 책의 약자는 HO로 쓰겠다.

들의 삶의 단계에서 여행은 선택에 의한 방랑이다. 우선 하드리아누스 황제는 수많은 속주들을 여행하고, 군대를 이끌고 전쟁을 감행한다. 그는 오히려 이 거친 방랑생활을 통해 자유인이 되는 기술을 연마한다. 그만큼 그에게 여행은 유희이고, 노련하게 실행되어 경험되고 통제되는 쾌락이다. 또한 책으로 배우는 지식에 지쳐버린 제농 역시 세상을 몸소 체험하고자 한다. 자기를 둘러싼 세상을 알기 위해 순례자가 된 제농은 희망에 부풀어 있다. 결국 그의 여행은 자기 자신을 향한 실존적 여행인 셈이다. 반면 나타나엘은 하드리아누스나 제농과 달리 우연한 사고 때문에 마지못해 고향을 떠난다. 하지만 이는 살기 위한 운명적인 선택이었으며, 그 이후의 유랑 생활에 큰 전환점이 된다. 또한 나타나엘의 삶이 자유와 열정의 단계에서 고통의 단계로 넘어가는 정점을 상징하는 여행이다.

유르스나르 작품에서 자유의 문제는 특히 중요하다. 하드리아누스 황제도 자신의 권력 추구가 다름 아닌 자유를 수월하게 해주기 때문이라고 하고, 제농 역시 자신의 감옥인 세상을 둘러보려는 이유가 인간의 조건인 자유와 그 한계를 시험하기 위해서라고 한다. 결국 유르스나르의 중심인물들은 지식을 통하여, 여행을 통하여 자유를 갈망하는 특징이 있다. 이처럼 책과 여행을 통해 맛보는 '열정과 자유의 단계'가 연금술의 첫 단계인 흑의 단계에 들어서기 전의 예비단계임을, 이제부터 시작될 연금술의 세 단계 분석 안에서 기억할 필요가 있다.

1) 흑黑, 고통과 모순의 단계

유르스나르의 인물들은 자유와 열정을 가지고 나아가지만, 이를 가로막는 장애물로 인해 고통 받거나 모순을 느낀다. 즉 정신과 육체의 이분화에 근거하여 신의 미명하에 인간을 좌지우지하는 종교사회와 대립하기도 하고, 부르주아 계층과 무산계급 간의 첨예한 갈등이 만들어내는 여러 현상에 상처입기도

하고 허무감을 느낀다. 유르스나르의 주인공들은 인간의 이기심, 비열함, 미움, 거짓으로 인해 상처 받고 아파하며, 저항하고 방랑한다. 그러면서 은연중 고통과 모순의 단계를 지나간다. 하드리아누스의 경우 권력을 차지하기 위해 교활하고 비열한 수법을 쓰는 인간들을 상대로 용감하게 맞선다. 그러면서도 황제는 그런 인간들과 자신의 삶이 별반 차이가 없다고 여기며 그들을 거울삼아 인간의 조건을 들여다본다.

> 나는 인간을 경멸하지 않는다. 내가 인간을 경멸한다면, 나는 그들을 다스리려 할 어떤 권리도, 어떤 근거도 없을 것이다. 나는 그들이 자만하고 무지하며, 탐욕스럽고 근심하며, 성공하기 위해서나 심지어 그들 자신의 눈에라도 가치 있게 보이기 위해, 혹은 그냥 단순히 고통을 피하기 위해 거의 어떤 짓이라도 할 수 있다는 것을 알고 있다. 또한 나도 알고 있다. 적어도 때론 나도 그들과 같으며, 혹은 그들과 같을 수도 있었으리라는 것을, 타인과 나 사이에 내가 발견하는 차이들은 너무나 하찮은 것이어서, 최종 합산에서도 중요하지 않다는 것을 말이다(MH, 317; 번역본 제1권, 75~76).

나타나엘은 고향을 떠나 섬으로 도망가는데, 거기서 얻게 된 아내의 죽음으로 마음의 상처를 입는다. 사실 아내는 그녀를 길러준 노부부를 위해 노예처럼 일하다 허망하게 떠난 것이다. 나타나엘은 인간이 인간을 이용하고 지배하고 구속하는 냉정하고 불합리한 세상에 한없이 우울해한다. 어느 날 두더지 한 마리가 땅을 파는 것을 발견하고는, 그 노인은 잔인하게 그 동물을 삽으로 두 동강 낸다. 이를 목격한 나타나엘은 아내에 대한 기억과 두더지처럼 작고 약한 짐승의 기억이 서로 영원히 연결되어 있음을 깨닫고 연민을 느낀다. 나타나엘은 인간의 조건만이 아니라 동물의 조건에 대해서도 공감하고 아파하는데, 두 세계가 분리된 것이 아니라 하나의 전체임을 어렴풋이 인식하고 있기 때문이다.

유르스나르의 인물들은 이 대립과 모순의 단계에서 수동적으로 사고하고 슬퍼하지만은 않는다. 때로 적극적인 저항을 시도하기도 한다. 예를 들어, 제농은 부자들과 권력층의 농간에 맞서 빈민굴 같은 기숙사에 거주하는 공장 노동자들을 도와준다. 하지만 모순덩어리 세상과 맞서길 외면하는 노동자들의 순응적이고 안일한 태도가 제농에게는 더 큰 상처를 남긴다. 결국 그는 행동으로 드러나는 외적 저항을 포기하고, 정신을 통한 내적 저항으로 나아간다.

> "우리 그리스도인들에게 이른바 육체의 문란함이 대표적인 악으로 여겨지는 것이 이상합니다." 제농이 깊은 생각에 잠겨 말했다. "아무도 잔혹함, 야만성, 미개함, 불공정성에 대해서는 노여워하고 혐오하며 처벌하지 않지요. 어떤 사람도 장차 내가 화염 속에서 펄쩍 뛰어오르며 죽어가는 것을 바라보려고 올 선량한 사람들이 환멸스럽다고 생각하진 않겠지요."(ON, 814)

정신을 신의 영역으로, 육체를 인간의 영역으로 분리하여, 인간의 정신을 신의 이름으로 좌지우지하려는 16세기 종교사회에 반항하는 제농의 입장이 나타나 있다. 제농은 인간의 정신 추구에 장애가 되는 육체와 정신의 이분법적 변증론에 반기를 든다. 욕망하지만 억압해야 하는 딜레마 상태가 바로 당대 사람들이 처한 고통과 모순의 단계이며, 제농은 이에 저항하는 것이다.

유르스나르의 주인공들은 목적을 위해 서로 이용하거나 증오하는 삶의 태도를 지닌 인간들에 대해 염오厭惡를 지녔으며, 대체로 혈연관계에 얽매이지 않고 출가하여 고독한 내적 투쟁을 벌이는 경우가 많다. 이들은 흑백논리에 대한 거부, 제도적 모순에 대한 회의, 비참한 삶에 대한 연민, 절대고독의 수용, 자유를 구속하는 금기에 대한 반항 등을 하도록 장치되어 있는데, 이처럼 온갖 시련을 겪으면서도 인습과 편견에서 벗어나려고 노력하는 과정을 연금술의 '흑의 단계'로 볼 수 있다, 사실 제농이 여기에 일생을 바쳤듯이, '흑의 단계'는 가장 오래 걸리고 힘들고 위험한 작업이다. 그러나 이것이 끝나갈 즈음 인물들은 이미 2차 단계로 접어든다. 심오한 내면의 성찰을 통해 자아 탐색에 열중하는 시기, 연금술의 두 번째 단계가 시작되는 것이다.

2) 백白, 자아 탐색의 단계

쓰라린 고통과 숨 막히는 모순에 직면하여 인물들은 제각기 길을 다시 떠난다. 하지만 이번 여행은 처음처럼 몸과 마음이 자유로운 여행이 아니라, 일종의 우연에 내맡기는 수동적인 방랑이거나 육체는 움직이지 못하되 자유로운 정신으로 답답한 '여기ici'를 벗어나고자 하는 정신적인 모험이다. 그러면서 인물들은 점차 깊은 내면의 자신과 만나고 생의 온갖 모순과 고통을 넓게 품어간다. 이 여행은 결국 인물들의 자아 탐색 과정으로, 유르스나르에게는 인물들과 본격적으로 만나는 글쓰기 시간이 된다. 정신적 모험을 떠나는 인물들의 여정은 작품의 사상, 작품의 정신이 되기 때문이다. 인물들은 깊은 내적 성찰과 한없이 열린 상상, 사물의 본질에 대한 집요한 탐구, 그리고 타인의 입장을 이해함으로써 세상의 위선과 거짓, 무용성으로부터 이탈하는 시기를 만난다. 그리고 훗날 자신들에게 운명처럼 주어질 다양한 형태의 죽음을 받아들일 고귀한 정신의 토양을 일군다.

황제 하드리아누스는 죽음에 저항하거나 이를 통제하려고 들지 않는다. 고통을 피해보려고 안락사를 부탁했다가 아까운 젊은 의사만 자살하게 만든 데 대한 자책과 인생에 대한 재성찰을 통해, 비록 몸은 죽어가지만 영적으로는 더욱더 성장한 것이다.

> 이올라스가 죽은 다음에 맞은 밤 동안, 또 다른 생각들이 천천히 머릿속에 떠올랐다: 나의 인생은 나에게 많은 것을 주었다. 혹은 적어도 나는 내 인생으로부터 많은 것을 획득할 수 있었다. 그리고 이 순간에도 내가 행복하던 시기에서와 마찬가지로, 그러나 전혀 반대되는 이유들로 나의 인생은 이제 더는 나에게 베풀어줄 것이 아무것도 없는 것처럼 보이지만, 내가 이제 거기에서 배울 것마저 아무것도 없다고 믿지는 않는다. 나는 나의 인생의 은밀한 가르침을 끝까지 들을 것이다. 평생 동안 나는 내 육체의 예지에 신뢰를 두었다. 나는 이 친우가 가져다주는 감각들을 안식眼識 있게 음미하려고 애썼다: 그러니 최후의 감각들 역시 맛보

> 아야 한다. 나에게 마련된 그 임종의 고통. — 아마도 나의 어떤 선조로부터 유증遺贈되고 나의 체질에서 태어나, 나의 삶을 통해 나의 행동 각각에 의해 조금씩 준비되어 나의 동맥들 속에서 서서히 형성된 그 종말을, 나는 이제 거부하지 않는다. 초조로움의 시간은 지나갔다. 내가 처해 있는 이 시점에서, 절망은 희망과 마찬가지로 악취미에 속하는 것이리라. 나는 나의 죽음을 급작스럽게 불러오기를 포기했다(MH, 505; 제2권, 215~216).

죽음을 서두르는 것을 포기한 하드리아누스는 자아 내부로 침잠하거나 자아 밖으로 이탈하면서 인간으로서의 운명을 지속적으로 탐색한다. 심오한 성찰이 황제의 역사적 업적을 넘어서 비밀스러운 내면을 발견하게 해주고, 결국 기나긴 회상록의 존재를 가능하게 한다.

나타나엘 역시 삶에 자신을 내어준다. 하지만 하드리아누스보다 더 무심히, 수동적으로 자신을 내맡긴다.

> 그는 다음과 같이 말하곤 했다. "그녀는 자기 일을 하는 거야, 자기 일을 하는 거라고…." 그는 슬프지도 않았고, 화를 내는 건 어리석은 일이었을 것이다. 자신이 그랬던 것처럼 어쩌면 지복至福에 빠져 있다가 자기처럼 배신을 당한 이 어떤 남자를 그는 불쌍히 여기고 있었다. 그러나 마치 남자들이 그녀를 이용하듯이, 사라이는 남자들을 이용하도록 키워졌었다. 그건 아주 간단했다(HO, 984).

여기서 그녀Elle는 나타나엘의 두 번째 아내이자 그의 자식 라자르를 낳아준 '사라이Saraï'라는 여인이다. 그녀는 거짓과 위선, 허영으로 나타나엘을 이용하고 괴롭힌다. 그러나 나타나엘은 오히려 아내와 관계를 맺는 이름 모를 남성을 자신의 일처럼 가엾이 여기고, 끊임없이 이용하고 이용당할 사라이의 삶을 있는 그대로 받아들인다. 그는 가능한 한 자신의 삶에 대해 거리를 두고 성찰함으로써, 자신의 삶을 타인의 삶처럼 객관화시키는 것이다.

그런데 이 인물들의 자아 탐색은 비단 성찰에만 국한되지 않는다. 적극적으로 생각하거나 상상하고 몽상함으로써 정신적 모험을 활발하게 펼치는 일도 이들에게 중요하다. 하드리아누스의 경우, 어느 하루는 내내 자신이 좋아하는 생각 위주로 정리하고, 그다음 날은 무한정 생각을 분리시켜 보는 교차적 사고의 자유를 실습한다. 사건, 생각, 감정들을 여러 개로 분절하여 어려운 결단을 내리는 데 도움을 얻으려는 것이다. 제농도 하드리아누스와 유사한 정신적 모험을 펼친다.

> 그는 이어서 그 뼈 위에 마치 커튼처럼 덧없는 살을 덮고서, 거친 침대 시트 위에 통째로 눕혀진 자신을 생각해 보았다. 전적으로 탐험되지 않은 이 대륙(육체)의 두 발이 대척점을 이루는 자신의 영토인 이 생生의 섬 이미지를 의도적으로 확장시켜 보기도 하고, 반대로 무한한 전체 속에 단지 한 점에 지나지 않은 존재로 자신을 축소시켜 보기도 했다(ON, 691).

제농은 육체와 분리된 정신의 끝없는 확장을 경험한다. 그는 이 정신적 모험으로 무한소와 무한대에 동시에 이른다. 즉 제농의 정신은 무한한 대우주와도 닿아 있고 육체의 심연에도 닿아 있는 것이다. 그는 육체, 영혼, 정신이 서로 혼합되어 상호 간의 조정과 경험이 필요하다는 것을 아직은 죽음을 통하지 않고 선험적으로 깨닫는다.

제농의 탐색은 폐쇄된 공간인 방 안의 침대에서 상상하는 것만으로 끝나지 않는다. 감옥에 갇혀 화형을 기다리는 처지에서도, 그는 육체와 정신의 대립적 변증론이나 중세교회의 신에 대해 숙고했던 오랜 사유의 결과들을 비판적으로 쏟아낸다.

> 인간의 모형에 따라 재단된 한 인격 속에 사물들의 접근할 수 없는 원리를 가둔다는 것은 여전히 제겐 신성모독으로 보입니다만, 그럼에도 저도 모르는 어떤 신이 내일이면 불에 타버릴 이 육체 안에 현존하고 있음을 느낍니다. 제가 당신에게 아니라고 말하도록 하는 이가 바로 이 신이라고 감히 말씀드려도 되겠습니까? 군

중들에게 부과시키는 모든 교리가 인간의 어리석음에 어떤 보증을 해주지요. 만약 우연히 내일 소크라테스가 마호메트나 그리스도의 자리를 대신하게 된다 하더라도 사정은 마찬가지일 겁니다(ON, 821~822).

종교적 광기의 시대라고 할 16세기 사회에 도그마적인 신을 부정하고 인간 중심의 신을 강조하는 것은 매우 위험하고 어려운 일이다. 하지만 제농은 이단자나 무신론자로 몰리는 것을 무릅쓰고 자신의 생각을 소신껏 표출한다.

이 자아 탐색의 과정은, 작중인물들이 표층으로 드러내는 저항보다는 내면화된 행동, 즉 연민, 사랑, 선행, 박애의 삶을 실천하도록 이끌어가는 원동력이 된다. 예를 들어 제농이 가난한 자들에게 의술을 베풀고 배교의 위협을 무릅쓰고도 성상을 파괴한 사람의 상처를 치료해 준 일, 누군가가 자신으로 인해 피해를 입을까 봐 피신할 때 마차를 빌리지 않은 일, 방탕한 유희를 즐긴 수사 시프리앙과 소녀를 포함하여 자신에게 적대적이던 여러 젊은 수도사들을 보호해 준 일 등을 들 수 있다. 유르스나르 인물들의 선하고 박애적인 행동은 자아 탐색의 시간들을 거쳐 증류된 결과물이며, 바로 이것이 정화의 작업을 요구하는 연금술의 제2단계 '백의 단계'에 해당되는 것이다. 그런데 이것이 '백의 단계'의 완성은 아니다. 그다음 단계로 진입해야만 완성된다. 연금술에서는 각 단계의 완성이 다음 단계로 넘어감으로써만 온전히 이루어지는 것이기 때문이다.

3) 홍紅, 전일全一의 단계

하드리아누스, 제농, 나타나엘은 다양한 삶의 형태 안에서 연금술의 단계들을 두루 거친다. 그중에서도 이들이 맞이하게 될 최후의 단계는 '홍의 단계'로 자유의 완성에 이르는 세계이다. 이곳과 저곳이 하나가 되어 마치 자유인들처럼 마음대로 드나들 수 있는 시공간이다. 이 세계에는 아픔도 대립도 모순도 금기도 구속도 없다. 하지만 '홍의 단계'는 죽음, 자살, 살아 있는 죽음(살아 있으나 죽은 것과 마찬가지인)을 초극한 순간에야 비로소 이루어질 것이다.

마지막 자유인들의 시대를 황제로서 살았던 하드리아누스는 인생이란 힘들지만 인간조건에 기대하는 바가 없을 때 오히려 부분적으로 보상을 받을 수 있다고 믿는다. 그는 불멸의 후계자들에게 보다 나은 인간 세상의 희망을 맡기고 죽음의 세계로 들어간다.

> 하드리아누스는 최후까지 인간적인 사랑을 받았다고 할 것이다. 조그만 나의 영혼, 방황하는 어여쁜 영혼이여, 육체를 맞아들인 주인이며 반려인 그대여, 그대 이제 그곳으로 떠나는구나, 창백하고 거칠고 황폐한 그곳으로, 늘 하던 농담, 장난은 이젠 못 하리니, 한순간 더 우리 함께 낯익은 강변들과, 아마도 우리가 이젠 다시 보지 못할 사물들을 둘러보자…. 두 눈을 뜬 채 죽음 속으로 들어가도록 노력하자…(MH, 515; 제2권, 235~236).

하드리아누스의 죽음은 일반적인 죽음이 아니다. 두 눈을 크게 부릅뜨고 들어가는 죽음, '여기'로부터 연장되어 '저기'로 들어가는 생生과 단절되지 않은 죽음이다. 그는 영원히 살게 될 자유의 공간으로 이동하는 것이다.

제농 역시 생의 마지막에는 영원 속에 들어 있었다Installé dans sa propre fin, il était déjà Zénon in aeternum(ON, 827). 그는 의도적인 죽음이 금기시되던 시대에 자살을 선택한다. 오히려 자살이 대죄가 아니던 '마지막 자유의 시대'에 하드리아누스가 자연사를 선택한 것과는 대조적이다. 그만큼 그들은 제각기 끝까지 자유로운 인간으로 남으려 한 것이다. 게다가 제농의 이 자의적 선택은 육체, 정신, 영혼의 합일이라는 평생 연구의 절정을 이루는 상징적인 순간을 맞이한다. 당시 종교가 강요하던 육체와 정신의 이분법적 대립을 소멸시키며, 그는 '홍의 단계'로 진입한다.

> 그러나 흘러가는 1분 1분의 시간이 하나의 승리였다. 그는 이미 피로 검어진 담요를 힐끗 쳐다보았다. 이제 이 액체가 영혼 그 자체를 이룬다는 개략적 개념을

이해하게 되었다. 왜냐하면 영혼과 피는 함께 빠져나가고 있었기 때문이다(ON, 830~831).

밤이 내렸다. 자신의 내면인지 방 안인지 그는 알 수 없었다. 모든 것이 어두웠다. 또한 그 밤이 움직이고 있었다. 어둠이 흩어지고 또 다른 어둠에 자리를 내주었는데, 그것은 심연 위의 심연, 짙은 어두움 위의 짙은 어둠이었다. 그러나 눈에 보이는 것과 다른 이 검은색은 어둠의 부재에서 나오는 색상들로 가볍게 흔들리고 있었다. 검은색이 푸르스름한 초록빛으로 바뀌고, 이어서 순수한 흰색으로 변했다. 희미한 흰색은 붉은 황금색으로 변환되었는데, 그렇지만 원래의 검은색은 유지되고 있었다. 마치 별빛과 북극광北極光이 아무튼 검은 밤이라는 것 안에서 흔들거리고 있는 것처럼 말이다. 그에게 영원처럼 여겨진 순간, 어떤 주홍색 공이 그 자신 안에서 혹은 그 자신 밖에서 요동치더니 바다 위로 피를 흘렸다(ON, 832~833).

제농이 추구하는 연금술의 흑, 백, 홍의 단계는 모든 대립적인 것의 결합, 모순되는 개념들의 일치를 가져와 다양성이 하나Un 안으로 스며든다. 이 과정에서 제농은 신을 우주의 연금술사로 동일시하는 당시 연금술사들과 달리 신 없는 연금술에 이르게 된다. 달리 말하면, 인간 안의 신의 존재를 느끼고 있는 제농은 중세가 강요한 대문자의 신Dieu이 아닌 인간의 마음속에 침투된 소문자의 신dieu을 구분해 내는 것이다.

사실 이러한 깨달음은 그가 감방에 갇히기 전에, 원초적 인간이 되는 것을 선험적으로 체험한 바닷가에서 이루어졌다. 제농은 "사물들의 중심에 위치하는, 연금술 철학자들 중의 아담 카드몽Adam Cadmon", "사물의 심장부에 위치하여 미처 발음되지 아니하고 하늘에게서 받은 것을 스스로에게 말하고 해명하는 아담 카드몽"이었다(ON, 766). 가장 순수한 형태의 원초적 인간으로 불리는 아담 카드몽은 인간 안에서 살아 숨 쉬는 '신'의 상징이며, 그처럼 심오한 내면을 지닌 인간세계는 관조를 통해서만 발견된다. 따라서 인간 안에 내재한 신을 느끼고 있고 모든 질료에 대한 관찰과 명상으로 사물의 본질, 특히 인간의 참 본질을 찾으려 애쓰던 제농은 아담 카드몽과 마찬가지로 이 우주의 종합자이자 모든 정신적 에너지의 근원이 된다. 그리고 제농에게 바다는 성수聖水이며, 앞에서 언급한 선택된 죽음의 관념적 장소가 되는 곳이다.

이러한 해석은 유르스나르의 다원주의적이고 통합적인 종교사상에 기인하는 것으로,[8] 작가의 신비주의 신학의 탐구가 가톨릭만이 아니라 불교철학, 인도철학과 같은 다양한 동양종교를 포함하는 통합적 성격에 뿌리를 두고 있기 때문이다. 작가는 한 대담에서 밝혔듯이 '당신 자신을 위해 램프(빛)가 되시오',[9] 혹은 '성인이 되길 바라는 한 당신은 성인입니다'[10]와 같은 동양철학의 지혜에 특별한 중요성을 부여하는데, 제농이 도그마나 종교집단에 갇혀 있는 생각을 거부하고 자기 자신을 용해la dissolution du Soi하여 '홍의 단계'에 이르는 것은 소문자의 '신', 달리 말하면 성인으로의 변모를 내포한다고도 볼 수 있겠다.

이처럼 절대 자유, 절대 진리 또는 절대 행복을 열망하던 유르스나르의 인물들이 죽음을 통해서, 또는 자연과의 접촉을 통해서 귀착하는 곳은 바로 모든 것이 용해된 '하나Tout'인 세상이다. 제농의 경우 외에도 하드리아누스와 나타나엘 역시 전일全一의 세상을 다음과 같이 이해하고 갈망하고 있다.

> 나에게는 점점 모든 신이 하나의 전체로 신비롭게 녹아들어, 하나의 동일한 힘의 무한히 다양한 발산, 균등한 발현으로 나타나 보이는 것이었다. 그들 사이의 모순은 그들 화합의 하나의 양식에 지나지 않는 것 같았다(MH, 415; 제2권, 36).

> 그가 자기 자신이라고 지칭하는 이 사람은 누구였을까? 그 사람은 어디서 나왔을

---

8 Madeleine Boussuges, *Marguerite Yourcenar — Sagesse et Mystique,* éd. des Cahiers de l'Alpe(1987), pp.59~90.

9 Marguerite Yourcenar, *Les Yeux Ouverts — Entretiens avec Matthieu Galey*(Le Centurion, 1980), p.334.

10 Ibid., p.261.

까? 담배를 들이마시고 따귀 날리기 좋아하던 해군 하역장의 뚱뚱하고 유쾌하던 목수와 그의 청교도 아내에게서 태어났을까? 아니다. 그는 그들 사이를 그냥 지나쳐 왔을 뿐이었다. 많은 사람들처럼 자신이 짐승이나 나무와 대조되는 인간이라고 느끼지 않았다. 감미로운 여성 집단 앞에서 자신이 특별히 남성임을 느껴본 적도 없었다. (…) 여러 연령층, 성별 그리고 여러 종種들까지도 그에게는, 사람들이 서로를 생각하는 것보다 더 가까이 여겨졌다. 즉 어린아이나 노인, 남자나 여자, 동물이나 자기 손으로 말하고 일하는 두 발 달린 동물, 이 모든 것이 역경과 존재의 감미로움 안에서 하나가 되었다(HO, 1035~1036).

전일 개념에 대한 인식은 각 인물에 따라 조금씩 다르다. 황제 하드리아누스는 흩어진 신들을 하나로 통합하여 파르테논과 같은 신전의 건립을 구상한다. 제농은 벌거벗은 몸으로 바닷물과 하나가 되어 사물의 심장부에 자리한, 최초이자 무한한 사물 중의 사물이 되어본다. 고정된 사물의 이름이 없으니 개념 간의 대립도 오류도 있을 수 없다. 그저 모든 것이 하나의 본질을 이루는 것이다. 나타나엘의 경우, 타지에서 죽음을 맞이하면서 전일의 개념을 보다 확장하여 이해한다. 즉 자신이 남성인지 여성인지, 나무인지 짐승인지, 어린아이인지 노인인지 별반 차이를 느끼지 못하는 것이다. 혈연을 통한 그의 정체성도 무의미하다. 자신이 아버지와 어머니에게서 비롯되었는지조차 확신할 수가 없다. 그에게 모든 것은 하나의 존재 속에 용해되기 때문이다.

유르스나르의 세 인물은 이처럼 다양한 양태로 '모든 것이 녹아 있는' 원초적 순간을 음미한다. 연금술의 빛깔들, 흑, 백, 홍은 태초의 상태로 밤과 낮처럼 하나 되어 사라져버린다. 결국 연금술의 궁극 단계Grande Œuvre는 초월성, 영원성을 간직한 신화적 공간이다. 하지만 죽음을 통해서만 갈 수 있는 저기là-bas를 여기ici에 있는 우리가 따라가 볼 수 있을까? 사실 "제농의 종말 속으로 따라가 보는 것은 아득한 일이다"(ON, 833).

어쩌면 유르스나르는 죽음을 통해 연금술의 마지막 단계에 다다른 인물들의 여정을 제시함으로써, 동시대인들이 여기ici에 살면서 '전일全一의 세상'을 만들어주기를 바라는지도 모르겠다. 그것이 바로 여러 갈래 길 연금술 작업에서 옛 연금술사들이 얻으려던 '깨달음의 돌'이 아닐까? 연금술을 통해 살펴본 유르스나르의 인물들은 인습과 편견으로 가득한 보잘것없는 삶에서 본연의 원초적 삶으로, 덧없는 지상에서 영원한 우주로 나아가며, 만물을 거룩하게 만드는 하나Un의 성스러운 공간 안에서 어느덧 신화화mythifiés되어 있다.

2. 안나와 미겔의 근친사랑과 자웅동체Androgyne 신화

1) 유르스나르의 금기 주제 선택의 이유

유르스나르의 『안나, 소로르…』[11]는 오누이 간의 근친상간을 주제로 만든 단편소설이다. 작가가 스물두 살 때 쓴 작품이지만, 10년 뒤인 1935년 『죽음이 수레를 이끌다La mort conduit l'attelage』란 제목으로 첫 출간되었고, 두 번째 장인 「그레코에 따르면D'après Greco」에 실렸다. 그러다가 1981년 『흐르는 물처럼Comme l'eau qui coule』이라는 새 제목으로 재출간될 때, 작가의 손질을 다시 거쳐 『안나, 소로르…』라는 현재의 제목으로 바뀌어 『흐르는 물처럼』에 실리게 된다.

유르스나르는 어머니와 아들, 아버지와 딸 사이의 근친상간이 테베의 이오카스테와 오이디푸스 신화 혹은 시리아의 테이아스 왕과 스뮈르나 신화처럼 의도적으로 일어나는 경우가 드물고 여기에서 드러나는 권위의 남용, 도덕적·육

11 Marguerite Yourcenar, *Anna, Soror*…(Paris, Gallimard, 1981); in *Œuvres romanesques* (Paris: Gallimard, La Pléiade, 1982, réédit 1991). 이 작품의 제목은 라틴어 Soror가 누이를 뜻하므로, 『누이, 안나…』로 옮길 수 있으나, 프랑스어가 아닌 라틴어의 원음을 그대로 살려 『안나, 소로르…』로 표기하겠다. 인용페이지는 1991년 플레이아드 판본을 기준으로 한다.

체적 강요라는 개념이 거북함을 주기 때문에,[12] 남매간 근친상간inceste fraternel을 주제로 삼게 되었다고 선택의 이유를 밝힌다.

> 이것은 남매간의 사랑, 이를테면 대개 '의도적인 근친상간'의 행위를 다루는 시인들에게 영감을 주던 위반의 유형에 관한 것이다(932).

유르스나르는 이 소설을 쓰기 전, 의도적인 근친상간 소재를 다룬 서구 작가들에게 관심을 갖는다. 특히 존 포드John Ford, 바이런Byron, 몽테스키외Montesquieu, 샤토브리앙Chateaubriand, 괴테Goethe, 토마스 만Thomas Mann, 마르탱 뒤 가르Martin du Gard의 작품에 대해 일종의 조사목록을 만든다. 인간세계의 천박함, 가혹함과 무력함을 통해 순수한 마음을 지닌 오누이의 사랑을 부각시킨 작품, 근친상간의 참담한 대가라는 사실을 모호하게 감춘 채 여동생의 혼령에 사로잡힌 한 남자의 일생을 그린 작품, 근친상간을 혐오하는 이슬람세계에서 교조주의를 거부하고 그들만의 법칙 안에서 살다 죽은 오누이의 비장한 삶이 담긴 작품, 근친 간의 사랑이지만 상간으로 가기 전 수도원으로 피신해 버림으로써 외로이 떨어져 살아가는 남매를 그린 작품, 북아프리카인 남매간의 일시적인 사랑과 그들의 불행한 씨앗에 대한 이야기로 기존의 관습과 모럴을 중시한 작품 등 다양하다.[13] 이러한 독서는 근친상간의 테마를 유르스나르만의 고유한 글쓰기로 가져가는 밑거름이 되었다고 볼 수 있다. 남매간 근친상간을 다루는 이 다양한 작품군 안에서 유르스나르는 크게 두 가지 주제를 발견한다.

> (한 테마는) 혈연으로 맺어지나 바로 품성 자체 때문에 외로이 분리되는 특별한 두 존재의 결합이고 (또 다른 테마는) 법칙을 위반하는 감각과 정신의 혼미함이

---

12 Ibid., p.940.

13 Ibid., pp.932~934.

다. 첫 번째 테마는 『안나, 소로르…』에서 만날 수 있다. 여기서 두 아이들은 비교적 외로이 살아가는데 어머니가 죽은 후에는 완전한 고립상태가 된다. 두 번째 테마는 여기에서 제외되었다. 거의 반反종교개혁에 도취된 신앙심이 뼛속까지 젖어 있는 이 오누이에게 아무런 정신적 저항도 떠오르지 않는다…. 어떤 후회도 그들에게 스며들지 않는다(934).

동일한 주제를 다루는 다른 작품들과 비교하여 『안나, 소로르…』에는 두 번째 테마, 즉 '법칙을 위반하는 감각과 정신의 혼미함'이 부재한다고 밝히고 있다. 그것은 대부분의 작품은 근친상간의 유혹에 넘어가거나 그 위기에 처하면 심각한 죄의식과 회한에 빠지고, 이 때문에 심한 경우에는 신을 거부하고 상대방을 미워하거나 죽이는 참사에 이르기도 하는데, 『안나, 소로르…』의 주인공들은 처음에는 욕망의 저지를 위해 감각과 정신의 혼미함을 느끼다가 욕망이 금기를 넘어서게 되면 오히려 회한이 아닌 영원한 행복을 느끼기 때문이다.

사실 프로이트에 따르면, 잠재된 욕망의 유혹에 빠져 금기를 범하게 되면 개인의 모든 자유나 소유를 포기하는 방식으로, 즉 속죄, 회개를 통해 원래 자리로 회복하려는 경향이 있다고 한다. 속죄의 보상이라고 정의되는 이것은 금기 파괴에 대한 후회, 회한의 뜻을 내포하는 것이며, 특히 기독교 문화권에서는 신성모독에 대한 대가를 치르고 신의 구원을 청한다는 의미이다. 달리 말해서 기독교에 뿌리를 둔 서구사회에서 근친상간은 종교적 성스러움sacré religieux을 위반한 것으로 신의 벌이나 힘겨운 보속을 감내해야만 하는 원죄이다. 따라서 서구작가들은 훗날 근친상간의 주인공들이 자신들의 죄를 회개하기 위해, '성소'에 들어가 유폐생활을 하거나 죽음을 무릅쓴 '순례'를 하거나 '죽음'을 통해 신에게 속죄를 하도록 플롯을 구성한다. 작중인물들이 종교적 양심에 걸려 속죄의 길을 가도록 이끄는 문학적 구성방식은 근친상간을 성스러움과 양립할 수 없는, 선과 명백히 구분되는 악의 개념으로 보고 있다는 증거이다.

그러나 유르스나르의 주인공들은 다르다. 물론 이들이 뼛속까지 신앙심이 배어 있는 남매이고, 금기를 깬 후 한 사람은 의도적 죽음을, 또 다른 이는 평생

상喪을 당한 마음으로 살아가는 길을 택하기 때문에, 이들의 행보가 근친상간에 대한 속죄로 보일 수 있다. 하지만 유르스나르의 주인공들은 결코 회한을 느끼지 않는다. 오히려 신을 더 깊이 사랑하게 된다. 이상하게도 이 작품에서는 근친상간과 성스러움이 대립하지 않는 것 같다.

이제 대립적인 요소나 양가적 감정을 중심으로 『안나, 소로르…』를 분석함으로써, 근친상간이라는 금기와 성스러움의 관계를 기존 작품들과 달리 해석하려는 유르스나르의 숨은 의도를 밝혀보고자 한다.

2) 자웅동체 신화에서 남매간 근친사랑으로

『안나, 소로르…』는 16세기 말 나폴리와 플랑드르를 배경으로 일어난 안나Anna와 그녀의 남동생 미겔Miguel의 근친상간 이야기이다. 두 아이들은 야심에 찬 냉혹한 아버지 알바르Alvare의 사랑은 받지 못했지만, 따스한 어머니 발랑틴Valentine이 주는 평온함 속에서 자라난다. 어린 시절, 남매는 '금빛으로 장식된 작은 방'에서 오랜 시간을 함께 보내곤 한다.

> 이 시절 미겔은 자기 누나를 많이 닮아 있었다. 만일 안나의 손이 섬세하지 않았거나 미겔의 손이 검과 말굴레를 다루느라 굳어져 있지 않았다면, 사람들은 그들을 서로 착각했을지도 모른다. 두 아이는 서로 사랑했으며, 매우 과묵했다. 함께 있는 것을 즐기기 위해 말이 필요 없던 것이다(883).

책을 읽을 때 머리칼이 한데 섞이는 모습처럼, 소녀 안나와 소년 미겔은 독립된 개체라기보다는 하나의 몸과 같다. 한 뿌리에서 아직 갈라지지 않은 가지처럼 남성, 여성의 성적 차이는 아주 표면적인 차이일 뿐, 동일한 육체와 영혼을 지닌 듯하다. 이러한 오누이의 이미지는 플라톤이 『향연Symposion』에서 아리스토파네스를 통해 묘사한 원초적인 자웅동체와 유사하거나 두 개의 성을 지닌 하나Un의 형상인 원초적 한 쌍을 연상시킨다.[14] 자웅동체란 신화에서 남녀의 성적 구분이 없던 완벽한 상태를 의미하며, 그리스 신화의 헤르마프로디토스[15]처럼 신성을 띤 양성의 육체를 떠올리게 한다. 미겔과 안나에게서 자웅동체 신화를 연상시키는 것은 근친상간에 대한 기존의 해석을 유보시킨다. 유르스나르의 작품을 단순한 근친상간의 이야기로 간주하기보다는 자웅동체에서 훗날 남녀로 분리된 인물들이 원래의 자리를 되찾아가는, 역사적 시간에서 신화적 시간으로 되돌아가 원초적 사랑을 회복하는 보다 근원적인 근친상간의 문제로 탐구할 여지를 남기는 것이다. 이러한 해석의 가능성은 인물들의 근친상간 행위의 내용 자체가 아니라, 근친상간의 존재 자체와 근원 그리고 근친간의 사랑을 제시하는 상징적 방법에 세심한 주의를 기울이도록 이끈다.

미겔은 성인이 되면서 점차 안나를 욕망의 시선으로 바라본다. 그녀 옆에 앉기 위해 평소 좋아하던 말 대신 마차를 타고, 남몰래 안나의 일상을 엿보기도 한다. 하지만 미겔은 점잖게 커튼을 내린다. 이는 그의 첫 이끌림이 아직까지는 쉽게 절제할 수 있는 상태임을 암시한다. 또한 그가 아버지의 명으로 스페인에 가게 되었다는 소식을 접했을 때, 누이 안나를 떠나는 슬픔보다 그녀를 떠날 수 있다는 사실에 오히려 안심했던 것도 마음의 제어가 가능했던 탓이다.

한편 안나도 미겔과 별반 다르지 않다. 미겔과 헤어져야 한다는 아픔에 혼자서 몰래 눈물 흘린다. 기도하던 그녀는 그리스도 발치에 쓰러져 있는 막달레나의 이미지 앞에서 사랑하는 사람을 포옹할 수 있다는 것은 감미로운 일일 거라는 상상을 한다. 이렇게 마음 한 구석으로 사랑을 희구하지만 악을 두려워하는 그녀는 남동생 앞에서 자신의 감정을 억누른다.

그러나 점차 그들의 욕망은 통제력을 상실해 간다. 특히 미겔의 욕망이 강해지면서 그는 죄의식, 부끄러움, 유혹을 번갈아 느끼며 매우 혼란스러워한다.

---

14 Martine Gantrel, "*Anna, Soror*⋯ ou le plaisir du texte: une lecture de M. Yourcenar," in *Société Internationale d'Etudes Yourcenariennes(S.I.E.Y)*, bulletin n.17(1996), pp.44~45.

15 아프로디테와 헤르메스 사이에서 태어난 자식으로 양성兩性을 지님.

이때 환각에 가까운 이상한 존재들이 그의 무의식을 들추어낸다. 미겔은 뱀 한 마리를 발로 밟아 죽이는데, 그의 주변에는 온갖 종류의 독뱀이 풀밭 속을 기어 다니고 뱀들의 노란 눈이 땅을 가득 메운다. 미겔은 현실인지 꿈인지 분간이 되지 않는 미지의 공간, 즉 어느 황혼녘에 폐허가 된 유적 터를 산책하다가 눈이 노랗고 얼굴과 피부가 먼지처럼 잿빛을 띠고 무릎까지 오는 치마에 맨발 차림을 한 어느 소녀를 만난다. 그녀는 뱀들과 함께 수차례 등장한다. 완전한 몽상도 완전한 현실도 아닌 모호한 상태에서 나타나는 소녀는 뱀과 동일한 색의 눈을 지녔으며, 뱀을 조심하라고 경고까지 한다.

뱀은 인간의 추락을 의미하는 성서 신화의 대표적 상징이기도 하고, 악의 화신이기도 하며, 성적인 내용을 이미지화한 동물이다. 그러나 여기서 뱀과 소녀는 미겔과 그의 욕망관계를 해석하는 실마리로 보인다. 뱀과 소녀는 불안과 혼란을 느끼는 미겔의 열에 들뜬 심리상태를 반영해 주고, 근친상간을 행하기 전의 죄의식을 상징하는 것으로 보인다. 소녀는 미겔에게 애매모호한 경고성 전언을 하는데, 이는 신화에 자주 등장하는 예언자의 신탁을 연상시킨다. 단순히 어떤 위험에 대한 예감을 넘어 신화적 의미로 근친상간자의 피할 수 없는 숙명을 예고하는 것이다. 꿈인지 현실인지 분간이 되지 않는 뱀 - 소녀와의 신비한 만남 이후에, 미겔은 진짜 꿈을 꾼다. 이처럼 유르스나르는 현실과 상상의 결합을 통해 현대적으로 가공된 몽상의 신화를 끼워 넣는다.

> 이날 밤 미겔은 악몽을 꿨다. 눈을 뜬 채 누워 있었다. 커다란 전갈이 벽에서 나오고 있었다. 다른 한 마리, 또 다른 한 마리… 이것들은 침대 매트를 따라 기어오르고 있었다. 그리고 이불을 수놓은 복잡한 그림들이 뱀의 똬리로 변해가고 있었다. 소녀의 갈색 발은 마치 건초 침대 위에서처럼 조심스레 내딛고 있었다. 이 발들이 춤을 추며 앞으로 나아가고 있었다. 미겔은 그 발이 자신의 심장 위를 걷는 것을 느꼈다. 한 발자국씩 다가올 때마다 그 발이 더욱 하얗게 되어가는 것을 보았다. 그것이 이제는 베개를 스친다. 미겔은 그 발에 포옹하려고 몸을 기울이다가 검은 실크 슬리퍼를 신은 안나의 맨발임을 알아본다(888).

전갈이나 뱀처럼 위협을 느끼게 하는 동물은 미겔이 느끼는 자기 본성에 대한 두려움이고, 언젠가 금지된 선을 넘어서게 되리라는 예측에 대한 불안감이다. 불길한 몽상 속에서 뱀 - 소녀의 맨발이 안나의 맨발과 겹치면서 미겔이 억압하던 욕망의 진짜 대상이 가시적으로 드러나고 있다. 이는 누이에 대한 사랑이 육체에 대한 열정으로 급격히 진전하는 것을 보여주는 상징적인 장면이다.

하지만 그 욕망이 바로 실현되지는 않는다. 미겔이 자기 욕망의 균형을 잡아주던 어머니가 갑자기 사망한 후, 의도적으로 누이에게 거리를 두기 때문이다. 어머니의 중재로 맑고 순수하게 여겨졌던 그의 사랑은 욕망과 수치를 느끼는 '어지러운 물'로 변한다. 불안한 미겔은 일부러 그녀의 옷차림이나 게으름을 트집 잡고, 그녀의 솔직한 감정 표현까지 힐책한다. 그는 누이와 대면하는 것을 피하면서도 그녀가 자신의 마음을 눈치챌까 봐 두려워한다. 미겔이 자신에게 무관심해졌다고 생각하는 안나 역시 슬퍼하며, 혹시 동생에게 연인이 생긴 것은 아닌지 궁금하고 불안해한다. 이처럼 남매는 서로 사랑하지만 어머니의 급작스러운 부재로 인해 대립과 소외의 상태로 접어든다. 하지만 이는 달리 보면 욕망의 고조를 의미하고, 금기에 대한 일종의 마지막 저항이라고 볼 수 있다.

이 작품에서 근친상간이라는 금기의 주제는 은밀하고 내면화되어 있어 불순하거나 충격적으로 느껴지지 않는다. 특히 근친상간의 욕구는 이들의 일상이 되어버린 신앙 안에서 그려지기에, 신성모독적이라기보다는 그 환상이 현실 속으로 쉽게 전이되도록 해준다. 그것은 꿈이나 환상 속에서나 가능했던 미겔의 근친상간이 현실 속 욕구로 자리 잡게 되는 결정적인 단서가 역설적이게도 '성서'라는 설정만 보아도 그렇다. 성서 속 역사적 인물들이 미겔의 욕망을 대변하고 그 실현을 부추기는 것이다. 구약성서(사무엘 하권, 13)에서 다윗의 아들 암논은 또 다른 다윗의 아들 압살롬의 누이 타마르를 사랑하여 애태우다 병이 나는데, 암논은 자신의 친구 여호나답의 꾀로 누이동생 타마르를 침상으로 불러들여 욕보인 후 두려움에 그녀를 증오하며 내쫓는다는 내용이 나온다. 훗날 압살롬이 타마르를 욕보인 일로 암논을 죽여 복수한다는 내용도 이어진다. 이 짧은 성서구절은 처음에는 미겔에게 두려움을 주었지만, 점차 자신의 욕망을 실현할 용기를 제공하는 중요한 단서가 된다. 또한 안나에게도 그녀의 내적 감정을 솔직하게 인식하는 계기가 된다.

> 그것은 열왕기의 구절로 암논이 그의 여동생 타마르를 범한 것에 관한 일이다. 결코 그가 감히 직면할 수 없었던 어떤 가능성이 나타났다. 그것은 그에게 공포감을 주었다. 그래서 그는 서랍 속에 성서를 던져 넣었다(898~899).[16]

> 그(미겔)는 '암논, 암논, 타마르의 오빠여!'라고 외쳤다. 그리고 문을 닫고 나갔다. 안나는 자리에 털썩 주저앉았다. 그녀가 방금 들은 외침이 여전히 귓전에 울리고 있었다. 모호한 성서 이야기가 그녀에게 떠올랐다. 그녀는 이미 무엇을 읽게 될지 알면서도 발랑틴의 성서를 집어 들어 표시가 되어 있는 부분, 즉 암논이 누이 타마르를 범하는 구절을 펼쳐보았다. 그녀는 첫머리 절에서 더 나아가지 않았다. 책이 그녀의 손에서 미끄러졌다. 그리고 그토록 오랫동안 자기 자신을 속여온 것이 너무 놀라워, 의자 등받이에 몸을 젖힌 채 자기 심장이 뛰는 것을 듣고 있었다. 자기 존재를 전부 다 채울 정도로 그녀의 심장이 부풀어 오르는 것 같았다(908).

미겔과 안나에게 늘 길잡이가 되던 성서는 근친상간 금기 이전의 존재성을 알려주고, 그 실현을 가능하게 해주는 지표가 되는데, 개인적인 환상이 역사적 사실의 위치로 이동하게 해주기 때문이다. 특히 자신의 욕망에 그토록 무지하던 안나의 경우, 오랜 번민의 시간을 보낸 미겔에 비해 빠르고 완전하게 근친상간의 욕망을 수용하며, 말이 아닌 행동으로 미겔의 방문 앞을 찾아오는 솔직함과 용기를 보이는데, 그 이유는 성서 신화로 인해 안나의 환상fantasme이 쉽게 현실 속으로 전이되어 오기 때문이다. 따라서 독실한 신자인 안나의 욕망은 미겔처럼 충동적이지 않으며, 저항이나 혼란도 없고, 무감각할 정도로 호기심

---

16 작품 속에는 암논과 타마르의 출처를 구약의 열왕기로 쓰고 있으나, 이에 대한 구체적인 내용은 사무엘 하권에 등장한다.

이나 부끄러움도 없다.

유르스나르 작품에서 안나와 미겔이 나누는 사랑의 묘사는 생략되어 있지만, 열정을 불태우는 안나와 미겔을 어렵지 않게 상상할 수 있다. 그런데 여러 날 지속된 그들의 근친사랑이 교회의 수난절에 해당하는 성주간La semaine sainte에 일어났다는 점은 아이러니하다.

> 안나는 어둠 속에서 물끄러미 바라보고 있었다. 성금요일 밤의 하늘은 (예수님의) 상처들로 빛나는 것 같았다. 안나는 고통을 꿋꿋하게 참아내고 있었다. 그녀는 '나의 형제여, 왜 그대는 나를 죽이지 않았나요?'라고 말한다. '그럴까 생각했소. 하지만 당신이 죽는다 해도 사랑했을 거요'라고 그는 말한다. (…) 그녀는 안타까운 연민으로 그에게 몸을 기울였다. 그들은 서로 포옹했다(911).

사실 근친상간이라는 주제만으로도 신성 모독적인데, 여기에 근친상간이 이루어진 시기가 수난절 성聖금요일이라는 것은 신성 모독을 극단으로 몰고 간 것이다. 게다가 그들의 육체적 결합은 성금요일에서 시작하여 부활절 월요일까지 지속된다. 유르스나르는 근친상간과 성주간을 나란히 배치하고, 월요일 부활 미사에 참여하여 행복과 기쁨을 느끼는 미겔의 모습을 그린다. 미겔은 열성적으로 기도하고, 그 기도 안에서 영혼을 해방시키는 육체의 가벼움마저 느낀다.

> 그는 아무것도 후회하지 않았다. 오히려 출발에 앞서 이런 의지할 만한 것 없이 떠나가지 않도록 허락해 주신 신에게 감사드렸다. 그녀가 남아달라고 간청했으나, 그는 정해진 날짜에 떠나갔다. (…) 삶에서 기대할 것이 더는 없었기에, 그는 반드시 거쳐야 할 하나의 완성처럼 죽음으로 향했다. 그리고 자신의 삶을 완성했듯이 죽음의 완성도 확신한 그는 행복감에 흐느껴 울었다(912).

미겔과 안나는 금기를 깬 후 각자의 길을 간다. 특히 미겔은 이미 죽음을 예견한 전투에 참여하여 스스로 목숨을 바치는데, 떠나기 전에 누이를 용서해 달라고 신에게 온 마음으로 기도한다. 마치 하나의 권리인 양 신에게 요구하면서, 누이를 자신의 희생으로 감싸고 영원한 천상행복으로 들어 올리려고 한다. 미겔은 자신이 신성모독죄를 저질렀다고 여기기보다는, 오히려 신이 자신에게 완전한 행복을 허락했다고 믿고 감사의 기도를 드린다. 이는 근친상간 테마를 다루는 작품들 중 대표적인 샤토브리앙의 작품에 나타난 르네와 아멜리에가 느낀 죄의식과 사랑의 불가능성과는 거리가 멀어 보인다. 나아가 미겔은 스스로 신에게 드리는 희생제물이 되고자 하는데, 이는 자신의 누이를 용서해 달라는 청을 드리기 위해서이다. 이처럼 미겔의 근친사랑은 이타적이며 신의 존재 안에 복합적으로 얽혀 있다.

> 그녀를 떠났건만, 그는 그녀를 포기한 거라고 생각하지 않았다. 못이 뽑힌 (예수의) 상처에서 피가 멈췄다. 비탄에 젖은 여인들이 자기 앞에 놓인 빈 무덤만을 발견한 바로 그 아침, 미겔은 삶, 죽음 그리고 신을 향해 감사를 올렸다(912~913).

근친상간 금기의 위반은 신앙의 신비와 연관이 된다. 사랑의 결합에서 오는 신비, 자신을 내어놓는 고통, 그리고 죄의 용서와 신에게 이르는 부활의 여정은 가톨릭의 제의와 흡사하다. 사랑의 완성과 은총에 대한 대가로 스스로 성스러운 제물이 되고자 하는 미겔은 어느새 성자의 모습을 띤다. 어떤 의미에서, 근친 간의 사랑은 미겔을 신의 선택된 인간으로 만들어 버린다. "미겔은 이제 중재자가 필요 없을 정도로 신과 가까이 있다. 새로운 유형의 파우스트인 미겔은 악마가 아닌 하늘의 신과 계약을 맺었다. 이미 속죄의 대가를 정했기 때문에, 미겔은 자신의 죽음을 벌이라고 여기지 않고 자부심을 가지고 기쁘게 이행해야 할 명예로운 빚이라고 여긴다."[17]

---

17 Martine Gantrel, "*Anna, Soror*··· ou le plaisir du texte: une lecture de M. Yourcenar," p.56.

한편 미겔과 달리 안나는 절망 속에서 일상의 삶을 살아간다. 그러나 그녀는 살아서도 죽어 있는 상태나 다름없다. 그녀의 남편도, 애인도, 자식도, 아비도 그 누구도 그녀가 평생 미겔을 그리워하며 과부나 다름없는 상중en deuil의 삶을 살았다는 것을 알지 못한다. 미겔이 신에게 안나의 용서를 청하며 죽음으로 나아갔듯이, 그녀는 미겔의 몫까지 살아서 평생 신에게 보속하는 것이다.

암논과 타마르의 성서 신화로부터 성주간에 벌어진 근친상간, 예수님 십자가에 입 맞추는 안나를 보며 신을 질투하기도 하고 안나의 입모양에서 성적인 이미지를 상상하던 미겔, 근친사랑을 이룬 후 신이 아닌 안나를 위해 죽음을 택한 미겔, 살아 있지만 죽음과 같은 삶을 사는 안나의 모습은 신과 대립하는 것으로 보인다. 하지만 이들은 죄의식보다는 행복을 느끼고 그 행복에 대해 신에게 감사하고, 각각 자신을 희생 제물로 내어놓음으로써 그들의 사랑에 대한 신의 영원한 동의를 구하려 한다.

결국 유르스나르는 안나와 미겔의 근친상간을 단순한 신성모독적 욕망으로 보고 신과 대립시키려는 것이 아니라, 고통과 부활이 따르는 신앙의 신비와 연결 지음으로써 이들의 사랑을 기존의 문학 테마와 달리 구성한 것이다. 작가는 근친상간을 금기의 위반과 죄의식이라는 부정적 시각으로 보는 것을 그치고, 금지 자체의 근원을 회의하게 하는 근친 간의 순수한 사랑을 부각시키려 한 것이다. 특히 '종교적 열정'이 녹아 있는 근친상간은 원초적 사랑으로 회귀하여, 죄의식도 신성모독도 일으키지 않는 유일하고 절대적인 사랑으로 변모한다. 이를 통해 유르스나르는 원죄 또는 불순으로 간주되는 근친상간의 테마가 어떻게 절대자에 대한 사랑과 결합하여 인간과 신, 육체와 영혼, 자유와 숙명, 저항과 율법, 절망과 평온 등의 대립성 또는 모순성을 극복하게 되는지 보여주는 것이다.

> 죽음에 이르러, 초췌한 모습을 한 안나의 몸이 풀리고 천천히 눈이 감겼다. 사람들은 그녀가 '나의 사랑하는 이여' 하고 중얼거리는 소리를 들었다. 그들은 그녀가 하느님에게 이야기한다고 생각했다. 그녀는 하느님에게 말을 걸고 있었을 것

이다(929).

작품 마지막 부분에서, 안나는 죽어가며 사랑하는 이를 부른다. 그것이 하느님을 의미하는지 미겔을 가리키는지 지시대상이 모호하다. 하지만 중의적인 의미를 지닌 '나의 사랑하는 사람Mi amado'은 특정인이 아니라, 안나가 기억하는 '순수한' 행복 안에 함께 녹아 있는 미겔과 신의 결정체일 것이다. 여기서 근친 간의 육체적 사랑과 신의 사랑은 양립할 수 없는 불가능한 사랑이 아니라, 모든 대립을 초월하는 성스럽고 영원한 신화적 공간으로 이행하는 사랑이다.

3) 고전주의와 그리스도교 사상의 통합과 그 의미

유르스나르는 『안나, 소로르…』를 통해 대립과 단절로 치닫기 쉬운 육체와 신의 사랑이라는 이원성을 통합하여 고귀하고 순수한 사랑으로 만들어낸다. 그런데 이 주인공들이 신에 대한 사랑과 그들의 절대적인 사랑을 동시에 획득하게 되는 정신적 배경에는 양립되어 보이는 두 개의 사상이 주요 흐름으로 작용한다. 바로 고전주의와 그리스도 사상이다.

이 두 사상은 우선 16세기 남부 이탈리아라는 이 작품의 배경에서도 잘 드러난다. 남부 이탈리아의 시칠리아는 고대 대大그리스로 불리던 지역이므로 그리스 신화와 같은 고전주의 사상과 연관이 깊은 공간이며, 시대적으로 16세기 말 스페인의 식민 지배를 받던 시기, 종교재판이 일던 시기라는 점에서 그리스도교 사상과 관련되어 있다. 이 이원화된 사상이 분리되지 않고 엉겨서 두 인물들의 삶에 영향을 미치고 있음을 짐작할 수 있다.

특히 고전주의와 그리스도 사상의 융합은 미겔의 죽음에서도 찾아볼 수 있다. 사실 미겔의 자살은 사랑하는 안나의 영혼을 구하기 위해 신에게 자신을 바치는 희생제물의 성격을 띠며, 죄의식보다는 신이 허락한 행복에 대해 드리는 감사의 제물이다. 이 점에서 16세기 말 가톨릭 신자이면서 근친상간이라는 금기를 위반한 미겔의 죽음을 기독교의 원죄 개념에서만 접근하기에는 무리가 있다. 고대 그리스의 어떤 시기에는 자살을 부정적인 행위로 간주, 자살자를 도시 밖에 묻기도 했지만, 그리스 신화에서 자살은 신성시되기도 한다. 의도적인 죽음이 때에 따라선 피난처가 되는 것이다.[18]

작품 속에서는 미겔의 죽음이 영웅적인 '전사'로 위장되어 있지만, 고의로 선택한 죽음이라는 점에서, 전통 신학 교리에 따르자면, 신을 배반한 명백한 자살 행위이다. 하지만 그리스 스토아 철학에 따르면, 삶이 의미를 더는 부여하지 못할 때 자살은 납득 가능한 행위이다. 스토아 철학은 삶이 더는 정당하지 않다면, 인간은 자신의 내부에 있는 모든 것으로부터 자유로워야 한다고 주장한다. 또한 감각에 대한 신뢰를 주장하는 그리스 에피쿠로스 철학 역시, 영혼은 육체와 함께 멸망하므로 지옥을 두려워할 필요가 없다고 말한다. 에피쿠로스학파는 감각적인 삶을 권하지만, 이 즐거움들이 얼마나 약한 것인지 알기에, 상황이 조금이라도 불리해지면 당장 삶을 떠날 준비를 하라고 권고한다.[19] 이러한 그리스 철학의 영향을 받은 로마 철학자들 중 세네카는 '죽는다는 것은 삶이라는 악으로부터의 위험을 피하는 길이다', '삶이 당신을 기쁘게 하면 살

---

18 그리스 신화에는 100여 명의 영웅이 자살을 한다. 예를 들어, 헤라클레스는 마지막에 불로 자살함으로써 불멸의 신들이 사는 올림포스 산에 오른다. 그 밖의 신화 속에는, 포도주를 양조한 이카리오스의 딸의 자살, 아들 테세우스를 기다리던 아이게우스의 자살, 히폴리토스를 사랑한 파이드라의 자살, 아폴론을 사랑한 크리티가 식음을 전폐하다가 해바라기가 된 경우, 신탁을 통해 죽을 것을 알면서도 헥토르를 죽이고 파트로클로스의 명예를 살린 아킬레우스의 의도적인 자살, 오이디푸스의 어머니이자 아내인 이오카스테의 자살, 나무딸기의 기원이 된 티스베의 자살, 알케스티스의 자살, 안티고네의 의도적인 죽음 등 신화 속 자살의 다양한 사례가 있다.

19 "생의 필연성에 의해서 사는 것은 불행이오, 우리 앞에 자유로 인도하는 길들이 흘러가고 있소. 삶이라는 형벌을 내리지 않는 신에게 감사를 돌리시오." Martine Monestier, *Suicide; histoires, techniques et bizarreries de la Mort volontaire, des origines à nos jours*, (Paris: Le Cherche Midi Editeur, 1995); 『자살 — 자살의 역사와 기술, 기이한 자살 이야기』, 한명희·이시진 옮김(새움출판사, 1999), 461~463쪽.

라. 그러나 삶이 당신을 고통스럽게 하면 떠나라'라고 했다. '신은 우리가 허락도 없이 생을 떠나는 것을 원치 않으신다'라며 자살에 반대하던 키케로도 '신이 우리에게 정당한 욕구를 허락하실 때 참다운 현인이라면 기쁘게 어둠으로부터 천상의 빛으로 나아가야 할 것이다'라고 주장했다.[20]

어린 시절 세네카와 키케로를 읽고 자란 미겔에게 자살의 욕구가 신과 교회에 대한 반항이나 두려운 원죄의식에 기인한 것이 아니라는 점을 짐작할 수 있다. 미겔이 행한 자살의 배경은 최상의 행복에 도달한 기쁨과 지상에서는 누릴 것이 더는 없는 영원한 사랑의 완성, 그리고 신에 대한 감사가 합일하여 이루어진 결과이기 때문이다. 따라서 미겔의 죽음은 신에 대한 감사와 사랑이라는 점에서 그리스도 사상이, 그리고 규범으로부터 자유로운 사랑의 안식처를 찾으려 한다는 점에서 고대 그리스·로마의 고전주의 사상이 하나의 통합을 이룬다고 볼 수 있다.

안나와 미겔 남매가 마지막에 이르러 맞이하는 행복 안에는 신과 인간, 그리스도 사상과 고전주의 정신, 행복한 삶의 찰나와 죽음의 영원성, 순수와 불순, 금욕과 자유와 같은 대립적 요소들이 자연스레 녹아들고, 주인공들은 어느덧 모든 한계성을 초월하여 자웅동체 신화의 세계 안으로 들어선다. 이렇게 『안나, 소로르…』는 근친상간이라는 금기 위반의 테마를 가졌음에도, 역설적으로 신화적 성스러움을 띠는 것이다. 유르스나르는 이 작품을 통해, 금기의 위반은 인간들이 진실로 사랑하거나 극복하려는 삶 안에서는 금기의 효력을 더는 일으키지 못한다는 것을 보여준다. 종교적 금기 파괴가 인간 내면의 고통과 그 정화를 통해 오히려 성스러움을 회복한다는 위반 자체를 넘어서는 해방의 메시지를 전하고 있기 때문이다. 결국 세간의 편견과 모순을 벗어나 자기 안의 신과 화해하는 일이 억압의 해방을 가져옴으로써, 서로가 '하나Un'이던 원초적 신화시대의 자유를 획득하는 길이 되는 것이다. 유르스나르는 사회·문화적으로 민감한[21] 남매간 근친상간 테마를 자웅동체 신화라는 신화적 사고에 접근

20 같은 책, 470~474쪽.

하여 메마른 인류 감성의 해방을 일깨워 보려고 시도한 것이다.

3. 하드리아누스와 안티노우스의 비극적 파이도필리아 신화

『하드리아누스의 회상록』[22]은 유르스나르가 고대 로마의 오현제 중 하나인 하드리아누스가 죽기 며칠 전 자신의 후계자이자 입양한 손자인 마르크스 아우렐리우스에게 보내는 긴 유언서의 형식으로 쓴 대표적 역사소설이다. 작가는 지성과 명민함을 지닌 황제의 삶을 진지한 사료들을 토대로 1인칭 자서전 형식으로 재구성하고 있는데, 여기에는 죽음을 예감한 황제가 떠올리는 어린 시절의 기억에서부터 성년이 되면서 차오른 명예욕과 죽음에 대한 단상, 우정과 사랑이라는 내밀한 인간사의 본질, 황제의 덕목에 대한 철학적 명상, 삶의 순간순간에 느끼는 고뇌와 갈등 등 황제의 역사적 사건보다 한 인간의 개인사에 초점을 맞추고 있다.[23] 특히 하드리아누스 황제의 심오한 내면이 가장 잘 부각된 부분이 있다면, 그것은 바로 그리스인 안티노우스Antinoüs와의 사랑이다. 이들의 사랑이 지닌 특이성을 이해하기 위해서는 우선 고대 그리스의 동성애 문화에 주목할 필요가 있다.

---

21 문학은 근친상간과 같은 금기의 위반이 자유로이 실현되기도 하는 상상의 공간이다. 달리 말하면, 문학은 근친상간에 관련된 인간의 무의식적 환상이나 상상력에 관심을 갖고서, 이를 주제로 삼거나 해석의 대상으로 삼을 수 있는 개방적 영역이다. 우리가 살펴본 『안나, 소로르…』의 작품 연구는 사회집단의 금기로서 법의 제재를 받아야 하는 실제적 근친상간과는 구분되어야 하며, 열린 신화적 사고가 전제되어 있음을 이해해야 할 것이다.

22 Marguerite Yourcenar, *Mémoires d'Hadrien*(1951), in *Œuvres romanesques*(Paris: Gallimard, La Pléiade, 1982); 『하드리아누스 황제의 회상록』(I, II), 곽광수 옮김(민음사, 2008). 인용 페이지는 1991년 플레이아드 판본을 기준으로 하며, 원문 페이지에 이어 한국어 번역본의 페이지도 함께 표시하겠다.

23 박선아, 「자서전, 역사소설, 미시사, 그 경계를 넘어서」, 《불어불문학연구》, 제80집(한국불어불문학회, 2009), 197쪽.

고대 그리스에 동성애가 유행한 이유는 크게 두 가지로 나누어볼 수 있다.[24] 하나는 동성애가 남녀 간의 결혼이나 부모자식 간의 관계가 채워주지 못하는 강렬한 사적 관계의 욕구를 메워주기 때문이다. 다른 하나는 신화와 제의祭儀를 분석한 결과, 동성애가 결핍에서 비롯된 것이 아니라 오히려 결혼과 밀접하게 연결되어 있다고 본다. 동성애를 성인의 입문절차로서 혼인을 준비시켜 주어 올바른 시민생활로 들어서게 해주는 하나의 사회통합 요소라고 본 것이다.[25] 이 사회 통합적 차원에서 볼 때, 나이가 많은 성인 남성éraste(에라스테스)이 나이 어린 남성éromène(에로메노스)을 지적·신체적으로 교육시키는 사회적 책무를 맡고 있다고 하겠다. 여기서 더 나아가 전자는 후자에 대해 에로스, 욕망의 감정을 가질 수 있고, 후자인 소년 역시 일반적인 사랑amour을 경험할 수 있는 관계이다. 하지만 어린 남성, 즉 에로메노스의 경우는 나이가 들어 성인이 되기 전까지는 사랑에서 쾌락plaisir을 끌어내서는 안 된다는 수동적 사랑의 관행이 존재한다.[26] 따라서 고대 그리스의 동성애가 성적 관계와 교육적 관계의 혼합물이라는 보편적 성격을 띠긴 하지만, 사랑의 위계법칙에 따라 에로메노스에게는 애정적·육체적 사랑보다는 입문과 성장이 목적인 동성애가 허용되어 왔음을 엿볼 수 있다. 이는 유르스나르의 작품에서 안티노우스가 죽음을 선택하는 비극적 상황에 대해 적용시켜 볼 수 있는 해석의 실마리가 된다. 이제 유르스나르가 풀어내는 하드리아누스 황제와 안티노우스의 사랑 이야기가 고대의 자유롭던 동성애 문화 안에서 어떤 차별적인 특징을 드러내는지 살펴보겠다. 나아가 파이도필리아paedophilia에서 양성동체 신화mythe de l'androgyne로의 이행을 통해 유르스나르가 의도하는 진정한 사랑의 가치가 무엇인지 이해해 보고자 한다.

---

24 Sylvie Durup-Carré, "L'Homosexualité en Grèce antique; tendance ou institution?" *L'Homme*, 26e année, no.97~98(janv-juin, 1986), pp.371~377. 고대 그리스 동성애에 관해 상이한 시각을 지닌 도버K. J. Dover와 서전트B. Sergent의 연구를 비교한 논문 참조.

25 Ibid., pp.373~374.

26 Ibid., p.372.

1) 하드리아누스의 에로스, 파이도필리아

하드리아누스는 젊은 시절 트라얀의 딸 사비나와 결혼하여 제국의 계승자가 되었으나 결혼생활이 만족스럽지 못했고 뭇 여성들과 방탕에 빠져들곤 했다. 그런데 불혹의 나이를 훌쩍 넘긴 그에게 매혹적인 열다섯 살의 미소년이 나타난다. 소아시아의 비티니아Bithynie(현재 터키 지역)를 순방하던 중, 그리스 미소년 안티노우스Antinoüs를 만나게 된 것이다.

> 한 소년이 외따로 떨어져서 그 어려운 시구들을 방심한 듯, 동시에 생각에 잠긴 듯한 태도로 듣고 있었는데, 나는 이내, 숲속 깊은 데서 무슨 희미한 새소리에 막연히 귀를 기울이고 있는 목동을 생각했다. (…) 나는 다른 사람들이 돌아간 후 그를 내 곁에 있도록 했다. 그는 배운 것이 별로 없어 지식이라고는 거의 없었지만, 사려가 깊고 순진했다. (…) 그의 약간 무딘 목소리로 발음되는 그리스어는 아시아의 악센트를 가지고 있었다. 내가 자신의 이야기를 듣고 있다는 것을, 혹은 아마도 자기에게 나의 시선이 와 있다는 것을 느끼자, 그는 당황해하며 얼굴을 붉히고, 고집스러운 침묵 속으로 되돌아가는 것이었다. 나는 그의 그런 침묵에 곧 익숙해졌다. 그와 나 사이에는 친밀감이 조금씩 형성되기 시작했다. 그는 그 후로 내가 여행할 때면 언제나 나를 수행했고, 옛이야기 같은 몇 해 동안이 시작되었다. 안티노우스는 그리스인이었다. (…) 나는 그에게서 아폴로니우스의 제자들이 가지고 있는 맹목적인 신봉과, 대왕의 동방 신민으로서의, 군주제에 대한 믿음을 다시 발견했다. 그는 놀라울 만큼 조용히 거동했다. 그는 마치 애완동물이나 수호신처럼 나를 따라다녔다. 그리고 강아지와도 같이, 한없이 즐겁고 무사태평한 심성과 외톨이 성향과 신뢰심을 지니고 있었다. 애무와 명령을 탐욕적으로 바라는 그 아름다운 강아지는 나의 삶에 자리를 잡았다(404~405; 제2권, 11~12).

사실 안티노우스는 하나의 인격체라기보다는 황제에게 매달려 있는 천진한 아이처럼 애무와 복종의 대상물이다. 오늘날의 시선으로 보면 여전히 가치관의 차이로 논란을 불러오는 문제이지만, 앞서 언급했듯이 고대 사회에서 동성애 문화는 비교적 보편적이었다. 고대 그리스어로 어린 소년에 대한 성인 남성의 성적 취향을 '파이도필리아'라고 불렀는데, 이는 로마 황제에게도 낯설지 않은 성애의 한 양상이었을 것이다. 고대 그리스어의 παῖς(파이스)는 어린아이처럼 미성숙한 존재를 의미하며, 육체적 사랑을 뜻하는 φιλία(필리아)는 상대에 대한 일방적인 욕망을 지양하고 공동의 목표를 향해 서로 함께한다는 보다 높은 차원의 사랑을 의미했다.[27]

그러나 작품 속에서 하드리아누스 황제와 안티노우스의 사랑은 인간들 사이의 파이도필리아라기보다는 올림포스 정상에서 사는 절대 권력의 신과 지상에 사는 한 인간의 신화적 사랑으로 보인다. 이를테면 제우스 신과 인간 가니메데스의 신화를 떠오르게 하는 것이다.

> 그 당시 마흔네 살의 나는 내가 초조함이 없고 자신에 차 있으며, 나의 본성이 허용할 만큼 완전무결하고 영원한 것처럼 느꼈다. (…) 나는 그저 인간이라서 신이 되었던 것이다. 차후 그리스가 나에게 부여한 신적인 호칭들은, 내가 오래전부터 스스로 확인하고 있던 것을 공포한 것에 지나지 않았다(399; 제1권, 252~253).

> 이미 오래전부터 나는 신의 본성에 대한 철학자들의 서툰 주해보다는 신들의 사랑과 투쟁에 관한 신화를 선호하고 있었다. 그리고 나는 가니메데스와 에우로페 애인으로 주노를 가슴 아프게 하는 소홀한 남편이지만 사물의 질서이고 정의의 화신이며 세계의 지주인 인간이기 때문에 한층 더 신인 주피터, 이 지상의 주피터가 되고자 했다(417; 제2권, 39).

하드리아누스는 올림포스에서 축연을 여는 신이다. 그리스의 제우스, 로마

---

27 윤일권, 「고대 그리스 사회와 신화 속의 동성애」, 《유럽사회문화》, 제3호(2009), 9~11쪽. 고대 그리스 사회에서 파이도필리아는 서로 합심하여 그리스 남성의 이상인 '탁월함(아레테arete)'을 이루어가는 '사랑의 교실'로 작용했다고 한다.

의 주피터이다. 여기서 그가 생각하는 애인이란, 에우로페와 동일시되는 플라토닉 사랑의 대상인 황후 플로티나이고, 가니메데스와 동일시되는 에로스적 사랑의 대상인 안티노우스이다. 그리스 신화 속에서 가니메데스는 트로이의 왕자로 아름다운 외모를 지닌 미소년이었다. 그 아이에게 반한 제우스가 독수리로 변장하여 납치한 후, 그를 올림포스산으로 데려와 제우스와 신들의 잔에 신들의 음료 넥타르를 따르는 시중을 들도록 했다는 전설이다. 무수한 예술가들에게 영감을 준 가니메데스는 영원한 젊음과 에로티즘érotism을 떠올리게 하며 파이도필리아 신화의 시원이 된다. 후대에 이어진 회화 작품들에서는 렘브란트Rembrandt가 상상한 것처럼 제우스의 갑작스러운 납치로 놀란 어린아이의 겁에 질린 모습을 볼 수 있으나, 코레조Correggio나 루벤스Rubens의 경우처럼 독수리에게 물려 하늘을 나는 가니메데스의 매혹적이고 에로틱한 시선을 보게 되는 경우가 더 많다. 유르스나르의 작품에서도 하드리아누스의 시선을 따라가 보면 안티노우스의 고혹적인 관능을 엿볼 수 있다. 비티니아 소년은 "수선화와도 같이 금방이라도 부서질 것 같은 신선함을 띠고 있는, 나신에서도 또 더 벗은 듯한 자기 방어를 버린 육체"(390; 제1권, 231)를 지녔으며, "열정적으로 우아한 태도로 춤을 추었고, 얼마 후 꺼져 가는 모닥불 옆에서 그는 강건하고 예쁜 목을 뒤로 젖히고 노래를 불렀다"(413~414; 제2권, 32). 또한 하드리아누스의 시선이 닿는 안티노우스는 가니메데스의 이미지를 연상시킬 뿐만 아니라, 신화 속 다른 미소년도 형상화하고 있다. 때로 바람에 머리카락을 흩날리며 바위에 기대어 조는 모습은 "한낮의 엔디미온Endymion"(408; 제2권, 17)과 같다. 달의 여신 셀레네가 사랑한 미소년 엔디미온과도 비교되는 것이다.

안티노우스는 하드리아누스의 곁에서, 점차 인간이 아닌 정령精靈으로, 마침내 신의 이미지로 변모한다. 과일과 꽃을 들고 누워 있는 젊은이의 모습은 "평정된 대지의 정령"(390; 제1권, 232)으로 보이고, 힘찬 헤르메스, 관능적인 바커스, 에로스와 같은 다신多神들의 성격을 띠기도 한다.

(…) 계절마저 우리의 생활을 올림포스 신들의 축연처럼 만들어주기 위해, 나의

> 수행원들 가운데 있는 시인들과 음악가들과 협력하는 것 같았다. (…) 그 얼마 전에 사르데냐섬에 기항했을 때, 우리는 소나기 때문에 한 농부의 오두막집에 몸을 피한 적이 있었다. 안티노우스는 집주인이 다랑어 고기 두 조각을 불등걸 위에서 돌리며 굽는 것을 도와주었다. 나는 나 자신을, 헤르메스를 동반하고 필레몬을 방문한 제우스인 양 생각했다. 다리를 굽히고 침대에 몸을 앉힌 그 젊은이는 바로 샌들의 끈을 풀고 있는 그 헤르메스였다. 그 포도송이를 따고 혹은 나를 위해 그 붉은 포도주 잔을 들어 술 맛을 보아주는 그는 바커스 같아 보였다. 활줄에 닿아 못이 박힌 그 손가락들은 또한 에로스의 손가락들이었다(421; 제2권, 47~48).

하드리아누스 황제가 느끼는 매혹적인 시선 속에서 안티노우스는 이미 살아 있는 신화 속의 신이다. 하지만 그는 신화적 이미지에 그치지 않고, 점차 실제 역사 속으로 들어가 신의 위상을 차지하게 된다. 그만큼 로마 제국의 문화에 큰 영향을 미치는 황제와 어깨를 겨눌 존재가 되는 것이다. 그에 관해 남아 있는 무수한 사료가 이를 입증한다. 특히 유르스나르가 집필을 위해 활용한 안티노우스에 관한 시, 사료, 편지, 회화, 조각, 메달, 화폐만 보더라도(550~552; 제2권, 298~302), 그가 역사와 신화가 하나가 된 인물임을 증명해 준다. 하지만 신이 되어가는 과정은 불행하게도 그의 죽음을 통해 이루어진다.

2) 안티노우스의 죽음과 신화화

세월이 지나 열아홉 살이 되어가던 안티노우스는 권력자의 애정에 어떤 불안을 느낀다. 하드리아누스의 태도가 조금씩 변해가고 있었기 때문이다. 고대 그리스 남성들과 마찬가지로 로마 남성들도 파이도필리아를 에로스와 동시에 교육의 차원에서 생각했기에, 소년이 성인 남성의 징후를 보이면 그 관계는 흔들리기 시작한다. 소년의 시기가 지나 성인이 되면 그는 제2의 입문절차로 다른 소년과 사랑을 나누어야 하고, 제3의 입문절차로 결혼 적령기에는 젊은 여성과 결혼을 하는 것이 당시의 보편적인 문화라고 하겠다. 안티노우스의 부드러운 육체도 식물처럼 크게 자라나고 변화했다. "클라우디오폴리스에서 호메로스의 시의 긴 단편들을 암송한 어린 문하생이었던 소년은, 관능적이고 현묘한 시에 열을 올리고 플라톤의 어떤 대문장에 심취"(419; 제2권, 44)하는 청소년기의 과정을 지나, 마침내 스스로의 쾌락을 찾아 나설 성인 남자의 나이가 된 것이다. 일반적 관습대로, 하드리아누스는 안티노우스와 거리를 두기 시작한다.

> 나의 사랑은 더해졌지 덜해지지 않았다. 그러나 사랑의 무게는 마치 가슴을 가로질러 다정스럽게 놓인 팔의 무게처럼, 지탱하기에 조금 조금씩 무거워져 갔다. (…) 그리고 스미르네에서 나는 어느 날 밤 사랑하는 그 아이에게 억지로 유녀遊女와 함께 있도록 한 적이 있었다. 소년은 배타적이기에, 사랑에 대해 엄격한 생각을 가지고 있어서 그때 혐오감 때문에 구역질을 일으킬 정도였다. 이윽고 그는 그런 데에 익숙해졌다. 그 헛된 시도들은 방탕의 취미로 웬만큼 설명되지만 거기에는 쾌락을 함께 즐기면서도 여전히 상호 간의 사랑과 우정을 유지하는, 그런 새로운 친밀감을 조성하려는 희망과, 나의 젊은 시절의 경험을 그에게도 겪게 하고 싶은, 그에게 가르침을 주고 싶은 마음, 그리고 아마도, 한결 숨겨져 있는 것이지만, 그를 조금 조금씩 아무런 정신적 부담이 없는 범속한 즐거움의 수준으로 끌어내리려는 의도 — 이런 것들이 섞여 있었다. 나는 나의 삶을 혼잡하게 할 위험이 있는 그 불안 많은 애정을 냉대해야 할 필요를 느꼈는데, 거기에는 고뇌가 없을 수 없었다(423~424; 제2권, 53~54).

황제가 점차 그와 거리를 두고 사랑이라는 부담에서 벗어나 가벼운 즐거움으로 이끄는 것이 이상한 일은 아니다. 그러나 서로 다른 언어로 존재하는 사랑과 쾌락이 현실적으로 명확히 구분될 수 있을까? 인간에 대한 깊은 연정이 단지 사랑과 쾌락의 개념으로 정의될 수 있을까? 두 동성의 연인 사이에서 사랑의 무게는 각기 다르게 드러난다.

> 트로아스를 여행하는 도중 (…) 나는 잠시 동안의 시간을 얻어 헥토르의 무덤 앞에서 묵념을 했다. 안티노우스는 파트로클로스의 무덤 앞으로 가 생각에 잠겼다. 나는 나를 동반한 그 어린 사슴을 아킬레우스의 친구와 같은 존재라고는 생각하지 않았다. 나는 특히 여러 책에 아름답게 묘사되어 있는 그 열정적이고 신의에 찬 우정을 조롱해 버렸다. 모욕을 당한 그 아름다운 소년은 얼굴을 새빨갛게 붉혔다(424; 제2권, 54~55).

파트로클로스의 무덤 앞에서 상념에 잠긴 안티노우스는 자신의 아킬레우스가 바로 황제라고 여기고 그들 간의 연정과 우정을 떠올렸을 것이다. 하지만 황제에게 안티노우스는 여전히 신도 영웅도 아닌 어린 사슴 같은 '파이스'에 지나지 않는다. 신분의 차이뿐 아니라 사랑의 깊이에서도 그들 간의 불균형성은 안티노우스를 '메두사'처럼 어둡게 변화시킨다. 위험스러울 정도로 변덕을 부리고, 고집스러운 이마 위의 메두사 같은 둥근 머리 타래들을 흔들며 분노를 표출하다가도 마비 상태와 같은 우울을 번갈아 드러내 보이는 것이다(424; 제2권, 56). 열정과 우정 사이에서 조롱당한 감정, 황제에게 처음 따귀를 맞아본 공포의 경험, 이내 버려질 것이라는 두려운 예감, 관행적인 파이도필리아 문화는 안티노우스에게 가혹한 상처를 남기고 그의 삶을 암울하게 한다.

> 안티오케이아를 출발하기 바로 며칠 전, 나는 이전처럼 카시우스 산정으로 제물 봉헌을 하러 올라갔다. 등정은 밤에 이루어졌다. (…) 벼락이 우리의 머리 위에서 터지더니. 제물을 죽이는 사제와 제물로 바칠 짐승을 단번에 죽여버렸다. (…) 카브리아스와 대사제는 탄성을 질렀다: 그 신의 검으로 제물이 된 사람과 사슴 새끼는 나의 수호신과 영원히 결합되었다는 것이었다. 즉 그 두 생명이 나를 대신해 죽음으로써 나의 생명을 연장시켜 준다는 것이었다. 안티노우스는 나의 팔에 매달려 몸을 떨고 있었는데, 그것은 그때 내가 생각했던 것처럼 공포 때문이 아니라, 나중에야 내가 깨닫게 된 어떤 생각의 충격을 받았기 때문이었다. 삶의 실추를, 즉 늙음을 마주하여 공포에 질리는 자는 오래전부터, 최초의 조락의 징후

> 가 나타나는 즉시, 혹은 심지어 그보다 훨씬 앞서 스스로 죽기를 결심하고 있었어야 한다. (…) 그러나 그렇다고 해서 세상으로부터의 그 떠남이 하나의 반항처럼 보이거나 어떤 불평도 내포하는 것이어서도 안 되는 것이었다. 카시우스산의 벼락 사건은 그에게 하나의 해결책을 보여주었다: 죽음이란 섬김의 최후의 형태, 아직 남아 있는 유일한 최후의 증여가 될 수 있는 것이다(428~429; 제2권, 63).

방황하던 시기에 겪게 된 카시우스산의 벼락 사건은 안티노우스에게 한줄기 빛을 보여준다. 황제에 대한 자신의 사랑을 입증할 방법을 찾은 것이다. 그 사랑은 어떠한 노여움도 품지 않은 천진무구한 인간 제물이 올리는 자기 봉헌의 제사로서, 신성한 비의秘儀에 입문하는 제의적 성격을 띤다. 그 제의의 구체적 방식은, 한 여자 마술사가 나일강의 물을 담은 물통 안에 꿀과 장미 향유를 바른 매를 집어넣어 숨이 끊어지게 한 후, 그 새의 수명이 하드리아누스의 수명에 더해지는 이집트 의식을 보고 난 후(437~438; 제2권, 82) 정해진 것이다. 죽음의 신 오시리스가 무덤 속으로 내려가는 동일한 일시에, 안티노우스 스스로 카노보스의 나일강에 뛰어들기로 마음먹은 것이다.

> 봉헌대 위에 제물의 재가 아직도 미온을 유지하고 있었다. 카브리아스는 거기에 손가락들을 찔러 넣어, 거의 손상되지 않은 잘라낸 머리털 한 타래를 끄집어내었다. 이젠 우리에게 강둑을 수색하는 일밖에 남아 있지 않았다. (…) 나는 매끄러운 저수지 제방 계단을 내려갔다. 그는 이미 진흙에 파묻힌 채로 바닥에 누워 있었다. 카브리아스의 도움을 받아 나는 갑자기 돌덩이처럼 무거워진 그의 몸뚱이를 들어 올릴 수 있었다. (…) 더할 수 없이 다소곳한 그 몸뚱이는 체온을 다시 찾고 되살아나기를 거부하는 것이었다. 우리는 시신을 배로 옮겼다. 모든 것이 무너져 내리고 있었다. 모든 것이 빛을 잃어버리는 것 같았다. 올림포스 산의 제우스, 만물의 주인, 세계의 구원자는 쓰러져 버리고, 이젠 다만 배 갑판 위에서 오열하고 있는, 머리가 희끗희끗한 한 사내가 있을 따름이었다(440; 제2권, 87~88).

제우스와 동일시되던 하드리아누스는 안티노우스를 잃고 나서 심한 자괴감에 빠진다. 그 아이로 인해 분명 행복했는데, 그제야 사랑에 책임지지 못한 자신을 원망한다. 또한 그 아이가 자신에게서 충분히 사랑받고 있다고 느끼게 해주지 못한 점을 슬퍼한다. 황제는 안티노우스가 자신을 위해 증명해 보인 희생적 죽음이 '끔찍한 희열'로 받아들여지면서도, 그 여린 마음의 밑바닥에 감추어져 있었을 쓰라린 아픔, 절망, 증오를 가늠해 보고서 괴로워한다. 안티노우스의 헌신적 사랑이 하드리아누스에게는 하나의 징벌처럼 다가오는 것이다. 이는 오갈 데 없는 안티노우스가 자신의 모든 것인 황제의 사랑을 영원히 매어둘 방법을 찾아낸 것일지도 모른다. 그가 어디로도 갈 수 없는 상태가 된 이유는 그의 상황이 일반적인 파이도필리아와 상이한 관계에 놓였기 때문이다. 즉, 에로메노스는 시간이 흐르면 나이 많은 스승이자 연인에게 지식을 습득하여 자연스럽게 에라스테스의 위치에 도달해야 한다. 하지만 로마 제국의 유일한 권력자인 하드리아누스 황제의 자리에는 그 누구도 감히 들어설 수 없으므로 파이도필리아의 순환 공식이 막혀버린 것이다.[28] 절정에 이른 스무 살의 청년이 전지전능한 황제와의 관계 안에서 사랑이 더 깊어지지 못하고 점차 밀려나게 되자, 방향을 잃고 당황해하다가 이른 죽음을 선택하지 않을 수 없게 된 것이다.

그 이후 안티노우스의 진실한 사랑을 뒤늦게 헤아린 하드리아누스 황제는 연인의 희생적 죽음을 기리기 위해 영원한 삶, 불멸의 신화를 만들어주고자 한다. 우선 안티노우스를 미라로 만들어 이집트 왕들이 무덤 장소로 예정해 놓은 아라비아 산맥의 동굴에 안장시켰다. 불멸의 육체로 영원의 세계에 들어서게 하려는 것이다(451; 제2권, 106).[29] 그뿐 아니라 그를 추모하는 신전들과 경기대

---

28 Pascale Doré, "Affinités hellénistiques: l'Eros au masculin dans *Le Coup de Grâce et Mémoires d'Hadrien," Société Internationale d'Etudes Yourcenariennes(SIEY),* Bulletin n.20(décembre 1999), p.92. 유르스나르의 소설 주인공 하드리아누스와 에릭을 통해 남성 동성애와 고대 헬레니즘 문화와의 연관성을 살펴보고 있는 논문이다.

29 "클라우디오폴리스의 아들은 그 무덤 속으로 마치 어느 파라오처럼, 마치 어느 프톨레마이

회, 메달과 화폐 주조, 광장 위의 조상 건립 등을 지시하였다. 특히 애도를 위한 "안티노우스의 예배당들과 신전들은 마법의 방인 양, 삶과 죽음 사이의 신비로운 이행이 이루어지는 기념 건물이요 질식시킬 것 같은 고통과 행복의 기도실로서, 기도를 드리고 신령이 다시 현현顯現하는 장소였다"(385; 제1권, 221).

3) 파이도필리아에서 양성동체 신화로

자신의 에로메노스를 세상에 영원히 각인시키려는 황제의 집착에 가까운 노력은 시간이 지날수록, 인간 안티노우스를 제국의 신민들에게 추앙받는 불멸의 신으로 만들어갔다.

> 안티노우스를 예배하게 하는 것은 나의 계획들 가운데 가장 당치 않은 것, 나 혼자에게만 관계되는 괴로움이 외부로 흘러넘치는 것처럼 보였었다. 그러나 우리 시대는 신을 갈망하고 있고, 그리고 가장 열렬한 신, 가장 슬픈 신, 삶의 술에 저 세상의 쓴 꿀을 섞는 신을 선호한다. 델포이에서 그 아이는 유령의 세계로 인도하는 어두운 통로의 지배자, 수문장 헤르메스가 되었다. 옛날 그의 어린 나이와 이방인이라는 신분 때문에 그가 나와 함께 입신함이 허락되지 않았던 엘레우시스교에서는 그를 비의秘儀의 젊은 바커스, 감각과 영혼의 접경 지역의 왕으로 받들고 있다. 그의 조상들의 고향인 아르카디아에서는 그를 숲의 신들인 판과 디아나와 결부시키고 있고, 티부르의 농부들은 벌들의 왕인 온유한 아리스타이오스와 동일시하고 있다. (…) 사물의 본성에 내재하는 부홍의 힘에 의해, 그 우울하고 매혹적인 젊은이는 민중들의 경건한 마음에 약한 자들과 가난한 자들의 지주, 죽은 아이들의 위안자가 된 것이다. 비티니아 화폐에 새겨져 있는 그의 모습, - 부

오스 왕처럼 내려갔다. 우리들은 그를 홀로 버려두었다. 그는 공기도 빛도 계절도 끝도 없는 지속, 어떤 삶도 거기에 비하면 짧은 것으로 보이는 그 지속 가운데로 들어갔다. 그는 그 안정에, 아마도 그 평온에 도달했을 것이다."

동하는 곱슬머리에, 그가 여간해서는 보여주지 않았던 경탄하는 듯한 고지식한 미소를 띠고 있는 15세 소년의 옆얼굴은 신생아들의 목에 호신패로 걸리고, 또 그것을 사람들은 마을 묘역에서 작은 무덤들의 뚜껑 위에 못 박아 놓기도 한다. (…) 나는 내가 할 수 있는 대로 그때 이른 죽음을 보상했던 것이다: 그의 한 이미지가, 한 반영이, 한 연약한 메아리가 적어도 수세기 동안은 시간의 바다 위에 떠올라 살아남아 있을 것이다. 불멸케 한다는 점에서는 거의 그보다 더 잘할 수는 없을 것이다(508~509; 제2권, 222~223).

사실 살아서는 신들의 향연 속 가니메데스처럼 작은 자리를 차지했던 안티노우스이지만, 죽어서는 황제의 나머지 인생을 독차지한 중요한 신의 모습이 되어버렸다. 망자를 인도하는 헤르메스 신, 신성과 비밀의 문을 열어주는 바커스 신, 숲의 신 판Pan과 동물의 여신 디아나와 같이 고대인들에게 친숙한 신들이 안티노우스와 동일시된다. 그의 입문을 거부한 적이 있는 엘레우시스교의 여신들에게까지 영원한 도시의 시민권자로 대우를 받는 모습이 디오니소스 극장에 조각되기도 하였다. 이처럼 안티노우스는 시민들의 일상과 가까워진, 죽어서도 사랑받는 신이 되었다. 즉 약하고 가난하며 슬픔에 빠진 이들을 위로하고, 아기들의 생명을 지켜주고 망자의 길을 돌보아주는 민중의 신이 된 것이다. 그가 이런 숭배를 받는 이유는 하드리아누스 황제의 영향력 때문만은 아니다. 그것은 '타인을 구하기 위해 죽음을 무릅쓴 자의 불멸성'[30]에 기인하는 것이다. 죽음을 이기고 불멸을 이룬 부활의 신이기도 하지만, 사랑에서 비롯된 자의적인 희생으로 하드리아누스의 생명을 연장시키고자 했던 한 존재의 구원 개념[31]이 녹아 있는 구원의 신이기 때문이다. 이제 안티노우스는 하드리아누

---

30 Maira José Vazquez de Parga, "L'histoire mythifiée: Antinoüs," *Roman, Histoire et Mythe dans l'Œuvre de Marguerite Yourcenar,* Société Internationale d'Etudes Yourcenariennes(1995), p.445. 안티노우스를 파이도필리아의 희생자라기보다는 숭고한 사랑을 보여준 구원자이자 신의 이미지로 고찰하는 논문이다.

31 Ibid.

스와 동등한 신의 자격을 갖추게 된다.

살아 있다면 안티노우스가 스무 살 생일을 맞이하게 되는 날, 하드리아누스는 봉인되었던 감정이 북받쳐 통곡을 한다. 그날 이후 신하 카브리아스Chabrias가 그에게 독수리 성좌 가운데 갑자기 나타난 별 하나를 보여준다. '갑자기 나타난 보석처럼 반짝이고 심장처럼 고동치는 그 별'(446; 제2권, 100)은 하드리아누스에게는 안티노우스를 상징하는 별이다. 그리스 신화에서 가니메데스가 죽은 후, 제우스가 그를 독수리좌 옆을 맴도는 별로 만들었다고 전한다. 그 별은 신들의 넥타르를 따르던 미소년을 상징하는 물병 모양의 성좌이다. 그리고 독수리 성좌는 물론 제우스를 상징한다. 하드리아누스 역시 하늘의 별로 떠 있는 자신의 가니메데스를 찾아 매일 밤하늘을 바라본다.

> 나는 그 별을 그 아이의 별로, 그 아이를 표시하는 별로 정했다. 나는 매일 밤 그 별의 진행을 따르는 데 진력했다. 나는 그 부분의 하늘에서 기이한 형자들을 발견하기도 했다. 사람들은 나를 미쳤다고 생각했다. 그러나 그것은 상관할 바 아니었다(446~447; 제2권, 100~101).

안티노우스의 죽음으로 두 연인의 사랑은 비극적 파이도필리아로 끝나버렸지만, 뒤늦게 그의 마음을 헤아리고 속죄하려고 애쓴 하드리아누스에 의해, 두 사람의 사랑은 지상과 저 너머라는 서로 다른 방향에서, 그러나 신이라는 동등한 자리에서 다시 이어진다. 그러다가 점점 하늘에 나란히 붙어 있는 제우스 성좌와 가니메데스 성좌처럼 이들의 사랑도 합체를 이룬다. 비로소 하드리아누스와 안티노우스의 사랑이 성화聖化되기 때문이다. 사랑이 성스러운 것이며 하나의 구원이라는 것은, 자기희생을 통해 안티노우스가 알려준 진정한 애정의 가치이다.

한때 하드리아누스는 안티노우스를 애완동물 정도로 생각했지, 그리스의 영웅 파트로클로스가 될 수 있다고는 생각해 본 적이 없다. 영웅의 무덤 앞에서 상념에 젖어 있던 그 소년을 조소했던 그가 아킬레우스와 파트로클로스의 사랑과 우정을 어느새 자신들의 이야기로 받아들이기 시작한다. 그것은 아킬레우스의 섬을 방문한 아리아노스Arrien가 안티노우스를 잃고 시름에 빠져 지내는 황제에게 보낸 위로의 시편이 계기가 된다. 아리아노스는 그 청년을 파트로클로스에 비교하면서, 영웅적인 면모보다 친우의 죽음에 더 절망하고 슬피 애도하는 아킬레우스의 순수성을 찬양한다. 결국 안티노우스의 사후에도, 온 마음을 다하여 뜨겁게 사랑을 표현하는 하드리아누스 황제의 인간적 위대함을 영웅으로 칭송한 것이다.

> 항해하기 힘든 그 바다의 북쪽 해안에서 신臣은 신화 속에서는 아주 큰 것으로 묘사되어 있는 조그만 섬, 아킬레우스의 섬에 닿았사옵니다. (…) 그러나 아킬레우스의 섬이란 말이 적절하긴 하지만, 파트로클로스의 섬이기도 하옵니다. (…) 아킬레우스는 그 자신 그 인근의 해역으로 오는 항해자들의 꿈속에 나타난다는데, 그래서 디오스쿠로이가 다른 곳에서 그렇게 하듯, 그들을 보호하고 그들에게 위험한 뱃길을 경고해 준다고 하옵니다. 그런데 파트로클로스의 망령이 그 아킬레우스의 옆에 나타난다는 것이옵니다. (…) 아킬레우스는 용기와, 영혼의 힘과, 육체의 민활성과 결합된 정신의 지식 그리고 그의 젊은 친우에 대한 열렬한 사랑 등으로 신에게는 때로 가장 위대한 인간이라고 여겨지옵니다. 그리고 또 신에게는, 그에게 아무것도, 그가 그 지극히 사랑하는 친우를 잃어버렸을 때에 그가 삶을 경멸하게 하고 죽음을 원하게 한 그 절망보다 더 위대한 것은 없는 듯이 보이옵니다(499~500; 제2권, 204~206).

파이도필리아 사랑은 이제 아킬레우스와 파트로클로스의 평등한 사랑으로 발전한다. 아리아노스가 전하는 신비로운 이야기에 따르면, 아킬레우스를 대신하여 죽은 파트로클로스, 그런 친구의 희생을 잊지 못해 영웅으로서 전쟁도 잊어버린 아킬레우스, 이들 간의 사랑이 인간의 시간을 넘어서 그 섬 안에서 지속되고 있는 것이다. 그들의 사랑 자체가 위대한 영웅이다. 항해자들의 꿈속에서 아킬레우스의 곁에 나타난다는 망자 파트로클로스의 이미지가 안티노우스와 겹쳐진다. 아킬레우스섬은 하드리아누스가 그의 오랜 친우와 결합하기를 꿈꾸었던 재회의 장소이자, 거기서 언젠가 죽기를 바라는 이상의 장소이다(540; 제2권, 279). 그의 바람이 이루어진다면, 이들은 언젠가 이 섬에서 하나가 될 것이다.

결국 유르스나르가 부각시킨 하드리아누스와 안티노우스의 파이도필리아는 불운의 사랑으로 끝난 것이 아니라, 사랑의 실패를 경험한 후 안티노우스의 죽음을 자신만의 방식으로 복원해 나가면서 하나가 되어가는 전체성의 사랑을 의미한다. 따라서 비극적인 운명의 파이도필리아는 양성동체androgyne 혹은 양성전일兩性全一 신화의 사랑으로 옮겨간다.

그리스 신화에서는 헤르메스와 아프로디테 사이에서 남녀 한 몸으로 태어난 아들 헤르마프로디토스Hermaphroditos를 양성동체의 신으로 보는데, 그에게 반한 물의 요정 살마키스Salmacis가 그가 목욕하려고 호수에 몸을 담그는 순간 뜨거운 사랑을 나누며 한 몸으로 결합하였다는 것이다. 이는 남신과 여신, 남성과 여성을 가르는 모든 이분법적 경계를 넘어서 빛과 어둠이 생기기 이전의 모습처럼, 남성성과 여성성을 한 몸으로 통합시키는 성스러운 사랑을 의미한다. 종교 신화학자 엘리아데에 따르면, 이 양성동체 신화는 전체성la totalité에 대한 이끌림이라고 말한다. 이때 전체성이란 완전하고 성스러운 욕망을 의미하기도 하고, 두려우면서도 매혹적인 타자를 받아들이는 주체의 숭고한 죽음을 뜻하기도 한다. 아울러 신화의 기원적 관점에서, 신들의 이원적 일체성을 반영하는 원초적 양성전일, 즉 절대적 시원으로의 회귀를 상징하기도 한다.[32]

그런데 유르스나르 작품의 후반부에서 암시되는 양성동체라는 신화적 요소는 사랑과 쾌락을 자의적으로 구분하고, 열정에 냉정함과 무관심을 집어넣어

---

32 Carminella Biondi, "Mythe de l'Androgyne dans l'Œuvre de Marguerite Yourcenar et de Michel Tournier," *Roman, Histoire et Mythe dans l'Œuvre de Marguerite Yourcenar,* Société Internationale d'Etudes Yourcenariennes(1995), p.47. 이 논문에서는 유르스나르의 작품 『흑의 단계L'Œuvre au noir』와 『마왕Le Roi des aulnes』에 나타난 양성동체 신화를 비교 분석하고 있다.

철저히 계산되고 가늠된 애정의 교리를 '조화'라고 믿었던 황제의 파이도필리아 사랑과 구별하기 위한 개념이다. 유르스나르가 이 개념을 직접 언급하고 있진 않지만, 양성동체의 사랑은 유르스나르가 사랑에 관한 한 대담에서 '공감적 사랑l'amour de sympathie'이라고 부른 것과 유사하다.

> 우리와 같은 우연을, 우리와 같은 변천사를 나누는, 그것이 무엇이든, 한 피조물에 대한 깊은 애정의 감정이라고 말해두자 (…) 그것은 소설이나 희곡에서 사랑이라고 불리는 것과는 완전히 다르다. 게다가 플라토닉 사랑이라고 그릇되게 불리는 그런 것이 아니라, 육체적이든 아니든, 무엇을 하든 언제나 관능적이면서도 공감이 열정보다 우위에 있는 그런 관계이다. 그리고 프랑스의 사랑 개념에서, 어쩌면 유럽 전체의 사랑 개념에서 언제나 나를 매우 불편하게 했던 것이 하나 있다고 말해두어야겠다. 그것은 바로 성스러움의 부재이다.[33]

유르스나르는 자신의 시대에서 사랑의 관능적 관계가 성스럽다는 사실을 망각하고 있다고 토로한다. 그러나 그녀가 보여준 하드리아누스와 안티노우스의 사랑은 시공간을 초월하여 역사와 신화의 경계를 넘나들며 성스러운 사랑의 제의 안에서 합일을 이룬다. 이처럼 너와 나의 경계가 없는 전체성 안에서, 서로를 느끼고 상대방을 위해 자기희생도 불사하는 성스럽고 숭고한 사랑의 결합이 고대인의 자유롭고 유연한 양성동체 신화의 사유방식과 닮아 있다고 볼 수 있겠다. 하늘에서 서로를 비추어주는 한 쌍의 성좌로, 아킬레우스의 것이기도 하고 파트로클로스의 것이기도 한 신비한 섬에서 하드리아누스와 안티노우스의 사랑이 하나로 맺어지는 것이다.

다만 작품 속의 하드리아누스가 토로한 바처럼, 만약 그가 현명했다면 살아서 죽을 때까지 안티노우스와 오래오래 행복했을 것이다. 유르스나르는 두 역

---

33 Marguerite Yourcenar, *Les Yeux Ouverts — Entretiens avec Matthieu Galey*(Le Centurion, 1980), p.73.

사적 인물의 사랑과 그 신화화를 통해, 이성 간의 사랑이든 동성 간의 사랑이든, 인간들의 관능적 사랑에 담겨야 할 성스러움과 숭고함의 가치를, 그리고 자신을 신과 동일시하는 권력자가 인생에서 가장 행복하고 사랑받는 순간에 간직해야 할 예지sagesse의 중요성을 일깨워 주고 있다.

제3장

오리엔트 신화, 서구 문예 정신의 진원지

『동양이야기들』

왕포와 링

1. 『동양이야기들』

제3장에서는 오리엔트 신화들을 모아 쓴 단편 『동양이야기들Nouvelles Orientales』[1]을 집중적으로 다루고자 한다. 이 작품은 1933~1936년 동안 유르스나르가 그리스인 친구 안드레아스 앙비리코스Andreas Embirikos와 흑해 여행 중에 대부분 구상하고 집필한 신화 모음집이다. 유르스나르는 1938년 초판 『동양이야기들』을 일부 수정하여 1963년과 1978년에 다시 발간하였다. 이때 작품 마지막에 후기post-scriptum가 추가되었는데, 여기를 보면 목차를 몇 차례 수

---

1 Marguerite Yourcenar, *Nouvelles orientales*(Paris: Gallimard, 1938), coll. La Renaissance de la nouvelle; *Nouvelles orientales*(Paris: Gallimard, 1963), coll. Blanche; *Nouvelles orientales*(Paris: Gallimard, 1978), coll. L'Imaginaire; *Nouvelles orientales,* in *Œuvres romanesques*(Paris: Gallimard, La Pléiade, 1982, réedit. 1991), pp.1169~1248; 『동양이야기들』, 윤정선 옮김(한불문화출판, 1990).
이 작품은 1938년 폴 모랑Paul Morand이 이끈 총서〈단편소설의 르네상스La Renaissance de la nouvelle〉로 갈리마르 출판사에서 출간되었다가, 1963년과 1978년에 일부 수정되어 다시 발간된다. 1978년 최종 목차를 기준으로 삼은 1991년 플레이아드 판본과 국내 번역본(1990)의 일부를 참조하며, 본문의 인용문은 이 원문 판본의 페이지만 적는다.

정한 사실이 있음을 알 수 있다. 우선 『동양이야기들』의 목차와 그 변화[2]를 시기별로 살펴보겠다.

❖1938년판

1. 「목 잘린 칼리Kâli décapitée」
2. 「왕포는 어떻게 구원되었나Comment Wang-Fô fut sauvé」
3. 「마르코의 미소Le Sourire de Marko」
4. 「네레이데스를 사랑한 남자L'Homme qui a aimé les Néréides」
5. 「죽음의 젖Le Lait de la mort」
6. 「제비들의 성모 마리아Notre-Dame des Hirondelles」
7. 「겐지 왕자의 마지막 사랑Le Dernier Amour du prince Genghi」
8. 「크렘린 성벽에 갇힌 사람들Les Emmurés du Kremlin」
9. 「붉은 장수Le chef rouge」
10. 「코르넬리우스 베르그의 튤립들Les tulipes de Cornélius Berg」

❖1963년판

1. 「왕포는 어떻게 구원되었나Comment Wang-Fô fut sauvé」
2. 「마르코의 미소Le Sourire de Marko」
3. 「죽음의 젖Le Lait de la mort」
4. 「겐지 왕자의 마지막 사랑Le Dernier Amour du prince Genghi」
5. 「네레이데스를 사랑한 남자L'Homme qui a aimé les Néréides」
6. 「제비들의 성모 마리아Notre-Dame des Hirondelles」
7. 「과부 아프로디시아La Veuve Aphrodissia」
8. 「목 잘린 칼리Kâli décapitée」

---

2 Maurice Delcroix, "Les *Nouvelles orientales*: Construction d'un recueil," *Actes du colloque international Valencia(1984)*(Universitat de Valencia, 1986), p.72.

9. 「코르넬리우스 베르그의 슬픔La Tristesse de Cornélius Berg」

- 후기post-scriptum

❖ 1978년판

1. 「왕포는 어떻게 구원되었나Comment Wang-Fô fut sauvé」
2. 「마르코의 미소Le Sourire de Marko」
3. 「죽음의 젖Le Lait de la mort」
4. 「겐지 왕자의 마지막 사랑Le Dernier Amour du prince Genghi」
5. 「네레이데스를 사랑한 남자L'Homme qui a aimé les Néréides」
6. 「제비들의 성모 마리아Notre-Dame des Hirondelles」
7. 「과부 아프로디시아La Veuve Aphrodissia」
8. 「목 잘린 칼리Kâli décapitée」
9. 「마르코 크랄리에비치의 최후La fin de Marko Kraliévitch」
10. 「코르넬리우스 베르그의 슬픔La Tristesse de Cornélius Berg」

- 후기post-scriptum

1978년판 후기에는, 「목 잘린 칼리」의 결론을 다시 썼으며 그것은 형이상학적 관점을 강조하기 위해서였다는 점과, 또 다른 설화인 「크렘린 성벽에 갇힌 사람들Les Emmurés du Kremlin」은 재수정이 적합하지 않아 삭제하였다는 점을 밝히고 있다. 앞으로 우리는 1978년 최종 목차를 기준으로 삼은 플레이아드 판본으로 작품 내용을 살펴보겠다.

1978년판에 제시된 10편의 제목을 지리적으로 분류하면, 극동(중국, 일본, 인도),[3] 중동(발칸[4]과 그리스[5]), 유럽(네덜란드[6])으로 나눌 수 있다. 작가가 밝힌 작

---

3 "Comment Wang-Fô fût sauvé"(1), "Le Dernier Amour du prince Genghi"(4), "Kâli décapitée"(8).

4 "Le sourire de Marko"(2), "Le lait de la mort"(3), "La fin de Marko Kraliévitch"(9).

5 "L'homme qui a aimé les Néréides"(5), "Notre-Dame-des-Hirondelles"(6), "La Veuve

품의 원전은 중세 문학에서 유래한 것도 있고, 고대 신화나 현대 민간신앙에서 비롯되었거나 유르스나르 개인의 창작인 경우도 있다. 이질적으로 보이는 10편을 분류하는 데 다양한 방법이 있지만, 『동양이야기들』의 각 제목들은 크게 세 가지 유형, 즉 첫째는 '시공간에 따른 분류', 둘째는 '발생론적 장르에 따른 분류'[7], 세 번째는 '주제에 따른 분류'[8]로 나누어 볼 수 있겠다. 이를 각각의 세부 유형과 함께 정리하면 아래와 같다.

① 시공간에 따른 분류

극동 신화군群 작품 연구	-「왕포는 어떻게 구원되었나」: 한나라 중국 -「겐지 왕자의 마지막 사랑」: 11세기 일본 -「목 잘린 칼리」: 인도, 영원한 신화
발칸 신화군群 작품 연구	-「마르코의 미소」: 중세시대, 발칸의 코토르Kotor -「죽음의 젖」: 아주 먼 과거의 전설 -「마르코 크랄리에비치의 최후」: 터키에서 가까운 작은 마을, 중세시대
그리스 신화군群 작품 연구	-「과부 아프로디시아」: 바다에서 가까운 산들이 있는 그리스 마을, 20세기 -「네레이데스를 사랑한 남자」: 그리스 섬의 항구, 1930년대, 이야기의 정확한 시점은 불분명 -「제비들의 성모 마리아」: 그리스의 시골마을의 동굴, 초기 기독교 시대

Aphrodissia"(7).

6 "La Tristesse de Cornélius Berg"(10).

7 Catherien Barbier, *Etude sur Marguerite Yourcenar Les Nouvelles Orientales* (Ellipses, 1998), p.18. 각 단편들의 장르를 보다 상세히 나누면, 교훈적 우화, 민요시, 짧은 설화, 우화, 전설, 신화의 형태로도 분류 가능하다.

8 Ibid., p.91. 사실 각각의 단편은 여러 가지 주제를 동시에 내포하고 있어, 주제별로 다르게 분류될 수 있다. 이를테면 사랑, 예술, 헌신, 여성, 죽음, 재탄생, 성스러움, 지혜, 위반, 우주, 노쇠, 등등. 그러나 우리는 한 주제 안에서 서로 비추어주는 거울 역할을 하는 두 개의 단편들을 묶어 살펴보겠다.

유럽 신화군群 작품 연구	-「코르넬리우스 베르그의 슬픔」: 암스테르담, 17세기

② 발생론적 장르에 따른 분류

문학 텍스트의 차용	-「겐지 왕자의 마지막 사랑」
신화(전설)의 차용	-「왕포는 어떻게 구원되었나」 -「죽음의 젖」 -「마르코의 미소」 -「마르코 크랄리에비치의 최후」 -「목 잘린 칼리」
동시대 민간신앙과 3면기사의 차용	-「네레이데스를 사랑한 남자」 -「과부 아프로디시아」
작가의 창작 신화	-「제비들의 성모 마리아」 -「코르넬리우스 베르그의 슬픔」

③ 주제에 따른 분류

예술과 현실	-「왕포는 어떻게 구원되었나」 -「코르넬리우스 베르그의 슬픔」
사랑과 진실	-「겐지 왕자의 마지막 사랑」 -「과부 아프로디시아」
위반과 경이	-「네레이데스를 사랑한 남자」 -「제비들의 성모 마리아」
죽음과 구원	-「죽음의 젖」 -「목 잘린 칼리」
욕망 또는 죽음	-「마르코의 미소」 -「마르코 크랄리에비치의 최후」

이제부터 세 번째 유형인 '주제에 따른 분류'에 따라 작품 내용을 간략히 소개하면서 그 의미를 파악해 보고자 한다. 이를 통해 유르스나르가 어떻게 동양의 이야기들을 소개하고자 했는지, 그리고 작가가 재구성한 경이로운 이야기

들이 기존의 신화와 어떻게 다른지 이해해 보고자 한다.

궁극적으로 전체의 구성 자체가 '오리엔트Orient'에 대한 하나의 질문을 제기하고 있다는 점을 밝히고자 한다. 그것은 바로 유럽의 끝자락에서 아시아로 향하는 두 개의 문門인 그리스와 발칸반도가 형성하는 문화적 혼종성에 관한 것이다. 신화는 유럽이라는 상상적 공간에 한정되는 것이 아니라 지중해, 북유럽, 발칸반도, 북아프리카, 인도, 극동아시아로 뻗어나가는, 즉 경계가 없는 살아 움직이는 이야기라는 점을 보여주려는 것이다. 오리엔트 신화에 대한 유르스나르의 각별한 관심은 서구의 정신이 장기간에 걸쳐 이질문화의 수용으로 이루어졌으며, 한때 서구 사회에 다른 곳l'Ailleurs에 대한 꿈과 향수를 불러일으켰던 이국 취향의 오리엔탈리즘과는 차별화된다는 점을 밝혀둔다. 이 장에서는 『동양이야기들』의 작품 내용을 살펴봄으로써, 유르스나르가 문학과 예술의 정신적 유산으로서, 서구 신화와 평행하게 오리엔트 신화의 본질에 접근하고 있다는 점에 주목하고자 한다.

2. 예술과 현실

1) 「왕포는 어떻게 구원되었나」

유르스나르는 중국 한漢나라의 도교 우화에서 영감을 받은 이 단편을 첫 번째 순서로 소개한다. 이 작품에는 늙은 화가 왕포Wang-Fô와 그의 제자 링Ling이 중심인물이다. 왕포는 붓과 먹, 화선지 외에는 아무 가치가 없다고 생각하며 세상을 떠도는 무소유의 화가이다. 반면 링은 매우 풍족한 집안의 아들로 태어나 열다섯에 어린 여인과 결혼하여 행복하게 살아가고 있었다.

그러던 어느 날 주막에서 링은 늙은 화가 왕포를 만난다. 죽은 자의 모습뿐만 아니라 벼락이나 곤충을 두려워할 정도로 소심하던 링은 왕포를 통해 새로

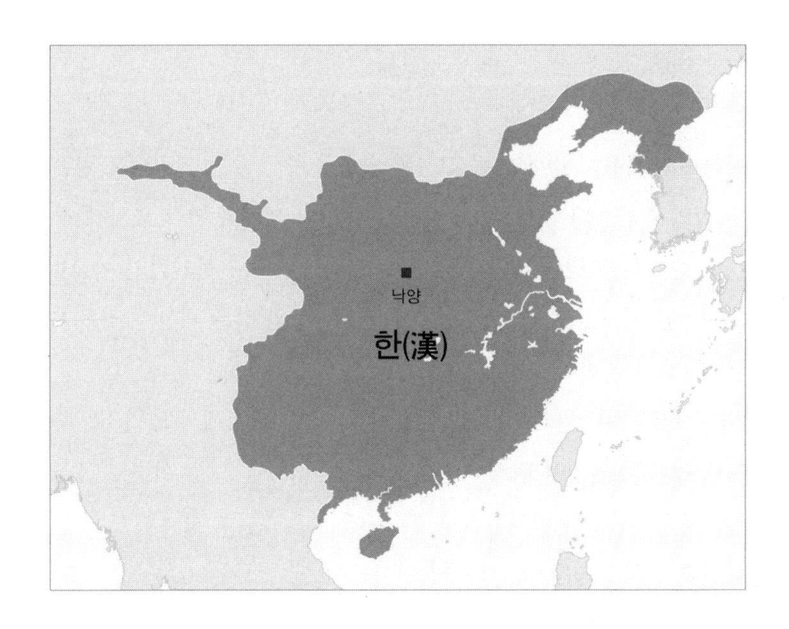

운 의식의 눈을 뜨게 된다. 링은 크게 기뻐하며 그를 집으로 모신다. 자두나무가 있는 정원을 보고서 왕포는 초상화를 그리겠다고 말한다. 그러고는 세상에서 유일무이한 옛 왕가의 초상을 완벽하게 그려낸다. 그러나 이 그림은 링의 아내를 비극으로 몰고 간다.

링은 자기 아내가 정원의 자두나무 아래에서 포즈를 취하도록 하였다. 곧이어 왕포는 석양의 구름 사이로 선녀의 옷을 차려입은 여인을 그렸고, 그 젊은 여인은 울었다. 그것은 죽음의 전조였기 때문이다. 링이 그녀보다 왕포가 그린 초상화들을 더 좋아하게 된 뒤로, 그녀의 얼굴은 마치 장맛비나 더운 바람을 맞은 작은 언덕 위의 꽃처럼 시들어갔다. 어느 날 아침, 그녀는 분홍빛 자두나무 가지에 목 매달린 채 발견되었다. 그녀의 목을 조른 목도리의 끝자락이 머리카락과 뒤섞여 나부끼고 있었다. 그런데 그녀는 평상시보다 더 가냘프고, 지나간 시대의 시인들이 칭송한 미인들처럼 순수해 보였다. 왕포는 마지막으로 그녀를 그렸다. 이는 죽은 자들의 모습을 덮고 있는 푸른 빛깔을 좋아해서였다. 그의 제자 링이 물감을 개었는데, 이 작업은 너무도 많은 주의를 기울여야 했기에 그는 눈물을 흘리는 것조차 잊어버렸다(1173).

젊은 아내의 죽음이 링에게 큰 고통과 슬픔을 주었지만, 그럼에도 링은 왕포의 그림 작업을 돕는다. 왕포가 표현하는 자연의 색채와 미적 묘사가 죽은 아내를 더욱 순수하게 만들어주기 때문이다. 죽음마저도 몽환적인 아름다움으로 변모시키는 왕포를 스승으로 섬기기 위해, 링은 많은 재산과 집을 버리고 새로운 인생을 시작한다.

스승과 제자는 한漢나라 지방을 떠돌아 다녔고, 화폭에서 느껴지는 생명의 힘 때문에 왕포의 명성이 점점 커져 갔다. 제사장들은 그를 현자로 존경했고, 백성들은 마법사라고 두려워하기도 했다. 어느 날 그들이 황제의 도시 성 밖에 있는 여인숙에 묵고 있는데, 갑자기 병사들이 들이닥쳐 어디론가 끌고 간다. 그런데 그들이 끌려간 곳은 다름 아닌 한나라 황제의 궁전이다.

천상의 주인은 비취 옥좌에 앉아 있었는데, 갓 스무 살이었지만 그의 손은 마치 노인의 손처럼 주름져 있었다. 그의 옷은 겨울을 나타내는 청색에, 봄을 떠올리는 초록색이었다. 그의 얼굴은 잘생겼지만, 마치 별들과 무정한 하늘만을 비추게끔 너무 높은 곳에 자리한 거울처럼 무감각했다. 그는 오른편에는 환관 대신을, 왼편에는 형벌 고문관을 두었다(1175~1176).

자유로이 떠돌며 세상과 인간들과 소통해 온 왕포와 달리, '벽 없이 푸른 돌로 된 굵은 기둥들로 떠받치고 있는 방' 안에서, 어떤 꽃향기도 어떤 새도 황제에게 방해가 되지 않도록 정원과 차단된 갇힌 공간에서 홀로 지내는 황제였다. 젊은 나이임에도 이미 늙어버린 권력자의 전형을 보여준다. 황제는 엄한 얼굴로 왕포의 죄를 다그치며 죽이겠다고 협박한다.

"늙은 왕포여, 그대가 한 짓을 나에게 묻고 있는가?" 황제는 자기 말에 귀를 기울이고 있는 늙은이를 향해 가느다란 목을 구부리고 다시 말을 이었다.

"친히 자네에게 그 일을 말하겠노라. 하지만 타인의 독이 아홉 개의 혈을 통해서만이 우리에게 스며들 수 있는 것처럼, 나는 자네가 한 잘못을 대면하도록 내 기억의 통로를 따라서 자네를 이끌고 다니며 내 일생을 이야기해야만 하겠노라. 나의 아버지는 궁정의 가장 은밀한 방 안에 자네의 그림 소장품들을 모으셨다. 왜냐하면 그림의 인물들이 시선을 낮출 수 없으니, (차라리) 그들의 눈을 피해야 한다고 생각하셨던 게지. 바로 나는 이 방들 속에서 자랐노라. (…) 시간은 원을 그리며 돌았고, 자네 그림들의 색깔은 새벽이 오면 선명해지고 황혼이 오면 바래졌노라. 잠이 오지 않는 밤이면 나는 그것들을 바라보곤 했는데, 그것도 거의 10년 동안을 매일 밤 바라보았구나. 낮이면, 내가 익히 잘 알고 있는 그림이 그려진 양탄자 위에 앉아, 노란 비단 천 무릎 위에 나의 빈 손바닥을 올려놓은 채, 미래가 내게 가져다 줄 환희를 꿈꾸었노라. 나는 다섯 강의 운명선이 긴 홈을 파놓은 손바닥의 움푹 들어가고 단조로운 평원과 흡사한, 한漢나라를 중심에 둔 세상을 상상해 왔다. 온통 주변에는 괴물들이 태어나는 바다가 있고, 더 멀리 가면 하늘을 떠받치고 있는 산들이 있다고 상상했노라. 그리고 나는 이 모든 것을 마음속에 그리기 위한 도움을 그대의 그림에서 찾았노라. (…) 그대는 내게 거짓말을 했다, 늙은 사기꾼 왕포여. 세상은 분별없는 한 화가에 의해 허공에 던져지고, 우리의 눈물로 끊임없이 지워지는 혼란스러운 오점 더미일 뿐이다. 한나라는 가장 아름다운 왕국이 아니고, 나는 제왕이 아니다. 다스리는 노고를 들일 만한 유일한 왕국은 늙은 왕포 그대가 천의 곡선과 만의 색채의 길을 따라서 스며들어 가는 곳이로다. 자네만이, 녹을 수 없는 눈 덮인 산들과 죽을 리 없는 수선화가 핀 들판을 평화롭게 다스리지. 그리고 바로 그 연유로 왕포, 그대에게 어떤 처벌을 내려야 할지를 찾았던 것인즉, 그대의 마술이 내가 소유한 것을 싫증나게 만들고, 소유하지 못할 것에 욕심을 가지게 했기 때문이다. 빠져나갈 수 없는 지하 독방에 그대를 가두기 위해, 내 그대의 두 눈을 불사르기로 결정했으니, 그대의 눈은 왕국을 열어주는 두 개의 마법의 문이기 때문이다. 또한 그대의 두 손은 그대 왕국의 심장부로 이끄는 열 갈래 길을 지닌 두 가지 길이기에, 그대의 양손을 자르기로 결정하였도다. 내 말을 알아들었는가, 늙은 왕포여?(1176~1178)

황제는 어린 시절부터 왕포의 그림들을 현실로 받아들이고 앞으로 성인이 되어 아름다운 왕국을 통치할 꿈에 부풀어 있던 인물이다. 그러나 사실 왕포가 좋아한 것은 "사물 자체가 아니라 사물의 이미지"였다. 그는 붓과 물감을 통해 현실을 모방한 것이 아니라, 그 안에 내재된 본성을 해석할 줄 아는 예술의 창조자였던 것이다. 결국 황제는 세상에 실제로 존재하는 사물들을 사랑한 것이 아니라 왕포가 창조한 세상의 사물들을 사랑한 것이다. 그래서 왕포가 자신을 기만한 사기꾼이라고 생각하는 것이다.

그런데 위의 인용문을 보면, 황제는 예술을 이해하지 못하는 어리석은 권력자라기보다는 아름다움을 사랑하는 미학자에 가깝다. 황제는 왕포의 그림을 표현하는 시적 은유를 통해 인간들, 형태들, 색상들의 아름다움을 말하기 위한 단어들을 총동원한다.[9] 어려서부터 방 안에서 감상해 온 그림들에 대한 황제의 예술적 표현은 왕포의 예술이 얼마나 신비하고 탁월한지를 충분히 느끼게 해주는 상위의 예술비평이다. 따라서 황제의 분노는 왕포의 예술적 우위성을 강조하는 역설paradoxe이 된다.

스승을 죽이겠다는 황제의 선고에 링은 이 빠진 칼을 뽑아들고 황제에게 달려든다. 왕포를 사랑하는 제자의 용기에 더욱 질투와 성이 난 황제는 링을 죽이라고 명령한다. 제자는 자신의 피를 스승의 옷에 묻히지 않으려고 펄쩍 뛰어 앞으로 나아갔고, 병사의 검에 한 송이 꽃처럼 목이 떨어져 나갔다. 왕포는 절망하여 울면서도, "자기 제자의 피가 초록색 돌 포장 위에 만들어놓은 아름다운 진홍색 얼룩을 탄복하며 바라보았다"(1178).

이어서 황제는 왕포에게 죽기 전에 미완성의 그림 한 점을 완성하라고 명령한다. 이 이상한 주문은 왕포의 예술 인생을 파괴하고자 하나, 결국 그의 아름다움의 세계에서 벗어날 수 없는 진퇴양난에 빠진 수감자의 이미지를 보여준다.

(…) 눈물을 그쳐라, 지금은 울 때가 아니니. (…) 사실 내가 그대의 죽음을 바라

---

9 Catherien Barbier, *Etude sur Marguerite Yourcenar Les Nouvelles Orientales*, p.34.

는 것은 단지 증오 때문만이 아니다. 또한 그대가 고통스러워하는 것을 보려는 건 단지 잔인함 때문만은 아니다. 나에게는 다른 계획이 있노라, 늙은 왕포여. 나는 그대의 회화 수집품 중에 찬탄할 만한 그림 하나를 소장하고 있노라. 거기에는 산과 강의 하구 그리고 바다가, 무한히 작아지는 듯해도 한 둥근 물체의 안쪽 벽에 놓인 형상들처럼 사물들 자체의 확실성을 넘어서는 자명함으로, 서로를 비추고 있구나. 하지만 이 그림은 미완성이고, 왕포 그대의 걸작은 초안 상태이로다. 아마도 그대가 외딴 계곡에 앉아 그림을 그리고 있을 때, 지나가는 새를 보았거나 이 새를 따라가는 한 어린아이를 보았던 게지. 그래서 새의 부리나 어린아이의 두 뺨이 바다 물결의 푸른 눈꺼풀을 잊게 만든 것이지. (…) 왕포여, 나는 그대가 남은 빛의 시간들을 이 그림을 끝내는 데 바치기를 원하노니, 그것은 그대의 이 긴 생애 동안 축적된 마지막 비밀들을 담게 될 것이다. 분명, 곧 떨어져 나갈 그대의 두 손은 비단 천 위에서 흔들릴 것이고, 불행한 선線들을 통해 무한이 그대의 작품 안에 스며들 것이다. 또한 틀림없이, 곧 사라질 그대의 눈은 인간의 감각이 극한에 이르렀을 때의 관계를 찾아낼 것이다. 그것이 나의 계획이니, 늙은 왕포여, 나는 네가 그것을 완성하도록 강요할 수 있다. 만약 거부한다면, 그대의 눈이 멀기 전에, 나는 그대의 모든 작품을 불살라버릴 것이니, 그러면 아들들이 학살되어 후세의 희망을 잃어버린 아비와 흡사할 것이도다. 그러나 괜찮다면 오히려 이 마지막 요청이 오직 내 선의의 결과임을 믿으라. 왜냐하면 그림은 이제껏 그대가 애무한 유일한 정부라는 것을 내가 알기 때문이다. 그러니 그대에게 마지막 시간을 보내도록 붓과 물감 그리고 먹을 내리는 것은, 사형에 처해질 한 남자에게 창녀를 적선하는 것이다(1178~1179).

황제는 왕포에게 적선이라도 하듯이 죽기 전에 마지막 그림을 그리라고 명한다. 하지만 사실 그는 세상에 환멸을 느끼며 살아가고 있기에, 왕포가 그리는 환상적 세계를 다시금 경험하고 싶었을 것이다. 그러니 죽음이라는 극한의 시련 속에서 나오게 될 왕포의 최후 예술작품을 손에 넣기 위한 황제의 탐욕에서 비롯되었다고 볼 수 있다.

반면 왕포에게 눈과 손은 현실세계를 아름다움으로 변모시켜 주는 유용한 도구이자 삶 그 자체이다. 그것을 담보로 하는 마지막 예술작업은 극심한 고통이 따르지만, 이 최후의 예술작품은 그야말로 예술의 극치를 보여주게 된다. 결국 왕포가 '예술의 최종 관문에 입문하는 과정'[10]을 상징한다고도 볼 수 있다. 왕포는 예전에 자신이 그린 산, 바다, 하늘의 이미지가 담긴 초벌 그림을 건네받고서, 자신의 젊은 시절 영혼의 신선함을 떠올리며 미소 짓는다. 그러고는 그 "미완의 바다 위에 커다란 푸른 물결을 펼쳐놓기 시작한다"(1179).

신기하게도 왕포가 그림에 몰두하는 동안, 옥 바닥이 축축해 오고 급기야 물속에 잠기는 상태가 된다. 물은 황제의 가슴 높이에 이르고 그의 신하들은 물속에서 예의상 까치발로 몸을 들고 서 있다. 왕포가 비단 두루마리의 전경前景에 홀쭉한 배를 그려 넣자, 갑자기 멀리서 빠르게 노 젓는 소리가 들려온다.

> 그것은 바로 링이었다. 매일 입던 낡은 옷을 걸치고 있었고, 그의 오른쪽 소매는 그날 아침 군인들이 오기 전에 수선할 시간이 없었던 찢어진 흔적을 여태 가지고 있었다. 하지만 그는 목 주위에 이상한 붉은 목도리를 하고 있었다. 왕포는 그림을 계속 그리면서 그에게 부드럽게 말했다. "난 네가 죽은 줄 알았구나."
> "스승님이 살아 계신데, 제가 어찌 죽을 수 있겠습니까?" 링이 공손하게 말했다. 그리고 그는 스승이 배에 오르는 것을 도왔다. 비취 천장이 물 위에 반사되어서, 링은 어느 한 동굴 속을 항해하는 것처럼 보였다. 물에 잠긴 신하들의 땋아 늘인 머리가 마치 뱀처럼 수면 위에서 출렁거렸고, 황제의 창백한 얼굴이 마치 연蓮꽃처럼 떠다녔다.
> "보아라, 나의 제자여." 왕포가 서글프게 말했다. "이 불쌍한 자들은 곧 죽을 것이다. 이미 그렇지 않다면 말이다. 한 황제가 물에 빠질 만큼 바다에 충분한 물이 있다고는 생각하지 않았었다. 어떻게 해야겠느냐?"
> "스승님, 아무 걱정 마세요." 제자가 중얼거렸다. "그들은 곧 마를 것이고, 자기네

---

10 Ibid., p.26.

소매가 일찍이 젖었었다는 것조차 기억하지 못할 겁니다. 단 황제만이 바다의 씁쓸함을 가슴에 조금 간직하겠지요. 이 사람들은 한 화폭 속에서 길을 잃도록 만들어지지는 않았습니다." 그리고 그는 덧붙였다. "바다는 아름답고, 바람이 좋고, 바닷새들은 자기네 둥지를 틉니다. 저의 스승이시여, 물결 너머 나라로 함께 떠나시지요." "그러자꾸나"라고 늙은 화가가 말했다(1180~1181).

왕포는 링과 함께 그림 속 바다 물결 너머로 떠났다. 그가 완성한 그림은 황제의 방 탁자 위에 놓여 있다. 황제는 이제 흐릿한 한 점으로만 보이는 그림 속 배 한 척을 무기력하게 바라볼 뿐이다. 왕포와 링은 화가가 창조한 푸른 비취 바다 속으로 영원히 사라져버린다. 이미 죽은 줄 알았던 링이 왕포가 그린 그림 속의 배를 타고 와 스승을 구출해 내는 장면이 경이롭다. 그리하여 이 단편의 제목인 「왕포는 어떻게 구원되었나」에 대한 해답이 풀린다. 왕포를 구원한 것은 제자 링의 고귀한 희생과 신비로운 구출 행위에 있다고 볼 수 있다. 하지만 보다 정확히 말하면, 구원의 본질은 바로 예술의 힘에 있다. 왕포의 예술을 향한 사랑과 열정이 그를 구원한 것이다. 예술을 통해 자연의 영원한 세계로 들어간 것이다. 그 세계는 누구에게나 열려 있지 않다. 왕포처럼 평생 무소유와 무욕의 삶을 살고, 죽음과 같은 고행을 기꺼이 받아들이는 자만이 들어갈 수 있는 가장 어려운 입문 과정이다. 마치 신화 속 인물들이 출발 - 입문 - 회귀의 난관을 거쳐야만 진정한 영웅이 되는 것처럼 말이다.

2) 「코르넬리우스 베르그의 슬픔」

이 짧은 단편은 17세기 네덜란드 화가에 관한 것으로, 예술을 주제로 왕포의 이야기와 한 쌍을 이룬다. 이 작품집의 추신post-scriptum에 따르면, 유르스나르는 미완성으로 내버려 둔 소설의 결론을 사용하여 「코르넬리우스 베르그의 슬픔」을 창작했다고 한다. 작가는 다른 이야기들에 비해 오리엔탈적 요소가 별

로 없지만, 작품 속에서 길을 잃다가 구원을 받은 중국화가 왕포를 자신의 작품에 대해 우울하게 생각하는 렘브란트의 동시대인인 이 무명의 화가 코르넬리우스와 비교해 보고 싶은 갈망을 뿌리칠 수 없었다고 회고한다(1248).

17세기 코르넬리우스는 한때 로마에서 인정받던 초상화가였지만, 나이가 들어 손이 뻣뻣해지고 떨리고 시력까지 나빠지자 자기 고향인 네덜란드 암스테르담으로 돌아온다.

이때부터 코르넬리우스는 여러 여인숙들을 전전하며 과거와 달리 우울한 말년을 보낸다.

예전의 시끄럽게 떠들어대던 코르넬리우스를 기억하는 사람들은 그가 그렇게 과묵해진 것을 발견하고 놀랐다. 취기만이 그에게 그의 혀를 돌려주었는데, 그러면 이해할 수 없는 소리를 늘어놓곤 했다. 그는 모자를 눈 위까지 눌러쓰고 얼굴을 벽 쪽으로 돌린 채 앉아 있었는데, 이른바 그를 역겹게 하는 사람들을 보지 않기

> 위해서였다. 오랫동안 로마의 다락방 속에서 산 늙은 초상화가 코르넬리우스는 온 생애 동안 인간의 얼굴을 너무도 자세히 탐색해 왔다. 그는 지금 짜증스러운 무관심으로 그 짓을 그만두었다. 그는 동물들이 인간과 너무도 닮아 있어, 그것을 그리고 싶지 않다고 말할 정도였다(1243~1244).

코르넬리우스는 현실에서 만나는 인간들에게서는 혐오스러운 감정을 느낀다. 하지만 꿈속에서는 이슬이 하늘거리는 아름다운 들판들을, 인간에겐 너무나 신성하고 황량한 들판들을 상상한다(1244). 또한 몇몇 그림들을 날림 작업하면서도, 꿈속에서는 자신이 렘브란트와 대등해지는 상상을 한다. 세상의 희로애락을 모두 체험하면서도 인간과 사물에 대한 애정과 탐색을 멈추지 않고 예술로 승화시켰던 왕포와 달리, 코르넬리우스는 현실과 이상, 예술과 꿈을 일치시키지 못한 채 슬픔에 빠져 있다.

그러던 어느 날 그는 하를럼Haarlem(네덜란드 북부) 마을의 한 성당 벽 나무 판넬에 채색하는 일을 하게 된다. 그 마을에 사는 가족이나 친척들과는 거의 교류하지 않았지만, 유일하게 그에게 인사를 하는 늙은 관리인과는 소통하기 시작한다. 그러던 어느 날 튤립 애호가인 그 노인이 코르넬리우스를 자기 집으로 불러, 작은 뜰에 핀 귀한 빛깔의 튤립들을 보여준다. 초상화가였던 코르넬리우스는 튤립들의 세밀한 형태, 다양한 색상 등 섬세한 차이를 가려낼 줄 알았고, 노인은 그의 의견에 귀를 기울였다.

> 그날 늙은 관리인은 다른 것들보다 더욱 희귀한 성공에 행복해했다. 희고 보랏빛 도는 그 꽃은 거의 붓꽃의 줄무늬 같은 것을 가지고 있었다. 그는 그것을 바라보고, 사방으로 그것을 돌리고, 그리고 그것을 그의 발아래에 내려놓으면서, "신은 위대한 화가요"라고 말했다. 코르넬리우스 베르그는 대답하지 않았다. 평온한 그 노인은 다시 말했다. "신은 우주의 화가요."(1245)

이 말을 듣고 코르넬리우스는 꽃과 운하를 바라보다가, 그 흐린 물길에 거울처럼 자신의 전 생애를 비추어보게 된다. 지치고 늙은 그 방랑자는 평생 동안 보아온 인간의 얼굴들에서 느꼈던 더러움, 난잡함, 탐욕, 우둔, 잔혹함, 비참함, 칼부림, 성적 문란, 메마름 등을 기억해 낸다. 이어서 또 다른 튤립 정원에서의 추억이 떠오른다. 네덜란드 연합주의 대사를 위해 술탄의 초상화 몇 점을 그려주었던 콘스탄티노플에서, 튤립 꽃으로 가득 한 어느 파샤(터키 고관)의 규방을 불멸로 만들어달라는 부탁을 받았었다.

> 대리석의 뜰 안에서, 모아 놓은 튤립들은, 터질 듯한 혹은 부드러운 색조로 고동치고 살랑거리는 것만 같았다. 수반 위에서 새 한 마리가 노래하고 있었고, 실편백나무의 뾰족한 끝들이 창백하게 푸른 하늘을 찌르고 있었다. 그러나 주인의 명에 따라 낯선 자에게 이 경이로운 광경을 보여주는 노예는 애꾸눈이었고, 최근에 없어진 눈알 주위로 파리가 모여들고 있었다. 코르넬리우스 베르그는 길게 한숨지었다. 그리고 그의 안경을 벗으면서 말했다. "신은 우주의 화가요." 그리고 씁쓸하고 낮은 목소리로 말했다. "얼마나 불행한 일인가요, 관리인님. 신이 풍경화로 그치지 못한 게 말이오."(1246)

코르넬리우스는 아름다운 튤립 방을 보여주던 노예의 비참하고 추잡한 이미지에 충격을 받았기에, 인간의 실재에는 거부감을 드러낸다. 세상 풍경과 인간의 현실은 너무도 격차가 크다고 느낀 것이다. 튤립의 애호가인 관리인은 꽃의 화려함과 아름다움에 감동하고 창조주인 신에게 감사하지만, 코르넬리우스는 신이 풍경화의 창조에만 신경을 쓰고 인간을 아름답게 창조하지 못한 것을 불평하고 비난한다. 바로 그것이 코르넬리우스가 슬픈 이유이다.

3) 두 화가의 동서양 예술관 비교

사실 두 인물 모두 황혼에 접어든 화가이지만, 세상을 바라보는 시선과 태도는 사뭇 다르다. 전자는 세상과 사물에 대한 사랑으로 절대에 이르는 예술의 힘을 보여주었고, 후자는 인간들의 추함 앞에서 느끼는 혐오와 세상의 아름다움을 제대로 표현할 줄 모르는 무능력과 그로 인한 좌절감을 보여준다.[11]

왕포는 사물의 본질을 파악하여 아름답게 재창조할 줄 알았으나, 코르넬리우스는 사물 그 자체만을 재현하고자 했기에 악하고 추한 것에 감추어진 내적 진실을 결코 보지 못했다. 그래서 그는 초상화 그리는 일에 의미를 찾지 못하고, 술에 취해 살다가 결국 일을 그만두게 된 것이다. 그렇기에 점점 늙어갈수록 왕포가 지닌 예술의 힘은 절정에 닿고 저 세상 너머로도 빛을 발하지만, 코르넬리우스의 예술은 점차 협소해지고 현실의 벽 안에 갇히고 만다.

그렇다면 책제목 『동양이야기들』에서 드러나듯, 두 화가를 가르는 보다 본질적인 차이는 동양과 서양의 사유방식의 차이에서 일어나는 것일까? 이들의 차이를 동서양 예술관의 비교를 통해 이해해 보고자 한다.

우선 미메시스mimesis의 문제이다. 동양이든 서양이든 예술은 모두 자연의 모방에서 시작된다. 특히 서양 예술은 자연의 충실한 재현으로서의 모방을 중시해 왔다. 여기서의 모방은 기계적이고 획일적인 복제와는 달리 창의적·상상적 해석이 일부 들어가는 재창조의 개념이라고 할 수 있다. 하지만 19세기 낭만주의 이전까지는 적어도 예술이 자연의 충실한 모방에 있다고 생각했다는 점을 고려하면,[12] 유럽의 화가 코르넬리우스 베르그의 예술관도 자연의 단순한 모방에 가까웠다고 볼 수 있을 것이다. 반면 동양 예술은 자연의 모방 너머의 본질, 정신을 아우른다. 동양에서는 자연만물이 기氣가 분화되어 파생된 것으로 이해하기에 신화시대부터 자연이라는 대상의 형태와 정신의 관계를 포착해야 한다고 보고 있다.[13] 따라서 동양의 미메시스는 정신과 자연이 하나가 되

---

11 Catherien Barbier, *Etude sur Marguerite Yourcenar Les Nouvelles Orientales*, p.74.

12 조인수, 「미술사에서의 독창성 — 창조와 모방, 그리고 기묘함」, 《미술사학》, 28집(한국미술사교육학회, 2014), 260~261쪽.

13 김정옥, 「회화로 표현된 동양의 소우주로서의 인체관」, 《미술문화연구》, 5집(동서미술문화학회, 2014), 5~6쪽.

는 모방예술이라는 점에서 서양의 모방예술과는 차이가 있다고 하겠다. 왕포와 베르그의 차이 역시 이러한 동서양 미메시스 관점의 차이와 이어져 있다.

왕포를 꾸짖는 황제의 말을 빌려서, 왕포가 붓으로 재현한 자연이 실제의 자연과 얼마나 다른지 살펴보자.

> 바다는 자네의 화폭 위에 펼쳐진 거대한 수면과 닮았으며 너무도 푸르러서 거기 떨어진 돌 하나도 청옥으로 변할 수밖에 없을 정도였고, 바람에 밀려 그대 정원의 산책길로 나아가는 피조물들과 흡사한 여인들이 마치 꽃들처럼 피었다 닫혔다 하고, 전방의 요새 속에서 밤을 지키는 호리호리한 키의 젊은 병사들은 그대들의 심장을 관통할 수 있는 화살들 바로 그 자체라고 믿도록 그대가 만들었도다. 내 나이 열여섯에 나를 세상과 갈라놓았던 문이 다시 열리는 것을 보았노라. 구름을 바라보기 위해 궁전의 옥상에 올랐지만, 그것은 그대가 그린 저녁놀 구름보다 아름답지가 않았다. 나는 가마를 불렀다. 진흙이나 돌멩이가 있으리라 예상치 않았던 길 위를 흔들거리며, 제국의 지방들을 돌아다녔지만, 반딧불과 흡사한 여인들로 가득 찬 정원, 육체가 하나의 정원 그 자체인 그대의 여인들을 찾을 수 없었노라. 해안가의 조약돌은 (내가) 넓은 바다를 싫어하게 만들었다. 사형수들의 피는 자네 화폭에 그려진 석류보다 덜 붉다. 마을마다 있는 벌레는 논의 아름다움을 보는 것을 방해한다. 살아 있는 여인네의 살은 푸줏간 고리에 매달린 죽은 고기마냥 역겹다. 내 병사들의 천박한 웃음은 나를 구역질나게 한다(1177).

황제는 왕포와 동시대인이지만 일찍이 권력을 이어받을 후손인 탓에 실제의 자연과 격리되어 살아왔다. 오직 왕포의 그림들을 통해서만 자연을 접해왔기에, 실제의 자연과 만났을 때 황제는 큰 실망을 느낀 것이다. 하지만 자연만물을 항상 벗 삼아 살아온 왕포에게는 자연 너머에 존재하는 본질을 포착하여 표현할 줄 아는 능력을 갖추고 있다. 황제는 동양예술에서 중시하는 자연 형상 너머의 보이지 않는 생명의 본질을 깨달을 수 없었던 것이다. 여기서 중국인 황제는 대상의 외형만을 충실하게 모방하려 했던 코르넬리우스 베르그의 예술관에 가장 가까운 인물이다.

그런데 형상 너머의 본질을 포착할 줄 안다는 것은 독창성의 문제와 직결된다. 성급히 현실을 재현하려는 베르그에게는 그 독창적인 최후의 일격이 없다. 꿈에서나 그려볼 뿐이다. 결정적인 일격이 없기에 슬픔에 빠지곤 한다. 신이 만든 비참한 인간 현실이 문제라고 여기며 신에게 책임전가하면서 말이다. 하지만 왕포는 자신의 그림을 살아 있게 만드는 독창적인 한 획을 그을 줄 안다. 물로 범람하는 화폭에 배를 그려 넣어 그것을 타고 바다 멀리 수평선 너머로 사라지는 마지막 장면이 최후의 화룡점정이라고 하겠다.

> 링은 왕포 덕분에 더운 음료의 증기로 몽롱해진 술꾼들의 아름다운 얼굴, 불의 혀 놀림이 여기저기 고르지 않게 핥아놓아 갈색 광채가 나는 고기, 그리고 시든 꽃잎처럼 식탁보에 뿌려진 포도주 얼룩에서 드러나는 우아한 장밋빛을 알게 되었다. 돌풍이 창문을 뚫더니 소나기가 방으로 들이쳤다. 왕포는 몸을 숙여 링에게 푸르스름한 긴 번개 줄을 감탄케 해주었고, 감동한 링은 뇌우를 두려워하지 않게 되었다. (…) 안마당에 있던 왕포는 이제껏 아무도 관심을 두지 않던 섬세하게 생긴 소관목을 눈여겨보더니, 이를 머리 말리는 한 젊은 여인에 비유했다(1172).

왕포는 남들과 달리 삼라만상의 모든 것을 구체적으로 관찰하고 그 안에서 아름다움을 이끌어낼 줄 안다. 그것은 그리려는 대상 자체만이 아니라 수많은 대상들을 관찰하고 종합하여 얻은 통찰의 결과이다. 이는 주어진 현상의 평범한 관찰을 바탕으로 구체적 자료에서 추상적이고 통일된 개념을 만들어내는 동양의 사유방식[14]과 맞닿아 있다.

두 번째, 두 화가의 또 다른 차이는 자연과 연결되어 있는 인간관의 차이이

---

14 같은 책, 14쪽.

다. 왕포는 인간을 포함하여 자연만물을 그리는 풍경 화가이고, 베르그는 인간들의 모습을 주로 그리는 초상화가이다. 왕포가 인물을 위주로 그릴 때는 언제나 자연경관이 함께 있다. 링의 아내를 자두나무를 배경으로 그린 것처럼 말이다. 또한 자연과 조화를 이루거나 거대한 자연에 순응하는 듯, 인물들을 아주 작은 점으로 묘사하기도 한다. 황제의 방에서 그림 속으로 빠져나가는 마지막 장면에서 왕포가 그린 작은 배와 인물들은 아주 작은 점으로 점점 멀어져 간다.

반면 베르그는 인물을 그리는 초상화가인데도, 인간들의 추한 모습에 진력이 나 있다. 그는 동물들과 너무도 닮은 인간을 그리고 싶지 않다고 말하기도 한다. 서양의 초상화는 거의 배경이 없이 얼굴이 부각되기에, 평생 얼굴만 그리는 것이 예술가에겐 힘든 과정이었을 것이다. 하지만 동물들과 닮은 인간, 아름다운 튤립 정원과 대조되는 애꾸눈 노예에 관한 언급에서 보았듯이, 자연과 인간, 인간과 동물을 구분하는 이원론적이고 가시적 형상의 표현에 치우쳐 있는 코르넬리우스 베르그의 예술관은 왕포의 초상 예술관과 비교된다.

> 사람들은 왕포가 그림들 속의 두 눈에 마지막으로 점을 찍어 넣는 화룡점정畵龍點睛으로 화폭에 생명을 부여할 수 있다고들 했다. 농부들은 그에게 집 지키는 개를 그려달라고 부탁하러 오곤 했고, 영주들은 군인들의 초상을 요구하기도 했다 (1173~1174).

왕포가 인물의 두 눈에 찍은 마지막 점은 생명의 혼을 불어넣은 행위이다. 동양에서 초상화는 전신傳神이라 부르기도 하는데, 이는 정신情神을 전하는 것이다.[15] 초상화가가 형상의 중요한 부분을 제대로 표현해야 감동을 주는 법인데, 그 형상의 중요한 부분이 바로 이 정신에 해당된다는 것이다.[16] 이는 인체를 일종의 소우주로서 인식하는 동양의 관념에 기인한다. 인간이 생명의 근원

---

15 같은 책, 9쪽.

16 같은 책, 10쪽.

인 작은 우주를 지닌 자연인이기에, 초상화도 인체의 우주 전체가 드러나도록 가시적인 외형만이 아니라 자연의 기와 어우러진 불가시적인 성정性情을 표현해야 한다는 것이다.[17] 이와 달리, 코르넬리우스 베르그가 자연의 아름다움과 대조되는 애꾸눈 노예에 절망한 것은 그 인물의 가시적인 형상 너머의 생명의 본질을 간과했기 때문이라고 볼 수 있다. 결국 코르넬리우스 베르그는 자연보다는 인간 중심으로 표현하고, 정신과 육체, 미와 추를 나누는 이원론적 사고 경향을 지닌 서양의 예술관을 상징한다. 이와 반대로 왕포는 천지만물을 마치 한 사람의 몸과 똑같이 생각하는 천인합일天人合一이라는 우주관[18]을 갖고서 자연(하늘)과 인간의 생명원리를 동일하게 생각하고 그 조화를 강조하는 동양의 예술관을 상징한다고 볼 수 있다.

세 번째, 여백의 문제이다. 이 작품에서 그것은 인간의 탐욕과 반대의 성격을 지닌다. 왕포는 예리하고 따스한 시선과 직감을 통해 사물에게 생명을 불어넣는다. 하지만 이 작업을 위해 오랫동안 기다리고 관찰하는 여유를 보이며, 그림의 완성에 대한 강박과 집착을 보이지 않는다. 그렇게 세상을 떠도는 왕포는 가난하지만 자유롭다. 부에 대한 욕망도 권력에 대한 희구도 없다. 반면 중국황제나 코르넬리우스 베르그는 탐욕을 지닌 인물들이다. 왕포를 죽이겠다고 위협하여 그로부터 최상의 그림을 얻어내려는 황제의 탐욕도 그렇고, 인간들의 모습에 염오를 느끼면서도 렘브란트와 대등한 자리를 꿈꾸는 베르그의 탐욕 역시 같다.

> 그대는 바다를 덮고 있는 가장자리 술 장식도 바위들의 해초 머리카락도 끝내지 않았다. 왕포여, 나는 그대가 남은 빛의 시간들을 이 그림을 끝내는 데 바치기를 원하노니. (…)(1179)

---

17 같은 책, 11쪽.

18 같은 책, 14~15쪽.

그는 어질러진 다락방 속 작업대 앞에 자리 잡고서, 값 비싸고 귀한 예쁜 과일을 그의 곁에 놓았다. 그 빛나는 껍질이 신선함을 잃기 전에, 혹은 단순한 냄비, 채소 껍질들도 서둘러 화폭 위에 재현해야 했다. (…) 코르넬리우스 베르그는 여기저기서 몇몇 민망한 작업들을 날림으로 해치우면서도 렘브란트와 대등해지는 꿈을 꾸었다(1244).

황제는 미완의 그림을 가득 채우려고만 하고, 코르넬리우스 베르그는 성급히 그림을 완성하려고만 한다. 둘 다 세상 만물을 진심을 다해 마음과 정신으로 바라보지 않으면서 말이다. 왕포의 미완성 산수화는 동양의 여백미가 돋보이는 산수화를 연상시킨다. 황제의 명으로 점차 그림을 채워나가지만, 그가 그리는 것들은 소소한 자연, 즉 커다란 푸른 물결, 구름의 날개 부분, 잔물결, 홀쭉한 배의 묘사이다. 보는 이의 시선을 사로잡는 웅장한 규모의 인물이나 풍경이 아니라, 서로 조화를 이루는 소소하고 정겨운 산수풍경들이다. 게다가 마지막에 그려진 배에 올라 노를 저어가는 왕포와 링은 인물이 아니라 산수화 속의 또 다른 소소한 풍경일 뿐이다. 채우는 것에 급급하거나 실망하지 않고, 자연의 품속에서 일체가 된 왕포와 그의 제자 링이 보여주는 '천인합일'의 예술은 황제와 코르넬리우스 베르그의 인간 중심의 예술 욕구와 대조적이다.

유르스나르가 『동양이야기들』에서 왕포와 코르넬리우스 베르그의 이야기를 의도적으로 대비시키고자 하는 궁극적 이유는, 두 화가의 예술 이념의 차이가 드러내는 자연과 인간에 관한 동서양 예술관의 차이라고 할 수 있겠다. 자연의 모방, 즉 미메시스에 관한 해석의 차이, 인간 혹은 육체를 바라보는 사유방식의 차이, 여백과 가득 채우기의 차이를 통해 이를 엿볼 수 있다.

유르스나르는 이 신화집에 어울리지 않는 17세기 유럽 초상화가의 예술관을 끼워 넣어, 고대 신화시대에 자리하고 있던 통합적 사유, 즉 인간과 자연이 하나라는 천인합일의 정신을 환기시키고 싶었을 것이다. 신화시대를 벗어나 기독교 유일신 사상의 영향으로 창조의 개념보다는 신이 허락하는 자연의 모방에 그쳐야 했던 서구예술과 달리, 동양예술은 자연과 인간이 함께 호흡하는 순환성 안에 위계질서가 내포되지 않아 자연의 모방에 예술가의 독창성이 들어갈 여지가 있었던 것이다. 결국 자연과 인간은 하나의 커다란 개방계를 이루어 인간은 자연과 조화를 이루고, 이를 창조적으로 변화시키는 과정에 참여하는 실천적 주체가 될 수 있었던 것이다.[19] 이러한 점에서 중국화가 왕포의 창의적 모방예술이 코르넬리우스 베르그의 예술적 한계와 비교될 수 있다. 아울러 이 동양의 일원적 예술관은 유르스나르의 문학작품 전체에 흐르는 '모든 것은 하나Tout est Un'[20]라는 중심 사고와도 맞닿아 있기에 작가의 대조 의도가 분명히 드러난다.

한편 두 작품의 내용 비교에만 충실하자면, 또 다른 차원의 해석도 가능하다. 사물 자체보다 사물의 본질을 더 좋아한 왕포는 무소유와 무욕의 상태에 이른, 어쩌면 신의 경지에 다다른 예술가이다. 따라서 현실적인 문제에 부딪치고 절망하는 보통의 예술가와는 거리가 있다. 이 점에서 「왕포는 어떻게 구원되었나」와 「코르넬리우스 베르그의 슬픔」은 대조되는 듯해도 서로를 보완해주는 역할을 한다. 예술가 역시 평범한 인간이기에 현실에서 고통 받고 환멸을 느끼기도 하지만, 왕포처럼 죽음과 같은 혹독한 시련 앞에서도 끝까지 그림을 그리며 예술의 최종 관문에 들어서야 하는 것이 예술가가 가져야 할 이상적 태도라는 점에서 그러하다. 코르넬리우스도 아름다움을 사랑했지만, 예술의 탐색을 온전히 실현하기 위해서는 왕포와 같은 인내와 희생이 필요하다는 점[21]을 환기시켜 준다.

---

19 같은 책, 16쪽.

20 박선아, 「모든 것은 하나: 유르스나르 인물들의 생生의 연금술」, 《프랑스문화예술연구》, 제18집(8권 3호)(프랑스문화예술학회, 2006), 123~144쪽. 이 논문에서 유르스나르의 문학세계를 관통하는 중심 사고가 'Tout est Un'임을 주요 작품들을 통해 밝혀보았다.

21 Catherien Barbier, *Etude sur Marguerite Yourcenar Les Nouvelles Orientales*, p.75.

3. 사랑과 진실

1) 「겐지 왕자의 마지막 사랑」

「겐지 왕자의 마지막 사랑」은 『겐지 이야기』(일본어: 源氏物語 げんじものがたり 겐지모노가타리)라고 하는 일본 헤이안 시대 중기에 지어진 소설과 연관이 깊다. 유르스나르는 『동양이야기들』의 추신post-scriptum에서, 이 단편이 신화나 전설의 차용이 아니라 일본 여류작가 무라사키 시키부Mourasaki Shikibu의 문학 텍스트에서 영감을 얻었다고 명확히 밝히고 있다(1248). 『겐지 이야기』에 관한 국내 전문연구자에 따르면, 전체 4권으로 나뉘는 이 소설은 200자 원고지 5000매가 넘는 세계에서 가장 오래되고 가장 긴 고전소설이며, 치밀한 구성과 인간의 심리묘사, 표현의 정교함과 미의식으로 일본문학사상 최고의 걸작으로 평가된다고 말한다.[22] 이 작품은 기리쓰보 천황의 제2황자로 태어난 히카루겐지(이하 겐지)라는 주인공의 온갖 영화로운 삶과 그 쇠락 과정 그리고 주변 인물과의 복잡한 인간관계를 그리고 있다. 작품 전체는 400여 명의 등장인물과 기리쓰보, 스자쿠, 레이제이, 금상에 이르는 4대 천황에 걸친 70여 년간의 이야기로

---

22 무라사키 시키부, 『겐지 이야기』(11세기 초), 김종덕 옮김, 지만지 고전천줄(지식을 만드는 지식, 2008), 9쪽.

구성되어 있다.[23]

이 작품의 저자 무라사키 시키부는 11세기 초 한학자의 딸로 태어나 한문교육을 받았으며, 후일 남편과 사별하여 딸과 함께 지내다가 그녀의 재능을 알아본 한 권세가에게 발탁되어 이치조 천황의 왕비 쇼시의 궁녀로 입궐하게 된다.[24] 이처럼 자신이 궁정의 일원이 되었기에 주변의 인물들을 보다 친밀하고 내적인 시점으로 바라보게 된 것이다. 인간들의 운명 성쇠와 심리를 깊고 예리하게 응시하고 있고, 성격묘사와 자연묘사의 섬세한 부분이 돋보인다. 중세 일본 궁정의 관례와 관습이 낯설긴 하지만, 자연과 사랑, 음악의 조화가 아름다운 시키부의 겐지 이야기에는 인생에 대한 고뇌, 인과응보, 퇴폐적 유혹, 배반, 질투, 경멸, 권력의 매혹, 인연의 우연성 등 현재의 우리에게도 친숙한 문학 주제들이 많이 등장한다.

이런 극동의 겐지 왕가 이야기에 프랑스 작가가 관심을 갖게 된 동기가 흥미롭다. 유르스나르는 스무 살에 영어로 번역된 시키부의 소설을 읽고[25] 큰 감명을 받았으며, 이 소설의 저자가 주인공 겐지 왕자의 죽음을 슬쩍 감추고 넘어간 것의 빈틈을 메우고 싶었다고 밝히고 있다.[26] 홀아비가 된 겐지가 세속을 떠나는 장章이 나오고, 그다음 장은 이미 그의 죽음이 기정사실이 된 채 바로 다음 이야기로 넘어가 있기 때문이다. 원저자 시키부가 썼다면 그 에필로그가 어떠했을까를 상상하면서 유르스나르가 창작한 이야기가 바로 「겐지 왕자의 마지막 사랑」이다.

---

23 같은 책, 9~10쪽. 겐지 이야기는 54권을 대체로 3부로 나누는데, 33권에 해당하는 제1부와 8권에 해당하는 제2부는 겐지 왕자의 영화와 조락을 그린 일대기이며, 나머지 13권에 해당하는 제3부는 겐지의 자녀들(가오루와 니오미야)이 펼치는 남녀의 사랑이야기이다(같은 책, 11쪽).

24 같은 책, 19~20쪽.

25 유르스나르가 읽은 영역본은 1933년 영국의 동양학자 아서 웨일리Arthur Waley가 옮긴 *The tale of Genghi*인 것으로 보인다.

26 Marguerite Yourcenar, *Les Yeux Ouverts — Entretiens avec Matthieu Galey*(Le Centrion, 1980), p.109.

「겐지 왕자의 마지막 사랑」에서, 겐지 왕자는 왕좌를 기대할 수 없는 황제의 아들이지만 여러 아내와 정부를 두고 수많은 사랑을 나누어온 아시아의 돈 주앙don Juan이라고 불릴 만한 유명한 호색가였다. 쉰 살에 이른 겐지 왕자는 영화롭던 젊은 시절의 명성이 끝나가고 있음을 깨닫고, 세상에서 잊히고 조용히 죽음을 맞이하고자 궁정을 떠나 먼 시골 오두막집으로 은둔한다. 그는 사계절이 지나는 동안 격리된 채 고독에 파묻혀 지냈으며 죽음이 오기도 전에 시력이 약해지고 있었다. 그러던 어느 날 그의 옛 정부 중 하나인 '꽃 떨어지는 마을의 여인la dame-du-village-des-Fleurs-qui-tombent, 花散里'이 찾아온다. 그녀는 궁정에서 18년 동안 오직 겐지만을 사모해 왔으나 거의 사랑받지 못했던 수수한 외모의 소실이었다.

'꽃 떨어지는 마을의 여인'은 가을부터 시골 오두막에 은둔해 있는 겐지 왕자를 찾아와 여종으로라도 그의 곁에 남아 있게 해달라고 애원한다. 그러나 겐지는 화를 내며 추운 겨울날 찾아온 그녀를 모질게 쫓아낸다. 시력은 약해졌지만 그녀에게서 나는 옛 여인들의 향수 내음이 지나간 날들을 회상시켰기 때문이다. 젊은 날의 멋진 모습을 기억하는 것이 너무나 고통스러웠기에, 자신을 기억하는 그녀를 더욱 격렬하게 밀쳐냈던 것이다. 그만큼 그는 엽색가였던 자신의 과거가 철저히 잊히길 바랐다.

그러나 문전박대를 당했던 '꽃 떨어지는 마을의 여인'은 포기하지 않았다. 겐지를 다시 만나기 위해 그의 눈이 멀기를 기다린다. 그리고 그가 앞이 거의 보이지 않게 되자, 이듬해 봄날 젊은 시골 아낙의 복장을 하고 우연을 가장하여 겐지에게 접근한다. "그녀는 처녀가 첫사랑을 겪을 때의 눈물과 수줍음을 흉내 내는 것을 잊지 않았다. 그녀의 몸은 놀랍게도 젊은 채로 남아 있었고, 왕자의 시력은 그녀의 회색 머리칼 몇 올을 가려내기엔 너무 약했다"(1204). '꽃 떨어지는 마을의 여인'은 겐지와 사랑을 나눈 후, 여전히 자신의 정체는 숨긴 채 그의 존재를 알고 찾아왔노라고 고백한다.

왕자님, 저는 당신을 속였어요, 저는 농부 소헤의 딸, 우키푸네이지만, 산속에서 길을 잃은 것이 아니었답니다. 겐지 왕자의 명성이 마을에까지 퍼져 있어, 당신의 품속에서 사랑을 찾아내기 위해 기꺼이 저 스스로 온 겁니다." 겐지는 겨울과 바람의 충격에 흔들리는 소나무처럼 비틀거리며 일어났다. 그는 휘파람 소리 나는 목소리로 외쳤다. "재앙 있으라, 내 최악의 적인 생기 찬 눈에 잘생긴 왕자, 매일 밤 나를 잠 못 들게 붇드는 그의 모습을 상기시켜 준 그대에게. 썩 꺼져라…" (1204).

그녀는 일시적인 행복을 맛보았지만 두 번째 방문도 실패로 끝난다. 시력을 잃고 난 후 촉각이 세상과의 유일한 접촉수단이었던 겐지 왕자에게 그녀가 일깨워준 피조물의 육체와 향기는 과거의 추억을 되살려 그의 마음을 괴롭힌다. 그를 둘러싼 자연의 아름다운 풍경도 이제는 단조롭고 멀게만 느껴진다.

두 달이 지나고 여름이 왔을 때, '꽃 떨어지는 마을의 여인'은 다시 변장을 하고 세 번째 방문을 시도한다. 추조Chujo라는 가명으로 궁정의 삶을 전혀 모르는 지방호족 출신 귀족의 아내라고 그를 속인다. 그 사이 겐지는 눈이 완전히 멀어져 있다. 그녀는 예전에 왕자가 아주 좋아하던 연가戀歌를 불러주어 그의 마음을 움직이고 마침내 사랑을 얻는다.

"젊은 여인이여, 그대는 능숙하고 다정하구나, 사랑에서 그토록 행복했던 겐지 왕자라도 그대보다 더 달콤한 정부를 가졌을 것 같지 않구나."
"저는 겐지 왕자에 대한 얘기를 들어본 적이 없습니다." 그 여인이 머리를 저으며 말했다.
"뭐라고?" 겐지는 씁쓸히 외쳤다. "그가 그렇게도 빨리 잊혔단 말인가? 그리고 온종일 우울하게 지냈다(1206).

과거와의 단절을 원했던 겐지 왕자가 모순적 사고에 빠져 있음을 알 수 있다. 젊은 날의 자신을 기억하는 여인을 분노하여 쫓아내던 자가 세상이 벌써 자신을 잊은 것 같다고 서운해하고 두려워하기 때문이다. 오두막집으로 들어와 자신의 추억과 싸우며 처절한 내적 투쟁을 벌이는 겐지가 이율배반적으로 보이지만, 사실 그는 추조를 돌려보내지 않았고 그들 사이에는 사랑의 감미로움과 더불어 비참한 친밀함이 새롭게 생겨났다. 여기서 인간이 자신을 정의하는 것들로부터 온전히 자유로울 수 있는지, 한 인간의 정체성이 인생의 시기에 따라 임의적으로 분리 가능한 것인지에 대한 의문이 제기된다. 그런데 이 의문은 그의 솔직한 고백을 계기로 차츰 풀리기 시작한다.

> 곧 죽어갈 사람을 돌보아주는 젊은 여인아, 난 그대를 속였다. 나는 겐지 왕자니라(1207).

> (…) 저는 겐지 왕자가 누구인지 몰랐습니다. 이제야 그가 남자들 가운데 가장 잘생기고 가장 탐낼 만한 사람이었다는 걸 알겠군요. 그러나 당신은 사랑받기 위해서 겐지 왕자일 필요는 없습니다(Ibid.).

마침내 겐지는 추조에게 자신의 과거를 고백하고, 사실상 이 '꽃 떨어지는 마을의 여인'은 그의 진실에 놀란 척하며 유명한 겐지 왕자보다 현재의 그를 사랑한 것이라고 화답한다. 현재의 겐지 모습 그대로 사랑한다는 그녀의 말을 듣고서, 그는 미소로 감사의 마음을 전한다. 그런데 바로 이 다정한 말들이 과거의 유혹자와 상처받기 쉬운 현재의 노인을 다시 이어준다.[27] 젊은 시절의 겐지 왕자와 노쇠한 겐지를 이어주는 과거와 현재의 합치가 가능해진 것이다. 그녀의 사랑은 과거와 단절하고 망각 속으로 숨으려 했던 한 노인의 고의적 도피를 무無로 돌려놓는다. 겐지 왕자는 자신의 과거와 현재가 두 번째 가을로 접어드는 계절의 순환처럼 우주의 순환적 시간 속에 자연스럽게 자리하고 있음을 느낀다. 그리고 이내 죽음을 맞이하게 될 겐지에게 '꽃 떨어지는 마을의 여인'이 보여준 사랑은 오랜 인고의 시간과 한결같은 충실함이 빚어낸 경이적인 결실

---

27 Catherien Barbier, *Etude sur Marguerite Yourcenar Les Nouvelles Orientales*, p.53.

이다. 비록 자기 이름을 포기하고 침묵하는 대가를 치르기는 하지만, 겐지 왕자의 마지막 사랑으로서 헌신적 사랑을 구현한다.[28]

과거의 왕자가 아닌 반백 살의 은수자隱修者를 있는 그대로 사랑했다는 추조로 가장한 여인의 말을 듣고서 겐지 왕자는 다가오는 죽음을 편안히 받아들인다. 그리고 자기 자신과 그를 둘러싼 주변의 복잡한 관계들이 모든 것이 꿈처럼 지나가는 우주 속의 덧없는 사물들, 인간들, 사랑들이었음을 깨닫고 자연의 법칙에 순응하려고 한다.

> "소중한 사물들이여, 너희들은 중인으로 죽어가는 장님 밖에는 가지지 못하는구나… 다른 여인들이 꽃피겠지, 내가 사랑했던 여인들처럼 미소 짓는, 그러나 그녀들의 미소는 다르겠지. 그리고 나를 열광시키던 점은 티끌 하나 두께만큼 얇은 그녀들의 호박색 뺨으로 옮겨지겠지. 다른 심장들이 견딜 수 없는 사랑의 무게 아래 부서질 것이나, 그들의 눈물이 우리의 눈물은 아닐 게야. 욕망으로 촉촉해진 손들은 꽃핀 편도나무 아래서 계속 포개어질 것이나, 똑같은 꽃비가 똑같은 인간의 행복 위에 결코 두 번 다시 내리진 않겠지"(1207~1208).

유르스나르의 겐지 왕자는 우주의 사물과 인간들이 덧없이 사라지는 것을 유감스러워하는 것이 아니라, 유사한 사물들과 인간들이 반복 소생되는 우주의 시간 속에서 저마다 유일무이하게 존재했던 사물과 인간들이 자신의 고유 의미를 간직하지 못한 채 사라지는 것을 탄식하는 것이다. 그래서 겐지 왕자는 세상과의 마지막 작별인사로 자신이 사랑했던 여인들을 추억하기 시작한다. 과거는 인간의 기억 속에 있는 한 현재가 되고, 인간의 기억은 살아 있는 한 사물의 비영속성에 저항할 수 있는 유일한 수단임을 깨닫기 때문이다. 겐지는 평생 동안 자신이 만난 모든 여인들 그리고 그녀들과 나눈 소중한 감정들이 죽음과 함께 사라지기 직전에 기억을 더듬는다. 죽은 다음에야 사랑의 진실성을 믿

---

28 Ibid., p.51.

게 된 첫 아내, 연적의 질투로 자신의 품에서 외로이 죽은 여인, 그를 부정不貞의 공범자이자 희생자로 만든 아름다웠던 계모와 아주 어리던 아내, 수줍음이 많아 너무도 정숙했던 한 여인, 소작인 소혜의 딸, 지금 곁에 남아서 안마를 해 주고 있는 추조까지 겐지 왕자가 추억하는 여인들의 이름이 하나하나 언급된다.[29] 왕자의 마지막 말에 자신의 이름이 불리기를 애태우며 '꽃 떨어지는 마을의 여인'이 다그쳐 묻는다.

> 당신의 궁정에 당신이 이름을 대지 않은 또 다른 여인은 없었나요? 그 여인은 감미롭지 않았나요? 그녀 이름이 '꽃 떨어지는 마을의 여인'이 아니었나요? 아, 기억해 보세요…(1209).

그러나 겐지는 이제 말이 없다. 이미 죽음의 침묵 속으로 들어간 것이다. 그는 추조는 알지만, '꽃 떨어지는 마을의 여인'은 기억하지 못한다. 솔직하게 고백한 겐지와 달리 그녀가 쓰고 있던 가명은 사랑의 회상을 불가능하게 만들었다. 서정적이고 아름답던 헌신의 사랑이 갑자기 잔혹한 비극으로 치닫는다.

> 이미 겐지 왕자의 얼굴은 죽은 이들에게만 있는 그런 고요함을 얻고 있었다. 모든 고통의 끝이, 싫증 혹은 쓰라림의 모든 흔적을 그의 얼굴에서 지워버렸고, 열

---

29 "나의 첫 아내, 그녀가 죽은 다음 날에야 내가 그 사랑을 믿었던 청靑공주의 추억이여, 내가 너로 하여 마음 흔들리며 더는 사랑하지 않을 때, 너는 무엇이 될 것이냐? (…) 그리고 너, 한 질투하는 연적이 저 혼자만 나를 사랑하려고 집착하였기에 내 품에서 죽었던 '메꽃 정자의 여인'에 대한 몹시 가슴 아픈 추억은? 그리고 그대들, 내게 외도의 공범자이자 희생자가 느끼는 고통을 알려주는 일을 맡았던 나의 너무도 아름다운 계모와 너무나 어렸던 아내의 기만적인 추억은? 그리고 너, 수줍어 몰래 떠나버려서 부끄러워하는 미소의 흔적이 비치는 어린 모습의 그대 남동생 곁에서 위로를 얻어야 했던 '정원의 매미'에 대한 미묘한 추억은? (…) 그리고 너, 내게서 내 과거만을 사랑했던 소작인 소혜So-Hei의 딸에 대한 목가적인 가련한 추억은? 그리고 특히, 너, 지금 이 순간 내 발을 안마해 주고 있는, 추억이 될 시간을 갖지 못할 사랑스러운 추조의 달콤한 추억은? 내 삶에서 더욱 일찍 만났더라면 좋았을 추조, 그러나 하나의 열매가 늦가을을 위해 남겨지는 것 또한 좋겠지…"(1208).

여덟 살이었던 그 자신으로 믿게 해놓은 것 같았다. '꽃 떨어지는 마을의 여인'은 모든 자제를 잃고서 울부짖으며 땅바닥에 몸을 내던졌다. 그녀의 짭짤한 눈물은 폭우처럼 그의 뺨을 엉망으로 만들었고, 한 움큼 쥐어뜯긴 머리카락이 비단보풀처럼 날았다. 겐지가 잊고 있었던 유일한 이름, 그것은 바로 그녀의 이름이었다 (1209).

겐지 왕자의 평온한 모습과 대조적으로, 이 여인의 고통스러운 절규가 시각적으로 들린다. 폭풍우 같은 눈물, 황폐해진 두 뺨, 헝클어지고 뜯겨나간 머리카락은 그녀의 당혹스러운 외침과 사랑의 광폭함을 드러낸다. 의도하지 않은 운명의 잔인함이 엿보인다.

그런데 이는 자연의 자리를 일탈한 한 인간이 치르는 혹독한 대가이기도 하다. 아무리 진실하고 헌신적인 사랑이어도, 그것이 이중의 가면과 가장의 유희에 의지했던 사랑[30]이었기에, 결국 그녀의 거짓이 스스로를 망각 속에 영원히 가두게 된 것이다. 과거의 기억을 현재화함으로써 자기 정체성에 의미를 부여하고 자연의 법칙에 순응한 겐지 왕자와 달리, '꽃 떨어지는 마을의 여인'은 과거의 겐지와 현재의 겐지를 온전히 독차지하고 싶은 은밀한 욕망에 사로잡혀 자신의 현재를 버리고 고유의 정체성을 계속 기만함으로써 이야기의 결말을 비극으로 몰고 간 것이다. 바로 이것이 유르스나르가 보여주려고 한 사랑의 역설paradoxe이다.

2) 「과부 아프로디시아」

「과부 아프로디시아」는 유르스나르가 그리스, 더 정확히 말하면 터키와 이슬람의 영향을 받은 현대 그리스 사회에서 일어난 3면기사三面記事에서 영감을

---

30 Catherien Barbier, *Etude sur Marguerite Yourcenar Les Nouvelles Orientales*, p.51.

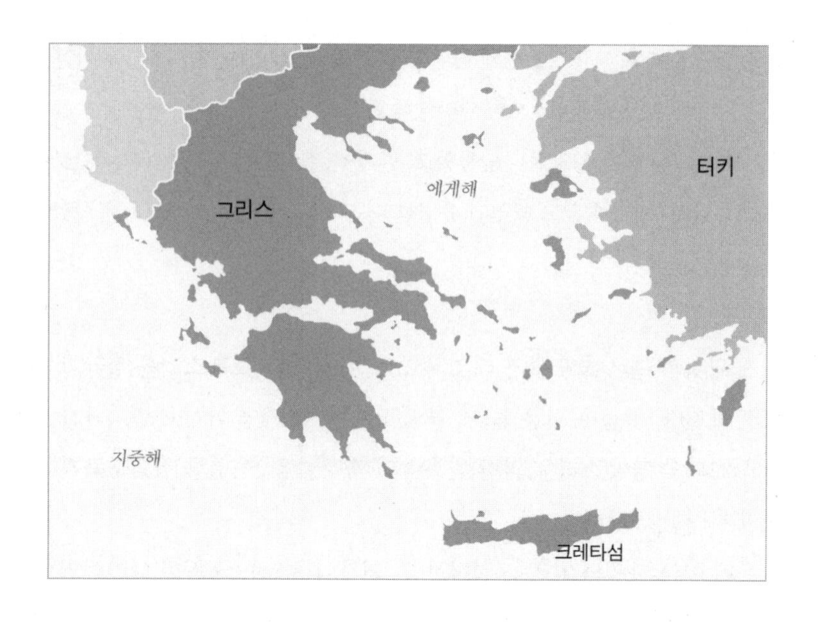

받고 쓴 것으로(1247), 그리스 바다와 가까이 있는 어느 산골마을에서 일어난 이야기이다. 유르스나르는 머리색이 붉은 한 강도에 관한 실제 기사를 차용하였지만, 과부인 아프로디시아Aprodissia는 새로이 창안한 인물이다. 1938년 초기 판본의 경우 「붉은 장수Le chef rouge」라는 제목에서는 부각되지 않았으나, 이후 제목이 바뀐 개정판에서는 '아프로디시아'라는 여인이 중심인물임을 알 수 있다. 시적이고 문학적인 「겐지 왕자의 마지막 사랑」과는 대조적으로, 이 단편은 야만적이고 범죄적이며 본능적인 사랑의 이야기이다.

그리스 시골마을의 늙은 사제의 아내 아프로디시아는 마을 사람들의 눈을 몰래 피해 '빨간 코스티스Kostis le Rouge'라고 불리는 도적과 부적절한 관계를 맺고 있었다. 철면피 코스티스는 한밤중에 사제관에 들어와 암탉을 훔치고 아프로디시아와 과감히 사랑을 나누곤 했다. 어느 날 그들을 우연히 보게 된 늙은 사제가 동네 사람들의 추문과 총질에 대한 두려움, 복수의 열망 사이에서 괴로워하던 차에, 오히려 코스티스에 의해 죽임을 당한다.

아프로디시아의 눈에 코스티스는 강도라기보다 세상에 둘도 없는 열정적인 연인이다. 우박 소나기를 피하다가 뽕나무 아래에서 우연히 만났고, 폭풍우 치던 밤의 번갯불처럼 뜨거운 사랑을 나눴다(1226). 회한에 젖어 그를 포기하려고도 했지만 그녀에게 이미 빵과 물보다도 더 필요한 사람이 되어 있었다(1227). 여전히 산속 깊이 혼자 숨어 살며 그 나름의 자유로움을 구가하고 훔친 음식의 맛도 여유롭게 즐길 줄 아는 배짱 두둑한 이 남자를 그녀는 진심으로 사랑한다.

마을사람들의 평가와 달리 코스티스는 비교적 친밀하고 순박한 인물로 재조명된다. 이는 아프로디시아 중심의 주관적 관점을 살려 서술하는 다소 편파적인 화자 덕분이다. 하지만 코스티스와 그의 무리들이 마을에 큰 범죄를 일으키는 사건이 일어난다. 이에 분노한 마을 농부들이 이 일당을 참형하고 산꼭대기에 목 잘린 머리들을 널어 전시한다. 그리고 시신의 몸통들은 묘지 문턱에 마구 내던져 놓았다. 이 사실을 듣고서 비탄에 빠진 아프로디시아가 하염없이 울부짖었는데, 마을사람들은 6년 전에 암살된 남편 때문일 거라고 짐작했다. 농부들은 그녀 남편의 원수를 갚아주었다고 의기양양해 있었고, 이에 아프로디시아는 마지못해 그들에게 빵과 술을 대접하게 된다. 하지만 차마 거기에 독을 바를 수가 없어 "몰래 침을 뱉는 것으로 만족해야 했다"(1226).

코스티스와 그 일당들을 암노새의 시체 정도로 취급하는 이 마을사람들은 그들을 땅에 묻어주지 않고 석유를 뿌려 불살라 버리기로 결정한다. 당황한 아프로디시아는 자기 애인의 장례를 몰래 치르기 위해 마을 사람들보다 서둘러 묘지로 달려간다.

> 쌓인 몸통들이 마른 돌 벽에 기대어 쓰러져 있었다. 그러나 코스티스를 알아보는 것은 어렵지 않았다. 그는 가장 몸집이 컸고 그녀는 그를 사랑했던 것이다. 탐욕스러운 한 농부가 일요일에 잘 차려입으려고 그의 조끼를 벗겨가 버렸다. 파리들이 이미 눈꺼풀의 피눈물에 달라붙어 있었다. 그는 거의 알몸이었다. (…) 아프로디시아는 코스티스에게 부활절 선물로 주기 위해 직접 손으로 떴던 윗도리의 찢긴 소매를 만졌다. 그리고 갑자기 왼쪽 팔 움푹 들어간 곳에 코스티스가 새긴 자신의 이름을 알아보았다. 맨살에 서투르게 새겨놓은 이 글자들 위에 그녀가 아닌

다른 이가 눈을 떨군다면, 진실은 묘지의 벽 위에서 춤추기 시작한 기름의 불꽃처럼 그들의 정신을 갑자기 환히 밝혀줄 것이다. 돌을 맞고 묻혀 있는 그녀 자신의 모습이 보였다(1229).

코스티스의 팔에 새겨진 글자는 그녀를 많이 사랑했다는 증표이지만, 그들의 관계를 폭로시키는 위험한 물증이기도 하다. 모든 진실이 드러날 경우, 마을사람들이 행할 끔찍한 지탄을 상상하니 두려운 마음이 생겨났다. 그렇다고 쇠를 달궈 코스티스의 문신을 지우거나 이미 죽은 자의 팔을 베어낼 수도 없는 노릇이다. 아프로디시아의 속내를 따라가다 보면, 이상하게도 강도 코스티스와 아프로디시아가 오히려 궁지에 빠진 약자가 되고, 익명의 마을 군중들은 잔인한 강자로 등극한다. 두 남녀의 솔직하고 야생적인 사랑은, 암노새의 시체를 다루듯 인간의 시신을 거칠고 야만적으로 대하는 마을사람들의 광폭함과 대조된다. 또한 검은 핏자국을 핥아 먹는 더러운 개처럼 죽은 자의 옷까지 빼앗는 농부의 탐욕이 이 연인들의 사랑과 대비되어 오히려 이들에 대한 연민을 불러일으킨다. 너무나 다급해진 아프로디시아는 한 가지 해결방안을 찾아낸다.

마침내 그녀는 곡괭이 아래 오래된 나무의 둔탁한 소리를 들었다. 여느 기타 테이블보다 더 약한 사제 에티엔의 관이 힘에 못 이겨 쪼개지자 그 노인에게 남아 있던 얼마 안 되는 뼈와 꾸깃꾸깃한 제의가 드러났다. 아프로디시아는 이 유해조각들을 한 무더기로 만들어 관의 한 구석에 조심스럽게 밀어 넣고는, 코스티스의 몸뚱이의 겨드랑이를 잡아 무덤의 구덩이로 끌고 갔다. 옛 정부는 남편보다 머리 크기만큼 컸으나, 그 관은 목 잘린 코스티스에게는 충분히 클 것이었다(1230).

그녀는 남편의 썩은 시신이 있는 무덤 속에 자기 애인의 시신을 합장한다. 정확히 말하면, 뼈만 남은 사제는 관의 구석으로 몰리고, 무덤에서조차 아내의 정부에게 자리를 내줘야 하는 기막힌 신세가 된 것이다. 게다가 두 남자는 신장 차이가 있음에도, 코스티스의 목이 잘려나간 덕분에 그 관 속에 딱 맞아 들어가는 희극적 상황이 연출된다. 이처럼 사랑이라는 이름으로 행해지는 그녀의 담대하고 노골적인 행동이 블랙코미디처럼 음산한 유머를 풍긴다.[31] 이어서 아프로디시아는 작살 위에 찍혀 마을 광장 위에 높이 솟아 있는 코스티스의 머리를 찾으러 나선다. 사랑하는 이의 성스러운 장례를 완성하기 위함이다.

> 코스티스와 그 동료들의 다섯 머리는 작살 위에서 죽은 자들이 지을 수 있는 서로 다른 찌푸린 상을 하고 있었다. (…) 비단이 찢어지는 소음이 나면서 빠져나온 머리를 아프로디시아가 붙잡았다. 그녀는 그것을 자기 집 부엌바닥 아래에, 또는 아마도 그녀 혼자만이 비밀을 지키고 있는 동굴 속에, 감추기로 마음먹었다. 그리고 자신들이 구원되었다고 그에게 안심시키면서 이 유해를 어루만졌다(1231~1232).

여기서 그녀가 뜻하는 '구원'은 자신의 불륜 사실을 영원히 묻는 것이고, 다른 한편으로는 죽은 애인의 잔해를 모아 신성한 장례를 치러주게 된 것을 뜻한다. 사실 이들에게는 '구원'이라는 개념보다는 '모면'이라는 말이 더 적합할 것이다. 그럼에도 인간의 이성과 도덕성을 넘어선 기상천외한 여인에게 그 누구보다도 뜨거운 사랑이 깃들어 있음을 인정하지 않을 수 없다. 그녀의 사랑은 자유롭고 야생적인 본능에 가깝다. 마치 그리스 땅을 내리쬐는 지나칠 정도로 뜨거운 여름 오후의 햇살과 닮아 있다.

아프로디시아는 코스티스의 피 묻은 창백한 머리를 들고 산에서 내려오다가 잠시 격한 슬픔에 빠져 눈물을 흘린다. 이때 갑자기 늙은 농부 바질이 고함을 지르며 그녀에게 달려온다. 그녀가 감추고 있는 죽은 자의 머리가 자기 과수원에서 훔친 호박이나 수박일 거라고 확신하고 욕설을 퍼부으며 추격해 오는 것이다.

---

31 Ibid., p.66.

아프로디시아는 손에 그의 앞치마 끝자락을 잡고서, 벼랑 쪽으로 뛰기 시작했다. (…) 오래전부터, 바질은 멈추어 서서 도망치는 여자에게 돌아오라고 경고하기 위해 힘껏 외치고 있었다. 이제 오솔길은 비포장일 뿐이며, 무너져 쌓인 바위들로 울퉁불퉁한 길이었다. 아프로디시아는 그의 소리를 들었다. 그러나 바람에 갈가리 찢어진 이 말들에서, 그녀는 마을로부터, 거짓으로부터, 무거운 허위로부터, 언젠가 더는 사랑받지 않는 늙은 여인이 되는 오랜 징벌로부터 벗어날 필요성만을 이해했다. 돌 하나가 마침 그의 발아래서 떨어져 나가, 그녀에게 길을 보여주려는 것처럼 벼랑 속으로 떨어졌다. 그러고는 과부 아프로디시아가 깊은 구렁 속으로 그리고 어둠 속으로 빠졌다. 피로 얼룩진 머리와 함께(1232~1233).

그녀는 피 묻은 머리를 들고 낭떠러지로 달려 나가 의도적인 죽음을 맞이한다. 이 죽음이 이른바 인간사회의 윤리적 기준을 무시하고 살아온 아프로디시아가 저지른 죄에 대한 대가로 해석될 수도 있을 것이다. 왜냐하면 남편을 속이고 코스티스와 간통을 저지른 죄, 이로 인해 생긴 아기를 질식사시킨 잔인한 유아 살해, 신성모독을 저지른 죄, 죽은 남편의 관을 열어 정부의 시신을 집어넣는 충격적인 행동 등 무분별한 죄를 지은 원죄의 여인이므로 이미 예고된 추락이라고 보아도 무방하기 때문이다.

하지만 그녀가 도덕성도 없고 인간이기를 포기한 사악한 범죄자라고 단정하기는 이르다. 그녀는 개처럼 죽어간 코스티스를 보고 마을사람들에게 경멸과 증오를 느꼈으며, 그의 인간다운 장례를 위해 자신의 죽음을 무릅썼을 뿐만 아니라, 코스티스의 팔에 새겨진 문신을 없애기 위해 함부로 칼을 대지 못하는 여린 마음도 보였다. 게다가 그녀의 죽음에는 또 다른 중요한 이유가 있는데, 그것은 바로 사랑받지 못하는 여인으로 외롭게 늙어가야 하는 삶에 대한 거부이다. 앞서 겐지 왕자가 죽어가며 사랑한 여인들의 이름을 추억한 것처럼, 그녀도 외롭게 살아가느니 자신에게 유일무이한 코스티스를 영원히 기억하는 방식을 선택한 것이다. 결국 사랑이라는 자기 안의 내적 법칙에 끝까지 충실하기 위해[32] 죽음을 선택한 것이다. 사실 그녀의 과도한 비윤리적 행동이 사랑하는 여인의 모습을 가리기도 하지만, 변함없는 애정으로 죽은 연인에게조차 헌신하는 모습은 에로티즘의 본질을 보여준다. 따라서 "이 여주인공을 정의하는 이중의 이미지가 있다. 아프로디지아는 인간법칙에 따라 죄를 받지만, 한편 코스티스의 과부로서 죽을 때까지 충실한 그녀는 본보기가 된다".[33]

3) 사랑의 역설과 신화화

겐지 왕자와 '꽃 떨어지는 마을의 여인'의 사랑은 시적이고 엄숙한 영혼의 만남이 느껴지지만, 한편으로는 가면극처럼 감추고 동시에 드러내는 진솔하지 않은 사랑의 유희와 그로 인한 잔인한 사랑의 파국을 엿볼 수 있다. 반면 아프로디시아의 사랑은 그리스의 뜨거운 태양처럼 적나라한 에로티즘을 드러낸다. 그것은 도덕성의 위반으로 출구가 막혀버리지만, 마을 농부들의 비열함과 마을 아낙네들의 이중성과 대비되어 상대적으로 더욱 단순하고 진실한 사랑의 참모습으로 부각된다. 아프로디시아가 보여주는 사랑의 역설이란 그저 한 여인의 헌신적 사랑이 아니라 사회적·종교적·집단적으로 통제되어 온 무의식에서 해방되는 욕망의 승리이자 원초적 본능의 승리라는 점이다.[34] 그녀가 절벽으로 달음박질치며 자신도 모르게 치르는 속죄와 희생은 바로 이러한 승리의 대가이다.

이처럼 파국에서 보인 사랑의 역설적 성격은 유르스나르의 개인 창작임에도 이 이야기들을 신화로 만드는 힘이 있다. 일본 문학작품을 모방하거나 현대 그리스의 3면기사에서 영감을 얻은 이야기이지만 이들 여주인공의 인생이 신화 속 주인공들과 유사해지면서 그 삶 속으로 자연스럽게 전치transposé된다.

---

32 Ibid., p.66.

33 Ibid., p.67.

34 Georges Fréris, "Marguerite Yourcenar et l'impact de la Grèce contemporaine," *Marguerite Yourcenar Retour aux sources*(SIEY, 1998), pp.134~135.

우선 '꽃 떨어지는 마을의 여인'은 겐지 왕자가 죽는 마지막 순간에도 자신의 비밀을 고백하지 못함으로써 자신의 정체성을 잃어버릴 뿐 아니라 진정한 사랑을 얻지 못하는 참혹한 상황에 처한다. 그리스 신화로 볼 때, 사랑하는 의붓아들 히폴리토스에게 거부당하자 수치심에 거짓말로 그를 죽게 만든 파이드라의 회한과 절규가 연상되기도 한다. 또한 유르스나르가 변용한 「엘렉트라 혹은 가면들의 전락」에서, 복수를 구실로 남동생 오레스테스와 자기 자신까지 기만하는 가면 쓴 엘렉트라의 공허감을 연상시키기도 한다. 이처럼 상호 텍스트적인 신화 기호들을 드러내면서 비극적이면서 인생의 아이러니를 표현하는 또 하나의 신화를 낳는다.

또한 아프로디시아 역시 여러 신화적 인물들을 연상시킨다. 우선 사랑의 여신 아프로디테에서 파생된 에로스의 현대적 구현으로 볼 수 있다. 또한 사제관에서 코스티스와 불륜을 저지르고, 결국 그가 남편을 죽이는 것을 방관한 아프로디시아는 아이기스토스를 도와 남편 아가멤논의 살해에 가담한 클리타임네스트라와 유사하다. 그리고 마을사람들도 수군거릴 정도로 배가 나왔던 아프로디시아가 뱃속 아기가 태어나자마자 자기 손으로 죽여버리는 일화는 비록 중심 이야기에서는 벗어나 있지만, 흡사 이아손과의 사이에서 낳은 자식들을 죽여버리는 메데이아의 차가운 모정을 떠올리게 한다. 하지만 마지막 부분에 등장하는 아프로디시아는 보다 긍정적인 신화적 인물을 연상시킨다.

> 헌신적인 아프로디시아는 마을 사람들이 자신의 애인을 죽이고 목 잘린 시체를 걸어놔 자신의 포획을 자랑스러워하는 순간 그 사회에 저항하고 맞서 행동한다. 사랑의 충동은 순식간에 이 단순한 여인을 현대판 안티고네로 변형시킨다. 그녀는 평온한 삶을 거부하고 자신의 운명으로 빠르게 나아간다.[35]

이처럼 아프로디시아의 사랑에는 마을사람들의 잔인성을 비판하고 이에 맞

---

35 Ibid., p.134.

서는 저항이라는 역설의 성격이 담겨 있으며, 이것으로 인해 정의를 구현하는 안티고네라는 인물에 비견될 수 있다. 비록 안티고네와 비교하면 치명적 결점이 많은 인물이지만, 여기서 정의를 내포하는 아프로디시아의 사랑은 이성 중심, 남성 중심의 도덕성에 익숙한 서양신화와 거리를 두며, 원초성·본능성·유연성·여성성을 특징으로 하는 동양신화의 세계를 구현한다고 볼 수 있다. 따라서 「겐지 왕자의 마지막 사랑」과 「과부 아프로디시아」는 기존의 유명 신화들을 연상시키기도 하고, 신화의 특질에 비추어 또 다른 신화로 거듭날 수 있는 신화화의 가능성을 잘 보여준다.

4. 위반과 경이驚異

「네레이데스를 사랑한 남자L'homme qui a aimé les Néréides」와 「제비들의 성모 마리아Notre-Dame-des-Hirondelles」의 공통 요소가 있다면 바로 님프의 등장이다. 사실 그리스 신화에서 님프는 주요 열두 신과 달리 역할이 미미한 부차적인 여신에 속한다. 이들은 풍요와 생장에 연관된 정령이며 주로 물과 숲, 동굴에서 산다. 님프는 유형도 다양하고 숫자도 많은데다 거처하는 자연 공간에 따라 달리 명명된다.[36] 또한 님프로 총칭되는 이 자연의 정령들은 매우 빠르고 민첩해서 인간 남성들은 따라잡을 수 없다고 알려져 있는데, 신화 소재의 회화나 조각상에는 젊고 아름다운 여성으로 변신한 님프들을 좇아다니는 거칠고 야성적인 사티로스나 판을 만나볼 수 있다. 평범한 인간의 눈에는 보이지 않고 바람, 빛 또는 소리로 그리스인들의 믿음 안에 자리해 온 님프는 그리스 신화의 주역은 아니어도 그리스 일대를 누비며 신화, 민담, 설화의 형태로 민중 신

36 바다에서 사는 님프는 오세아니데스Océanides, 맑은 물과 염전에서 사는 님프는 네레이데스Néréides, 샘과 호수, 강에서 사는 님프는 나이아데스Naïades, 숲과 떡갈나무에서 사는 님프는 드리아데스Dryades와 하마드리아데스Hamadryades라고 불린다.

앙 안에 퍼져 있던 요정이다. 따라서 민중의 상상력과 전설 속에서 님프는 중요한 기능을 한다고 볼 수 있다.

그런데 유르스나르의 두 작품에서 님프는 매력적이지만 해로운 존재로 등장한다. 샘물에 사는 님프가 물을 길러 온 헤라클레스의 시동 휠라스를 물속으로 끌어들인 신화처럼, 「네레이데스를 사랑한 남자」에서도 자연의 요정과 관능적 사랑에 빠져 세상의 부귀영화를 모두 잃어버린 한 거지 청년이 등장하는데, 님프가 지닌 유혹과 해악의 속성이 여실히 드러난 경우이다.

또한 님프들은 인간보다는 수명이 길지만 신처럼 불멸의 운명을 갖지 못해 자연의 거처가 소멸하면 함께 사라진다. 이들이 머무는 바위, 나무, 샘, 동굴은 그리스인들에게 오랜 시간 애니미즘적 신앙의 공간이었다. 하지만 이들의 역할은 점차 사라져간다. 중세 이후 기독교 문화가 들어오면서 님프의 존재를 믿는 것은 미신 행위였기 때문이다. 「제비들의 성모 마리아」에서도 중세 초기 교회의 한 수도사가 님프들이 사는 자연계에 침입하여 이들을 동굴 속으로 몰아넣고 생명을 위협하는 내용이 나온다. 님프들이 이교의 상징이기 때문이다.

그런데 무엇보다 특이한 것은, 「네레이데스를 사랑한 남자」와 「제비들의 성모 마리아」가 『동양이야기들』 중 그리스 신화군群에 속한다는 점이다. 사실 그리스 신화는 유럽의 기원을 이루는 유럽인의 신화로 자리 잡았고, 님프들 혹은 네레이데스는 서구문화에서 친숙한 신화적 인물인데, 유르스나르가 왜 굳이 이들의 신화를 『동양이야기들』 안에 넣었는지 의문이 든다. 이제부터 그 의문을 풀어가 보고자 한다.

1) 「네레이데스를 사랑한 남자」

이 작품은 현대 그리스의 섬이 배경이지만, 님프의 관능적 매력에 빠져 정신이 나간 한 청년의 이야기가 플롯을 이루는 환상적 신화 이야기이다. 1930년대 그리스의 섬에서 한 작은 카페의 천막 아래 어떤 남자가 맨발로 서 있다.

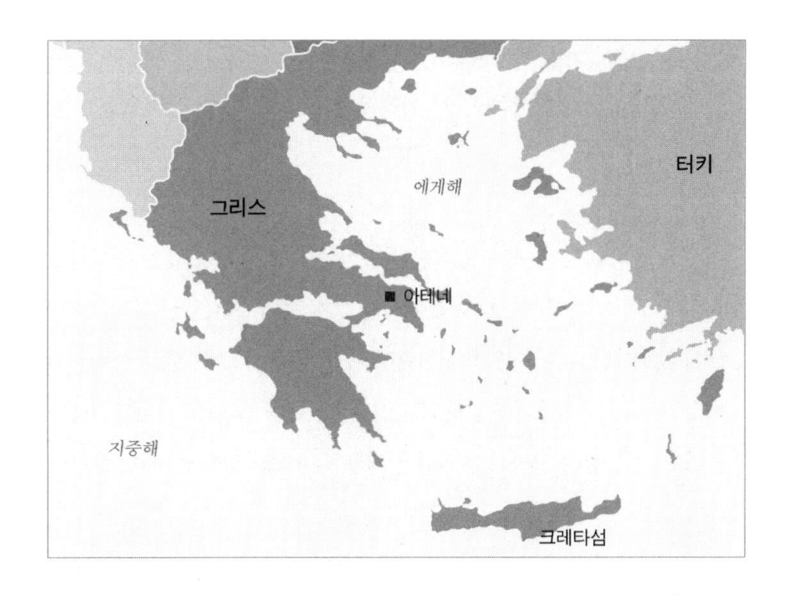

살아 있으나 박물관의 전시품처럼 부자연스럽고 기이한 인물묘사로 시작되는 도입부는 독자의 궁금증을 자아낸다.

메마른 땅 밑에서 깨어진 고대의 조각품이 노출된 듯 창백하고 멍한 그의 얼굴 위에 명백한 아름다움의 흔적이 드러나 보였다. 그의 병든 짐승 같은 두 눈이, 암노새의 눈꺼풀 가장자리를 두르는 속눈썹처럼 긴 속눈썹 뒤로 자신 없이 감추어져 있었다. 박물관을 찾는 이들에게 찬미의 적선을 바라는 것만 같은 고대 우상의 완고하고 성가신 몸짓으로, 그는 오른손을 계속 뻗친 채로 있었고, 새하얗게 빛나는 치아 위로 열린 커다란 입에서 불분명한 짐승 울음소리가 흘러 나왔다 (1210~1211).

이때 호기심을 풀어줄 인물 - 화자가 등장하는데, 그리스 섬에서 큰 비누공장을 하는 사업가 장 데메트리아디스Jean Démétriadis이다. 그에 따르면, 파네지오티스Panégyotis라는 이 그리스 거지는 유복한 농가의 아주 잘생긴 아들로 태어나 많은 미녀들의 사랑을 독차지할 정도로 매력적인 남성이었다. 그러나 18

년 전 벌거벗은 님프들을 본 이후로 정신이 나가고 벙어리가 되었다고 전한다. 데메트리아디스는 현대에서는 믿기 어려운 님프들에 대한 신비로운 이야기를 시작한다.

> 우리 섬에는 신비로운 존재들이 잔뜩 살고 있다는 것을 아마 알지 못하시겠죠. 우리네 허깨비들은 자정에만 나오고 낮에는 묘지 속에 사는 당신네 북쪽의 유령과는 닮지 않았거든요. (…) 우리네 들판의 이들 네레이데스는 때로 사람을 보호하고 때로 망치는 자연처럼 순진하고도 심술궂답니다. 고대의 신들과 여신들은 이미 죽었고, 박물관은 그들의 대리석 시체를 간직하고 있을 뿐이죠. 우리네 님프는, 당신들이 프락시텔레스를 따라서 그려보는 그런 형상보다는 당신들의 요정에 더 닮았습니다. 그렇지만 우리 민중은 그들의 힘을 믿지요. 그네들은 땅, 물 그리고 위험스러운 태양처럼 존재합니다. 그녀들의 안에서 여름의 빛은 살이 되고, 그렇기 때문에 그들을 보는 것은 현기증과 마비를 일으킨답니다. 그네들은 정오의 비극적인 시간에만 나와요. 그래서 한낮의 신비 속에 잠긴 것 같지요. 농부들이 낮잠을 자기 위해 눕기 전에 자기 집 문을 잠가버린다면, 그것은 태양을 막으려는 것이 아니라 그네들을 막으려는 것이지요. 정말로 치명적인 이 요정들은 아름답고 벌거숭이인 데다, 열병의 싹을 마시게 되는 물처럼 서늘하면서도 불길하답니다. 그녀들을 본 사람은 무기력과 욕망으로 서서히 쇠약해지지요. 그들에게 대담스럽게 다가갔던 이들은 평생 벙어리가 되는데, 그들 사랑의 비밀이 속된 사람들에게 밝혀지면 안 되기 때문이지요(1212~1213).

'당신네 북쪽의 유령'은 북서유럽의 요괴를 지칭하며, '당신들의 요정'은 그리스 신화에 나오는 네레이데스(그리스어: *Νηρηΐδες*, 라틴어: Nereides)에 근접한다. 에게해 바다의 요정으로 바다의 노인이라 불리는 물의 신 네레우스와 도리스 사이에서 태어난 50명 혹은 100명의 딸인 네레이데스와 현대 그리스 섬에 사는 님프인 네레이데스는 매우 유사해 보인다. 하지만 유르스나르는 고대 그리스 조각상에 표현된 네레이데스와 차별화하며 선을 긋는다. 그리스 신화에 등장하는 네레이데스와 닮은 현대 그리스의 님프는 민중의 상상력 속에서 여전히 강한 존재감을 드러내며, 치명적 위험을 가져다주고 오랜 수명을 유지하면서 영향력을 미치는 살아 있는 존재이기 때문이다. 고대 그리스 고전기의 대표적 조각가인 프락시텔레스가 표현한 님프는 이른바 '시체'일 뿐이며, 여전히 태양처럼 뜨겁고 물처럼 서늘하게 살아 있는 생명체가 현대까지 그리스 섬에 살아남아 있는 님프들, 네레이데스라는 것이다.

고대 그리스 신화가 예술품이 아닌 현대 그리스의 민중 속에서 여전히 살아 숨 쉬고 있다는 것을 등장인물들의 이름과 그 신화적 기원에서 찾아 볼 수 있다. 일례로 님프의 희생자 파네지오티스라는 이름에서 제우스와 님프에게서 태어난 그리스의 목신 판Pan의 어원을 발견할 수 있다. 현대인들의 눈에는 파네지오티스가 바보로 보이지만, 사실 그는 판의 혈통을 타고나 고대 신화 속 님프들과 어울리는 '순진한 목신의 한 종족'으로 해석 가능하다. 서구 합리주의와 기독교의 금욕적 문화 안에서 남근을 상징하는 신, 이성의 한계를 넘어서는 욕망의 신으로 금지와 경계의 대상이 되어왔고 음탕한 죄의 화신 혹은 조롱의 대상으로 인식되어 왔으나, 판 신은 가장 오래된 고대 이교신 중 하나로, 자연·생성·관능·자유를 상징하는 신이다.

또한 화자 데메트리아디스 역시 고대 그리스 신화의 데메테르Déméter 여신과 연관이 있다.[37] 올림포스신들 이전에 농경사회에 존재했던 보다 오래되고 강력했던 땅의 여신의 어원을 갖고 있는 이름이다. 현대 그리스의 섬사람들 중에서 파네지오티스를 가장 주의 깊게 관찰하고 그가 본 환상의 세계를 믿어주는 인물로 등장한다. 님프들의 관능적 사랑을 상상하고 섬세하게 묘사할 줄 아는 호메로스의 후예이기도 하다. 고대 토착민들은 자연의 모든 것에 영혼을 부여하고 숭배하는 애니미즘 신앙을 갖고 있었고, 그들의 믿음은 가장 강력하고 영향력이 컸던 자연의 신들을 향한 것이었다. 이후 이교의 신들은 대부분 쇠퇴하거나 사라졌고 그 존재는 한낱 미신으로 치부되지만, 파네지오티스와 데메

---

37 Catherine Barbier, *Etude sur Marguerite Yourcenar Les Nouvelles Orientales*, p.57.

트리아디스처럼 여전히 정령의 존재를 믿고 신화적 몽상을 하는 신화의 후손들이 존재한다. 고대 그리스인들이 숭배하던 염소 모습의 목신 판, 바다 신의 딸들 네레이데스, 대지의 여신 데메테르와 같은 그리스 지역의 다신들은 현대 그리스 섬을 배경으로, 작중인물들의 속성 안에 잔존하여 먼 신화시대의 기억을 전해주는 것이다.

①「네레이데스를 사랑한 남자」에 나타난 미토스와 로고스의 혼종과 경이

태양이 높이 솟아 있는 7월의 뜨거운 여름날, 그리스 섬의 가축들에게 알 수 없는 전염병이 돌자 수의사를 부르러 청년 파네지오티스는 홀로 길을 떠난다. 그러나 밤이 늦도록 돌아오지 않는다. 그다음 날 저녁이 되어서야 집으로 돌아온 파네지오티스의 눈은 빛이 났지만, 눈의 흰자위와 동공은 홍채를 삼킨 듯 멍해 있었다. 아직 완전히 벙어리가 되지 않았던 그가 이상한 말들을 더듬거린다.

> "네레이데스… 여인들… 네레이데스, … 아름다워… 벌거벗은… 멋져… 금발… 온통 금빛 머리카락….”(1213)

보통 사람들은 눈을 깜박거리지 않고는 태양을 보지 못하는데, 파네지오티스는 눈 하나 깜빡이지 않고 눈부신 금빛 태양 속 님프의 비밀 세계를 들여다본다. 그는 바다 요정의 아름다움에 도취되어 황홀경에 빠진 상태이다. 네레이데스는 온 자연 속에 거주하며 사랑의 열병, 즉 육체의 기쁨을 심어주는 전설적 존재이다. 파네지오티스와 네레이데스는 지중해 바다에서 다시 솟아난 듯 고대 그리스 신화의 한 쌍의 인물들, 여신 아프로디테와 인간 앙키세스와의 사랑을 환기시킨다. 열정의 밤을 보낸 후 아침에 일어나 보니 환한 빛으로 둘러싸여 여신의 자태를 드러낸 아프로디테를 보고 남성의 힘을 모두 잃게 될까 봐 두려움에 떨었던 앙키세스는 파네지오티스와 닮아 있다. 파네지오티스의 눈빛과 말을 앗아간 네레이데스 역시 고대 여신의 신화와 연결되어 있으며 아프로디테처럼 아름다우나 치명적인 유혹자의 구실을 한다.

하지만 파네지오티스가 살고 있는 1930년대 그리스는 이미 교회문화의 영향을 받은 시기이다. 그의 무사귀환을 위해 집안의 여인네들이 작은 헛간 같은 소성당 안에서 스물네 개의 양초들을 켜고 밤새 기도를 한다. 그가 마귀에 정신이 홀린 것이라고 생각하여 그의 부모는 유명한 수도원으로 데려가 구마의식을 치르게도 한다. 한편 마을 사람들은 이교신의 존재도 암묵적으로 인정한다. 마을 노파를 찾아가 마술의식에 기대어보기도 하고, 그가 평생 늙지 않을 거라며 님프의 위력을 속으로 믿으며 두려워하기도 한다.

20세기를 살아가는 현대 그리스인들이 그를 광인으로 치부해도 놀라울 것이 없겠지만, 오히려 이들은 마른 풀 속에서 님프의 가벼운 발자국과 육체에 눌린 장소를 확인했다고 믿는다. 그러면서 파네지오티스와 님프가 사랑을 나누는 관능적 광경을 상상한다. 유일신을 믿는 신자들이지만 저마다의 환상 속에서 변덕스럽고 치명적인 요정의 존재를 의식하는 미신 신앙을 갖고 있는 것이다.

그 장면을 상상하지요, 하나의 그림자라기보다는 보다 부드러운 초록빛 형태인 무화과나무 그늘 속으로 난 햇빛의 틈새들, 날갯짓 소리를 들은 사냥꾼처럼 여인들의 웃음과 외침에 놀란 마을의 젊은이, 금빛 털들이 태양을 낚아채고 있는 흰 팔을 들어 올리는 신성의 소녀들, 벌거벗은 배 위에서 움직이는 한 나뭇잎의 그림자, 보랏빛이 아니라 장밋빛 꼭지를 드러내는 해맑은 젖가슴, 꿀을 씹는 느낌을 주는 이 머리칼을 탐욕스럽게 삼키는 파네지오티스의 입맞춤, 이 금빛의 다리 사이에 빠져 정신을 잃은 그의 욕정. 마음이 혹하지 않는 사랑이란 없듯이, 아름다움에 홀리지 않는 진정한 관능이란 거의 없어요. 그 밖의 것은 기껏해야 갈증이나 허기처럼 무의식적인 작용일 뿐이지요. 섬 처녀들이 짐승의 암컷과 다른 것처럼, 네레이데스는 그 젊은 미치광이에게 섬 처녀들과 다른 여성 세계의 통로를 열어주었습니다. 그녀들은 그에게 미지의 것에 대한 열광, 기적의 소진, 행복이 지닌 빛나는 악의를 가져다 준 겁니다. (…) 님프들은 자신의 유희에 더 잘 섞이게 하려고, 마치 순진한 목신의 한 종족처럼 그를 바보로 만들었어요(1214~1215).

이 작품에서 네레이데스를 믿는 민중을 대표하는 인물 - 화자는 데메트리아디스이다. 이성적이고 현실 감각을 갖춘 그리스 사업가이지만, 고대에서 살아남은 바다 님프의 이야기를 실제 사실처럼 받아들이고 묘사한다. 님프에 관한 그의 섬세하고 감미로운 에로티즘적 묘사는 그 어느 나신 조각상보다 인간 남자와 여신의 관능적인 사랑을 신비롭고 강렬하게 전달해 준다. 금빛의 털과 발, 분홍빛 가슴, 하얀 팔, 꿀맛 같은 입맞춤의 묘사는 님프의 아름답고 신비한 육체와 그 감촉을 상상하게 만든다. 데메트리아디스의 묘사는 파네지오티스의 비극적 운명을 에로티즘의 황홀경, 신비주의적 법열로 바꾸어놓는다.

호메로스는 이미 저 금빛 여신들과 자는 자들은 지능과 힘이 소진한다는 것을 알고 있었지요. 그렇지만 나는 파네지오티스가 부러워요. 그는 현상 세계에서 빠져나가 환상의 세계로 들어갔는데, 내겐 환상이야말로 아마도 속인들 눈에 가장 비밀한 실재가 취하는 형태로 생각될 때가 있거든요(1215).

파네지오티스는 네레이데스의 비밀이 담긴 신비로운 통로를 알게 된 유일한 인간이다. 하지만 그것은 인간에게는 금지된 성역이기에 신의 징벌을 피할 수 없다. 그래서 그는 관능적 기쁨이 지나간 후 정신과 말을 잃고 영원한 고독에서 살아가는 위반의 대가를 치르게 된 것이다. 하지만 오히려 데메트리아디스는 그의 고독이 환상의 세계, 즉 비의로 가득 찬 신화세계로의 진입이라고 믿고 그를 부러워한다. 이 화자는 현실에서 공장을 운영하는 로고스적인 인물이지만, 고대 신화에 뿌리를 내리고 일상을 살아가는 호메로스의 후예이자 파네지오티스가 본 환상의 세계를 믿는 미토스적인 인물이다.

나는 파네지오티스가 이 세 명의 여신에게 던지는 시선을 가로채 볼까 했으나 허사였다. 그러나 그의 멍한 눈은 모호하고 빛 없는 채로 남아 있었다. 그는 여성 옷을 차려 입은 그의 네레이데스를 알아보지 못하는 것이 분명했다. 그가 갑자기 날렵하게 동물 같은 움직임으로 몸을 구부려 우리의 호주머니 중 하나에서 떨어진 새 은화 한 닢을 주웠다. 그리고 나는 그의 멜빵에 훅 단추로 매달린 채 그가 한쪽 어깨에 늘어뜨리고 있는 겉옷의 거친 털 속에 잡혀 있는, 내 확신에 막중한 증거를 제공해 줄 수 있는 유일한 사물을 알아보았다. 비단결 같은 머리카락, 가느다란 머리카락, 길 잃은 금발 한 가닥을(1216).

화자가 언급한 '세 명의 여신'은 '카리테스(그리스어: Χάριτες, 라틴어: Gratiae)'라고 불리는 세 명의 아름다운 그리스 여신을 의미하는데, 여기서는 섬마을 카페 앞을 지나는 세 명의 미국 여성을 지칭한다. 손을 잡고 하교하는 여학생들처럼 보이는 이 미국인 여성들이 화자의 눈에는 쾌활하고 우아하고 아름다운 삼미신과 중첩되는 것이다. 그는 이들이 파네지오티스가 보았던 네레이데스가 아닐까 하는 상상을 한다. 이처럼 화자의 환상 속에서 평범한 일상을 사는 현대인이 신화적 인물로 변모한다.

마침내 데메트리아디스는 이러한 변모를 입증할 신화적 단서를 발견한다. 파네지오티스의 셔츠에 붙어 있는 '길 잃은 금발 한 가닥'을 알아본 것이다. 실재와 환상의 경계가 무너지고, 파네지오티스의 신화는 경이로운 현실이 된다. 그의 급작스러운 쇠진이 완벽한 관능의 행복을 겪었던 것에 대한 대가이든, 신의 법칙을 위반한 나약한 인간이 받아야 할 징벌이든 상상의 소문은 이제 더는 중요하지 않다. 이성 중심의 시대를 살아가는 현대인들에게 성스러운 비의의 세계로 향하는 비밀의 문[38]이, 심장을 눈부시게 하는 아름다운 관능적 사랑의

38 Anne-Yvonne Julien, *Nouvelles orientales de Marguerite Yourcenar*(Commente) (Folio, 2006), pp.49~50. "파네지오티스의 이야기는 두 가지 생각의 이완을 가져다준다. 첫째 합리적 담론과 닿을 수 있는 진실의 길을 벗어나 허구의 세계에 열중하여 '가장 비밀스러운 현실'의 심장부로 침투하는 것이 필요하다는 것이다. 이는 말로 표현할 수 없는 '성스러움'의 경험에 관한 것이다. 또한 민중 전설은 고대 서사시에서 전파된 신화적 사유의

꿈이 누구에게나 언제든 열려 있다는 것을 알려주고 있기 때문이다. 이처럼 이교적 경이와 연결된 에로티즘에 대한 갈망은 현대 그리스인들에게 지속적인 영향을 주고 있는 신화적 몽상의 주제이다.

사실 네레이데스를 향한 경외와 믿음은 유럽의 기독교적 세계관과 대립한다. 육체의 아름다움에 절대의 힘을 부여하는 고대 이교주의에서 내려온 님프의 전설은 육체의 기쁨을 벌하고 자연에 도전하는 기독교 모럴과 대립하기 때문이다.[39] 또한 서구 유럽인들에게 그리스 신화는 문화적 기원으로 간주되지만, 오늘날에는 조형예술과 같이 외형적 형태로 남아 가시적으로 과거의 존재를 확인할 수 있을 뿐이다. 따라서 옥시덴트의 그리스 신화는 현실과 동떨어진 과거의 이야기이자 로고스 중심의 기독교문화로 인해 미토스의 역할은 크게 제약을 받아왔다고 볼 수 있다. 하지만 옥시덴탈 고대 그리스와 달리, 현대의 그리스는 신화가 지속적으로 살아 있는 생생한 미토스의 공간임을 보여준다. 「네레이데스를 사랑한 남자」에서 살펴본 그리스인들의 자연신앙에 대한 잠재된 믿음과 에로티즘에 대한 갈망은 오늘날까지 이교적 경이에 귀 기울이게 만드는 현재형 미토스가 살아 있다는 증거이다. 결국 그리스 신화를 매개로 두 개의 그리스가 공존하고 있으며, 그중 하나는 민중문화 안에서 경이로운 신화의 세계가 살아 숨 쉬는 현대의 그리스이다. 바로 여기서 '오리엔탈 그리스'를 부각시키려는 작가의 의도를 엿볼 수 있다.

2) 「제비들의 성모 마리아」

이 작품은 앞서 살펴본 「네레이데스를 사랑한 남자」와 함께 일종의 님프 연작을 이룬다. 자연 속에 사는 님프들은 천진난만하기도 하지만 때로 사악하다.

직계 안에 들어 있다는 것을 이해하자는 것이다."

39 Catherine Barbier, *Etude sur Marguerite Yourcenar Les Nouvelles Orientales*, p.57.

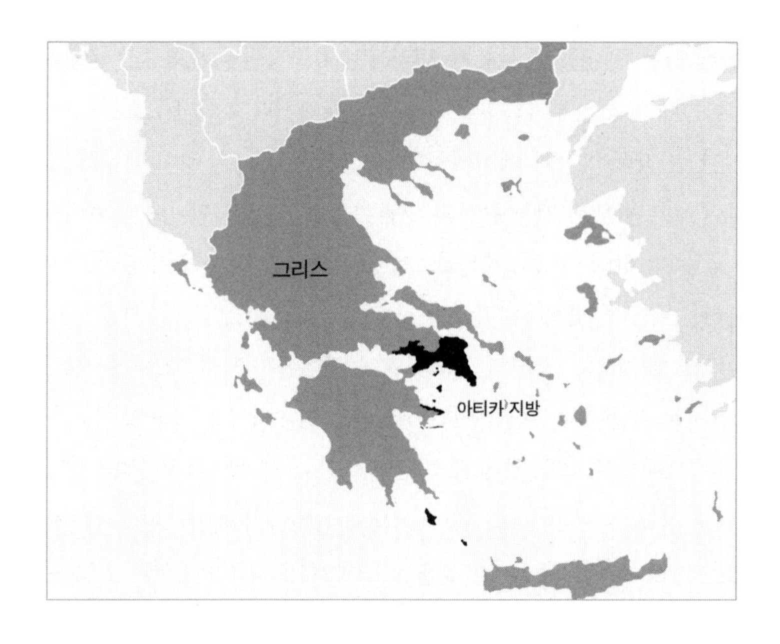

예를 들어, 가축에 마술을 걸거나 아이들을 홀려 낭떠러지로 데려가 춤을 추게 한다. 또한 자신들을 몰래 엿보는 아이들에게 열병의 샘물을 마시게 하여 죽음의 위험에 이르게도 한다.

「네레이데스를 사랑한 남자」에서는 님프의 존재가 파네지오티스를 통해 모호하게 드러난 반면, 이 작품에서는 한 기독교 수사와 님프들이 대적하면서 이들의 거처와 존재가 가시화된다. 님프들은 이 수사가 놓은 덫 때문에 나무에서 뛰쳐나오기도 하고 수증기로 분해되거나 죽은 나비의 날개처럼 가루가 되어 마침내 소멸될 상황에 처한다. 그가 이들을 동굴로 몰아 출구를 막아 죽이려는 순간, 한 여인이 나타나 동굴로 들어가 옷자락에 제비를 가득 담고 나와 하늘로 올려 보낸다. 제비가 된 님프들은 매년 그리스 섬으로 되돌아와 성당에 둥지를 틀고 사랑을 나누거나 어린아이처럼 속닥인다.

유르스나르가 밝힌 이 작품의 집필 동기를 보면, 그리스 아티카Attica 지방[40]

---

40 라틴어 명칭 아티카Attica, 고대 그리스어 명칭 아티케Ἀττική, 현대 명칭 아티키Αττική이다. 그리스의 수도 아테네를 포함한 주변 지역을 말한다.

의 시골에 있는 '제비들의 성모 마리아'라는 매력적인 이름의 소小성당을 보고서, 그 이름에 설명을 부가하고픈 마음에서 창작했다고 한다(1248).

하지만 이 작품이 작가 개인의 순수한 환상에서 나온 것이 아니라, 그리스 민중들이 부르던 오랜 전통 찬가와 연관이 되어 있음을 안 - 이본 줄리앙Anne-Yvonne Julien이 밝히고 있다. "유르스나르가 아티카 마을의 작은 성당 이름을 설명하려는 욕구에 의해 『제비들의 성모 마리아』를 썼다고 하지만 그녀가 14세기 이래로 내려오는 「제비의 노래Chanson d'Hirondelle」를 모르지는 않았을 것이다. 그것은 비잔틴의 기원을 지닌 시들처럼 현대의 민간전승 안에 흔적을 남기고 있다. 「제비의 노래」가 로도스 섬에서 봄의 시작을 축성하려는 관습이었음을 고대 그리스 시인 테오그니스Theognis가 이야기한 바 있다. 게다가 민중 노래들은 지역 축제를 경축하는 것과 연결되어 있고 그 노래들은 인간 삶의 다양한 분기점, 즉 탄생, 죽음, 사랑, 이별, 때로는 유배와 상관성이 있다."[41]

그리스 로도스 섬의 민중 축제에서 아이들은 「제비의 노래」를 부른다. 어린 아이들은 제비들의 회귀를 축하하기 위해 집집마다 방문하여 신에게 드릴 봉헌금을 요구하며 노래를 부른다. 제비 한 마리의 이미지를 손에 들고서 로도스 섬의 아이들이 부르던 노래는 다음과 같다.

> 제비들이 왔다. 아름다운 계절과 풍년을 몰고 제비가 왔다. 배는 하얗고 등은 검다. 부유한 너의 집 밖으로 무화과 바구니와 포도주 한 잔, 치즈 한 판과 밀을 꺼내어 보겠니? 제비는 작은 과자조차 거절하지 않는다. (…) 자, 네가 우리에게 주는 것이 보잘 것 없어도 그것만으로 대단한 것이다. 너의 문을 제비에게 열어라. 우리는 노인이 아니라 어린아이이니까.[42]

---

41 Anne-Yvonne Julien, *Marguerite Yourcenar ou la signature de l'arbre*(PUF, 2002), p.93.

42 https://gallica.bnf.fr/ark:/12148/bpt6k5616323m/f1.textePage (LA CHANSON CHEZ LES GRECS ET A ROME. I.)(검색일: 2018년 10월 1일).

합창으로 자선을 구하던 그리스인들의 전통이 남아 있는 이 「제비의 노래」는 그리스의 어느 민중노래보다 오래오래 살아남았다. 그리스인들은 아티카의 시골마을에서 이 노래를 계속 불러왔는데, 한 현대 여행가에 따르면 오늘날 바질 성인의 축일le jour de la Saint-Basile에 아이들이 나무로 재단한 일종의 바람개비로 조종되는 큰 제비 형상을 손에 잡고서 제비 찬가를 부른다고 한다. 따라서 님프들이 제비로 변모되는 마지막 장면은 유르스나르의 창안이라기보다는 그리스의 오랜 민중 찬가에서 영감을 받은 신화적 상상력의 확장이라고 볼 수 있다.

① 「제비들의 성모 마리아」에 나타난 이교문화와 교회문화의 혼종과 경이

테라피옹은 중세 시대의 기독교 수사로서, 이집트에서는 미라를 소생시켜 복음을 전파하고 비잔틴에서는 황제들의 고해성사를 들을 정도로 소명의식이 투철한 인물이다. 그는 어느 날 꿈을 꾸고서 그리스로 왔는데, 아직도 다신들을 믿고 있는 이 미신의 땅 그리스에서 마귀들을 몰아내기 위해서였다.

> 수증기로 사라지는 것이 이내 실재의 형상과 물질을 띠는 이 단단하고 메마른 땅의 딸들인 그녀들은 어디에나 우글거렸다. 그들의 발자국은 샘의 찰흙 속에 발견되었고, 그들의 순백색의 몸은 멀리서 바위들의 번쩍거림과 뒤섞였다. 심지어 지체가 잘린 님프 하나가 지붕을 받치고 있는 잘 다듬어지지 않은 들보 속에 여태껏 살아남아, 밤이면 신음하거나 노래하는 소리가 들렸다. (…) 재난이 생길 적마다, 테라피옹 수사는 저주받은 것들이 몸을 숨기고 있는 숲에 대고 주먹질을 해댔다. 그러나 마을 사람들은 반쯤 보이지 않는 이 순진한 요정들을 계속 소중히 여겼고, 미치광이들의 두뇌를 풍화시키는 태양을 용서하듯, 잠든 어머니의 젖을 빨아먹은 달을 용서하듯, 그토록 고통을 겪게 하는 사랑을 용서하듯, 그들의 나쁜 짓을 용서해 주곤 하였다(1218).

마을 사람들은 기도의 힘으로 님프들을 몰아내기는커녕, 이들의 초자연적 마법을 두려워한다. 그래서 이를 지켜보는 수사의 증오와 분노는 점차 커진다. 더구나 님프들이 이 늙은 수사의 수염을 잡아당기거나 뜨거운 숨결을 불어넣어 유혹하기도 하고, 들판 길을 걸을 때 뒤를 좇으며 위협하기도 했다. 그는 이처럼 해로운 피조물을 만들어낸 신의 예지를 의심하기도 했지만 이내 모든 유혹을 이겨내고, 님프들을 향한 반격을 시작한다. 님프들의 주거지인 플라타너스 나무를 톱으로 잘라내고, 두 개의 부싯돌을 가지고 다니며 요정들이 숨어 있는 늙은 올리브 나무나 어린 소나무에 불을 놓는 것이다.

중세의 그리스인들은 님프의 현존을 삶의 일부로 받아들이지만 이방인 사제는 이들의 이교 신앙을 완전히 몰아내려고 한다. 결국 님프들은 테라피옹 수사의 집요하고 잔혹한 행동으로 점차 마을을 떠나 바위산 좁은 동굴 속으로 은신한다. 그럼에도 앞서 등장한 파네지오티스와 같은 젊은 목동들은 님프의 아름다움에 반해 사랑을 나누기 위해 동굴로 자진해서 들어간다. 수사는 기독교의 도그마에 따라 관능적 사랑을 원죄와 동일시하고 에로티즘을 몰아내려는 교회의 파수꾼이다. 따라서 젊은 남자를 유혹하여 육체의 죄악을 저지르게 하는 님프를 마녀로 여긴다. 그에게는 바위산 허리 속에 감추어진 님프의 동굴이 자신의 가슴 속에 박힌 암과도 같았고, 이 신들 족속의 위험스러운 잔재를 쳐부수도록 도와달라고 몇 시간씩 하늘에 기도한다(1220). 부활절이 지나자 그는 비장한 마음으로 신심이 강한 신자들을 결집하여 그 동굴 앞으로 간다.

> 새벽의 첫 미광이 비칠 때, 그들은 저주받은 동굴의 입구 앞 언덕의 허리에 붙여 작은 성당을 건립하기 시작했다. (…) 그는 성당 깊숙이, 바위의 입구가 열리는 그 지점에, 사방 길이가 같은 십자가 위에 그려진 거대한 그리스도를 세워놓았는데, 미소밖에 모르는 님프들은 이 형벌을 당하는 자의 십자가상 앞에서 공포로 뒷걸음질 쳤다. (…) 포로들은 흐느껴 울고 수사에게 그들을 도와달라고 애원했으며, 순진하게도, 만약 그가 자기들이 도망치도록 허락해 주면 그를 사랑해 주겠다고 약속했다. (…) 돌에서는 눈물이 떨어지는 것이 보였다. 상처 입은 짐승들

의 신음과도 같은 기침과 외침이 들렸다. 다음 날 지붕이 얹혀졌고, 그것은 꽃다발로 장식되었다. 문이 맞추어졌고, 자물쇠 안에 커다란 쇠 열쇠가 돌아가게 되었다. (…) 그는 두 개의 벽돌 사이에 어린 살무사들의 집을 막아놓고서 기뻐하는 남자와도 같았다(1220~1221).

쇠약해져 힘없이 신음하고 있는 님프들의 영혼이 자비심 없는 테라피옹 수사와 대조되면서 그의 신앙적 승리는 묘한 의구심을 낳는다. 즉 인물 구도와 성격에 극적인 변화가 일어나는 것이다. 님프들은 성당 안 고통스러운 표정을 짓는 예수의 모습을 두려워할 정도로 겁 많고 순진한 요정이 되어가는 반면, 수사와 신자들은 동굴뿐 아니라 그녀들의 생명을 간신히 유지시켜 주는 작은 구멍들마저 석회 칠로 막아버리는 잔인한 인물이 되어간다.

또한 공간의 축소에 따라 이 극적인 상황은 더욱 강화되는데, 자연, 동굴, 벽, 지붕, 문, 자물쇠의 순으로 공간이 점점 좁아지면서[43] 님프들의 고통은 절정에 다다른다. 그러나 님프들뿐 아니라 테라피옹 수사에게도 고행의 밤이 이어진다. 아무도 올라오지 않는 동굴 성당의 문턱에서 밤새워 기도하다 보니, 목이 점점 쉬고 기력이 크게 떨어지는 것이다.

이때 미지의 한 여인이 성당으로 올라온다. 검은 외투와 스카프를 하고 있지만 어둡기보다는 신비한 빛이 드러나 있다. 외양은 젊지만 나이 든 여인에게서 풍기는 "장중함, 완만함, 품위를 지니고 있고, 그녀의 그윽함은 익은 포도, 향기로운 꽃의 그것과도 같았다"(1222). 동쪽에서 왔다는 그녀는 테라피옹 수사에게 동굴 앞에서 무엇을 하고 있는지 묻는다. 그는 동굴 속에 님프들을 가두어두었고, 이들이 허기와 추위로 죽게 되면 이 들판 위에 신의 평화가 내리리라고 단언한다.

그 젊은 여인이 응수한다. 신의 평화가 암사슴들에게, 그리고 염소 떼에게처럼

---

43 Catherine Barbier, *Etude sur Marguerite Yourcenar Les Nouvelles Orientales*, p.60.

> 님프들에게도 펼쳐지지 못한다고 누가 그대에게 말하던가요? 천지 창조 때 신이 어떤 천사들에게 날개를 주시는 것을 잊어버리신 탓으로, 그들이 땅 위에 떨어져 숲속에 자리를 잡았고 거기서 님프와 목신의 종족을 이루었다는 것을 그대는 모르시나요? 또 다른 이들은 산 위에 자리 잡고 거기서 올림포스의 신이 되었습니다. 이교도들처럼 창조주를 희생시켜 가며 피조물을 찬양하지 마세요. 그렇다고 신의 작품에 더는 분노하지도 마세요. 그리고 다이아나와 아폴론을 창조하신 데 대해 마음속으로 신에게 감사하세요. (…) 그러나 그대는 님프들의 삶과 당신네 신자들의 구원을 화해시킬 어떤 수단도 발견하지 못하나요? (…) 수사님, 나를 이 동굴 속으로 들어가게 해주어요. 나는 동굴을 좋아하고, 거기서 피난처를 찾는 자들을 동정해요. 내 아이를 낳은 곳도 어느 동굴 속이었지요. 그리고 그가 부활의 두 번째 탄생을 겪도록, 두려움 없이 그를 죽음에 맡긴 곳도 동굴 속이랍니다(1222~1223).

이 여인은 늙은 수사가 지닌 그리스도교의 폐쇄적 도그마를 우회적으로 비판한다. 이교도들이 숭배하는 물, 바다, 돌, 염소, 나무, 공기 등 그 안에 신의 섭리가 들어가 있다고 말하면서, 그리스 땅의 다신들 역시 천지창조를 통해 만들어진 신의 창조물임을 밝힌다. 교회 이데올로기에 빠진 수사에게 님프는 마귀와 미신의 이교적 존재이지만, 이 여인에게는 신이 만든 성스러운 세계 안에서 피조물과 조화로이 어울려 살 수 있는 소중한 생명체라는 입장이다. 자연의 다신들을 증오할 것이 아니라 오히려 이들의 존재에 감사해야 한다는 여인의 말은 종교의 통합적 사고를 보여준다.

그녀는 동굴 앞에 놓인 십자가를 치우고 님프의 은신처로 들어간다. 이 신비로운 여인이 예수의 어머니 마리아라는 것은 쉽게 짐작할 수 있다. 그녀가 '아이를 낳은 곳도', '부활의 두 번째 탄생을 겪도록 그를 죽음에 맡긴 곳도' 동굴이었다고 말하기 때문이다. 성서에서 '동굴'은 마리아에게는 예수를 낳은 은신처이자 부활을 위해 그의 주검을 3일간 보관해 주던 무덤이다. 결국 동굴은 생명과 재탄생을 품고 있는 상징적 장소이며, 어머니의 태胎를 상징하기도 한다. 노

수사가 막아놓은 동굴은 님프들에게는 죽음을 기다리는 무덤이지만, 이제 마리아가 들어가는 동굴은 예수의 부활처럼 님프들이 재탄생되는 경이로운 변모의 공간을 예고하고 있다.

> "보라, 수사여." 그녀는 말했다. "그리고 들으라." 자잘하고 날카로운 수많은 외침소리가 그녀의 외투 밑으로부터 나왔다. 그녀는 그 늘어진 자락을 열었고, 수도사 테라피옹은 그녀가 그 옷의 주름 속에 수백 마리 어린 제비들을 데리고 나온 것을 보았다. 그녀는 기도하는 여인처럼 양팔을 넓게 벌리고 새들을 날게 해주었다. 그리고 다음과 같이 말했는데 그 목소리가 마치 하프소리처럼 낭랑했다. "자, 어서 가거라, 내 아이들아." (…) "그들은 매년 돌아오리니, 그대가 이들에게 내 성당 속에 안식처를 주거라. 안녕히, 테라피옹."(1223~1224)

제비로 변모된 님프들은 매년 다시 돌아와 성당에 둥지를 튼다. 이 경이로운 반전은 오랜 시간 이교 신앙을 믿던 그리스 땅에 들어온 유일 신앙 기독교와의 화해를 상징한다고 볼 수 있다. 결국 교회의 성모 마리아는 두 개의 그리스, 교회문화를 지닌 그리스와 이교문화를 지닌 그리스, 하늘의 천사와 지상의 님프를 화해시킨 것이다.

이 작품에서 두 개의 그리스를 나누는 가장 큰 요인은 성적 자유와 금지에 관한 주제 때문이다. 성모 마리아는 이 갈등의 성격을 변화시키지 않은 채,[44] 님프들을 제비로 변모시켜 에로티즘의 난제를 벗어나게 해준다. 한편 '자연에 대한 인간의 우월성, 유일신의 우월성'[45]을 대표하는 인물인 테라피옹 수사는 수도자로서의 열성은 인정할 만하지만, 인간의 구원에만 집착하여 자연의 생

---

44 Georges Fréris, "Marguerite Yourcenar et l'impact de la Grèce contemporaine," p.135. "고대 그리스와 비잔틴 그리스가 성적 금기에 의해 분리되어 있다가 이들 갈등의 성격이 조금도 변형되지 않은 채 화합하는 것이다. 마리아의 개입은 성sexualité과 신심, 천사와 님프라는 이분법적 개념과 대조되는 조화로운 균형을 가져온다."

45 Catherine Barbier, *Etude sur Marguerite Yourcenar Les Nouvelles Orientales*, p.62.

명을 소홀히 여기는 초기 기독교의 편협함을 되돌아보게 해준다.

> 제비들은 매년 되돌아왔다. 이들은 새끼를 먹이거나 찰흙 집을 견고히 하느라 열중하여 성당 안을 왔다 갔다 했다. 그리고 테라피옹 수사는 종종 그의 기도를 멈추고는 측은한 마음으로 그들의 사랑과 놀이를 바라보았다. 왜냐하면 님프에게 금지된 것이 제비에게는 허용되어 있기 때문이다(1224).

테라피옹 수사는 자신의 종교적 우월함과 맹신적인 태도를 버리고 해마다 찾아오는 제비들을 다정하게 바라본다. 님프에게는 금지되었던 제비의 사랑놀이를 보고 측은지심을 느끼는 그의 변화된 태도는 궁극적으로 교회문화와 이교문화 사이에 상호 화해가 이루어진 것으로 해석할 수 있겠다. 여기서 "마리아는 애정과 시로 가득 찬 여러 교리들의 통합주의syncrétisme[46]의 모범을 구현한다. 통합주의는 이교도의 신화들과 기독교 신앙이 혼합되어 있는 것이다".[47] 이 경이로운 이야기는 한 종교의 도그마보다 교파를 초월한 종교들이 사랑과 관대함으로 일치를 이루어 우주의 화해로 나아갈 길을 보여준다.

3) 님프 신화로 본 두 개의 그리스

결국 「네레이데스를 사랑한 남자L'homme qui a aimé les Néréides」와 「제비들의 성모 마리아Notre-Dame-des-Hirondelles」에서 두 개의 그리스가 혼재되어 있다는 인식은 님프들 혹은 네레이데스라는 그리스 신화의 요정을 매개로 이루

46 본질적으로 상이하거나 혹은 완전히 정반대의 성격을 가진 여러 믿음을 조화롭게 공존시키고 다양한 종교학파의 사상들을 융합하는 것을 가리킨다. 특히 신학과 종교적 신화의 영역에서, 근본이 전혀 다른 몇 개의 전통을 하나로 합하고 유추하여 조화시키려는 시도로 나타난다.

47 Ibid., p.63.

어진다. '옛날에는 모든 종교가 신화적이었다'는 월터 프리드리히 오토Walter Freidrich Otto[48]의 주장처럼, 신화의 핵심은 종교적 진리이며, 민중문화 안에 퍼져 있는 신화는 종교적 효력을 가진다.[49] 님프들의 존재를 믿거나 두려워하는 행위는 오랜 자연숭배나 다신교 신앙에 기인하는 것이다. 그러나 서구가 유일신을 믿는 기독교를 받아들인 이후부터 그리스 신화와 그 종교적 성격은 이교주의paganisme라는 부정적 용어로 매도되었고, 이교도païen라는 개념은 속된, 쾌락주의적·감각적·물질주의적·독선적이라는 의미로 폄하되었다.[50] 결국 님프나 네레이데스는 서구의 기독교가 오욕의 의미로, 차별의 의미로 굴레를 씌운 이교주의 자연신앙을 상징하는 것이다.

그런데 고대 그리스인들의 신화적 상상력을 자극한 것은 바로 자연계의 다양한 현상들이었고, 이 자연(우주) 안에서 인간은 종교적 성스러움을 느끼곤 했다. 독일 신학자이자 비교종교학자인 루돌프 오토Rudolf Otto는 이러한 성스러움을 여섯 가지 유형으로 설명하는데, 그중 자연 속에 숨어 있는 신에 대한 공포, 감각을 홀리고 도취와 환희에 빠지게 하는 신비주의적 매혹, 일상의 익숙함을 넘어서 완전히 다르고 낯설고 이해할 수 없는 놀라움을 일으키는 경이가 바로 유르스나르 작품에 나타난 자연신앙의 성스러움이다.[51]

기독교의 세례를 받고 살아가는 현대 그리스 섬에서 네레이데스를 사랑한 파네지오티스는 자연신앙이 가져다준 매혹과 공포의 성스러움을, 경이라는 환상의 현실성을 입증해 보였다. 특히 님프들과 나눈 관능적 사랑, 에로티즘은

---

48 월터 프리드리히 오토(1874~1958)는 고대 그리스 종교와 신화의 의미를 중요시하고 연구한 독일의 고전문헌학자이다. 대표 저서로는 1929년에 첫 출간한 『그리스의 신들: 그리스 정신의 거울에 비추어 본 신의 형상Les Dieux de la Grèce: la figure du divin au miroir de l'esprit grec』(éd. Payot, 1993)이 있다.

49 안진태, 『신화학 강의』(열린책들, 2001), p.120. 재인용.

50 https://fr.wikipedia.org/wiki/Paganisme(검색일: 2018년 10월 10일)

51 Rudolf Otto, *Le Sacré* (1917), traduit par André Jundt, Payot, 1995(안진태, 『신화학 강의』, pp.108~109에서 재인용); 『성스러움의 의미』, 길희성 옮김(분도출판사, 1987, 2013). 여기에 요약된 내용에 관해서는 『성스러움의 의미』 중, 제4장 「두려운 신비」, 제6장 「매혹성」, 제7장 「어마어마함」을 참고할 수 있다.

종교의 정신성인 성스러움의 또 다른 이름이기도 하다. 그를 관찰하는 화자 데메트리아디스도 신화적 상상력으로 미토스의 세계를 따라가면서 자연과의 합일에서 오는 경이의 감각le sens du merveilleux을 느낀다.

한편 「제비들의 성모 마리아」의 경우 중반부까지, 교회문화와 이교문화가 팽팽하게 대결한다. 중세문화사를 다룬 『사제와 광대』[52]에 따르면, 중세는 교회가 지배한 기독교의 세계가 아니라 이교적 민중문화가 지속된 세계였다. "중세문화를 총체적으로 파악하려면 교회 이데올로기와 사회 현실을 함께 고려해야 한다. 조르주 뒤비에 따르면 교회 이데올로기의 뜻은 '현실의 반영물이 아니라 현실에 영향을 주기 위한 하나의 기획'이라는 의미에서 이데올로기이다. 중세문화를 교회의 규범을 대변하는 공식 기독교가 아니라, 평신도들의 입장에서 파악하는 '민중 기독교'로 이해할 필요가 있다. 민중 기독교는 비록 기독교적 외피를 걸치고 있지만 그 속살은 여전히 이교적 민속 문화로 채워져 있는 기독교 세계를 말한다. (…) 중세에서 '민중문화'란 말은 '하층계급의 문화'를 의미하는 것이 아니라 '교회문화'에 대비되는 '세속문화'와 다를 바 없다."[53] 시대적 배경이 초기 기독교 시대여서 고대의 이교적이고 신화적인 요소와 종교적 갈등을 예고한 「제비들의 성모 마리아」에서, 테라피옹 수사는 교회문화의 그리스를, 님프들은 이교적 민중문화의 그리스를 구현한다. 또한 마리아는 이교 신앙과 기독교 신앙의 화합을 통한 그리스의 통합주의를 상징한다.

궁극적으로 유르스나르가 『동양이야기들』 안에서 보여주고자 한 '그리스'는 서구 로고스의 영향권 아래 있는 협의의 장소가 아니라, 동서양이 공존하고 그 경계를 초월하여 화합을 이루는 원초적 공간, 인간의 자연 안에 깊이 뿌리내리고 있는 신화의 공간, 인간 영혼이 숭고함과 성스러움을 느끼게 하는 경이의 공간이다. 「네레이데스를 사랑한 남자」와 「제비들의 성모 마리아」에 흐르는 상반된 것의 교차와 화해의 원리는 궁극적으로 오리엔트 종교 철학의 핵심[54]이기도

---

52 유희수, 『사제와 광대 — 중세 교회문화와 민중문화』(문학과지성사, 2009).

53 같은 책, 7~8쪽.

54 A.Y. Julien, *Marguerite Yourcenar ou la signature de l'arbre*, pp.99~100.

하다. 따라서 유르스나르는 유대-기독교적 모럴의 우위성과 이성주의에 대한 맹신으로 인해 여전히 살아 있는 신화의 존재를 경시하거나 간과하는 서구문화의 오류를 드러내고자 '오리엔탈 그리스'에 초점을 맞춘 것으로 보인다.

5. 죽음과 구원

1) 「죽음의 젖」

헤르체고비나의 헐벗은 산들이 뜨거운 반사경 불볕 아래 라귀즈Raguse[55]를 지탱해 주고 있던(1190) 무더운 어느 날, 선실 동료로 만난 두 사람이 술잔을 기울이고 있다. 한 사람은 프랑스인 기술자로서 화자 - 인물인 쥘 부트랭Jules Boutrin이다. 또 다른 사람은 새로이 등장한 청자 - 인물로 필립 마일드Philip Mild라는 영국인이다.

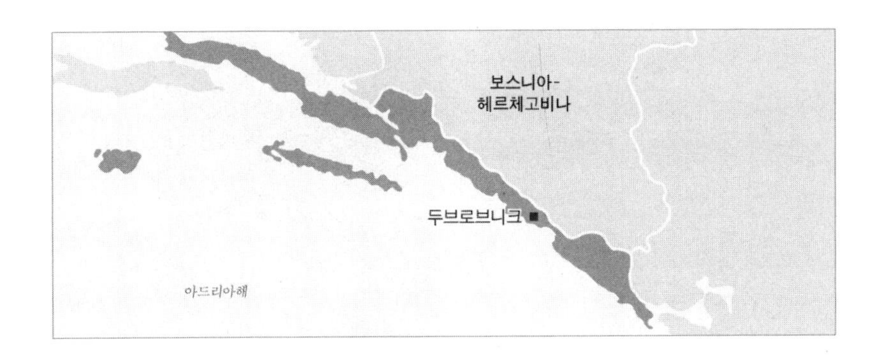

55 프랑스어로 라귀즈Raguse, 이탈리아어로 라구사Ragusa라고 불리며 아드리아해를 바라보게 자리한 이 지역은 오늘날 크로아티아의 두브로브니크Dubrovnik에 해당된다.

내가 부두에서 산 몇 개 신문의 애국적이고 모순적인 거짓말들을 잊게 할, 가장 아름답고 가장 있을 법하지 않은 이야기를 들려주시오. 이탈리아인은 슬라브인을, 슬라브인은 그리스인을, 독일인은 러시아인을, 프랑스인은 독일인과 영국인을 모두 멸시하지요. 내가 생각하기엔 모두가 옳아요, 다른 이야길 하자고요. 어제 스퀴타리에서 무얼 했나요…(1190~1191).

이 시기는 1930년대 양차 대전 사이에서 민족주의의 과열로 정치 상황이 혼란스럽던 때이다. 이에 권태를 느끼고 있던 영국인 필립은 프랑스인 부트랭에게 복잡한 시대적 현실을 벗어날 수 있게 해줄 '가장 아름답고 가장 있을 법하지 않은' 이야기를 해달라고 청한다. 부트랭은 세르비아 노파들이 들려준 스퀴타리의 탑la tour de Scutari에 얽힌 이야기를 들려주기 시작한다.

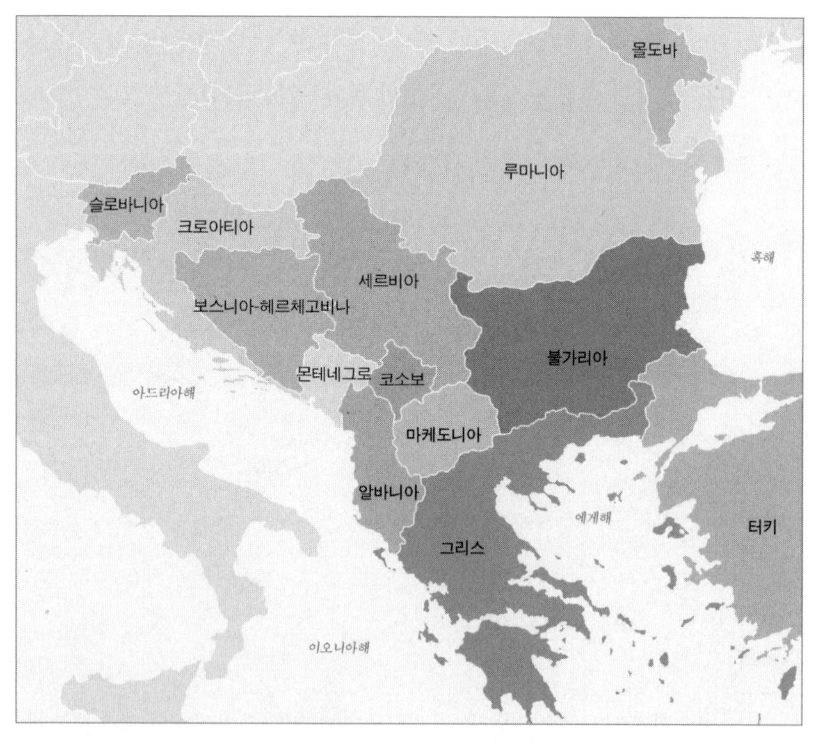

20세기 말 이후 발칸반도의 나라들

세르비아, 알바니아 혹은 불가리아의 농부들은 이 재앙에서 단 하나의 이유를 알아낼 뿐이었어요. 그들은 어느 건축물이, 만약 기초 속 해골이 마지막 심판의 날까지 이 돌들의 무거운 육신을 지탱해 줄 남자 혹은 여자를 가두는 배려를 하지 않으면 무너져 버린다고 알고 있었지요. 그리스에 있는 아르타에서는 그렇게 한 처녀를 묻고 있는 다리를 보여주는데, 그녀의 머리채 일부가 갈라진 틈으로 빠져나와 물 위에 마치 금빛 식물처럼 걸려 있었지요. 세 형제는 서로를 경계하며 바라보기 시작했고 미완성의 벽 위에 그들의 그림자를 던지지 않으려고 주의를 기울였어요. (…)(1192)

스퀴타리의 탑이 만들어지기 이전부터, 인신공희의 민담들[56]이 발칸반도에 이미 널리 퍼져 있던 민중문화였음을 알 수 있는 대목이다. 그리고 이 지역에 퍼져 있는 속죄와 희생 제물에 관한 전설들은 주로 여성 민중들이 주체가 되어 부르는 서정적 발라드[57]에 남아 있다. 「죽음의 젖」에서 프랑스인 부트랭은 액자소설 속 화자가 되어, 중세 발칸지역의 발라드 민요시에서 전해지는 스퀴타리의 전설(1247)을 이야기한다.

사실 스퀴타리의 전설에는, 루마니아의 「아르주의 수도원 또는 대가大家 마놀Le monastère d'Arges ou le Maître Manole」, 세르비아 - 크로아티아에서는 「드리나강江 다리Le Pont sur la Drina」, 「스코드라 요새의 건설La construction de la forteresse Scodra」 또는 「스퀴타리 요새La forteresse de Scutari」, 그리스에서는 「아르타 다리Le pont sur Arta」, 알바니아에서는 「로자파 요새La forteresse de Rozafat」, 불가리아에서는 「스트뤼나 요새La forteresse de Struna」 등 다수의 버

56 세르비아뿐만 아니라 유사한 희생을 고양하는 무수한 민담이 알바니아에도 전승한다.

57 Loredana Primozich, "Les Balkans de M. Yourcenar entre tradition et création littéraire," *Marguerite Yourcenar et la Méditerranée*, études rassemblées par Camillo Faverzani (Association des publications de la Faculté des Lettres et Sciences humaines de Clermont-Ferrand, 1995), p.179. "발칸의 시는 두 개의 그룹으로 나뉘는데, 하나는 이슬람 적군에 맞서 싸우는 용맹한 남성 테마를 지닌 남성적 발라드이고, 또 다른 하나는 여인들이 노래하는 보다 서정적인 어조의 여성적 발라드이다."

전이 있다.[58] 유르스나르의 「죽음의 젖」은 이들 중 일부를 취사선택하여 '다시 쓰기'한 것이다.

이 작품의 근간이 되는 몇 개의 전설을 소개하면, 하나는 「스코드라 혹은 스퀴타리의 요새」라는 제목이 붙어 있는 세르비아 - 크로아티아 전설이다. 부카신Vukasin 왕과 그의 두 형제는 스퀴타리라는 새로운 도시를 지으려고 노력하지만, 마녀가 매일 밤 이들의 기초공사를 무너뜨린다. 어느 날 마녀는 도시 건설의 대가로, 친형제와 친자매 또는 식사를 가져다주는 일꾼들의 아내 중 하나를 벽에 가두라고 명령한다.[59]

또 다른 하나는 몬테네그로Montenegro에서 온 전설이다. 세티네Cettigné 또는 체티네Cetinje의 탑이 밤마다 무너져서, 마을사람들이 그 앞을 지나가는 첫 번째 여인을 산 채로 매장하기로 결심하였다. 희생양이 된 여인은 십장什長의 아내였다. 그녀는 불평하는 대신, 아이에게 젖을 먹일 수 있도록 가슴 부분의 벽을 열어놓아 달라고 부탁한다. 마지막으로 알바니아의 민중 발라드 「로자파 요새」는 유르스나르의 작품에 가장 근접한 버전으로 보인다. 로자파Rozafat 산맥 아래 맑은 샘에 토착 여신이 살았는데, 어느 날 세 형제가 이 샘 옆에 탑을 세우기로 결정하고 노력하였으나 여신의 반대로 작업이 번번이 무산된다. 무지개를 통해 발현한 이 여신은 그들의 아내를 희생양으로 원한다. 두 형은 바로 이 비밀을 아내들에게 얘기하지만 비밀을 지킨 막내의 아내는 희생제물이 된다. 그런데 모성적 본능으로 그녀는 죽으면서 갓난아기에게 젖을 물릴 벽의 틈을 열어달라고 요구한다.[60] 결국 여인의 희생으로 탑이 완성되었다는 희생과 눈물의 이야기이다.

---

58 Mircea Muthu, "*Le lait de la mort* et la littérature Sud-Est européenne," *L'Universalité dans l'Œuvre de Marguerite Yourcenar*, dir. par M.J.Vazquez de Parga et R. Poignault, *SIEY*(1994), p.242.

59 Christine Mesnard, "L'influence slave sur deux nouvelles orientales de Marguerite Yourcenar," *SIEY*, bulletin n.3(1989), p.58.

60 L. Primozich, "Les Balkans de M.Yourcenar entre tradition et création littéraire," p.180.

유르스나르의 「죽음의 젖」에서는, 삼형제 농부들이 터키 약탈자들의 동정을 살피기 위해 탑을 세우기로 결심한다. 그들의 아내들도 먹을 것을 가져다주며 기운을 북돋아 주었다. 하지만 번번이 탑이 무너져 내렸고, 맏형이 믿기 어려운 제안을 한다.

> 아우들아, 아무것도 결정하지 말고, 선택은 우연의 신, 이 신의 허수아비에게 맡기기로 하자. 내일 새벽, 이날 우리에게 먹을 것을 가져다주러 오는 아내들 중 하나를 붙잡아 탑의 기초 속에 가두기로 하자. 동생들아, 난 너희들에게 단 하룻밤만 침묵하기를 요구할 뿐이다(1193).

이렇게 하여 세 아내 중의 하나가 돌탑 안에 갇히는 운명에 처하게 된다. 사실 맏형은 지금의 알바니아인 아내를 미워하여 그리스 처녀에게 새 장가를 들 속셈으로 제안을 한 것이었는데, 그의 잠꼬대 때문에 그녀는 눈치를 채버렸다. 그리고 둘째는 집에 돌아가자마자 아내에게 하루 종일 일할 빨랫감을 내놓아 그녀가 죽음을 피하도록 꾀를 쓴다. 하지만 막내는 아내와 아이를 안고 밤새도록 슬픔에 빠져 있다가 끝내 비밀을 털어놓지 못한다. 결국 막내의 아내가 "모두에게 보이지 않는 신성한 메달과 같은 운명을 목에 두르고"(1195) 점심 바구니를 가지고 남편의 일터로 향한다.

막내는 아내 앞에 무릎을 꿇고 용서를 빌며 그녀가 보는 앞에서 망치를 내리쳐 스스로 목숨을 끊는다. 남은 그녀는 두 형제에게 강제로 이끌려 탑의 둥근 벽 속으로 처넣어진다. 그 앞에 벽돌이 한 장씩 쌓여가고, 어느새 돌 벽은 가슴 부위까지 이른다. 돌 속에 갇힌 여인이 마지막 유언을 한다.

> "나를 위해서가 아니라, 죽은 당신들의 동생을 생각해서, 내 아이 생각을 해주시어, 그 아이가 굶어죽지 않도록 해주세요. 내 가슴은 벽으로 막지 마세요. 시아주버니들, 수놓은 내 셔츠 아래 내 두 젖가슴이 접근할 수 있게 하고 매일 내게 아기를 데려오세요. 몇 방울의 삶이 내게 남아 있는 한, 새벽, 점심 그리고 석양이 내

릴 때 내가 낳은 아이를 먹이러 두 젖이 끝까지 내려올 겁니다. 그리고 더는 젖이 나오지 않는 날, 아이는 내 영혼을 마실 거예요. 승낙하세요. 심술궂은 형제들이여, 만약 그렇게 해주신다면, 신의 집에서 당신들을 만나게 될 날, 나와 내 소중한 남편은 당신들을 비난하지 않을 겁니다"(1196~1197).

겁이 난 형제들은 이 마지막 소원을 들어주기로 승낙하고, 그녀의 가슴 높이에 벽돌 두 개를 열어놓는다. 살아서 스퀴타리의 돌 벽에 갇힌 여인은 첫날에는 기쁨으로 젖을 먹이고 잠든 아가에게 노래도 불러주었지만, 날이 갈수록 노랫소리는 사라지고 침묵이 흘렀으며 심장의 고동도 뜸해졌다. 아이가 스스로 젖을 뗄 때까지 2년간 "기적적인 분출"(1198)이 이어지다가 마침내 "말라버린 유방은 풍화하였고, 벽돌 가장자리 위에 한 줌의 흰 재 말고는 아무것도 남지 않았다"(1198).

2) 「목 잘린 칼리」

이 짧은 이야기는 인도의 칼리 여신에 관한 것으로, 괴테의 『신과 무희Le Dieu et la Bayadère』와 토마스 만의 『뒤바뀐 머리들Les Têtes transposées』에 영향을 준(1247) 힌두교 전통 신화이다. 「목 잘린 칼리」는 유르스나르가 25살이었던 1928년에 쓰였다.

칼리 여신은 일반적인 힌두교 전통에 따르면 창조와 파괴의 여신이다. 피부색이 검었으며 어둡고 폭력적인 이미지로 자주 표현되어 죽음의 여신이라고도 불린다. 하지만 칼리 여신의 태초의 모습은 본래 평온한 상태의 궁극적 소멸을 상징하는 존재였다고 전해진다. 그래서 자신을 숭배하는 신자들이 그들의 영적 삶에서 만나게 되는 온갖 장애를 소멸시켜 주는 보호의 여신이기도 하고, 일부 종교 전통에서는 자애로운 어머니 여신이자 우주의 구세주로 통하기도 한다. 유르스나르의 「목 잘린 칼리」는 일반적으로 알려진 칼리 여신의 모습을

그려내고 있지만, 특히 결론 부분은 후자의 성격에 영감을 받아 신화를 변용하고 있다.

인도의 평원을 누비고 다니는 검은 칼리 여신은 이중의 성격을 지닌다. 그녀는 바나나 나무처럼 날씬한 몸매, 가을 달처럼 둥근 어깨, 꽃봉오리처럼 부푼 젖가슴을 지닌 아름다운 여인이지만, 때 묻지 않은 그녀의 영혼은 늘 눈물에 젖어 있고 입술에 미소를 띠지 않는 음울한 모습이다. 그것은 그녀의 육체가 천민, 죄인, 문둥병자, 옴병 걸린 낙타꾼, 브라만, 시체 씻는 자, 뱃사공, 흑인까지 가리지 않고 사랑을 나누는 거리의 여자이기 때문이다. '열병환자처럼 슬프게, 이 마을에서 저 마을로, 이 거리에서 저 거리로, 음울한 환희들을 찾아다니는'(1235) 그녀는 육체는 타락했지만 영혼은 맑다. 이 동양신화에서도 더럽혀진 육체와 순수한 영혼이라는 이원론적 분리에서 낯설지 않은 서구의 종교적 쟁점을 발견할 수 있다. 하지만 칼리 여신은 원래 인드라(우레와 비를 주관하는 신)의 하늘에 살던 완벽한 수련 꽃이었다. "아침의 금강석들은 그녀의 시선 속에 반짝였고 우주는 그녀 심장의 고동에 따라 축소되기도 하고 팽창되기도 했다"(1235).

그런데 이 순수한 여신을 시샘한 신들이 벼락으로 그녀의 목을 자르는 사건이 일어난다. 잘린 그녀의 목에서는 피가 아닌 눈부신 광채가 솟아나오고, 이내 시신은 지옥으로 버려진다. 그 이후 신들은 자신들의 죄를 회개하고서, 칼리의 머리를 경건히 거두어들이고 지옥으로 내려가 목 잘린 시체를 찾아다닌다. 헤매 다니던 신들은 칼리 여신의 육체와 닮은 시신을 찾아 목에 붙이는데, 사실 그것은 인간 창녀의 것이었다. 그래서 창녀의 육체와 결합된 칼리는 이제 인드라의 하늘로 더는 올라갈 수 없는 추락한 신이 되어버린다. 육신은 칼리의 머리를 불결한 곳으로 이리저리 끌고 다니고, 여신의 자격을 잃은 그녀의 영혼과 맑은 눈은 하염없이 눈물을 흘린다.

> 한 아이가 그녀에게 동냥을 구했다. 그녀는 덤벼들려고 하는 뱀 한 마리가 두 개의 돌 사이에서 몸을 일으키고 있는 것을 그에게 알려주지 않았다. 살아 있는 모든 것에 대한 걷잡을 수 없는 분노가 그를 사로잡음과 동시에 자신의 실체를 그들로써 증가시키고픈, 그들을 실컷 먹음으로써 생물들을 없애버리고픈 욕망이 일었다. 사람들은 묘지 근처에 쪼그리고 있는 그녀를 만나게 되었으며, 그녀의 입은 암사자의 입처럼 해골을 우적거렸다. 그녀는 제 수컷을 잡아먹는 암컷 곤충처럼 죽였고, 제가 낳은 새끼들을 돌아서 짓밟는 암멧돼지처럼 자신이 낳은 존재들을 으스러뜨렸다. 그녀가 몰살시키는 자들, 그 위에 춤추면서 그들의 숨을 끊었다(1237).

칼리는 육체의 추함에 따라 영혼도 점차 나약해져 간다. 그러다가 갑자기 어린아이를 포함한 모든 피조물에 대한 증오가 생긴다. 카스트 계급과 상관없이 자신이 유혹했던 모든 인간들은 살아 있건 죽어 있건 그녀의 희생물이 된다.

특정한 사건의 줄거리는 나오지 않지만, 육체와 영혼의 불균형으로 심경의 변화를 겪은 칼리가 지상에서 파괴와 죽음의 여신이 되어가는 것이다.

그런데 숲속에서 칼리는 현자賢者, le Sage를 만난다. 그 순간, "칼리는 세상의 멈춤, 존재로부터의 해방, 삶과 죽음이 쓸모없어질 지복의 날, 모든 것이 무로 사라지는 순간, 결정적인 큰 안식의 예감이 그녀 자신의 깊은 곳으로부터 올라오는 것을 느꼈다"(1237). 대자 대비한 현자는 그녀를 축복하기 위해 손을 올린다. 증오에 사로잡혀 대량살육을 자행하던 칼리가 해방délivrance의 길로 나아간다.

> 우리는 모두 불완전하니라. (…) 우리는 모두 분할되어 있고 조각나 있으며, 그림자이며 견고하지 않은 환영이다(1238).

칼리가 자신이 느끼는 기쁨과 고통, 삶과 죽음의 패러독스를 토로하자, 현자는 모든 인간이 지닌 불완전함에 대해 설파한다. 이에 칼리 여신은 자신이 한때 인간이 아닌 하늘의 여신이었다고 탄식한다.

> 그렇다고 네가 사물에 대한 구속으로부터 더 자유로운 것도 아니었고, 너의 금강석 몸이 너의 진흙과 살의 육체보다 더 불행으로부터 보호되어 있던 것도 아니었느니, 아마도 길 위로 이리저리 치욕스럽게 떠돌아다니는 행복 없는 여인이여, 너는 형체가 없는 것에 더욱 가까이 도달해 있도다(1238).

불완전한 것이 인간만이 아니라 신도 마찬가지라고 현자는 대답한다. 그리고 인간이건 신이건 불행과 부자유의 단계들을 경험하고, '형체가 없는 것', 즉 무無, le Néant에 근접하는 것이 무엇보다 중요함을 일깨워 준다. 이 말은 그녀가 육체와 영혼의 팽팽한 긴장과 대립을 넘어 '무'의 상태, 즉 달관의 경지로 나아가야 함을 의미한다. 그녀의 자유의지는 아니었지만, 카스트 제도를 넘어선 다양한 계층들과의 만남과 사랑, 그로 인해 겪은 고통과 눈물이 칼리를 오히려 구원의 길로 가까이 안내했음을 암시한다.

3) 오리엔트의 모성 신화와 무無의 세계

미신적이고 잔인한 인신공희 전설을 반영하는 「죽음의 젖」에는 아내를 희생양으로 삼아 집안의 번영과 평화를 이루려는 성스러움을 가장한 남성 중심의 폭력문화가 드러난다.[61] 사실 야만과 폭력이라는 키워드는 서구인들이 발칸 오리엔트에 덧씌워 놓은 이미지이기도 하다. 하지만 「죽음의 젖」에서 이야기되는 스퀴타리의 전설은 오리엔트의 모성을 서구의 모성과 비교하기 위한 척도이다.

> 몇 세기 동안 감동된 어머니들이 와서 다갈색이 된 벽돌을 따라 불가사의한 젖으로 그어진 고랑을 손가락으로 따라 훑었지요. 그 후 탑 자체도 사라졌고, 둥근 천장의 무게는 여인의 가벼운 해골 위를 짓누르기를 그쳤습니다. 마침내 부서지기 쉬운 그 유해들은 흩어졌고, 그리고 이제 여기엔 이 지옥 같은 더위에 그을린 한 늙은 프랑스인밖에는 남지 않았군요. 그는 시인들에게 안드로마케의 이야기만큼이나 많은 눈물을 흘리게 할 만한 이 이야기를 아무한테나 되풀이한답니다(1198).

마침내 유해가 되어 흔적조차 찾기 어려운 희생된 젊은 여인은 죽음의 여신을 연상시킨다. 하지만 인간 육체의 한계를 뛰어넘어 초인적인 힘을 발휘한 그녀의 모성은 순교martyre의 한 양상을 띤다. 그런 그녀는 "제단 뒤에 서 있는 마리아의 모습과도 같았다"(1196).

모성애에 관한 이야기는 신화에 종종 등장하는 주제이지만, 발칸 지역의 이름도 없는 이 여인의 모성애는 죽음을 무릅쓴 자기희생적 사랑이기에 고귀한

---

61 알바니아인과 슬라브인에게 형제애는 아내와 자식으로 이루어진 핵가족보다 우위에 있다. 특히 세례에 의한 형제애는 남슬라브에서 빈번한 결합인데, 그것은 침략자 터키인들에 맞서는 방어와 무관하지 않다. L. Primozich, "Les Balkans de M.Yourcenar entre tradition et création littéraire," p.182.

가치를 띤다. 「죽음의 젖」이라고 붙인 단편의 제목은 죽음을 부르는 젖이 아니라, 죽은 여인의 몸에서 나오는 기적의 모유로 아기에게는 생명 그 자체를 의미한다. 게다가 그녀의 '죽음의 젖'은 사악한 형제들의 죄를 용서해 주고 그녀 자신의 분노와 억울함을 비워내는 정화의 샘이기도 하다. 서구의 신화와 비교한다면, 하데스에게 납치된 딸 페르세포네를 찾기 위해 헌신한 데메테르 여신의 모성애와 트로이의 명장 헥토르의 아내 안드로마케[62]가 보여준 모성애를 평행선상에 놓을 수 있겠다. 또한 잔혹한 아버지 신 크로노스와 대립하여 지혜로 아이들을 살린 레아의 모성도 떠올릴 수 있다. 그러나 이들은 적어도 이 오리엔트의 여인처럼 죽음을 넘어서지는 않았다. 여느 신화들처럼 죽었다가 다시 부활하는 기적도 일어나지 않았다. 그래서 어머니의 사랑이 보다 현실적이고 진정성 있게 다가온다.

> 필립, 우리에게 없는 건 바로 현실이란 말입니다. 우리의 비단은 인조견이며, 인공합성으로 만든 식량은 끔찍하게도 미라의 속을 채우는 가짜 음식과 닮아 있고, 불행과 늙음을 거슬러 무력해진 여인들은 이제 더는 살아 있지 않아요. 다만 반쯤은 야만적인 나라들의 전설에서나 젖과 눈물이 풍부한 여인들을, 그의 아이가 되는 것이 자랑스러울 그런 여인들을 아직까지 만나볼 수가 있지요…(1191).

프랑스인 화자 부트랭은 그 탑을 찾아 스쿠타리의 구멍 난 벽돌을 샅샅이 찾아다녔다고 말한다. 하지만 이제 탑의 흔적은 사라지고 그에 얽힌 기억만이 신화로 남아 있다는 것이다. 스쿠타리의 세르비아 여인은 희생을 통해 아이의 생명을 구원한 오리엔트 모성의 원형archétype을 보여준다. 미신적인 민중문화에 성스러움을 가장한 야만성이 담겼음에도, 이 전설이 감동적으로 느껴지는 이유는 여인의 육체의 고통과 영혼의 힘이 서로 팽팽히 맞서다가 어느 순간 합일

---

62 일설에는 트로이의 왕자이자 명장인 헥토르가 죽자, 그의 아내인 안드로마케가 아들 아스타낙스Astyanax의 안전을 위해 그리스의 네오프톨레모스 왕의 첩이 되어주었다고 전한다.

되는[63] 사랑의 위대함 때문이다. 프랑스인 화자의 앞선 언급처럼, '젖과 눈물'이라는 보다 인간적이고 현실적인 오리엔트 신화의 모성애는 서구 신화의 우위성에 대한 유럽인들의 고정관념을 일깨워준다.

「죽음의 젖」이 희생 제물로 바쳐진 젊은 세르비아 여인의 모성애를 다루었다면, 「목 잘린 칼리」는 신들의 질투로 목 잘려 죽었다가 부활하여 죽음보다 더 비참한 신세로 살아가는 인도 여신의 분노와 형체 없는 '무'에 대한 깨달음에 관한 것이다. 그런데 칼리 여신의 깨달음은 여느 신들보다 예지를 지닌 동양의 현자를 통해 얻어진다. 그는 지친 칼리의 검고 더러워진 머리를 축복하며 말한다.

> 욕망이 네게 욕망의 덧없음을 알게 해주었나니 (…) 후회가 네게 후회함이 소용없음을 가르쳐 주느니라. 인내를 가지라. 오, 우리 모두가 그 일부를 이루고 있는 오류여. 오, 그 덕분에 완전함이 자신을 의식하게 되는 불완전함이여, 오, 반드시 불멸은 아닌 분노여… (1238).

현자는 세상만사의 덧없음을 인식하고, 그 인식을 잊지 않고 영속시키려면 '인내'가 뒤따라야 한다고 설파한다. 여기에는 세상만사가 '무'임을 깨닫고 세속의 삶을 인내하며 살라는 동양의 철학사상이 내포되어 있다. 현자는 칼리를 위로하면서, 그녀가 진정한 무無의 세계로 들어서도록 안내하는 역할을 한다. 하지만 현자의 마지막 말에 쓰인 말줄임표는 그의 조언이 칼리에게는 아직 미완성이며, 인내심을 가지고 내적 탐구와 진실의 탐색을 계속 수행해 나가야 함을 의미하기도 한다.[64] 또한 이 가르침을 따라 살다가 훗날 칼리가 진정한 인드라의 여신으로 구원받을 수 있다는 희망의 계시로 이해될 수 있을 것이다.

---

63 Catherien Barbier, *Etude sur Marguerite Yourcenar Les Nouvelles Orientales*, p.47.

64 Ibid., p.70.

6. 욕망 또는 죽음

1) 「마르코의 미소」

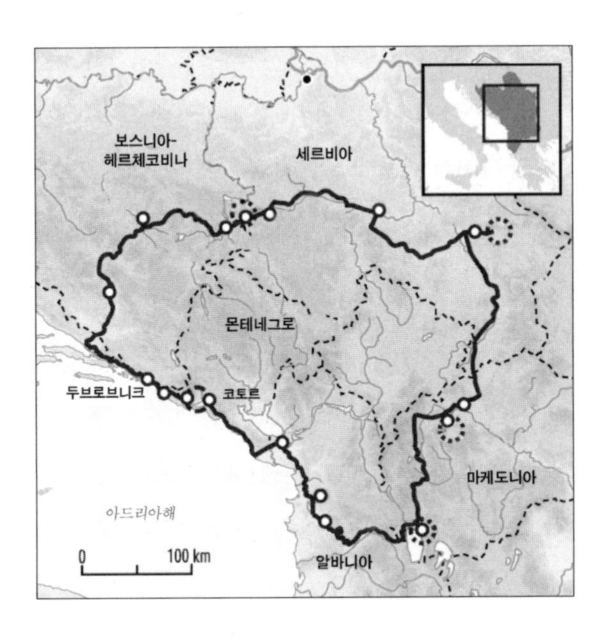

「마르코의 미소」의 서두에서는 여행자 세 명이 코토르에 정박한 배의 갑판 위에 모여 있다. 이들은 그리스인 고고학자, 이집트인 파샤(함장), 오리엔트 특급열차의 터널 공사를 위해 온 프랑스인 기술자이며, 모두 1930년대 현대인이다. 코토르의 역사와 문화에 관심이 깊은 프랑스인 기술자가 자신이 생각하는 이 지방의 매력에 대해 말하기 시작한다.

> 아마 이 코토르Kotor항港과 라귀즈항이 아마도 발칸에서 우랄까지 펼쳐지는 이 광활한 슬라브 지방의 유일한 지중해 출구일 겁니다. 이곳은 유럽 지도상의 수시로 변화하는 경계선들은 도외시한 채, 카스피해, 발트해, 흑해 혹은 달마티아 해안의 복잡한 물길들을 거쳐야 들어가는 바다와 완전히 등을 지고 있는 지역이지요. (…) 그리고 야성의 코토르, 슬라브 지방의 전설과 무훈시에 나오는 그저 조금 더 거친 코토르, 전에 알바니아 회교도들의 지배하에 살았었던 저 이교도들의 코토르 말입니다(1182~1183).

이렇게 코토르의 지정학적 특수성과 지방사를 언급하다가, 프랑스인 기술자는 영웅 마르코 크랄리에비치에 관해 이야기하기 시작한다. 이 이야기의 시대적 배경은 중세 십자군 시대이며, 마르코는 실제로 세르비아의 역사적 영웅이다. 오스만 제국(터키)의 발칸 점령기에, 기독교도의 수호자로서 용감하게 싸운 전설적인 거인 영웅이다. 14세기 말 술탄의 막강한 권위를 가졌다가 가신으로 끝났지만, 일단 민중들의 기억에 들어서자 그의 역사적 존재는 신화 규범에 따라 문학적으로 복원된다.[65] 결국 이 역사적 인물은 세르비아와 불가리아 서사문학에서 나오는 문학적 영웅이 된다.[66] 「마르코의 미소」는 프랑스 무훈시 「롤랑의 노래La Chanson de Roland」에 나오는 롤랑처럼, 마르코 왕의 무훈시에서 차용된 것이다. 또한 중세 이후 발칸 남동 슬라브 민중들 사이에서 널리 퍼져 있는 민담이자 발라드 민요이기도 하다.

이 세르비아인 마르코는 당시 터키인들의 지배하에 있는 몬테네그로에 위치한 검은 산山 체르나고라Tzernagora(Crna gor)의 소유권을 되찾기 위해, 자신의 밀정들을 만나러 적진으로 들어간다. 그런데 그는 용맹하기도 하지만, 거센 바다와 미지의 여인들을 자기편으로 만들 정도로 초인적인 유혹자의 능력을 지녔다.

마르코는 물결을 매혹시켰습니다. 그는 이타카의 옛 이웃인 오디세우스만큼이나 헤엄을 잘 쳤습니다. 그는 또한 여인들을 매혹시켰지요. 바다의 복잡한 수로는 그를 자주 코토르에, 밀어닥치는 물결 아래 할딱거리고 있는 온통 벌레 먹은 어떤 목조집의 발치로 데려가곤 했지요. 그곳에서 스쿠타리 파샤의 과부가 마르코를 꿈꾸며 밤을 보내고, 그를 기다리며 아침을 보내고 있었습니다. 그녀는 바다의 후덥지근한 입맞춤으로 얼어붙은 그의 몸을 기름으로 문질러주었고, 하녀

65 Christine Mesnard, "L'influence slave sur deux nouvelles orientales de Marguerite Yourcenar," p.53.

66 세르비아 - 크로아티아 구비서사시에 담긴 '마르코 크랄리에비치'의 일대기에 대해서는 다음 논문을 참조할 수 있다. 김상헌, 「유고슬라비아 구비서사시의 '영웅' 모티프」, 《세계문학비교연구》, 제40집(2012 가을), 341~366쪽.

들 몰래 자기 침대에서 그를 따뜻하게 녹여주었습니다. 그리고 그가 요원들과 공범들을 밤에 만나는 걸 용이하게 해주었지요(1184).

바다의 신 포세이돈의 분노로 오랜 세월 바다와 싸웠고 그로 인해 적지 않은 섬 여인들과의 사랑을 나누었던 오디세우스가 마르코의 행보와 겹쳐진다. 마르코는 터키의 땅에 몰래 들어서기 위해 자연을 잠재우는 초자연적 마력을 발휘하는데, 이 비범한 힘은 불가리아 민중의 상상력에서 나온 물의 요정 사모디브samodive[67]에서 받은 것이다. 마르코의 매력은 여성들이 먼저 빠져들 만큼 치명적이다. 하지만 아름답고 매력적인 그리스의 섬 여인들과 달리, 이교도 땅에 사는 터키 장군(파샤)의 미망인은 몸이 둔중하고 다리는 두꺼우며 두 눈썹이 이마 중간에서 합쳐진 못난 모습이다. 그녀는 거구 마르코에게서 욕정을 채우지만, 그가 기독교 성호를 그을 때 몰래 침을 뱉는 무례를 범할 정도로 애인의 종교는 존중해 주지 않는다. 마르코 역시 자신의 밀정 활동을 위해 과부를 유혹하지만, 그녀를 사랑하는 척할 뿐 속으로는 의심한다. 마르코가 라귀즈Raguse로 돌아가기 전날 밤, 과부는 새끼염소 요리를 만들어주었는데, 술에 취한 이 젊은 기독교인이 음식을 타박하며 그녀를 저주하는 말과 함께 발길질을 해댄다.

이런 모욕에 분해서 과부는 애인을 배신한다. 터키 병사들이 집 주위를 에워싸고, 마르코는 도망치기 위해 발코니에서 뛰어내려 풍랑이 거센 바다로 빠진다. 과부의 안내를 받은 터키 군인들과 바다의 낚시꾼은 풍랑으로 더 멀리 전진하지 못하고 있던 마르코를 그물로 잡아 해변으로 끌어낸다.

터키인들이 바닷가로 끌어낸 젊은 남자는 창백한 안색에 사흘 묵은 시체처럼 차갑게 굳어져 있었어요. 바다 거품으로 더러워진 머리카락이 움푹 들어간 관자놀

---

67 L. Primozich, "Les Balkans de M.Yourcenar entre tradition et création littéraire," pp.183~184. 물의 요정의 딸을 구해준 대가로 엄청난 힘을 얻게 된 청년 마르코 왕자의 초자연적 신화가 유르스나르의 작품에서는 생략되어 있다.

> 이에 붙어 있었고, 움직이지 않는 두 눈은 광활한 하늘과 저녁을 더는 비추지 못하고 있었지요. 바닷물에 전 두 입술은 꽉 다문 턱 위에 굳어져 있었지요. 힘이 다 빠져버린 두 팔은 축 늘어져 있었고, 두터운 그의 가슴은 심장소리가 들리는 것을 막고 있었습니다(1186).

물에서 건져낸 마르코의 모습은 누가 보아도 죽은 자의 형상이다. 마을 유지들은 알라를 외치며 이 성스러운 땅이 이교도의 더러운 시체로 오염되지 않도록 그를 바다에 도로 던져버리기로 결정한다. 그러나 마르코의 힘을 잘 알고 있던 과부는 그가 진짜 죽었는지 확인해 보아야 한다고 주장한다.

> 만일 여러분들이 그를 바다에 다시 던진다면 불쌍한 여자인 나를 홀린 것처럼 그는 파도를 홀릴 겁니다. 그래서 파도는 그를 그의 나라로 데려다 줄 겁니다. 못과 망치를 잡으세요. 그를 도우러 여기 오지 않을 그의 신이 십자가에 못 박혔던 것처럼 이 개를 십자가에 못 박아 죽이라고요(1186).

마르코의 손과 발이 못에 찔렸다. 그러나 그가 심장을 통제하고 동맥을 억누르고 있었기에 육체는 전혀 움직이지 않았다. 죽은 자를 십자가에 못 박는 일은 알라신의 뜻을 거스르는 일이므로 마을의 최고 연장자가 알라를 외치며 포기한다. 그러나 과부는 집요하게 두 번째 시험을 강요한다. 불타는 숯덩이가 차가운 마르코의 가슴 위에서 원을 그리며 불타 오른 뒤 붉은 장미처럼 검게 되었다(1187). 그럼에도 그는 신음도 하지 않고 미동도 하지 않았다. 이 마을의 사형집행인들은 알라를 외치며 죽은 자를 고문할 수 있는 자격은 신에게만 있을 뿐이라고 고백하고 고문을 그만둔다. 그러나 이번에도 과부는 포기하지 않고 세 번째 시험에 앞장선다. 마을의 젊은 처녀들이 모래 위에서 원을 그리며 춤을 추도록 한 것이다(1187).

그런데 여태껏 움직이지 않던 마르코의 심장이 점점 세차게 뛰기 시작한다. 마을 처녀들 중에서 가장 아름다운 여인인 해세가 붉은 손수건을 들고 춤을 추고 있었기 때문이다. 그 처녀의 벗은 발이 마르코의 육체를 노루처럼 스쳐갔으며, 맑은 두 눈이 마르코의 얼굴에 와서 멈추었다.

> 그리고 그 자신도 모르게 고통에 가까운 행복한 미소가 두 입술에 그려지고 입맞춤을 하려는 듯 움직였지요. (…) 갑자기 그녀는 자신의 붉은 손수건을 떨어뜨려 이 미소를 감추고는 오만한 어조로 말했어요. "죽은 기독교인의 맨 얼굴 앞에서 춤을 추는 게 마음에 들지 않아요, 그래서 그의 입을 덮어주었어요. 그걸 보는 것만으로도 무서워서요."(1188)

해셰는 계속 춤을 추었고, 알라신에게 경배할 시간이 되자 마을 사람들 모두가 이슬람사원으로 떠나갔다. 마르코의 실체를 잘 알고 있는 과부의 집요한 요청과 신의 뜻을 거스르고 그녀의 말을 들어주는 마을사람들의 잔인한 행동이 점점 극에 달하다가, 세 번째 시험인 아름다운 처녀의 슬기로 마르코의 미소는 아무도 모르게 감추어진 것이다. 그리하여 세 번이나 되는 죽음의 시련을 극복한 마르코는 예수의 부활처럼 기적적으로 되살아난다. 이 힘든 시련을 통해 기독교인 마르코는 영웅의 관문을 통과한 것이다. 그러나 무엇보다도 긴박한 죽음의 상황에서도 사랑의 욕망 앞에서는 벗어날 수 없었던 영웅의 미소가 이 작품의 반전이며 해학적인 결말이다.

마르코는 과부에게 잔인한 복수를 하고 바다 물결 속으로 유유히 사라져버린다. 그리고 훗날 그 지방을 다시 정복하여 아름다운 해셰를 데려가 행복하게 살았다는 영웅 신화의 전형을 보여준다. '욕망이 가장 달콤한 고문이 되는 한 사형수의 입술에 번진 미소'(1188~1189)는 이슬람 적군에 맞서 싸우는 남성적 무훈의 전통과 슬라브 민중의 상상력에서 나오는 관능의 요소가 합쳐진 것이다. 터키 병사들이 가한 고문은 세르비아, 불가리아 서사문학에 나오는 민족영웅의 역사에 기인하지만, 풍자적·희극적·관능적 표현 요소는 민간전승의 노래[68] 속에 나오는 문화유산이다.

2) 「마르코 크랄리에비치의 최후」

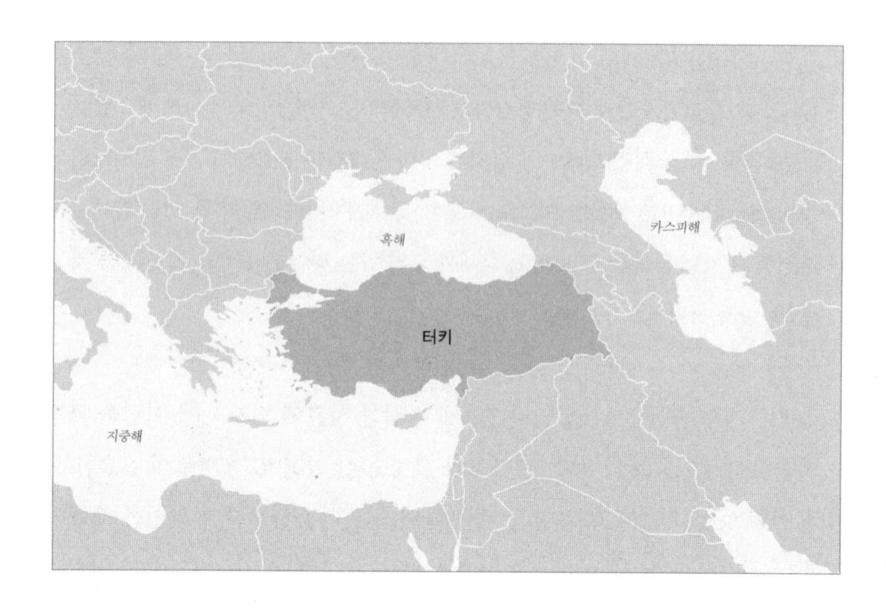

매우 짧은 이 단편은 「마르코의 미소」가 쓰인 지 40년 후인 1978년에 발표된 것이다. 유르스나르는, 길을 지나던 한 익명의 남자 손에 죽은 말년의 마르코를 회상한 세르비아 민요시를 발단으로 삼았다고 밝혔다(1248). 작품 배경은 마르코 크랄리에비치가 말년에 살았던 터키 변방에서 가까운 어느 마을이다.

「마르코의 미소」에서는 너른 육지와 바다를 누비며 야성적이고 열정적인 모습의 마르코가 그려졌다면, 「마르코 크랄리에비치의 최후」에서는 제목에서 연상되듯 말년의 쇠락이 그려진다. 늙은 마르코는 일군의 추종자들을 이끌며 여전히 자신의 힘과 특권을 누리는 것 같지만, 조그만 마을에서 영화로웠던 과거의 기억에 빠져 영웅이라기보다는 폭군 같은 존재로 전락해 있다. 라블레

---

68 A.Y. Julien, *Marguerite Yourcenar ou la signature de l'arbre*, p.94. "풍자시에서 표현되는 냉소적 기질(민중의 삶의 환멸 안에서 기원을 찾을 수 있는 희극적 요소)이 이야기에서 빠질 수 없다. 중세 익살극에 나오는 코카서스식 대화는 동물적 악담들이 난무하는 언어분출의 기회를 마르코에게 제공한다."

Rabelais 소설의 주인공 팡타그리엘Pantagruel처럼 홍청망청 마시고 즐기는 힘센 거인 영웅이다.

> 마르코네 집에서는 항상 잘 먹지. 평일에조차도, 고기를 먹지 않는 날조차도. 그리고 언제든 식탁에는 많은 사람들이 있다네. 우선 늙은 절름발이들인데, 그들이 코소보에게 가했던 멋진 주먹질에 대해 끊임없이 지껄이는 작자들이지. (…) 그리고 오늘, 마르코는 거상riche marchand들, 명사들, 촌장들, (…) 산속에 사는 사람들도 초청했다네. 그것은 망아지들이랑 터키 가축들을 가져오기 위해, 매해 준비하는 원정 때문이었지. 양념을 아끼지 않은 굉장한 식사가 제공되었어. (…) 마르코는 열 사람 몫을 먹고 마시고, 먹기보다는 더 많이 떠들고 웃고, 마시기보다는 더 많이 주먹으로 쳤지(1240).

마르코의 집에서는 축일이 아니어도 축제를 지낸다. 기독교도이지만 종교의 의무인 금육禁肉의 원칙도 지키지 않는다. 터키 국경과 맞닿은 가장자리에 위치한 이 마을에서 마르코는 유지들과 터키 원정을 모의하고 남의 가축들을 전리품으로 빼앗아 올 계획을 꾸민다. 과거의 세르비아 영웅은 잔치를 열어 탈취해 온 전리품들을 마을사람들과 적당히 나누고, 술에 취해 지내는 작은 부족의 산적 왕으로 변해 있는 것이다.

그런데 이 작품의 시작은 기독교도 마르코의 죽음을 알리는 조종 소리로부터 시작된다. 주석 도금장에서 일하는 늙은 스테반을 찾아온 그의 친구 안드레브가 마르코의 죽음을 목격한 사람들의 이야기를 다음과 같이 들려준다.

> 그(마르코)는 사람들이 가득 찬 큰 마당으로 나갔지, 마을에서는 남은 걸 원하는 사람에게 나누어주고, 그리고 그 나머지 중 또 남은 것은 개들에게 간다는 걸 알지. 사람들 대부분이 크고 작은 항아리나 대접, 아니면 최소한 바구니 하나를 가져가지. 마르코는 거의 그들 모두를 알고 있어. 얼굴이랑 이름을, 그것도 진짜 맞는 얼굴에 바른 이름을 맞추어 기억하기로는 그만 한 사람이 없지. 그런데 돌로

된 작은 노인이랄까. 그보단, 아니야. 그는 남들보다 더 건장한 풍모를 가지진 않았어. (…) 작은 늙은이는 일어났는데 그 사람 정말 작더군. 그의 키는 마르코의 어깨까지밖에 닿지 않았어. 그는 아무것도 말하지 않고 아무것도 하지 않고 그대로 있었어. 마르코는 그에게 와락 덤벼들었지. 이 주먹질은 그 남자를 건드리지 못했다고 할 수 있는데, 마르코의 두 주먹이 피로 물들어 있었거든 (…) 그렇지만 그(마르코)는 헐떡거렸어. 갑자기 비틀거리다가 무슨 덩어리처럼 쓰러지더군. 맹세코 노인은 움직이지 않았어. 그는 다음과 같이 말했지. "이건 나쁜 추락이야, 마르코. 너는 다시 일어나지 못할 걸. 너는 시작하기 전에 그걸 알고 있었을 거야."(1240)

노년을 홍청망청 즐기던 어느 날, 마르코는 집 마당 긴 걸상에 앉아 있는 자그마한 노인을 발견한다. 기억력이 뛰어나 마을 사람들을 모두 알고 있는 그는 이 낯선 노인을 염탐꾼으로 생각하고 당장 나가라고 소리 지른다. 그리고 당장 그를 끌어내리려고 다리를 건다. 그러나 이 '돌로 된 작은 노인'은 인간이 감히 덤벼서 쓰러뜨릴 수 없는 천하무적이다. 또한 이 노인과 싸우면서, 마르코의 기억 속에는 젊은 시절 자신이 끔찍하게 죽인 희생자들의 모습이 떠오른다. 노인은 마치 다른 세상에서 온 죽음의 신 타나토스를 연상시킨다. 또한 마르코를 쓰러뜨린 뒤 마당 입구에 묶인 심술궂은 두 마리의 개를 진정시키는 장면에서는, 지옥문을 지키는 케르베로스의 주인 하데스 신이 떠오르기도 한다.

마르코가 죽은 것을 알게 된 그 순간, 떠나가는 그 늙은이를 보기 위해 모두들 입구 쪽으로 돌아서 있었지. 밖에는, 자네도 알듯이, 두 개의 언덕 사이로, 오르막이다가 내리막 그리고 다시 오르막인 길이 곧장 뻗어 있지 않나. 그는 벌써 멀어졌어. (…) 늙은이치곤 빨리 가더군. 그리고 그의 머리 위, 텅 빈 하늘 속으로, 야생 거위들이 날고 있었어(1242).

하늘로 날아오르는 야생 거위떼가 그 늙은이가 떠나온 곳을 상징적으로 지시해 준다. 신을 상징하는 노인도, 세속화된 영웅 마르코도 저 너머의 무한으로 사라져버렸다. 텅 빈 하늘이 우주의 한 점으로 사라진 영웅의 허무한 인생을 느끼게 해준다.

3) 마르코를 통해 본 오리엔트 영웅 신화의 특징

「마르코의 미소」는 일종의 액자소설 형식을 띠는데, 도입부에 등장하는 인물인 그리스인 고고학자는 오리엔트의 영웅이 자기네 그리스 영웅들과 어떻게 다른지 궁금하다며 이 세르비아의 영웅 마르코에게 관심을 갖는다. 화자이자 또 다른 작중인물인 프랑스인 기술자와 달리, 이 그리스인 고고학자는 고대 그리스 문화를 대표하는 '청자 - 인물'로서, 서구문명의 요람인 그리스 신화를 오리엔트 신화와 대비시킬 수 있는 상징적 인물로 기능한다.

그리스인 고고학자는 "나의 지식은 조각된 돌에 한정되어 있는데, 당신네 세르비아의 영웅들은 오히려 살아 있는 살 속을 베곤 하지요"(1183)라고 말한다. 이에 프랑스인 기술자는 대답한다. "서양에는 영웅이 있지만, 그들은 중세 기사들이 철갑으로 지탱되던 것처럼 원칙이라는 틀의 덕으로 지탱되는 거 같아요. 이 원시 세르비아인과 더불어 우리는 알몸의 영웅을 가지는 거지요"(1184). 마르코에 관한 두 남자의 대화를 통해 영웅 신화에 관한 동서양의 차이를 엿볼 수 있다. 우선 그리스인 학자에 따르면, 그리스 영웅은 우아하게 다듬어진 예술과 학문을 통해 평가되지만, 동방의 영웅은 거칠고 야만적인 무훈으로 실재하는 영웅이라고 비교한다. 하지만 프랑스인 기술자는 철갑처럼 원칙이라는 틀에 묶인 부자연스럽고 전형적인 그리스 영웅과 비교할 때 동방의 세르비아 영웅은 거대한 산맥처럼 스케일이 크고 자유롭고 원초적이라고 칭송한다.

그런데 프랑스인 기술자가 마르코의 전설에서 감동을 받은 이유는 영웅의 무훈보다는 그의 인간적인 욕망을 고문에 근접시키는 역설적인 주제와 그 완곡하고 해학적인 표현에 있다.

> 마르코가 그 지방을 다시 정복하여 그의 미소를 일깨웠던 아름다운 처녀를 채어 간 것은 말할 것도 없습니다. 하지만 나를 감동시키는 것은 그의 영광도 그들의 행복도 아니고, 바로 이 탁월한 완곡어법, 욕망이 가장 달콤한 고문이 되는 한 수형자의 입술에 번진 미소랍니다(1188~1189).

여기서 프랑스인 화자는 유르스나르의 사유에 가장 근접하다고 볼 수 있는데, 작가는 이 작품과 동일한 시기인 1930년대 『불꽃』이라는 서사시집을 통해 사랑의 형벌에 대해 말한 바 있다. 욕망이라는 에로틱한 감정이 결코 달콤하지 않으며 오히려 고문처럼 고통스러운 일이라는 욕망의 위험성을, 사랑의 본질을 보여준 것이다. 이 시집에서 작가가 경험한 사랑의 욕망이 비탄의 절규로 표현되었다면, 「마르코의 미소」에서는 감미롭고 경쾌한 고문으로 한 단계 승화되어 있다.

> 그 마을의 농부들이 알려준 그대로 여러분들에게 말씀드린 겁니다. 저는 그곳에서 오리엔트 특급열차를 위해 터널 뚫는 일을 열심히 하며 작년 겨울을 보냈습니다. 루키아디스, 당신네 그리스 영웅들을 폄하하고 싶지는 않지만, 그들은 화가 치밀어 올라 텐트 아래 틀어박혀 있었고, 친구들이 죽으면 고통스러워 울부짖었습니다. 정복된 도시 주변에서는 적의 시신들의 발을 질질 끌고 다녔고요. 그러나 『일리아드』에는 아킬레우스의 미소 같은 건 없었단 말입니다(1189).

『동양이야기들』에 나오는 사랑의 욕망에는 고문도 따르고 징벌도 따른다. 마르코뿐만 아니라, 이 작품에 실린 「과부 아프로디시아」와 「네레이데스를 사랑한 남자」에 나오는 주인공들도 그것 때문에 똑같이 형벌을 받았다.[69] 그런데 이러한 사랑의 고문이나 형벌이 인간을 위대하게 만드는 가치일 수 있다. 위의 인용에서, 프랑스인 화자는 그리스인 청자인 루키아디스에게 '일리아드

69 Jean Blot, *Marguerite Yourcenar*(Seghers, 1971, 1980), p.87.

에는 아킬레우스의 미소' 같은 건 없다고 단호히 말한다. 일리아드에서는 아킬레우스의 발목이라는 약점이 인간의 죽음을 이겨내지 못했지만, 여인을 향한 욕망 앞에서 흔들린 '마르코의 미소'는 죽음을 초래하는 치명적 약점이라기보다는 생명을 구원하는 위대한 무기였기 때문이다. 서구 영웅 신화에서 관능은 위험한 걸림돌로 작용하지만, 그 위험마저 해학으로 이완시키는 영웅 마르코의 유연성이 오리엔트 문화의 특질임을 부각시키고 있다.

오리엔트에 대한 박학한 지식을 갖추고 동서양 신화 사이에서 평행 감각을 지닌 유르스나르는 동서양 문화의 경계와 편견을 깨고 혼종문화의 특성과 가치를 잘 보여준다. 이는 서유럽 열강들의 민족주의 바람이 거세던 1930년대 당시로서는 의미가 크다. 「마르코의 미소」에 등장하는 프랑스인 기술자와 그리스인 고고학자와의 대화는 동방과 서방을 이어주는 영웅 신화를 매개로, 낯선 동방세계의 이방인이 얼마나 자신들과 가까운지 배타적 유럽독자들에게 일깨워 주기 위한 것으로 보인다.

> 프랑스인 기술자는 세르비아 영웅을 칭송하고 반대로 자신의 그리스인 청자 앞에서, 우리의 유산인 호메로스의 위대한 영웅들을 저평가한다. 이러한 가치의 전복은 놀라운 것이다. 그리스 영웅들이 야만적인 짐승처럼 묘사되고, 반대로 무용수 덕분에 마음이 동요된 세르비아 영웅은 거의 섬세하고 감수성이 예민한 것처럼 보인다. 따라서 우리의 선입견이 흔들린다. 오리엔트, 동방과 야만적인 잔인성을 기꺼이 동일시했었던 편견이 흔들리는 것이다. (…) 결국 이야기 화자와 여행 동반자는 멈추지 않고 두 문화를 가르는 정신적 경계를 초월해 나간다. 그들을 매혹시키는 것은 동양과 서양의 상호 침투이다. (…) 이렇게 두 인물들은 작가 유르스나르와 더불어 역사적 갈등과 보편적 상상력을 증명하는 이 국경지방의 열정을 나눈다. 마르코는 이방인이지만 이 이방인은 우리에게 가깝다. 그는 우리의 이웃이다. 바로 그가 우리를 이끈다. 인간 영혼을 알기 위한 내적 여행으로 우리를 이끄는 이는 바로 마르코이다.[70]

유르스나르는 자신이 속해 있는 서유럽이 그리스 - 로마 신화 혹은 유대-그리스도교 문화에 경도되어 있는 점을 비판적으로 인식하고, 마르코처럼 '완전히 벌거벗은' 날것 그 자체인 슬라브 영웅을 부각시켜 서구의 윤리적·도덕적 장벽을 벗어나고자 한다.[71]

한편 이 작품과 이어져 있는 아주 짧은 분량의 「마르코 크랄리에비치의 최후」는 또 다른 영웅담을 담고 있다. 보편적으로 그리스 신화 속 영웅은 분리, 입문, 회귀라는 전형적인 통과 의례적 모험을 치른다. 신화종교학자 캠벨에 따르면 "영웅은 삶의 세계에서 초자연적인 경이의 세계로 떠나고, 여기서 엄청난 세력과 만나고 마침내 결정적인 승리를 거두고, 영웅은 이 신비로운 모험에서 동료들에게 이익을 줄 수 있는 힘을 얻어 현실세계로 돌아온다". 「마르코의 미소」에 등장하는 마르코는 바로 이러한 통과의례를 치른 영웅이다.

하지만 「마르코 크랄리에비치의 최후」에서, 영웅적 모험을 끝내고 말년에 이른 마르코는 그 비범함을 잃고서 영웅의 속성이 약화되거나 세속화된다. 이와 유사한 그리스 영웅 중에는 말년의 테세우스와 중년의 이아손을 꼽을 수 있다. 하지만 「마르코 크랄리에비치의 최후」에서 중요한 메시지는, 낯선 세계에서 온 그 노인이 자신의 생명을 빼앗으러 온 것을 느끼면서도 절대 순응하지 않고 그와 마지막 한판 승부를 겨루는 세르비아 영웅 마르코의 용기와 끈기 있는 태도에 있다. 이 결투는 생명과 죽음의 대조를 의미하며, 마르코가 자신의 운명과 맞서 싸운 처음이자 마지막 패배이다.[72] 아무리 영웅이라도 인간이라면 피할 수 없는 '추락'이지만, 마르코의 위대함은 죽음의 신 타나토스와 끝까지 맞서 싸운 진정한 오리엔트의 영웅이라는 점에 있다.

---

70 Catherien Barbier, *Etude sur Marguerite Yourcenar Les Nouvelles Orientales*, p.40.

71 A.Y. Julien, *Marguerite Yourcenar ou la signature de l'arbre*, p.97.

72 Ibid., p.73.

7.『동양이야기들』에 담긴 오리엔트 신화의 범주와 의미

1) 유르스나르의 오리엔트 신화에 대한 관심의 배경

유르스나르는 자신의 문학을 유럽의 신화로만 경계 짓지 않고, 오리엔트 신화들을 추가하여 자신이 꿈꾸는 신화학의 구도를 보여주었다. 작가가 생각하는 신화의 공간과 특징은 서구 신화의 협소한 공간과는 분명 다르다. 유르스나르의 『동양이야기들』은 고대 그리스·로마 신화에 국한시키지 않고, 시공간을 초월하여 인간의 본질을 관통하는 이야기의 힘으로 남동유럽과 동아시아의 문명적 교류와 융합이 이루어졌음을, 그리고 그 무의미한 경계들을 지움으로써 화합과 소통으로 나아가 보다 다양하고 환상적이며 경이로운 신화 이야기들을 세상에 들려줄 수 있으리라는 전망을 제시하고 있다.

지금까지 살펴본 『동양이야기들』은 그리스와 발칸, 극동에서 파생한 오리엔트 색채가 강한 신화 모음집이다.[73] 여기서 '오리엔탈oriental'은 지리적으로 '남동유럽'과 '인도 및 극동지방'을 포함한 지역의 이야기들이다. 무엇보다 유르스나르는 이 오리엔트에 대한 박학한 지식을 갖추고 동서양 신화 사이의 평행 감각을 지닌 작가이다. 동방과 서방 문화의 경계를 깨고 혼종문화의 특성과 가치를 보여주기 위해 『동양이야기들』을 집필한 것이다.

우선 「마르코의 미소」에서는 슬라브 영웅을 찬양하며 서구 신화의 틀에서 벗어나려고 한다. 또한 「제비들의 성모 마리아」의 경우처럼 유일신과 인간 중심인 서구 그리스도교의 협소한 틀을 벗어나 비잔틴 문화 안에 남아 있는 자연의 신들이 형성하는 고대 이교 신화를 재조명한다.

---

73 『동양이야기들』에 관한 시기별 목차의 변화와 유형별 분류에 관해서는 다음의 선행논문을 참조하기 바란다. 박선아, 「유르스나르의 『동양이야기들』에 나타난 왕포와 코르넬리우스 베르그의 예술관 비교」, 《유럽사회문화》, 제18호(연세대학교 유럽사회문화연구소, 2017), 95~125쪽.

특히 이 작품의 집필 시기인 1930년대에 유르스나르는 그리스 여행을 자주 하였고 종종 발칸반도를 거치곤 하였다.[74] 작가에 따르면, 그리스와 발칸은 적어도 18·19세기에 이미 오리엔트였고, 19세기 낭만주의자들에게 발칸은 오랜 이슬람의 땅이었다.[75] 오스만 제국의 오랜 지배로 유럽 문명의 기원으로 간주되면서도 유럽이 아니었던 땅 그리스, 유럽과 아시아의 문화적 혼종 지대로 남아 오리엔트로 불리는 경계의 땅 발칸에 대한 작가의 매혹이 각별해서인지, 『동양이야기들』 속에는 그리스 신화군群과 발칸 신화군에 속하는 이야기가 비교적 큰 비중을 차지하고 있다.

유르스나르가 그리스와 발칸에 대해 관심을 갖는 이유는 시대적 취향과 무관하지 않다. 1920년과 1930년대 프랑스 문인들과 지성인들이 오리엔트[76]의 매력에 빠진 시기와 맞닿아 있기 때문이다. 서구 문인들의 이국취향이 오리엔탈리즘이라는 용어로 규정되고 이에 관한 비판적인 문화연구와 이론이 활발해지기 전까지,[77] 오리엔트는 유럽인의 상상 속에 사는 하나의 정신적 상une figure mentale[78]이었다. '다른 곳d'ailleurs'을 형상화하는 몽상의 전달자로서 오리엔트는 알리바바의 고장, 천일야화의 공간, 하렘, 황금빛 나신裸身의 동방여인

---

74 "이 책은 자주 발칸의 도로를 통해 그리스를 많이 방문했던 여러 해 동안 쓰인 것이다. 이 발칸 민담은 내 여정에서 유래한다." Marguerite Yourcenar, *Les Yeux Ouverts — Entretiens avec Matthieu Galey*, p.108.

75 Ibid., p.108.

76 이 글에서는 동양東洋 대신 '오리엔트'라는 용어를 주로 사용하였다. 그 이유는 동양은 대체로 아시아의 중국과 인도 및 주변국들을 의미하고, 역사적으로 중국의 동쪽바다를 뜻하는 한자문화권에서 지칭하던 '동양'에서부터 근대 일본과 19세기 말 식민지시대를 거치며 일본을 중심으로 하는 '동양'에 이르기까지 정치적 함의가 들어 있기 때문이다. 이와 달리, 유럽인들이 보편적으로 생각하는 동양과 유르스나르가 『동양이야기들』에서 다루고 있는 동양은 지리적으로 유럽에 근접한 그리스와 발칸반도가 주축이기에, 우리가 흔히 생각하는 동양과는 변별되어야 한다고 생각한다. 따라서 여기서는 주로 동양 대신 '오리엔트'를, 서양 대신 '옥시덴트'라는 용어를 사용하고자 하였다.

77 '서양이 상상하고 날조해 낸 동양의 이미지'를 뜻하는 서구 중심의 이데올로기에 대해서는 에드워드 사이드Edward W.Said의 저서 『오리엔탈리즘Orientalism』을 참조할 수 있다.

78 Catherine Barbier, *Etude sur Marguerite Yourcenar Les Nouvelles Orientales*, p.19.

들과 같은 부유함과 섬세함의 장소이기도 하고, 반면 야만barbarie의 상징이거나 자연에 가까운 순진무구의 고장이자 정체상태를 의미하기도 했다.[79] 하지만 유르스나르가 이러한 이국 취향에 빠져 그리스와 발칸에 관심을 두었다기보다는 이 지역이 갖는 문화적 특성, 즉 유럽의 경계이자 아시아의 문턱에 위치하여 서방과 동방의 문화적 접촉지대[80]가 되는 경계의 성격에 매혹되었다고 볼 수 있다. 이는 모순과 대립의 무화無化, 문화의 차이와 인정 그리고 '모든 것이 하나'[81]라는 유르스나르의 문학세계를 관통하는 본질을 부각시킬 수 있는 내적 배경이 되어주기 때문이다.

또한 오리엔트에 대한 유르스나르의 관심은 독서로부터 오기도 한다. 유르스나르는 『동양이야기들』의 제목을 짓기 위해, 프랑스 외교관이자 민족지학자이면서 문인인 아르튀르 드 고비노Arthur de Gobineau의 『아시아 이야기들Nouvelles asiatiques』(1876)을 떠올렸다고 언급한 바 있다.[82] 동방여행의 체험과 역사와 철학에 대한 학술적 깊이를 지녔음에도 그의 인종주의적 편견[83] 때문에 크게 비판받아 왔지만, 천일야화의 세계를 환기시키는 고비노의 이 오리엔탈 작품이 유르스나르에게 영향을 준 것만은 분명하다. 아울러 유르스나르의 『자료들 IISources II』[84]에는 오리엔트 철학, 오리엔트 종교들에 관한 저서들, 아시아 역사, 오리엔트 신비주의에 관한 독서 메모들이 수록되어 있어 작가의 동방에 대한 학문적 열정을 엿볼 수 있다.

마지막 이유는, 그리스와 발칸이 고대 헬레니즘의 고장이기 때문일 것이다. 유

---

79 Ibid., p.19.

80 Ibid., p.19.

81 박선아, 「모든 것은 하나: 유르스나르 인물들의 생生의 연금술」, 123~144쪽.

82 사실 유르스나르는 위에서 말한 대담집(*Les Yeux Ouverts*)에서 고비노의 이 저서명을 *Nouvelles occidentales*이라고 밝히고 있지만, 후일 문학비평가 안-이본 줄리앙Anne-Yvonne Julien은 이 제목의 오류를 *Nouvelles asiatiques*로 바로잡는다. Anne-Yvonne Julien, *Marguerite Yourcenar ou la signature de l'arbre*, p.89, 각주 4) 참조.

83 『인종불평등론Essai sur l'inégalité des races humaines』(1853~1855)에서 밝힌 인종론이 인종주의로 전유되면서 그의 학문은 크게 비판받게 된다.

84 Marguerite Yourcenar, *Sources II*(Gallimard, 1999), "notes de lecture".

르스나르는 이미 알려진 바와 같이 헬레니즘 문화에 박학한 문인이다. 작가는 헬레니즘 문화에 정통한 지성인들과도 교류했는데, 우선 초현실주의 시인이자 정신분석가인 루마니아 태생의 그리스인 친구 안드레아스 앙비리코스Andreas Embirikos[85]와 함께 1934년 흑해 여행을 하였고, 이 시기에 『동양이야기들』을 집필하였다. 또한 『신新헬레니즘 문학사Histoire de la littérature néo-hellénique』(1965)를 쓴 헬레니스트, 콘스탄틴 디마라스Constantin Dimaras[86]와 함께 알렉산드리아 태생의 그리스 시인 카바피Cavafy의 시를 공동 번역하며 영향을 주고받았다.

특히 유르스나르는 그리스 - 발칸반도를 서로마와 동로마의 역사적 갈등이 남아 있는 곳, 오스만 제국의 이슬람문화 유입으로 그리스도교와의 갈등이 치열했던 곳, 그리스도교에서 갈라진 가톨릭과 정교회의 문화가 대립하고 혼융되어 있는 곳, 그보다 더 오랜 고대 이교도 문화가 뿌리내려 여전히 현재에도 영향을 미치고 있는 곳이라는 점을 명확히 인지하고 있다. 엘리아데가 주장하듯 신화가 단순히 신들의 비현실적인 이야기가 아니라 인간의 삶 속에 끈질기게 지속되고 살아 있는 환상의 실재라는 점을 고려한다면, 『동양이야기들』은 진정 기억과 현실의 '신화'로 가득 차 있다고 하겠다. 여기에 유르스나르의 시적 상상력과 문학적 기법이 더해져, 시공을 초월하여 활발한 소통과 감성을 끌어내는 미학적 신화가 만들어진다.

다多문화가 대립하고 갈등하고 마침내 수렴되는 신화적 모티브들로 가득한 발칸이라는 공간 속에서 작가가 궁극적으로 찾고자 하는 것은 다양성 속에 배태된 하나의 동일한 전체이다. "이 광활한 인류의 대륙 속에 사는 수없이 다양한 인종들은 갖가지 파도가 바다의 장중한 단조로움을 부수지 못하는 것과 같이, 전체의 신비로운 단일성을 무너뜨리지 않는다."(1183) 결국 유르스나르가

85 『동양이야기들』 책의 앞 장 헌사의 글에 그의 이름이 들어 있다.

86 A. Y. Julien, *Marguerite Yourcenar ou la signature de l'arbre*, p.92. 고대 헬레니즘은 변형되었지만 민중 기원을 가진 신헬레니즘 문화 안에서 살아남아, 고대인의 정신을 민중노래chanson populaire 안에서 찾아볼 수 있다고 보는 콘스탄틴 디마라스의 관점은 유르스나르의 시각과 밀접해 보인다.

오리엔트 신화에서 찾고자 하는 것은, 다른 세계와의 해묵은 갈등과 타문화의 침투 속에서도 변치 않는 인간의 본질, 세상의 보편적 가치이다.

일례로, 유럽의 그리스도교 땅에서는 그리스 신화에 나타나는 에로티즘과 영웅들의 무훈이 중심 주제이지만, 현대 그리스를 가로질러 고대 발칸 동쪽으로 확장되는 동방의 이야기는 낭만적이기보다는 폭력적이고, 에로스이기보다는 가학적 사랑이며, 선악의 구별이 모호하고, 잔인성의 정도가 극단적이며 세월의 흐름을 거스르지 못하는 나약함도 보인다. 하지만 그래서 더욱 현실적이고 인간적인 보편성을 띠는 것이다. 유르스나르가 주목한 것은 약점 없이 기계적으로 자신의 과업을 완수하는 헤라클레스와 같은 영웅이 아니고, 인생처럼 때로 잔혹하고 사나우며, 때로 부드럽고 열렬해서, 위험에 처해도 사랑 앞에 마음을 느긋하게 가질 수 있는 야누스적인 영웅이다.[87]

서구의 눈에는 다소 불편하고[88] 이질적인 발칸의 역사와 문화 공간 안에서 탄생한 이 슬라브 영웅이 갖는 의미와 차이를 그리스 영웅들과 비교하여 제시하였다는 점에서 유르스나르의 오리엔트에 대한 인식은 타문화를 균형적으로 바라보려는 문화상대주의적 입장에 속한다. 시공간을 초월하여 인간의 본질을 관통하는 이야기의 힘으로, 동서양의 무의미한 경계들을 지움으로써 화합과 소통을 지향하기 때문이다.

여기서 더 나아가, 유르스나르의 오리엔트를 향한 관심은 인도, 중국, 일본으로도 확장된다. 「목 잘린 칼리」는 불교 힌두주의에서 영감을 받아, 대립적인 것들의 궁극적 조화와 동양철학에서의 무無의 개념을 풀어낸 것이고, 「왕포는 어떻게 구원되었나」는 도교에서 나온 우화로 예술과 현실의 화합, 예술가의

---

87 Christine Mesnard, "L'influence slave sur deux nouvelles orientales de Marguerite Yourcenar," p.55.

88 "유르스나르가 되찾은 발칸의 발라드는, 그 발칸반도가 서양의 감수성에 영감을 주는 어렴풋한 감정들에 응답하는 장점을 가진다. 역사 속에서 형성되었고 특별한 성격들을 부여받아 정신적 투영의 장소가 된 몇몇 지방들의 무의식의 지리학 속에서, 지독한 태양 아래 발칸사람들은 터키와 이슬람에게 넘겨준 기독교 유럽의 땅이라는 관점에서, 서구의 죄의식의 모국이자 이미지이다." Jean Blot, *Marguerite Yourcenar*, p.86.

영웅적 여정과 무소유, 무욕의 가치를 그려낸 것이다. 이 두 작품은 유르스나르의 동양철학에 대한 독서와 관심에서 비롯된다. 또한 「겐지 왕자의 마지막 사랑」은 자연처럼 순환되는 인생의 주기를 자연스럽게 받아들일 줄 아는 자기 정체성 문제와 지나간 사랑의 기억과 진실의 소중함을 일깨워 준 신화와 같은 단편이다.

한편 이 책을 구성하는 단편들의 구조적 특징은 한 짝을 이루는 연작의 이야기로 분류된다는 데 있다. 책의 목차와 본 장에서 다룬 주제들을 연결시켜 보면, 『동양이야기들』이 한 테마에 두 개의 이야기가 연결되는 일종의 연작 구조를 이루고 있음을 알 수 있다.

①「왕포는 어떻게 구원되었나」
②「마르코의 미소」
③「죽음의 젖」
④「겐지 왕자의 마지막 사랑」
⑤「네레이데스를 사랑한 남자」
⑥「제비들의 성모 마리아」
⑦「과부 아프로디시아」
⑧「목 잘린 칼리」
⑨「마르코 크랄리에비치의 최후」
⑩「코르넬리우스 베르그의 슬픔」

❖예술과 현실: ① - ⑩
❖사랑과 진실: ④ - ⑦
❖위반과 경이: ⑤ - ⑥
❖죽음과 구원: ③ - ⑧
❖욕망 또는 죽음: ② - ⑨

'예술과 현실'을 주제로, 왕포와 코르넬리우스 베르그의 예술관이 대조되며, 동시에 동양과 서양의 미메시스에 관한 해석의 차이를 엿볼 수 있었다.

'사랑과 진실'에서는 시적이고 낭만적인 사랑 뒤에 감추어진 가면 속 잔혹한 진실이, 그리고 야만과 폭력 뒤에 숨겨진 순수한 열정이 비교되었다. 극동지방과 발칸반도의 문화 차이를 볼 수 있다.

'위반과 경이'에서는 그리스 섬에 잔존하는 네레이데스라는 신성한 금발의 여인들을 갈망하는 관능의 욕구와 그 환상에 대한 잔혹한 대가가 놀라우며, 반면 이들과 꼭 닮은 님프들을 몰아내려는 그리스도교 수도사의 잔인한 계획과 이를 무산시키는 성모 마리아의 포용과 화해가 비교된다. 그리스라는 한 공간에서 고대의 문명, 동방의 비잔틴 문화와 그리스도교가 각기 분리되어 갈등하지만, 결국 이 신화를 통해 유럽 정신과 유럽인의 감수성에 영향을 미치는 시적 화합의 장소임을 상기시킨다.

'죽음과 구원'에서는 중세 발칸지역 어느 젖먹이 여인의 숭고한 희생이 그려지는데, 특히 육체의 고통과 영혼의 힘이 극대화되다가 일순간 합일되어 드러나는 위대한 사랑의 기적이 강조된다. 또 다른 이야기는 창조와 파괴의 여신인 인도 신화의 칼리 여신에 관한 것으로, 육체와 정신이 부조화를 이루며 고통스럽게 살아가다가 한 현자를 통해 무의 깨달음을 얻고 해방의 경지로 나아간다는 이야기이다. 두 단편 모두, 육체와 정신의 일치가 가져온 경이로운 기적과 무無의 깨달음을 제시하고 있어 동양의 종교철학적 사유에 근접해 있다고 하겠다.

'욕망 또는 죽음'은 발칸 지역의 영웅 마르코 크랄리에비치의 장년과 말년의 삶을 담고 있다. 젊은 날의 그는 터키 적진에 들어갔다가 붙잡혀 여러 차례 죽음의 위협을 받았지만, 물리적 고문보다 그의 가슴 위에서 춤추던 아름다운 무희로 인한 사랑의 고문에 더 약했던 인간적인 남자의 면모를 보였다. 책의 앞부분에서는 마르코가 죽음의 신 타나토스를 여러 번 이기고 에로스가 승리하는 이야기가 전개되었다면, 후반부에서는 말년의 그가 돌로 만든 어느 노인과 싸워 급작스러운 죽음을 맞이하는 수수께끼 같은 일화가 나온다. 결국 생의 마지막까지 타나토스와 싸웠고 자신의 숙명을 받아들인 진정한 인간 영웅의 모습을 보여준 것이다. 유르스나르는 동방의 그리스도교 땅이자 오스만 제국의 점령으로 이슬람화된 발칸의 역사와 문화 공간 안에서 탄생한 이 슬라브 영웅이 갖는 의미와 차이를 그리스 영웅들과 비교하여 제시하였다.

2) 유르스나르는 진정 새로운 헬레니스트인가?

이러한 논의의 전반적인 배경으로 짚어보아야 할 것은, 유르스나르가 서유럽에 속한 프랑스인임으로, 작가가 구상한 '오리엔트'의 범주가 유럽과 유럽신화와 어떻게 구분되는 공간인가를 명확히 파악하는 일이다. 유르스나르가 이 작품을 쓰던 1930년대의 시대적 맥락 안에서 유럽과 유럽 신화의 개념과 경계를 확인해 볼 필요가 있다. 앞 장에서 현대의 화자와 청자들이 나누는 대화를 통해 동서양 경계의 문제를 엿볼 수 있었지만, 유르스나르는 이에 대한 비판적 인식을 갖고서 이 작품을 시도했기에 오리엔트 신화에 대한 인식의 재고가 필요하다.

사실 보편적인 유럽 문화의 인식에서 오리엔트는 제외되어 왔다. 오랫동안 가장 멀고 먼 기원, 즉 그리스 신화라는 고대 기원설에 기대어 왔기 때문이다. 유럽이란 명칭이 그리스 신화의 주신主神 제우스가 사랑하여 크레타로 납치해 온 페니키아의 공주 에우로페에서 유래했다는 것은 서구 문화사에서 익히 알려진 이야기이다. 동방 페니키아 출신인 에우로페보다는 그녀가 낳은 자식 중 미노스가 세운 크레타 왕국에서 출발한 고대 그리스문화가 결국 유럽의 문화적 기원이 되었다. 따라서 고전 그리스가 외부의 영향을 받지 않고 스스로 발생한 자생문화라는 근대 학계의 정의는 유럽의 순수한 기원으로 작용하여 유럽의 고유성과 단일성에 대한 근거가 되었던 것이다. 또한 기독교 전통 안에서 발전한 성서 신화 역시 유럽의 영감의 원천이었다. 따라서 대부분의 유럽인은 유럽민족 정체성에 대한 기원으로 그리스 신화와 성서 신화라는 두 가지 고대 문화유산을 꼽고 있다. 이러한 양대 틀 안에서, 그리스·로마 신화의 계보를 벗어난 신화들과 기독교 성서에 위반되는 이교도 문명에서 파생한 미신적인 신화들이 제외될 수밖에 없었다.

하지만 오늘날 상호 문화적 관점의 연구가 활발해지면서, 유럽의 문화적·정신적 모태인 고대 그리스와 헤브라이를 '독특하고 고립적이고 고전적인 것'으로 바라보는 유럽의 학문적 전통은 공격을 받고 있다. 사료 불충분이라는 이유로, 서구학계의 인정을 쉽게 받지는 못했으나 분명 새로운 논쟁을 이끌어낸 마틴 버낼Martin Bernal의 저서 『블랙 아테나』는 독일을 위시한 전통적인 유럽의 연구가 남방과 동방의 문화적 영향, 특히 청동기 시대 이집트를 무시했다고 비난한다.[89] 또한 유럽의 동쪽이나 남동쪽에 있는 나라와 문명들 — 소아시아, 이라크, 이란, 시리아, 팔레스타인, 이집트 — 을 여러 지역과 문화가 뒤섞인 복합체로 보지 않고 마치 동질적인 하나의 실체인 것처럼 가정한다[90]고 비판한다. 이는 전통적인 서양 고전연구가 지닌 한계점을 지적해 준다. 특히 남방과 동방의 문화들을 동질적인 단일 문화권으로 가정하고 유럽에 미친 그들의 복합적인 문화적 영향을 소홀히 해온 서유럽 기독교 문화권 중심의 연구를 비판하는 것이다. 결국 이 주장은 그리스 신화에도 타 문명들의 신화적 요소가 영향을 미쳤을 가능성을 내포하는바, 유럽과 그리스 신화의 기원 관계로만 단순화되거나 도식화될 수 없다는 점을 의미한다.

따라서 그리스·로마 문명에 해박한 지식을 갖춘 유르스나르이지만, 오리엔트에 관한 이 별도의 신화 작품집을 발표한 것은, 작가가 혼종문화를 바라보는 상호주의적 관점과 수정주의적 시각을 갖추고 있음을 보여준다. 민족주의 이데올로기가 과열되던 당시 상황 안에서 유럽민족의 단일성을 강화하는 옥시덴

---

89 Martin Burnal, *Black Athena, Les racines afro-asiatiques de la civilisation classique, tome 1 — L'invention de la Grèce antique*(PUF, 1996); 『블랙 아테나, 1. 날조된 고대 그리스, 1785~1985 — 서양 고전문명의 아프리카 - 아시아적 뿌리』, 오흥식 옮김(소나무, 2006).

90 Walter Burkert, *Babylon, Memphis, Persepolis Eastern — Contexts of Greek* (Harvard University Press, 2004); 『그리스문명의 오리엔트 전통』, 남경태 옮김(사계절, 2008), 14~15쪽.

트 신화를 넘어서, 이에 영향을 미치거나 이와 나란히 공존하는 경계선상의 『동양이야기들』을 발표한 것은, 두 세계의 갈등을 극복할 상호 문화적 관점을 제시한 것으로 볼 수 있기 때문이다. 그러나 발칸 신화를 오리엔트 이야기로 제시하고 고대 그리스 신화와의 비교를 통해 동서양 간의 차이와 보편성을 드러내면서도, 오스만 제국의 기나긴 문화, 종교, 역사가 배어 있는 이슬람 터키와 터키인들에 대해서는 작품에서 일관되게 야만, 무례, 잔인성이라는 유럽 중심주의적 도식을 답습하는 한계점 역시 지닌다.

역사적으로 1000년 이상 발칸반도를 점령했던 이슬람 문화, 종교, 민족에 대한 표현은 대부분 부정적이거나 경멸의 어휘로 나타난다. 비잔틴 문화권 안에서 그리스도교와 공존하는 이슬람교 문화와 무슬림은 대부분 광기에 빠져 있고 잔인하며 배신하는 자로 표현된다. 예를 들어, 마르코의 정부였던 이교도 미망인은 아름답고 매력적인 그리스 섬 여인들과 달리 못생긴 모습으로 묘사된다. 게다가 마르코가 성호를 그을 때 몰래 침을 뱉는 무례를 범할 정도로 타인의 종교는 존중해 주지 않는 이슬람교도로서 부정적 이미지로 상징화되어 있다. 이교도 무희가 천으로 마르코의 미소를 감추어 위기를 모면하게 만든 마지막 장면의 경우 무슬림 여자와 기독교 남자의 상징적 융합으로 볼 수도 있지만, 훗날 마르코가 그 여인을 납치하여 자신의 땅으로 데려감으로써 서구문화의 획일성을 재확인시킨다. 이슬람의 영향이 많이 남아 있는 발칸의 땅에 살던 터키인들과 이슬람문화를 타자로 봄으로써 유대 - 기독교의 정형화된 오리엔트를 벗어나지 못했다는 인상을 주는 것이다.

오리엔트와 옥시덴트의 정치적·이념적 경계를 문화적으로 넘어서고자 할 뿐만 아니라 그 혼종성을 잘 파악하고 있는 유르스나르의 새로운 헬레니즘은 당시 문화적 맥락에서 볼 때 분명 의미가 있다. 하지만 과거에서 현재에 이르는 남동유럽에서 오스만 제국, 무슬림 터키의 흔적은 지우고 발칸의 그리스도교 신화만을 지중해 문화권 안에 넣어 제시하는 것은 유르스나르가 여전히 상상적 오리엔트에 머물고 있으며, 오늘의 시각에서 보면 이른바 '오리엔탈리즘'에서 자유롭지 못한 헬레니스트였다는 한계를 보이기도 한다.

제4장

꿈과 현실 사이에서 탄생하는 개인 신화

『몽상과 운명』

젊은 날의 유르스나르

1.『몽상과 운명』

유르스나르는『몽상과 운명Les songes et les sorts』[1]을 1938년에 발표하였고, 그 후 20년이 지난 후부터 그 증보 형태의 출간을 위해 새로운 꿈 시리즈를 준비하고 있었다. 그 원고들은 주로 꿈에 관한 노트이며, 1960년과 1970년 사이에 꾼 꿈 이야기들이다. 아울러 꿈을 주제로 한 다양한 인용들과 1938년 텍스트에 추가하려고 했던 교정본이기도 하다. 하지만 유르스나르가 1987년에 사망함으로써 이것은 미완의 원고로 남게 되었다.

그러다가 50년 후인 1991년 플레이아드판『에세이와 회상록Essais et Mémoires』이 나오면서, 그 안에「몽상과 운명」이 재출간되고 미완성 원고들도 들어가게 된다. 이 작품 마지막에는 부록으로「꿈과 몽상에 관한 자료dossier des songes et les sorts」가 새롭게 수록되는데, 이는 작가가 재출간 준비préparation pour ré impression를 위해 모아둔 앞서 언급한 다양한 자료들로 구성된[2] 것이다. 이는

---

1 Marguerite Yourcenar, *Les Songes et les Sorts*(Paris: Grasset, 1938), p.222; *Les Songes et les Sorts*, in *Essais et Mémoires*(Paris: Gallimard, La Pléiade II, 1991), pp. 1524~1645. 작품 인용문은 플레이아드 판본을 참조하며, 앞으로 페이지만 표기하겠다.

유르스나르가 젊은 시절에 꾼 꿈과 노년기에 꾼 꿈이 어떤 차이가 있으며 몽상과 운명의 관계가 어떻게 드러나는지 엿볼 수 있는 계기가 될 수 있다.

1938년 발표된 『몽상과 운명』은 총 22개의 꿈 이미지로 구성되어 있다.

① 대성당 안의 환영 ② 저주받은 늪

③ 눈 덮인 길 ④ 뽑힌 심장들

⑤ 골짜기 속 시체 ⑥ 성당의 열쇠들

⑦ 푸른 물 ⑧ 용들의 섬

⑨ 목 잘린 자들의 거리 ⑩ 파란 아이

⑪ 대성당 안의 촛불들 ⑫ 짐승들의 향연

⑬ 야생마馬들 ⑭ 풀밭에 부는 바람

⑮ 성당 안의 웅덩이 ⑯ 창백한 여성들의 집

⑰ 황혼녘의 거리 ⑱ 화분용 나무상자들

⑲ 나병에 걸린 여자 ⑳ 불에 탄 집

㉑ 울고 있는 처녀 ㉒ 사랑과 아마포 머리띠

유르스나르는 자신의 꿈들을 유형별로 나누는데,[3] 20대의 밤들을 지나며 스쳐간 '야망과 교만의 시리즈', 모든 꿈 중 가장 원시적이며 감옥, 나병환자, 용들, 찢긴 심장들의 마술적 환상으로 가득 차 있는 '공포terreur[4] 시리즈', 유령으로 변한 사라진 여인의 흔적을 찾는 '탐색 시리즈', 거대하고 검은 불확실성인 '죽음 시리즈', 대성당이 늘 등장하는 '성당[5] 시리즈', 유일하게 어린 시절로 거

---

2 Ibid., p.1528. "Nous voudrions que ce dossier, riche de notations personnelles et parfois très intimes, témoins d'une pensée originale appliquée à l'univers onirique, constitue un document susceptible de lever un coin du voile qui recouvre généralement le secret de l'écriture en action…."

3 Ibid., pp.1533~1534.

4 Ibid., p.1533.

5 Ibid., pp.1533~1534. "그것은 마치 무덤, 별이 빛나는 밤, 움푹 파인 땅과 시체들처럼 어마어마하고 안심시켜 주는 그런 대성당이 나온다. 때로 이 어두운 성당은 안으로부터 보이

슬러 올라가는, 그리고 아주 작은 변화도 없이 매년 되풀이된 중요한 꿈인 '연못 시리즈', 언제나 분홍빛 하늘 아래 펼쳐지기에 단번에 알아볼 수 있는 우수에 젖은 '행복과 사랑의 시리즈', 잊지 못할 푸른색만이 가득하던 '완전한 지복至福의 꿈'이다. 그런데 이 상이한 꿈들은 각각 따로 존재하는 것이 아니라, 서로 결합되거나 중복되어 나타난다. 예를 들어 야망의 꿈, 사랑의 꿈, 죽음의 꿈은 성당의 내부에 종종 자리하며, 연못 꿈은 성스러우나 두려움을 일으키는 공포의 꿈이기도 하다.

또한 꿈을 '잠든 자의 예술 활동'으로 간주하는 유르스나르는 서정적이고 환각적인 꿈들에 관심을 두었기에 이른바 흔한 꿈들을 배제한다. 예를 들면, 너무 분명한 원인이 있는 생리적 꿈, 기억의 장애로 인해 복잡하게 얽히고 모호해진 꿈, 일상의 자잘한 고뇌와 닮은 형태 없는 찌꺼기에 지나지 않는 꿈,[6] 잠들어 있는 남자나 여자가 품는 욕망의 단순한 확인에 지나지 않는 순수한 성적 꿈과 성교 후의 꿈, 꿈꾸는 모든 이들에게 공통적인 불변의 감정만을 주는 꿈은 제외시킨다. 이것이 꿈의 나라에서는 공원이나 국도routes nationales에 지나지 않는다고 보기 때문이다.[7]

이와 같은 꿈의 선별 방식은 『몽상과 운명』이라는 책제목과 연결 지어 생각해 볼 수 있겠다. 유르스나르가 선택한 꿈은 '자신의 내면에 떨어진 몇 개의 유성 돌로서 타인에게는 거의 무관하지만 그 돌들이 지닌 은밀한 부적의 열기가 자신에게만 계속 인지될 수 있는 것'이다. 또한 마치 음악적 모티브처럼 무한히 변조되지만 귀에 익어 쉽게 알아볼 수 있는 중요한 꿈들이다. 이 꿈들을 전사하면서 작가는 '꿈'의 동의어로 쓰이는 rêve와 songe를 혼합하여 사용한다.

는데, 장엄한 음악과 닮은 침묵이 가득하고 촛불 빛이 여기저기 흩어져 있다. 때로 그것은 외부에서 보인다. 성당 문들은 그 깊은 속을 들어가는 데 필요한 열쇠가 없는 순례자 앞에서 열리려 하지 않는다."

6 "그것은 매우 빈번하다. 왜냐하면 꿈의 세계에서는 그 전날의 꿈처럼, 불행하게도 황금동전보다 구리동전이 더 많기 때문이다." Ibid., p.1534.

7 Ibid., p.1534.

하지만 제목인 『몽상과 운명』에서 언급된 '꿈'은 프랑스어로 songe의 복수형이어서, 그 이유가 자못 궁금하다.

> 여기서 내게 중요한 것은, 몽상이라는 금속에 부과된 개인의 운명의 두드림frappe이다. 그것은 꿈꾸는 자가 자신에게 고유한 화학법칙에 따라 이 생리적이고 관능적인 요소들을 연결할 때 구성되는 모방할 수 없는 합금alliage인 것이다. 그것은 단 한 번이 될 어떤 운명의 의미를 담고 있는 징인 것이다. 몽상songes이 있고, 운명sorts이 있다. 나는 그 운명이 몽상으로 표현되는 순간에 특별히 관심이 있다(1534~1535).

유르스나르는 꿈을 통해 단지 자신의 무의식과 환상을 읽어내고자 하는 것보다는, 그 안에 들어 있는 운명의 열쇠를 찾고자 한다. 'songe'는 어원상 '몽상하다faire un songe', '상상하다s'imaginer'를 의미하는 라틴어 somnium, somniare에서 왔으며, 'rêve'는 '떠돌아다니다vagabonder'를 뜻하는 라틴어 esver, esvo에서 왔다.[8] 이때 'rêve'가 일상어, 심리적 용어로 자주 등장하는 반면, 'songe'는 예언적·시적이며, 신성하고 수수께끼와 같은 신화적 성격을 갖는다. 또한 유르스나르가 몽상songe을 제목으로 삼은 것은, 차후 언급할 동시대의 학자와 문학가들이 주장하는 꿈rêve과 차별화하기 위한 의도적인 언어 선택으로 보이기도 한다.

---

8 Carmen Ana Pont, *Yeux ouverts, yeux fermés: la poétique du rêve dans l'Œuvre de Marguerite Yourcenar*(Rodopi, 1994), pp.24~25.

2. 주요 꿈들을 통해 본 유르스나르의 개인 신화

1) '대성당'과 '푸른 물'의 꿈 분석

이 책의 첫 번째 꿈 이야기인 「대大성당 안의 환영Les visions dans la cathédrale」을 읽어보자.

> 나는 어느 교회의 가로 회랑 안에 서 있다. 어떤 교회일까? 잿빛 석재로 만든 고딕 대성당이다. (…) 장식 없는 헐벗은 대성당이다. 당장은 아무런 미사도 드리지 않는 성당, 음악도, 향도, 촛불도 없고 숨 막히는 어둠도 내리지 않은 성당, 돌들에서 스며 나오는 듯한 희미한 옅은 빛, 그러다가 서서히 먼 시야로 사라지는 희미한 빛에 젖어 있는 대성당이다. 이 대성당에서 내가 유일한 방문자인지는 모르겠다. (…) 한 나이든 여자가 내게 다가온다. 성당의 의자사용료를 받은 사람이다. 미국인, 삶으로 주름지고 수척해진 나이프 부인이라고 하는 늙은 미국여자이다. (…) 불행한 운명의 여신 파르카와 같은 형상을 한 그 미국여자는 서둘러 손가방의 끈을 푼다. 그 가방에 있던 그림들은 어떻게 내 앞에서 계속 나타나는지 모른 채, 내 눈앞에 잇달아 펼쳐진다. 아래에 있는 이미지가, 때가 되면 표면으로 떠오르고 그것과 앞선 이미지가 중첩된다. 혼란도 충격도 없이, 영사기 상영 중에 화면을 덮는 넓은 슬라이드 사진들처럼 말이다. 그리고 그것은 마치 시골, 침실, 천상 공간의 모퉁이들이 황혼녘 대성당 안으로 갑자기 들어온 것 같았다. 그려진 풍경이라기보다는 움직이지 않는 부동의 풍경이다. 공기가 그것들을 에워싸지만 흐르지는 않는다. 마치 그 풍경에 던져진 아주 감미로운 운명이 그것들이 모습을 바꾸는 것을 막고 있다고 하겠다. 이 마술적 표면을 내가 사랑했던 남자, 이만저만한 이유로 예전에 그것들을 거기에 놓아둔 그 남자가 그렸다는 것이 의심의 여지가 없다는 걸 알고 있다(1543~1544).

성스럽고 거대한 대성당 안에 여러 공간이 한꺼번에 들어와 신비하게 겹쳐지고, 그 무한한 잿빛 공간 안에서 유르스나르는 자신이 '사랑했던 남자'가 그린 그림을 문득 알아본다. 신비스러운 연인의 존재가 보이고, 성역 안에 머무는 그 사랑은 고독하지만 평온하다. 떠나간 연인을 고통 없이 다시 보는 행복감이 얼핏 엿보인다. 꿈의 전사만으로 의미 파악이 명확하긴 어렵지만, 유르스나르의 전기적 요소를 고려하면 이 꿈은 은밀하게 잠재된 내면의 이미지를 그려낸 개인의 신화가 된다.

사실 그녀의 꿈들은 1930년대, 28세에서 33세까지 꾼 것으로, 그녀가 겪은 열정의 위기와 밀접하게 연관된다. 사실 유르스나르가 자신의 비밀스러운 연인에 대해서 공개적으로 말한 적은 없지만, 이 남자는 앞서 언급된 바 있는 앙드레 프레뇨A. Fraigneau이다. 여기서 중요한 것은, 유르스나르가 동성애자였던 자신의 연인을 향한 열정이 매우 컸고 그 열정의 불가능으로 인해 절망을 느끼고 커다란 상처를 받았다는 점이다. 유르스나르가 1930년에서 1939년 사이에 발표한 작품들은 대부분 자신의 강렬한 열정을 감추고 종종 신화에 빗대어 절제하고 정화하여 표현한 것으로, 이때 출간된 작품 시리즈[9] 안에 바로 이 『몽상과 운명』도 들어가 있다. 따라서 위에서 살펴본 꿈 서사는 운명처럼 새겨진 사랑의 흔적을 환기시키는 개인의 신화로 볼 수 있다.

이어서 이 책의 일곱 번째 꿈 이야기인 「푸른 물L'eau bleue」의 일부를 살펴보겠다.

> 이건 거의 꿈이 아니다. 어떤 방이나 어느 한 색상으로만 이루어진 이 이미지는 밤의 관례에서 벗어나 있기 때문이다. (…) 무기력하게 잠든 나는 파란 대양의 순수함 속으로 가라앉는 느낌이다. 그건 봄의 아침 공기처럼 아주 잘 흐르고, 가장

---

9 *Feux*(1936, poèmes et narration legendaire), *Les Songes et les sorts*(1938 recit de rêves), *Nouvelles orientales*(1938, recueil de contes et de nouvelles).

빛나는 유리처럼 투명하다. 그리고 남옥과 사파이어라는 단어들은 이 귀한 액체층들에 비하면 불투명하고 무겁다. 그 두 개의 심층 사이에서 균형을 유지하려는 내 몸의 아주 사소한 움직임이나 가벼운 무게가 부드럽고 신선한 압박을 느끼게 한다. 나는 하늘 같고 허공 같은 이 투명한 물을 숨가빠하지 않으며 호흡한다. 그리고 말로 표현할 수 없는 이 행복이 일련의 파란 아르페지오 화음으로 표현되어야 할 것이다. (…) 이 꿈의 독특한 성격은 아마도 물속에서 느끼는 공중부양의 감각에 있을 것이다. 그것은 마치 공중부양의 꿈들 속에서 날개 달린 잠든 자가 높이 오르면서 공간이 열리고 휘어지듯이, 쉽게 휘고 열린다. 내가 수면 위로 올라감에 따라, 그리고 아마도 여기에선 몽환 세계의 표층과 동일시되는 각성 상태로 나아가면서, 나는 거의 하늘과 분간할 수 없는, 점점 빛으로 가득 찬 푸른색 지대들을 쪼갠다. 모든 것이 파랗다. 짙은 블루이지만 투명하다(1559~1560).

위의 꿈 서사는 시각, 촉각, 청각이 화음을 이루며 아름다운 이미지들로 가득 차 있는 시詩와 같다. 바다와 하늘이 온통 맑은 파란색이어서, 천상지복의 상태를 연상시킨다. 게다가 잠든 유르스나르의 몸이 가볍게 공중으로 떠오른다. 이는 꿈의 전사라기보다는 작가의 서정적 문체로 꿈을 환상적으로 표현한 산문시에 가깝다고 볼 수 있을 것이다. 유르스나르는 꿈꾸는 자의 경험이 시인의 경험과 유사성이 없지 않다고 말한다. 시인들이 단어들을 모으듯 꿈꾸는 자들도 이미지들을 모으고 행복하게 그 이미지들을 사용하기 때문이다.

꿈꾸는 자는 모든 것을 말할 뿐 아니라 그의 꿈이 포장하고 있었던 분위기를 우리에게 이르게 해야 한다. 꿈에서 발바닥에 붙어 있던 낙엽, 깨어나면서 이불 사이에서 다시 찾지 못해 놀라워했던 그 낙엽조차도 포기해서는 안 된다. 바로 그것을 내가 하려고 애쓴 것이다. 비록 세심하게 이야기된 이 꿈들이 동화나 시의 논조를 띠더라도 말이다(1628~1629).

그러면서도 작가는 "자신이 한 것은 잠자는 자의 꿈의 기록이며, 있는 그대로의 꿈의 현실la brute réalité du rêve을 미화하지도 시화하지도 않은 것"[10]이라며, 예술과 분명히 선을 긋는다. 그리고 그녀 자신이 '서정적이고 환각에 빠진 꿈들'이라고 지칭한 꿈의 체험들이 예술과 시의 몽환세계와 변별되는 이유를, 그리고 기억에서 모호해지는 의미 없고 평범한 꿈들과 분간되는 이유를 다음과 같이 밝힌다.

> 이 서정적 꿈 혹은 환각에 빠진 꿈이 무엇으로 식별되는지 누군가 내게 묻는다면, 우선 색상의 어떤 강렬함, 이해할 수 없는 축소와 성대함의 느낌을 언급할 것이다. 거기에 유일한 영어 단어인 경외심awe에 가장 근접한 의미의 도취와 공포가 들어온다. 나는 이런 꿈 종류의 한결같은 성격을 강조할 것이다. 우리 꿈은 대부분 피로라는 안개 속에서 깨어나면서 녹아버린다. 거기에 일관성 없는 세부요소들만이 나타난다. 반면 환각에 빠진 꿈은 순수한 밤공기 위에서 강경하게 분리된다(1539~1540).

유르스나르는 자신만이 알 수 있는 '내적 일관성cohésion intime'을 지닌 서정적이거나 환각적인 꿈을 종종 '고귀한 꿈les grands rêves'이라고 지칭한다. 그런데 그것은 무엇보다도 색상의 강도와 공간 감각으로 특징 지워진다.

위의 두 예문만 보아도, 전자의 꿈에서는 잿빛이, 후자의 꿈에서는 강렬한 푸른색이 꿈 전체의 배경을 감싸고 있다. 전자의 경우 대성당이라는 우람찬 건물이, 때로 그 안으로 또 다른 공간들이 스며 들어오는 3차원의 대성당이 보이고, 후자의 경우에는 거대한 대양의 넓은 이미지가 펼쳐지고, 그 속으로 뛰어든 몸이 반대편에 있는 광대한 하늘로 가볍게 떠오른다. 작가 개인의 색 취향과 상관없이 일어나는 꿈의 색상과 강도, 성스럽거나 두려움을 주는 꿈의 공간과 그 방대한 규모는 꿈의 풍미를 시각적으로 재현해 준다.

---

10 Marguerite Yourcenar, *Les Songes et les Sorts*, p.1626.

> 내가 질문한 사람들이나 내 경험으로 비추어 볼 때, 색채의 요소는 꿈에서 가장 중요한 것 같다. 무엇보다 꿈의 강도가 중요하다. (…) 내가 '고귀한 꿈'이라고 부르는 것은 색채의 강도와 변조로 분간되는 것으로, 환희에 차서 춤추게 하는 색상들, 아름다움으로 심장을 조여오는 색상인 것이다(1608).

> 꿈의 성스러운 아름다움과 희열은 대부분 건축물들의 위풍당당함, 높은 바위 덩어리 같은 공간감각의 확장과 관계된다. 특히 지상과 대양의 이미지들의 무한한 연장과 연관된다. 꿈꾸는 자는 피로감 없이 걷기 때문에, 거대한 공간을 느끼며 너무 넓어서 건너갈 수 없다는 고독감 앞에서, 너무 멀리 있어서 쉽게 닿을 수 없는 대상들 앞에서, 실망하거나 두려워하는 감정은 결코 수반되지 않는다. (…) 가장 고귀한 꿈에서조차 중요한 것은, 모험이 아니라 하늘과 땅의 크기인 것이다(1610).

사건이나 모험보다는 색상의 강도와 공간의 크기로 차별화되는 유르스나르의 꿈은 앞서 언급했듯이 개인의 신화와 연결된다. 이 꿈 시리즈는 "강렬하고 지독했던 사랑이 그녀의 삶을 완전히 점령했던 순간의 내면에 자리하며"(1611), 작가의 젊은 시절을 영원한 시간 속에 가두고 있는 꿈이기 때문이다. 하지만 타버린 열정과 그로 인한 아픔은 꿈속에서는 보다 아름다운 색채와 드넓은 공간으로 순화되어 있다. 유르스나르의 과거는 꿈을 통해 시공간을 초월한 고통 없는 한 자락의 행복감을 남긴 채, 하나의 운명sort으로 바뀌어 있다.

2) 죽음의 전조前兆와 운명의 꿈 분석

열정의 시기가 지나간 20년 후, 유르스나르의 꿈의 성격은 사뭇 달라져 있다. 1960년에서 1970년대까지 꾼 다양한 꿈이 미완성의 상태로 자료dossier의 마지막 노트에 수록되어 있다. 여기에는 돌아가신 아버지에 대한 꿈, 형태가 없는 낯선 공간의 꿈, 흰색과 검은색의 꿈, 회화 이미지가 나타나는 꿈이 뒤섞여 있다.

「전조前兆와 섬들Les prémonitoires et les îles」
내가 살았던 장소일까, 아니면 내가 살게 될 장소일까, 꿈꾸는 자는 막연해하며 자문한다(1641).

「검은 깃발La Bannière noire」
나는 내 침대에 누워 있다. 이 군중의 지도자가 하얀 별들이 있는 검은 깃발을 들고 있다. 그는 중세 그림 속에 나오는 부사제처럼 옷을 입고 있다. 그는 내 침대에 몸을 기울이더니 자신의 검은 깃발로 내 얼굴을 스친다. 내 침대로 조용히 무리지어 모여드는 미지의 사람들을 선의와 호의의 태도로 맞아들여야 한다는 느낌을 가지고 깨어난다(1642).

나이가 들면서 점차 삶과 죽음의 경계를 오가며 중개 역할을 하는 꿈이 나타난다. 유르스나르에게 밤의 꿈은 낮의 꿈 형태로 지속되며, 몽테뉴가 잠은 죽음의 연습이라고 말한 것처럼, 유르스나르의 꿈 서사는 점차 상이한 차원들을 동시에 경험하는 운명의 언어가 되어간다.

꿈의 삶과 죽음의 삶 사이에서 자주 예감되는 유사성이라든가, 꿈속의 장소가 자신이 살았던 곳인지 아니면 앞으로 살아갈 곳인지 혼란스러워하는 현상이라든가, 검은 깃발로 얼굴을 스치는 부사제와 미지의 사람들을 환대해야겠다는 마음이 꿈속에서 일어난 것은, 젊은 날의 꿈들과 달리 운명의 예감, 미래의 전조를 보인다. 보다 정확히 말하면, 꿈에서 현실과 초현실 사이의 실존의 문제, 삶과 죽음의 운명을 함께 바라보고 싶은 욕망이 기록된 꿈의 서사라고 하겠다. 그것은 "자기 자신의 깊은 곳으로부터 나와 자기 자신의 운명의 실타래를 구성하는 행위들 사이에서"[11] 절대적으로 필요하고 강렬하며 의미심장한 몽상에 관한 것이다.

이러한 해석이 가능한 것은, 생전에 유르스나르가 자신의 추가 작업을 완성할 시간이 없다면 1938년의 『몽상과 운명』 판본 안에 『하드리아누스의 회상록』과 『흑의 단계』에 있는 꿈들을 책의 제사題詞, épigraphe로 넣길 원한다고 말한 것과 연관된다.[12] 마침내 1991년 플레이아드 개정판에는 두 소설의 주인공이 꾼 꿈이 『몽상과 운명』의 서두에 새롭게 들어가게 된다.

하나는 꿈의 내용을 적어두곤 하면서 사제들, 철학자들, 점성가들과 몽상의 의미를 논하던 하드리아누스 황제가 임종을 앞두고 꾼 꿈 이야기이다. 죽어가는 거대한 사자의 몸 덩어리가 황제 자신을 덮치고 날카로운 발톱들이 그의 가슴을 짓찢는 끔찍한 꿈과 한 병상에 누워 있던 선친에게 진통제인 물약을 자신에게 달라고 간청하는 꿈[13]이다. 또 다른 하나는 감옥에 갇힌 제농이 인간의 정신작용이 꿈에 미치는 현상들을 사유하는데, 우연히 흙으로 덮인 벽돌 한 개의 꺼칠한 부분에 그가 손을 대자 세계가 폭발하는 것을 느끼는 강렬한 꿈[14] 이야기이다. 그 후 현실에서 간수와 함께 감옥소의 안마당을 돌던 제농은 울퉁불퉁한 포장도로 위에 떨어져 있던 투명한 유리조각 밑으로 물줄기 하나가 꿈틀거리면서 흘러가는 것을 보게 되고, 꿈과 현실의 이어짐과 어떤 운명의 전조를 느낀다.

지성적이고 영웅적인 두 주인공이 꿈속에서 느끼는 운명의 예감은 꿈이라는 신비로운 우주에 우연히 자신을 내맡긴 수동적 자세에서 오는 것도 아니고, 갑갑한 현실에서 해방되고 싶은 억압된 무의식의 외침에서 오는 것도 아니다. 그것은 그들의 깊고 협소한 '지성'을 통해 꿈의 무의식과 부단히 소통하는 과정 안에서 드러난 항구적인 운명의 징조이다. 서서히 하나가 되어가는 이들의 몽상과 운명의 관계는, 유르스나르의 꿈들이 영원의 운명을 예고하는 내밀하고 신성한 개인 신화의 공간임을 깨닫게 해준다.

---

11 Ibid., p.1539.

12 Ibid., "Note de l'éditeur," p.1527.

13 Marguerite Yourcenar, *MH,* p.512; 제2권, pp.229~230.

14 Marguerite Yourcenar, *ON,* pp.794~795.

3) 몽상과 운명의 관계에 대하여

유르스나르의 꿈 서사의 특성을 크게 두 가지로 나누면, 하나는 다채로운 시각적 이미지로 가득 찬 서정적이고 환각적인 시적 몽상이고, 또 다른 하나는 낯설고도 성스러운 운명의 전조가 느껴지는 몽상이라고 볼 수 있다.

이러한 구분은 결국 유르스나르 청년기의 삶과 노년기의 삶으로 나누어 이해되어야 할 것이다. 청년기의 『몽상과 운명』은 유르스나르에게 사고처럼 우연히 들이닥친 열정과 그 절망의 상처가 꿈으로 표현된 것이다. 다만 시간이 점차 흐르면서 그녀의 의지와 창작활동으로 아픔이 극복되고, 그것이 행복한 감정과 어렴풋이 혼재하게 된 것이다. 유르스나르가 『불꽃』에서 말했듯이, 우리는 절망의 본질에서 행복을 세울 수 있을 뿐이다. 따라서 그녀의 꿈은 다가올 운명의 전조라기보다는, 우연히 섬광처럼 지나간 과거가 훗날 필연적 운명으로 여겨지는 등대의 역할과 같은 것이다. 어느새 시간이 흘러 과거의 상흔이 운명이 되어 있다는 것은 유르스나르의 작품에서 반복되는 주제인 우연hasard의 결과이다. 신화에서 흔히 쓰는 운명destin 혹은 숙명fatalité이 성스러운 우위의 것에 의해 결정되어진 돌이킬 수 없는 운명이라고 정의한다면, 유르스나르의 꿈 서사에 잠재된 '운명sort'은 우연에 기인한 운명이다.

한편 노년기의 꿈들은 작가가 『세상의 미로 Le Labyrinthe du monde』[15]라는 3부 연작의 자전적 가족사를 쓰던 시기이다. 세상을 떠난 부모와 그들의 오랜 가문 이야기를 풀어나가면서 유르스나르는 자신의 운명을 한 번쯤 생각해 보았을 것이다. 그리고 이 시기는 2차대전으로 프랑스를 떠나 50년 동안 미국에 정착하도록 해준 헌신적인 동반자이자 미국인 번역가 그레이스 프릭Grace Frick이 사망한 때(1979년)이기도 하다. 또 그 한 해 전에는 그리스인 친구 앙비리코스도 세상을 떠났다(1978년). 이처럼 작가의 인생에 각인된 친구들이 세상을

---

15 Marguerite Yourcenar, *Le Labyrinthe du monde*(1974; 1977; 1988), in *Essais et Mémoires* (Paris: Gallimard, La Pléiade, 1991), pp.705~1433.

떠남으로써, 그녀도 몽상과 운명의 연관성에 대해, 그리고 자신의 꿈을 적으며 언제가 다가올 운명의 시간에 대해 관조하는 계기가 되었을 것이다.

이러한 관점에서 노년의 꿈들 역시 언젠가 예기치 않게 다가올 운명의 전조이기에 '우연적 운명'에 해당한다. 그런데 유르스나르는 다음과 같이 말한다. "꿈은 이 빠진 냄비marmites ébréchées 꿈을 꾸는 인색한 주부만큼이나 내면의 풍토 속에서 밀접하게 결정지어진다. 하지만 인간들이 오르내리는 야곱의 다리 위를 오르면 오를수록, 자유와 숙명은 서로 안에 흡수되어 하나의 운명destin이라는 분리될 수 없는 전체를 형성하게 된다."[16] 무수한 우연에 의해 꿈들이 연행되면 어느덧 운명적 성격을 지닌 몽상이 되고, 이때 몽상은 점차 우연적인 운명sort에서 필연적이고 보편적인 운명destin으로 나아가게 된다는 의미이다.

몽상과 운명을 연결시키고, 시기를 달리하여 운명적 성격의 변화를 보여주려고 한 시도가 바로 유르스나르 꿈 서사의 특징이라고 하겠다. 아울러 그것이 다음에 이어질 동시대의 프로이트주의와 초현실주의의 꿈에 대한 이해와 차별화된 그녀만의 독창적인 시각이라고 말할 수 있을 것이다.

3. 유르스나르의 꿈, 프로이트주의 - 초현실주의와 다르게 읽기

1) 꿈에 대한 관심과 시대적 배경

꿈은 인류의 기원만큼 오랜 역사성을 띠며 무수히 설명되어 왔지만, 여전히 수수께끼처럼 불가사의한 세계이다.

16 Marguerite Yourcenar, *Les Songes et les Sorts,* p.1535.

깨어 있는 상태에서 인간들은 하나의 공통된 세계를 지닌다. 하지만 잠 속에서는 각자 별도의 우주를 소유한다. — 에페소스의 헤라클레이토스Héraclite d'Ephèse

유르스나르는 위의 에피그라프에서 밝힌 것처럼 자신이 실제로 꾼 꿈들을 모아 자신만의 특별한 우주를 보여주었다. 작가는 꿈들을 전사하면서 꿈의 현상에 대한 과학적·철학적 성찰을 넣을까 말까 망설이다가 넣지 않았다고 밝혔는데, 그 이유는 자신의 목적이 정확성을 보장할 수 있는 텍스트들을 제시하는 데에 있지 새로운 꿈의 체계를 제안하려던 것이 아니기 때문이다.[17] 사실 이런 해명은 이성적인 혹은 의식적인 사고의 개입에서 벗어나 꿈의 자유롭고 해방적인 정신활동에 관심을 갖게 된 동시대의 프로이트 정신분석학이나 초현실주의의 존재를 염두에 두고 말한 것으로 보인다.

20세기 학문적·사회적 흐름에 큰 영향을 끼친 프로이트에게 특히 꿈은 인간의 무의식적 욕망과 정신적 구조를 깊이 파헤칠 수 있는 등대 역할을 해주었다. 그는 『꿈의 해석』(1899)에서 인간의 사고가 잠자는 중에도 멈추지 않고 활동을 한다는 점, 꿈을 통해 무의식에 억압된 병리적 증상인 강박관념, 공포증이나 망상을 발견할 수 있다는 점을 밝혀주었다. 마침내 이는 인간의 동기를 정밀하고 엄격한 검증대상으로 삼을 수 있다고 생각해 온 서구의 오랜 정신적 가치인 합리주의와 인식의 검증에 한계가 있음을 드러내준 계기가 되었다.

프로이트의 내면과학에 영향을 받아 초현실주의자들 역시 꿈의 정신분석적 가치를 인정하고 이를 창조적 에너지의 원천으로 삼고자 하였다. "시인들은 그들의 초현실주의 노트를 가득 채우는 것처럼 꿈을 말한다. 수면의 은폐물에서 벗어난 꿈의 작성과 깨어 있는 몽상가에 의한 사고의 마술적 받아쓰기의 순간적인 기록 사이에 속성의 차이는 없다. 그래서 '초현실주의 텍스트' 항목 속에 있는 꿈의 전사와 자동적인 글쓰기를 '꿈'과 엄격하게 분류하는 것은 불가능한 일이다."[18] 모든 초현실주의자들이 꿈의 이미지를 작품의 창조적 이미지와 동

17 Ibid., p.1611.

일시한 것은 아니지만, 적어도 1920년대에는 꿈이 초현실주의와 혼동되는 경향이 있었다. 아무튼 초현실주의자들에게 꿈은 감춰진 무의식의 충동을 드러내주었을 뿐만 아니라, 이성의 법칙에 순응하는 전통적 현실에서 벗어나 또 다른 현실 세계와 소통 가능하게 해주는 풍요로운 단초들을 제공해 주었다.

사실 1920년, 1930년대 유럽사회는 1차대전으로 인해 물질적·정신적으로 피폐해 있었고, 자본주의와 과학주의로 인한 이데올로기의 병리적 문제가 만연해 있었으며, 앞서 일어난 다다이즘의 쇠퇴로 예술 환경이 침체되어 새로운 미적 가치가 절실했던 시점이었다.[19] 따라서 초현실주의자들이 프로이트의 꿈 이론에서 역동적인 소재, 관점, 기법을 발견해 낸 것은 기존 사회의 관습과 타성적인 예술에서 벗어나려는 시대적 욕구와 밀접하게 연결되어 있다. 넓은 의미로 볼 때 유르스나르가 꿈과 꿈의 순수한 전사에 관심을 갖게 된 이유도, 그리고 이 내밀한 꿈들을 공개하게 된 이유도 초현실주의를 태동시킨 동시대의 배경과 무관하지 않을 것이다.

> 예술과 시는 꿈의 아름다운 시퀀스와 닮아 있다. 의식적으로 우리의 기억에서 그것들을 떼어내어 다루기 위해 전체에서 분리시킨다. 하지만 현실은 꿈 전체와 닮아 있다(1606).

> 우리에게 꿈이 삶보다 더 터무니없어 보이는 것은 타성에 의한 것이다(1606).

이처럼 유르스나르는 꿈을 또 하나의 현실로 보는 초현실주의자들의 생각과 맞닿아 있다. 예술이 꿈 전체는 아니다. 하지만 그들은 현실이 꿈보다 더 '터

---

18 Georges Sebbag, *Le Surréalisme* (édition Nathan, 1994); 『초현실주의』, 최정아 옮김, (동문선, 2005), 78쪽.

19 이창재, 「예술작품의 기원과 의미에 대한 정신분석적 해석: 프로이드의 꿈작업과 초현실주의의 창조기법을 중심으로」, 《라캉과 현대정신분석Journal of Lacan & Contemporary Psychoanalysis》, 제10권 제1호(한국라캉과현대정신분석학회, 2008), 37쪽.

무니없어 보이는' 동시대를 살았다. 아마도 이런 시대적 공통점이 유르스나르가 꿈이라는 세계를 보여주는 데 프로이트와 초현실주의의 사유로부터 받은 영향이 있지 않을까 하는 궁금증을 자아낸다. 게다가 작가에 대해 더 깊이 알고 싶은 독자나 비평가라면 유르스나르의 내밀한 꿈이 전사되는 방식을 탐색하여 미학적 요소들을 발견하거나, 나아가 정신분석학과 관련된 해석 작업을 토대로 심리적·전기적 요소들, 즉 작가의 무의식을 탐구하고 싶은 이들도 적지 않을 것이기에 이들 간의 상호적 영향 관계가 궁금해진다.

그러나 기대와는 달리, 『몽상과 운명』에는 꿈에 대한 기록만 있을 뿐 꿈을 분석하지 않았으며, 오히려 그 시도를 만류한다. 게다가 이 작품의 서문préface과 자료dossier를 보면, 유르스나르는 오히려 동시대의 프로이트의 꿈 해석과 이에 영향을 받은 초현실주의자들의 꿈 표현을 비판적으로 바라보고 있다.

유르스나르가 프로이트의 꿈 이론과 초현실주의자의 꿈에 관해 어떤 부분을 비판적으로 보고 있는지 그 내용을 서문[20]과 자료를 토대로 살펴볼 필요가 있다. 또한 유르스나르의 꿈 서사가 초현실주의에서 표현되는 꿈과 어떻게 다르고 유사한지 비교해 보자.

2) 유르스나르가 비판하는 프로이트주의의 꿈

우선 유르스나르는 서문과 자료에서 프로이트 학파의 꿈 해석에 대한 비판적 관점들을 다음과 같이 밝힌다.

- 프로이트 학파는 범성욕주의 이론을 갖고서 잠재된 형태의 에로티즘을 도처에서 살펴보았다. 하지만 대단한 사고의 발전은 보여주지 못했다(1618).

20 1938년 서문을 수정하려다 남긴 작가의 육필 원고는 1991년판 서문 안에 각주 형식으로 들어가 있다.

- 프로이트 학파는 상징의 부동성l'inamovibilité du symbole을 너무 믿었다(1619).
- 프로이트 학파는 상징의 단일성l'unité du symbole을 너무 믿었다(1619).

유르스나르는 프로이트주의 분석가들이 성性적 상징에 국한된 해석에 의존하여 실제 꿈에 대한 보고나 연구가 제대로 이루어지지 않았다고 비판한다. 이들이 설명하는 환자들의 꿈 이야기récits de rêves는 꿈 자체의 언어층위보다 더 깊숙하거나 그 언어층위에 미치는 어떤 검열에 순응한다는 것이다.[21] 꿈 자체의 원초적이고 경이로운 소리에 귀를 기울이지 못한다는 우려에서 나온 말이다. 그러면서 다음과 같은 몇 가지 사례를 들어, 프로이트 학파의 꿈 해석을 반박한다.

첫 번째 사례로, 유르스나르는 공중부양의 꿈을 언급하면서 이에 대한 프로이트의 성적 해석이 유일무이한 것이 아니라고 밝힌다.

> 몽환적 공중부양은 꿈에서 가장 논란이 되는 양상 중 하나이다. 그것은 공간에 대한 여느 조건 변화들과 분리될 수 없는 것이다. 공중부양 꿈의 성적 설명은 자명한 이유로 마음을 끈다. 하지만 실재라기보다는 은유적으로 유사한 것이다 (…) 이 가벼움의 세계는 육체 세계의 다양한 기쁨과 전혀 공통점이 없어 보인다(1621).

공중부양의 꿈은 성적 차원에 속하기도 하지만, 인간과 새를 동일시하는 오랜 토템의 꿈으로도 볼 수 있고, 신비주의에서 탐구하는 공중부양[22]의 차원에

---

21 Marguerite Yourcenar, *Les Songes et les Sorts*, pp.1618~1619.

22 "내가 꿈꾸었거나 알고 있는 모든 공중부양 꿈에서는 비행survol은 매우 낮다. 결코 2~3미터 위에 있지 않다. 결코 날아오르거나 승천은 없지만 일종의 공중으로 미끄러짐이 일어나는데 그동안 잠든 자는 때로 가볍게 땅에 닿기 위해 다시 내려간다. 그전에 어느 일정한 높이로 다시 올라간다. 공중부양을 특징짓는 무게의 상실과 그것이 일어나는 동안 매우 엄밀한 공간의 경계들이, 깨어 있는 상태에서 하는 신비주의의 놀라운 공중부양과 거의 흡사한 것 같다. 이러한 유사성은 편견 없이, 맹신 없이 연구해 볼 가치가 있다," Ibid., pp.1534~1535.

서도 해석될 수 있다고 보기 때문이다.

이어서 두 번째 사례는 색채에 관한 꿈으로, 유르스나르는 프로이트가 흰색을 순결의 상징, 처녀성의 상징으로 강조한 점에 대해 반론한다. 꿈꾸는 자는 자유롭게 색상을 선택하고 밀어내거나 변형시킨다고 믿기 때문이다.

> 관능성과 에로티즘이 신부의 백색 드레스를 고집하는 한 시대와 장소인 19세기의 빈Wien 사람들의 꿈을 해석하는 프로이트는 아마 옳을 것이다. 하지만 르네상스의 신부들과 동방의 신부들조차 붉은색을 입고 결혼한다. 무기력하고 창백한 색인 백색은 중국인에게 애도의 색이다. 그리고 중세에서나 우리의 꿈속에서는 죽음의 색, 유령의 흰색이다. 반면 연금술사에게, 백색은 연금술 작업에서 검은 색이 연소된 다음의 색상으로, 변환과정에 있는 재료가 이미 정묘하고 거의 형체가 없는 상태이다. 두려움을 주는 이 백열하는 흰색은 때로 꿈에서 보인다(1608).

이처럼 백색의 꿈이 지닌 상징적 의미는 고착되어 있지 않다. 색채가 꿈꾸는 자의 영혼의 구성composition d'une âme을 드러내 주긴 하지만, 프로이트처럼 특정 색을 성적 상징의 현상으로 해석하여 한 인간의 정신세계를 탐색하는 것은 무리가 있다고 보는 것이다. 그리고 이 상징의 부동성 자체가 프로이트의 전기적 배경이 낳은 특수상황에 기인한다고 본다. 그가 속한 모럴 세계가 지닌 명백한 엄격주의에 맞서기 위해 나온 자연스러운 반응과 일치한다는 것이다.[23] 이와 달리, 유르스나르는 역사적·신화적·종교적(신비주의적) 특징까지 고려하는 보다 스펙트럼적인 분석으로 꿈에 접근해야 한다고 생각한다.

> 꿈에 관해서 말하면, 가장 좋은 설명은 그 대상 주위에서 무한히 펼쳐지는 동그라미 방식으로 정리되는 것이다. 하지만 그 설명은 이 동일한 대상에 대해 언제나 동심원적(중심을 향하는)이며, 더 가까이에서 이 대상을 파악할 수는 있지만

---

23 Ibid., p.1627.

중심을 관통하지는 못한다. 프로이트의 가정은 꿈의 신비에 대해 대체로 만족스러운 방정식을 내준다. 그런데 신비술가들의 이론도 상이한 방법으로 같은 결과에 이른다. 마치 파라오의 점성가들처럼 말이다. 다양한 명칭 아래, 천칭(화폐저울) 속에서 발견하게 되는 것은 늘 똑같은 합계이다. 정신의 문제에는 경계가 없다. 꿈의 문제는 아마도 무한한 수의 해답을 갖고 있을 것이다(1539).

마지막 사례는, 유르스나르가 프로이트 이론을 자신의 어릴 적 꿈에 적용하여 분석해 본 경험에 관한 것이다. 작가는 어린아이들의 생리적 호기심과 진행 과정이 꿈에서 어떻게 상징적으로 드러나는지, 그 나이에 작용하는 특별한 어떤 의미를 발견하려는 프로이트 학설에 대해 한때 관심을 가졌던 것 같다. 하지만 차후 수정된 서문에서 밝힌 바에 의하면, 그러한 프로이트식 해석에는 회의적이다.

일곱 살과 열 살 사이에는 가장 평범한 악몽의 방문을 받았다. 즉 꿈에서 검고 넓은 굴뚝의 파이프로 통해 있는 어느 방 안에 피 흘리고 절단된 시신이 떨어져 있는 것을 보곤 했다. 잠든 소녀였던 내 판단력으로는 하녀가 저녁 신문에서 읽어주던 강도들의 무훈담으로 이 사건을 설명할 수 있었다. 하지만 아마도 출산하다가 죽은 엄마를 암시하며 수군거리는 것을 들었던, 그리고 자신이 태어날 때 쓰인 겸자의 사용에 대해 듣게 된 어린 소녀의 성적 혹은 생식에 관한 호기심에서 비롯된 출산의 꿈이었는지도 모르겠다. [각주(개정판에 새로 첨가된 내용): 이제는 이러한 프로이트식 해석을 믿지 않는다. 하녀가 말해준 공포스러운 3면기사의 영향을 더 많이 받았다고 생각한다….](1538~1539)

모든 꿈의 기원은 다양하고 복잡해서, 프로이트와 같은 꿈의 분석가들이 자신의 이론이나 가정에 비추어 꿈을 단일한 의미로 환원시키는 것은 부적절하다. 유르스나르는 그것이 꿈을 정확히 이해하는 방법이 아니라고 본다. 게다가 분석가들이 꿈을 연구하려고 나아가지만, 이미 기억에서 그 내용의 대부분이 빠져나가는 것을 보게 되는 이상한 광경에 언제나 봉착하고 만다.

이상과 같이 유르스나르가 서문과 자료를 통해, 프로이트주의에 대한 비판적 입장을 솔직히, 그러나 다소 거칠게 드러낸 이유는, 『몽상과 운명』에 실린 꿈 서사가 프로이트주의자들에게 흥미로운 분석 거리가 될 것이라는 예측과 한편의 우려 때문인 것으로 보인다.

> 프로이트의 신봉자들이 거의 모든 줄에서 그의 상징체계에 따라 해석하기에 수월한, 너무도 용이한 이미지를 만나게 될 것이다. 만약 이 텍스트들이 그의 이론들에서 상징체계를 확인하는 데 사용된다면, 난 그것을 불평하지 않을 테지만, 내가 이 텍스트들을 모은 것은 그러한 의도가 아니라는 점이다. 또 그 반대의 입장에서 한 것은 더더욱 아니다(1538).

3) 유르스나르가 비판하는 초현실주의의 꿈

유르스나르는 프로이트주의로부터 영향을 받아 무의식의 진실과 원리를 자유로운 예술작업으로 실현하고자 했던 초현실주의의 꿈에 대해서도 비판적이다. 하지만 프로이트에 비해 상대적으로 초현실주의에 대한 언급은 거의 없으며, 다음과 같은 관념적이고 단언적인 주장으로 그의 중요성을 일축해 버린다.

> 초현실주의는 꿈에 많은 관심을 두었다. 적어도 내 생각에는 거의 유용하지 못하게 말이다. 브르통과 같은 시인은 거의 미신적으로(맹신적으로), 이를테면 거의 신비주의적으로 꿈을 좋아하기로 선택한 것이다. 자신의 혼돈, 수수께끼, 자신의 어두운 밤, 삶 자체보다 더 깊은 자기의 모순성 때문에 꿈을 숭배하기로 선택한 것이다. 그래서 꿈의 탐험가가 아닌 꿈의 신봉자가 되기로 선택하였다. 초현실주의에게 꿈은 하나의 문학 장르가 되었다. 그리고 꿈의 상징은 초현실주의 유파의 도구 일체 중 일부가 되었다(1611~1612).

초현실주의자들은 프로이트가 『꿈의 해석』에서 세운 무의식의 본능 과정을 직접 차용하고 극히 강조하여 자신들의 표현기법으로 삼았다. 정신분석의 관점에서 포착되는 꿈의 상징들은 이 당시 초현실주의자들에게 해체된 예술계를 부흥시킬 새로운 관점과 표현방식이 되어주었다. 이를테면 "초현실주의 시인들은 꿈의 이미지를 시어로 고착시키는 방법을 통해 무의식의 세계가 있는 그대로 표출된 작품을 쓰고자 했다".[24] 이처럼 꿈 자체가 시가 되는 것을, 꿈이 문학이 되는 것을 시도한 데스노스R. Desnos와 같은 초현실주의자들은, 동시대인 유르스나르가 보기에, 꿈에 맹신적으로 매달리는 신봉자로 여겨졌던 것이다.

그것은 유르스나르가 작품에서 꿈을 정확히 전사하려는 이유와도 연결된다. 작가는 꿈의 사고를 촘촘히 밟아나가면서 그 안에 담긴 개인의 운명을 이해하려는 내밀한 의도를 품고 있기 때문이다. 이미 앞서 밝힌 것처럼, 유르스나르는 "운명이 꿈으로 표현되는 순간에 특별히 관심이 있다".[25] 따라서 작가에게 꿈은 고대의 신탁처럼 예언의 기능을 하는 내밀한 개인의 신화인 것이다. 이와 다르게, "잠자는 자가 자신의 꿈을 그저 하나의 표현 수단으로 이용하는" 초현실주의자들은 "꿈의 숙명적 부분을 지나치게 경시하는 듯"[26] 보이는 것이다.

사실 유르스나르는 자신의 꿈 서사가 아무런 노트도 기안도 없이 신속하게 창작하는 작가의 '상상의 이미지La vision imaginative'와 유사해 보인다고 말한 바 있다. 상상의 시간 속에서 막힘없이 전개되며 만들어지는 일련의 창의적 이미지들이 의도적인 기억에서 나온 것과 달리 꿈의 이미지처럼 매우 신속하고 완전한 망각에 노출되어 있다는 것이다.[27] 그러나 상상의 이미지들은 멈추면 다시 모으기 위해 작가가 한두 차례의 기회를 엿볼 수 있지만, 꿈꾸는 자는 자기의 꿈을 다시 꿀 수 있는 동일한 능력을 가지고 있지 않기에 유르스나르 자신의 꿈과 동일선상에서 비교될 수 없다고 본다.

---

24 신현숙, 『초현실주의』(동아출판사, 1992). 94쪽.

25 Marguerite Yourcenar, *Les Songes et les Sorts*, p.1535.

26 Ibid., p.1535.

27 Ibid., p.1613.

그렇다면 만일 반수면의 도취 상태에서 '환각적 장애를 초래할 만큼의 모험적 글쓰기'가 가능하다면, 즉 앞서 쓴 것을 잊어가며 완전한 망각에 노출된 상태에서 작업을 단숨에 써 내려간다면 유르스나르의 꿈 서사 방식과 유사해질까? 브르통이 초현실주의 선언에서 밝힌 주요 개념들의 하나인 자동기술은 "인간의 근원이라고 할 수 있는 무궁무진한 이미지의 보고이자 사고와 언어를 발생시키는 유동적이고 순수한 근원적 요소, 즉 무의식의 풍요로운 자원성을 표현할 수 있었다는 점"[28]에서 유르스나르의 꿈 이미지와 유사하게 나타날 수 있다.

하지만 유르스나르가 초현실주의자 브르통Andre Breton을 비판하는 이유는 그가 꿈의 탐험가가 아니라 꿈의 신봉자였다는 점인데, 이는 브르통이 꿈(무의식)의 자동기술을 통해 시를 풍부하게 만드는 수단으로 삼은 것이 아니라, 그 자동기술 자체를 하나의 시詩로, 또 하나의 문학 장르로 만든 부분에 있다. 다만 다른 초현실주의자들이 시도한 자동기술의 적용과 평가가 브르통과 일치하지 않으며, 엘뤼아르처럼 '꿈, 자동기술적 텍스트, 초현실주의 텍스트, 시'의 구별을 주장한 이들도 있기에,[29] 초현실주의에 대한 유르스나르의 단순 비판은 논란의 여지가 있어 보인다.

한편 순수한 무의식에 뿌리내린 초현실주의의 자동기술은, 이른바 영감의 숨결에 영향을 받기에 고대의 신탁이나 예언과 같은 기능을 갖는다고 한다.[30] 자동기술로 받아 적은 초현실주의자의 이미지들과 시어들이 꿈속에서처럼 자유로운 정신의 발현으로 원초적인 근원에 닿아 있으며, 과거보다 미래를 조명한다고 보는 것이다. 아마도 이 점이 꿈에 드리워진 운명의 전조를 보여주는 유르스나르의 꿈 서사와 근접해 보일지도 모르겠다.

하지만 초현실주의자들이 자동기술로 받아 적는 심층의 전언은 개인의 운명에 관한 것이 아니라, 말의 잃어버린 힘을 되찾기 위해 나선 다른 낯선 세계에 대한 초현실주의 집단의 공통된 갈망과 믿음에서 비롯된 것이다. 잠재된 무

---

28 오생근, 『초현실주의 시와 문학의 혁명』(문학과지성사, 2010), 61쪽.

29 같은 책, 67쪽.

30 신현숙, 『초현실주의』, 89쪽.

의식의 메시지 앞에서 누구나 이를 수 있는 모든 인간의 평등성을 전제로 하는 창조적 작업[31]이며 보편성의 문제인 것이다. "자동기술을 통해서 자유롭게 되는 것은 엄밀한 의미에서 말이 아니라 말과 나의 자유가 일체를 이루는 일이다. (…) 그러나 다른 한편으로 말의 자유는 말이 스스로 자유롭게 된다는 것을 뜻한다. 말은 이제 그것이 표현하는 사물에만 완전히 좌우되지 않고, 독자적으로 움직이고 유희를 즐기며, 브르통이 말하듯이 사랑을 한다."[32] 따라서 초현실주의자들이 시도하는 꿈의 자동기술은 꿈 자체가 지닌 현실, 즉 초현실과 실존과 운명의 문제에 더욱 다가가기 위함이 아니라, 말에 대한 성찰, 말의 신비로운 힘[33] 그리고 그 주체의 평등성에 대한 믿음과 입증에 관한 것이기에 유르스나르와는 차별된다고 볼 수 있다.

이처럼 유르스나르의 꿈 서사와 초현실주의의 꿈 작업은 서로 다르다. 다만 동시대의 초현실주의적 경향이 보여준 꿈 표현이 유르스나르가 자신의 꿈 이야기를 세상에 내놓게 만든 숨은 동기가 될 수는 있을 것이다. 연관성은 미약하지만, 유르스나르와 초현실주의자들에게서 공통점을 찾는다면, 양차대전으로 깨닫게 된 이른바 합리적 이성이 지배하는 사회의 위선, 그 답답한 현실의 구속에서 벗어나 인간과 세계 인식의 확장을 통해 해방의 출구를 찾으려 했다는 시대적 맥락을 들 수 있다. 동시대의 역사적·사회적 배경의 특수성 안에서 표현과 기법, 형식은 사뭇 다르지만, 꿈을 통해 혹은 꿈을 매개로 삼아, 과거와 미래, 현실과 초현실, 삶과 죽음, 자유와 숙명의 경계를 경이롭게 소통하는 총체적인 인간 세계를 들여다보고 완성해 보고자 했던 시도, 오랜 시간 가려져 있던 존재의 전체상像에 도달하고자 내면으로 향한 그들의 '생각 - 가치'가 이들을 묶어주는 의미의 끈이 아닐까 생각해 본다.

---

31 오생근, 『초현실주의 시와 문학의 혁명』, 63~54쪽.

32 같은 책, 65쪽. Blanchot 재인용.

33 같은 책, 64쪽.

제5장

유르스나르 '문학신화학'의 지형 안에서 만난 20세기 작가들

노년의 유르스나르

제5장에서는 유르스나르 '문학신화학'의 지형 안에서 만난 동시대 작가들의 신화 작품을 살펴보고자 한다. 지드, 사르트르, 장 아누이의 고대 신화 변용 작품을 유르스나르의 작품과 비교하여 동시대 작가들 간의 문학적 관점의 변별성, 당대의 사회, 정치, 문화적 배경의 재구성과 그 해석의 차이를 고찰해 보려는 것이다. 이 장에서 비교 분석하려는 것은 테세우스, 엘렉트라, 안티고네 신화를 모태로 한 작품들이다.

1. 지드와 유르스나르의 테세우스 신화

1) 지드의 『테세우스』와 유르스나르의 『누군들 자신의 미노타우로스가 없겠는가?』

역사소설가로서 명성을 얻은 유르스나르(1903~1987)와 달리, 지드(1869~1951)는 에세이, 일기, 레시récit, 소티sotie, 소설, 희곡 등 다양한 문학적 실험을 통해 20세기 프랑스 문단에 큰 영향을 끼친 작가이다. 두 작가의 작품세계가 판이하게 다르고, 활동시기와 활동 공간 역시 달랐지만,[1] 이들에게 한 가지 공통점이 있다. 신화가 가진, 고갈되지 않는 무한한 해석의 풍요로움을 잘 알고서 새로운 정신으로 신화를 재조명했다는 점이다. 특히 자기 존재의 중심으로 들어갈 수 있는 원초적인 세계를 꿈꾸며, 그 입구를 그리스 신화에서 찾아보고자 했다는 점이다.

지드의 경우, 자신의 본능을 구속하는 기독교로부터 탈출하기 위해 찾은 장소가 처음에는 아프리카였고, 그곳에서 다시 본능의 탐닉을 회의함으로써 새로이 진정한 조화와 행복의 공간을 찾아 나서는데, 바로 그곳이 그리스이다. 지드가 보는 그리스 신화시대는 자연 속에서 제신과 인간들이 함께 어우러진 시대이다. 그곳의 자연은 탈출, 거부라는 도식이 없고, 모든 것이 자연법칙에 의해 자연과 인간이 혼연일체가 되어 살아간다. 따라서 그리스 신화는 지드 자신이 꿈꾸는 개인의 행복과 사회적 행복이 가능한 세계이다.[2] 유르스나르가 앞서 언급했듯이, 그리스 신화가 유럽 작가들에게는 보편적 언어였으므로, 이를 굳이 지드와 유르스나르만의 공통점으로 보기는 어렵다. 하지만 두 작가가 우연히도 그리스 신화 중에서 영웅 테세우스의 모험을 선택하여 작품을 발표했다는 점은 주지할 만하다.

1946년 77세의 지드는 짧은 이야기인 『테세우스Thésée』[3]를 마지막 작품으로 발표한다. 이것은 욕망을 추구하다가 비극적 운명을 맞이한 이전 주인공들의 종말을 초로의 작가가 유감스러워하는 듯 써 내려간 일종의 유언적 회고 작품이다. 한편 시기적으로 지드의 작품보다 20여 년 늦게 발표된 『누군들 자신의 미노타우로스가 없겠는가?Qui n'a pas son Minotaure?』[4]는 유르스나르가 1933

---

1 유르스나르와 지드는 40여 년의 차이가 있다. 게다가 유르스나르는 2차대전을 계기로 미국에 정착하여 프랑스어로 작품 활동을 했으며, 지드는 프랑스의 주요 지성으로 NRF 잡지 등 프랑스 문단에서 주요한 역할을 했다.

2 홍경표, 『앙드레 지드의 문학사상』(글누리, 2006), 178쪽.

3 André Gide, *Thésée*(1946), in *Romans*(récits et soties, Œuvres lyriques)(Gallimard, Bibliothèque de la Pléiade, 1958). 플레이아드 판본을 참조하며, 본문 인용의 경우 약자 TH와 페이지만 표시하겠다.

년에 쓴 초고를 1963년에 수정 보완한 희곡으로 10개의 장scène으로 구성되어 있다. 이 두 작품은 1939년에서 1945년에 이르는 비극적 전쟁 상황을 염두에 두고 쓰인 것이어서 시기적으로 유사하며, 두 작가가 신화 속의 영웅 테세우스를 선택한 배경 역시 이러한 시대적 상황과 무관하지는 않을 것이다.

지드는 영웅을 자신과 동일시하여 인간적 차원에서 그려내는데, 특히 자신의 평생 고민이던 개인의 자유와 욕망의 문제를, 인류를 위한 정당한 사회의 밑거름으로 이해함으로써 영웅 테세우스를 당시 지식인의 입장에서 현대적으로 재해석한다. 그러나 유르스나르는 이 『테세우스』에 대해, "시적 정취, 비극성과 영웅적 무훈이 배제되고, 온화한 어조로 이 신화를 다루고 있지만, 이러한 친절함과 순박함은 가장한 것이고, 여전히 젊은 시절부터 지드를 내리누르던 청교도적 모순성과 도덕적·형이상학적 개념과의 갈등을 반복하고 있다"[5] 고 평한다. 하지만 지드식 테세우스를 이상사회 건설과 개인의 행복을 조화시키는 이상적 영웅주의의 모델로 보는 해석도 적지 않다.

'20세기의 테세우스'를 재창조한 지드와 유르스나르를 비교해 보면, 제목에서부터 관점의 갈림길을 예고한다. 테세우스라는 인물명 그대로 제목으로 쓴 지드와 달리, 유르스나르는 테세우스가 아닌 미노타우로스라는 괴물의 이름을 제목에 넣었다. 또한 지드의 테세우스는 '유년시절, 미노스의 궁전, 다이달로스와 이카로스와의 만남, 미노타우로스 퇴치, 아테네 건설, 파이드라의 비극, 오이디푸스와의 만남' 등 유년기, 청년기, 노년기로 명확히 구분되는 전기적 구성을 갖고 있으나, 유르스나르의 작품에서는 '미노타우로스의 희생제물을 싣고 가는 크레타 항해, 미노스와 그 딸들과의 만남, 미로 속 투쟁, 낙소스섬에 버려진 아리아드네와 디오니소스의 등장, 아테네 귀환' 등의 장면에서 중년의 테세우스만을 등장시킨다.[6] 즉 지드는 영웅 중심의, 일종의 신화 자서

---

4 Marguerite Yourcenar, *Qui n'a pas son Minotaure?*(1963), in *Théâtre II*(Gallimard, 1971), pp.163~231. 본문 인용의 경우 약자 QSM와 페이지만 표시하겠다.

5 Ibid., pp.171~172. "Aspects d'une légende et histoire d'une pièce."

6 그럼에도 테세우스의 전 생애의 편린을 끼워 맞출 수 있도록 독특하게 장치되어 있다.

전mythobiographie[7] 형식으로 이야기를 전개해 나가고, 유르스나르는 중심이 아닌 주변부에서 영웅의 실체를 바라보겠다는 비판적 시선이 느껴진다.

이제 지드의 『테세우스』를 유르스나르의 『누군들 자신의 미노타우로스가 없겠는가?』와 비교하면서 이들 간의 문학적 변별성을 살펴보겠다.

2) 지드와 유르스나르의 테세우스 신화 비교

① 희생제물 앞의 테세우스

지드의 경우, 테세우스가 크레타로 데려간 아테네인 희생제물 13명[8]은 미노타우로스가 살고 있는 미로 속에서 처음 등장한다. 하지만 공포에 떨고 있다기보다는 미로 안에 퍼져 있는 연기의 환각에 빠져 정신없이 먹고 마시고 즐거워하며 미친 사람들처럼 웃고 있다.

> 내가 자기들을 데리고 나올 것 같은 시늉을 했을 때 거기가 썩 좋다고 대들면서 나올 생각은 꿈에도 하지 않았다. 나는 우겨대며 해방을 자기들에게 가져왔노라고 말했다. '무엇으로부터의 해방이란 말인가?' 하고 그들은 소리 지르더니, 갑자기 단결해서 내게 대들며 욕을 퍼부었다. (…) 그들이 억지로 나를 따르게 하는 데는, 때리고 주먹으로 치고, 발로 엉덩이를 차고 하는 수밖에 없었다(TH, 1440).

지드는 쾌락에 빠진 어리석고 한심한 희생제물을 그려낸다. 테세우스에 떠밀려 겨우 미로를 탈출한 희생제물은 지복至福의 감옥을 떠난 것이 서운할 뿐이다. 그중 친구 페이리투스만이 미로의 유혹에 빠진 스스로를 부끄러워했다는

---

7 mythe+autobiographie를 합친 새로운 용어를 시도해 본다.

8 테세우스를 포함해서 모두 14명의 희생제물이다.

언급이 나온다. 테세우스는 그들이 빠지는 욕망과 쾌락을 이해하고 자신도 그러고 싶지만, 개인의 욕구를 참으며 영웅으로서의 의무를 수행한다. 따라서 지드 작품의 경우, 13명의 희생자는 영웅을 더욱 부각시키기 위한 보조 역할을 하며, 조력자로서 그들이 차지하는 비중은 미약하다. 그 대신 영웅은 먼저 깨어 몽매한 타인들을 이끌어주는 지도자의 모습으로 부각된다. 테세우스는 왕의 상속자로서 자신의 운명을 분명히 인식하며, 꿋꿋하게 나아간다.

반면, 유르스나르는 희생제물 14명의 대화만으로 구성된 장scène을 구성한다. 이는 희생제물을 실은 배의 밑창에서 흘러나오는 고통스러운 목소리로 이루어져 있다.

> 제2희생자: 밤이면 미노타우로스의 희생제물이 될 테니 다시는 못 볼 태양이여! 저 위에서 포로가 아닌 자들을 비추는 저주스러운 태양이여! (…)
>
> 제8희생자: 그분이 우리를 좋아하지 않았다면, 우리를 부르지 않았을 거야.
>
> 제7희생자: 그분의 뜻이 이루어지시길!
>
> 제10희생자: 동포들이 우리를 기억해 줄 거요. 우리는 불멸의 인간이요.
>
> 제14희생자: 우린 썩어 없어지고, 사람들은 우리를 잊을 거요(QSM, 186~188).

14명의 희생자는 어두운 선창 안에서 죽음에 대한 공포, 비참한 운명을 토로하기도 하고, 신의 선한 의지를 끝까지 믿어보기도 한다. 괴물과 신을 동일시하고, 자신들이 신의 제단에 제물로 희생된 다음, 후대사람들이 영원히 기억하고 신격화해 줄 것을 기대하는 이도 있고, 한편으로 이들의 망각을 두려워하기도 한다. 그리고 괴물을 만나기도 전에 두려움에 자살을 하는 희생자도 생겨난다. 그야말로 배 안은 혼돈 그 자체이다.

유르스나르가 14명의 희생제물에 관심을 두고 하나의 장을 특별히 할애한 것은 현대적이다. 현대적이라고 보는 이유는 배 안에 갇힌 희생제물이 2차대전 시기 아우슈비츠 수용소의 포로를 연상시키기 때문이다.[9] 작가가 신화에 현대사의 요소를 첨가한 것이다.

테세우스: 희생자들이 몽유병환자처럼 재빠르게 막 사라져간 자리를 지금 우리가 걷고 있어. 모든 것이 꿈처럼 일어났군.(…) 너무 조용해! 두 세계를 갈라놓는 삐걱거리는 문소리도 외침도 없고, 그들의 고통조차 죽어 있어. 범죄현장에 참여하기엔 너무 늦게 도착했어. 이 대학살은 이미 역사에 속하게 되었군 (QSM, 203).

영웅이란 인간제물의 생명과 희생을 담보로 만들어지는 것이기 때문에, 그가 이들을 구할 경우, 그의 영웅적인 면모는 극적으로 부각되었을 것이다. 하지만 유르스나르의 테세우스는 자신의 이름이 여전히 익명인 상태라고 자신 없이 말할 정도로, 자신의 정체성에 혼란을 느끼고 있는 상태이다. 그래서 왕의 아들로서, 백성에 대한 의무 때문에 괴물과 싸우러 오긴 했지만, 희생자 구출의 목적성이 불분명했다. 크레타 미노스 왕과의 조공 조약 때문에 배 안에서 죽은 희생자 한 명을 대신할 자를 염려할 만큼 소극적인 테세우스만 보아도 그렇고, 파이드라의 매력에 빠져 희생제물을 잊어버리고 '범죄현장에 늦게 도착하는' 결정적인 실수를 한 것만 보아도 실망스러운 모습 자체이다. 게다가 자신의 실수를 부하 선장 오토리코스Autolycos에게 전가시키는 장면에서 그의 영웅적인 면모는 크게 손상된다. 그것이 끝이 아니다. 자신을 영웅으로 알고 있는 아테네인들에게 웃음거리가 될까 두려워 유가족에게 거짓을 말하고, 그 비밀을 알고 있는 부하 선장 오토리코스를 금품으로 매수하는 영웅의 모습은 현대사회에 신화화된 일부 타락한 지도자를 떠올리게 한다.

② 미노타우로스 앞의 테세우스

그리스 신화에서 테세우스를 영웅으로 만들어준 결정적인 사건은 바로 크

9 Patrick de Rosbo, *Entretiens radiophoniques avec Marguerite Yourcenar* (Mercure de France, 1972), pp.153~154.

레타의 미노스 왕의 아내 파시파에가 황소와 교접해 낳은 아들인 괴물 미노타우로스를 없앤 일이다. 그런데 지드의 경우, 미노타우로스를 끔찍한 괴물이 아니라 아름다운 모습으로 그린다.

> 나는 실을 풀면서 첫 방보다 더 어두운 방으로 들어갔다. 문의 손잡이를 열었더니 굉장한 빛이었다. 나는 정원에 들어와 있었다. (…) 꽃밭 위에 늘어진 자세로 누워 있는 미노타우로스가 보였다. 운 좋게도 그는 자고 있었다. 나는 서둘러 잠든 틈을 이용해야겠지만, 그 괴물이 아름다웠다는 사실이 나를 멈추게 하여 내 팔을 붙들었다. 반인반수의 괴물인, 그 속에서는 어떤 조화가 인간과 짐승을 결합시키고 있었다. 더구나 그는 젊었고, 그 젊음이 그의 아름다움에 유혹적인 멋을 덧붙이고 있었다. (…) 그런데 나는 그를 미워할 수가 없었다. 얼마 동안은 그를 눈여겨 바라보기까지 했다. 그런데 그가 눈을 떴다. (…) 그때 내가 한 짓과 일어난 일은 뚜렷이 기억나지 않는다. (…) 그 연기는 내 기억력에 작용을 미쳐 내가 미노타우로스를 이겨냈는데도, 나는 그에 대한 승리에 대해 막연한 그러나 결국은 관능적이라는 편이 나을 그런 기억밖에는 간직하지 않았다. (…) 그래서 미노타우로스를 두고, 실을 감으며, 내 친구들이 있는 첫 방으로 돌아온 것은 유감스러운 일이 아닐 수 없다(TH, 1439).

여기서 미노타우로스는 욕망[10] 자체를 의미하고, 테세우스가 반한 미노타우로스의 관능적 모습은 육체적 쾌락이 주는 행복을 상징한다. 평생 동안 지드에게 욕망의 문제가 컸듯이, 테세우스의 경우도 마찬가지이다. 테세우스는 신은 확실히 이길 수 있으나 욕망의 대상인 여자는 언제나 새로운 시작일 뿐이라고 고백한다.

따라서 테세우스와 미노타우로스의 만남은 지드의 이전 작품들, 『좁은 문』,

---

10 테세우스는 미로 안에 들어가기 전에 다이달로스의 집에서 그의 죽은 아들 이카로스를 만난다. 이카로스는 과도한 지적 욕망으로 인간의 한계를 넘어선 것에 대한 벌을 받은 지적 유희의 희생자이다. 따라서 미노타우로스와 이카로스는 '욕망'의 상징코드이다.

『지상의 양식』, 『배덕자』에 나타난 육체적 본능의 문제를 연상시키고, 젊은 남성을 닮은 미노타우로스 역시 지드의 동성애 경험을 생각나게 한다. 하지만 지드의 테세우스는 앞선 주인공들처럼 쾌락에서 비롯된 비극적 결말을 맞아, 죽거나 분열하거나 회의하지 않는다. 그는 개인의 욕구를 완전히 포기하지 않으면서("내가 미노타우로스를 이겨냈는데도, 나는 관능적이라는 편이 나을 그런 기억밖에는 간직하지 않았다"), 종국엔 자유의지로 미노타우로스를 쓰러뜨리고 희망찬 아테네 건설을 꿈꾼다. "개인주의를 허용하는 전체주의적 평등사회 건설의 꿈은 오도된 공산주의에 의해 깨어졌지만 지드는 여전히 이러한 사회실현에 대한 희망을 버리지 않는다. 『테세우스』에서 지드는 다시 이 희망의 가능성을 검토한다."[11] 테세우스의 미노타우로스에 대한 승리는 쾌락적 욕망을 절제하고 영웅의 명예를 얻은 개인적 차원의 승리일 뿐 아니라, 평등사회를 지향한 집단 차원의 해방을 가져온 승리이다. 이는 지드가 세상을 떠나기 얼마 전 2차대전을 겪으면서 느낀 개인적 반성이자, 혁명과 전쟁에 허덕이는 불행한 시대에 대한 충고이기도 하다.[12]

한편, 괴물 미노타우로스는 신화학적 해석으로 크레타 미노스 왕의 힘을 상징하기도 한다. 미노타우로스의 뜻이 '미노스의 황소'이듯이, 미노스와 미노타우로스를 동일한 계보에 놓고 볼 수 있는 것이다.

> 미노스는 상속자로서 괴물을 자기에게 낳아주겠다는 내 소원을 이해했던 겁니다. (…) 내 황소는 보통 짐승이 아니었다는 것을 알아야 해요. 포세이돈이 제공해 주었지요. (…) 내 시어머니 에우로페를 유괴한 것도 황소지요. 제우스가 황소로 둔갑했던 겁니다. 이 결혼에서 바로 미노스 자신이 태어난 겁니다. 그래서 황

11 홍경표, 『앙드레 지드의 문학사상』, 216쪽.

12 "지드는 2차대전을 겪으면서 개인의 무력을 심각하게 체험한다. 특히 히틀러나 무솔리니와 같은 한 개인이 거대한 집단력으로 형성되면서 일순간에 세상을 공포로 몰아넣는 것을 보며 신에게서 느꼈던 개인적 무력성을 인간에게서도 뼈저리게 느낀다.(…). 인간 위에 군림하는 인간을 제거하기 위해 인간 모두가 평등해야 한다고 생각한다," 같은 책, 219쪽.

소가 그의 집안에서는 언제나 가장 명예로운 자리를 차지하게 된 겁니다(TH, 1427).

이처럼 미노타우로스와 미노스 왕은 개체가 아니라 하나로 연결되어 있다. 결국 미노타우로스를 무찌르는 것은 미노스 왕에 승리하는 것, 즉 크레타의 정복을 의미한다. 테세우스의 눈에 비친 미노스의 궁정은 세련되고 고급스러운 선진문화를 지녔고, 미노스왕은 백성을 아끼는 관용적인 통치자이자 가족을 사랑하는 지혜로운 현자이다.

"미노스는 보통 사회적인 신분이나 등급, 계급 따위는 통 문제 삼지 않는다더군."
"사람들이 아티카는 폭군에 의해서가 아니라 민중의 정부에 의해 통치되고 있다는 말을 할 수 있게 되기를 바란다. 왜냐면 이 국가의 각 시민은 국회에서 평등한 권리를 가질 것이며, 그 태생은 조금도 고려되지 않을 것이니까. 당신들이 스스로 이에 따르지 않으면, 나는 당신들에게 그것을 강제할 것이다"(TH, 1446).

결국 미노타우로스의 퇴치는 테세우스가 미노스 왕의 지혜를 얻는 것이고, 크레타의 문명을 (일부) 받아들여, 새로운 국가제도를 성립하는 것이다. 영웅은 기존의 불평등적 통치방법이 아니라 민주적·개방적·포용적으로 다스리는 자이다. 지드는 "한 국가의 건설이나 힘은 경계의 설정이나 종족의 선별에 의한 것이 아니라, 차별 없는 수용과 총체적 통합에 있다"[13]고 주장한 바 있다.

지드와 달리, 유르스나르의 작품에는 테세우스 분신들의 목소리가 미로를 가득 채운다. 괴물이 아닌 목소리만 등장시켜 테세우스가 보이지 않는 유령 괴물과 맞서고 있는 효과를 나타낸다.

"한 발 한 발 이 형체 없는 괴물을 뒤쫓았소. 적의 전략은 늘 뒷걸음질 치는 거였

13 같은 책, 221~222쪽.

지. 미노타우로스는 내게 달라붙어 매순간 내 숨을 조였소. 내가 주먹으로 내리쳤어. 칼자루로…, 그 짐승이 날 물더군. 내 이마랑 내 손을 봐요. 그리고 거울이 깨지는 소리를 들었어, 그 아래로 심연이 열리더군"(QSM, 216).

유르스나르가 보기에 영웅이 당면한 대의명분은 조국이나 자유, 평등의 문제가 아니라, 영웅 자신의 내적 괴물을 물리치는 것이다. 위 인용문에 나타난 것처럼, 테세우스가 물리쳐야 할 미노타우로스는 바로 거짓말과 계략이다. 유르스나르의 작품은 테세우스의 아들 히폴리토스의 나이를 묻는 젊은 아내 파이드라의 대사로 끝을 맺는다. "테세우스, 히폴리토스가 나를 마음에 들어하면 좋겠어요"[14]라는 파이드라의 마지막 말은 테세우스, 히폴리토스와의 삼각관계의 비극을 예고하며, 실패한 영웅으로 나아가는 테세우스의 말년을 암시한다. 결국 영웅적 행위보다는 자기 내면을 들여다 볼 의지가 더 중요하며, 자신만의 미노타우로스를 해결하지 못한 테세우스는 결코 영웅의 길에도, 영원한 시간에도 이를 수 없음을 작가는 보여주는 것이다.

③ 아이게우스 왕 앞의 테세우스

전해오는 설에 의하면, "테세우스는 아리아드네를 잃은 슬픔에 젖어, 아티카 해안이 바라보이는 곳까지 들어섰음에도 흰 돛으로 바꾸어 달 생각을 하지 못했다. 아들이 돌아오기를 눈이 빠지게 기다리던 아이게우스 왕은 배가 검은 돛을 달고 있는 것을 보고 아들이 죽었다고 생각하여 바다에 몸을 던져 죽고 말았다. 이때부터 그 바다를 '아이게우스(에게)해海'라고 부르게 되었다".[15]

아이게우스 왕의 죽음을 바라보는 지드와 유르스나르의 시각은 유사하다. 말하자면, 테세우스의 실수가 아닌 고의성에 초점을 맞추는 것이다.

---

14 Marguerite Yourcenar, *Qui n'a pas son Minotaure?* p.231.

15 이진성, 『그리스 신화의 이해』(아카넷, 2004). 334쪽.

나는 불길한 실수 때문에 그의 죽음을 가져오게 한 것을 애석하게 여긴다. 그 실수란 내가 검은 돛을 흰 돛으로 바꿔치지 않았다는 실수이다. 사람은 모든 것을 죄다 생각할 수는 없다. 그러나 솔직히 말해서 또 스스로 마음에 물어본다면, 내가 내켜서 한 것은 아닌 그 일이 꼭 실수였다고는 단언할 수 없다(TH, 1416).

테세우스: 비통한 충격이구나. 내가 오토리코스에게 검은 돛을 달지 말라고 그리 상세히 지시를 내렸건만….

오토리코스: 제게 그러셨다고요? 다시 좀 말씀해 보세요….

테세우스: 칠성七星이 질 무렵, 여기서 내가 직접 매우 상세히 지시를 내린 사실을 부인하진 못하겠지… 하지만 아무런 처벌도 없을 것이야…(QSM, 230~231).

지드와 유르스나르의 테세우스는 착한 아들로 남기보다는 이상사회를 위해 아버지를 죽인다는 대의명분을 갖고 있다. 아버지 왕의 죽음이 있어야 영웅 테세우스는 아테나를 통치할 수 있는 것이다. 그 이면에는 또 다른 이유도 있다. 그와 아버지의 관계가 썩 좋았던 것은 아니라는 점이다. 지드의 테세우스에서, 아이게우스 왕은 매우 훌륭하고, 완전히 나무랄 데 없는 인물이긴 하지만, 테세우스의 여성편력을 꾸중하고, 테세우스와 경쟁하듯 젊음을 유지하려고 한 탓에 아들의 불만을 사곤 했다. 유르스나르의 경우에는 아버지 아이게우스에 대한 미움으로 가득 찬 어린 테세우스의 목소리가 등장한다. 아버지의 지나치게 과장된 훈계를 회상하고, 아버지에게 총을 쏘거나 물어뜯고 싶었던 심정을 토로한다.[16] 그뿐만 아니라, 젊은 테세우스의 목소리가 등장하여, 왕자 체면에 용돈이 부족해서 빚을 져야만 했다고 불평한다. 그리고 자신이 빚을 갚았다고 거짓말로 항변하는 테세우스를 향해, 젊은 테세우스의 목소리는 사실상 아버

16 "….Si le fusil éclatait, et Papa tout couvert de gelée de groseilles rouges… (…) J'ai toujours eu envie de lui mordre la main… Aussi, pourquoi m'a-t-il fessé le jour où j'ai menti au sujet des poires du verger," Marguerite Yourcenar, *Qui n'a pas son Minotaure?* p.207.

지가 갚아주었다고 고백한다.[17] 또한 아버지가 맺은 미노스 왕과의 인신공희 조약에도 왕자로서 큰 유감을 지니고 있었다. 이처럼 아이게우스 왕의 죽음이 테세우스의 우연한 실수가 아니라 일종의 친부살해parricide임을 암시하는 대목은 여러 곳에서 발견된다.

그런데 테세우스의 친부살해는 지드와 유르스나르의 고유한 해석에서 비롯된 설정이라기보다는 그 원형을 신화학적 해석에서 찾아볼 수 있다. 조지프 캠벨은 『천의 얼굴을 가진 영웅』에서 다음과 같이 말한다.

> 영웅의 임무는 아버지의 부정적인 측면을 살해하고, 우주의 자양이 될 생명에너지를 그 굴레로부터 해방시키는 것이다. 이러한 과업은 아버지의 의지에 따라서도 성취될 수 있고, 그 의지를 거스르고도 성취될 수 있다. 어제의 영웅은 오늘 '스스로'를 십자가에 달지 않으면 내일의 폭군이 된다. (…) 폭군인 아버지를 제거하고 스스로 왕위에 오른 인물은 그 아버지의 운명에 한 걸음 다가선다. (…) 아들은 아버지를 시해하지만, 결국 아버지와 아들은 하나이다. 수수께끼 같은 인물들은 원초적인 혼돈 속으로 해소된다. 이것이 바로 세계 종말 그리고 재개再開의 비밀이다.[18]

유르스나르의 테세우스처럼 거짓과 계략에 능한, 즉 '스스로를 오늘의 십자가에 달지 않는 영웅'이라면, 위의 친부살해가 주는 신화학적 분석은 적용될 수 없을 것이다. 진정한 영웅은 무섭고 잔혹했던 아버지의 지난날을, 즉 예민한 어린 시절에 투사되어 상처가 된 지난날을 넘어서 매번 어두운 자아를 죽이는 용자이다. 따라서 테세우스의 친부살해는 미노타우로스 퇴치와 연장선상에 놓여 있는 영웅의 지속적인 자기 싸움을 의미한다.

---

17 "Mon père a payé… Il aime payer mes dettes de jeu, parce que ça m'humilie." Ibid., p.208.

18 Joseph Campbell, *The hero with a thousand faces*(1949); 『천의 얼굴을 가진 영웅』, 이윤기 옮김(민음사, 1999), 441쪽.

④ 신 앞의 테세우스

신과 육체의 문제에서 항상 갈등하던 지드는 테세우스의 입을 빌려 '신의 문제는 언젠가 해결될 문제이며 인간의 승리로 귀결되리라는 확신을 보인다'.[19] 그런 지드의 신관이 보다 잘 나타나 있는 것은 미로의 설계자 다이달로스와 그의 죽은 아들 이카로스의 대화를 통해서이다. 어떤 신에 관한 것인지, 신의 실체에 관한 논의부터 인간과 신의 관계규명에 이르기까지 본질적인 질문과 심오한 생각이 녹아 있다.

> 대관절 누가 시작했는가? 남자인가, 여자인가? 신은 여성인가? 어떤 위대한 어머니의 배에서 태어났는가? 다양한 형상들이여. 어떤 생산의 원리에 의해 수태된 배인가? 있을 수 없는 이원성, 그렇다면 신은 아이이다. 내 정신은 신을 구분하기를 거부한다. 내가 구분을 허용하게 되면, 바로 이는 싸움을 위해서다. 여러 신을 가진 자는 전쟁도 갖는다. 여러 신들이 아니라 하나의 신이 있다. 신의 다스림, 그것이 평화이다. 유일 속에서 모두가 흡수되고 화해한다(TH, 1434).

> 이 모든 것의 원인은, 많은 고통과 노력의 원인은 무엇입니까, 총명한 신이여? … 어떻게 나아갈 것인가? 어디서 멈출 것인가? … 인간에서 출발해서, 어떻게 신에 도달할 것인가? 내가 신에서 출발한다면, 어떻게 나 자신에게까지 도달할 것인가? 그러나 신이 나를 만들어낸 것과 마찬가지로, 신은 인간에 의해 창조된 것은 아닌가? 내 정신이 달라붙고 싶은 것은 길들의 바로 교차점, 이 십자가의 한복판이다. (…) 나는 신이 어디서 시작되는지를 모르며, 어디서 끝나는지는 더구나 모른다(TH, 1435).

---

19 홍경표, 『앙드레 지드의 문학사상』, 202쪽. "프로메테우스가 불을 그랬던 것처럼, 제우스의 천둥조차도 인간이 빼앗을 수 있는 날이 올 것이라고 나는 여러분에게 말할 수 있다. 그렇다. 그것은 결정적 승리다. 그러나 나의 강점이자 약점인 여자로 말하면 언제나 다시 시작해야 했다." André Gide, *Thésée*(1946), p.1417.

나는 논리의 온갖 길을 쏘다녔다. 이 평면 위에서 헤매는 데 지쳤다. 나는 하늘로 빨려 들어가는 것처럼 느낀다. 인간의 정신아, 네가 어디로 솟아오르든, 나는 그리로 올라간다. (…) 나는 혼자 가겠다. 나는 대담하다. (…) 나를 끌고 들어가는 이 힘이 무엇인지 모르나, 단 하나의 종착점밖에는 없음을 나는 알고 있다. 그것은 신이다(TH, 1435).

이카로스는 기독교의 신처럼 '유일신만이 세상의 기원을 해명할 수 있는 단 하나의 방법이라고 신을 가정했으나, 신과 인간은 융합될 수 없는 이질적 차원이라는 인식에 이르게 되고, 결국 신이란 인간이 만들어낸 것이 아닌가라는 의문을 제기한다.[20] 이카로스는 이미 잘 알려진 대로 욕망을 절제하지 못하고 너무 높이 날다가 날개가 태양에 녹아 바다에 떨어져 죽은 다이달로스의 아들이다. 신을 정복하려는 욕망에 대한 숙명적 결과이자 '유일신을 설정한 인간의 실패'[21]로 해석할 수 있는 이 사건에서 지드는 신은 존재해도 개인의 욕구를 버리지 못하면 인간은 실패한다는 조건부적 신관을 보여준다. 따라서 지드의 영웅은 개인과 신 사이에서 균형점을 찾으려 하는 자이다.

반면 유르스나르는 신의 문제를 지드보다 더 경쾌하고 신랄하게 다룬다. 지드의 신이 유일신을 의미했다면, 유르스나르의 신은 주신酒神 디오니소스이다. 또한 지드가 인물들의 대화를 통해 보이지 않는 신을 서술했다면, 유르스나르의 신은 직접 등장하여 인간과 대면한다. 그리고 디오니소스 신과 대화하는 인물은 아이러니하게도 영웅 테세우스가 아니라 낙소스섬에 버려진 아리아드네이다.

디오니소스: 그(테세우스)의 출발이 네게 신을 만나게 해주었다.

아리아드네: 이 단음절(신)을 남용하지 마세요. 당신은 인간들의 문제에 대한 가

---

20 홍경표, 『앙드레 지드의 문학사상』, 205쪽.

21 같은 책, 206쪽.

장 간결한 해답일 뿐이죠.

디오니소스: 네가 그것에 대해 더 잘 아느냐?

아리아드네: 네. 무無라는 단어도 신이라는 단어만큼 짧지요(QSM, 226).

아리아드네의 대사에 비친 유르스나르의 신관은 조소적이다. 인간이 복잡한 인간 문제에 대한 해답을 신에서 찾으며 문제를 단순화하는 경향을 비판하고, 신Dieu과 동격으로 무rien의 개념을 제시하며 인간에게 별로 해준 것 없는 신에게 반박하고 있다. 조소적인 그녀에게 디오니소스 신은 의식하는 불멸성을 제공하며, 모든 삶이 일장춘몽이라고 말한다.

디오니소스: 너는 이미 잠들어 있다. 너의 모든 생은 단지 한 조각 꿈이었을 뿐이다(QSM, 226).

그런데 신이 선물한 '의식하는 불멸성'은 초능력의 부여나 초자연적인 공간으로의 이동이 아니다. 그것은 바로 부정적 자아의 죽음, 즉 자신을 비우고 자신을 내어줌으로써 도달 가능한 원초적 상태이다.

아리아드네: 모든 게 얼마나 단순한가! 나는 지금까지 자신을 버리는 감미로움을 겪어보지 않았죠. 이제 더는 죽는 것이 두렵지 않아요.

디오니소스: 넌 이미 죽었단다. 바로 이처럼 너의 영원한 삶이 시작되는 거란다(QSM, 229).

신화학에서는 아리아드네의 죽음을 비극적 종말로 보기도 하지만, 유르스나르는 내적 성장의 최종단계에 다다름으로 보고 있다. 자신을 죽이는 일, 즉 욕망의 비움이자 자아의 허물을 벗어던짐으로써 영원한 세계로 입문하는 것이다. 영원한 생명을 얻은 아리아드네는 비겁한 테세우스와 대조되어 진정한 주인공으로 작품의 말미를 장식한다.

3) 두 테세우스로 본 현대적 영웅관

본래 영웅이란 일상적인 삶의 세계에서 초자연적인 경이의 세계로 떠나고 여기에서 두려운 세력과 만나며, 결국엔 결정적인 승리를 거두고 이 신비스러운 모험에서 타인들에게 이익을 줄 수 있는 힘을 얻어 현실세계로 돌아오는 자이다. 지드와 유르스나르는 이러한 신화적 궤도를 크게 벗어나고 있지는 않지만, 가시적인 영웅의 위대한 과업보다는 비가시적인 영웅의 정신적인 과업에 초점을 맞추고 있다.

지드와 유르스나르의 영웅관을 한마디로 축약하면, '영웅은 기억하는 자'라는 것이다. 지드의 경우, 영웅은 개인적 욕구를 절제하고 자신이 전체 사회를 위해 해야 할 의무를 기억하고 앞으로 나아가는 자이고, 유르스나르의 영웅은 자기 내면의 그림자, 즉 어두운 무의식을 기억하고 부단히 고쳐나가는 자이다. 또한 두 작가에게, 영웅은 주변의 타자들로 인해 자신을 인식하고, 발전하고, 존재할 수 있음을 기억하는 자이다. 그런 이유로, '희생제물, 괴물 미노타우로스, 아버지, 신'과 같은 테세우스의 주변 인물들은 그가 영웅이 되어가는 과정을 돕는 조력자로 볼 수 있다.

지드와 유르스나르가 영웅의 사명을 기억하는 것은, 즉 그의 정신성에 가치를 두는 것은 커다란 공통점이라고 할 수 있지만 분명 차이점은 있다. 지드식 영웅 모델은 개인과 집단, 개인과 신과의 조화를 모색하는 영웅이고 현실적이며 사회 참여적이다.[22] 반면 유르스나르는 자기 자신의 그림자에 사로잡힌 개

---

22 "내 운명을 그와 비교해 본다면, 나는 만족이다. 나는 내 운명을 완수했으니까. 나는 아테네라는 도시를 내 뒤에 남기고 간다. 나는 아내나 아들보다 이 도시를 사랑했다. 나는 내 도시를 만들었던 것이다. 사후에도 내 사상은 죽지 않고 그것에 깃들 수 있을 것이다. (…) 나는 지상의 행복을 맛보았다. 내가 죽은 후에 사람들이 내 덕분에 자신을 더욱 행복하고 더 낫고 더 자유롭게 느낄 생각을 하니, 나는 흐뭇해진다. 미래의 인류의 행복을 위해, 나는 내 일을 했던 것이다. 나는 살았던 것이다." André Gide, *Thésée*(1946), p.1453.
테세우스는 오이디푸스의 영웅주의와 비교하여, 개인의 행복이 중요하며 이를 존중하여 인류의 진보에 기여한 것으로 자신은 만족한다고 말하고 있다.

인의 내면 드라마를 통해, 나moi라는 무의식의 미로를 탈출하려는 초월자적 영웅 모델을 제시한다. 유르스나르의 영웅관은 지드의 그것보다 훨씬 개인적이고 몽상적이며 종교(신비주의)적이다.

이러한 차이는 두 작가가 처한 시대적 상황과 사회적 위상에 기인한다. 지드는 지식인으로서 프랑스 사회의 중심 역할을 해왔기에, 양차대전을 겪으면서 집단을 위해 개인을 희생할 수 있는 참 영웅의 중요성을 누구보다 인식하고 있었다. 2차대전 중 자신의 죽음을 앞두고 피난지에서 구상한 『테세우스』는 민중과 사회를 위한 지식인의 책무를 일깨우려는 일종의 사상적 유언과 같은 작품이다. 한편 1963년 발표된 유르스나르의 『누군들 자신의 미노타우로스가 없겠는가?』는 전쟁으로 프랑스를 떠나 미국에서 새 인생을 시작하던 1940년에서 1950년 사이, 즉 창작의 고갈과 침묵의 시기에 보완되고 1951년에서 1970년까지 우연히 길어진 미국에서의 정착기에 출간된 작품이다. 이 당시 유르스나르는 프랑스 사회의 중심에 있던 지드와 달리 낯선 곳에서 소외상태에 있었다. 테세우스가 보여주는 정신적·도덕적 세계관의 편협함을 비판하고, 내적 침잠과 개인의 고양에 관심을 둔 것은 바로 그런 이유라고 볼 수 있다.

신들의 자리를 과학과 이성이 채우고 있는 현대사회에 신화적 영웅은 자리를 잃은 것 같지만, 지드와 유르스나르가 살았던 시대에도, 아니 지금도 영웅들은 끊임없이 등장한다. 하지만 이들 중에는 우리를 어디로 이끌고 가는지 알 수 없는 위험하고 무익한 영웅도 있다.

> 토템의 깃발을 날리는 국가 개념은, 유아기의 상황을 지우기는커녕 유아적 자아를 강화, 확대시키고 있다. 한 국가가 열병식장에서 벌이는 얼치기 제의는 신이 아닌, 포악한 용龍인, 압제자를 섬긴다.[23]

---

23 Joseph Campbell, *The hero with a thousand faces*(1949); 『천의 얼굴을 가진 영웅』, p.485.

신화적 신비감으로 포장되어 현대사회의 영웅으로 불렸던 전제정치의 '압제자'들로 인해, 무의미한 대학살 전쟁을 치른 후에야 우리는 영웅이 악몽이 될 수 있다는 사실을 알았다.[24] 하지만 영웅에 대한 부정적인 기억이 있었다 해도, 두려운 운명 앞에서 위대한 영웅의 등장을 꿈꾸는 인간의 욕망은 사라지지 않을 것이다.

따라서 지드와 유르스나르가 테세우스 신화를 통해 제시한 영웅의 유형은 우리에게 시사점을 준다. 정직함과 순수함이라는 맑은 양심을 지닌 '개인적으로 고양된 영웅'과 사회와 타인에 대한 의무를 인식하고 적극적으로 행동하는 '사회 속 영웅'이 조화를 이루어나가야 한다는 점이다. 그러려면 무엇보다 자기 안의 괴물 미노타우로스를 부단히 버리려는 창조적이고 진화적인 삶이 선행되어야 한다. 결국 현대의 영웅은 누구나 '자신의 내부에 위대해질 가능성이 있다는 것을 기억하는 자'이다.

2. 사르트르와 유르스나르의 엘렉트라 신화

1) 사르트르의 『파리떼』와 유르스나르의 『엘렉트라 혹은 가면들의 전락』

엘렉트라 신화는 펠롭스 왕과 히포다메이아의 아들들인 아트레우스와 티에스테스 형제의 원한 맺힌 이야기, 즉 '아트레우스 가문의 신화'에서 파생되었다. 사실 아트레우스와 티에스테스의 싸움을 직접 다룬 그리스 비극은 남아 있지 않고, 티에스테스의 아들인 아이기스토스가 아트레우스의 아들인 아가멤논을 살해하는 복수극과 아가멤논의 아들인 오레스테스가 누이 엘렉트라와 함께

---

24 박지향 외, 『영웅 만들기 — 신화와 역사의 갈림길』(휴머니스트, 2005). 나폴레옹, 비스마르크, 무솔리니 등의 사례를 들어 만들어진 영웅의 허위성과 그 위험에 대해 분석한 책이다.

어머니 클리타임네스트라와 그의 정부인 아이기스토스를 살해하는 복수극이 널리 알려져 있다.

특히 이를 소재로 한 그리스 비극 중 아이스킬로스의 『오레스테이아Oresteia』(기원전 458)[25]가 유명하다. 하지만 이 작품의 핵심 주인공이 오레스테스라면, 소포클레스의 『엘렉트라』와 에우리피데스의 『엘렉트라』에는 제목이 명시하듯 엘렉트라가 전면에 등장한다. 우선 소포클레스의 『엘렉트라』에서는 정의를 위해 권력에 저항하는 남성적인 엘렉트라가 나온다. 오레스테스가 사망했다는 허위 소식에 엘렉트라는 막내 크리소테미스에게 복수를 제안하지만, 막내는 자신이 여자라는 이유로 거절한다.[26] 한편 몰래 왕궁에 잠입한 오레스테스는 엘렉트라의 지지를 받아 복수한다. 소포클레스의 엘렉트라는 '어떤 순응과 타협도 받아들이지 않는 자신이 선택한 길을 끝까지 밀고 나가는 반항적 인물'이다.

한편 에우리피데스의 『엘렉트라』에는 아이기스토스의 명으로 평범한 농부와 결혼하여 구차한 삶을 살아가는 엘렉트라가 등장한다. 오레스테스는 친구 필라데스와 함께 그녀의 농가를 찾아 극적으로 재회하고 함께 복수 계획을 세운다. 오레스테스는 마침 국가행사로 밖에 나온 아이기스토스를 죽이고, 엘렉트라는 아기 출산을 거짓 핑계 삼아 클리타임네스트라를 끌어들인 후 오레스

---

25 이 작품은 3부작으로 『아가멤논Agamemnon』, 『코에 포로이Choephoroi(제주를 바치는 여인들)』, 『에우메니데스Eumenides』로 구성되어 있다. 『아가멤논』은 트로이 전쟁에서 애인 포로인 카산드라를 데리고 귀환한 아가멤논이 아내 클리타임네스트라와 아이기스토스에게 살해당하는 이야기이다. 클리타임네스트라는 큰딸 이피게네이아가 희생된 후 남편을 증오하고 있었고, 아이기스토스는 자기 아버지 티에스테스의 원수를 갚으려고 때를 기다리고 있었다('권력을 누리는 강한 자의 오만불손함에 대한 신들의 정의로운 벌'을 의미한다). 두 번째 작품인 『코에 포로이』는 아르고스에 온 오레스테스가 아가멤논의 무덤가에서 제주를 바치고 있던 엘렉트라를 극적으로 만나고, 클리타임네스트라와 아이기스토스에게 복수하는 내용이다. 오레스테스는 자신의 행위를 정당하다고 여기지만 복수의 여신들에게 쫓기며 도망 다닌다. 『에우메니데스』는 오레스테스의 재판을 둘러싼 이야기로, 아테나 여신의 도움과 관용의 덕으로 오레스테스가 죄의 정화를 받아 에리니에스로부터 벗어나고, 이 복수의 여신들이 아테네에서 숭배받는 '자비로운 여신들'이 된다는 내용이다.

26 엘렉트라와 크리소테미스 자매는 안티고네와 이스메네 자매를 연상시킨다.

테스를 부추겨 모친 살해를 도모한다. 에우리피데스의 『엘렉트라』는 소포클레스식 '정의'보다는 '수치를 당하고 모욕받은' 엘렉트라가 개인적 원한을 갚으려는 광기 어린 심리극적 요소를 띤다. 에우리피데스는 비천한 신분의 남자와 자신을 결혼시킨 아이기스토스를 향한 분노를 누르지 못하는 엘렉트라의 어두운 심층을 열어 보인다.

이러한 고대 비극에서부터 현대까지 이어지는 수많은 엘렉트라 신화의 문학사적 흐름 안에서, 20세기의 엘렉트라를 새롭게 조명한 희곡작품으로는 사르트르의 『파리떼Les Mouches』[27]와 유르스나르의 『엘렉트라 혹은 가면들의 전략Electre ou la chute des masques』[28]을 꼽을 수 있다. 그런데 이들은 모두 1940년대라는 어지러운 시기에 세상에 나온 작품들이다. 사르트르는 『파리떼』를 통해 자유를 외치고 있는데, 이는 "당시 상황을 은유적으로 표현한 것으로, 독일에 점령당한 처지에 체념하지 말고 비시Vichy 정부 이념에 대항하여 레지스탕스처럼 저항하는 자유를 택하라는 메시지"[29]를 반영하고 있다. 사르트르는 자기 시대에 적합한 이런 연극을 '상황극'[30]으로 정의하고 있다.

한편 유르스나르의 『엘렉트라 혹은 가면들의 전략』은 1944년에 쓰였고, 1954년에 출간되었다. 1940년에서 1950년 시기는, 유르스나르에게 일명 '창작의 고갈과 침묵의 시기'였다. 프랑스 사회에서 중심 역할을 하던 사르트르와 달리 그녀는 전쟁으로 프랑스를 떠나 미국에서 낯선 인생을 시작했기 때문이다. 미국에

---

27 Jean-Paul Sartre, *Les Mouches*(1943)(Gallimard, 1947). 본문 인용의 경우 약자 M과 페이지만 표시하겠다.

28 Marguerite Yourcenar, *Electre ou la chute des masques*(Plon, 1954); in *Théâtre II*, (Gallimard, 1971). 본문 인용의 경우 약자 E와 페이지만 표시하겠다.

29 정경위, 「사르트르 『파리떼』에 나타나는 인물들의 '자기기만'」, 《불어불문학연구》, 제64집(한국불어불문학회, 2005), 484쪽.

30 "인간은 주어진 상황 안에서 자유로우며, 그러한 상황 안에서 상황에 의해 자기 선택을 하는 게 사실이라면, 연극은 단순하고 인간적인 상황들과 그 상황 안에서 자기 선택을 행하는 자유를 보여주어야 한다." Jean-Paul Sartre, *Un Théâtre de situations*, Gallimard, 1973, 1992, p.59(윤정임, 「『파리떼』의 신화연구」, 《한국프랑스학논집》, 제48집, 한국프랑스학회, 2004에서 재인용).

서의 일종의 유배생활을 하며 문우들로부터 소외된 유르스나르는 내적 침잠에 이르고, 자신뿐 아니라 인간 내면의 깊은 심리에 관심을 갖게 되었을 것이다.

이처럼 두 작가가 처한 시대적 상황과 사회적 위상의 차이에 따라 엘렉트라 신화의 차용은 다르게 나타난다. 사르트르의 『파리떼』에서 주인공은 사실 오레스테스이며 자유와 책임의 문제를 환기하고 있다. 여기서 엘렉트라는 반항과 복수의 의지를 키우다가 어머니의 죽음 이후 회한에 사로잡혀 자유의지를 포기하는 부차적 인물로 등장한다. 한편 유르스나르의 『엘렉트라 혹은 가면들의 전락』에는 "극의 무게가 암살 장면보다는 주인공들이 행동을 옮기기 전이나 죽기 전에 펼쳐지는 여러 상황의 설명에 실려 있다".[31] 엘렉트라의 행위가 아버지 아가멤논을 위한 복수인지, 개인적 질투심에서 비롯된 것인지 실마리가 중요한 작품이다. 유르스나르는 서문에서 현대문학에 등장하는 엘렉트라 신화의 특징에 대해 "'정의'라는 개념에 주관적 가치가 부여되어 있고, 엘렉트라의 분노나 오레스테스의 광기에서 (명백하거나 감추어진) 성적 동기를 발견하게 되며, 의식보다는 충동과 무의식을 선호하고 있음을 알 수 있다"[32]며, 엘렉트라 신화의 심리적 변용 가능성을 암시한다.

이제 두 작품의 이야기 구조와 등장인물 엘렉트라의 성격을 중심으로 두 작가의 신화적 해석이 어떻게 다르게 나타나는지 살펴보겠다.

2) 사르트르와 유르스나르의 엘렉트라 신화 비교

사르트르의 『파리떼』는 3막 구조의 희곡이다. 아주 어린 시절 아이기스토스에게 축출되어 아무 기억이 없는 오레스테스가 15년 만에 아르고스에 돌아온다. 그가 아이기스토스의 궁 안에서 노예살이를 하고 있는 누이 엘렉트라를

---

31 Ariane Eissen, *Les mythes grecs*(Belin, 1993); 『신화와 예술』, 류재화 옮김(청년사, 2002), 610~611쪽.

32 Marguerite Yourcenar, *Electre ou la chute des masques*, p.17.

만나면서 더는 이방인이 아닌 그 나라 왕자로서의 책임의식과 암울한 나라에 사는 불쌍한 백성들을 구하려는 참여 의지를 인식하고 행동한다는 내용이다. 오레스테스가 아이기스토스와 클리타임네스트라에게 복수를 하고 주피터[33] 신과 대결하는 모습에서, 실존을 의식하는 자유인의 존재를 찾아볼 수 있다.

세 개의 막에 나타나는 사건들을 중심으로 이야기 구조를 배열하면 다음과 같다.

① 제1막

1장. 아르고스의 멸망이 시작됨 — 파리떼와 심한 악취가 퍼짐

2장. 오레스테스가 아르고스에 당도함 — 자신의 과거를 회상하는 오레스테스

3장. 오레스테스가 주피터를 만남 — 오레스테스에게 떠나라고 말하는 주피터와 이와 반대로 남겠다는 의지를 보이는 오레스테스

② 제2막

4장. 오레스테스와 엘렉트라의 만남 — 엘렉트라가 누이임을 알게 되는 오레스테스

5장. 오레스테스, 엘렉트라, 클리타임네스트라의 만남 — 모녀의 갈등 속에서 복수심이 타오른 오레스테스는 엘렉트라에게 자신이 오빠임을 밝힘

6장. 주피터와 아이기스토스의 만남 — 아이기스토스에게 오레스테스를 추방시키라고 말하는 제우스

7장. 아이기스토스와 엘렉트라의 만남 — 엘렉트라를 복종시키려는 아이기스

33 사르트르 작품에서 오레스테스가 은총을 간구하는 신은 제우스이다. 제우스 신은 절대 모럴의 원칙을 지닌 지복을 안겨다주는 선의 상징이다. 하지만 제우스를 대신해 오레스테스에게 서둘러 응답해 주는 신은 다름 아닌 주피터이다. 여기서 주피터 신은 선(덕행)의 이름으로 구속과 억압을 행사하는 폭군이자 모든 아이기스토스 왕들의 수장으로서 제우스 신과 차별화되는 인물이다. Jean-Paul Sartre, *Les Mouches-analyse méthodique de la pièce par Pierre Brunel*(Bordas, 1974), p.58. “Zeus et Jupiter”.

토스

8장. 주피터가 엘렉트라를 좌절시킴 — 군중 앞에서 춤을 추어 군중에게 신성하게 비춰지는 엘렉트라를 못마땅하게 여긴 주피터는 바위를 굴려서 타락한 여인으로 만듦

9장. 엘렉트라에게 자신의 신분을 밝히는 오레스테스 — 같이 떠날 것을 권유하지만 이를 거부하는 엘렉트라

10장. 오레스테스의 살인— 군중으로부터 주먹질을 당하며 좌절한 엘렉트라를 목격한 후, 복수심으로 아이기스토스와 클리타임네스트라를 살해

③ 제3막

11장. 복수의 여신들에게 위협당하는 엘렉트라와 오레스테스

12장. 오레스테스와 주피터의 만남 — 약해진 엘렉트라를 설득하는 제우스, 오레스테스에게 왕이 될 것을 현혹하는 주피터

13장. 파리떼를 이끌고 오레스테스가 떠남 — 자유를 찾아 떠나는 오레스테스

총 3막에서 일어난 사건들을 분석하면, 오레스테스를 중심으로 극 행위가 일어나고 있음을 알 수 있으며, 엘렉트라는 2막 7장에서 독백 대사를 빼고는 거의 오레스테스의 주변 인물로 등장한다. 인물의 비중 차원에서뿐만 아니라, 인물의 성격 차원에서도 엘렉트라는 오레스테스에 비해 기만적이고 퇴행적으로 그려진다. 즉 아버지 아가멤논의 죽음에서 벗어나지 못한 채 원한과 비극의 운명을 고스란히 지고 살아가면서 아버지의 복수를 꿈꾸며 오레스테스의 귀환만을 기다리던 그녀이지만, 오레스테스가 실제 모친을 살해한 후에는 역설적으로 그를 질책하며 스스로 회한에 빠지는 모순적인 성격을 드러내기 때문이다. "엘렉트라는 '자유'를 찾아가는 오레스테스를 부각시키기 위해 상대적으로 유약한 인물로 그려지며, 오레스테스의 복수를 도와주는 게 아니라 그의 행동을 저지하고 나중에는 그의 죄를 비난하는 인물로 나타난다. 기존의 극들과 달리 변심이 잦고 애매한 역할로 묘사되는데 이는 오레스테스의 자유 의지와 단

호함을 강조하려는 의도에서 비롯한다."[34]

오레스테스의 자유를 부각시키기 위해 상대적으로 엘렉트라의 비중을 낮추어버린 사르트르의 의도와 달리, 유르스나르는 『엘렉트라 혹은 가면들의 전락』(1954)에서 강인한 엘렉트라를 전면으로 내세운다.[35] 일반적으로 알려진 고대 비극의 내용대로, 엘렉트라는 아가멤논의 피의 대가를 위해, 즉 순수한 의미의 '정의'를 위해 냉정함을 잃지 않고 모친 살해라는 복수를 선택하는 여인이다. 전체 2부partie로 구성된 이 작품에서 엘렉트라는 불륜을 저지르고 아버지를 죽음으로 몰고 간 어머니 클리타임네스트라를 증오한다. 그녀는 자기 어머니를 고통스럽게 하기 위해 어린 동생 오레스테스를 외국으로 빼돌리고 모른 척한다. 이에 화가 난 클리타임네스트라와 그녀의 정부 아이기스토스는 엘렉트라를 비천한 농부와 결혼시켜 궁색한 삶을 살게 한다.

엘렉트라는 멀리 아르고스의 친구 필라데스에게 어린 오레스테스를 맡기고, 필라데스를 매개로 오레스테스의 마음에 어머니와 아이기스토스에 대한 복수심을 꾸준히 불어넣는다. 필라데스는 그녀가 자신의 증오를 어리고 세상 물정 모르는 오레스테스에게 전가시키고 있다고 비난한다.[36] 마침내 성인이 되어 돌아온 오레스테스는 순수와 정의를 외치는 엘렉트라의 강력한 요청에 따라 모친 살해 계획에 동참한다. 하지만 왠지 결심이 굳게 서지 않는다. 그만큼 오레스테스는 유약한 청년이며 어머니 살해에 대한 동기부여가 덜 되어 있

---

34 윤정임, 「『파리떼』의 신화연구」, 247~268쪽.

35 유르스나르의 『엘렉트라 혹은 가면들의 전락』에 관해서는, 다음의 논문과 책을 부분 인용 및 참고했다.
박선아, 「신화 속 여성들을 통해 본 유르스나르의 여성관」, 《프랑스학연구》, 제46집, 프랑스학회(2008), 163~185쪽; 「신화 속 여성들을 통해 본 현대적 여성상 — 유르스나르 『연극 2』의 경우」, 『프랑스문학에서 만난 여성들』(중앙대학교 출판부, 2010), 322~346쪽.

36 "Pylade: je t'ai vue lui insuffler ta haine comme on insuffle dans un roseau une musique stridente, lui remettre en main des projets d'avenir comme on remet entre les doigts d'un enfant indolent le jouet qu'il laisse sans cesse tomber…," Marguerite Yourcenar, *Electre ou la chute des masques*, p.40.

다. 하지만 오레스테스의 인생에서 중요한 사람은 엘렉트라뿐이며 그녀의 결정이 그에게 절대적 힘을 행사한다.

확고한 의지를 보이던 엘렉트라는 결국 어머니 클리타임네스트라에게 자신의 거짓 임신을 알리고 누추한 시골집으로 끌어들여 그녀를 직접 살해한다. 오레스테스는 어머니의 죽음에 직접 피를 묻히지는 않았으나 결국에는 그 역시 존속살인에서 자유롭지 못하다. 그 이유는 얼마 후 오레스테스가 살해하게 될 아이기스토스가 다름 아닌 그의 친아버지였기 때문이다. 유르스나르의 극에서 오레스테스는 아가멤논에서 나온 엘렉트라의 친동생이 아니라, 클리타임네스트라와 아이기스토스 사이에서 태어난 숨겨진 자식이다. 따라서 엘렉트라와 오레스테스의 행보는 아버지 아가멤논의 복수라는 정의를 표방하고 있지만, 모친 살해와 또 다른 부친 살해라는 순환적 모순에 빠지고 만다.

전체 2부 10장으로 구성된 이 작품의 이야기를 주요 사건을 중심으로 살펴보면 다음과 같다.

① 1부 — 총 4장

누추한 시골 농가에서 엘렉트라와 농부(정원사) 부부의 대화 장면 — 부부관계를 맺지 않는 결혼생활의 비밀 암시. 엘렉트라를 중심으로 필라데스, 오레스테스가 복수의 음모를 꾸미는 회합 장면

② 2부 — 총 6장

엘렉트라가 클리타임네스트라를 자기 집으로 유인해서 살해하는 장면. 엘렉트라의 면전에서 오레스테스가 자신의 친부인 아이기스토스를 살해하는 장면

유르스나르의 극은 사르트르와 달리 엘렉트라를 중심으로 행위가 이루어지고 있으며, 유약하고 우유부단한 오레스테스보다 남성적이고 반항적인 기질을 지닌 엘렉트라가 조명을 받는다. 하지만 앞서 언급한 것처럼, '극의 무게는 주인공들이 행동을 옮기기 전이나 죽기 전에 펼쳐지는 여러 상황 설명에 실려 있다'.

유르스나르는 오랫동안 복수만을 꿈꾸던 상황이 하루아침에 갑자기 바뀌어 버린다면 그 쌓인 분노와 증오는 어떻게 될까 자문해 보곤 했다고 작품의 서문에서 밝히고 있다. 작가는 반전이 가능한 작품을 만들기 위해 출생의 비밀을 첨가하여 신화를 변용한다. 그리고 엘렉트라가 동생 오레스테스의 출생 비밀을 전혀 모르고 있었는지에 대해 넌지시 문제를 제기한다. 엘렉트라는 순수한 의미의 '정의'를 위해서 모친과 그녀의 정부를 단죄하려던 것일까? 죽음의 궁지에 몰린 아이기스토스는 엘렉트라가 자신들의 비밀을 이미 알아차린 집안의 염탐꾼이었다고 비난한다(E, 73).

아이기스토스는 자연스레 왕이 될 자기 아들의 명예를 실추시키지 않기 위해서 오레스테스의 출생을 비밀로 간직해 왔던 것이다. 처음부터 진정한 살해 동기를 찾지 못하던 오레스테스는 아이기스토스가 자신의 친아버지라는 사실에 극히 혼란스러워한다. 그러나 아이기스토스 왕의 추방 명령으로 누이 엘렉트라가 자신을 두고 멀리 떠나려 하자, 그는 주저 없이 칼을 빼어들어 아이기스토스를 찌른다. 오레스테스에게 엘렉트라는 이제까지 자신을 기만해 온 배신자가 아니라 떼려야 뗄 수 없는 운명공동체인 것이다.[37]

사르트르에게는 선택된 자유의 문제가 중요했고 이를 위해 엘렉트라의 존재를 가리고 오레스테스를 중심으로 표현하려 했다면, 유르스나르에게는 '정의'를 포장하고 있는 내면의 어두운 심리가 관심사였고 이를 엘렉트라의 복수극으로 가져간 것이다.

---

37 "Oreste: Electre m'aime, non seulement comme une sœur, mais comme la mère à qui elle s'est substituée… Elle m'a imposé comme une loi, d'où découlent toutes les autres, l'amour d'Electre… Elle m'aime en moi l'Oreste futur qui rassasiera ses ambitions et justifiera sa vengeance; elle m'aime assez pour me sauver ou me briser. Non, non, je ne t'accuse pas, sœur malheureuse: si en moi une espèce de continuité existe encore, s'il y a encore dans mon univers quelque chose de dur et de solide, comme un pal ou comme un pieu, c'est l'amour d'Electre." Ibid., p.71.

3) 두 엘렉트라에 나타난 '자기기만'의 문제

유르스나르는 『엘렉트라 혹은 가면들의 전락』 서문préface에서, 사르트르의 『파리떼』에 관해 다음과 같은 평가를 내린다.

> 형이상학적 문제가 매우 엄격하게 다루어졌다는 점에서, 사르트르의 『파리떼』는 아이스킬로스와 유사하다. 하지만 경직된 어조와 비정한 논법이 특히 인간적인 부분을 축소시키고 있다.[38]

사실 이 사르트르 작품에서는 실존과 자유라는 이데올로기적 사유를 담기 위해 인물들의 '인간적 부분'의 축소가 불가피했을 것이다. 하지만 사르트르가 의도하지 않았다 하더라도 엘렉트라의 경우만은 모호성을 상징하는 이중적 인간으로 가장 '인간적'인 인물이 아닐까 한다.

> 엘렉트라는 세 명의 주요 인물 중에서 신화에 가장 가까운 인물이며 심리 또한 가장 잘 표현된 인물이라는 평가를 받는다. 오레스테스가 자기 발견에 골몰하고 주피터가 신의 논리에 집착한다면 엘렉트라는 그 누구보다 '인간적' 갈등에 휩싸인 인물이다. 어머니에 대한 증오는 습관이 되어 그녀를 지탱하는 힘이 되었고 이제 그 어머니가 죽자 증오의 대상을 오레스테스(그의 살인)로 옮긴다. 그녀에게는 사랑과 증오가 동전의 앞뒤처럼 한 쌍을 이루는 감정이다.[39]

사랑과 증오를 오가며 내면의 갈등을 겪는 사르트르의 엘렉트라는 오랫동안 과거의 상처를 안고 살아온 인물이다. 그런 면에서 복수와 정의를 공공연히 내세우지만 사실상 내면의 질투를 감추고 있던 유르스나르의 엘렉트라와도 흡

---

38 Ibid., p.17.

39 윤정임, 「『파리떼』의 신화연구」, 261~262쪽.

사하다. 두 엘렉트라는 과거에 집착하는 인물로 과거의 상처, 즉 자신의 트라우마로부터 자유롭지 못한 인간들인 것이다.

여기에서는 두 엘렉트라에게서 드러나는 인간적 갈등의 심리적 근저를 기만, 특히 '자기기만la mavaise foi'의 개념을 통해 살펴보고자 한다.

'자기기만'이란 현대에 들어서 철학적으로 연구되어온 개념이다. 자기기만이라고 하면 흔히 거짓말을 떠올리게 되는데, 이 두 개념의 차이를 통해 자기기만을 조금이나마 이해해 볼 수 있다.

> 첫째, 거짓말은 일반적으로 다른 사람에 대한 것이라면 자기기만은 자기 자신에 대한 거짓말이다. 둘째, 거짓말은 언어행위적인 주제인 데 비해, 자기기만은 자기 자신의 의식 속에서 의도와 믿음을 다룬다는 의미에서 의식현상학적인, 의식철학적인, 심리행위적인 주제이다. 셋째, 거짓말에서는 우선적으로 의미론적인 관점이 주도하지만 자기기만에서는 화용론적인 관점이 주도한다. 넷째, 자기기만은 자신의 정체성과 관련된다는 점에서 존재론적인 주제이다. 그래서 철학사에서 상대적으로 더 깊고도 전통적인 문제와 관련되어 있다.[40]

다양한 견해의 차이를 가져오는 이 '자기기만'은 이미 사르트르도 자기 철학의 주제로 끌어들인 바 있다. '사물이 존재하는 방식과 인간이 실존하는 방식은 다르며, 인간은 끊임없이 확정되지 않은 방식으로 그의 존재에서 벗어나는 자유로운 실존이다. 사르트르는 이러한 자유로부터의 도피를 자기기만으로 보았다.'[41] 사르트르는 자기기만에 두 가지 양상이 있다고 보는데, 첫째로 우리 행동이 자유에서 비롯된 것이 아니라 우리 안에 미리 결정된 어떤 성격이 있어 지금 현재의 존재와 행위가 만들어진다고 보는 결정론적 자기기만과, 둘째로 자유란 환상에 지나지 않는다고 믿으며 인과율의 자연법칙에 우리의 의

---

40 하병학, 「자기기만의 현상학」, 《철학과 현상학 연구》, 제21집(2003), 422쪽.

41 같은 책, 432쪽.

식과 행동이 종속된다고 보는 인과율적 자기기만이다.[42] 사실 사르트르의 자기기만은 개념 자체에 'mauvaise'가 내재되어 있다 해도 부정적 개념만은 아니다. 사르트르의 두 번째 자기기만의 경우를 보면, 인간의 감정과 성실성까지도 자기기만의 문제로 삼을 수 있으며 위선 혹은 허위와는 다름을 알 수 있다.[43] 이를테면 인간은 한결같은 모습이나 상태를 유지하기 위해 매번 연기를 하는데, 이 매 순간의 의식이 불안을 동반한 자신의 선택이라면 결코 부정적이지 않은 의미의 자기기만이 될 터이고, 만일 그것이 두려움이나 불안이 없는 기계적인 선택이라면 사르트르가 문제 삼는 (사물로 축소하는) 즉자적 자기기만이 되는 것이다. 이런 점에서 본다면 사르트르의 자기기만은 무수한 인간들의 존재론적 메커니즘을 잘 드러낸 개념으로, 즉 끊임없이 중심 이동하는 '나'라는 인간의 초월성을 사물의 존재 양식으로 확인하는 광의의 개념이 될 것이다.

그러나 사르트르가 『파리떼』에서 그려내는 엘렉트라는, 자기기만에 관한 다음의 정의처럼, 주인공 오레스테스와 대립각을 세우며 결정론적 자기기만에 가까운 부정적 인물로 등장한다.

> 마치 사물처럼 단단한 본질과 실체성을 지닌 것처럼 그 속에 안주하려는 것이 우리가 겪는 유혹이다. 이 유혹, 다시 말해서 대자적 입장을 버리고 스스로 즉자화하려는 불성실한 술책을 사르트르는 자기기만la mauvaise foi이라고 부른다.[44]

---

42 박정자, 『사르트르의 실존주의』(상명여자대학교 출판부, 1991), 113쪽.

43 "나의 어머니의 상을 당했던 슬픔을 예로 들어보자. 나는 슬프다. 그러나 나의 슬픔은 나의 존재 그 자체는 아니다. 그것은 나의 모든 슬픔의 행동들을 합쳐놓은 의도의 덩어리이다. 즉 슬픈 시선, 축 처진 어깨, 아래로 떨군 머리, 완전히 기운이 빠져 축 늘어진 몸매 등이 합쳐진 통일체이다. 그런데 이 각 행동의 순간에도 나는 완전히 슬픔을 유지하고 있다고 할 수 없다. 한 조문객이 나타나면 나는 머리를 쳐들고 평상시의 생생하고 활기 있는 자세를 되찾을 수 있다. 그 조문객이 떠나고 난 직후 나의 슬픔 중에서는 얼마만큼이 남아 있을까? … 슬프다는 것은 슬픈 자신을 스스로 만드는 것이다. 분명 거기에는 이미 최초의 슬픔은 없다. 그런데 장례 기간이나 그 후 얼마 동안 계속 내가 슬플 수 있는 것은 매번 내 의식 속에서 슬픔을 되살리려는 의도가 있기 때문이다. 이것은 사람들에게 보이기 위해 가짜 슬픔을 가장한다는, 그런 차원의 이야기가 아니다." 같은 책, 113~116쪽.

엘렉트라는 자기 자신에게 거짓을 말하고 그 안에 안주하는 이중적·분열적 성향을 띤다. 복수를 열망하는 전사적 성격을 지니면서도 낭만과 안위를 욕망하는 감정적 성향이 드러나고,[45] 아이기스토스를 처벌하고자 하는 강한 의지를 보이면서도 친족살해에 대해 두려움을 갖고 있다. 그뿐만 아니라 어머니 클리타임네스트라를 증오하면서도 그녀의 호화로운 궁정 생활을 내심 부러워한다. 또한 오레스테스의 귀환을 기다리며 복수 계획을 세우고 그에게 암살을 부추기다가[46] 정작 일이 실현되자, 기쁨과 회한을 오가며 이중적 분열 현상을 보인다.

> 자, 내 원수들은 다 죽었다. 여러 해를 두고 나는 이 주검을 앞질러 즐겨왔다. 그런데 지금 내 가슴을 쐐기로 트는 것 같구나. 15년 동안 내가 자신을 속여왔단 말인가? 그럴 리야 없지! 그럴 리 없어! 그럴 리 없단 말야! 나는 비겁한 계집애가 아니다! 나는 이 순간을 바라왔고 지금도 여전히 바라는 바다. (…) 얼씨구! 기쁘다 못해 눈물이 나는구나. 원수들은 죽었다. 내 아버지는 복수를 이루었다(M, 3막 7장).

결국 엘렉트라는 심리적 위안과 도피처를 마련해 주겠다는 주피터의 제안에 솔깃해져 자유의지를 포기하고 신의 그림자 아래로 얼른 숨어버린다.[47]

여기서 사르트르가 제시하는 엘렉트라의 자기기만은 행동하지 않는 자의 변명처럼 부정적인 의미를 띤다. 하지만 위의 예문에서 보이듯 '내가 나 자신을 속여 왔단 말인가?'라고 독백하는 엘렉트라의 비탄을 고려하면 과연 자기기

---

44 정명환, 「사르트르의 문학관」, 『문학을 생각하다』(문학과지성사, 2003), 309~310쪽(하병학, 「자기기만의 현상학」에서 재인용).

45 "Isolée dans sa ville, Electre n'a pas le courage de partir, mais elle se prend à rêver d'une ville propre, d'une ville gaie, d'une ville où les garçons se promènent le soir avec les filles: Corinthe, par exemple…," Jean-Paul Sartre, *Les Mouches-analyse méthodique de la pièce par Pierre Brunel*, Bordas, 1974, p.32.

46 "Je me sentais moins seule quand je ne te connaissais pas encore; j'attendais l'autre. Je ne pensais qu'à sa force et jamais à ma faiblesse"(M, 2막 1 tableau 4장).

47 윤정임, 「『파리떼』의 신화연구」, 261쪽.

만이 사르트르식 불성실한 술책 또는 자유로부터의 도피일까에 대해서는 의문이 든다. 엘렉트라의 자기기만은 결코 의도적 도피가 아니며, 과거가 완전히 비어 있는 오레스테스에 비해 과거에 철저히 매여 있어 과거의 트라우마로부터 자유롭지 못하기에, 그녀의 자기기만은 인간적으로 이해 가능한 자연스러운 심리현상으로 보인다. 자기 양심의 가책에 따라 주피터 신을 따라 나오는 엘렉트라의 모습이 실존적 인간이라면 거부해야 마땅할 자기기만이고, 아무 거리낌 없이 대의를 따라 자유의 길을 걷게 되는 오레스테스의 선택과 대조적으로 보여도, 엘렉트라는 분명 자신의 자유로운 의도와 사유를 담은 적극적인 행위를 하고 있다고 볼 수 있다.

물론 한 사르트르 연구가는 "엘렉트라의 자기기만이 신분에 걸맞지 않은 노예 같은 즉자 위에 상상의 대자를 겹쳐 놓음으로써 현존의 즉자를 높여 계속 살아갈 구실을 부여한 것이며, 맹목적 믿음을 토대로 한 상상의 대자는 자신의 연약함은 한 번도 생각해 보지 않고 오빠의 힘 하나만을 기다림으로써, 결국 대자의 작용을 없애고 자유를 행사하는 능력을 잃었으며, 그 때문에 주피터에게 의지할 수밖에 없었다"[48]라고 해석하고 있다. 이런 해석의 경우, 엘렉트라는 자기기만에 의해 자유로운 실존의 기회를 스스로 박탈한, 저열한 인간으로 전락하고 만다.

그러나 다른 한편으로 생각하면, 오레스테스에게 복수를 부추기다가(이때는 대자적 존재의 엘렉트라), 모친 살해 후 다시 관습에 따른 도덕적·윤리적 세계로, 즉 자기기만의 세계로 들어선 엘렉트라의 선택 역시 자유로운 실존의 선택이 아닐까? 왜냐하면 엘렉트라가 다시 돌아간 이전의 자리(위치)는 단순한 회귀가 아닌 자기기만을 '인식한 후의 일'이기 때문이다. 그러니 회한과 의지로 돌아선 엘렉트라의 선택을 단지 자기기만이라고 규정할 수 있을 것인가? 자기기만을 ('끊임없이 중심 이동하는 '나'라는 인간의 초월성을 사물의 존재 양식으로 확인하는') 광의의 개념으로 이해하여 무수한 인간들의 감정과 의식의 메커니즘을 설명한

---

48 정경위, 「사르트르 『파리떼』에 나타나는 인물들의 '자기기만'」, 493~494쪽.

사르트르였지만, 『파리떼』에서만큼은 오레스테스의 자유 행보를 옹호하기 위해 일부러 자기기만의 유형을 도피와 퇴행적인 것으로 고착화하고 있는 것은 아닌지 자문해 본다. 사르트르의 작품이 '경직된 어조와 비정한 논법으로 인해 인간적 측면을 축소하고 있다'는 앞선 유르스나르의 지적은 바로 그러한 자기기만적 인물(엘렉트라)이 오히려 인간적 보편성을 띠고, 그 반대의 경우(오레스테스)가 인위적이고 이데올로기적이며 형이상학적인 인간관을 내보이기 때문은 아닐까?

물론 『파리떼』는 참여 이데올로기를 강조하기 위한 것으로 행동 철학적 차원에서 접근해야 하는 작품임에 분명하다. 이때 엘렉트라는 아무런 행동을 꾀하지 못하고 이미 돌처럼 결정되어 버린 인간군상을 대표하는 '집단적 자기기만'을 상징하는 인물이 될 것이다. 하지만 끊임없이 확정되지 않은 방식으로 자유를 향해 자기 존재로부터 벗어나는 행동을 취하는 것이 자유로운 실존이고 이 자유에서 도피하는 것이 자기기만이라면, 그런 자유만 얻으면 자기기만이 사라지는가 하는 문제가 여전히 남는다. 아무리 자유로운 실존을 지닌 인간이라도 어느 일정 지점에 머물면 안정을 찾으려고 고착되는 성향을 보이기에, 과연 자기기만에서 얼마나 자유로울 수 있을지 의문이 드는 것이다. 따라서 이 작품을 사르트르식 참여 이데올로기로만 접근하기보다는, 심리적 차원에서 감정적·인간적으로 접근하는 경우에 엘렉트라의 자기기만에 대해 보다 폭넓은 해석이 나올 수 있지 않을까 한다. 여기에 덧붙여, 이 연구는 엘렉트라 신화의 문학적 변용이라는 관점에서 사르트르와 유르스나르의 작품을 비교하려는 시도인 만큼, 작가가 의도하는 이념적 목적이나 철학적 사유에 지나치게 매몰되기보다는 차용 또는 변용된 신화적 인물 엘렉트라의 존재를 심층적으로 이해하려는 데 목적이 있음을 밝히고자 한다.

한편 유르스나르는 사르트르처럼 '자기기만'이라는 용어를 직접 사용하고 있지는 않지만, 제목에서 나타나듯 '가면들masques'이 곧 페르소나Persona[49]를 상징하기에 자기기만의 개념과 연결이 가능하다. 유르스나르의 엘렉트라는 사르트르의 엘렉트라처럼 집단적 차원의 자기기만보다는 자기 자신뿐 아니라 타자기만을 내포하고 있는 개인적 차원의 자기기만이다. 사르트르의 경우 엘렉트라의 자기기만이 오레스테스의 자유의지에 영향을 미치지 않지만, 유르스나르의 엘렉트라는 자기 분신처럼 합치되어 있는 오레스테스에게 친부살해라는 비극적 운명을 초래하므로 타자기만까지도 포함한다고 하겠다.

우선 『엘렉트라 혹은 가면들의 전락』에서 엘렉트라가 보이는 자기기만의 내용을 살펴보겠다.[50] 우리는 앞서 아이기스토스가 오레스테스에게 증오심을 불어넣어 주고 복수를 부추긴 엘렉트라를 정면으로 비난하는 장면을 보았다. 이 비난에 엘렉트라는 적의 아들인 오레스테스를 친동생으로 알고 사랑했다는 사실에 오히려 분노를 표출하고, 아이기스토스의 의혹을 일축해 버린다. 하지만 엘렉트라가 일찌감치 비밀을 간파하고 있었을 가능성을 오레스테스와의 차별대우를 통해 감지할 수 있다. 이를테면 오레스테스는 아버지 아가멤논보다 유독 자신에게 친절히 대해주던 아이기스토스를 기억한다. 또한 엘렉트라와 달리, 어린 시절 어머니 클리타임네스트라가 보여준 지극히 따스했던 품을 오레스테스는 기억하고 있다. 이처럼 클리타임네스트라는 막내아들에게 맹목적 사랑을 보이면서도 딸은 자신의 정부를 빼앗으려는 파렴치한 자식으로 몰아세우고 자신의 뒤를 쫓아다니며 비밀을 엿듣는 염탐꾼이었다고 힐난한다. 이러한 정황을 모두 모아 보면 어린 소녀 엘렉트라의 깊은 상처가 보인다. 결국 엘렉트라의 태도는 전적으로 자기기만이라기보다는 거짓임을 감지하면서 타인을 속이는 기만의 개념에 근접해 있다. 영원히 클리타임네스트라와 아이기스토스의 자식일 수 없는 그녀는 어린 시절부터 알 수 없는 질투를 느끼고, 그들

---

49 페르소나Persona란 일종의 외적 인격으로서 자아가 외부세계와 관계를 맺고 이에 적응해 나가는 가운데 형성되는 행동양식이다. 하지만 분석심리학자 융은 이를 사회집단이 개인에게 기대하고 요구하는 것에 억지로 자신을 맞추어갈 때 생기는 기능적 콤플렉스로 지칭한다.

50 유르스나르의 『엘렉트라 혹은 가면들의 전락』에 관해서는, 앞서 언급한 박선아, 「신화 속 여성들을 통해 본 유르스나르의 여성관 — 『*Théâtre II*』를 중심으로」를 참조 인용.

의 사랑을 가득 받은 오레스테스를 자기편으로 취함으로써 그들에게 복수하려 했을 것이다.

> 오레스테스: 엘렉트라, 누나의 팔… 내게 익숙해진 누나의 팔… 나 없이 떠나지 마. 나 없이 이 배에 오르지 마. 자, 이제 우리뿐이야…(E, 75).

자신의 출생 비밀이 밝혀진 상태에서도 오레스테스는 친아버지 아이기스토스를 찔러 죽인다. 주저 없이 친부살해를 감행했으면서도, 살인의 현장에서 '나는 엘렉트라의 동생이다'라고 절규하는 오레스테스의 행동은 매우 이상하게 보인다. 하지만 이는 엘렉트라의 상처받은 영혼이 오레스테스에게 깊숙이 투사되어 나타난 비극적 현상이며, 오레스테스는 엘렉트라의 기만이 만들어낸 하나의 비극작품인 셈이다. 엘렉트라의 기만이 만들어낸 또 다른 작품은 그녀를 진심으로 사랑한 시골뜨기 남편 테오도로스이다. 왕과 왕비의 살해현행범으로 수비대에게 붙잡혀 가면서 그가 남긴 마지막 대사("나는 엘렉트라의 남편이다Je suis le mari d'Electre"(E, 79))가 오레스테스의 대사("나는 엘렉트라의 남동생이다Je suis le frère d'Electre"(E, 76))와 상응하면서, 엘렉트라의 기만이 초래한 비극성은 절정에 달한다.

우리는 이제까지 엘렉트라가 처음부터 진실을 감추고 거짓으로 타인을 기만했다고 생각해 왔다. 하지만 사건의 파국이 났는데도, 엘렉트라는 오레스테스와 헤어지지 않고 멀리 데리고 떠난다. "자 우린 (하나로) 묶여 있어. 이제 우리뿐이야…. 우린 자유로워…. 나는 엘렉트라의 동생이다"(E, 76)라고 외치는 오레스테스의 대사와 그를 데리고 떠나는 엘렉트라의 행동에서, 그녀가 거짓이 아닌 자기기만에 빠져 있었음을 파악할 수 있다. 어느덧 엘렉트라는 결코 자기기만을 벗어날 수 없는 상태, 동생 오레스테스와 함께 영원히 자기기만에 묶여 살아야 하는 운명공동체가 된 것이다. 오레스테스 역시 마치 거울처럼, 자기기만에 빠져 있는 엘렉트라의 분신에 다름 아니다.

이 작품의 부제에 언급된 '가면'[51]이란 엘렉트라가 가면을 쓴 채 진실을 은닉하고 있었다는 점을 상징한다. 유르스나르는 엘렉트라가 살인하게 되는 심리적 동기에 의문을 갖고 이에 천착하여 엘렉트라의 실체를 벗겨낸다. 결국 엘렉트라가 내세우던 정의란 극복하지 못한 '내면의 상처'에서 비롯된 것이고, 그녀의 가면은 그대로 얼굴이 되어버린다. 가면을 벗는다는 것은 달리 보면 인간본질의 회복을 의미할 수도 있다 하지만, 여기서 엘렉트라는 자신의 자유의지로 가면을 벗은 것이 아니라, 살해계획을 끝까지 밀고 나가다가 종국에 가면이 얼굴을 먹어 치워버린dévoré 경우에 해당한다. 이제는 가면을 쓰고 있는지 아닌지 모르는 얼굴로, 즉 자기기만에 빠져 있는지 아닌지 모르는 상태로, 서로를 바라보며 엘렉트라와 오레스테스는 평생 함께 살아가게 될 것이다.

결과적으로, 엘렉트라를 바라보는 시각과 그 깊이가 서로 달리 드러난다. 사르트르처럼 집단을 위한 사회적 책무를 강조하느냐, 유르스나르처럼 개인의 정신적 트라우마와 그 비극성에 초점을 맞추느냐에 따라 달리 이해될 수 있는 것이다. 다만 우리는 엘렉트라 신화를 문학적 변용의 관점에서 살펴보았고, 작가 특유의 목적성과 의도를 떠나서 사르트르와 유르스나르의 엘렉트라가 '자기기만'이라는 개념을 중심으로 동류선상에서 논의될 수 있는 가능성을 타진해 보았다. 이를 통해 비극적 사건이나 행위를 초래하는 '자기기만'이 소위 인간존재를 사물로 고착시키거나 축소시키는 협의의 개념만이 아니라, 신화가 깊숙이 뿌리내리고 있는 인간 심층적 차원에서 보았을 때는 무수한 인간들의 보편적 감성의 이해와 결정론적 틀을 벗어나 존재의 결핍을 채워나가려는 선택과 성찰 그리고 생성이라는 유동적이고 초월적인 광의의 개념으로 확장될 수 있음을 제시하고자 하였다.

---

51 물론 작품의 정확한 부제는 '가면들의 전략'이다. 이때 복수형으로 쓰인 '가면들'이란 엘렉트라의 가면, 클리타임네스트라와 아이기스토스가 쓰고 있던 가면, 이중첩자였던 필라데스의 가면, 자신의 정체성을 잃어버린 오레스테스의 가면도 모두 내포한다. 다만 여기서는 주인공 엘렉트라와 가면의 의미에 한정하여 설명하겠다.

3. 유르스나르와 아누이의 안티고네 신화

유르스나르의 『불꽃』[52] 속의 네 번째 산문시 「안티고네 혹은 선택Antigone ou Le choix」[53]에는 죽은 형제 폴리네이케스에 대한 절대적 사랑을 보여주는 안티고네의 희생 이야기가 담겨 있다. 이 시집이 유르스나르의 젊은 날의 사랑과 고통을 암시하는 자전적 작품인 만큼, 안티고네 신화는 열정의 주제 안에서 이해될 수 있다. 그런데 작가가 서문에서 밝힌 것처럼, 안티고네의 열정 안에는 여느 산문시와는 달리 세상을 짓누르는 위험에 대한 거부감과 개인의 정념을 초월하는 시대적 저항의 열정이 들어 있다.

> 안티고네는 그리스극에서 그대로 차용된 것이지만, 『불꽃』 안에 연이어 제시되는 모든 이야기 중에서 내전과 불공정한 권력에 대항하는 이 악몽은 거의 예측 가능한 현대적 요소들로 가득히 채워져 있다(1076).

이런 차원에서 유르스나르의 안티고네 신화는 동시대 작가인 장 아누이의 『안티고네』[54]를 떠올리게 한다. 아누이의 작품 역시 크레온과 안티고네로 대표되는 국가 권력과 시민 존재 간의 갈등과 현대의 복잡다단한 정치사상을 내

---

52 Marguerite Yourcenar, "Antigone ou Le choix" in *Feux*(Paris: Grasset, 1936; Paris: Plon, 1957; Paris: Gallimard, 1974); in *Œuvres romanesques*(Paris: Gallimard, La Pléiade, 1982, 1991), pp.1107~1112. 본문 인용의 경우 페이지만 표시하겠다.

53 "『불꽃』의 제목은 두 제목의 원리가 들어 있다. 신화 인물과 성찰의 테마가 연결되어 철학적 목표를 지닌 문학임을 알린다. 이는 플라톤 전통의 사례에서 온다. '페돈 또는 영혼에 대하여', '크리톤 또는 의무에 대하여'와 같은 사례이다." Anne-Yvonne Julien, *Marguerite Yourcenar ou la signature de l'arbre*, p.71, 각주 2) 참조.

54 Jean Anouilh, *Antigone*(La Table Ronde, 1947); 『장 아누이의 안티고네』, 안보옥 옮김(지식을 만드는 지식, 2011). 이 작품은 1944년 2월 4일 파리 아틀리에 극장에서 초연되었다. 앞으로 이 장에 나오는 아누이 작품의 인용문은 1947년 원문과 페이지를 표기하며, 그 해석은 2011년 번역본(안보옥 옮김)을 참조하겠다. 본문 인용의 경우, 약자 AN와 페이지만 표시하겠다.

포하고 있어, 유르스나르의 「안티고네 혹은 선택」과 더불어 20세기 전반기의 암울한 시대적 분위기를 암시하기 때문이다.

그러나 유르스나르의 작품은 3인칭 전지적 시점의 화자가 서술하는 짧은 산문시이고, 아누이의 작품은 해설, 지문과 대사로 이루어진 희곡이라는 점에서 장르상의 차이가 있다. 또한 전자는 오이디푸스 사건이나 쌍둥이 형제들의 내란과 전장의 묘사, 크레온의 분노, 안티고네의 감금과 죽음 등 테베 신화가 미학적 문체로 요약된 산문시인 반면, 후자는 안티고네와 크레온의 정치적 긴장과 갈등에 집중하는 일종의 정치극이다. 따라서 자전적 경험에서 비롯된 열정의 주제가 녹아 있는 유르스나르의 안티고네와 이데올로기가 강하게 드러나는 아누이의 안티고네를 단순 비교하기는 어렵다. 이처럼 장르와 작품 분량, 집필동기가 상이한 두 작품을 교차적으로 비교 접근시키기보다는, 유르스나르의 「안티고네 혹은 선택」의 내용을 먼저 분석하고, 순차적으로 아누이의 『안티고네』를 살펴보겠다. 그리고 마지막으로, 유르스나르가 친구들에게 보낸 편지들 속에 언급된 안티고네에 관한 논평을 찾아 작가의 관점을 보다 깊이 이해해 보고자 한다.

1) 유르스나르의 「안티고네 혹은 선택」에 나타난 절대적 사랑의 희생

유르스나르의 「안티고네 혹은 선택」의 도입부에서는 비극적인 큰오빠이자 아버지인 오이디푸스의 사건과 그의 유배와 죽음이 간결한 시적 문체로 묘사된다. 안티고네는 그의 평화로운 임종을 지키고 난 후 테베로 돌아온다. 그리고 이내 비참한 죽음에 내던져진 쌍둥이 오빠들 중 하나인 폴리네이케스를 찾아 전쟁터로 향한다.

> 길게 땋은 검은 머리 사이로 창백히 드러난 그녀의 얼굴이 잘린 머리들의 행렬 사이에 자리를 차지하고 있다. 그녀는 적이 된 두 형제도, 자살한 그 남자의 벌어진

> 목구멍과 툭 떨어진 두 손도 선택하지 않는다. 즉 쌍둥이들은 마치 이오카스테의 뱃속에서 유일한 고통의 전율이었듯이, 그녀에게는 유일한 고통의 경악일 뿐이다. 그녀는 마치 불행이 신의 생각인 것처럼, 패자에게 자신을 봉헌하기 위해 패배를 기다린다. 그녀는 심장의 무게에 이끌려서 전장의 구덩이로 내려간다. 예수가 바다 위를 걷듯 죽은 자들의 위를 걷는 것이다. 부패가 시작되어 평등해진 이 남자들 속에서, 악하고 부정한 어떤 행동도 없는 것처럼 평온하게 알몸을 드러내고 명예 근위대처럼 고독에 둘러싸인 폴리네이케스를 알아본다. 그녀는 응징을 겨냥한 천박한 단순함을 외면한다. 에테오클레스의 성공 때문에, 살아 있을 때조차 의욕을 상실한 송장이었던 그는 거짓된 영광 속에서 이미 피골이 상접했다. 죽어서조차 폴리네이케스는 고통으로 존재한다. 오이디푸스처럼 눈이 멀어 생을 마칠 우려도, 에테오클레스처럼 승리할 가능성도, 크레온처럼 지배할 가능성도 없다. 그의 몸은 굳어가는 것이 아니라 부패할 수밖에 없다. 패배하여 허물을 벗고 죽은 그는 인간적 비참함의 본질에 닿아 있었다(1108).

위에서 묘사된 창백한 안색과 길게 땋은 소녀의 머리를 하고 있는 안티고네의 외양은 흔히 신화적 상상력으로 표현되는 안티고네의 결연하고 강인한 이미지와는 대조적이다. 이에 작가의 의도가 주인공의 행동보다는 내적 의식에 초점을 맞추고 있기 때문이다. 안티고네는 근친상간의 딸로 태어나 인간적 비참함의 밑바닥까지 내려가 본 고독한 영혼이다. 고독하게 죽은 폴리네이케스 역시 바로 그러한 안티고네의 분신이다. 그런데 자신의 분신 폴리네이케스를 향한 안티고네의 마음은 혈육에 대한 끈끈한 정과 연민을 넘어선다. 위 인용문에서처럼 안티고네가 그에게 '자신을 봉헌'한다는 것은, 죽을 것을 알면서도 타인을 위해 자신을 희생하려는 예수의 희생과 닮아 있기 때문이다. 결국 '예수가 바다 위를 걷듯 죽은 자들의 위를 걷는' 안티고네의 용기 있는 행동은 보편적 사랑과 종교적 순수성으로 나아가는 절대적 사랑에서 나오는 것이다.

유르스나르는 크레온 왕이 폴리네이케스의 시신을 묻지 못하도록 국법을 내린 이유와 같은 이미 잘 알려진 신화 내용은 과감히 생략한다. 압축된 내용과 비유와 은유를 섞은 간결한 문체를 활용하여 안티고네의 절대적 사랑, 위대한 열정을 노래한다.

> 그녀의 가녀린 두 팔이 독수리들과 다투는 이 육체를 힘겹게 들어올린다. 그녀는 누구나 하나의 십자가를 짊어지듯, 십자가에 못 박힌 자신의 사람을 실어 나른다. 크레온은 성벽 위쪽에서 불멸의 영혼이 떠받치고 있는 이 시신이 다가오는 것을 본다. 근위대들이 성급히 달려와 부활한 이 흡혈귀를 무덤 밖으로 끌고 간다. 안티고네의 어깨 위에 닿은 그들의 손이 튜닉을 찢고, 이미 용해되어 추억으로 흘러가는 이 시신을 붙잡는다. 그의 시신을 훔친 머리 숙인 이 소녀는 신Dieu을 떠받치고 있는 듯하다. 피로 덮인 그녀의 옷자락이 마치 깃발인 양, 크레온은 그녀의 모습에 분노한다. 연민 없는 도시는 황혼을 모른다. 낮은 마치 더는 빛을 내지 못하는 타버린 전구처럼 단숨에 어두워진다. (…) 인간들은 운명이 없다. 왜냐하면 세상에는 별들이 없기 때문이다. (…) 별이 사라진 이 테베 안에 시간은 이제 존재하지 않는다. 절대적 암흑에 길게 누워 잠든 자들은 자신의 의식을 더는 보지 않는다. 오이디푸스의 침대에 누워 있는 크레온은 국가 이성이라는 가혹한 베게 위에서 쉬고 있다(1109~1110).

근위대 병사들의 무례한 행동, 국가의 대의명분을 운운하며 개인의 자존심에 집착하는 크레온 왕과 그의 분노, 오이디푸스를 내몰 때처럼 여전히 '연민 없는 도시' 테베는 어두움 그 자체이다. 테베의 인간들은 '절대적 암흑에 누워 잠든 자들'이다. 그들이 '운명을 갖지 못한' 이유는 스스로 고유의 정체성을 탐색하지 않은 채, 부당한 권력에 맞서려 하지 않은 채 우매하거나 비굴한 삶을 살아가기 때문이다. 자기 운명에 맞설 의지가 결여되어 있는 인간들에겐 빛도 없고, 시간도 흐르지 않는다. 이런 어두움과 대조를 이루는 것이 바로 안티고네이다. 그녀는 별이 없는 세상에서 유일하게 빛을 내는 인물이기 때문이다.

한밤에 그녀는 하나의 램프가 된다. 눈을 찔린 오이디푸스를 향한 그녀의 헌신은

> 수백만의 앞을 못 보는 자들에게 환한 빛으로 빛났고, 시신이 부패된 오빠를 향한 그녀의 열정은 시간을 넘어서 무수한 주검들을 달구었다. (…)(1109~1110)

안티고네가 암흑을 밝히는 빛이 된 이유는 남들과 다른 결연한 의지에 있다. 테베 시민들이 등 돌린 오이디푸스를 향한 희생, 신의 법에 따라 오빠의 장례를 치르기 위해 왕이 내린 인간의 법에 맞서 자기희생을 선택한 의지에 관한 일이다. 유르스나르가 이 작품의 제목에서 '선택'을 부제로 삼은 이유도 안티고네가 희생을 선택했기 때문이며, 그 희생은 절대적 사랑에서 나온다. 그러나 크레온은 안티고네를 지하묘지 카타콤에 가두어 그녀의 불빛을 꺼버리려고 한다. 하지만 "빛은 죽이지 못한다. 다만 그것을 질식시킬 수 있을 뿐이다"(1110).

> 그는 지하의 끈적거리는 흙 속에서 큰아들의 발자국을 발견한다. 안티고네에게서 발하는 어렴풋한 광채로 인해 그 대단한 자살자 여인의 목에 매달려, 죽은 여인의 편각을 재려는 듯, 이 시계추의 진동에 끌려 다니는 하이몬을 알아본다. 무게를 더 많이 나가게 하려는 것처럼 서로 연결되어 천천히 움직이는 그들의 왕복운동이 매번 무덤 속으로 그들을 더 깊이 처박는다. 그리고 이 요동치는 무게가 별들의 장치를 다시 이동시킨다. (…) 예언자들은 땅에 귀를 대고 누워, 마치 의사처럼 혼수상태에 빠진 땅의 가슴을 청진한다. 신의 벽시계 소리에 시간은 자신의 운행 흐름을 되찾는다. 세상의 추는 안티고네의 심장이다(1110).

크레온이 지하실에서 제일 먼저 발견한 것은 아들 하이몬의 죽음이다. 아이러니하게도 그 죽음을 확인시켜 준 것은 안티고네에게서 나오는 '어렴풋한 광채'를 통해서이다. 마침내 사랑의 희생을 선택한 안티고네와 그녀를 연모한 하이몬이 매달린 '시계추'가 왕복으로 움직이면서 비로소 세상에는 별들이 운행하고 시간이 흐른다. 아르멜 르롱A. Lelong에 따르면, 여기서 왕복하는 시계추는 신성과 세속의 두 경계를 나타내며, 두 세계를 중개하는 것이 바로 안티고네의 희생이라고 분석한다.[55] 결국 안티고네의 심장은 세상을 움직이는 사랑과 희생의 추이다. 또한 그녀의 심장은 신이라는 벽시계를 움직이게 만드는 추동력이자 신성에 닿는 인간 초월의 길을 상징한다.

지금까지 살펴본 바에 의하면, 유르스나르의 「안티고네 혹은 선택」은 강인한 의지와 절대적 사랑 그리고 희생의 선택과 같은 행동의 근원이 되는 내면성에 초점을 두고 있다. 이와 달리 아누이의 『안티고네』의 여정 안에는 당대의 시대적 상황을 둘러싼 국가의 모순과 진정한 시민의 역할에 대한 문제제기가 들어 있다.

2) 장 아누이의 『안티고네』에 나타난 국가의 폭력과 시민론

아누이의 안티고네는 애국이라는 대의명분으로 벌어진 전쟁의 폭력상과 그로 인해 개인에게 깊이 자리한 상처와 분노를 형상화하고 있으며, 국가와 시민의 필연적 역학관계에 대해 진지하게 문제를 제기하는 정치적 인물로 기능을 한다. 이때 안티고네는 국가의 부당함에 저항하는 시민 개인이기도 하지만, 침묵하는 공동체의 집단의식과 동일시되는 시민 전체를 의미하기도 한다. 하지만 안티고네처럼 '아니오'라고 말할 수 있는 소수의 시민들이 그 매개역할을 하지 않는다면, 시민공동체는 국가의 전횡에 영원히 침묵할 수 있다는 점을 보여준다. 아누이의 안티고네는 국가 사회에서 반드시 필요한 시민의 덕목을 스스로 밝히고 있으며, 공화주의에서 유래한 시민 비르투[56]의 개념을 적용한다면 아누이가 고려한 안티고네의 시민론을 보다 심층적으로 이해할 수 있

---

55 Armelle Lelong, *Le parcours mythique de Marguerite Yourcenar: de* Feux *à* Nouvelles orientales, pp.155~156.

56 비르투 시빌virtù civile은 시민 덕성 혹은 시민 윤리로 옮길 수 있으나, 고대 그리스, 로마 시대로부터 이어지는 공화주의의 정통성을 지닌 개념임을 고려하여 '비르투virtù'라는 원어를 그대로 사용하겠다. 여기서 다루게 될 안티고네의 '시민 비르투'는 공화국의 정치적 삶에 참여하는 시민의 정당하고 단호한 욕구, 개인의 이익보다는 공동체의 자유를 위해 저항하는 내적 결정의 힘이라는 시민의 정치적 덕목을 의미한다.

을 것이다.

이를 위해 우선 『안티고네』의 극적 구조를 살펴보겠다. 이는 소포클레스의 비극 『안티고네』를 본류로 하는 공통의 줄거리를 지니고 있다. 다만 분량에서 소포클레스 극과 비슷하지만 예언자 테이레시아스와 같은 등장인물이 사라지고 경비병들의 비중이 커지는 등 세부 형식이 변용되어 있다.[57] 또한 드라마틱한 장면들이 점진해 가는 그리스 비극의 구조를 띠고 있지만, 소포클레스의 경우와 달리 막이나 장으로 중단되지 않은 채 진행되는 특징이 있다. 아누이 작품에서는 안티고네와 크레온 왕의 긴장관계가 처음부터 끝까지 팽팽하게 이어지지 않는다. 크레온은 안티고네의 죽음을 막기 위해 온갖 노력을 기울인다. 처음에 크레온은 안티고네의 사건을 덮으려 한다. 안티고네를 일단 집으로 돌려보내고, 경비병들을 침묵시키려 한다. 크레온과 안티고네, 두 인물 간의 대사가 많은 분량을 차지하는 것도 바로 그 때문이다. 하지만 안티고네의 의지는 확고하다. 대화가 진행되는 동안, 크레온은 그녀에게 정치적 레슨을 시도한다. 폴리네이케스의 매장 금지는 도시의 지배수단으로서 힘을 보여주자는 것뿐이라고 설명한다. 안티고네가 여기에서도 물러서지 않자, 왕은 마지막 힘겨루기를 한다. 크레온은 그간 비밀에 붙여두었던 두 오빠들의 파렴치한 행각과 실체를 적나라하게 폭로한다. 즉 에테오클레스와 폴리네이케스 둘 중에 누가 더 낫다고 할 수 없다. 둘 다 친부를 죽이고 나라를 배신하려 했다는 것이다. 서로 싸우다 말에 짓밟혀 엉켜 붙은 시체라서, 과연 누구의 것이 태양 아래 썩어가고 있는 것인지 알 수 없다. 이 모든 것이 코미디임을 밝히는 크레온 왕의 노련한 화술에 안티고네는 설득당할 참이다.

하지만 그녀가 방으로 올라가려고 일어서는 순간, 왕은 인생의 행복을 환기하는 경솔함을 범하고 만다.

---

57 소포클레스의 등장인물은 안티고네, 이스메네, 에우리디케, 크레온, 하이몬, 테이레시아스, 경비병, 사자 1, 사자 2, 코러스로 구성되어 있다. 반면 아누이의 경우, 맨 처음에 전체 인물 소개를 맡은 프롤로그, 안티고네의 유모, 경비병 세 명(1, 2, 3), 크레온의 시동侍童이 등장하는 차이를 보인다. 여기서 테이레시아스는 등장하지 않는다.

크레온: (…) 빨리 결혼해라. 안티고네, 행복해라. 인생은 네가 생각하는 것과는 다르다. 그것은 젊은이들이 자기도 모르게, 벌린 손가락 사이로 흘려보내는 물이다. (…) 인생은 우리가 좋아하는 책이며, 너희 발아래에서 노는 아이이고, 손에 잘 잡은 연장이며, 저녁마다 쉴 수 있는 집 앞의 벤치이다. 너는 여전히 나를 경멸하겠지만, 이런 것을 깨닫는 것이 늙어가는 것에 대한 하잘 것 없는 위안이라는 것을 너도 알게 될 거다. 인생이란 그래도 어쩌면 행복일 뿐인 거다!

안티고네: (초점을 잃은 시선을 하고 중얼거린다.) 행복….

크레온: (갑자기 약간 부끄러워진다) 보잘 것 없는 단어야, 응?

안티고네: (조용하게) 나의 행복이란 어떤 것일까요? 어린 안티고네는 어떤 행복한 여인이 될까요? (…) 말해보세요. 그녀가 누구에게 거짓말을 해야 하고 누구에게 미소 지어야 하며 누구에게 자신을 팔아야 하나요? 그녀는 시선을 돌려 못 본 체하면서 누구를 죽게 내버려 둬야 할까요?(AN, 64~66)

개인의 안위를 지키기 위해 스스로를 기만하고 행복의 조각에 매달리기보다는, 테베 시민으로서 옳은 것에서 희망을 찾고 싶은 안티고네는 다시 힘을 내어 크레온 왕에게 맞선다. "당신은 행복을 들먹이며 혐오감을 주는군요!"[58] 설득에 실패한 왕은 그녀에게 돌이킬 수 없는 형벌을 내린다.

아누이의 크레온은 애국을 우선하는 합법적인 통치자이다. 또한 보다 능란한 외교술과 정치적 포용력으로 완급을 조절하면서 자신의 원칙을 관철시켜 나가는 설득력 있는 책략가의 모습을 띤다. 그렇다면 이 합법적인 통치자 앞에 나타난 시민 안티고네의 불복종 사건은 어떻게 해석되어야 하는가? 또한 당대의 관점에서 볼 때 그녀의 행위는 어떠한 사회적·정치적 의미를 지닐까? 사실 안티고네는 여성이지만 오이디푸스를 따라 여기저기를 떠돌아다니며 세상을 넓게 경험한 인물이다. 유목의 삶을 살았던 자유로운 영혼의 노마드였기에, 권력이 강요하는 경계를 넘나들며 불의에 반항할 수 있는 자유사상을 지녔을 가

---

58 Jean Anouilh, *Antigone*, p.66.

능성이 크다. 그것은 안티고네에게 법이 중요하지 않다는 의미가 아니라, 국가 권력의 남용으로 여겨지는 경우 맹목적 순응보다는 공동체의 가치를 따라야 한다고 믿는 견고한 사유의 근원을 지니고 있다는 뜻이다.

게다가 폴리네이케스의 매장금지는 비단 안티고네의 혈족에 해당되는 문제만이 아니다. 고대 그리스인에게 장례는 죽은 자가 지옥의 강을 건너가도록 도와주는 공동체의 약속이다. 그렇지 않으면 떠돌이 영혼이 되어 산 자를 괴롭히는 유령이 된다고 생각했기 때문이다. 예를 들어 레드필드Redfield[59]는, 아킬레우스에 의해 죽임을 당한 뒤 마차에 질질 끌려 다니느라 시신이 훼손된 헥토르의 비극은 다름 아닌 반反장례의 비극이라고 지적한 바 있다. 전쟁 또는 폭력은 영웅적인 삶을 야만의 세계로 이끌어 적의 시신을 욕되게 하는 동물성을 드러낸다는 것이다.[60] 크레온이 적의 매장을 금하여 시신을 함부로 다루는 처리방식은 일종의 반反문화로서, 그 안에 사는 시민들은 인간으로서의 존엄과 문화를 잃고 불순한 상태에 빠져들게 되는 것이다.

따라서 안티고네가 한 줌의 흙을 뿌려 장례 예식을 행하는 것은 테베라는 도시 공동체가 '문화'로 복귀함을 상징한다. 겉으로 보기에는 그것이 국가에 맞서는 한 존재의 개인적 행동이지만, 결국은 그리스 공동체의 입장을 대변하는 집단의식의 투쟁인 것이다. 그러나 "공동체의 자유를 위협하는 가장 큰 위험은, 시민들이 덕과 악덕을 혼동하도록 만들고, 억압에 저항하고 불의에 맞서는 도덕적 힘을 빼앗아 버리며, 그들이 복종토록 하고 아첨하게 만드는 것이다".[61] 안티고네가 그리스 시민의 공동체관을 대변한다고 해도, 그녀는 철저히 혼자였고, 오히려 크레온이 다수의 원로들과 복종하는 시민들을 갖고 있다. 국가와

---

59 James M. Redfield, *La Tragéedie d'Hector. Nature et culture dans l'Iliade.* Traduction d'Angélique Lévi.(Publiée avec le concours du Centre national des Lettres.), Flammarion, 1984, p.332(ed., University of Chicago, 1975). Arian Eissen, *Les mythes grecs*(Belin, 1993); 『신화와 예술』, 류재화 옮김(청년사, 2002), 456~461쪽에서 재인용.

60 같은 책, 459쪽.

61 모리치오 비롤리, 『공화주의』, 김경희·김동규 옮김(인간사랑, 1999), 18쪽.

시민, 사회와 존재의 충돌 안에서 '아니오'라고 말할 수 있는 공동체 의식을 지닌 사람은 그리 많지 않다. 하지만 안티고네는 타인(산자이건 망자이건)에 가해지는 억압, 폭력, 불의, 차별을 마치 내가 당한 것처럼 분노를 느끼는 정의로운 시민이다.

한나 아렌트는 『공화국의 위기』라는 저서에서, "시민 불복종이 일어나는 것은 상당수의 시민이 변화를 이루어낼 정상적 통로가 더는 기능하지 못하고 불만이 더는 청취되지 않거나 처리되지 않는다는 확신이 들 때, 또는 그와 반대로 국가가 그 적법성과 합헌성이 심각히 의심스러운 방식으로 어떤 변화를 꾀하거나 정책에 착수하고 추진한다는 확신이 들 때"[62]라고 주장한다. 아누이의 작품에는 안티고네를 지지하지만 침묵하는 시민 여론의 존재를 느낄 수 있다. 하지만 법과 권위에 끝까지 도전하는 시민은 안티고네가 유일하다. 공동체 의식은 몇몇의 드문 개인들을 중개자로 삼아 표현되는 경우가 더 많은데, 여기서 개인은 국가 혹은 사회와 밀접한 연결고리를 갖는 공동체적 존재로서, 상호 균형이 깨어지면 국가는 곧 위기에 봉착한다. 비록 혼자이지만 자유를 사랑하고 바람직한 변화와 회복을 지향하며, 권세가에게 예속되지 않은 채 공공선을 추구하는 안티고네의 행동은 질적인 면에서 매우 중요한 불복종이며, 결국 시민 비르투의 문제로 귀착한다. 그런데 크레온의 입장에서 본다면, 안티고네의 불복종은 국가의 기반을 흔드는 혁명가 또는 반역자로 간주될 수 있다. 하지만 안티고네는 불복종 시민의 특징인 비폭력으로 저항했다. 즉 불복종 시민들을 '반역자'로 부르는 일이 정당화될 수 있는 것은 오로지 폭력수단인데, 안티고네는 결코 폭력을 사용하지 않았다.[63] 안티고네는 크레온의 법에 저항했으나 그의 법에 따라 죽었다. 법을 준수하면서 동시에 법의 개선을 도모한 것이다.

이제 안티고네의 죽음을 명령하며 자신의 가문뿐 아니라 국가의 위기를 자초한 크레온과 그의 주변 인물들 간의 상관관계를 살펴보고, 그것이 작품의 주

---

62 한나 아렌트, 『공화국의 위기 — 정치에서의 거짓말, 시민불복종, 폭력론』(1972)(한길사, 2011), 116쪽.

63 같은 책, 118쪽.

제에 미치는 영향이 무엇인지 보자. 크레온은 자신의 의지와 방식을 타인에게 주장하거나 지배할 수 있는 권력을 지닌 자이다. 그는 군주이자 국가이며, 작품 시기를 감안할 때 구체적으로 프랑스 공화국을 상징한다. 크레온은 자신의 도시 테베를 수호하기 위해 점차 힘의 행사를 주저하지 않는 폭력자의 징후를 보인다. 아누이의 작품에서 하이몬과 코러스는 폭력이라는 왕의 잘못된 선택을 바로잡으려 애쓴다. 하지만 강경한 태도를 취하는 크레온 앞에서 모든 노력은 수포로 돌아간다.

> 코러스: 크레온, 당신 미쳤구려. 무슨 일을 저지른 것이오? (…) 크레온, 안티고네를 죽게 내버려두지 말아요! 우리 모두 수세기 동안 옆구리에 이 상처를 지니게 될 거요. (…)
>
> 크레온: 이제는 그 애가 말했으니 테베 전체가 그 애가 한 일을 안다. 나는 그 애를 죽이지 않을 수 없다. (…)
>
> 하이몬: 아버지, 군중은 아무것도 아니에요. 아버지가 최고 지도자입니다.
>
> 크레온: 법이 있기 전에는 내가 최고 지도자다. 그러나 이후에는 아니다. (…) 용기를 내라. 안티고네는 이제 더는 살 수 없다. 안티고네는 이미 우리 모두를 떠났다(AN, 69~71).

크레온은 앞에서 말한 주변 인물들에게 부당한 폭력자로 간주되기도 하고, 냉혹한 통치자로 보이기도 한다. 주변에서 만류했으나, 그는 테베시의 법을 어겼다는 이유로 안티고네를 죽음으로 내몬다. 그는 테베의 법과 군중을 위한다는 명목으로, 시민들에게 안티고네의 죽음을 합법적인 것으로 설득시키려 한다. 하지만 앞선 예문에서 짐작할 수 있듯이, 그가 운운하는 합법이란 혼자서 정한 법이자 혼자서 세운 명분으로 간주된다. 사실 크레온은 오이디푸스가의 비극이 일어난 이후 시민들에게 민주적으로 선택된 왕이지만, 집단을 명분으로 삼아 개인의 힘을 행사하는 그의 법 앞에서 시민들의 이성적 동의는 보이지 않는다.

크레온: (그녀의 팔을 움켜준다) 너에게 입 다물라고 명령한다. 알겠냐?

안티고네: (…) 당신이 내게 무엇을 명령할 수 있다고 생각하나요?

크레온: 대기실은 사람들로 가득하다. 너는 파멸하길 바라는 거냐? 사람들이 네 소리를 듣겠다.

안티고네: 그래요, 문을 열어요. 바로 그렇게 해서 사람들이 내 말을 듣게요!

크레온: (강제로 그녀의 입을 막으려 한다) 제기랄, 입 좀 다물래?(AN, 67)

테베 시민들이 민주적으로 선출한 왕이기에, 크레온은 자신의 행위가 시민 개개인의 이익을 위한 공공선의 일부라는 것을 이해시켜야 했다. 하지만 크레온은 중요한 사안을 다루면서도 시민들을 이해시키려는 통치자로서의 지혜와 관대함을 보여주지 않는다. 오히려 혼자만의 독선적인 통치를 꾀하고 혹여 시민들이 알게 될까 그들의 귀를 막고 있다. 흔히 시민들은 그들의 대표자를 직접 뽑았기에, 그를 따르고 있으면 그도 자기네들의 의지를 따르고 있다고 생각한다. 하지만 마키아벨리의 말처럼, 계속되는 형벌과 괴롭힘을 통해 시민들의 정신을 계속 긴장시키고 공포에 사로잡히도록 한다면, 그래서 자신이 피해를 당하고 있다고 생각하는 시민이 늘어난다면, 어떤 수단을 써서라도 위험을 피하려 하고 훨씬 대담한 방법으로 새로운 수단을 강구해 낼 것이다. 표면적으로 드러난 안티고네의 불복종도, 입을 다물고 있는 시민들의 원성에 대한 암시도 모두 권력 위기의 징조를 드러낸다. 이처럼 권력이 위기에 빠질 때, 극한으로 내달으며 폭력이 등장한다. 하지만 그 폭력은 오래 지속될 수 없다. "하나가 절대적으로 지배하는 곳에 다른 하나는 존재하지 않는다. 폭력은 권력이 위기에 빠질 때 등장하지만, 제멋대로 내버려두었을 때는 권력의 소멸에 봉착하게 된다."[64] 폭력에 맞선 분노와 저항으로, 권력을 지지하는 집단이 사라지면 권력은 스스로 붕괴되는 것이다.

---

64 같은 책, 207쪽.

코러스: 크레온, 당신은 이제 완전히 혼자입니다.

크레온: 완전히 혼자라, 그렇군. (…)

크레온: 다섯 시! 오늘 다섯 시에는 무슨 일이 있느냐?

시종: 심의회가 있습니다.

크레온: 아 그래, 심의회가 있다면, 얘야, 거기로 가자.

코러스: (…) 다 끝났습니다. 안티고네는 이제 진정되었지만, 어떤 열병에서 진정된 것인지 우리는 결코 알 수 없을 겁니다. 그녀의 의무는 다 끝났습니다. 침울한 깊은 평온이 테베와 텅 빈 궁전에 깃듭니다. 거기에서 크레온은 죽음을 기다리기 시작할 것입니다. …(AN, 83~85).

우리는 한 권력자의 쓸쓸한 퇴장을 본다. 그러나 소포클레스와 달리, 아누이의 크레온은 모든 것을 잃고 혼자가 되었음에도 자신의 행위를 후회하지 않으며 여전히 자신이 해야 할 일이 있다고 믿는 인물이다. 사랑하는 사람들이 모두 죽고 없는 당일 5시 회의에 참석하고자 일어서는 크레온의 행동은 다음 프롤로그의 설명으로 뒷받침된다.

때때로, 저녁이면 그(크레온)는 지쳐서, 사람들을 지휘한다는 것이 헛된 일은 아닌지 자문합니다. 그것이 좀 더 거친 사람에게 맡겨져야 할 치사하고 비열한 임무는 아닌지 말입니다. 그런데 아침이 되어 해결해야 할 구체적인 문제들이 제기되면 그는 자기 일과를 시작하는 노동자처럼 조용히 일어납니다(AN, 10).

아누이는 크레온에 관해 남다른 해석의 여지를 남기고 있다. 그것은 한 나라의 책임을 맡고 있다면, 손을 더럽히는 일에도 동의해야 한다는 점이다("그렇다, 얘야. 직업상 어쩔 수 없다. 그것을 해야 하는지 아니면 하지 말아야 하는지 토론할 수 있지만, 그걸 한다면 이렇게 해야 하는 것이다"[65]). 어떤 희생을

65 Jean Anouilh, *Antigone*, p.55.

치르더라도 한 국가를 지휘하고 책임져야 한다고 생각하는, 충직한 노동자를 닮은 국가 수뇌를 그려내는 새로운 해석이 더해진 것이다.

이러한 맥락에서 아누이의 작품은 프랑스 현대사적 입장에서 여전히 논란의 중심에 서 있다. 1944년 독일 검열당국의 허가를 받고서야 상연될 수 있었던 이 작품에서, 관객들은 안티고네를 통해 레지스탕스의 옹호를 보았다. 반면 프랑스 공화국의 단절이 아닌 전통의 지속이라는 차원에서 비시 체제의 정당화도 읽어냈다. 이러한 해석은 훗날 아누이가 협력지성인 로베르 브라지야크의 처형을 막기 위해 서명한 작가 97명 중 한 사람이었다는 사실에서도 감지할 수 있다.[66] 그래서인지 훗날 전쟁이 끝난 후, 그는 레지스탕스들로부터 독재자 크레온에게 지나친 호의를 베풀었다고 비난받기도 했다. 그러나 아누이는 비시 정부를 프랑스 공화국의 정통성과 단절된 전체주의의 상징으로 보는 일반적 시각과 달리, 제3공화국에 염증을 느끼고 새로운 프랑스 재건을 위해 탄생한 비시 정부와 협력자들에게 스스로 변명할 기회를 주려 했던 것이다.[67] 크레온(비시 체제[68]) 대 안티고네(레지스탕스)의 대립적 추는 시민 개개인의 사상과 윤리에 따라 해석상의 균형이 달라질 수 있겠지만, 작품 주제와 관련하여 보다 중요한 것은 1944년 당시 권력과 폭력으로 나뉘는 분기점에서 위태로웠던 프랑스 공화국의 위기를 아누이가 작품 속에 균형적으로 잘 녹여낸 점이라고 하겠다.

---

66 Marie-Françoise Minaud, *Etude sur Antigone — Jean Anouilh* (Ellipses, 2007), p.7.

67 앞선 공화국의 연장선상에 있던 것으로 드러난 비시Vichy 정부는 나치와 협력한 부분에서는 전체주의 폭군이지만, 프랑스 학계에서는 이념상 공화국의 새로운 이름으로 보기도 한다. 여기에 일부 공감한 아누이는 모든 이데올로기를 거부한 비순응주의자non-conformiste로서, 자신의 신화극을 통해 레지스탕스Résistance와 비시스트vichyste를 똑같은 저울대에 놓고 그들의 논쟁을 팽팽히 맞서게 하고 있다. 이러한 비시 정부의 실체와 그에 대한 논쟁에 대해서는 다음 저서를 참고하였다. 박지현, 『누구를 위한 협력인가 — 비시 프랑스와 민족 혁명』(책세상, 2004); 『비시 프랑스Vichy France, 잃어버린 역사는 없다』(서강대학교 출판부, 2013).

68 1940년에 이루어진 프랑스와 독일의 휴전협정 이후 비시에 세워진 페탱Philippe Pétain 원수의 대독일 협력정부.

마지막으로, 폭력 앞에서도 뜻을 굽히지 않던 안티고네와 국가 권력의 노예로 무감각하게 살아가는 몇몇 등장인물을 비교함으로써, 아누이의 안티고네가 실천한 시민 비르투virtù의 의미를 살펴보자.

우선 프롤로그가 모든 인물(안티고네, 이스메네, 하이몬, 크레온 왕, 에우리디케 왕비, 유모, 세 명의 경비병, 코로스, 사자)을 무대로 등장시킨 상태에서, 에테오클레스에게는 영광스러운 국장을 명하고 폴리네이케스에게는 장례를 금지하는 크레온의 칙령을 환기시킨다. 칙령의 선포는 도시 테베가 법이 지배하는 입법국가임을 드러내는 것이다. 그렇다면 크레온을 제외한 등장인물들은 이 법의 개입을 어떻게 받아들이는가?

먼저 등장인물을 세 가지 계층으로 정리하면, 첫째로 안티고네, 이스메네, 하이몬, 에우리디케로 대표되는 왕족, 둘째로 유모, 병사들로 대표되는 민중, 셋째로 극 행위의 바깥에 위치한 코러스와 프롤로그로 나누어 볼 수 있다. 그러나 이들은 크레온의 명령에 관해 계층별로 유사한 반응을 보이지 않는다. 우선 파국으로 몰리는 안티고네의 죽음 앞에서, 하이몬과 그의 어머니 에우리디케가 왕의 폭정을 만류하거나 그에게 비수를 꽂는 죽음을 선택한다. 하지만 정작 크레온의 매장 금지 명령에 직접 맞서는 이는 안티고네뿐이다.

그 외의 다른 인물들은 크레온의 명령에 무조건 복종하거나 아무런 생각이 없다. 아누이의 작품에는, 안티고네를 여전히 자신의 보호대상으로 여기며 앞으로 일어날 징후를 전혀 알아채지 못하는 소통 불가한 '유모', 크레온이야말로 명분을 지닌 가장 강력한 왕이며 백성들 또한 그의 편이라고 두려워하는 '이스메네', 그리고 '더없이 태연하게' 피고인 안티고네를 체포하는 사법기관의 보조자 '경비병들'이 등장한다. 이처럼 대부분의 등장인물들은 크레온의 명령을 반드시 지켜야만 하는 법으로 받든다. 국가의 시민으로 산다는 것은 법에 종속해서 살아간다는 동의의 표시이기 때문이다. 법이 지배하는 국가가 우선적으로 존재해야 그 안에서 자유를 누릴 수 있다는 믿음은 공화주의 정신을 환기시킨다. 하지만 크레온의 법은 이와 거리 두기가 필요하다. 자유가 한 인간의 선의와 자비에 예속되어 있는 한, 그 누구도 진정 자유롭다고 할 수 없기 때문이다.

시민들의 공동의 의지에 따라 만들어진 법이라면, 법이 시민들을 간섭한다고 해서 그들의 자유가 침해되는 것은 아니다. 법을 준수하는 것은 곧 자기 자신의 의지에 따르는 것이고 자신이 누리는 자유의 표현이기 때문이다. 그러나 크레온으로 상징되는 일인 지배자 또는 소수 지배자가 만든 법은 시민들이 덕과 악덕을 구분하지 못하게 하고, 불의함에 저항하려는 도덕적 힘을 앗아가며 스스로 부패하고 비굴하게 만든다. 따라서 크레온의 법 안에서 자유롭다고 생각하는 것은 시민들의 환상이다. 이들의 환상이 초래하는 더 심각한 문제는 자신들에게 가해지는 폭정을 합법적인 것이라고 인정하여 맹목적으로 받아들이는 노예적 삶과 자신이 당한 것이 아니라면 무관심을 보이는 시민적 덕성의 결여에 있다.

아누이의 작품에 등장하는 경비병의 사례를 들어 이 문제를 이해해 보면, 비극으로 치닫기 직전에 경비병과 안티고네가 나누는 길고 부조리한 대화, 그리고 폭력과 죽음이 지나간 후 무대로 다시 올라 태연하게 카드놀이를 시작하는 경비병들의 모습은 시민들의 그 '환상'을 부각시킨다.

경비병: (…) 봉급문제를 말하자면, 우리는 특수부대 장병들처럼 경비병의 평범한 봉급을 받아요. 그리고 6개월 동안, 특별수당 명목으로 하사관 봉급의 추가분을 지급받죠. 다만, 경비병으로서 우리는 다른 특혜를 갖게 되어요. 주택, 난방, 보조금, 같은 거요. 결국 결혼해서 아이가 둘 있는 경비병은 현역 하사관보다 더 많이 벌게 되죠. (…)

안티고네: (갑자기 그에게 말한다) 이보게….

경비병: 네.

안티고네: 나는 조금 후에 죽는다네.

(경비병은 대답하지 않는다. 침묵. 그는 왔다 갔다 한다. 잠시 후에 말을 잇는다.)

경비병: 또 다른 한편으로, 현역 하사관보다 경비병이 더 인정을 받아요. 경비병은 군인이지만 거의 공무원입니다.

안티고네: 죽을 때 고통스럽다고 생각하나?

경비병: 내가 뭐라 말할 수는 없어요. 전쟁 중 복부에 칼을 맞은 사람들은 고통스러워했어요. 나는 한 번도 부상당한 적이 없어요. 어떤 의미에서 그것은 내가 승진하는 데 걸림돌이 됐어요.
안티고네: 그들이 나를 어떻게 죽일까?(AN, 75~77)

코러스: 경비병밖에 남아 있지 않습니다. 이 모든 게 그들과는 상관없는 일입니다. 그들이 알 바 아닌 겁니다. 그들은 계속 카드놀이를 합니다….
(경비병들이 으뜸 패를 보여주는 동안 막이 빠르게 내려간다)(AN, 85)

경비병은 안티고네와는 대조적으로, 도를 넘어선 지배자의 권력 앞에서 비굴하리만큼 침묵하고 개인의 이익만 좇는다. 그의 무관심은 고질적인 시민적 양심의 결핍을 상징한다. '주인의 뜻을 거스르지 않기 위해 자신을 늘 스스로 검열하고 있기 때문에 자유로울 수 없는', 노예처럼 예속된 존재인 것이다. 반면 안티고네는 타인에게 가해지는 불의를 마치 내가 당한 것처럼 느끼는 시민적 양심을 지닌 인물이다. 물론 신화를 문자 그대로 해석한다면, 그녀의 행동을 왕가의 공주로서 자신의 가문을 위한 투쟁이 아닌지 반문해 볼 수도 있다. 그런 경우, 시민적 양심으로 확장시키는 것이 무리로 보일 수 있기 때문이다. 하지만 아누이의 작품에 나오는 안티고네의 대사는 앞선 논의에 힘을 실어준다.

안티고네: 칙령이 선포되는 것을 들었을 때, 내가 만약 설거지를 하고 있던 하녀였더라도, 나는 오빠를 매장하기 위해서 팔에 묻은 기름기 섞인 물을 닦아내고 앞치마를 두른 채 나갔을 겁니다(AN, 48).

크레온: 다른 사람들을 위해서도 아니고, 네 오빠를 위해서도 아니라면 도대체 누구를 위해서냐?
안티고네: 그 누구를 위해서도 아니에요. 나를 위해서입니다(AN, 52).

안티고네는 비단 오빠에 관한 일이어서가 아니라, 크레온의 법이 자신과 공동체를 위협하는 탈선이기에 죽음의 길을 선택한 것이다. 왕의 법은 시민들의 공동의 의지에 따라 만들어진 적법이 아니었기 때문이다. 결국 안티고네는 자신을 위해서, 즉 개인의 자유를 수호하기 위해서 공공선의 입장에 선 희생적 인물이다. 마키아벨리에 따르면, 공공선은 "타인에게 예속되는 것도 원치 않고 남들을 예속시켜 주인처럼 사적으로 지배하려는 야심도 없는 그런 시민들에 이로운 것을 의미하며", "예속을 피하려는 욕구가 바로 자유를 향한 욕구"라고 말한다.[69] 이처럼 개인의 자유를 위해 공공선에 봉사하려는 안티고네의 결정은 자연스럽게 비르투 시빌virtù civile의 개념과 연결된다.

> 안티고네: 짐승들은 몸을 따뜻하게 하기 위해 서로서로 부둥켜안을 거네. 나는 완전히 혼자군(AN, 78).

안티고네는 이내 외로운 죽음을 맞이한다. 하지만 적어도 그녀는 자유인의 삶을 살았다. 크레온의 정치가 유해한 줄 모르고, 자신들이 자유의지에 따라 살고 있다고 믿는 테베 시민이야말로 오히려 영원한 노예이다. 자유와 예속의 차이를 극명하게 보여준 안티고네의 '시민 비르투'는 공동체 안에서 개인의 자유를 진작시키고 공공선에 이르기 위한 자기완성의 정신적 도구였다고 볼 수 있다.

이처럼 아누이가 재해석한 안티고네 신화는 고대에서 고전에 이르는 신화와 달리, 프랑스 역사와 정치상을 문학작품 안에서 다양하게 녹여낼 여러 사상적 가치를 담고 있는 것이 특징이라고 하겠다. 이것은 미학적 기능 그 자체보다도 국가 권력이라는 사회적 시스템과 개인과 공동체의 자율적 존립이라는 인간의 권리에 관한 기본적 질문들 안에서 새롭게 해석될 여지가 많은 작품이다. 특히 아누이의 『안티고네』는 두 차례의 전쟁을 겪어야 했던 프랑스 현대사

---

69 모리치오 비롤리, 『공화주의』, 36쪽.

의 특수성과 그것이 남긴 문제점을 알려준다. 즉 대혁명을 거쳐 19세기에 이르기까지 복잡다단한 형태를 거치며 공화주의라는 정치적 정통성을 계승해 온 프랑스가 20세기 양차대전을 겪으며 어떠한 사상적 위기를 드러냈는지 이 작품에 적용시켜 보면 이해가 된다. '인민의 일들, 즉 정의와 공동의 이익을 인정하고 동의한 사람들의 모임'이라고 한 키케로의 정의에서 나타나듯이, 공화국이란 '법'과 '공공선'에 기반을 두고 주권자인 시민들이 만들어내는 오랜 정치 공동체의 개념이다.[70] 여기에는 법에 의해 세워진 국가라는 공적 의미와 자유, 시민 덕성, 공공선, 평등이라는 공화주의 정신에 입각한 국가 정체성이 함께 담겨 있다. 안티고네와 크레온의 대립구도는 사실상 바로 국가에서 두 가지 의미의 합일이 온전한 국체의 완성으로 가는 길임을 암시한다. 또한 아누이의 『안티고네』는 시민으로서 갖추어야 할 덕성이 왜 중요한지도 일깨워 준다. 시민 비르투를 갖추지 않으면 개인의 자유는 사라지고, 점차 사회적 관계가 변화해 타인 또는 타 집단에 정치적으로 종속되어 간다는 점, 권력을 유지하기 위해 국가는 부패하거나 폭력에 의존하게 된다는 점, 마침내 더욱 비대해진 거대 권력 안에서 타성에 젖은 시민들이 예속의 삶을 사는지도 모른 채 살아간다는 점 등을 깨닫게 해준다.

3) 유르스나르의 『친구들과 몇몇 다른 이들에게 보낸 편지들』 속의 안티고네[71]

유르스나르가 『친구들과 몇몇 다른 이들에게 보낸 편지들』[72]에서 밝힌 '안

---

70 같은 책, 15~16쪽.

71 박선아, 「신화의 숲길에서 유르스나르와 제르맹이 나눈 '고전'의 즐거움」, 김순경 외, 『프랑스작가, 그리고 그들의 편지』(한울, 2014), 156~165쪽에 실린 내용을 수정, 보완하였음.

72 Marguerite Yourcenar, *Lettres à ses amis et quelques autres*, Édition de Joseph Brami et de Michèle Sarde avec la collaboration d'Élyane Dezon-Jones(Paris: Gallimard,

티고네'에 관한 이야기들은 앞서 살펴본 두 작품의 의미를 보완해 주기도 하고 차별화된 시각을 제시해 주기도 한다. 특히 유르스나르가 가브리엘 제르맹 Gabriel Germain(1903~1978)에게 보낸 편지들 속에는 안티고네에 대한 논평을 찾아볼 수 있다. 제르맹은 유르스나르의 애독자이기도 하지만 고전문학 교수자격을 소지한 프랑스 에세이 작가로서, 현대 문단에 널리 회자되는 인물은 아니지만 박학한 호메로스 연구가로 알려져 있다.[73] 유르스나르는 제르맹에게 보내는 편지에서, 아누이의 작품을 아주 짧게 논평한 후 그의 최근작이던 『소포클레스』에 언급된 '안티고네'에 대해 반론을 제기한다. 유르스나르가 쓴 1970년 세 번째 편지[74]를 읽어보자.

> 아누이의 『안티고네』는 이데올로기적이라서 저는 싫어하는 극이지만, 병사들의 대화 장면은 훌륭합니다. 게다가 제가 감히 당신의 책에서 반론하려고 하는 부분은 바로 '안티고네'에 관해서입니다. 당신의 글을 다음과 같이 인용하겠습니다. "오로지 자신들의 명성에만 의지하여 지나친 권위를 부여받았던 몇몇 현대 해석자들에 대해서는 어쩔 도리가 없다. 그럼 누구인가? 그 젊은 여인과 왕의 갈등은 조금도 국가에 저항하는 개인의식의 갈등이 아니라, 단 한 사람의 어리석고 불경건한 결정에 맞서는 신의 정의와 법칙들의 갈등이라는 것이다. 그리스 세계의 집단의식을 표상하는 여인이 바로 안티고네이고, 이치에서 벗어난 적대적 인물은 바로 크레온이다."
> 아마도요! 하지만 제가 보기에 당신이 간과하고 있는 것은, 개인의식과 국가 간의 모든 갈등 속에는 정부 권력이 비정상적이라고 규정하는 인물이 있다는 점입

1995).

73 그리스 신화와 그리스 철학, 인도의 종교적 영성에 관한 무수한 문헌들을 모아 집필한 그의 대표적 저서로는 『오디세이아의 기원』(1954), 『살라의 램프』(1958), 『호메로스』(1961), 『에픽테토스와 스토아학파 영성』(1964), 『내면의 시선』(1968), 『소포클레스』(1969) 등이 있다.

74 Marguerite Yourcenar, *Lettres à ses amis et quelques autres.*, pp.340~343.

니다. 이 인물은 대게 무언無言의 집단의식을 나타내며, '아니오'라고 말할 용기를 지닌 거의 얼마 되지 않는 개인들을 통해서 밖에는 자신을 표현하지 못합니다. 앙겔루스 실레시우스,[75] 괴테, 쇼펜하우어가 살았던 고향의 집단의식은 다른 어디서나 두려움으로 침묵할 수밖에 없었고 정치 선동에 취해 있었지만, 그 의식이 존재했던 곳은 바로 히틀러에 맞서 저항한 거의 몇 안 되는 독일인들과 함께 있던 집단 수용소 내에서입니다. 정부의 공허한 미사여구와 넘쳐나는 자동차, 쉬지 않고 나오는 TV, 헤픈 돈 때문에 미국의 집단(기독교)의식이 멍한 상태에 있어도, '징병카드'를 불태우고 네이팜탄에 반대하는 젊은이들에게 그 의식은 존재합니다. 라스 카사스[76]는 스페인, 포르투갈, 다른 몇몇 나라들이 신세계 원주민들에게 저지른 범죄에 맞서 기독교도의 집단의식을 표상해 왔지만, 그는 완전히 혼자였지요.

당신의 문장은, 원하든 아니든 간에, 국가에 대항하는 개인의식의 투쟁과 악과 불의에 대항하는 집단의식(만일 그런 것이 존재한다면)의 투쟁을 서로 분리하는 것처럼 보입니다. 역사에서는 둘 다 거의 항상 겹쳐지긴 하지만 말입니다. 또한 당신 말에는, 집단의식이 안티고네 편에 있었기에 결국 그녀의 태도는 전혀 각별할 것이 없다고 하면서 안티고네의 가치를 떨어뜨리는 것 같습니다(곧바로 입센의 우스꽝스럽고 고결한 스토크만 박사[77]가 자신의 뒤에는 '밀집한 군중'이 있다고 그토록 확신했던 모습이 떠올랐습니다). 사실 안티고네는 그녀의 집단의식과 함께 하면서 완전히 혼자이고, '비정상적인' 크레온에게는 여기저기서 몇 마디 반론을 제기할 만도 하지만 개입을 삼가는 노인들로 대표되는 견고한 대중이 있습니다.

---

75 앙겔루스 실레시우스Angelus Silesius(1627~1677), 독일 시인.

76 바르톨로메 데 라스 카사스Bartolomé De Las Casas(1474~1566), 인도 역사 집필.

77 노르웨이 극작가 입센의 『민중의 적』(1882)의 주인공 의사 이름. 마을의 온천이 오염된 것을 알게 된 스토크만 박사가 마을사람들을 위해 시장인 형에게 온천의 개조를 제안한다. 하지만 시장은 이를 은폐하려고 하고, 오히려 마을사람들을 선동하여 동생을 궁지에 몰아넣는다. 민중의 적이 된 스토크만 박사는 끝까지 항거하다가 결국 마을에서 쫓겨나고 만다.

또한 안티고네에게는 증오가 사랑의 보완물이라는 점에 왜 놀라시는지 자문해 보았습니다. "사랑과 증오는 덕망 높은 인간의 특권이다"(공자孔子). 오로지 순수한 신비주의자만이 더 멀리 나아갈 수 있지요. 더욱이 예수가 그렇지요? 우리 모두에게 신성한 사랑의 상징인 예수는 많은 저주(영벌)를 내렸습니다.

그리도 많은 주석자들이 난관에 부딪치는 그 유명 문장에 대한 시론試論에도 감사드립니다. 당신은 이 논쟁에서 이따금 인도 일주를 하는 것이 좋다는 걸 새삼 입증하는 풍부한 자료들을 쏟아냅니다. 사실 내게 그 문장은 그다지 거슬리진 않았습니다. 아마도 너무 많은 플랑드르 농부 아낙들이나 그리스 재단사들이 "남편은 다시 얻어지지만, 아버지나 어머니 또는 형제는 다시 만들지 못한다!"라고 서글프게 말하는 것을 들었기 때문인지, 혹은 일급을 받는 아일랜드 여성들 대부분이 "피는 물보다 진하다"라고 흉내도 낼 수 없는 억양으로 강하게 말하는 것을 들었기 때문인지도 모릅니다. 제 생각에는 가족이 무엇보다 소중하다는 점을 꽤나 기이하게[78] 알려주는 것 같습니다. 안티고네가 종족 전통이 남아 있는 이 모든 여성들처럼 생각하는 것이 저는 그리 놀랍지가 않군요.[79]

안티고네를 그리스세계의 집단의식을 표상하는 인물로, 크레온을 비정상적인 개인으로 보는 제르맹의 단순화된 시각을 반박하면서, 유르스나르는 국가, 개인, 집단의식의 역학관계를 다층적으로 풀어내고 있다. 개인의 저항의식이 집단의 저항의식과 분리되어 있지 않을 가능성, 그리고 집단의식 안에서도 (비록 무언의 의식이라고 해도) 소수의 가치지향적 집단의식과 선동과 범죄에 가담하는 예속적 집단의식이 공존할 가능성을 주의 깊게 지적한다. 이처럼 아누이에서 제르맹의 안티고네에 이르기까지 자신만의 고전적 논평을 편지에서 한 올 한 올 풀어내기에, 그녀의 「안티고네 혹은 선택」과 아누이의 『안티고네』를

78 유르스나르는 사전에 없는 단어 surréalistiquement를 사용하였고, 출판사는 이를 원문대로 실었다는 표기 〔sic〕를 옆에 해두었다.

79 하버드에 있는 유르스나르의 장서 번호, MS Storage 265. 1970년 1월 11일/미국 04662 메인/노스이스트 하버/프티트 플레장스 /가브리엘 제르맹에게.

보다 깊이 이해할 수 있는 계기가 된다.

유르스나르 『불꽃』 속의 안티고네가 절대적 사랑의 희생이라는 성스러운 개인의 차원에 속해 있다면, 동시대 작가 아누이의 시선으로 따라가 본 안티고네의 여정 안에는 프랑스의 기나긴 정치적 이데올로기 전통과 시민 비르투로서의 변치 않는 열정과 저항의식이 들어 있다. 더 나아가 유르스나르의 편지에서 드러난 안티고네는 그리스 세계의 집단의식과 결코 동일시될 수 없는 홀로 투쟁하는 개인의 의식일 수도 있고, 때로 침묵하는 소수 집단의 투쟁의식과 함께 있었을 가능성도 엿볼 수 있다. 아울러 안티고네가 시대적 규범과 관습에서 자유로울 수 없는 종족 전통을 지닌 인간 여성이며, 크레온 왕을 향한 그녀의 가시적 증오란 결국 사랑의 대체물이라는 역설적 해석을 내어놓는다. 이처럼 차별화된 논평을 통해 유르스나르는 인간 본질에 대한 심층적 이해와 사랑과 희생이 수반되는 인류애의 가치를 드러내고 있다.

에필로그

고전과 현대의 가치가 소통하는 유르스나르의 '문학신화학'

이 책은 20세기 프랑스 작가 유르스나르(1903~1987)의 문학 전반에 나타나는 다양한 신화의 존재 양상과 그 의미를 '문학신화학mythologie littéraire'이라는 큰 틀 안에서 제시한 것이다. 신화의 다의성과 인문사상에 기댄 유르스나르 일인一人의 문학작품들이 하나의 총체적 신화학 체계를 갖추고 있음을 밝히고자 하였다.

신화체계를 이루는 유르스나르의 작품 하나하나는 원原신화에 대한 섬세한 '문학적 전복'을 통해 새로운 미적 기대를 창출하고, 원신화의 '의미 전복'을 통해 개인, 집단, 사회문화 현상에 대한 심층적 해석과 이해로 나아간다. 그리고 마침내 세상의 원초적 근원을 비추어주는 '기원으로의 회귀'이자, 인간의 자유와 그 존중을 위한 '신新인문주의로의 회귀'를 지향하고 있음을 보여준다. 지금까지 살펴본 유르스나르의 '문학신화학'은 총 다섯 개의 장에서 '전복'과 '회귀'라는 두 가지 키워드가 반복적으로 흐른다.

우선 제1장에서는 신화의 직접 차용이 두드러진 유르스나르 산문시 『불꽃』과 희곡집 『연극 2』에 관한 연구였다. 여기에는 클리타임네스트라, 파이드라,

아킬레우스, 파트로클로스, 엘렉트라, 알케스티스, 아리아드네와 같은 그리스 신화의 유명 인물들과 성서 신화에서 차용한 마리아 막달레나가 등장한다. 이 신화적 인물들은 인류의 보편 기억에 속하므로 예상 가능한 기대 지평이 있을 수 있지만, 유르스나르는 장르의 형태와 문체의 차별화 그리고 인물 내면에 초점을 맞추는 의도적 문학 변용을 통해 이들을 탈신화화하였다. 이는 신화적 인물들을 매개로 유르스나르 자신의 자전적 삶과 사유를 녹여낸 작품들로, 자기 자화상을 비추어주는 신화의 육화personnification mythique에 관한 시도였다. '불가능의 열정과 상처', '불의의 복수와 정화', '죽음의 극복과 자기실현'이라는 내적 감성과 내면 성찰의 주제를 중심으로, 신화적 인물들의 변용과 그 현대적 의미를 해석하였다. 하지만 유르스나르 개인 신화의 성격을 띠면서도 동시대뿐 아니라 인류 전체의 자화상으로 확장되었다고 해도 무방할 만큼, 인간의 피할 수 없는 운명과 내적 진실을 다루고, 인간의 원초적이고 무한한 존재 가치의 회복을 이끌어내며 보편적 신화세계 안으로 자연스럽게 회귀한다.

제2장에서는 유르스나르의 소설 속 인물들이 지닌 신화적 성격과 그 의미를 모색하였다. 신화를 직접 차용하지는 않지만, 로마네스크 인물들이 각자 고유의 본질적 신화소mythème를 갖고서 작품의 주제를 비추거나 행위의 실마리를 제공해 주고 있음을 살펴보았다. 우선 주요 소설인『하드리아누스의 회상록』,『흑의 단계』,『은자』의 역사적 또는 허구적 주인공들의 삶의 단계들은 연금술 신화에 빗대어 볼 수 있었다. 사실 연금술사를 주인공으로 하는『흑의 단계』에서 제농이 '깨달음의 돌'을 얻기 위해 나아간 치열한 삶의 궤적은 물질들의 수난, 죽음, 결합의 변환이라는 연금술의 과정을 상징적으로 보여주며, 이는 신화가 지닌 원초적 속성이기도 하다. 연금술 신화를 정신적 차원의 연금술로 이해하는 유르스나르의 관점은 다른 소설 주인공들의 삶의 궤적에도 적용 가능하다. 그래서 제농을 포함한 하드리아누스, 나타나엘의 일생에 이 연금술 신화의 상징적 단계들을 연결시켜 보았다. 그리고 이들이 마침내 연금술의 궁극 단계인 영원성을 지닌 신화적 공간으로 들어서는 희열 또는 초월의 순간들을 비교해 보았고, 모든 것이 하나로 녹아 있는 전일全一의 공간 안에서 마치 신화 인

물들처럼 신화화되어 있음을 느낄 수 있었다. 한편 소설 『안나, 소로르…』의 주인공 안나와 미겔의 근친사랑은 한 몸을 이루는 자웅동체 신화와 닮아 있고, 고대 그리스 철학과 성서 신화가 환기하는 작품 배경은 이들이 파괴한 금기의 죄악을 성스럽고 몽환적으로 만들어준다. 원초적 시대의 감성과 자유에 닿아 있는 인간의 진실한 사랑과 인고의 노력이 종교적 금기나 사회적 금기를 넘어선다는 화해의 메시지를 전해준다. 아울러 역사소설 『하드리아누스의 회상록』에서 하드리아누스 황제의 안티노우스를 향한 열정은 제우스의 파이도필리아 신화를 연상시키고, 안티노우스의 죽음으로 인한 비극적 파이도필리아가 인간 황제의 헌신적 사랑으로 새로이 양성동체 신화로 전이되는 일련의 신화화 과정을 살펴보았다.

제3장에서는 오리엔트 신화들을 모아 각색한 단편 신화집 『동양이야기들』을 집중적으로 다루었다. 중동군群(발칸, 그리스), 극동군(인도, 중국, 일본), 유럽(네덜란드)에서 나온 10편의 이야기는 중세문학에서 유래한 신화적 텍스트도 있고, 고대 신화나 현대까지 이어오는 민간신앙에서 비롯되기도 하고, 애초부터 유르스나르 개인의 창작신화인 것도 있다. 이 신화집이 의미를 띠는 것은, 유르스나르가 유럽신화의 근간인 그리스, 로마 신화를 넘어서 중동과 극동의 신화로 신화 공간을 확장했다는 점과 발생론적 장르와 시공간이 상이한 신화적 성격의 이야기를 '다시 쓰기'했다는 점에 있다. 이 책에서는 두 편씩 짝지어 '예술과 현실', '사랑과 진실', '위반과 경이', '죽음과 구원', '욕망 또는 죽음'을 주제로 작품 내용을 분석하고 유르스나르의 의도를 살펴보았다.

중국의 왕포와 네덜란드의 코르넬리우스 베르그를 통해 동서양 예술관의 차이를 보았고, 일본 겐지 왕자의 사랑을 갈구하던 '꽃 떨어지는 마을의 여인'의 몽환적 사랑과 목숨을 걸고 죽은 애인의 시신을 구하려던 그리스 여인 아프로디시아의 뜨거운 열정을 통해 사랑의 역설과 신화적 비극성을 살펴보았다. 또한 에로티즘과 경의의 감각에 열려 있는 그리스 님프 신화를 통해 오리엔탈 그리스와 옥시덴탈 그리스라는 두 개의 그리스가 공존하고 있음을 보았다. 신의 제물로 바쳐진 어느 동방의 여인이 자신의 숨이 끊어질 때까지 자식에게 젖을 먹인 오리엔트의 모성 신화가 옥시덴트의 모성 신화와 어떤 차이가 있는지 볼 수 있었고, 인도 여신 칼리의 목 잘린 머리가 인간 창녀의 육체를 만나 비참하고 타락한 인고의 과정을 겪다가 무無에 대한 깨달음으로 인드라 여신이 되어간다는 무와 신神의 등가적 가치를 엿볼 수 있었다. 마지막으로 마르코 크랄리에비치의 청년기와 노년기의 무용담을 통해 오리엔트 영웅 신화의 특징을 그리스 영웅들과 비교해 보는 기회가 되었다.

궁극적으로 신화집 『동양이야기들』의 전체 구성 자체가 '오리엔트'에 대한 하나의 질문을 제기하고 있다는 점을 파악할 수 있다. 그것은 바로 유럽의 끝자락에서 아시아로 향하는 두 개의 문門인 그리스와 발칸반도가 형성하는 문화적 혼종성에 관한 것이다. 유럽의 상상력에 자리한 신화의 힘이 그리스, 로마 신화에만 국한되는 것이 아니라, 두 세계의 접합지점과 그 인접 지역으로 확장되어 나아가고 그로 인한 영향을 받았다는 작가의 생각을 입증하는 작품인 것이다. 오리엔트와 옥시덴트의 정치적·이념적·지리적 경계를 넘어서는 유르스나르의 관점은 새로운 헬레니즘을 제시해 준다. 다소 아쉬운 것은 오스만 제국의 오랜 영향권 아래 있던 발칸의 이슬람 터키에 대해서는 부정적으로 묘사되어 있어, 유르스나르가 유럽중심주의와 오리엔탈리즘의 경향에서 완전히 벗어나지 못한 한계를 엿볼 수 있다. 하지만 그녀가 서구 문예의 진원지이자 정신적 유산으로서 오리엔트 신화에 다가서며, 이 이야기의 힘으로 동서양을 구분짓는 허상의 경계들을 무너뜨리고, 문화적 차이를 넘어 인간의 본질을 관통하는 소통의 길로 이끌었다는 점에서 중요한 의미가 있다.

제4장은 꿈과 현실의 엉킴 속에서 만들어지는 유르스나르 개인의 몽상 신화 mythologie onirique에 관한 연구였다. 사실 『몽상과 운명』은 픽션 장르가 아니라, 무수한 꿈 중에서 가장 인상적인 것들을 모아 전사한 기록물이다. 이 책에서는 유르스나르의 꿈들이 어떤 운명의 의미를 담고 있는 몽상이라는 점에서 개인 신화의 범주에 포함시켰다. 그중 가장 강렬하면서 신화적 상징을 띠는 '대성당'과 '푸른 물', '섬들'과 '검은 깃발'이 나오는 꿈들을 분석하였다. 젊은 시절에 꾼 꿈들은 지나간 열정의 상흔이 결국 우연에 기인한 운명이었음을 일깨

우고, 노년에 꾼 꿈들은 지속적으로 연행되면서 필연적인 운명을 예고하는 몽상임을 암시한다. 특히 『몽상과 운명』의 개정판에 에피그라프로 들어간 하드리아누스 황제와 제농의 꿈 이야기는 이들의 지성이 꿈의 무의식과 부단히 소통하는 과정에서 드러나는 운명의 몽상에 관한 것이다. 유르스나르의 꿈들은 이 현자들의 몽상과 동일시되며, 꿈과 현실, 허구와 실재를 넘어서 영원한 운명의 조짐을 예고한다. 불연속적인 이미지들과 비논리적인 이야기를 품고 있는 꿈들은 끊임없는 의미의 전복과 지연을 가져오지만, 그 속에서 의미의 조각을 맞출 수 있는 자 역시 꿈꾸는 자일 뿐이다. 따라서 유르스나르가 꿈들을 전사한 궁극적 이유는 자신만이 알 수 있는 운명의 실마리를 찾아 꿈이 안내하는 내밀하고 신성한 개인의 신화 세계 속으로 들어가기 위함이다.

한편 유르스나르가 20세기 예술과 학문에 큰 영향을 끼쳤던 프로이트와 초현실주의자들과 동시대를 살았다는 점도 연구의 대상이 되었다. 꿈의 무의식에 관해 지대한 영향을 끼친 프로이트학파와 꿈에서 영감을 끌어 올려 작업한 초현실주의자들의 사유가 유르스나르의 꿈 서사와 어떻게 다른지 이에 관한 유르스나르의 비평을 토대로 비교해 보았다. 유르스나르는 프로이트학파의 꿈에 대한 성적 상징과 분석이 개인적·역사적·신화적·종교적 특징까지 아우르는 보다 폭넓은 분석으로 꿈에 접근하지 못했다고 논평했다. 또한 초현실주의자들이 꿈이 지닌 숙명적 성격을 경시하고 한낱 문학과 예술의 표현 수단으로만 삼았다는 유감을 남겼다. 유르스나르에게 꿈은 자신에게만 내리는 고대의 신탁처럼 운명을 예언하는 내밀한 개인 신화였기 때문이다.

제5장에서는 '문학신화학'의 지형 안에서 만난 20세기 작가들과 유르스나르를 비교하여 살펴보았다. 유르스나르와 동시대 작가들인 지드, 사르트르, 아누이의 신화 작품들을 비교하여 원신화의 변용 의도와 이들 간의 문학적 관점의 변별성을 고찰하였다. 나아가 이들 작품에 미친 시대적 배경의 영향도 살펴보았다.

우선 '테세우스 신화'를 주제로 쓴 유르스나르와 지드의 작품들을 비교하여 현대적 영웅의 의미를 이끌어내었다. 양차대전을 겪은 두 작가의 시대적 상황과 상이한 사회적 위상에 따라 테세우스 신화는 달리 변용되었지만, 이들이 공통적으로 제시한 영웅은 '자신의 내부에 위대해질 가능성이 있다는 것을 기억하는 자'이다. 지드의 경우에, 영웅은 개인적 욕구를 절제하고 자신이 전체 사회를 위해 해야 할 의무를 기억하고 앞으로 나아가는 자이고, 유르스나르가 의도하는 영웅은 자기 내면의 어두운 무의식을 인지하고 기억하며 부단히 고쳐나가는 자이다.

두 번째는 유르스나르와 사르트르의 '엘렉트라 신화' 변용에 관한 비교 연구였다. 실존과 자유의 문제를 중요시한 사르트르는 흔들리는 엘렉트라보다는 능동적으로 행동에 옮기는 오레스테스에게 중점을 두었다. 한편 유르스나르는 소위 정의를 앞세운 인물의 감추어진 어두운 내면세계에 관심을 두었고, 우유부단한 오레스테스보다는 음울하고 반항적인 기질을 지닌 엘렉트라에 초점을 맞추었다. 두 작가의 의도 차이가 비교적 명확함에도, 이 책에서는 두 엘렉트라의 비교에 집중하여 이들의 심리적 근저를 '자기기만la mavaise foi'이라는 현대 철학개념 안에서 고찰하였다. 두 엘렉트라 모두 과거에 극도로 집착하여 자신의 트라우마로부터 자유롭지 못한 인물이기에, 이 개념을 매개로 동일선상에서 논의될 가능성을 찾아본 것이다. 이때 '자기기만'은 인간존재를 도피나 퇴행과 같은 사물의 존재양식으로 고착시키거나 축소시키는 협의의 개념이 아니라, 결정론적 틀을 인지하고 여기서 벗어나 존재의 결핍을 채워나가기 위해 애쓰는 인간의 초월성과 그 사물적 존재 양식이라는 광의의 개념으로 확장될 수 있었다. 궁극적으로 엘렉트라의 존재를 이념적 목적이나 철학적 개념에 끼워 맞추기보다는, 신화가 깊숙이 뿌리내리고 있는 인간 엘렉트라에 대한 심층적 이해로 나아가고자 하였다.

세 번째 '안티고네 신화'에 대해서는 유르스나르와 아누이를 비교하였다. 세상을 짓누르는 위험에 대한 거부감과 개인의 정념을 초월하는 시대적 저항의 열정이 들어 있다는 점에서 두 작가의 안티고네는 닮은 부분이 있다. 국가 권력과 시민 존재 간의 갈등과 현대의 복잡한 정치사상을 반영하는 아누이의 안티고네와 유르스나르의 안티고네는 20세기 전반기의 암울한 시대적 분위기를 암시하고 있기 때문이다. 하지만 유르스나르의 경우에는 자전적 경험에서 비롯된 열정의 주제가 은밀히 녹아 있는 반면, 아누이의 경우에는 정치성과 이데올로기가 강하게 드러나는 편이다. 그뿐만 아니라 장르와 작품 분량의 차이도 크기에, 두 작품을 동시에 비교하기보다는 순차적으로 분석해 보았다. 이를 통해 유르스나르의 안티고네가 절대적 사랑의 희생이라는 성스러운 개인의 차원에 속해 있다면, 아누이의 시선으로 따라가 본 안티고네에게는 프랑스의 오랜 정치적 이데올로기 전통에 맞서는 시민 비르투로서의 변치 않는 열정과 저항의식이 들어 있었다. 그리고 마지막으로, 유르스나르가 친구들과 지인들에게 보낸 편지들 속에 나오는 '안티고네'에 관한 논평을 소개했다. 이 편지는 그녀의 애독자이자 호메로스 연구가인 제르맹에게 보낸 안티고네에 관한 일종의 비평문이라고 볼 수 있다. 안티고네가 그리스세계 전체의 집단의식과 결코 동일시될 수 없으며, 그녀의 저항은 홀로 투쟁하는 개인의 의식일 수도 있지만 때로 그녀는 침묵하는 소수 집단의 투쟁의식과 함께 항거했을 가능성도 있다. 이처럼 안티고네에 관한 다층적인 견해를 유르스나르의 비판적 시선으로 만나 볼 수 있었다.

지금까지 총 5장을 정리하면서, 우리는 유르스나르의 '문학신화학'이 신화의 단순한 차용이 아닌 그의 폭넓은 신화 지식과 창의적 해석을 바탕으로 한 방대한 문학 작업임을 이해할 수 있었다. 또한 신화의 변용과 의미의 전복, 인본으로의 회귀라는 비교적 명확한 의도를 갖고서 자신만의 문학적 신화 체계를 완성했음을 알 수 있었다. 서문에서도 이미 밝혔지만, 이 '문학신화학'의 특징은 일곱 가지 차원에서 짧게 정리해 볼 수 있다.

첫째, 유르스나르는 로마네스크적 인물들을 신화화하거나 소설의 시공간 배경을 신화화한다. 이와 반대로 신화적 인물들을 육화하여 현실의 인간 세계로 이끌어내기도 한다. 신화의 창의적인 재해석과 대부분의 작품들에 산재해 있는 신화적 요소들이 우연히 만나 이어지고, 그 신화적 연결망으로 인해 문학적 가치가 높아지는 상위 범주의 '미학적 신화학'을 형성한다.

두 번째, 유르스나르는 신화를 개인의 경험 속으로 끌어들인다. 자신의 열정, 기억과 상처를 신화에 기대어 표현함으로써 미학적 보편성을 획득한다. 그녀의 신화문학은 자기 정체성의 근간이자 감정표현의 수단이 되기에 '개인 신화학'의 특징을 띤다.

세 번째, 유르스나르는 신화의 현재성에 관심이 크다. 신화가 동시대의 사회, 사상, 심리, 문화 현상과 인간의 제 문제와 진실을 밝혀주는 기능을 제대로 하지 못한다면, 신화라는 보편적 언어를 활용하지 않았을 것이다. 사회의 구조적 모순과 인간 존엄의 위기와 같은 문제를 신화의 층위에서 공론화하기 위한 '사회학적 신화학'에 속한다.

네 번째, 유르스나르는 작품들뿐만 아니라 서문, 후기, 부록으로 붙은 자료들, 대담집을 통해서도, 신화 다시 쓰기에 대한 해설과 논평을 멈추지 않는다. 수없이 많은 이설로 이루어진 신화학이라는 전체성 안에서 자신의 신화문학이 차지하는 좌표를 알려주고 있는 것이다. 유르스나르의 신화 작품들은 고유의 독창성을 지닌 하나의 기원이자 동시에 다른 텍스트들과의 영향관계에 있는 '상호 텍스트성의 신화학'에 속한다.

다섯 번째, 유르스나르의 신화 작품은 한두 장르에 국한되지 않는다. 장편소설, 단편소설, 시, 희곡, 에세이 등 거의 전全 장르에서 나타난다. 또한 장르를 불문하고, 유사하거나 상반되는 주제의 신화가 서로 이어지고 한 짝이 되어 만나기도 한다. 『불꽃』, 『연극 2』, 『동양이야기들』의 경우가 종종 그렇다. 신화들이 서로 연결고리를 갖고서 여러 장르를 순환하므로 이른바 '원심적 문학신화학'이라고 하겠다.

여섯 번째, 그리스 신화와 사상에 정통한 유르스나르의 작품세계는 서구의 그리스·로마 신화와 성서 신화에만 머물지 않는다. 『동양이야기들』에서 보았듯이, 오리엔탈 그리스, 발칸, 인도, 중국의 신화까지 넓게 확장되어 있다. 유르스나르는 지중해 문화권 중심의 신화학에서 벗어나 오리엔트 신화와의 균형을 모색하는 새로운 헬레니스트로서, '동·서 통합의 신화학'을 제시한다.

마지막으로 유르스나르의 신화문학은 유럽적 인간의 이해에만 국한되지 않고 보편성을 지닌 인문주의적 인간에 대한 이해로 귀착된다. 결국 신화의 문학적 변용과 전복은 인간에 대한 보편적 이해와 현대의 신新인문주의를 지향하는 '인본 회귀의 신화학'인 것이다. 궁극적으로 유르스나르의 '문학신화학'은 보편적·초월적·해방적 신화문학을 통해 인간의 본질을 부각시키는 '인문주의적 신화학'을 지향한다.

그런데 우리가 '문학신화학'이라고 정의 내릴 정도로, 유르스나르가 방대한 신화문학을 집대성한 궁극적 이유는 무엇일까? 신화를 '다시 쓰기'하거나 소설 속에 신화적 요소를 흩뿌리며 끊임없이 신화를 환기시키는 이유는 무엇일까?

> 유르스나르는 자신의 다른 모든 소설에서 신화와 인생의 상호침투를 시인한다. (…) 신화들은 모든 장르, 모든 테마, 모든 어조에 적용된다. 그것은 예술을 성스러움과 연결시키고 웅장함과 일상을 근접시킨다. 『누군들 자신의 미노타우로스가 없겠는가?』의 서문에 나오듯이, 신화들이 우리네 모든 삶의 상황들을 친숙하게 따르고 있지 않다면 그것은 우리에게 아무런 의미가 없는 것이다.[1]

유르스나르는 신화가 인생의 심층적 의미를 밝혀줄 수 있다고 믿는다. 이를테면 현대인들의 심리·사회·문화적 환경을 신화에 대입시켜 이들의 보편적 현재를 환기시키고, 작가 자신뿐만 아니라 로마네스크 인물들이 신화세계 안으로 자연스럽게 침투하도록 이끌며 다양한 인간 군상의 내밀한 삶 속에 감추어진 신화의 존재를 발견하려고 애쓴다.

신화와 문학이 맺는 다양한 형태의 상호관계 안에서 작가 유르스나르가 독자들에게 전하려는 메시지는 비교적 명확하다. 신화를 전복시켜 의미를 정교하게 다듬고 재창조한 신화문학을 통해 인간을 현상세계에서 보편세계로 이행시키는 것이다. 또한 신화가 단순한 차용과 변용의 차원에 머무는 것이 아니

---

1 Colette Gaudin, *Marguerite Yourcenar à la surface du temps*, pp.66~67.

라, 인간·사회·정치·철학·문화 등의 인문적 해석으로 나아가기 위한 상징성이 가득한 사료의 보고이자 상위의 미학적 글쓰기로 승화될 수 있는 문학 유산임을 입증하려는 것이다.

따라서 유르스나르의 거의 전 작품에는 다양한 신화 텍스트와 박학érudition 비평이라고 일컬을 만한 풍요로운 해석이 쌓여 있다. 이 신화적 텍스트 더미 안에서 작가이자 비평가인 유르스나르는 자신에 버금가는 교양독자의 수준, 즉 작가 고유의 신화학 세계를 해독할 수 있는 독자의 문화적 능력을 요청한다. 결국 작가와 독자는 특정한 규칙 속의 일원적 독서가 아닌, 문학적 상상력과 독서 기억의 깊이에 따라 메아리의 울림처럼 흩어지다가 다시 만나는 자율적인 텍스트의 해석학적 과정에 참여한다. 작품에 숨겨진 의미를 찾아가는 작가와 독자의 독서 과정 안에서 그들의 문학기억을 통해 반복과 새로움, 회귀와 기원 사이의 긴장을 즐기며 상대적으로 차별화되고 독창적인 의미를 생산하게 되는 것이다.[2]

신화에 대한 문학 기억을 공유하는 작가와 독자 간의 독서 유희는 마침내 고전의 재발견으로 이어진다. 슐랑제에 따르면, 오랜 시간에 걸쳐 옛것과 친숙한 것의 바탕 위를 계속 비추면서 매번 솟아나는 작품, 매번 새로운 독서 경험으로 솟아나는 작품이 훌륭한 작품이다.[3] 또한 칼비노가 정의하는 '고전'이란,[4] '다시 읽을 때마다 처음 읽는 것처럼 무언가를 발견한다는 느낌을 갖게 해주는 것'이고 '개인의 무의식이나 집단의 무의식이라는 가면을 쓴 채 기억의 지층 안에 숨어 있을 때 그 특별한 영향을 발휘하게 해주는 것'이며, '한 문화 또는 여러 다른 문화들에 남긴 과거의 흔적들을 우리 눈앞으로 다시 끌어오는 것'이다. 그뿐만 아니라 '이미 알고는 있지만 실제 책을 읽었을 때, 보다 독창적이고

---

2 박선아, 「유르스나르의 팔랭프세스트 글쓰기 연구 — 『인어공주La Petite Sirène』의 경우」, 《불어불문학연구》, 제88집 겨울호(한국불어불문학회, 2011), 277쪽.

3 Judith Schlanger, *La Mémoire des Œuvres* (1992), Verdier, 2008, p.132.

4 Italo Calvino, *Pourquoi lire les classiques*, Seuil, 1999; 『왜 고전을 읽는가』, 이소연 옮김(민음사, 2008), 9~20쪽.

예상치 못한 이야기들과 창의적인 것들을 발견하게 해주는 것'이며 '작품과 대면하는 관계 안에서 우리가 스스로를 규정할 수 있도록 도와주는 것'이다.

유르스나르는 인류 본원의 보편적 기억에 속하는 신화를 매개로 일종의 거대한 문학지도文學地圖를 그렸다. 그리고 작가와 독자 간의 심층적 대화를 유도하며 고전의 의미와 가치를 새롭게 재해석해 내었다. 궁극적으로 유르스나르는 원原신화의 모방과 전복을 넘어서, 고차원적인 해석과 미학적 변용의 오디세이아를 통해 신화의 여러 층위를 '계속 비추고 매번 솟아나게 하는' 창의적 작업[5]을 하였고, 고전과 현대의 가치가 소통하고 공존하는 새로운 인문주의의 표현양식으로서 '문학신화학'을 탄생시켰다.

---

5 박선아, 「유르스나르의 팔랭프세스트 글쓰기 연구 — 『인어공주La Petite Sirène』의 경우」, 298쪽.

마르그리트 유르스나르의 연보

1903년 6월 8일(브뤼셀) 프랑스인 아버지 미셸 드 크레앙쿠르Michel de Crayencour와 벨기에인 어머니 페르낭드 드 카르티에Fernande de Cartier 사이에서 출생.

6월 18일 출생 직후 어머니 페르낭드 사망.

7월 친할머니 노에미Noémi가 사는 프랑스 북쪽 바이욀Bailleul 근처 몽누아Mont- Noir에 아버지와 함께 정착.

1903~1908년 유아 시절, 주로 여름은 몽누아 성에서, 겨울은 릴Lille의 마레 거리에 자리한 저택에서 보냄. 숙모가 있는 브뤼셀에 종종 체류. 1905년 여름은 네덜란드 스헤베닝언Scheveningen 해변에서 결혼 전 어머니의 기숙사 친구이자 그녀의 사후 아버지가 사랑한 연인 잔Jeanne de Vietinghoff와 함께 보냄. 1906년 이후 겨울은 남프랑스에서 보냄.

1909년 봄 아버지와 잔의 결별.

4월 친할머니 노에미 사망.

1912년 몽누아 성 매각, 파리Avenue d'Antin 정착. 벨기에 베스텐데Westende 해안 빌라 구입.

1912~1914년 파리에서 개인교사를 통한 사교육 수혜, 파리 박물관이나 고전극 관람, 다독의 시기.

1914년 8월~ 베스텐데에 있던 중 1차대전 발발, 프랑스 국경이 막혀 영국 런던의 근교로 피난. 런던에서 공원 산책, 박물관 관람, 영어 공부, 아버지와 함께 라틴어 공부.

1915년: 파리로 귀환, 사교육 계속 받으며, 그리스어, 이탈리아어 공부.

1917년 11월 카지노 잦은 출입으로 인해 아버지의 재정문제 심각, 파리를 떠나 남프랑스에 체류.

11월~1921년 망통Menton, 몬테-카를로Monte-Carlo, 성 로마Saint-Romain 차례로 체류. 아버지와 함께 남프랑스의 유적지 방문, 고전작가, 19세기 유럽 작가들의 작품 다수 독서, 1919년 니스Nice에서 라틴어 - 그리스어 분과 바칼로레아 통과. 그러나 이 시기 아버지는 남은 재산으로 다시 카지노에 손을 댐.

1921년 작가가 되기로 결심. 이카로스의 전설에 영감을 받아 쓴 대화체 시집 『몽상의 정원Le Jardin des Chimères』을 아버지 도움으로 페랭Perrain 출판사에서 출간. 아버지와 함께 크레앙쿠르Crayencour라는 성으로 필명 유르스나르Yourcenar를 만듦. 이 이름은 1947년 이후 미국에 정착할 때 법적 성이 됨.

1922년 위와 유사한 조건으로 『신들은 죽지 않았다Les Dieux ne sont pas morts』를 상소Sansot 출판사에서 출간.

1922~1926년 ① 4세기에 달하는 아버지 가문의 자료들을 읽다가 대하소설 『소용돌이Remous』 구상. 4년간 500여 페이지를 썼으나 거의 폐기. 다만 이 소설에서 세 편의 부분원고가 살아남아, 『죽음이 수레를 이끌다La mort conduit l'attelage』라는 단편집으로 출간(그라세 출판사, 1934년).
첫 번째 이야기 「뒤러에 따르면D'après Dürer」는 『흑의 단계L'Œuvre au Noir』(1968)의 전신.
두 번째 이야기 「그레코에 따르면D'après Greco」은 『안나, 소로르…

Anna, Soror』(1981)의 제목으로 거의 그대로 출간.

세 번째 이야기 「렘브란트에 따르면D'après Rembrandt」은 『은자Un homme obscur』(1979)와 『어느 아름다운 아침나절Une belle matinée』(1981)로 다시 등장. 이듬해인 1982년에, 『흐르는 물처럼』이라는 큰 제목으로 『안나, 소로르…』, 『은자』, 『어느 화창한 아침나절』이 함께 묶여 갈리마르 출판사에서 출간.

그 밖에 『소용돌이』는 3부 연작 『세상의 미로Le Labyrinthe du monde』의 1부(1974)와 2부(1977)와도 연관됨.

② 이탈리아 여행 시기: 1922년 처음으로 베네치아, 밀라노, 베론 등을 여행. 『은화 한 닢Denier du rêve』에 영감을 줌. 1924년 빌라 아드리아나 방문, 『하드리아누스의 회상록Mémoires d'Hadrien』에 영감을 줌. 나폴리, 시칠리아를 배경으로 하는 『안나, 소로르…』에도 영향.

1926~1929년 아버지가 요양 차 머물던 스위스에서의 시기, 유르스나르와 아버지가 이상적인 여인으로 삼고 있던 잔의 사망(「죽은 이졸데를 위한 7편의 시Sept poèmes pour Isolde morte」). 1926년 아버지의 재혼, 1927년부터 『알렉시 또는 헛된 투쟁의 조약Alexis ou le traité du vain combat』 집필.

1929년 1월 12일 1929년 스위스 로잔Lausanne에서 아버지의 사망. 진정한 첫 소설 『알렉시 또는 헛된 투쟁의 조약』이 Au Sans Pareil 출판사에서 출간.

1929~1931년 네덜란드, 중부유럽, 이탈리아 등을 여행. 1931년 두 번째 소설 『신新에우리디케La Nouvelle Eurydice』가 Grasset 출판사에서 출간. 이 출판사에서 일하던 젊은 작가이자 편집장인 앙드레 프레뇨André Fraigneau를 만남. 1막으로 된 짧은 희곡 『늪지에서의 대화Le Dialogue dans le marécage』가 1930년 잡지 《La revue de France》에서 발표.

1932~1934년 오스트리아, 이탈리아, 그리스 여행.

『은화 한 닢』 집필과 출간(Grasset, 1934),

『죽음이 수레를 이끌다』 출간(Grasset, 1934).

그리스에 많은 관심을 갖던 시기이며, 그리스 시인 콘스탄틴 카바피Constantin Cavafy 작품을 프랑스어로 번역함.

1935-1936년 앙드레 프레뇨에 대한 열정과 집착의 시기, 산문시집 『불꽃Feux』(Grasset, 1936) 출간. 또한 앙드레 프레뇨의 친구이며 초현실주의 작가이자 정신분석가인 앙드레 앙비리코스André Embiricos와 함께 지중해 여행.

1937년 파리 문단과 교류, 『동양이야기들Nouvelles orientales』(Gallimard, 1938)을 비롯하여 진행 중인 몇몇 작품 계약. 버지니아 울프의 『파도Les Vagues』 번역을 위해 울프를 만나러 영국에 감.

2월경 파리에서 같은 나잇대의 미국 여인 그레이스 프릭Grace Frick을 만나 남부유럽(이탈리아와 그리스)을 함께 여행.

9월 그레이스 프릭의 초대로 처음으로 미국을 여행(프릭은 1939년 이후 40여 년간 함께한 동반자가 됨).

1938~1939년 미국에서 카프리로 올라옴, 『최후의 일격Le Coup de Grâce』 집필과 출간(Gallimard, 1939). 이 작품은 앙드레 프레뇨와의 단절과 그레이스 프릭의 뜻하지 않은 등장을 암시한 제목임.

1939년 10월 2차대전 발발(9월)로 미국행, 그레이스 프릭과 동거.

1940-1945년 재정적 궁핍 시기, 작가로서 좌절 상태. 『알케스티스의 신비Le mystère d'Alceste』(1942, 1963), 『엘렉트라 혹은 가면들의 전락Electre ou la Chute des masques』(1943, 1954), 『인어공주La Petite Sirène』(1943)와 같은 몇몇 단편희곡 집필과 『흑인 영가Negro spirituals』 번역에 머물러 있었음.

1944년 파리 해방 이후 귀환하려는 프랑스 지식인들 대열에 낄 것인지 남을 것인지를 고민하다가 미국의 그레이스 프릭 곁에 남기로 결정.

1947년 미국 시민권 취득.

1948~1950년 1948년 겨울 어느 날, 스위스 로잔 호텔에 두고 온 짐이 도착. 짐에서 "나의 사랑스러운 마르쿠스"로 시작하는 1937~1938년의 『하드리아누스의 회상록』의 초고를 발견. 1949년부터 18개월 동안 이 작업에 집중.
메인Maine 주州 노스이스트 하버Northeast Harbor의 마운트 데저트Monts-Déserts 섬에 집을 구입하여, '작은 기쁨'이라는 뜻의 '라 프티 플레장스

Petite Plaisance'라고 부름.

1951~1952년 프랑스 플롱Plon 출판사와 『하드리아누스의 회상록』 계약 및 출간(1951). 12년 만에 프랑스 귀환. 그레이스 프릭과 유럽 여행을 한 후 미국으로 돌아감.

1953~1955년 다시 미국을 떠나 22개월간 유럽 여행. 희곡 『엘렉트라 혹은 가면들의 전락』 출간(Plon, 1954)과 파리 마튀랭Mathurins 극장에서 초연, 『하드리아누스의 회상록』이 그레이스 프릭의 번역으로 미국에서 출간. 1955년 미국에 돌아옴.

1956~1968년 1959년 스페인, 포르투갈 여행, 1962년 아일랜드, 노르웨이, 핀란드, 구소련 레닌그라드 여행.
1930년대에 집필되었던 희곡 『누군들 자신의 미노타우로스가 없겠는가?Qui n'a pas son Minotaure?』 보완 수정 후 출간(1963/1971). 이어서 『죽음이 수레를 이끌다』 재작업 착수. 특히 1956년 벨기에와 네덜란드 여행 후, 역사소설 『흑의 단계L'Œuvre au Noir』 집필에 몰두하여 완성 출간(Gallimard, 1968). 1968년 이후 갈리마르 출판사와 독점 출판 계약. 틈틈이 수필 작업도 병행.

1971년 외국인으로서 벨기에 왕립 학술원 회원에 선출되어 연설. 『세상의 미로』 1부작인 『경건한 추억Souvenirs Pieux』의 집필 시작. 두 권의 희곡집 『연극1Théâtre I』, 『연극 2Théâtre II』의 출간(Gallimard, 1971). 그레이스 프릭의 건강 악화로, 유르스나르의 기나긴 칩거 시기(1971~1979) 시작.

1974년 『경건한 추억』 출간.

1976년 『최후의 일격』의 영화화(Volker Schlöndorff).
『흑의 단계』가 『심연The abyss』이라는 제목으로 미국에서 출간(그레이스 프릭의 번역).

1977년 『세상의 미로』 2부작인 『북방문서Archives du Nord』 집필 출간, 한 달간 그레이스 프릭과 알래스카 여행.

1978년 그레이스 프릭을 위해 집에 머무는 동안 식물 연구, 일본어 공부. 『흐르는 물처럼』이라는 제목으로 3개의 단편 재작업 시도.

1979년 11월 '라 프티 플레장스'에서 그레이스 프릭 사망.

1980년 1978년 TV프로그램을 계기로 알게 된 30살 연하의 사진작가 제리 윌슨Jerry Wilson과 많은 여행을 다님(플로리다, 카리브해, 과테말라, 이집트, 모로코, 케냐, 인도, 일본 등). 프랑스 아카데미 프랑세즈 회원으로 선출되었다는 소식을 접함.

1981년 프랑스 아카데미 프랑세즈 첫 여성회원으로 입성.

1982~1984년 『흐르는 물처럼』(1982), 에세이 『시간, 이 위대한 조각가Le temps, ce grand sculpteur』(1983) 출간. 『세상의 미로』 3부작인 『뭐? 영원이라고Quoi? L'Eternité』의 집필 시작. 유르스나르 전全 작품이 라 플레이아드La Pléiade 전집에 들어감. 제리 윌슨과 그의 새 친구와 함께 인도 여행.

1986년 동성애자 제리 윌슨이 에이즈로 사망. 친구들을 잃은 노년의 상실감을 극복하기 위해 『뭐? 영원이라고』의 작업에 매진. 그리고 짧은 여행.

1987년 11월 뇌출혈로 바 하버Bar Harbor 병원에 입원, 친구들의 문병.
12월 17일 84세로 사망. 작가 사후 앙드레 델보André Delvaux가 『흑의 단계』 영화화.

1988년 마운트 데저트 섬의 섬스빌Somesville 묘지에 안장.
미완성본 『뭐? 영원이라고』 사후 출간.

참고문헌

| 1. 유르스나르의 주요 작품 목록 | 2. 목차별 참고문헌 | 3. 일반 신화(학) 관련 | 4. 기타 |

1. 유르스나르의 주요 작품 목록[1]

1) 산문시

『불꽃Feux』

✣ 잡지에 선先발간Prépublication en revue

"Feux." *La Revue de France*, 15, 4, 1er août 1935, pp.491~498.

"Deux amours d'Achille: Déidamie, Penthésilée." *Mercure de France*, 263, 895, 1er octobre 1935, pp.118~127.

"Complainte de Marie-Madeleine"[sic]. *Les Cahiers du Sud*, 180, fév. 1936, pp.129~137.

"Aveux de Clytemnestre." *La Revue de France*, 9, 3, mai-juin 1936, pp.54~62.

"Antigone-Phèdre." *La Revue Politique et Littéraire: Revue Bleue*, 13, 4 juill. 1936, pp. 442~445.

---

1 https://www.yourcenariana.org/(검색일: 2019년 3월 1일) 유르스나르 국제연구학회 Société Internationale d'Etudes Yourcenariennes, SIEY가 운영하는 사이트에는 구체적인 발행연보를 포함한 유르스나르의 참고문헌을 소개하고 있어, 이를 참고하여 작성한다.

"Suicide de Sappho." *Les Cahiers du Sud*, 188, nov. 1936, pp.801~811.

✤ 단행본 발간Publication en volume

Feux. Paris: Grasset, 1936.

Feux. Paris: Plon, 1957 (rév.). (Phèdre ou Le désespoir – Achille ou Le mensonge – Patrocle ou Le destin – Antigone ou Le choix – Léna ou Le secret – Marie-Madeleine ou Le salut – Phédon ou Le vertige – Clytemnestre ou Le crime – Sappho ou Le suicide).

Feux. Paris: Plon, 1968 (rév.).

Feux. Paris: Gallimard, 1974, coll. Blanche.

Feux, in *Œuvres romanesques*, Paris: Gallimard, 1982; 1991. La Pléiade.

2) 소설

『하드리아누스의 회상록Mémoires d'Hadrien』

✤ 잡지에 선先발간

"Animula, vagula, blandula." *La Table Ronde*, 43, juill. 1951, pp.71~84.

"Tellus stabilitata."[sic] *La Table Ronde*, 45, sept. 1951, pp.36~59.

"Varius, multiplex, multiformis." *La Table Ronde*, 44, août 1951, pp.94~118.

"Carnet de notes des Mémoires d'Hadrien." *Mercure de France*, 316, 1071, nov. 1952, pp. 415~432.

"Comment j'ai écrit Mémoires d'Hadrien." *Combat*, 17 mai 1952.

✤ 단행본 발간

Mémoires d'Hadrien. Paris: Plon. 1951.

Mémoires d'Hadrien. Paris: Le Club du Meilleur Livre. 1953, coll. Le visage de l'histoire

Mémoires d'Hadrien. Paris: Plon. 1955.

Mémoires d'Hadrien. Paris: Club des Librairies de France. 1956, coll. Fiction, 39.

Mémoires d'Hadrien. Paris: Le Livre de Poche. 1957, n°221~222.

Mémoires d'Hadrien. Paris: Plon. 1958(avec Carnet de Notes)[éd.rév.].

Mémoires d'Hadrien. Lausanne, La Guilde du Livre. 1959.

Mémoires d'Hadrien. Paris: Plon. 1962(1966), coll. Nouvelle Bibliothèque Française.

Mémoires d'Hadrien. Paris: Le Club Français du Livre. 1963, coll. Romans.
Mémoires d'Hadrien. Paris: Gallimard. 1971, [éd. rév.].
Mémoires d'Hadrien. Paris: Le Livre de Poche. 1973, n°221.
Mémoires d'Hadrien. Paris: Gallimard. 1973(1974), coll. Blanche.
Mémoires d'Hadrien, suivi de "Carnets de notes de Mémoires d'Hadrien." Paris: Gallimard, 1977, Folio.
Mémoires d'Hadrien. Paris: Gallimard. 1980.
Mémoires d'Hadrien. Paris: France-Loisirs. 1981.
Mémoires d'Hadrien, in *Œuvres romanesques.* Paris: Gallimard. 1982; 1991. La Pléiade; 『하드리아누스 황제의 회상록』(1, 2권). 곽광수 옮김. 민음사. 2008.

『흑의 단계L'Œuvre au Noir』

✤ 잡지에 선先발간

"La conversation à Innsbruck." *La Nouvelle Revue Française*, 141. 1er septembre 1964, pp.399~419.
"L'œuvre au noir. Les derniers voyages de Zénon." *Livres de France*, 5. mai 1964, pp. 8~10.
"La mort à Münster." *La Nouvelle Revue Française*, 149. 1er mai 1965, pp.859~875.
"Les temps troublés." *La Revue Générale Belge*, 6. juin 1965, pp.15~30.
"Carnets de notes de *L'Œuvre au noir.*" *La Nouvelle Revue Française*, 452. sept. 1990, pp. 38~53.
"Carnets de notes de *L'Œuvre au noir.*" *La Nouvelle Revue Française*, 453. oct. 1990, pp. 54~67.

✤ 단행본 발간

L'Œuvre au noir. Paris: Gallimard. 1968. coll. Blanche.
L'Œuvre au noir. Paris: Gallimard. 1969, coll. Soleil.
L'Œuvre au noir. Paris: Le Livre de Poche. 1971, n°3127.
L'Œuvre au noir. Paris: Gallimard. 1976. Folio.
L'Œuvre au noir. Paris: Gallimard. 1980. coll. Blanche.
L'Œuvre au noir, in *Œuvres romanesques*, Paris: Gallimard. 1982; 1991. La Pléiade; 『어둠 속의 작업/흔들리는 아이들』. 신현숙 옮김. 한길사. 1981.

✤ 부분 출간Publication partielle

"De Flandre et d'ailleurs. La fête à Dranoutre." *La Voix du Nord.* 30 juillet 1988.

『흐르는 물처럼Comme l'eau qui coule』

✤ 단행본 발간

Comme l'eau qui coule. Paris: Gallimard. coll. Blanche, 1982.

pp.7~75: Anna, soror….

pp.77~206: Un homme obscur.

pp.207~237: Une belle matinée.

Anna soror….Un homme obscur. Une belle matinée. in *Œuvres romanesques.* Paris: Gallimard. 1982; 1991. La Pléiade.

✤ 잡지에 선先발간

Cf. La Mort conduit l'attelage. Paris: Grasset. 1934.

Anna, soror…. Paris: Gallimard. 1981.

"Incident dans l'Acadie de Champlain." *Études littéraires*, 12. 1, avril 1979, pp.37~41.

『동양이야기들Nouvelles orientales』

✤ 잡지에 선先발간

"Kâli décapitée." *La Revue Européenne,* 4. avr. 1928, pp.392~396.

"Les Tulipes de Cornelius Berg." *Le Cahier bleu*, n° 5. 8 déc. 1933, pp.229~230.

"Comment Wang-Fô fut sauvé." *La Revue de Paris*, 44. 1. 15 févr. 1936, pp.848~859.

"Le sourire de Marko." *Les Nouvelles Littéraires*, 737. 28 nov. 1936, pp.1~2.

"Le sourire de Marko." *Le Nouveau Candide*, 38. 18-25 janv. 1962, p.14.

"Le dernier amour du prince Genghi." *La Revue de Paris*, 4. juill.-août 1937, pp.845~854.

"Il n'en avait oublié qu'une." *Le Nouveau Candide*, 46. 15-22 mars 1962, p.15.

"Le dernier amour du prince Genghi." *F.Magazine*, 11. déc. 1978, pp.81~83.

"Le lait de la mort." *Les Nouvelles Littéraires*, 753. 20 mars 1937, pp.1~2.

"Le lait de la mort." *Le Nouveau Candide*, 25 juill.-1 août 1962, p.14.

"L'homme qui a aimé les Néréides." *La Revue de France*, 17, 9. 1 mai 1937, pp.95~103.

"Notre-Dame des Hirondelles." *La Revue Hebdomadaire,* 1. 2 janv. 1937, pp.40~49.

"La fin de Marko Kraliévitch." *La Nouvelle Revue Française*, 302. 1 mars 1978, pp.46~50.

✤ 단행본 발간

Nouvelles orientales. Paris: Gallimard. 1938, coll. La Renaissance de la nouvelle.

Nouvelles orientales. Paris: Gallimard. 1963, coll. Blanche.

Nouvelles orientales. Paris: Gallimard. 1975, coll. Blanche.

Nouvelles orientales. Paris: Gallimard. 1978, coll. L'Imaginaire, 31.

Nouvelles orientales, in *Œuvres romanesques*, Paris: Gallimard, 1982; 1991. La Pléiade; 『동양이야기들』. 윤정선 옮김. 한불문화출판. 1990.

✤ 부분 출간

Comment Wang-Fô fut sauvé. illustrations de G. Lemoine. Paris: Gallimard. 1979, coll. Enfantimages.

Comment Wang-Fô fut sauvé. Paris: Gallimard. 1984, Folio Cadet, 67.

Comment Wang-Fô fut sauvé. Paris: Gallimard. 1994, Folio Cadet, 178.

Notre-Dame des Hirondelles. in *Contes de Noël*, Paris: Gallimard. 1982. coll. Enfantimages.

3) 희곡

『누군들 자신의 미노타우로스가 없겠는가? Qui n'a pas son Minotaure?』

✤ 잡지 또는 단행본 선先발간 Prépublication en revue ou en volume

"Ariane et l'aventurier." *Cahiers du Sud,* 219. août-sept. 1939, pp.59~60, pp.80~106.

"Mythologie III. Ariane-Électre." *Les Lettres Françaises* (Buenos Aires), 15. 1er janv. 1945, pp.36~45.

"Ariane et l'aventurier." *Cahiers du Sud.* 1960.

"Thésée, mythe éternel." *Le Figaro*, 895. 15 juin 1963, p.4.

✤ 단행본 발간

Le Mystère d'Alceste, suivi de: Qui n'a pas son Minotaure? Paris: Plon. 1963[publication en volume des deux pièces et des préfaces)(pp.11~45: "Examen d'Alceste." pp.155~180: "Thésée: aspects d'une légende et fragment d'une autobiographie"].

Théâtre II: Électre ou la Chute des masques, Le Mystère d'Alceste, Qui n'a pas son Minotaure? Paris: Gallimard. 1971, coll. Blanche.

『엘렉트라 혹은 가면들의 전략Électre ou la Chute des masques』

✤ 잡지 또는 단행본 선先발간

"Électre ou la Chute des masques." *Le milieu du siècle.* coll.dirigée par Roger Lannes. Paris: Janin, n°1. 1947, pp.23~66.

"Électre ou la Chute des masques." *La Table Ronde*, 65. mai 1953, pp.45~47.

"Carnet de Notes d'Électre." *Théâtre de France, IV.* Paris; Les Publications de France. 1954, pp.27~29.

✤ 단행본 발간

Électre ou la Chute des masques. Paris: Plon. 1954.

Électre ou la Chute des masques. nouv. tirage. Paris: Plon. 1965.

Théâtre II: Électre ou la Chute des masques, Le Mystère d'Alceste, Qui n'a pas son Minotaure? Paris: Gallimard. 1971. coll. Blanche.

『알케스티스의 신비Le Mystère d'Alceste』

✤ 잡지 또는 단행본 선先발간

"Mythologie II — Alceste." *Les Lettres Françaises*(Buenos Aires), 14. 1er oct. 1944, pp. 33~40.

"Le Mystère d'Alceste(fragments)." *Cahiers du Sud*, 284. 1947, pp.576~601.

"Le Mystère d'Alceste. Pièce en un acte." *La Revue de Paris*, 70. 5, mai 1963, pp.13~36.

✤ 단행본 발간

Le Mystère d'Alceste, suivi de: Qui n'a pas son Minotaure? Paris: Plon. 1963. [publication en volume des deux pièces et des préfaces)(p.11~45: "Examen d'Alceste"; pp.155~180: "Thésée: aspects d'une légende et fragment d'une autobiographie"].

Théâtre II: Électre ou la Chute des masques, Le Mystère d'Alceste, Qui n'a pas son Minotaure? Paris: Gallimard. 1971, coll. Blanche.

4) 에세이 회상록

『몽상과 운명Les Songes et les Sorts』

✤ 단행본 발간

Les Songes et les Sorts. Paris: Grasset. 1938.

Les Songes et les Sorts. in *Essais et Mémoires*. Paris: Gallimard. 1991, coll. La Pléiade.

『세상의 미로Le Labyrinthe du monde』

✤ 잡지 선先발간

Souvenirs pieux: "Saint-Just à Marchienne." *La Nouvelle Revue Française*, 238. oct. 1972, pp.58~63.

Archives du Nord: "Archives du Nord." *Lire Magazine*, *déc*. 1977.

✤ 단행본 발간

Souvenirs pieux, *Le labyrinthe du monde I*. Monaco: Alphée. 1973(comprend: "Album de Fernande").

Souvenirs pieux, Le labyrinthe du monde I. Paris: Gallimard. 1974, coll. Blanche.

Souvenirs pieux. Paris: Gallimard. 1981. coll. Folio. 1165.

Souvenirs pieux. in *Essais et Mémoires*. Paris: Gallimard. 1991, coll. La Pléiade.

Archives du Nord, Le labyrinthe du monde II. Paris: Gallimard. 1977, coll. Blanche.

Archives du Nord, Le labyrinthe du monde II. Paris: Le Soleil, 336, 1977.

Archives du Nord, Le labyrinthe du monde II. Paris: Le Club Français du Livre. 1978, coll. Le Grand Livre du Mois.

Archives du Nord, Le labyrinthe du monde II. Paris: Gallimard. 1982. coll. Folio, 1328.

Archives du Nord, in *Essais et Mémoires*. Paris: Gallimard. 1991, coll. La Pléiade.

Quoi? L'Éternité. Le labyrinthe du monde III. Paris: Gallimard. 1988, coll. Blanche.

Quoi? L'Éternité. Le labyrinthe du monde III. Paris: 1988, coll. Le Grand Livre du Mois.

Quoi? L'Éternité. Le labyrinthe du monde III. Paris: Gallimard. 1990, coll. Folio.

Le Labyrinthe du monde, préf. par Dominique Aury, Paris: Gallimard-Biblos. 1990.

Quoi? L'Éternité. Le labyrinthe du monde III. in *Essais et Mémoires*. Paris: Gallimard. 1991, coll. La Pléiade.

Le Labyrinthe du monde(1974; 1977; 1988). in *Essais et Mémoires*. Paris: Gallimard. La

Pléiade. 1991, pp.705~1433.

5) 서간집

『친구들과 몇몇 다른 이들에게 보낸 편지들Lettres à ses amis et quelques autres』. Édition de Joseph Brami et de Michèle Sarde avec la collaboration d'Élyane Dezon-Jones. Paris: Gallimard. 1995.

D'Hadrien à Zénon I. Correspondance 1951-1956 de Marguerite Yourcenar. Texte établi et annoté par Colette Gaudin et Rémy Poignault avec la collaboration de Joseph Brami et Maurice Delcroix; édition coordonnée par Élyane Dezon-Jones et Mich èle Sarde; préface de Josyane Savigneau. Paris: Gallimard. 2004.

D'Hadrien à Zénon II. "Une volonté sans fléchissement". Correspondance 1957-1960, texte établi, annoté et préfacé par Joseph Brami, Maurice Delcroix, édition coordonnée par Colette Gaudin et Rémy Poignault avec la collaboration de Mich èle Sarde. Paris: Gallimard. 2007.

D'Hadrien à Zénon III. "Persévérer dans l'être". Correspondance 1961-1963(D'Hadrien à Zénon, III), texte établi et annoté par Joseph Brami et Rémy Poignault, avec la collaboration de Maurice Delcroix, Colette Gaudin et Michèle Sarde, préface de Joseph Brami et Michèle Sarde. Paris: Gallimard. 2011.

6) 대담집, 전기, 작가노트

De Rosbo, Patrick. *Entretiens radiophoniques avec Marguerite Yourcenar.* Mercure de France. 1972("Entretien VI: Les Mythes." pp.143~170).

Galey, Matthieu. *Les Yeux Ouverts — Entretiens avec Matthieu Galey.* Le Centurion. 1980.

Goslar, Michèle. *Marguerite Yourcenar — le bris des routines.* La Quinzaine Littéraire. 2009.

Sarde, Michèle. Vous, *Marguerite Yourcenar — La passion et ses masques.* Robert Laffont. 1995.

Savigneau, Josyane. *Marguerite Yourcenar — l'invention d'une vie*, Gallimard(biographie). 1990.

Yourcenar, Marguerite. *Sources II.* Gallimard. 1999.

2. 목차별 참고문헌

프롤로그

Blot, Jean. *Marguerite Yourcenar.* Seghers, 1971, 1980("Le mythe et l'archétype." pp. 73~92).

Dubosclard, Joël. "Le mythe grec de Marguerite Yourcenar." *Nord*(dossier Marguerite Yourcenar). n.5 Juin 1985, pp.71~76.

Gaudin, Colette. *Marguerite Yourcenar à la surface du temps.* Rodopi. 1994.

Julien, Anne-Yvonne. *Marguerite Yourcenar ou la signature de l'arbre.* PUF. 2002("A la rencontre du mythe." pp.66~77).

Littératures. *Marguerite Yourcenar et la méditerranée*(rassemblés par C.Faverzani). 1995 (Claude BENOIT, "Valeurs symboliques et culturelles dans l'itinéraire méditerranéen de Marguerite Yourcenar avant 1940." pp.13~20; Vassiliki DICOPOULOU, "Le voyage en Grèce, la découverté de l'Egée." pp.41~47).

Société Internationale d'Etudes Yourcenariennes(SIEY). Bulletin n.31. Décembre, 2010 (Mireille BREMOND, "Marguerite Yourcenar, citoyenne du mythe." pp.145~166).

Centre International de Documentation Marguerite Yourcenar(C.I.D.M.Y.), Les Voyages de Marguerite Yourcenar. Cidmy. Bulletin n.8. 1996.

제1장_ 신화 속 인물들의 차용과 탈신화화

Cailler, Bernadette. "St. Marie-Madeleine se racontait: Analyse d'une figure de *Feux.*" *Roman, Histoire et le Mythe dans l'Œuvre de Marguerite Yourcenar.* Société Internationale d'Etudes Yourcenariennes. 1995. pp.93~102.

Campbell, Joseph. *The hero with a thousand faces.* Pantheon Books. 1949, 1968, 2008; 『천의 얼굴을 가진 영웅』. 이윤기 옮김. 민음사, 1999.

De Cuevas, Sue Lonoff. *Marguerite Yourcenar Croquis et griffonnis*, traduit par Florence Gumpel. Le Promeneur. 2008.

Eissen, Ariane. *Les Mythes Grecs.* 1993; 『신화와 예술』. 류재화 옮김. 청년사. 2002.

Grassi, Marie-Claire. "«Marie-Madeleine ou le salut» dans *Feux* de Marguerite Yourcenar." in *Marie-Madeleine figure mythique dans la littérature et les arts,* Centre de

Recherches sur les Littératures Modernes et Contemporaines. Presses Universitaires Blaise Pascal. Clermont-Ferrand. 1999, pp.397~408.

Kelen, Jacqueline. *Marie Madeleine ou la beauté de Dieu.* La Renaissance du Livre. 2003.

Kincaid, Martine J., *Yourcenar Dramaturge-Microcosme d'une Œuvre,* Romance Languages and Literatures. Peter Lang. 2005.

Lelong, Armelle. *Le parcours mythique de Marguerite Yourcenar: de* Feux à Nouvelles orientales. L'Harmattan. 2001.

Piégay-Gros, Nathalie. *Introduction à l'intertextualité.* Dunod. 1996.

Prévot, Anne-Marie. *Dire sans nommer: Etude stylistique de la périphrase chez Marguerite Yourcenar.* L'Harmattan. 2003.

Real, Elena(dir.). *Marguerite Yourcenar.* actes du colloque international Valencia(Espagne) 1984, Universitat de Valencia(Pierre BRUNEL, "*Electre ou la chute des masques* de Marguerite Yourcenar." pp.27~35).

Marguerite Yourcenar — une écriture de la mémoire, SUD, hors série 1990(Yves-Alain FAVRE, "Temps et mythe dans l'Œuvre de Marguerite Yourcenar." pp.177~186; Daniel LEUWERS, "*Feux* et conre-feux." pp.247~254).

Marguerite Yourcenar et la méditerranée (rassemblés par C.Faverzani), LITTERATURES, 1995(Rémy POIGNAULT, "Achille à Scyros: l'île du fard." pp.161~174).

Marguerite Yourcenar aux frontières du texte, (actes du colloque société d'Etude du roman français du XXème siècle), ROMAN 20-50, coordination Anne-Yvonne Julien, 1995(Rémy POIGNAULT, "Variations sur le mythe antique dans les préfaces de *Théâtre II.*" pp.79~99).

Roman, Histoire et Mythe dans l'Œuvre de Marguerite Yourcenar. Société Internationale d'Etudes Yourcenariennes(SIEY), 1995(René GARGUILO, "Le mythe du labyrinthe et ses modulations, dans l'Œuvre de Marguerite Yourcenar." pp.197~205; Tables rondes: "Entre le vertige mythologique et la précision historique" et "Mythe et Idé ologie." pp.501~520).

Marguerite Yourcenar et l'univers poétique. Actes du colloque de Tokyo((9-12 septembre 2004), Société Internationale d'Etudes Yourcenariennes(SIEY), textes réunis par Osamu HAYASHI, Naoko HIRAMATSU et Rémy POIGNAULT, Clermont-Ferrand, 2008(Georges FRÉRIS, "La poéticité mythique dans *Feux* de Marguerite Yourcenar." pp.49~59; Monica ROMAGNOLO, "Marguerite Yourcenar et le poème en prose: Mythe et écriture dans *Feux*", pp.61~74).

Société Internationale d'Etudes Yourcenariennes(SIEY), Bulletin n.5. novembre 1989. (Carminella BIONDI, "Neuf mythes pour une passion." pp.27~33; Patricia DE

FEYTER, "Du mythe du moi à l'idéologie de la transcendance." pp.77~88).
Société Internationale d'Etudes Yourcenariennes(SIEY), Bulletin n.7. novembre 1990(Rémy POIGNAULT, "D'Ariane et l'aventurier *à Qui n'a pas son Minotaure?*, ou le mûrissement d'un thème." pp.61~80; M. DELCROIX, "Dramaturgie du *Mystère d'Alceste: la scène à faire.*" pp.81~97; F.BONALI-FIQUET, "Destin et liberté dans *Electre ou la chute des masques* de Marguerite Yourcenar." pp.99~108).
Société Internationale d'Etudes Yourcenariennes(SIEY), Bulletin n.9. novembre 1991(Rémy Poignault, "Les deux Clytemnestre de M.Yourcenar." pp.25~48; E.M. Caserta, "Apprentissage du mythe: *Clytemnestre ou le crime* de Marguerite Yourcenar." pp.112~116).
Société Internationale d'Etudes Yourcenariennes(SIEY), Bulletin n.20. décembre 1999 (Mireille Bremond, "Marguerite Yourcenar et les Atrides: Discours critique et création littéraire." pp.99~112; Cécile Turrettes, "Electre ou la Chute des Masques — une nouvelle image des parricides." pp.113~124).
Société Internationale d'Etudes Yourcenariennes(SIEY), Bulletin n.25. décembre 2004 (Roberto Meloni, "De Clytemnestres ou le crime à l'Electre ou la chute des masques: de l'aveu du criminel à l'enigme policière." pp.31~45).

박선아. 「신화 속 여성들을 통해 본 유르스나르의 여성관」. 《프랑스학회》, 제46집 겨울호. 프랑스학회. 2008. 163~185쪽.
______. 「신화 속 여성들을 통해 본 현대적 여성상 — 유르스나르 『연극 2』의 경우」. 『프랑스문학에서 만난 여성들』, 중앙대학교 출판부, 2010, 322~346쪽.
______. 「서문序文에 나타난 비평의 팔랭프세스트 — 유르스나르 『연극 2Théâtre II』의 경우」. 《불어불문학연구》, 제92집 겨울호. 한국불어불문학회. 2012. 133~158쪽.
______. 「유르스나르의 『불꽃Feux』에 비친 불가능의 열정 — 파이드라와 클리타임네스트라의 경우」. 《인문과학연구》, 제53집. 강원대학교 인문과학연구소. 2017. 31~53쪽.
______. 「마리아 막달레나 신화의 다시 쓰기와 자기 글쓰기 — 마르그리트 유르스나르의 「마리아 막달레나 또는 구원」의 경우」. 《불어불문학연구》, 제112집 겨울호. 한국불어불문학회. 2017. 69~97쪽.

제2장_ 로마네스크 인물들의 신화화와 영원성

Biondi et Rosso, C. *Voyage et connaissance dans l'Œuvre de Marguerite Yourcenar.* Pise. 1988.

Blanckeman, Bruno. *Lectures de Marguerite Yourcenar: Mémoires d'Hadrien*. Ed. PU Rennes. 2014.
Boussuges, Madeleine. *Marguerite Yourcenar — Sagesse et Mystique*. éd. des Cahiers de l'Alpe. 1987.
Durup-Carré, Sylvie. "L'Homosexualité en Grèce antique; tendance ou institution?" *L'Homme*, 26e année, no.97~98. janv-juin, 1986, pp.371~377.
Julien, Anne-Yvonne. *L'Œuvre au noir de Marguerite Yourcenar(commentaire)*. Folio. 1993.
Levillan, Heriette. *Mémoires d'Hadrien de Marguerite Yourcenar*. Folio. 1992.
Monestier, Martine. *Suicide; histoires, techniques et bizarreries de la Mort volontaire, des origines à nos jours*. Le Cherche Midi Editeur. Paris: 1995; 『자살 — 자살의 역사와 기술, 기이한 자살 이야기』. 한명희·이시진 옮김. 새움출판사. 1999.
Marguerite Yourcenar et le sacré (vol. 1). Centre international de documentation, bulletin n.3. décembre 1991; *Marguerite Yourcenar et le sacré (vol. 2)*. Centre international de documentation, bulletin n.4. décembre 1992.
Roman, Histoire et Mythe dans l'Œuvre de Marguerite Yourcenar. Société Internationale d'Etudes Yourcenariennes(SIEY), 1995(Carminella BIONDI. "Le mythe de l'androgyne dans l'Œuvre de Marguerite Yourcenar et Michèle Tournier." pp.39~48; Laura BRIGNOLI. "Les *Mémoires d'Hadrien* entre mythologie et "mythopoesis"." pp.81~91; Yves-Alain Favre. "Marguerite Yourcenar: le rôle du mythe dans la création romanesque." pp.189~196; Maria José VAZQUEZ DE PARGA. "l'histoire mythifiée: Antinoüs." pp.441~452).
Société Internationale d'Etudes Yourcenariennes(SIEY), Bulletin n.17. 1996(Martine Gantrel, "*Anna, Soror…* ou le plaisir du texte: une lecture de M. Yourcenar." pp.41~59).
Société Internationale d'Etudes Yourcenariennes(SIEY), Bulletin n.20. décembre 1999 (Pascale DORE, "Affinités hellénistiques: l'Eros au masculin dans *Le Coup de Grâce* et *Mémoires d'Hadrien*." pp.85~98).
Société Internationale d'Etudes Yourcenariennes(SIEY), Bulletin n.32. décembre 2011 (Marc-Jean FILAIRE, "Le centaure et le faon Antinoüs et l'animalité dans les *Mémoires d'Hadrien*." pp.61~74).
박선아. 「유르스나르 『안나, 소로르…』에 나타난 근친상간과 성스러움』. 《불어불문학연구》, 68집 겨울호. 한국불어불문학회. 2006, 83~105쪽.
______. 「자서전, 역사소설, 미시사, 그 경계를 넘어서」. 《불어불문학연구》, 제80집. 한국불어불문학회. 2009, 183~222쪽.

______. 「『하드리아누스의 회상록』에 나타난 운명의 파이도필리아」. 《비교문화연구》, 제47집, 경희대학교 비교문화연구소. 2017, 77~100쪽.
윤일권. 「고대 그리스 사회와 신화 속의 동성애」. 《유럽사회문화》, 제3호. 2009, 5~27쪽.

제3장_ 오리엔트 신화, 서구 문예 정신의 진원지

Barbier, Catherine. *Etude sur Marguerite Yourcenar Les Nouvelles orientales*. ellipses. 1998.
Burkert, Walter, *Babylon, Memphis, Persepolis Eastern — Contexts of Greek*. Harvard University Press. 2004; 『그리스문명의 오리엔트 전통』. 남경태 옮김. 사계절. 2008.
Burnal, Martin. *Black Athena, Les racines afro-asiatiques de la civilisation classique, tome 1 — L'invention de la Grèce antique*. PUF. 1996; 『블랙 아테나, 1. 날조된 고대 그리스, 1785~1985 — 서양 고전문명의 아프리카 - 아시아적 뿌리』. 오흥식 옮김. 소나무. 2006.
Eco, Umberto. *Les limites de l'intertprétation*. Grasset. 1992.
Fort, Pierre-Louis. *Comment Wang-Fô fût sauvé et autres nouvelles*. Folio-Plus. 2007.
Fréris, Georges. "Marguerite Yourcenar et l'impact de la Grèce contemporaine." *Marguerite Yourcenar Retour aux sources. SIEY*. 1998, pp.125~140.
Julien, Anne-Yvonne. *Marguerite Yourcenar ou la signature de l'arbre*. PUF. 2002.
______(dir.). *Marguerite Yourcenar, du Mont-Noir aux Monts-Déserts*. Gallimard. 2003 (Jacqueline de ROMILLY. "Marguerite Yourcenar et la Grèce ancienne." pp.55~60).
______. *Nouvelles orientales de Marguerite Yourcenar*(Commente). Folio. 2006.
Muthu, Mircea. "*Le lait de la mort* et la littérature Sud-Est européenne." *L'Universalité dans l'Œuvre de Marguerite Yourcenar*, vol.1, dir. par M.J. Vazquez de Parga et R. Poignault. *SIEY*. 1994, pp.239~246.
Real, Elena(dir.). *Marguerite Yourcenar*, actes du colloque international Valencia (Espagne) 1984. Universitat de Valencia(Maurice Delcroix, "Les *Nouvelles orientales*: Construction d'un recueil." pp.61~72).
Said, Edward W. *Orientalism*. Pantheon Books. 1978; 『오리엔탈리즘』. 박홍규 옮김. 교보문고. 1991, 2015.
Otto, Rudolf. *Le Sacré*(1917). traduit par André Jundt, Payot, 1995.
Otto, Walter. *Les Dieux de la Grèce: la figure du divin au miroir de l'esprit grec*. Payot.

1993.
Marguerite Yourcenar — une écriture de la mémoire. SUD. hors série 1990(Marie-France RENARD, "L'expression de l'ineffable dans *L'Homme qui a aimé les Néréides*." pp.255~261).
Marguerite Yourcenar et la méditerranée(rassemblés par C.Faverzani). LITTERATURES. 1995(Loeredana PRIMOZICH, "Les Balkans de Marguerite Yourcenar entre tradition et création littéraire." pp.175~187; Jean LACROIX, "Le récit mythique *à l'orientale* chez Marguerite Yourcenar." pp.229~248).
Marguerite Yourcenar aux frontières du texte, (actes du colloque société d'Etude du roman français du XXème siècle), ROMAN 20-50, coordination Anne-Yvonne Julien, 1995(Bruno TRITSMANS, "Poétique du mythe dans les *Nouvelles Orientales*." pp.101~112).
Société Internationale d'Etudes Yourcenariennes(SIEY), Bulletin n.3. 1989(Christine MESNARD, "L'influence slave sur deux nouvelles orientales de Marguerite Yourcenar." pp.51~63).
Société Internationale d'Etudes Yourcenariennes(SIEY), Bulletin n.10. juin 1992(Michèle BERGER, "La vision de la création-mort dans *Comment Wang-Fô fut sauvé*." pp.35~41).
Société Internationale d'Etudes Yourcenariennes(SIEY), Bulletin n.14. décembre 1994 (Anne-Catherine DE MEULDER, "Du mythe de la mort à la mort du mythe. Analyse de deux *Nouvelles orientales* de Marguerite Yourcenar." pp.31~43).
Société Internationale d'Etudes Yourcenariennes(SIEY), Bulletin n.16, Mai 1996 [〈Marguerite Yourcenar et l'Orient〉에 관한 특집호](Rémy POIGNAULT, "Marguerite Yourcenar et l'Orient: Panorama." pp.25~33).
Société Internationale d'Etudes Yourcenariennes(SIEY), Bulletin n.32, decembre 2011 (Dumitra BARON, "Au carrefour des arts: figures de peintres dans les *Nouvelles orientales*." pp.49~59).

김상헌. 「유고슬라비아 구비서사시의 '영웅'모티프」. 《세계문학비교연구》, 제40집, 2012년 가을호, 341~366쪽.
김정옥. 「회화로 표현된 동양의 소우주로서의 인체관」. 《미술문화연구》, 5집. 동서미술문화학회. 2014, 1~25쪽.
무라사키 시키부(Murasaki Shikibu). 『겐지 이야기』(11세기 초). 김종덕 옮김. 지만지 고전천줄. 지식을 만드는 지식. 2008.
박선아. 「모든 것은 하나: 유르스나르 인물들의 생生의 연금술」. 《프랑스문화예술연구》, 제

18집(8권 3호). 프랑스문화예술학회. 2006. 123~144쪽.
______. 「유르스나르의 『동양이야기들』에 나타난 왕포와 코르넬리우스 베르그의 예술관 비교」. 《유럽사회문화》, 제18호. 연세대학교 유럽사회문화연구소. 2017, 95~125쪽.
______. 「유르스나르의 『동양이야기들』에 나타난 사랑의 극성極性과 신화화 — 「겐지 왕자의 마지막 사랑」과 「과부 아프로디시아」의 경우」. 《프랑스문화예술연구》, 제62집 겨울호. 프랑스문화예술학회. 2017, 103~130쪽.
______. 「발칸신화를 둘러싼 유르스나르의 오리엔트 인식 — 「마르코의 미소」와 「죽음의 젖」을 중심으로」. 《프랑스문화예술연구》, 제66집 겨울호. 프랑스문화예술학회, 2018, 27~57쪽.
______. 「님프 신화로 본 두 개의 그리스, 그 혼종과 경이驚異 — 마르그리트 유르스나르의 「네레이데스를 사랑한 남자」와 「제비들의 성모 마리아」의 경우」. 《불어불문학연구》, 제116집 겨울호. 한국불어불문학회. 2018, 95~119쪽.
안진태. 『신화학 강의』. 열린책들. 2001.
유희수. 『사제와 광대 — 중세 교회문화와 민중문화』. 문학과지성사. 2009.
조인수. 「미술사에서의 독창성 — 창조와 모방, 그리고 기묘함」. 《미술사학美術史學》, 28집. 한국미술사교육학회. 2014, 255~280쪽.

https://gallica.bnf.fr/ark:/12148/bpt6k5616323m/f1.textePage (LA CHANSON CHEZ LES GRECS ET A ROME. I)(검색일: 2018년 10월 1일).
https://fr.wikipedia.org/wiki/Paganisme (검색일: 2018년 10월 10일).

제4장_ 꿈과 현실 사이에서 탄생하는 '개인 신화'

Ana Pont, Carmen. *Yeux ouverts, yeux fermés: la poétique du rêve dans l'Œuvre de Marguerite Yourcenar.* Rodopi. 1994.
Chehab, May. *Le(s) style(s) de Marguerite Yourcenar,* Société internationale d'Etudes Yourcenariennes; Édition: SIEY. 2015.
Julien, Anne-Yvonne. *Marguerite Yourcenar et le souci de soi.* Hermann. 2014.
Sebbag, Georges. *Le Surréalisme*, édition Nathan. 1994; 『초현실주의』. 최정아 옮김. 동문선. 2005.
Les miroirs de l'altérité dans l'Œuvre de Marguerite Yourcenar. Actes du colloque international de Bogota (10-11 Mars 2011). SIEY. 2014.
L'Universalité dans l'Œuvre de Marguerite Yourcenar. SIEY, vol.1. 1994(Maria Angeles CAAMANO, "La rêverie orientale de Marguerite Yourcenar." pp.85~101; "Le rêve,

ce grand architecte." pp.101~110).

L'Universalité dans l'Œuvre de Marguerite Yourcenar. SIEY, vol.2. 1995(Maria CAVAZZUTI, "*Les Songes et les Sorts*: mythologie du moi, miroir d'universalité." pp.107~119)

Marguerite Yourcenar et le Sacré. Centre international de documentation Marguerite Yourcenar, vol.1. Bulletin n.3. 1991.

Marguerite Yourcenar aux frontières du texte. (actes du colloque société d'Etude du roman français du XXème siècle). ROMAN 20-50, coordination Anne-Yvonne Julien. 1995(Josette Pacaly, "*Les Songes et les Sorts*, préface et "dossier"." pp.31~42).

Roman, Histoire et Mythe dans l'Œuvre de Marguerite Yourcenar, Société Internationale d'Etudes Yourcenariennes(SIEY). 1995(Elena REAL, "Le réel et le mythe dans Marguerite Yourcenar").

Société Internationale d'Etudes Yourcenariennes(SIEY), Bulletin n.12. décembre 1993 (Maurice DELCROIX, "Mythes de l'obscur." pp.109~160).

박선아. 「유르스나르의 꿈 서사 연구 — 『몽상과 운명Les songes et les sorts』의 경우」, 《프랑스어문교육》, 제57집. 한국프랑스어문교육학회. 2017, pp.191~216.

신현숙. 『초현실주의』. 동아출판사. 1992.

오생근. 『초현실주의 시와 문학의 혁명』. 문학과지성사. 2010.

이창재. 「예술작품의 기원과 의미에 대한 정신분석적 해석: 프로이드의 꿈작업과 초현실주의의 창조기법을 중심으로」. 《라캉과 현대정신분석》, 제10권, 제1호. 한국라캉과현대정신분석학회. 2008. pp.35~62.

제5장_ 유르스나르 '문학신화학'의 지형 안에서 만난 20세기 작가들

Anouilh, Jean. *Antigone*. La Table Ronde. 1947; 『장 아누이의 안티고네』. 안보옥 옮김. 지식을 만드는 지식. 2011.

Arendt, Hannah. *Crises of the Republic — Lying in Politics; Civil Disobedience; On Violence; Thoughts on Politics and Revolution*. Mariner Books. 1972; 『공화국의 위기 — 정치에서의 거짓말, 시민불복종, 폭력론』. 김선욱 옮김. 한길사. 2011.

Gide, André. *Thésée* (1946). in *Romans*(récits et soties, Œuvres lyriques). Gallimard, Bibliothèque de la Pléiade. 1958.

Minaud, Marie-Françoise. *Etude sur Antigone — Jean Anouilh*, Ellipses, 2007.

Redfield, James M. *La Tragéedie d'Hector. Nature et culture dans l'Iliade*. Traduction d'Angélique Lévi.(Publiée avec le concours du Centre national des Lettres), Flammarion. 1984(ed., University of Chicago, 1975).

Sartre, Jean-Paul. *Les Mouches*(1943). Gallimard. 1947.

______. *Les Mouches*(1943). *analyse méthodique de la pièce par Pierre Brunel,* Bordas, 1974.

Viroli, Maurizio. *Republicanism.* Hill and Wang. 1852; 『공화주의』. 김경희·김동규 옮김. 인간사랑. 1999.

André Gide et la tentation de la modernité. Colloque Internationale de Mulhouse. Gallimard. 2002.

Marguerite Yourcenar et la méditerranée(rassemblés par C.Faverzani). Littératures. 1995 (Enricq RESTORI, "De Vénus à Kali. Angiola di Credo, un personnage féminin au croisement des mythes." pp.83~93; Philippe-Jean CATINCHI. "L'espace méditer-ranéen entre héritage oriental et invention tragique." pp.221~227).

Marguerite Yourcenar Retour au sources, Actes du colloque International de Cluj-Napoca, 28-30 octobre 1993, ed. LIBRA & Société Internationale d'Etudes Yourcenariennes (SIEY), 1998(Rodica LASCOU-POP, "Marguerite Yourcenar et Henry Bauchau: retour au mythe d'Antigone." pp.85~101).

Société Internationale d'Etudes Yourcenariennes(SIEY), Bulletin n.21, décembre 2000 (Cécile TURRETTES. "Le Mythe d'Antigone chez Marguerite Yourcenar et Jean Anouilh." pp.41~52).

박선아. 「지드와 유르스나르의 현대적 영웅관 — 테세우스 신화를 중심으로」. 《프랑스학연구》, 42집 겨울호. 프랑스학회. 2007, 105~134쪽.

______. 「엘렉트라 신화의 문학적 변용 — 사르트르의 『파리떼』와 유르스나르의 『엘렉트라 또는 가면들의 전락』을 중심으로」. 《프랑스학연구》, 47집. 프랑스학회. 2009, 79~100쪽.

______. 「안티고네를 통해 본 국가의 위기와 시민론 — 콕토와 아누이의 작품을 중심으로」. 《프랑스문화예술연구》, 제40집 여름호. 프랑스문화예술학회. 2012. 113~152쪽.

______. 「신화의 숲길에서 유르스나르와 제르맹이 나눈 '고전'의 즐거움」. 김순경 외 지음, 『프랑스작가, 그리고 그들의 편지』. 한울. 2014, 156~165쪽.

______. 「지로두Giraudoux와 아누이Anouilh의 신화극에 나타난 1940년대 정치적 모호성」, 《불어불문학연구》, 제104집 겨울호. 한국불어불문학회. 2015, 141~176쪽.

박정자. 『사르트르의 실존주의』. 상명여자대학교 출판부. 1991.

박지향 (외). 『영웅 만들기 — 신화와 역사의 갈림길』. 휴머니스트. 2005.

박지현. 『누구를 위한 협력인가 — 비시 프랑스와 민족 혁명』. 책세상. 2004.

______. 『비시 프랑스Vichy France, 잃어버린 역사는 없다』. 서강대학교 출판부. 2013.
윤정임. 「『파리떼』의 신화연구」. 《한국프랑스학논집》, 제48집. 한국프랑스학회. 2004, 247~268쪽.
이진성. 『그리스 신화의 이해』. 아카넷. 2004.
정경위. 「사르트르 『파리떼』에 나타나는 인물들의 '자기기만'」. 《불어불문학연구》, 제64집. 한국불어불문학회. 2005, 483~500쪽.
정명환. 「사르트르의 문학관」. 『문학을 생각하다』. 문학과지성사. 2003.
하병학. 「자기기만의 현상학」. 《철학과 현상학 연구》, 제21집. 한국현상학회. 2003, 419~439쪽.
홍경표. 『앙드레 지드의 문학사상』. 글누리. 2006.

에필로그_ 고전과 현대의 가치가 소통하는 유르스나르의 '문학신화학'

Calvino, Italo, *Pourquoi lire les classiques*, Seuil, 1999; 『왜 고전을 읽는가』, 이소연 옮김, 민음사, 2008.
Duchêne, Hervé. *L'écriture de soi - Rousseau, Sartre, Yourcenar.* Bréal. 1996.
Schlanger, Judith. *La Mémoire des Œuvres*(1992). Verdier. 2008.
Sun Ah, PARK. "Le jeu intertextuel avec le lecteur — à travers les références culturelles." *La Fonction du lecteur dans* Le Labyrinthe du monde *de Marguerite Yourcenar.* L'Harmattan. 2003.
Marguerite Yourcenar et la méditerranée(rassemblés par C.Faverzani). Littératures. 1995 (Michelle Joly, "La présence archétype de la culture grecque dans l'Œuvre de Marguerite Yourcenar et son sens." pp.145~160).

박선아, 「유르스나르의 팔랭프세스트 글쓰기 연구 — 『인어공주La Petite Sirène』의 경우」. 《불어불문학연구》, 제88집 겨울호. 한국불어불문학회. 2011, 273~302쪽.

3. 일반 신화(학) 관련

Albouy, Pierre. *Mythes et Mythologies dans la littérature française.* Armand Colin. 1969.

Allen, Douglas. Myth and Religion in Mircea Eliade, Routledge. 2002; 『엘리아데의 신화와 종교』(신화종교상징총서 12). 유요한 옮김. 이학사, 2008.

Belfiore, Jean-Claude. *Grand dictionnaire de la mythologie grecque et romaine.* Larousse. 2010.

Broyer, Jean. *Le mythe antique dans le théâtre du XXe siècle — Oedipe, Antigone, Électre.* ellises. 1999.

Brunel, Pierre. *Mythocritique — Théorie et parcours.* PUF. 1992.

Delattre, Charles. *Manuel de mythologie grecque.* éd. Bréal. 2005.

Deron, Daphané et Frédéric Weiss. *Le mythe antique dans le théâtre contemporain.* PUF. 1998.

Détienne, Marcel. *L'invention de la mythologie.* Gallimard. 1981.

Diel, Paul. *Le Symbolisme dans la mythologie grecque.* Petite Bibliothèque Payot. 1966; 2002.

Durand, Gilbert. *Figures mythiques et visages de l'Œuvre: de la mythocritique à mythanalyse.* DUNOD, 1992.

Eigeldinger, Marc. *Mythologie et intertextualité.* Editions Slatkine. 1987.

Eliade, Mircea. *Le mythe de l'éternel retour*(1971). Gallimard. 1989.

_______. *Mythes, rêves et mystères.* Folio. 1989.

_______. *Aspects du mythe.* Gallimard. 1963.

_______. 『신화와 현실』. 이은봉 옮김. 한길그레이트북스. 2011.

Faucheux, Annie. *Le mythe antique dans le théâtre du XXe siècle.* Ellipses. 1999.

FINLEY, Mosses I. *Mythe, Mémoire, Histoire*, Flammarion. 1981("Mythe, Mémoire et Histoire." pp.9~40).

Freud, Sigmund. *L'interprétation du rêve*(1899); 『꿈의 해석』. 김인순 옮김. 열린책들. 1997.

Marie-Catherine. Huet-Brichaud. *Mythe et littérature.* Hachette. 2001.

Monneyron, Frédéric. *Mythes et littérature.* Collection. Que sais-je? PUF. 2012.

Ottinger, Didier. *Le Surréalisme et Mythologie moderne: Les Voies du labyrinthe d'Ariane à Fantômas.* Gallimard. 2002.

Strenski, Ivan. *Four Theories of Myth in Twentieth-Century History.* Iowa City: University of Iowa Press. 1987; 『20세기 신화 이론 — 카시러·말리노프스키·엘리아데·레비스트로스』. 이용주 옮김. 이학사. 2008.

Tourraix, Alexandre. *Orient, mirage grec.* Pu Franc-Comtoises. 2001.

Vernant, Jean-Pierre. *Les origines de la pensée grecque.* Paris: CNRS, collection "Mythes et religions." 1962; Presses Universitaires de France, coll. "Quadrige." 2007; 『그리스사유의 기원』. 김재홍 옮김. 길. 2006.

신동욱(외). 『신화와 원형』. 고려원. 1992.
융, 칼 구스타프(Jung, Carl Gustav) 외. 『인간과 상징』(1964). 이윤기 옮김. 열린책들. 1996.
이부영. 『그림자』. 분석심리학탐구 제1부. 한길사. 1999.
______. 『자기와 자기실현』. 분석심리학탐구 제3부. 한길사. 2002.

4. 기타

유르스나르 국제연구학회(Société Internationale d'Etudes Yourcenariennes, SIEY)가 발간한 유르스나르 전체 서지 정보가 실린 단행본.
Réception de l'Œuvre de Marguerite Yourcenar, Société Internationale d'Etudes Yourcenariennes, 1994(1922~1994).
Réception de l'Œuvre de Marguerite Yourcenar, Société Internationale d'Etudes Yourcenariennes, Clermont-Ferrand, 2007(1994년 이후 개별 작품에 관한 논문 정보를 알 수 있음).
La réception critique de l'Œuvre de Marguerite Yourcenar: A Elena Real in memoriam, Société Internationale d'Etudes Yourcenariennes, 2010(2007년 이후부터 개별 작품에 관한 논문 정보를 알 수 있음).
2011년 이후부터 https://www.yourcenariana.org/ 에서 자료 검색: 자료실과 신간 안내 운영.

찾아보기

지은이_ **박선아**

연세대학교 불어불문학과를 졸업하고 동 대학원에서 석사학위를, 프랑스 파리 - 소르본대학교에서 박사학위를 받았다. 현재 국립 경상대학교 불어불문학과 교수로 재직 중이다.

논문으로는 「역사소설가 유르스나르와 역사가의 '현재적 관심'의 차이」, 「지로두와 아누이의 신화극에 나타난 1940년대 정치적 모호성」, 「자서전, 역사소설, 미시사, 그 경계를 넘어서」, 「프랑스 기행문학의 현대성 — 문화연구의 실자료군群으로 보기」, 「Les études culturelles, de la tradition théorique à la question des origines — le cas de la collection Terre Humaine」 등이 있고, 저서로는 『La fonction du lecteur dans le Labyrinthe du Monde de Marguerite Yourcenar』, 『튀니지의 역사』, 『프랑스 문학에서 만난 여성들』(공저), 『프랑스 작가, 그리고 그들의 편지』(공저)가 있다.

삽 화_ **박상일**

1997년 수원 출생. 2016년 서울 신목고등학교 졸업. 만화가라는 꿈을 가진 후부터 사람들의 마음속 꺼졌던 불꽃을 다시 피울 수 있는 작품을 그리기 위해 오늘도 전진하고 있다.

한울아카데미 2178

유르스나르의 문학신화학

전복과 회귀 사이

지은이 **박선아** | 펴낸이 **김종수** | 펴낸곳 **한울엠플러스(주)** | 편집책임 **조수임**

초판 1쇄 인쇄 **2019년 8월 25일** | 초판 1쇄 발행 **2019년 9월 10일**

주소 **10881 경기도 파주시 광인사길 153 한울시소빌딩 3층**
전화 **031-955-0655** | 팩스 **031-955-0656**
홈페이지 **www.hanulmplus.kr** | 등록번호 **제406-2015-000143호**

Printed in Korea.
ISBN 978-89-460-7178-0 93800
978-89-460-6690-8 93800(무선)

* 책값은 겉표지에 표시되어 있습니다.
* 이 도서는 강의를 위한 학생판 교재를 따로 준비했습니다.
강의 교재로 사용하실 때는 본사로 연락해주십시오.